헤르만 헤세와의 만남

| 황 진 편저 |

유로

초판 1쇄 인쇄 2006년 3월 20일
초판 1쇄 발행 2006년 3월 31일

편 저_황 진
펴낸이_배정민
펴낸곳_유로서적

편집_심재진
디자인_Design Identity 천현주

등록_2002년 8월 24일 제 10-2439호
주소_서울시 마포구 합정동 387-18 현화빌딩 2층
TEL_(02)3142-1411
FAX_(02)3142-5962
E-mail_bookeuro@bookeuro.com

ISBN 89-91324-12-6 (03850)

정가 55,000원

헤르만 헤세와의 만남

| 황 진 편저 |

머리말

본 책자의 작업은 저자가 미국 미네소타주립대학의 독일학(German Department)과에 연구교수로 있었을 때 미국으로 초대해준 잭 첩스(Jack Zipes) 교수가 내놓은 헤세의 창작동화 영문판(The Fairy Tales of Hermann Hesse, transl. and with an Introduction by Jack Zipes, A Bantam Book, New York Toronto London Sydney Auckland 1995)을 선사받고, 또 그가 서구 유럽 동화들에서 나타나는 성과 사회문제를 대학 강의에서 다루고 있는 것을 경험하고 난후, 시작되었다. 이를 계기로 학위논문에서 다루지 않았던 헤세의 창작동화들을 깊이 살펴보게 되었고, 이 고찰에서 예전에 알지 못했던 것, 즉 헤세와 동아시아와의 만남과 이로부터 이루어진 그의 문학의 본원은 이미 그의 창작 동화 속에 자리하고 있었다는 것을 인지하게 되었다. 그 후 헤세의 창작동화와 연관된 몇 편의 논문들을 내놓았다.

이러한 학술 논문 발표와 함께 이들 논문들과 관련된 헤세의 창작동화들을 부족한 여력이나마 우리말로 옮겼었다. 이 동화들의 우리말 소개가 여태까지 주어지지 않았다고 사려되어 그런대로 뿌듯함을 느낀다.

이와 때를 같이해 유로서적 사장의 각별한 격려와 대학교의 특별연구보조금에 힘입어 우리말로 옮겨진 헤세의 창작동화 몇 편들과 논문들이 어울려지게 되었고, 이 기회에 동아시아의 사상과 종교의 수용 차원에서 헤세를 바라본 글들이 자연스럽게 모아져 보잘 것 없다고 여겨지나 작가 헤세와 동아시아의 만남과 수용이라는 테두리에서 빛을 보게 되었다.

제 I부에서는 헤세와 동아시아와의 만남이 부각될 수 있는 그의 창작동화 「작가(Der Dichter)」와 「플루트의 꿈(Flötentraum)」을 전면에 두었고, 다른 그의 동화들인 「난쟁이(Der Zwerg)」, 「찌글러라는 이름의 한 인간(Ein Mensch mit Namen Ziegler)」, 「아우구스투스(Augustus)」, 「어떤 꿈의 연속(Eine Traumfolge)」, 「이리스(Iris)」와 「빅토르의 변신(Piktors Verwandlung)」은 생성 연대에 따라 나열 되어졌다. 이들 창작동화들은 헤세의 주요 소설작품들의 근원이 되고 있다.

제 II부에서는 헤세와 동아시아의 수용이라는 측면에서 헤세 중 · 장편 소설과 헤세에 대한 연구의 글들이 면밀한 검토 하에 수정하고 첨삭하여 실었다. 제 III부에서는 간략하게 작가의 연대표를 추가했다.

그러나 여러모로 부족한 점 많은 소책자가 헤세의 창작동화 독자들에게, 그리고 헤세를 연구하고 계신 여러분들에게 실망을 안겨주지 않을지 염려스럽다. 너그러운 아량으로 보아주었으면 한다. 이 자리를 빌려 빠르고 정확치 못한 저자의 워드작업을 학과 학생인 박성호군이 기꺼이 도와주었으며, 특히 독일어를 배웠던 김유정 학생이 워드작업은 물론이고 헤세동화를 우리말로 옮김에 많은 도움을 주었다. 이들 학생들의 노고에 감사하며, 책자로 나올 수 있기까지 많은 질타와 교정으로 도움을 주신 유로서적의 심재진 선생님에게 각별한 감사를 드리며, 물심양면으로 도움을 주신 배정민 사장님과 저자가 몸담고 있는 대학교 총장님의 배려에 다시 한번 감사드린다.

06년 와룡산 기슭에서

심곡(心谷)

Contents

2부 헤세와 동아시아의 수용

헤세의 중 · 장편 소설 연구 편

1부
헤세와 동아시아의 만남

창작동화 편

창작동화 연구 편

창작동화 편

Ⅰ. 작가 (Der Dichter)

중국 작가 한폭은 유년시절, 창작에 관한 모든 것을 배우고, 그 모든 일에서 완벽하려는 기이한 충동에 사로잡혀 있었다고 전해진다. 그가 황하 강변에 있는 고향에 살았던 당시, 그는 자신이 원하는 대로, 그리고 남과 다르게 자신을 사랑했던 부모님의 도움으로, 양가집 처녀와 결혼식을 올리기로 되어있었다. 그때 한폭은 대략 스무 살이었지만 예의바른 젊은이였다. 더욱 그는 젊은 나이에도 불구하고 훌륭한 시(詩)로 고향 문인들에게 잘 알려져 있었다. 또한 그는 부자는 아니지만 재산이 넉넉했고, 거기에 신부가 가져오는 지참금으로 재산은 더 늘어났다. 그의 신부는 아름답고 미덕을 두루 갖추고 있었기 때문에 그는 더할 나위 없이 행복해 보였다. 하지만 그는 자신의 삶에 완전히 만족하지 못했다. 왜냐하면 그의 마음은 완벽한 작가가 되겠다는 명예심으로 꽉 차 있었기 때문이다.

등(燈) 축제가 강 위에서 거행되고 있던 어느 날 밤, 한폭은 홀로 건너편 강변을 거닐고 있었다. 그는 강물 위에 비춰진 수천 개의 등 불빛이 아물거리며 진동하고 있는 것을 보았다. 나룻배와 뗏목에는 남자와 여자 그리고 젊은 소녀들이 서로서로 인사하며 아름다운 꽃들처럼 축제 복(服)으로 빛나고 있었다. 그는 불빛에 비춰진 강물의 가느다란 중얼거림과 여가수들의 연이은 노래와 악기 '치터'의 떨리는 소리, 피리 부는 사람들의 달콤한 소리를 들었으며 사원의 아치처럼 모든 것 위에 둘러쳐진 푸른 밤을 보았다. 고독한 관중 같은 기분으로 이 아름다운 풍경을 바라보고 있는 그의 심장은 두근거렸다. 그는 강 건너로 가서 사람들과 함께 하거나 그의 신부나 친구들과 함께 축제를 즐기고 싶기도 했다. 하지만 그는 면밀한 관중으로서 이 모든 것들을 하나의 완벽한 시(詩)로 다시 비치게 하고픈 바람이 더 강했다. 밤의 푸르름과 강물에 비친 등 불빛 그리고 축제 손님들의 기쁨과 이 모두를 강변의 나무기둥에 몸을 기대고 조용히 바라보고 있는 한 관중의 동경을 말이다. 그는 불현듯, 이 지상의 모든 축제들과 모든 환희 같은 것들은 결코 자신의 마음을 사로잡을 수 없으며 자신은 고독한 사람으로, 말하자면 관중이나 이방인으로 머물게 되리라고 느꼈다. 그는 자신의 내면이 다른 것과는 많이 다르게 혼자만 그렇게 형성되어서 이 지상의 아름다움을 이방인으로서의 욕망과 같이 느껴야만 한다고 생각했다. 이 세상을 시(詩)에 완벽하게 투영하여, 이 세상이 스스로 해명되어지게 하고 영원히 존속하게끔 해야만 이 같은 그의 생각을 실현시키는 것이다.

한폭은 자신이 깨어있는지 아니면 잠들어있는지 헷갈렸다. 그런데 그때, 한 나지막한 소리가 들렸고 나무기둥 옆에서 있는 어떤 사람이 보였다. 그 사람은 보라색 옷을 입은 노인이었으며, 공경심을 불러일으키는 모습이었다. 한폭은 일어나서 백발의 노인에게 예의를 갖추어 인사했다. 그런데 그는 그저 미소만을 띄운 채, 몇 마디 시구(詩句)를 읊었다. 그 시구들은 조금 전 한폭이 느꼈던 모든 것들을 완벽히 아름답게 표현하고 있었다. 그 시는 분명 경지에 오른 작가가 지은 것임에 틀림없었다. 그는 너무 경탄한 나머지 순간 심장이 멈췄다.

"맙소사, 당신은 누구십니까?"

그는 허리를 깊숙이 굽히면서 말을 이었다.

"당신은 내 마음 속 깊이를 볼 수 있고, 내가 이전에 나의 모든 스승들로부터 들었던 것보다 더 아름다운 시구를 읊고 있으니 말입니다."

노인은 다시 한번 미소를 지으면서 말했다.

"만약 네가 시인이 되고자 한다면, 나에게로 오라. 너는 북서쪽 산들 속에 있는 커다란 강의 원천에서 나의 오두막집을 발견할 수 있을 것이다. 나는 완벽한 말의 장인이다."

노인은 이 말을 하고 나무의 좁다란 그늘 속으로 자취를 감추었다. 한폭은 그를 찾고자 했지만 헛수고였다. 그의 어떤 발자취도 찾을 수 없자, 그는 이 모든 것이 너무 피곤해서 잠시 꿈을 꾼 것은 아니었나 하는 생각이 들었다.

그는 배를 타고 서둘러 강을 건너 축제 속으로 들어갔다. 그러나 대화들과 피리소리 사이에서도 낯선 사람의 신비에 찬 목소리는 계속 들려왔다. 그는 자신의 신부를 놀리고 있는 사람들 사이에서도 낯선 이를 생각하며 마치 꿈꾸는 듯한 눈으로 앉아 있었다. 그의 마음은 이미 그 낯선 사람에게 달려가고 있었다.

며칠 후, 한폭의 아버지가 결혼 날짜를 잡기 위해 친구들과 친척들을 초청하려고 하자, 한폭이 말했다.

"만약, 제가 자식으로서 아버지를 따라야 하는 도리에 어긋나는 짓을 하더라도 저를 용서해 주셨으면 합니다. 아버지께서도 제가 시(詩)로 두각을 나타내고자 하는 욕망이 얼마나 강한지 알고 계시지 않습니까? 몇몇 저의 친구들이 저의 시를 칭찬하고 있으나, 저는 제가 아직 미숙하고 초보단계에 있음을 잘 알고 있습니다. 제가 공부에 매달릴 수 있도록 얼마간 혼자 있게 해 주시기를 아버지께 간청 드립니다. 제가 결혼해 부인을 얻게 되고 집안을 꾸려가게 된다면 저는 제가 하고자 하는 시 공부로부터 멀어지게 될 것입니다. 하지만, 지금 저는 아직 젊고 모든 의무로부터 자유로우니, 혼자서 얼마동안이나마 기쁨과 명예를 걸고 있는 시(詩)에 전념하고자 합니다."

아버지는 자식의 말에 놀라며 말했다.

"너에게 있어 예술이 무엇보다도 사랑스러운 것임에는 의심하지 않는다. 네가 이것으로 말미암아 너의 결혼조차도 미루려고 하고 있으니 말이다. 아니면 너와 너의 신부, 두 사람 사이에 무슨 일이 생긴 것이냐? 그렇다면 내가 네 신부와 화해하도록 도우마. 그것도 아니면 너에게 다른 혼처를 마련하마."

그는 자신이 신부를 어제보다도 덜 사랑하지 않으며 언제나 사랑하고 맹세했다. 그리고 그와 신부 사이에 어떤 언쟁의 그림자도 드리운 적이 없었다고 덧붙이며, 동시에 등(燈)축제 때 꿈을 통해서 한 대가(大家)를 알게 된 것과 그의 제자가 되는 것이 이 세상의 모든 행복보다도 간절히 원하고 있다는 것을 아버지에게 이야기했다.

"알았다. 너에게 일 년이라는 시간을 주마. 너는 이 기간 동안 아마도 하느님으로부터 보내졌을 너의 꿈을 추구하거라."

"2년이 될 수도 있습니다."

한폭은 주저하면서 말을 이었다.

"그것을 누가 알 수 있겠습니까?"

아버지는 그가 떠나는 것을 허락했으나 암담했다.

한폭은 신부에게 편지를 쓰고 아버지와 작별한 후에 떠났다.

그는 아주 오랫동안 걸어 강의 원천에 다다랐다. 그리고 외딴 곳에 대나무로 된 오두막을 보았다. 강변에서 보았던 그 노인이 오두막 앞에 있는 대나무로 엮은 돗자리에 앉아 있었다. 노인은 현악기 라우테를 켜고 있었다. 그는 자신을 향한 한폭의 마음을 느꼈음에도 일어나지도, 인사도 하지 않았다. 다만 미소를 띠우고서 부드러운 손가락으로 현을 퉁기고 있을 뿐이었다. 한폭은 멈추어 서서 계곡에서 흘러나오는 은빛 구름처럼 흐르는 마술적인 음악소리를 경탄했다. 그 망각상태는 완벽한 표현의 대가가 자그마한 라우테 연주를 멈추고 오두막으로 들어갈 때까지 계속되었다. 한폭은 공경으로 가득 찬 마음을 안고 대가의 뒤를 따랐다. 그 뒤 그는 그의 시종으로 그리고 문하생으로서 그의 곁에 머무르게 되었다.

그 후 한 달이 지나갔을 때, 그는 자신이 이전에 시(詩)로 만들었던 모든 노래들을 무시하는 법을 배우며 자신이 지었던 노래들을 기억에서 지웠다. 다시 몇 달이 지나고, 그는 스승으로부터 배웠던 노래들도 기억에서 없애버렸다. 대가(大家)는 결코 그와 말 한마디 나누지 않았고, 그저 묵묵히 문하생으로서 가져야 할 마음가짐이 음악으로 인해 꿰뚫어지기를 바라며 그에게 현악기 라우테 연주법을 가르쳤다. 언제 한번, 한폭은 새 두 마리가 가을 하늘을 날고 있는 것을 묘사한 짧은 시를 지었는데, 그 시는 그의 마음에 쏙 들었다. 그러나 그는 그 자작시를 대가에게 보이지 않고, 어느 날 밤 몰래 오두막에서 벗어나 자신의 자작시를 노래했다. 사실 그때 대가는 그의 노래를 주의 깊게 듣고 있었다. 하지만 대가는 단 한마디도 언급하지 않았고, 다만 라우테를 아주 작게, 겨우 들리게끔 연주했다.

계절은 여름 한 가운데 있었지만, 대기는 서늘해졌고 황혼은 빠르게 졌다. 강한 바람이 일고, 잿빛 하늘 위에 왜가리

두 마리가 동경의 여정 속으로 힘차게 날아가고 있었다. 이 모두는 그의 시구보다 더 아름다웠고, 보다 더 완벽했다. 한폭은 슬펐다. 침묵 속에서 그는 자신이 아무런 가치 없는 존재임을 느꼈다.

하지만 그를 대하는 대가의 태도에도 변한 것이 없었다. 그렇게 일년이 흘렀을 쯤, 한폭은 라우테 연주를 거의 완벽하게 해내게 되었다. 하지만, 그는 여전히 시(詩)라는 예술이 항상 더 무게 있고 고귀한 것이라고 생각했다.

2년이라는 세월이 흘렀을 때, 한폭은 가족들, 고향 그리고 그의 신부에 대한 진한 향수를 느끼게 되었다. 그는 대가에게 자신이 여행가는 것을 허락해 주기를 청했다. 대가는 미소를 짓고 고개를 끄덕이면서 말했다.

"너는 네가 가고자 하는 곳으로 갈 수 있다. 너는 다시 나를 찾아와도 되고 또한 떠날 수도 있다. 이는 네가 마음먹기 나름이다."

한폭은 여행길에 올라 쉬지 않고 걸었다. 어느 날 아침 황혼이 깔릴 무렵, 그는 고향 강변에 서서 아치형의 다리 위로 고향 도시를 바라보았다. 그는 눈에 띄지 않게 정원에 숨어들어 침실에서 아직 주무시고 계시는 아버지의 숨소리를 들었다. 그리고 신부 집 옆의 과수원에 몰래 숨어 들어가서 배나무 우듬지에 올라 머리를 빗고 있는 신부를 보았다. 그는 눈으로 보았던 이 모든 것을 자신이 고향에 대한 향수에 젖어 그려보았던 모습과 비교했다. 그럼으로써 더욱 분명해진 것은 자신에게는 작가로서의 길이 있다는 것이었다. 그는 작가들의 꿈속에는 현실의 사물들에서 찾아볼 수 없는 아름다움과 우아함이 자리하고 있다는 것을 알게 되었다. 그는 정원에서 도망치듯 나와, 다리를 건너 고향을 벗어났다. 그는 산 속 깊은 계곡으로 되돌아왔다. 그곳에는 예전처럼 대가가 오두막 앞 간소한 돗자리에 앉아서 손가락으로 라우테를 켜고 있었다. 그는 인사 대신 두 개의 시구로 예술의 행복감을 말했다. 예술의 깊이와 아름다운 소리는 젊은 작가 한폭의 두 눈을 눈물로 가득하게 했다.

한폭은 다시 대가의 곁에 머물게 되었다. 대가는 한폭이 현악기 라우테를 완전히 다룰 수 있게 되자, 또 다른 현악기인 치터를 가르쳤다. 서풍 속의 눈처럼 여러 달이 훌쩍 지나갔다. 그 사이 그는 두 번이나 더 향수병을 앓았다. 한번은 한밤중에 몰래 도망치다가, 계곡의 마지막 모퉁이에 도달했을 때 쯤, 오두막 문에 걸려있던 치터가 밤바람에 켜지는 소리에 결국 다시 제자리 되돌아올 수밖에 없었다. 다른 한번은 자신은 어린 나무를 정원에 심고 부인이 그의 곁에 서 있으며 그의 아이들이 나무에 포도주와 우유를 주고 있는 꿈을 꾼 것이었다. 그 꿈에서 깨어났을 때, 달이 그의 방안을 비추고 있었다. 그는 당황하여 몸을 일으키고 자신 옆에 누워 잠든 대가를 보았다. 대가의 백발 수염이 가볍게 들썩였다. 순간, 자신의 생을 망쳐놓고 자신의 장래를 기만한 대가(大家)에 대한 강한 증오가 그를 덮쳤다. 그는 대가를 덮쳐 죽이고자 마음먹었다. 하지만, 그때 백발의 대가가 눈을 뜨고 우아하지만 슬픈 듯한 온화함으로 미소를 지었다. 그 온화함은 그를 진정시키기에 충분했다.

대가가 조용히 말했다.

"기억하게나, 한폭. 너는 네가 하고 싶은 대로 할 수 있는 자유로운 몸이다. 너는 네 고향에 돌아가 나무를 심을 수도 있고, 나를 미워해서 때려죽일 수도 있다. 그것은 중요한 것이 아니다."

그의 말이 끝나자마자, 한폭이 몸을 떨며 소리쳤다.

"아, 제가 어떻게 스승님을 증오할 수 있단 말입니까? 만약 그렇다면 이는 마치 제가 하늘을 스스로 증오하고자 하는 것과 다를 바가 없습니다."

그는 머물렀고 치터를 배웠으며 이어서 피리연주도 배웠다. 그 후, 그는 대가의 지도로 시 짓는 법을 배우기 시작했다. 그는 서서히 그 비밀스러운 예술, 겉으로 보기에는 극히 단순하고, 소박한 것을 말하는 것 같지만 그러나 그 예술은 물 속 거울의 바람처럼 청중의 마음을 파헤쳐 뒤집어 놓는 그런 예술을 배웠다. 그는 산언저리에서 머뭇거리며 떠오르는 태양과 강물 밑에서 그림자처럼 조용히 달아나는 물고기들의 움직임 그리고 봄바람에 흔들리는 어린 버들들을 시속에 그려냈다. 누군가 이를 들었다면 이는 태양도 아니었고, 고기들의 유희도 아니었으며 그리고 버들가지의 속삭임도 아니라는 것을 느낄 것이다. 이는 아주 짧지만, 매 순간, 하늘과 이 세상이 완벽한 화음으로 내는 소리였다. 이를 듣는 모든 청중들은 각각 환희와 고통으로 자신들이 사랑했거나 미워했던 것을 생각했으며, 소년은 놀이를, 젊은이는 애인을 그리고 노인은 죽음을 생각하게 되었다.

한폭은 자신이 대가 곁에서 얼마나 많은 햇수동안 머물러 있었는지 전혀 깨닫지 못했다. 이따금씩 어제 저녁에 이 계곡에 들어와 대가인 노인으로부터 현악기 켜는 것을 배운 것처럼 여겨지기도 했다. 그에게 모든 인간들의 나이와 시간이 떨어져나가 더 이상 아무런 의미도 없었다.

어느 날 아침, 그는 홀로 오두막에서 깨어났다. 대가를 찾고 소리쳐 보았으나 그는 사라지고 없었다. 밤사이에 가을이 다가온 것 같았다. 사나운 한 줄기 바람이 오래된 오두막을 흔들었다. 아직 때가 아님에도 불구하고 산마루 위로 커다란 무리의 철새들이 날아갔다.

한폭은 작은 현악기 라우테를 몸에 지니고서 그의 고향 땅으로 내려갔다. 그가 사람들이 사는 곳에 당도하자, 사람들은 고귀한 분에게 행하는 예로서 그에게 인사했다. 그는 고향으로 향했다. 하지만 그가 고향에 도착했을 때에는 이미 아버지와 신부 그리고 친척들은 모두 이 세상 사람이 아니었고 그들의 집에는 다른 사람들이 살고 있었다. 저녁에 강에서 등 축제가 열렸다. 한폭은 한층 어두워진 강변 저편에서 오래된 나무둥치에 기대어 서있었다. 그가 작은 악기 라우테를 연주하기 시작하자 여자들은 한숨을 내몰았고, 황홀 속에 짓눌려 밤 깊숙한 곳으로 시선을 던졌다. 젊은 남자들은 라우테를 켜는 그를 향해 소리 높여 말했다. 그들의 모습은 어디에서도 찾을 수 없었지만, 그들의 목소리는 자신들을 중 어느 누구도 라우테의 이 같은 음을 이전에는 들은 적이 없다는 것을 알리는 것이었다. 한폭은 미소를 지으며 수천개의 등(燈)이 강에 투영되어 두둥실 떠있는 모습을 쳐다보았다. 그는 더 이상 강물 속에 비춰진 투영 상들과 현실의 투영 상들을 구별할 수 없었다. 그리고 지금 행해지고 있는 축제와 그가 이곳에서 젊은이로서 서있었던, 대가(大家)의 말을 들었던 예전의 축제 사이에서, 다른 어떠한 점도 찾을 수 없었다.

Ⅱ. 플루트의 꿈 (Flötentraum)

"여기, 이것을 가져라. 그리고 네가 저 먼 땅에서 플루트로 사람들을 기쁘게 해줄 때, 이 나이든 아버지를 잊지 말거라. 네가 이 세상을 보고 무엇인가를 배워야 할 가장 적기가 바로 지금이다. 너를 위해 만든 이 플루트를 주겠다. 너는 다른 일은 못 하지만, 항상 노래는 잘 부르니 말이다. 너는 항상 아름답고 사랑스러운 노래를 연주하는 것만을 생각해라. 그렇지 않다면 하느님이 너에게 준 천부의 재능이 아까우니 말이다"라고 나의 아버지는 말씀하시면서 작은 상아 플루트를 주셨다.

나의 사랑하는 아버지는 음악에 대해 거의 이해하지 못하신다. 그는 학자였다. 그는 내가 그 작고 예쁜 플루트를 불기만 한다면 그것으로 잘 될 거라고 생각했다. 나는 그가 믿고 있는 바를 그릇되게 하지 않기 위해 감사하는 마음으로 그 플루트를 집어넣고 그와 작별했다.

커다란 뜰 물방아에 이르기까지 이어진 낯설지 않은 계곡, 그 뒤로 세상이 펼쳐졌다. 나는 그 세상이 매우 마음에 들었다. 피곤에 지쳐 날아든 벌 한 마리가 소매 위에 앉았다. 나는 이 벌과 함께 앞으로 나아갈 것이고, 후에 있을 나의 첫 휴식지에서 고향으로 보내는 전령으로 삼았으면 했다.

숲과 초원들이 나와 길을 함께 했으며, 강 역시 곁에서 힘차게 흘러갔다. 나는 이 세상이 고향과 거의 다르지 않음을 보았다. 나무들과 꽃들, 곡식의 이삭들 그리고 개암나무 덤불은 나에게 말을 걸어왔고 나는 그들의 노래들을 함께 불렀으며, 그들은 집에서 그랬던 것처럼 나를 이해했다. 노래 때문에 깨어난 나의 벌은 천천히 어깨위로 기어가다가, 깊고 달콤한 윙윙거림과 함께 내 주위를 맴돌고는 곧바로 고향으로 날아갔다.

그때, 숲 속에서 한 소녀가 걸어 나왔다. 이 소녀는 바구니를 들고서 널따랗게 그늘진 밀짚모자를 금발 머리 위에 쓰고 있었다.

"안녕, 넌 어디로 가니?" 나는 그녀에게 말을 건넸다.

"나는 풀 베는 사람들에게 식사를 가져가는 중이야. 그러는 너는 어디로 가니?"

그렇게 말한 그녀는 바로 내 곁에서 걸어갔다.

"나는 세상 밖으로 나아가고 있어. 나의 아버지가 나를 내보냈지. 그는 내가 사람들에게 플루트를 불어서 들려주어야 한다고 생각하고 있어. 그러나 나는 플루트를 제대로 불지 못해. 나는 플루트를 배워야만 해."

"아, 그래. 그러면 너는 도대체 무엇을 할 수 있어? 사람은 무엇인가를 할 수 있어야만 하지 않겠니?"

"뭐, 특이한 것은 아무 것도 없지만…. 노래는 할 수 있어."

"무슨 노래인데?"

"온갖 종류의 노래지. 말하자면 아침, 저녁을 노래하는 노래, 온갖 나무들, 짐승들 그리고 꽃들에 대한 노래 같은 거야. 지금 나는 숲에서 나와 풀 베는 사람들에게 식사를 가져다주고 있는 한 어린 소녀에 대한 예쁜 노래도 부를 수 있어."

"그런 노래를 할 수 있니? 그렇다면 한번 불러봐."

"알았어. 그런데, 너의 이름은 뭐니?"

"브리깃테."

나는 그녀의 이름을 듣고 난 후, 밀짚모자를 쓴 예쁜 브리깃테에 대한 노래를 불렀다. 그녀가 바구니에 무엇을 가지고 있고, 꽃들이 그녀를 어떻게 눈으로 배웅하고 있는지, 그리고 그녀에게 불어오는 정원 울타리로부터의 맑은 바람과 이에 따르는 모든 것들을 노래했다. 그녀는 매우 주의 깊게 듣고 나서, '그랬으면 좋았을 텐데' 라고 말했다. 내가 그녀에게 배가 고프다고 하니 그녀는 바구니 덮개를 열어 빵 한 개를 꺼내 주었다. 내가 빵을 한 입 물고서 뛸 듯 나아갔을 때, 그녀가 말하기를,

"절대로 뛰면서 먹으면 안돼. 천천히 체하지 않게 먹어야 해."

우리는 풀밭에 앉았다. 나는 빵을 먹고, 그녀는 자신의 갈색 손으로 무릎을 감싸고서 나를 쳐다봤다.

"나에게 무엇인가 또 다른 노래를 들려줄 수 있어?"

"좋아, 어떤 노래를 불러줄까?"

"애인이 떠나버린 한 소녀에 대해서, 그런데, 그것은 슬픈 일이야."

"싫어, 나는 그런 것은 할 수 없어. 나는 그것이 어떠한 것인지 모르고 그리고 슬퍼하면 안돼. 아버지께서 말씀하시기를 언제나 나는 즐겁고 사랑스러운 노래를 연주해야만 한다고 하셨어. 너에게 뻐꾸기 새에 대해 아니면 나비에 대해

노래해 줄게."

"너는 사랑에 대해선 전혀 모르니?"

"사랑에 대해서? 오, 그래. 사랑은 정말이지 가장 아름다운 것이야."

나는 즉시, 빨강 양귀비를 사랑하는 햇빛이 어떻게 양귀비와 놀며 그리고 기쁨에 차 있는지를 노래했다. 그리고 암컷 피리새가 수컷 피리새를 기다릴 때, 수컷 피리새가 날아오면 놀라서 멀리 날아갔었다는 것도 노래했다. 그리고 그 답례로 빵 한 개를 선사받은 소년에 대해서도 노래했다. 그러나 나는 이제 더 이상 빵을 가지고 싶지 않았다. 나는 그녀로부터 키스를 원했다. 내가 그녀의 갈색 눈을 보자 그녀는 미소를 지었고, 그녀의 입술에 닿을 때까지 나의 노래는 계속되었다.

그때 브리깃테는 몸을 기울여 나의 입을 자신의 입술로 막으며 눈을 감았다가 다시 떴다. 나는 가까이 있는 갈색의 금빛 별들을 응시했다. 이 별들 속에는 나도 투영되어 있었고, 몇몇의 초원의 흰 꽃들도 있었다.

"이 세상은 너무나 아름다워. 아버지가 옳으셨어. 이제는 내가 식사를 가지고 가는 걸 도울 테니, 우리 같이 풀 베는 사람에게로 가자."

내가 그녀의 바구니를 들었다. 그녀와 나는 함께 걸었고 함께 기뻐했다. 숲은 우아하고 가파르게 산 아래로 내려졌다. 내가 세상에 나온 이후로 이렇게 만족스러웠던 때는 없었다. 나는 한참동안 경쾌하게 노래했는데, 나의 노래는 크고 다양한 소리로 인해 중지되었다. 계곡과 산, 풀과 잎 그리고 강과 숲들이 함께 어울려 소리를 내며 이야기하는 이 크고 다양한 소리 앞에 나의 노래는 멈추어야만 했던 것이다.

그때 나는 생각했다. 만약 내가 수천에 달하는 이 세상의 모든 노래를 동시에 이해하고 노래할 수 있다면, 풀들과 꽃들 그리고 인간들과 구름들과 활엽수 숲과 소나무 숲, 또한 모든 짐승들, 여기에다가 저 먼 바다와 산들의 노래 그리고 별들과 달의 노래, 이 모든 것들을 나의 내면에서 울리게 하여 노래할 수 있다면, 나는 사랑스러운 신이 되어 이 새로운 노래 모두들 하늘에 떠 있는 별들 속에 올려놓을 것이다.

그러나 내가 이 같은 생각을 가지게 됨으로써, 단지 예전에는 이와 같은 생각을 미처 하지 못했다는 이유로 정말 조용히 그리고 경이로워하고 있을 때, 그때 브리깃테가 멈추어서서 내가 잡고 있는 바구니의 손잡이를 꽉 붙잡았다. 그녀는 말했다.

"이제 나는 저 위로 가야만 해. 풀 베는 사람들이 저 위 들판에서 일하고 있어. 그래, 너는 어디로 갈거니? 같이 갈래?"

그녀는 식사가 든 바구니를 받아 들었다. 바구니 너머 갈색 그늘 속의 그녀의 눈이 다시 한번 나에게 향했다. 그리고 그녀의 입술이 나의 입술에 엉겨 붙었다. 그녀의 키스는 나에게 커다란 환희를 안겨주었다. 나는 거의 슬퍼질 정도로 좋았고 그녀가 사랑스러웠다. 하지만 나는 서둘러 그녀에게 잘 지내기를 바라는 이별인사를 던지고 총총히 길 아래로 나아갔다.

그녀는 서서히 산 위로 올라갔고, 아래로 드리워진 너도밤나무 숲 가장 자리에 멈추어 서서 나를 보았다. 내가 그녀에게 윙크하고서 모자를 머리 위에 흔들어 보였을 때, 그녀는 한번 고개를 끄덕이고서 너도밤나무 그늘 속으로 조용히 사라졌다.

나는 묵묵히 나의 길을 걸어갔고, 그 길이 한 모퉁이를 돌아 꺾일 때까지 생각에 잠겼다. 그리고 그 모퉁이를 돌자, 한 물레방아가 서 있었다. 물레방아 옆에는 배 한척이 물 위에 떠 있었고, 배에는 한 남자가 홀로 앉아 있었다. 그는 오직 나만을 기다리고 있었던 것처럼 보였다. 왜냐하면 내가 인사를 하고 그의 배에 올라탔을 때, 그 즉시 배가 출발하며 강 아래로 내려갔기 때문이다. 나는 배의 가운데에 앉았고, 그 남자는 뒤쪽 노 젓는 곳에 자리했다. 내가 그에게 우리는 어디로 가느냐고 물었을 때, 그는 나를 쳐다보고 베일로 가려진 암담한 눈으로 나를 응시했다.

그는 "당신이 가고 싶은 대로"라고 억눌린 목소리로 말하면서 "강 아래로, 바다로 아니면 커다란 섬들로, 선택은 당신이 할 수 있습니다. 이 모든 것은 나의 것입니다"라고 했다.

나는 그에게 물었다.

"모든 것이 당신 것이란 말이지요? 그렇다면 당신은 이들의 왕입니까?"

"아마도 그럴지도 모르지요. 내가 보기에 당신은 작가군요. 항해 동안 나에게 노래를 불러주십시오."

나는 생각을 가다듬었다. 엄숙하고 나이든 남자 앞에 있는 것이, 나를 두렵게 했던 것이다. 우리들의 배는 빠르게 소리없이 강 아래쪽으로 떠갔다. 나는 배를 띄우고, 태양을 투영하는 바위가 많은 강가를 보다 강하게 소란하게 했고 즐겁게 도보여행을 완전히 마무리한 강을 노래했다.

남자는 내내 미동 없는 얼굴을 하다가, 내가 노래를 끝냈을 때에야 꿈을 꾼 사람처럼 조용히 고개를 끄덕였다. 그런 후, 얼마 안 되어 그는 스스로 노래하기 시작했고 나는 매우 놀랐다. 그 역시 강을 노래했고 그리고 계곡을 관통하여 흘러가는 강의 여정을 노래했다. 그의 노래는 나의 노래보다 더 아름다웠고 더 힘찼다. 그러나 그 울림과 느낌은 아주 달랐다.

그가 노래했던 강은 비틀거리는 파괴자로 산에서 내려온, 보다 어둡고 거친 것이었다. 나는 그의 노래에서 물레방아에 의해 삐걱거리면서 제어당한 느낌과 다리에 의해 걸쳐져 있는 기분을 느꼈다. 그는 뭔가를 수송해야만 하는 모든 배를 증오했다. 그는 노를 저으며 기다란 푸른 물위에 사는 식물들 속으로 미소를 지으며 물에 빠져 죽은 자들의 흰 몸통들을 흔들었다.

나는 그 모든 것이 마음에 들지 않았지만, 그러나 그 노래의 울림은 매우 아름다웠고, 신비로웠기에 나는 그만 얼떨떨해지고 가슴이 답답해져 입을 다물었다. 만약 세련되고 현명한 가수가 그가 억제된 목소리로 부른 그 노래가 좋다고 한다면, 나의 모든 노래는 어리석은 짓거리고 한낱 장난에 불과한 것이 되어버린다. 그리고 이 세상은 밑바닥부터 하느님의 마음처럼 그렇게 선량하지도 밝지도 않은 것이며, 오히려 어둡고 고뇌에 찬 것이고 사악하고 암담한 것이다. 그리고 숲들이 쏴쏴하고 소리를 낼 때면 그것은 기쁨에서가 아니고 고통으로부터 나오는 것일 것이다.

우리들은 계속해서 내려갔고, 그림자는 점점 길어졌으며, 내가 노래하기 시작할 때면 언제나 덜 환하게 울렸고, 나의 목소리는 보다 낮아졌다. 그 노래하는 낯선 사람이 언제나 내 노래에 대한 화답으로 노래했는데, 그의 노래는 이 세상을 더욱 알 수 없게 했고 더욱 고통스럽게 만들었으며 그리고 나를 더욱더 두렵게, 더욱더 슬프게 만들었다.

나의 마음은 고통스러웠다. 나는 나의 육지에서 꽃들에게 머물거나 아니면 아름다운 브리깃테 곁에 남아 있지 않았던 것을 후회했다. 점점 짙어지는 황혼 속에서 나 스스로를 위로하고자, 나는 큰 목소리로 다시 시작해서 붉은 저녁 햇살을 뚫고 브리깃테와 그녀의 키스에 대해 노래 불렀다.

그때 황혼이 시작되었고, 나는 노래를 그쳤다. 키를 잡고 있는 그 남자는 노래했고, 그는 사랑과 사랑의 환락, 갈색과 푸른 눈, 붉고 촉촉한 입술을 노래했다. 그가 고뇌에 차서 어두워가는 강을 노래했던 것은 아름답고 감동적이었다. 그러나 그의 노래에는 사랑조차도 어두웠고 불안스러웠으며, 인간들은 방황하고 상처받으며 곤궁과 동경 속에서 더듬으며 헤쳐나아가고 그리고 이들 인간들이 서로 서로에게 괴롭힘을 주고, 죽이는 그런 극단의 비밀이었다.

나는 경청했다. 내가 이미 여러 해를 떠돌아다녔고, 온통 비탄과 처참함을 겪으면서 여행길에 있었던 것처럼 그렇게 피곤했고 슬펐다. 나는 낯선 사람으로부터 거의 지각할 수 없는 싸늘한 일련의 흐름인 슬픔과 극도의 공포가 밀려와 나의 심장에 숨어드는 것을 느꼈다. 나는 참을 수 없어 소리쳤다.

"결론적으로 삶은 단연코 최상의 것이고 제일 아름다운 것이 아니며 죽음이다. 그렇다면 나는 당신에게, 슬픔의 왕인 당신에게 바라건 데, 나에게 죽음의 노래를 들려주십시오!"

배의 키를 잡고 있던 그 남자는 죽음을 노래했다. 그 노래는 내가 예전에 들었던 그 어떤 노래보다 더 아름다웠다. 그러나 죽음 또한 제일 아름다운 것은 아니었고, 가장 최상의 것도 아니었으며, 그것 또한 그에게는 어떤 위로도 아니었다. 죽음은 생이고, 생은 죽음이었다. 죽음과 생은 영원히 광란하는 사랑의 투쟁 속에 서로 서로가 뒤엉켜 있는 것이었다. 이는 최후의 것으로 이 세상의 진정한 뜻이다. 이 진정한 뜻으로부터 가상(假像)이 유래하고, 이 가상은 모든 비참함을 찬양한다. 이로부터 그림자가 도래하고, 그림자는 모든 욕망과 모든 아름다움을 흐리게 하여 어둠으로 둘러싼다. 그러나 어둠으로부터 욕망은 보다 마음 속 깊이, 보다 아름답게 불타올랐고, 사랑은 보다 깊숙이 이 밤에 불타올랐다.

나는 더욱 귀 기울였고, 아주 평온해졌으며, 낯선 남자의 의지 이상의 의지는 가지고 있지 않았다. 그의 시선은 평온하고도 어느 정도 슬픔을 지닌 호의로 나를 바라보고 있었으며 그의 눈은 온전히 이 세상의 고통과 아름다움으로 가득 차 있었다. 그는 나에게 미소를 지어 보였다. 나는 용기를 내어 절박함으로 청했다.

"아, 되돌아갑시다. 보십시오. 나는 이곳에서의 밤은 불안합니다. 나는 돌아가고 싶습니다. 내가 브리깃테를 보았던 곳 아니면 나의 아버지가 계신 집으로 말입니다."

그 남자는 일어나서 손가락으로 밤을 가리켰다. 등불은 깡마르고 굳은 그의 얼굴을 밝게 비추고 있었다. 그는 엄숙하고도 친절하게 말했다.

"어떤 길도 되돌려지지 않는다. 만약 이 세상을 깊이 규명하고자 한다면, 언제나 앞으로 나아가야만 한다. 당신은 갈색 눈을 가진 소녀에게 이미 가장 최상의 그리고 가장 아름다운 것을 받았다. 당신이 그녀로부터 멀리 떨어져 있으면 있을수록 그것은 그만큼 더 좋아지고 아름다워질 것이다. 그러나 당신은 가고자 하는 곳으로는 언제든지 갈 수 있다. 나는 당신에게 내 배의 키를 물려주겠다."

나는 매우 슬펐으나, 그가 옳다고 생각했다. 향수병에 흠뻑 빠진 나는 브리깃테를 생각했고, 고향을 생각했으며, 지금까지 여전히 가까이 있고, 빛나고 있으며 나의 것이었던, 이제는 잃어버렸던 모든 것에 대해 생각했다. 그러나, 나는 낯선 사람의 자리를 물려받고자 했고 배의 키를 조종하고자 했다. 그렇게 되어야만 했다.

이러한 까닭으로 나는 묵묵히 일어나 배의 기다란 한 가운데를 지나 키가 있는 곳으로 갔다. 그 남자는 말하지 않고 나를 향해 왔으며, 우리들이 나란히 함께 했을 때, 그는 나의 얼굴을 한참을 응시하고 나서 나에게 그의 등불을 주었다.

내가 배의 키가 있는 곳에 앉아 등불을 내 옆에 놓았을 때, 나는 홀로 배 안에 있었다. 나는 심한 전율과 함께 그 남자가 흔적을 감추었다는 것을 알아차렸다. 그렇지만 나는 놀라지 않았다. 그것은 예감한 것이었다. 아름다웠던 도보여행, 브리깃테, 나의 아버지 그리고 고향은 단지 하나의 꿈이었던 것 같았고, 또한 나는 나이 들고 암담한 사람으로 벌써 오래 전부터 언제나 야간에 강에서 배를 젓고 있었던 것처럼 여겨졌다. 나는 그 남자를 불러 볼 수 없다는 것을 알았고, 진실의 인식은 오한처럼 나를 덮쳤다.

내가 이미 예감했던 것을 알기 위해 나는 배 밖의 물 위로 허리를 굽혀 등불을 치켜 올렸다. 검은 강물의 거울로부터 갈색 눈을 가진 예리하고 엄숙한 얼굴이 나에게 다가왔다. 나이 들고 앎을 소지한 얼굴, 그 얼굴은 바로 나였다.

어떤 길도 되돌려져 있지 않기 때문에 나는 어두운 강물 위에서 계속해서 밤을 헤치며 배를 타고 갔다.

Ⅲ. 난쟁이 (Der Zwerg)

어느 날 밤 부둣가에서 고대 역사 이야기꾼인 체소는 이렇게 시작했다.

"여러분! 여러분들께서 좋다고 하신다면, 나는 오늘 여러분들에게 언젠가 있었던 아주 오래된 이야기를 하려고 합니다. 이 이야기는 한 아름다웠던 부인과 한 난쟁이, 그리고 사랑의 묘약, 신의와 배신, 사랑과 죽음에 관한 것으로 고대와 현대를 통틀어 모험담과 이야기들에서 다루고 있는 주제들입니다."

말게리타 카도린은 귀족 바디스타 카도린의 딸로서, 그 당시 베니스의 아름다운 부인들 중에서 가장 빼어났던 여자였다. 그녀를 위해 쓴 시구와 노래들은 커다란 운하에 접해 있는 궁전들의 아치형 창문들보다 많았고, 어느 봄날 밤에 폰델빈과 도가나 사이를 떠도는 곤돌라들보다도 많았다. 베니스와 무라노의 수백이 되는 젊은 귀족들이나 나이든 귀족들, 심지어 파두아 출신의 젊은 귀족들이나 나이 많은 귀족들은 밤이곤 간에 눈만 감으면 그녀에 관해 꿈을 꾸었고, 아침에 눈을 뜨면 그녀의 시선을 동경했다. 그래서 도시 전체에서 그녀에 대해 질투심을 느껴보지 않은 젊은 귀족 부인들이 한 사람도 없었다고 해도 좋겠다. 그녀에 대해 묘사한다는 것은 나의 권한에 속하지 않지만, 그녀의 머리카락은 금발이고, 키가 크며, 어린 실측백나무처럼 날씬했으며, 대기는 그녀의 머리카락들을, 그리고 대지는 그녀의 신발 밑바닥을 쓰다듬으며 그녀를 기쁘게 했고, 이탈리아의 화가인 티치안이 그녀를 보았을 때, 어떤 대상이나 인물도 아닌 그녀만을 일년내내 그리고 싶다는 욕망을 털어놓았다는 것만을 말하는 것으로 나는 만족하겠다.

옷이라든가 최고급품들, 비잔틴 금, 비단, 보석이나 장식품에 있어서 미녀 카도린은 어떤 부족함도 없었고, 그녀는 자신의 궁전에서 보다 풍족하게 그리고 화려하게 지냈다. 그녀의 발은 소아시아 제품인 색깔이 있는 두꺼운 양탄자를 디뎠으며, 여러 찬장들은 은으로 된 기구들을 풍족하게 보관하고 있었고, 책상들은 섬세한 면직물과 빼어난 자기류로 광채를 발하고 있었다. 그리고 거실바닥은 아름다운 모자이크 수공으로 되어있었고, 천장과 벽들은 비단 실크의 표면에 고블랭직(벽걸이 따위에 사용됨)이나 예쁘고 밝은 회화들로 장식되어 있었으며 충분한 시종들과 곤돌라의 노 젓는 사람들도 많았다.

물론, 이 같은 값비싸고 기쁨을 주는 물건들은 다른 집에도 있었다. 당시 베니스는 대단히 부유했던 곳이어서 귀중품들로 가득 찬 찬장과 비싼 가구들, 벽지들 그리고 장식품들은 그녀의 궁전보다 더 크고 그리고 화려한 궁전에 가득 있었다. 하지만, 오로지 젊은 말게리타 혼자만이 소유한, 다른 부자들로부터 질투심을 불러일으키는 보물이 그녀에게 있었다. 그것은 3엘레(옛날의 길이 단위)가 채 안 되는, 두 개의 자그마한 곱사등을 가진 피립보오라는 난쟁이였다. 그는 기이할 정도로 작은 사나이였다. 그는 사이프러스(지중해에 있으며

1960년 독립공화국이 된 섬나라) 출신으로 그의 주인인 빅토리아 바디스타가 그의 여행에서 돌아오면서 데려왔다. 당시 피립보오는 희랍어와 시리아어만을 할 수 있었는데, 지금은 베니스에 토착하여 베니스어를 잘 구사하고 있어서 티바 아니면 산지오베 키르헤슈필에서 태어난 것처럼 여겨졌다. 그의 주인이 되는 말게리타는 매우 아름답고 날씬했지만, 난쟁이인 피립보오는 추했다. 그의 기형적인 몸매 옆에서 그녀의 키는 두 배나 컸고 그 모습은 위풍당당했다.

이는 마치 어부의 오두막 옆에 서 있는 섬 교회의 탑과 같았다. 이 난쟁이의 손은 주름져 있었으며 고동색이었고 관절 부위가 휘어져 있는데다가 코는 굉장히 컸으며, 발은 넓적하고 안쪽으로 굽어져 있어 그 걸음걸이가 형용할 수 없이 우스꽝스러웠다. 하지만, 옷을 차려 입고서 걸을 때는 마치 비단과 금천으로 단장한 군주 같았다.

이 같은 외모가 그 난쟁이를 보물로 만들었다고 할 수 있는데, 아마도 베니스에서뿐만 아니라 밀라노를 포함한 이태리 전역에서 그 같은 기이하고 익살스러운 자태를 지닌 인물은 없을 것이다. 많은 국왕, 영주 그리고 고관들은 이 기이하고 괴기한 사내가 팔려지게 된다면 기꺼이 금으로 사들였을 것이다.

아마도 궁전들에서나 아니면 부유한 도시들에서, 자그마한 면이나 추한 면에서 피립보오와 버금가는 몇몇 난쟁이들이 있다고 하더라도 이들 난쟁이들은 정신적인 면이나 재능적인 면에서 그를 능가하지는 못 할 것이다. 영리한 것만이 인정되는 사회라면, 이 난쟁이는 차분하게 십 인의 위원회에 앉아 있거나, 아니면 대표부를 관장했을지도 모른다. 그는 세 개의 언어를 구사할 뿐만 아니라 역사, 조언들 그리고 착상들에도 잘 통달해서 오래된 이야기를 새롭게 얘기하거나 새롭게 창작하기도 하고, 또 좋은 충고나 짓궂은 농담도 잘 했으며, 그가 원하기만 한다면 누구든 웃게 만들거나 절망에 빠뜨리게 할 수도 있었다.

청명한 날에는 주인인 귀부인이 발코니에 앉아서 그녀의 윤기나는 머리카락을 태양에 쬐어 표백을 하곤 했는데, 이는 당시 유행으로 이럴 때면 그녀는 언제나 두 시녀와 아프리카 태생의 앵무새 그리고 난쟁이 피립보오를 동반했다. 이들 시녀들은 그들의 주인인 귀부인의 긴 머리카락을 젖히며 빗질하고는 그 머리카락을 챙이 넓은 모자위로 펼쳐 널어 표백이 잘 될 수 있게 만든 다음, 그 위에 장미이슬과 희랍 수를 뿌렸다. 그리고 이들은 그녀에게 도시에서 일어났던 일들과 일어날 일들도 낱낱이 이야기했다. 그 이야기들은 사망사건, 축제, 결혼, 출생, 도둑 사건이거나 우스꽝스러운 일들이었다. 앵무새는 아름다운 색채의 날개를 펼치며 세 가지 예술작품을 뽐냈는데, 염소들이 '메-메-' 하고 울듯이 호각소리를 내며 노래하거나 '잘 자라' 라고 소리쳤다. 난쟁이는 그 옆에서 조용히 햇볕에 웅크린 채 앉아서, 소녀들의 재잘거림과 윙윙대는 모기들에도 아랑곳하지 않고 오래된 책자들과 두루마리들을 읽고 있었다. 얼마 후, 이럴 때면 언제나 그랬듯이 색색의 앵무새는 꾸벅꾸벅 졸며 잠들었고, 시녀들은 조잘

거리다가 서서히 입을 다물고서 그들의 작업을 소리 없이 그리고 피곤한 자세로 진행했다. 베니스 궁전 처마의 발코니에 내리쬐는 뜨거운 정오의 햇살보다 더 졸음이 쏟아지게 하는 것은 없었기 때문이다. 그 즈음되면 시녀들은 귀부인의 머리카락을 건조되게 내버려두거나, 심지어 조심스럽지 않게 그녀의 머리카락을 만졌다. 그렇게 되면 귀부인은 기분이 언짢아져서 시녀들을 심하게 나무랐다. 그리고는 갑작스럽게 이렇게 소리쳤다.

"그에게서 책을 뺏어!"

시녀들은 피립보오의 무릎에 놓여 있던 책들을 치웠다. 그러자 화가 난 난쟁이 피립보오는 눈을 치켜 올렸다가 곧 자제하며 그의 주인이신 귀부인이 무엇을 하시고 싶어하는지를 정중히 물었다. 그러면 귀부인은 명령했다.

"나에게 이야기를 해줘!"

"좀 더 생각해 본 뒤, 해드리겠습니다."

난쟁이는 그렇게 답하며 곰곰이 생각했다. 이런 경우에 그는 주인인 귀부인을 오래 기다리게끔 해서, 그녀가 그를 질책하며 간청하는 일이 이따금 있곤 했다. 이럴 때면 그는 침착하게, 그의 몸에 비해 너무 큰 머리를 저으며 태연하게 이렇게 답하는 것이었다.

"주인께서는 어느 정도의 인내심을 가지셔야 합니다. 좋은 이야기들은 종종 협곡이나 숲들의 입구에서 오랫동안 숨어 은신하고 있어서, 이들 좋은 이야기들을 찾기 위해서는 매복해서 기다려야 합니다. 좀 더 깊이 생각하도록 해 주십시오.”

그러나 그가 이렇게 충분히 생각한 후, 이야기를 하기 시작하게 될 때 이야기는 중단함이 없이 끝까지 이어진다. 그의 이야기는 도중에 멈춤이 없이 산맥으로부터 내려오는 강처럼 진행되었는데, 이 강에는 작은 풀들에서부터 하늘의 푸른 구름에 이르기까지 모든 것들이 투사되고 있었다. 이때, 앵무새는 잠을 자고 있었는데, 이따금씩 구부러진 부리로 ‘삐꺽’ 거리는 소리를 내고 있었다. 작은 운하들은 잠잠해 집들의 영상은 실제의 성벽처럼 고정되어 있었고, 태양은 평평한 지붕 위로 뜨겁게 내려쬐고 있어 시녀들은 죽을힘을 다해 졸음과 맞서 싸우고 있었다. 그러나 난쟁이는 졸지 않았다. 그가 이야기를 시작하면 그는 곧 마술사가 되고 왕이 되었다. 그는 태양을 완전히 지워버리고, 조용히 듣고 있는 주인 귀부인을 무서운 검은 숲을 지나가게도 하고, 저 푸른 바다의 차가운 심연 아래로, 또는 상상을 뛰어넘는 낯선 도시들의 거리를 지나가게도 했다. 그는 이야기를 이어가는 기교를 동방(東方)에서 배웠는데, 그곳에서 이야기꾼은 평가가 높고, 마법사처럼 마치 아이가 공놀이하듯이 청취자들의 영혼을 가지고 놀았다.

대체적으로 그의 이야기들은 청취자들의 영혼이 스스로의 힘으로 쉽게 날아갈 수 없는 낯선 이국땅에서는 결코 시작되지 않았다. 이러한 관점에서 그는 언제나 사람들이 눈으로 볼 수 있는 것, 그것이 금으로 된 혁대이든, 실크로 된 보자기이든 간에 무엇인가 가까이 있는 것으로 현실적인 것에서 시작했다. 그의 주인인 귀부인이 상상도 할 수 없게 그 같은 귀한 보물의 이전 소지자에 대해, 아니면 그 같은 귀한 보물을 모으는 사람이나 판매자들에 관한 것부터 시작했다. 이야기가 자연스럽게 그리고 서서히 궁전의 발코니로부터 상인의 범선으로, 항구에 있는 범선에서 선박으로, 그리고 이 세상의 모든 것을 가장 먼 곳으로 요동케 함으로써 그가 가고자 하는 방향으로 귀부인의 상상을 이끌어갔다. 누구든 그의 이야기를 경청하게 되는 사람은 자기 스스로 항해를 하고 있다고 믿었었다. 그리고 비록 그가 베니스에 조용히 앉아 있을 동안에도 이미 그의 망령은 기쁘거나 아니면 불안해하면서 저 바다 멀리 떨어진 경이로운 곳들에서 이리저리 헤매고 있었다. 이런 식으로 피립보오는 이야기했다.

이 같은 상상을 뛰어넘는 동양적인 동화들 외에도 그는 고대나 현대에 주어졌던 실제의 모험담이나 사건들, 그 예로 아네아 왕의 항해와 고뇌, 사이프러스의 왕국, 요한 왕, 요술사 빌길리우스 그리고 아메리고 베스푸치의 놀랄만한 여행에 대해서도 이야기했다. 뿐만 아니라 그는 자기 스스로 기이한 이야기들을 만들어서 내놓곤 했다. 어느 날, 귀부인이 잠에 빠져 있는 앵무새를 보고서, "너는 모든 것을 아는 사람이니, 지금 나의 앵무새가 무엇을 꿈꾸고 있는지도 알겠지?" 라고 그에게 물었다. 이에 그는 얼마간 깊이 생각하더니 곧이어 하나의 긴 꿈을 이야기하기 시작했는데, 마치 그 자신이 앵무새인 것처럼 이야기했으며, 이야기가 끝나자마자, 앵무새가 눈을 뜨더니 염소처럼 '메-메-' 하고 소리치며 날개를 파닥였다. 그리고 또 다른 날에 귀부인은 한 조그만 돌을 집어 들고서 발코니 난간 너머, 운하 물속으로 던지더니, '찰싹' 하고 나는 소리를 듣고서 그에게 "피립보오야, 지금 내가 던진 조그만 돌이 어디로 갔는지 아니?"라고 물었다. 그러자 곧, 난쟁이는 그 조그만 돌이 물속에서 용천으로, 물고기들, 게들 그리고 굴들에게 어떻게 다다르게 되는지, 그리고 가라앉은 선박들, 그리고 그가 잘 알고 있어서 상세하게 묘사할 수 있는 물의 정령들, 요정들 그리고 인어들에게 어떻게 도달하게 되는지를 이야기했다.

비록 귀부인 말게리타도 다른 돈 많고 아름다운 여자들처럼 교만하고 무정했지만, 그녀는 난쟁이에게 많은 애정을 가지고 있어, 누구든지 그를 좋게 그리고 함부로 하지 않도록 신경을 기울였다. 다만, 그녀는 스스로 이따금씩 농담을 함으로써 그를 얼마간 괴롭히기도 했으니, 결국 그는 그녀의 소유물이었다. 그녀는 그로부터 모든 책을 뺏거나, 그를 앵무새 새장에 가두거나, 그를 홀의 널마루에서 비틀거리게도 했다. 하지만, 그녀는 이 모든 것을 악의적으로 하지 않았고, 피립보오 또한 불만을 표하지 않았었다. 그러나 그는 그것을 하나도 그냥 흘러버리지 않고 가끔 그의 우화들이나 동화들 속에서 그녀에게 자신의 불만을 시사하거나 암시해서 일침을 가하기도 했는데, 그녀는 그것들을 조용히 흘러보냈다. 그녀는 그를 너무 자극하지 않도록 조심했다. 이유인 즉, 모두가 믿고 있는 것인데, 그는 남모르는 학식과 말할 수 없는 자기만의 수단과 방법을 지니고 있었기 때문이었다. 확실한 것은 그가 많은 동물들과 이야기하는 재능과 일기예보를 한 치의 틀림도 없이 내다본다는 것이다. 하지만, 그는 누구로부터 이런 수완에 대해 다그치게 물음을 받게 될 때에는 거의 언제나 잠잠히 있었고, 그가 자신의 기울어진 어깨를 치켜 올리고 그의 무겁고 뻣뻣한 머리를 흔들면 그에게 매달렸던 질문자는 그만 크게 웃을 수밖에 없어서 자신이 하고자 했던 바를 잊어버리곤 했었다.

모든 사람이 살아있는 어떤 종류의 인간 영령(靈靈)을 좋아하고 이로써 사랑을 표현하고자 하는 욕구를 가지고 있는 것처럼, 피립보오 역시 그가 좋아하는 책들 외에 특이한 우정을 가지고 있었다. 그것은 다름 아닌, 그에게 속했고 더군다나 집에서 그의 곁에서 잠을 자고 있는 한 마리의 작은 개였다. 이 개는 귀부인 말게리타가 받아들이지 않았던 구혼자의 선물로, 물론 특이한 상황으로 인해 난쟁이에게 맡겨진 것이다. 그 특이한 상황이라는 것은, 그 개가 왔던 첫날, 그 개가 그만 '탁' 하고 닫힌 벼락닫이로 인해 사고를 당한 것을 말하는데, 이때 다리가 부러져서 거의 죽게 된 개를, 당시 난쟁이가 가지기를 소원해서 선물로 받은 것이었다. 그의 정성어린 돌봄으로 개의 다리는 나았고, 개는 구원자에게 감사하며 그를 따랐다. 그러나 치유된 뒤에, 다리가 휘어져서 절룩거리면서 걷게 되었다. 이 온전치 못한 개의 걸음은 기형인 그의 주인과 어울려서, 그로 인해 피립보오는 조롱 섞인 농담을 자주 듣곤 했다. 난쟁이와 개 사이에 있게 된 애정이 다른 사람들에게는 바보처럼 보였다고 하지만, 이들 사이의 사랑은 숨김이 없는 진정한 것이었다. 그의 가장 좋은 친구들 중, 돈 많은 귀족도 피립보오의 다리가 휘어진 볼로냐 개(犬)보다도 진실하게 사랑받지는 않았을 것이다. 피립보오는 볼로냐 개를 '필립피노'라고 불렀는데, 다시 애칭으로 간략하게 '피노'라 했다. 그는 피노를 아이처럼 온화하게 다루었고, 그와 이야기를 나누기도 하고, 맛있는 먹이도 가져다주기도 했으며, 종종 피노와 오랫동안 놀기도 했다. 단적으로 말해 그의 가련한 타향살이의 삶으로부터 나온 모든 사랑을 이 영리한 짐승에게 쏟으며 시녀들과 주인인 귀부인이 피노에게 던져지는 조소를 자신이 감수했다. 피립보오가 피노에게 가졌던 애정이 결코 웃어넘길 일이 아니라는 것이 곧 밝혀지겠는데, 왜냐하면 이 애정은 개와 난쟁이에게 뿐만 아니라, 집안 전체에 커다란 불행을 가져다주었기 때문이다. 다리가 불구인 피립보오의 작은 애완견에 대해 말을 많이 늘어놓는다고 해서 기분이 상할지는 모르겠으나, 아주 사소한 일들이 엄청나게 커져 되돌릴 수 없는 운명을 초래하는 것은 드문 일이 아니라는 실제 예들은 허다하다.

그렇게 고귀하고 돈이 많고 용모가 빼어난 많은 남자들이 말게리타에게 눈길을 보냈고, 그녀의 이미지를 자신들의 마음속에 지니고 있었으나 그녀는 이 세상에서 자기 마음에 드는 남자는 없는 것처럼 거만했고 냉정했다. 그녀는 말하자면, 기우스티니아니 가문 출신인 귀부인 마리아라고 하는 어머니가 사망하기까지 매우 엄하게 자랐다. 그녀는 천성적으로 거만하고 사랑에 잘 따르지 않는 존재여서 베니스의 여자들 중에서도 가장 잔혹했던 미인으로 통용되고 있었는데, 이는 맞는 말이었다. 그녀 때문에 파두아 출신의 한 젊은 귀족은 밀라노 출신의 한 장교와 결투를 한 적도 있었다. 그녀는 이 사실을 들었는데, 결투의 패자가 그녀에게 남긴 마지막 말을 그녀가 들었을 때, 그녀의 하얀 이마에는 티끌만치의 슬픔을 띤 그림자도 보이지 않았다는 것이다. 그녀는 그녀를 두고 만들어진 소네트들을 언제나 조소했으며, 거의 이 시점에 그 도시의 명망있는 가문의 두 구혼자들이 근엄하게 구혼을 청했을 때에도 그녀는 아버지의 끈질긴 저항과 간곡한 설득에도 불구하고 아버지로 하여금 이들 두 구혼자들을 물리치도록 했다. 그 결과 긴 기간 동안 가족들 간의 힘든 반목이 있을 정도였다.

작은 날개가 달린 신(神)은 사기꾼이기도 해서 눈앞에 있는 미끼를 놓치는 것을 싫어한다. 특히 이토록 아름다운 한 미녀에게는 더욱 말이다. 접근하기 어려운 거만한 여자들은 가장 빠르게 그리고 가장 심할 정도로 사랑에 빠지는데, 이는 마치 혹독한 겨울 뒤에 가장 온화하면서도 우아한 봄이 오는 것과 같은 자연의 흐름과 같이하고 있음을 알 수 있다.

어느 축제 날, 무란네스 정원에서 있게 된 일이다. 말게리타는 한 젊은 방랑자이자 방금 레벤터에서 돌아온 항해사인 사람에게 마음을 뺏기게 되었다. 그의 이름은 발다사레 모로시니였고, 그에게 시선을 준 여인에 비하여 그는 귀족신분에 있어서나 외모의 당당함에 있어서도 어느 정도 상응했다. 그녀에게 있어서 모든 것이 밝았고 가벼웠지만, 그러나 그에게는 어두운 면과 강한 면이 보였다. 그에게는 오랫동안의 항해에서 낯선 이국땅에 있었다는 것과 모험을 즐기는 사람이라는 것을 찾아 볼 수 있었다. 햇볕에 그을린 그의 갈색 이마 위로는 생각들이 번개처럼 빠르게 번뜩였고, 선이 날카로운 그의 코 위, 어두운 눈은 격렬하고 예리했다.

그는 곧 말게리타를 알아보았고, 그녀의 이름을 알게 되자마자 그녀의 아버지와 그녀에게 자신 스스로를 소개해야 한다는 사실이 고민되었다. 이유인 즉, 그 당시 자기소개는 이루 말할 수 없는 겸손과 아부하는 말로 행해지는 것이 관례였기 때문이었다. 거의 한 밤중까지 지속된 축제가 막바지에 이르기까지 그는 실례가 되지 않는 선에서 그녀 주위를 계속 맴돌았다. 그녀가 비록 그가 아닌 다른 사람들에게 몸을 돌리고 있었지만, 그녀는 복음서에 귀를 기울이는 것보다도 더 열심히 그의 말을 경청하고 있었다.

여하튼 간에 발다사레씨는 종종 그의 여행과 성취했던 것 그리고 헤쳐나왔던 위험들에 관해 이야기를 늘어놓아야만 했었다. 그는 자신의 이야기를 예의에 벗어남이 없이 명쾌하게 진행해서 누구나 즐거이 그에게 귀 기울였다. 실제로 이 모든 그의 행위는 오로지 한 청중인 그녀만을 겨냥한 것이었으며, 그녀는 한숨도 돌리지 않고 그의 이야기를 경청하고 있었다. 그는 가장 기이했던 모험담을 가볍고 경쾌하게 풀어놓았기 때문에 듣고 있던 모든 사람이 마치 자신이 그 모험을 체험한 것처럼 느꼈다. 그리고 그는 항해사들 특히, 젊은 항해사들과는 달리 자기 자신을 선두에 내세우지 않았다. 그러나 단 한번 그런 적이 있었는데 그것은 그가 아프리카 해적과 싸움을 했던 부분에서였다. 그가 그 결투에서 입은 왼쪽 너머를 가로지르는 상처의 흔적에 관해 언급했을 때, 그때 말게리타는 숨을 죽이고 귀를 기울이며 경악을 금치 못하고 있었다.

축제가 막바지에 다다랐을 때쯤, 그는 그녀와 그녀의 아버지를 곤돌라가 있는 곳까지 배웅하면서 어두운 해안 호 위로 사라지고 있던 곤돌라의 횃불 불빛을 눈으로 전송하며 오랫동안 서 있었다. 그는 그들이 이제 보이지 않게 되어서야 비로소 친구들이 있는 정자로 돌아왔다. 그곳에는 몇몇 젊은 귀족들과 예쁜 창녀들이 노란빛의 희랍포도주와 이태리식 붉은색 알코올 음료를 마시면서 훈훈한 밤을 보내고 있었다. 이들 가운데에는 베니스에서 가장 부유하고 그리고 가장 생을 즐기는 젊은 남자들 중의 한 사람인 기암바티스타 간타리니도 있었다. 간타리니는 발다사레를 정답게 맞았는데 그는 그의 손을 만지면서 크게 웃으며 말했다.

"오늘 밤 여행에서 있었던 사랑의 모험담을 듣기를 바랐는데, 미인이라는 인물이 너의 마음을 가져가 버렸으니 내가 바랐던 것은 헛일이 되고 말았어. 그러나 너도 알고 있겠지? 그 아름다운 소녀는 단단한 돌이고 아무런 감정도 가지고 있지 않다는 것을. 그녀는 화가 기올기온네의 한 그림과 같네. 그가 그려낸 여자들은 감흥할 수 있는 어떤 근육의 살도 그리고 피도 없는 다만 우리들 눈에만 존재하는 정말 그런 여자들이지. 내가 진정으로 너에게 충고하건데, 그녀로부터 떨어지게. 그렇지 않다면 세 번째로 퇴짜를 맞아서 그녀의 하인들의 웃음거리가 될 테니 말이야."

발다사레는 친구 간타리니의 이런 말에도 오로지 웃기만 하며, 친구의 말에 아무런 변명도, 대꾸도 하지 않았다. 그는 달콤하고 올리브유 색깔의 사이프러스 포도주를 몇 잔을 비우고 나서 다른 사람들보다 일찍 집으로 돌아갔다.

다음날, 이미 그는 귀족 카도린이 있는 작고 아담한 궁전을 찾아가 그의 호감을 얻을 수 있도록 온갖 방법을 동원하고 있었다. 그는 저녁에 아름답고 젊은 여자들로 구성된 가수들과 음유가(吟遊歌)인들을 동원하여 세레나데를 띄었는데 그 결과는 성공적이었다. 미녀 말게리타는 창가에 서서 귀를 기울였으며, 심지어 잠깐 동안이지만 발코니에 모습을 드러내기까지 했다. 말할 것도 없이 이 사건은 곧 도시 전체에 퍼져나갔다. 빈둥거리는 사람들과 수다스런 여자들은 모로시니가 말게리타의 아버지에게 딸과의 결혼을 청하기 전인데도 벌써부터 이들의 약혼식과 결혼식 날에 대해 재잘거렸다. 그는 본인이 아닌, 친구 한 사람 혹은 두 사람이 대신 구혼을 청하는 그 당시 법도를 거부했다. 하지만 얼마 지나지 않아, 말하기를 좋아하는 사람들의 예언은 맞아 떨어졌다.

발다사레 모로시니가 그녀의 아버지 카도린에게 사위가 되겠다고 표명했을 때, 그녀의 아버지는 적지 않게 당황했다. 카도린은 "나의 가장 충성스런 젊은이여"라고 애원하면서 "나는 자네의 청혼이 나의 집안에 뜻하는 그 영예를 결단코 낮게 평가하지는 않네. 그럼에도 나는 자네에게 진정으로 바라건대, 자네가 그 의도하는 바를 거두어 줬으면 한다네. 이것만이 나에게만 아니라 자네에게도 걱정과 무거운 짐을 내려놓는 것이 될 것이네. 자네는 오랫동안 여행길에 있었고 베니스로부터 멀리 떨어져 있었기에 나의 불행한 딸이 이미 오래 전에 두 번의 명예로운 청혼을 아무런 이유 없이 거절하여 나를 어떠한 곤경에 처하게 했는지 자네는 모른다네. 내 딸은 사랑과 남자들에 대해서는 아무 것도 알려하지 않아. 그리고 내 솔직히 말하자면, 내가 내 딸을 어쩌면 버릇없게 키웠다거나 또는 내가 너무 유약해 내 딸의 고집을 단호하게 꺾지 못했다고도 할 수도 있네"라고 말했다.

발다사레는 정중하게 그녀의 아버지 카도린이 말하는 것을 경청했으나, 그는 청혼을 늦추지 않았고 오히려 걱정스러워 하는 나이든 귀족의 용기를 북돋워 보다 나은 기분으로 이끄는데 온 정력을 쏟았다. 결국, 카도린은 그에게 그의 딸과 청혼에 대해 이야기를 나누어 보겠다는 것을 약속했다.

말게리타의 답변이 어떠했으리라는 것은 예상할 수 있을 것이다. 실제로 그녀는 자기 자만심의 보존 때문에 아주 사소한 항변을 내놓아, 얼마간 그녀의 아버지 앞에서 여전히 여성으로서의 처신을 행사했다. 그러나 그녀는 이미 그의 청혼에 대해 질의되기 이전에 마음속으로 그의 구혼을 승낙하고 있었다. 발다사레는 그녀의 승낙 답변을 받자마자 예쁘고 값나가는 선물을 가지고 그녀 앞에 나타났고, 곧 그의 약혼녀인 말게리타의 손가락에 신부반지를 끼워주고 자만심에 찬 그녀의 아름다운 입술에 처음으로 키스했다.

이제 베니스 사람들은 만나기만하면 그들을 주제로 수다를 떨거나 시샘을 하였다. 그 어느 누구도 그토록 훌륭한 한 쌍을 본적이 없었다. 이들 둘은 모두 키가 컸는데 그녀는 그보다 털끝만큼도 작지 않았다. 그녀의 머리카락은 금발이었고 그의 머리카락은 검은 색이었는데, 이 두 사람은 그들의 머리를 높이 그리고 자유분방하게 하고 있었다. 왜냐하면 이들은 귀족의 자만심에서 어느 쪽도 뒤지지 않으려 했기 때문이다.

그러나 이런 호사스런 신부의 마음에 들지 않는 것이 단 한 가지 있었다. 그것은 그녀의 약혼자가 얼마 있지 않아 중요한 사업을 마무리하기 위해 사이프러스로 다시 한번 떠나야 한다는 것이었다. 결혼식은 그가 여행에서 돌아온 뒤에야 비로소 올리기로 되어 있었지만 시 전체는 벌써 그것을 공공의 축제처럼 즐거이 기다리고 있었다.

그 동안, 이들 약혼자들은 아무런 방해도 받지 않고 행복한 시간을 가졌다. 발다사레는 기회 있을 때마다 말게리타에게 선물이나 소야곡을 바쳤고 모든 행사를 그녀와 함께했다. 또한, 이들 두 사람은 엄한 관습을 피해 덮개가 있는 곤돌라에 몸을 싣고 사람들이 많이 찾지 않는 공동 항해도 자주 했다.

말게리타는 가끔 거만스럽거나 잔인할 정도의 성질을 부릴 때가 있었다. 이 같은 그녀의 행위는 버릇없게 자란 귀부인에게 있어 흔한 것이었는데, 이럴 때면 원래부터 거만하고 다른 사람을 별로 염두에 두지 않는 그녀의 신랑 역시 그녀가 이런 행동을 보일 때면 항해체험을 통해서나 새로 얻은 성과에도 불구하고 차분한 모습을 보이지 않았다. 그는 구혼자로서 유쾌하고 예의바른 사람이었지만 노력하면 원한 바를 이룰 수 있었기에, 시간이 흐를수록 자신의 천성과 본능에 따르기 시작했다. 본래부터 격정적이고 고압적이었던 그는 항해사로서 그리고 부자 상인으로서 자신의 욕구에 따라 생활했고 다른 사람들을 고려하지 않았다. 그는 처음부터 신부 주변에 있는 많은 것들이 마음에 들지 않았다. 특히, 앵무새와 다리를 저는 작은 개인 피노 그리고 난쟁이 피립보오는 그에게 있어 보기 싫은 존재들이었다. 그가 이따금씩 이들을 보게 되면, 그는 성질을 부리고 모든 수단을 동원해 괴롭히거나 아니면, 이들의 소유주인 신부와 떨어뜨려 놓았다. 종종 그의 목소리가 층계에 울릴 때면, 개 피노는 울부짖으며 도망쳤고, 앵무새는 소리를 지르면서 날개를 파닥거렸으며, 난쟁이는 입술을 일그러뜨리고서 굳게 입을 다물었다. 말게리타는 이들 동물을 위해서는 아니라고 하더라도 피립보오를 위해 많은 말을 해서 때때로 가련한 난쟁이를 방어해 주기도 했다. 그러나 그녀는 감히 신랑을 자극하여 마음을 상하도록 행동하지 않았으며, 이들에게 가해졌던 작은 고통이나 잔인성을 막을 수도 없었고 막고자 하지도 않았다. 앵무새는 제일 먼저 처리되었다. 어느 날 발다사레는 작은 막대기로 앵무새를 찌르며 괴롭히고 있었다. 그러다가 성이 난 앵무새가 예리한 부리로 그의 손을 쪼는 바람에 손가락에 피가 나자, 그는 새의 목을 비틀어 집 뒤편의 좁고 어두운 운하로 던져 버렸다. 그렇지만 어느 누구도 그 일에 대해 애처로워하거나 슬퍼하지 않았다.

그 후 처리된, 절름발이 개 피노의 일은 이보다 더 낫지 않았다. 주인인 귀부인의 신랑이 어느 날 집에 들어섰을 때, 피노는 언제나 그러했듯이 그의 눈에 띄지 않기 위해 층계의 어두운 구석에 몸을 숨기고 있었다. 자신의 하인을 신뢰하지 않는 발다사레는 무엇인가를 그의 곤돌라에 두고 내렸는지 층계 계단에 다시 내려갔다. 이에 놀란 피노가 놀라서 크게 짖으며 성급하면서도 서투르게 뛰어 올라 그를 넘어뜨릴 뻔했다. 그는 비트적거리다가 개와 함께 복도에 다다르게 되었다. 개는 불안에 휩싸여, 돌계단들이 저 아래 운하로 이어지고 있는 정문입구로 내달렸다. 분노한 그는 쫓아가 절름발이 개 피노를 걷어찼고 이 작은 개는 저 멀리 운하 속으로 내동댕이쳐졌다.

이 순간 피노의 짖음과 낑낑거림을 들은 난쟁이가 현관문에 나타나 발다사레 곁에 서 있었는데, 발다사레는 웃음을 띠우며 반쯤 마비된 개가 불안스레 헤엄치고 있는 것을 바라보고 있었다. 이즈음 그 소란스러움으로 인해 주인 말게리타가 이층(二層) 발코니에 모습을 드러냈다. 피립보오는 그녀에게 숨 가쁘게 소리쳤다.

"오- 신이시여! 곤돌라를 저 위로 보내주십시오, 개를 데려오도록 해 주십시오. 어서요, 주인님! 개가 물에 빠져 죽어가고 있습니다. 오- 피노, 피노!"

그러나 발다사레는 크게 웃으며, 곧 곤돌라를 움직이려는 노 젓는 하인에게 명령하여 그 자리에 있게 했다. 그에 피립보오는 다시 한번 그의 주인인 말게리타에게 몸을 돌리고서 애걸했다. 그러나 그 순간, 그녀는 한마디 말도 하지 않고 발코니를 떠났다. 그제야 난쟁이는 그를 괴롭히는 발다사레 앞에 무릎을 꿇고 개의 목숨을 건져 줄 것을 애원했다. 하지만 마지못해 몸을 돌린 발다사레는 그에게 집으로 되돌아 갈 것을 강력하게 명령할 뿐이었다. 그는 숨이 차서 콜록거리고 있는 피노가 물에 빠져 가라앉을 때까지 오랫동안 곤돌라 층계에 머물러 있었다.

피립보오는 지붕아래에 있는 가장 위층 다락으로 갔다. 그리고 그곳의 한 모퉁이에 앉아서 커다란 머리를 손으로 받치고서 자기 앞을 주시했다. 한 시녀가 그를 주인인 말게리타에게로 데려가기 위해 왔었고, 연이어 한 하인도 와서 그를 불렀다. 그러나 그는 꼼짝도 하지 않았다. 그가 밤늦게까지 여전히 그곳에 앉아 있을 때, 그의 주인 말게리타가 몸소 현등을 손에 들고 그가 있는 곳으로 올라와 그의 앞에 서서 얼마간 그를 응시하더니 이렇게 물었다.

"왜 너는 일어나지 않느냐?"

그녀는 그로부터 아무런 대답도 듣지 못하자 다시 한번 물었다.

"왜 너는 일어나지 않고 있지?"

그러자 그 왜소한 기형인 그가 그녀를 주시하고서 나지막하게 물었다.

"왜 당신께서는 나의 개가 죽도록 내버려두었습니까?"

"너의 개를 죽게 한 것은 내가 아니지 않니."

그녀가 그렇게 자신을 변호하자 피립보오는 소리치며 비통해 했다.

"당신께서는 그 개를 구할 수 있었는데도 죽이고 말았습니다. 오, 나의 사랑하는 피노! 오- 피노!"

그가 소리치자 말게리타는 짜증스럽게 나무라며 일어나서 잠자러 갈 것을 명령했다. 그는 아무 말도 없이 그녀를 따랐다. 그는 3일 동안 마치 죽은 사람처럼 입 다물고 지냈으며, 음식도 취하지 않았고, 그의 주위에서 무슨 일이 일어났는지 그리고 무엇이 이야기되고 있었는지에 대해 조금도 신경 쓰지 않았다.

이런 날들이 흐르는 동안, 젊은 부인 말게리타는 커다란 불안에 빠졌다. 즉, 그녀는 자신의 약혼자에 대한 많은 일들을 알게 되었고, 이런 일들 때문에 그녀는 매우 심각하게 걱정을 하고 있었다. 사람들이 말하기를, 젊은 발다사레는 질 나쁜 바람둥이로 여행을 하면서 사이프러스와 다른 곳들에 수많은 애인들을 두고 있다고 했다. 실제로 사람들의 이야기는 사실이었다. 그래서, 말게리타는 절망과 걱정으로 가득 차 있었다. 그녀의 신랑이 눈앞에 두고 있는 새로운 여행을 이루 말할 수 없는 씁쓸한 한숨으로 맞이해야만 했다. 결국 종국에 와서 그녀는 더 이상 견딜 수 없어, 발다사레와 함께 있는 어느 날 아침에 그녀는 사람들이 말하고 있는 모든 것을 말하며 그에게 어떤 두려움도 숨기지 않았다.

그는 그녀의 그런 행동에 크게 웃고서 이렇게 말했다.

"사람들이 나의 가장 사랑스럽고 아름다운 당신에게 말한 것들의 일부는 거짓말이고, 많은 부분은 참말이오. 사랑은 파도와 같은 것이어서, 파도는 와서 우리를 높이 쳐 올려 아무런 저항도 하지 못하는 우리를 잡아채 간다오. 그러나 당신은 고귀한 집안의 딸이고 나의 신부인 당신에게 응당의 책임을 져야한다는 것을 잘 알고 있으니, 당신은 아무런 걱정을 하지 않아도 되오. 나는 이곳저곳에서 아름다운 부인들을 보았고, 그들에게 홀딱 반해 사랑에 빠지기도 했지만, 그러나 어느 누구도 당신과는 견줄 수는 없소."

그의 활기(活氣)와 대담성 때문에 그녀는 마법에 걸린 듯 차분해졌고, 함박웃음을 지어보이며 그의 단단하고 갈색인 손을 어루만졌다. 하지만, 그가 여행을 떠나자마자 그녀가 가졌던 모든 두려움들은 다시 찾아와 그녀를 불안하게 했다. 지나치게 자만했던 여자로서의 그녀는 자존심을 상하게 하는 보이지 않는 사랑의 고뇌와 질투를 체험했다. 비단 이불을 덮고 잠을 잤지만, 밤의 절반은 뜬눈으로 지새워야 했다.

이 같은 내적인 압박감에서 그녀는 난쟁이 피립보오에게 다시 찾았다. 난쟁이는 그 사이 작은 개의 모욕적인 죽음을 이젠 잊어버린 것처럼 예전의 모습으로 행동하고 있었다. 주인인 말게리타가 그녀의 머리카락을 태양에 표백하고 있을 때면, 그는 여느 때처럼 발코니에 다시 앉아서 책들을 읽거나 이야기를 하곤 했다. 딱 한번, 그녀는 옛적 일을 기억해야 했다. 한번은 그녀가 그에게 무엇에 대해 그렇게 심오하게 생각하고 있는가를 물었는데, 그가 기이한 목소리로 이렇게 답한 것이다.

"신이여, 이 집에 축복을 내리소서! 관대하신 주인님! 나는 죽어서 아니면 살아서 이 집을 떠나게 될 것입니다."

"도대체 왜?"

그녀는 그의 말을 되받았었다. 그때 그는 우스꽝스럽게도 어깨를 움찔거리며 "주인님, 그냥 그런 예감이 들었습니다. 앵무새도 멀리 떠났고, 개도 멀리 떠났는데 이 난쟁이에게 남은 것이 무엇이 있겠습니까?"라고 대답했다.

그녀는 그의 그런 투의 이야기를 엄하게 중지시켰다. 그러자 그는 더 이상 말하지 않았다. 그녀는 그가 이제 더 이상 옛날 사건을 생각하지 않고 있다는 말을 듣고서야 그를 다시 신용하게 되었다. 그는 그녀가 자신에게 그녀의 걱정에 대해 이야기할 때면 그녀의 신랑되는 발다사레를 변호해서, 자신이 그에게 여전히 무엇인가 용서하고 있지 않다는 것을 조금도 눈치채지 못하도록 행동했다. 이렇게 함으로써 그는 그의 주인인 말게리타의 우정을 다시 높이 쌓아갔다.

바다에서 약간의 찬바람이 불던 어느 여름 밤, 말게리타는 난쟁이와 함께 자신의 곤돌라에 올라 노를 저어 탁 트인 곳으로 나아갔다. 곤돌라가 무라노 가까이 다다르게 되어 도시가 하나의 하얀 꿈의 영상처럼 저 멀리 매끄럽고 현란(眩亂)하게 아른거리는 해안 호에 둥둥 떠 있을 때였다. 그녀는 피립보오에게 이야기해줄 것을 명령했다. 그녀는 검은 쿠션에 몸을 기대고 있었고, 난쟁이는 곤돌라의 높은 뱃머리를 등지고 그녀의 맞은 편 바닥에 쪼그리고 앉아 있었다. 태양은 장미 빛 흐린 대기로 인해 거의 뚜렷하지 않은 저 먼 산자락에 걸려있었다. 무라노의 종들이 울리기 시작했다. 곤돌라의 노 젓는 하인은 더위 때문인지 태만하게 잠이 들었다 깨어나서 기다란 노를 움직였는데, 그의 굽은 자세는 곤돌라와 더불어 해조에 의해 흐르던 물에 비쳤다. 이따금 가까이에 화물선이 지나가고, 또 라틴어의 돛을 단 어선이 지나갈 때마다 뾰족한 돛이 저 멀리 떨어져 있는 도시의 탑을 잠시나마 가리곤 했다.

말게리타가 "나에게 이야기를 하나 해줘!"라고 명령하자 피립보오는 그의 무거운 머리를 기울이더니 실크로 된 그의 프록코트의 금술장식을 만지작거리며 얼마동안 숙고한 뒤에야 다음과 같은 사건을 이야기했다.

"옛적에 나의 아버지께서 비잔티움(이스탄불의 옛이름)에 살았을 때 기이하고 특이한 일을 하나 경험했었는데, 때는 제가 이 세상에 태어나기 훨씬 전이었습니다. 그는 그 당시 어려운 지경에 빠진 한 사람의 의사로서 그리고 충언자로서 일을 하고 있었다. 그가 이런 일을 할 수 있었던 이유는 그가 스미르나에서 살았던 한 페르시아인으로부터 의술과 마술을 배워서 이 두 영역에 커다란 지식을 가졌기 때문이었습니다. 하지만, 그는 양심적인 사람이었기 때문에 어떤 사기나 감언이설로서가 아니고 오로지 기술에만 의지했습니다. 이렇게 함으로써 많은 사기꾼들과 무면허 의사들이 그를 질투하게 되어 그는 많은 고통을 받게 되었고, 오래 전부터 그는 고향으로 되돌아가게 될 기회를 갈망하고 있었습니다. 하지만,

나의 가련한 아버지는 타지에서 그나마 얼마만의 재산이라도 마련할 때까지 고향으로 돌아가는 것을 미뤄야 했습니다. 왜냐하면, 그는 그의 가족들이 가난한 처지에서 그를 애타게 기다리고 있다는 것을 알고 있었기 때문입니다. 그는 비잔티움에서 많은 사기꾼과 무능력자들이 힘들이지 않고 부자가 되는 것을 보면서도 자신에게는 행운이 뒤따르지 않음에, 나의 선량한 아버지는 점점 더 슬퍼졌고, 그리고 떠버리 장사꾼 같은 수단 없이는 스스로 이 어려운 지경에서 헤어날 수 있는 가능성이 거의 없다는 데에 좌절까지 하기에 이르렀습니다. 이유인즉 그는 어려운 형편에 있는 수백 사람들을 도왔으나, 그러나 이들의 대부분은 돈이 없거나 하층민들이어서 그의 봉사에 대한 대가로 소액 이상을 받는 것을 수치로 여겼기 때문입니다.

이런 우울한 상황에서 나의 아버지는 살고 있는 도시를 떠나 배를 타고 고향으로 돌아가기로 결심하였습니다. 물론 가진 것이 없기 때문에 일하면서 차비를 벌기로 하고 말입니다. 그렇지만 그는 쉽게 떠날 수 없었습니다. 그는 한 달을 더 기다렸습니다. 왜냐하면 점성술의 통례에 따르면 이 기간 중에 그에게 행운이 있으며, 그도 그것이 가능할 것 같았기 때문입니다. 그러나 시간이 흘러도 그 같은 행운은 일어나지 않는 것 같았기에 그는 참담했고, 그는 기다리기로 했던 달의 마지막 날에 그의 얼마 되지 않는 자질구레한 소유물을 꾸려 다음날 아침에 출발하기로 결정했습니다.

그 마지막 날 밤에, 그는 도시 외곽에 있는 해변에서 이리저리 거닐고 있었었는데, 당시 그의 생각은 정말이지 절망 속에 있었습니다. 해는 이미 졌고, 별들은 벌써 고요한 바다 위로 하얀빛을 발하고 있었습니다. 그때 갑자기, 아버지는 누군가가 비탄해하며 커다란 한숨을 쉬는 것을 들었습니다. 그래서 그는 주위를 살펴보았는데, 아무도 보이지 않아 매우 놀랐다고 합니다. 그 이유는 이런 징조가 그의 여행에 무엇인가 나쁜 것을 암시하고 있었기 때문입니다. 아무런 것도 볼 수 없었음에도 비탄한 한숨소리는 보다 더 크게 반복되고 있어서 그는 용기를 내어 '누구 계십니까?' 라고 소리쳤습니다. 곧 이어, 그는 해변에서 찰싹거리며 움직이는 어떤 것을 보았습니다. 그가 소리나는 곳으로 몸을 돌렸을 때, 그는 별들의 희미한 빛 속에서 어떤 사람의 모습을 보았습니다. 그는 추정하기를 배가 파산하여 떠밀려온 사람이거나 아니면, 수영하는 사람일거라고 하면서, 기꺼이 도와주겠다는 생각으로 그곳으로 다가갔습니다. 하지만 놀랍게도 그곳에는 물속으로부터 상반신을 들어 내놓고 있는 비할 데 없이 아름답고 날씬하며 눈같이 하얀 물의 요정이 있었습니다. 이 바다 요정이 그에게 애원하는 소리로 말을 걸었을 때, 그는 까무러치게 놀랐습니다.

바다 요정이 '당신은 겔밴 골목에 살고 있는 희랍의 마술사가 아닌가요?' 라고 말하자, 나의 아버지는 '바로 내가 그 사람이요' 라고 아주 친절하게 말하면서 '당신께서는 나에게 무슨 볼일이 있으십니까?' 라고 물었습니다. 그때 그 젊은 바다 요정은 다시 탄식하면서, 그녀의 아름다운 팔을 뻗치며 더 큰 한숨을 쉬었습니다. 그녀는 나의 아버지가 자신의 청을 외면하지 말고 자기에게 강력한 사랑의 묘약을 마련해 줄 것을 간청했습니다. 그 까닭인즉, 그녀는 자신의 애인에 대한 욕망을 품었는데 그것이 헛되어 몸이 초췌해졌기 때문이라는 것이었습니다. 게다가 그녀는 자신의 아름다운 눈으로 그에게 애원했고 슬퍼보이게 함으로써 그의 마음을 움직이게 했습니다. 그는 그녀를 돕기로 마음먹었습니다. 하지만 그는 사전에 그녀에게 어떤 방식으로 대가를 지불할 것인가를 물었습니다. 그때 그녀는 그에게 한 줄의 진주 목걸이를 약속했는데, 이 진주 목걸이는 부인이 여덟 번이나 자신의 목 주위를 감아 늘어뜨릴 수 있을 만큼 길었습니다. 그녀는 '그러나, 이것은 당신의 마술이 효과를 가지게 되는 것을 보고 난 뒤에 주겠어요' 라고 말했습니다.

여기에 대해서 나의 아버지는 조금도 걱정할 필요가 없었습니다. 왜냐하면 그는 자신의 마술에 대해서는 확신을 가지고 있었습니다. 그는 서둘러 도시로 돌아가 꾸려두었던 짐을 다시 풀고서 그녀가 원하는 사랑의 묘약을 재빨리 준비하여 만든 뒤, 자정이 지나서 바다의 요정이 그를 기다리고 있었던 해변으로 가서 그녀에게 값진 액체가 들어 있는 목이긴 조그만 병을 건넸습니다. 그녀는 그에게 매우 감사해하며 다음 날 밤, 자신이 약속했던 보상을 받기 위해 다시 한번 나와 줄 것을 청했습니다. 그는 그곳으로부터 떠나와 아주 큰 기대 속에서 그 날 밤과 낮을 보냈습니다. 그는 비록 묘약의 작용과 효력에 대해서는 결코 의심하지 않았지만, 그 요정에 대한 믿음은 자신이 없었습니다. 이 같은 생각 속에 그는 다음날 밤이 닥칠 때쯤 다시 약속된 장소로 나갔는데, 오래 기다리지 않았음에도 바다의 요정은 그가 있는 가까이에서 파도로부터 모습을 드러냈습니다.

그런데, 나의 가련한 아버지는 그의 묘약이 무엇을 야기했는지를 보게 되었을 때 이루 말할 수 없이 놀랐습니다. 바로 바다의 요정이 웃음을 띠우며 그에게 가까이 다가와서는 오른손으로 무거운 진주목걸이를 내밀었을 때, 그는 그녀의 손에서 행색으로 보아 그리스의 항해사인 듯한 훌륭한 한 젊은이의 시체를 보게 된 것입니다. 죽은 젊은이의 곱슬곱슬한 머리카락은 물결에 헤엄치고 있었는데, 요정은 죽은 그를 자기 쪽으로 부드럽게 밀어붙이고서 마치 그를 작은 소년처럼 자신의 팔로 안아 흔들었습니다.

나의 아버지는 이러한 사실을 목격하자마자 커다란 비통의 소리를 지르며 자기 자신과 자신의 마술을 저주했는데, 바다의 요정은 그녀의 죽은 애인과 함께 물속으로 들어가 버렸습니다. 해변의 모래 위에는 진주 목걸이가 놓여져 있었습니다. 저주스러운 불행은 어떻게도 다시 되돌릴 수 없었기에 아버지는 진주 목걸이를 외투 주머니에 넣고, 집으로 돌아와 그 진주 목걸이를 낱개로 팔기 위해서 뜯었습니다. 그는 진주를 팔아서 얻게 된 돈으로 사이프러스로 출발하는 배를 탈 수 있게 되었기에, 이제 그 자신은 모든 곤궁으로부터 영원히 벗어나게 되었다고 믿었습니다. 하지만, 그가 마련한 돈에 스며있는 한 죄 없는 사람의 피는 그로 하여금 잇따른 불행을 겪게 하여, 그는 폭풍과 해적으로 인해 그가 지녔던 모든 재산을 빼앗기고, 2년 후에야 비로소 거지의 모습으로 고향에 도달할 수 있었습니다."

이런 이야기가 진행되는 동안, 주인 말게리타는 그녀의 방석 위에 누워 그의 이야기에 매우 큰 관심을 기울이며 듣고 있었다. 그녀는 난쟁이가 이야기를 끝났을 때에도 침묵을 지키며 생각에 빠져 있었다. 그 바람에 노 젓는 하인은 노 젓기를 중단하고서 귀가의 명령에 대기해야 했는데, 그때 갑자기 그녀가 꿈에서 놀라 깨어났다. 말게리타는 곤돌라의 노를 젓는 사람에게 눈짓해서 그녀의 앞으로 커튼을 드리우게 했다. 노 젓는 하인은 서둘러 곤돌라의 머리를 돌렸고, 곤돌라는 한 마리의 검은 새처럼 도시를 향해 내달렸다. 이때, 홀로 쪼그리고 있었던 난쟁이는 벌써 새로운 이야기에 대해 숙고하고 있는 것처럼 차분하고 그리고 엄숙하게 어두워지고 있는 해안 호를 바라보고 있었다. 얼마되지 않아 곤돌라는 도시에 도착했고, 서둘러 리오파나다와 몇 개의 작은 운하를 통과하여 집으로 향했다.

이 날 밤에 말게리타는 매우 불안하여 잠들지 못했다. 난쟁이의 사랑의 묘약이야기를 통해 미리 앞을 내다보았던 대로, 그녀는 약혼자의 마음을 확실히 잡아 놓기 위해 동일한 방법을 사용해 보겠다는 생각에 이르렀다. 다음날, 그녀는 난쟁이 피립보오와 이 방법의 사용에 대해 이야기를 꺼내기 시작했는데, 단도직입적으로 자신의 생각을 내놓지는 않았고, 두려움으로 이런저런 물음만을 내놓았다. 그녀는 호기심을 표출하면서 그와 같은 사랑의 묘약이 어떻게 만들어지는지, 오늘날에도 여전히 누군가가 이 묘약을 만드는 비법을 알고 있는지, 이 묘약은 독성(毒性)적이고 해가 되는 시럽을 포함하고 있어 마시는 사람은 노여움을 일으키게 되는 그런 류의 맛을 지니고 있는지에 관해 알고자 했다. 영리한 피립보오는 그녀의 이 같은 모든 물음에 개의치 않고 답변해주면서, 그녀가 몰래 품고 있는 욕망에 대해 아무것도 모른다는 듯 행동을 했기 때문에 그녀가 점점 더 확실하게 이야기를 하도록 유도하였다. 드디어 그녀는 그에게 숨김없이 그런 묘약을 만드는 재능이 있는 사람이 베니스에도 있는지를 물었다.

그때, 난쟁이는 크게 웃고서는 "주인께서 나에게 그런 솜씨를 부여하지 않으려는 것 같이 보입니다. 주인님, 주인께서 내가 그러한 훌륭한 현인이었던 나의 아버지로부터 그 마술의 가장 단순한 기초도 배우지 않았다고 믿고 계신다면, 그렇다고 보여 드리겠습니다"라고 소리쳤다. 그의 말에 주인 말게리타는 "그래, 너 스스로 그 같은 사랑의 묘약을 만들 수 있다는 것이니?"라며 커다란 기쁨을 담아 고함쳤다. 그러자 피립보오가 답하기를 "이것보다 쉬운 것은 아무것도 없습니다"라며 "나로서는 주인께서 무슨 목적을 위해 나의 요술을 필요로 하는지 간파할 수 없습니다. 왜냐하면, 주인께서는 바랐던 목표에 도달하셔서 가장 아름답고 가장 부유한 남자들 중 한 사람을 약혼자로 하고 있기 때문입니다"라고도 덧붙였다.

그러나 그녀는 그를 다그치는 고삐를 늦추지 않았고, 나중에 그는 표면적인 저항 하에 그녀가 시키는 대로 응했다. 난쟁이는 필요한 향료와 알려져 있지 않은 재료구입을 위해 돈을 받았고, 후에 모든 일이 잘 된다면 상당한 하사품이 그에게 건네지게 되어있었다. 이틀 후, 그는 이미 준비를 마치고 주인의 책상으로부터 가져 온 자그마한 푸른 유리병 속에 사랑의 묘약을 넣었다. 사이프러스로 떠나게 되는 발다사레의 출발 일정이 가까이 다가와 있었기에 서둘러야 했다. 어느 날, 발다사레는 신부에게 오후의 은밀한 유람여행을 갈 것을 제안했는데, 이런 유람은 계절상 더위 때문에 어느 누구라도 회피하는 것이었지만, 그 제안은 말게리타나 난쟁이에게는 절호의 기회라고 여겨졌다. 지정된 시각, 집의 뒷문 쪽으로 발다사레의 곤돌라가 준비되어 있었다. 말게리타는 이미 준비를 마치고 그곳에 서있었는데 피립보오를 동반하고 있었다. 피립보오는 포도주 한 병과 조그마한 소쿠리에 담겨져 있는 복숭아를 배 안으로 옮겼고 주인들이 자리에 앉고 난 후, 바로 곤돌라에 올라 노 젓는 하인의 발치 뒤쪽에 자리했다. 신랑되는 젊은 주인은 피립보오가 함께 타고 간다는 것이 마음에 들지 않았지만, 이것에 대해 언급하는 것을 자제했다. 왜냐하면 그는 출발 전 마지막 날에는 그의 애인인 말게리타가 원하는대로 따라 주는 것이 무엇보다도 좋다고 생각했기 때문이었다. 노 젓는 하인은 곤돌라를 밀쳐 그곳을 떠났다. 발다사레는 커튼을 꽉 밀폐되게끔 쳤고 그리고 지붕이 내려진 은닉된 좌석공간에서 그의 신부를 애무했다. 난쟁이는 곤돌라의 뒤쪽부분에 조용히 앉아서 배가 통과하는 리오 데이 바르카로오리이의 오래되고 높은 침침한 집들을 관찰하고 있었다. 노 젓는 하인은 배를 당시 자그마한 정원이 있는 오래된 파라조오 구이스터이니아니 가까이의 카날 그란데에의 어귀에 있는 해안 호에 이르게 했다. 오늘날 누구나 알고 있듯이 그 모퉁이에는 아름다운 파라조오 바로찌이가 서 있다.

이따금 닫혀진 공간으로부터 억제된 웃음소리나 나지막한 키스 소리 또는 대화의 부분 부분이 세어 나왔다. 하지만 피립보오는 그것에 전혀 호기심을 가지지 않았다. 그는 물위로 태양 빛이 있는 리바에로, 또는 산 기오르기오 마기오레에의 화사한 탑을 향하여, 또는 뒷켠으로 피아제타의 사자들의 기둥을 향해 눈길을 돌렸다. 그는 간혹 열심히 일하고 있는 곤돌라의 노 젓는 하인에게 눈짓을 보내기도 했으며, 배 바닥에서 발견한 잎이 없는 가느다란 버드나무가지로 '찰싹찰싹' 소리를 내기도 했다. 그의 얼굴은 언제나 그랬듯이 보기 흉하고 요지부동이었으며 그의 생각을 드러내지 않았다. 그는 지금 물에 빠져 죽은 개 피노와 목이 비틀어져 죽은 앵무새를 생각하며 그것을 자신과 관련하여 깊이 생각했는데, 만물들 즉, 짐승이나 사람들에게 있어서 언제나 죽는다는 것이 가까이 있으며 우리들은 이 세상에서 확실한 죽음 이외에는 아무것도 미리 내려다보거나 미리 알 수 없다는 것이다. 그는 아버지 그리고 고향 그리고 자신의 전 생애를 생각했다. 그때 그의 얼굴에 조소(嘲笑)가 스쳐 지나갔다. 이유인 즉, 거의 어디에서나 현인은 바보들에게 헌신하고 있으며, 대부분 사람들의 생은 좋지 못한 희극과 유사하다고 생각되었기 때문이었다. 그는 자신의 풍요로운 비단 옷을 내려다보며 웃음을 띠었다.

그가 여전히 조용히 앉아 웃음을 짓고 있을 동안에 내내 기다렸던 것이 일어났다. 곤돌라의 지붕아래서 발다사레의 음성이 울렸고, 곧이어 말게리타의 부르는 소리가 난 것이다.

"피립보오야, 포도주와 잔을 어디에 두었니?"

발다사레가 갈증을 느끼고 있는 바로 지금이 그에게 포도주와 사랑의 묘약을 줄 때였다.

피립보오는 그의 조그마한 푸른 유리병을 열어 마시는 잔에 그 묘약을 붓고, 그 잔에 붉은 포도주를 넣어 채웠다. 말게리타는 커튼을 열었고, 난쟁이는 주인 말게리타에게는 복숭아 즙을, 신랑 되는 발다사레에게는 묘약을 탄 포도주가 담긴 잔을 건네며 주인의 시중을 들었다. 그녀는 그에게 의문적인 시선을 던졌는데 불안에 가득 차 있는 것 같이 보였다.

발다사레는 그 잔을 높이 들고서 그 잔을 입으로 가져갔다. 그 순간, 그의 시선은 여전히 앞에 서있는 난쟁이에게 돌려졌는데, 갑자기 그의 마음속에서 노여움이 치솟았는지 소리쳤다.

"잠깐. 너 같은 부류의 인간에게는 어떤 믿음도 줄 수 없지. 내가 마시기 전, 나는 네가 먼저 마시는 것을 보아야겠네."

피립보오는 조금도 안색을 변화시키지 않고서, 공손히 대답했다.

"그 포도주는 좋은 것입니다."

그러나 발다사레는 의심스러워했고, 그는 기분을 언짢아 하며 물었다.

"어느 정도 마셔보지 않겠나?"

"용서하십시오, 주인. 저는 포도주 마시는 것에 익숙해 있지 않습니다."

"그렇다면 내가 너에게 한번 시음할 것을 명령하네. 나는 네가 마시기 전까지 한 방울도 입에 갖다 대지 않을 것이야."

그러자 피립보오는 "조금도 염려 마십시오"라고 하면서 웃음을 띠며 발다사레의 손에서 그 잔을 받아 들고 한 모금 마셨다. 그러고 난 뒤, 그는 그 잔을 그에게 다시 돌려주었다. 발다사레는 그를 바라보고서는 포도주의 나머지를 세차게 들이마셔서 잔을 비웠다.

날씨는 더웠고, 해안 호는 빼어난 불빛으로 반짝였다. 연인은 다시 커튼의 그늘을 찾아갔지만, 난쟁이는 곤돌라의 바닥에 앉아 손으로 넓은 이마 위를 쓰다듬으며, 고통 속에 있는 것처럼 흉측한 그 입을 꽉 깨물었다.

그는 한 시간 후면 살아 있지 못하게 됨을 알고 있었다. 그 묘약은 독약이었다. 한 묘한 기대가 죽음의 문턱 앞에 다다른 그의 마음을 사로잡았다. 그는 도시를 되돌아보았고 그가 얼마 전 가지게 되었던 생각들을 떠올려 봤다. 그는 반짝거리는 수면 위를 응시했고 그리고 자신의 생을 곰곰이 생각했다. 자신의 생은 단조로웠고 그리고 빈약했다. 한 현인이 바보에게 봉사한, 하나의 김빠진 희극 작품이었다. 그는 심장 맥박이 고르지 않고, 이마가 땀으로 뒤덮여 있음을 알고 쓴웃음을 지었다. 아무도 그것에 귀 기울이지 않았다. 노 젓는 하인은 반쯤 잠에 빠져 있었고 커튼 뒤에서 미모의 말게리타는 갑자기 병이 난 발다사레를 돌봐 주고 있었는데, 발다사레는 이미 그녀의 팔에 안긴 채 죽어 싸늘해져 있었다. 그녀는 커다란 고통의 울부짖음과 함께 튀어나왔다. 난쟁이는 그곳에 마치 잠들은 것처럼 그의 비단옷을 입은 채 죽어 곤돌라 바닥에 있었다.

이는 개의 죽음에 대한 피립보오의 복수였다. 두 사람의 죽은 시체와 함께 돌아오게 된 애처로운 곤돌라의 귀향은 베니스 시 전체를 경악하게 했다.

귀부인 말게리타는 실성해서 미쳤으나, 여러 해 동안 살아있었다. 가끔 그녀는 발코니의 난간에 앉아서 지나가는 모든 곤돌라에 또는 지나가는 모든 범선에다 대고 이렇게 고함쳤다고 한다.

"그를 구하라! 그 개를 구하라! 작은 개 피노를 구하라!"

사람들은 그녀를 알고 있었지만, 아무도 그것에 대해 주의를 기울이지 않았다.

Ⅳ. 찌글러라는 이름의 한 인간
(Ein Mensch mit Namen Ziegler)

옛날 어느 때, 부라우어 골목길에 찌글러라는 이름을 가진 한 젊은 사람이 살고 있었다. 그는 언제나 매일 길거리에서 만나게 되는 그런 부류의 사람이었고 그의 얼굴도 특이할 만한 것이 아니었다. 그의 얼굴은 다른 사람들의 얼굴들과 흡사했다.

찌글러는 사람들이 언제나 그랬었고 또 그렇게 행동했듯이 그러했고 그런 몸가짐을 했었다. 그가 재능이 없지는 않았으나 그러나 재능이 있는 것 또한 아니었다. 그는 돈과 즐거움을 좋아했고 맵시 있게 차려입는 것을 즐겼다. 그리고 그는 대부분의 사람들처럼 비겁했다. 그의 삶과 행위는 본능과 노력에 의해서라기보다도 금지와 형벌에 대한 두려움으로 영위되었다. 이러한 면에서 그는 많은 예의바른 면들을 지녔다. 종합해서 보면 그는 밝고 평범한 사람, 그 자신을 대단히 아끼며 중요시하는 그런 사람이었다. 그는 모든 사람들처럼 자기 스스로를 개성적인 인간으로 보았지만 그는 단지 견본 같은 사람이었다. 그는 모든 사람이 그러하듯이 자아 속에, 그의 운명 속에서 이 세상의 중심점을 보았고 사실들이 그의 세계관에 맞지 않을 때에는 이를 인정하지 않고 눈감아버렸다.

현대인간인 그는 돈 이외에도 두 번째 힘 앞에 무한한 공경심을 가지고 있었다. 이는 다름 아닌 학문이었다. 그가 원천적으로 학문이 무엇인가에 대해서 말하는 것은 몰랐다고 하나, 그는 어떤 경우에는 통계학 같은, 그 무엇인가를 생각했고, 얼마간 세균학도 생각했으며 그리고 학문을 위해 국가가 얼마나 많은 돈과 명예를 가지고 있는지에 대해서도 잘 알고 있었다. 특히 그는 암 연구에 존경심을 표방하고 있었는데, 그 이유는 그의 아버지가 암으로 사망했기 때문이었다. 찌글러는 그 사이 대단한 발전을 이룬 학문이 그의 아버지 같은 경우의 일이 다시 일어나도록 내버려두지는 않을 것이라는 가정도 해보았다.

찌글러는 언제나 그 해의 유행을 따랐다. 그는 자신의 재력을 돋보이고자 했는데, 그러한 것은 그의 재력을 훨씬 능가하는 지난 3개월간의 유행들과 그 달의 유행들을 흉내 내고 있는 것을 보면 알 수 있다. 그는 특성적인 것에 많은 비중을 두었고, 그와 대등한 사람들 사이에서 그리고 확신이 있는 곳에서는 상부 사람들과 정치들에 대해 질타하는 일에 조금도 두려워하지 않았다.

화자(話者)가 이러한 묘사에 너무 오래 지체한 것 같다. 어쨌든, 찌글러는 정말로 매력 있는 젊은이였지만 그에 관한 많은 것들이 잊혀졌다. 그 이유는 그가 자신의 모든 계획들과 정당했던 희망에서 어긋나 결국 기이하게 종말을 맞이했기 때문이다.

찌글러는 우리가 살고 있는 도시로 온지 얼마 안 된 어느 때였다. 한번은 그가 즐거운 일요일을 만들어 보겠다고 결심하였다. 하지만 그는 어떤 적합한 연결고리도 찾지 못했고 그리고 우유부단함 때문에 어떤 단체에도 가입하지 못했다. 아마도 이것이 그의 불행일 것이다. 인간이 남들과 조금의 대화도 없이 홀로 있는 것은 좋은 일이 아니다.

그는 소신껏 알아낸 도시의 명소에 신경 쓰기로 했다. 그는 충분한 검토 끝에 역사박물관과 동물원을 선택했다. 박물관은 일요일 오전에는 무료였고, 동물원은 오후에 할인된 가격으로 관람할 수 있었다.

일요일, 찌글러는 그가 매우 좋아하는 직물단추가 달린 새 평상복을 입고 역사박물관으로 갔다. 그는 가느다랗고 우아한 산책지팡이를 가지고 갔는데, 붉은 색의 에나멜로 칠해진 네모난 지팡이는 그에게 몸의 자세와 광채를 주는 지팡이였다. 그런데 그의 기분은 대단히 상해있었다. 그만 홀 입장에 앞서 문지기에게 그 지팡이를 빼앗겨버린 것이다.

천장이 높은 공간에는 많은 것들이 전시되어 있었다. 경건한 관람자인 그는 여기 이곳에 많은 업적을 쌓았다는 신뢰성을 내보이고 있는 이 전능한 학문을 마음속으로 칭찬했다. 그는 진열관에 정성스럽게 작업된 표제로부터 이 신뢰성을 추정할 수 있었다. 오래된 잡동사니, 예로 녹이 쓴 문 열쇠, 부서진 초록색의 쇠 목걸이 등등은 표제를 통하여 그에게 놀라울만한 관심을 불러일으켰다. 학문이라는 것이 이 모든 것을 알아냈고, 이 모든 것을 어떻게 표시하는지 알았으니 경이로운 일이었다. '아, 정말 틀림없이 학문은 곧 암을 극복하게 할 것이고 그리고 또한 죽음도 극복하게 할지도 모르겠다.'

두 번째 홀에서 그는 한 유리찬장을 보게 되었다. 이 찬장의 유리창은 유달리 거울처럼 반들거려서 그는 몇 분 동안 조용히 서서 자신의 정장의복, 머리, 옷깃, 바지주름 그리고 넥타이 위치를 면밀하게 그리고 만족스럽게 살펴보았다. 그는 기쁘게 안도의 숨을 내쉬면서 계속해서 걸음을 옮겼다. 고대 목판 조각가들의 몇몇 작품들이 그의 주의를 일깨웠다. 그는 '비록 너무 순박하나 쓸모 있는 녀석들이군' 이라고 생각하는 호의도 보였다. 그리고 상아로 된 좁다란 상자모양을 한 고대의 추시계, 시각을 알릴 때 미뉴에트로 춤추고 있는 형상들을 바라보았고 그리고 관대히 인정했다. 그 후의 물건들은 그를 얼마간 지루하게 만들어서 그는 하품을 하거나 자랑스럽게 내보일 수 있는 자신의 회중시계를 종종 꺼내봤다. 이 회중시계는 무거운 금으로 된 것으로 그의 아버지로부터 물려받은 시계였다.

유감스럽게도 점심때까지는 아직 많은 시간이 남아있었다. 그래서 그는 그의 호기심을 불러일으킬 수 있는 다른 공간으로 옮겨갔다. 그 공간에는 중세시대의 미신적인 대상의 물체들이 있었는데, 그것은 마술책자들, 부적들, 마귀 의상들 그리고 한쪽 구석에는 연금술의 작업장이었다. 이곳에는 대장간 화로, 절구, 배가 볼록한 유리잔들, 도가니 속에 바짝 말라 들러붙은 돼지기포들, 송풍기 등등도 있었다. 그 구석은 양모로 짠 밧줄로 분리되어 있었고 표지판에 대상물을 손으로 만지는 것을 금한다고 써있었다. 하지만 어느 누구도 그런 표지판은 정확하게 읽지 않는다. 그리고 이곳에는 오로지 찌글러 혼자뿐이었다. 그런 까닭에 그는 아무걱정 없이 밧줄너머로 손을 뻗쳐 몇몇 개의 우스꽝스러운 물건들을 손으로 만져보았다. 그는 중세시대와 그 시대의 진기한 미신에 관해 오래 전에 들었고 그리고 읽었었다. 그로서는 당시 사람들이 어떻게 해서 이 유치한 물건들을 다루었는지 그리고 이들 마녀들의 속임수며 이들 물건들 모두를 한꺼번에 금지시키지 않았는지를 이해할 수 없었다. 하지만 연금술은 언제나 이해가 되는 그런 것이었다. 그 이유는 연금술로부터 유용한 화학이 생성되었기 때문이다. 연금술사의 도가니와 하찮은 마술 잡동사니, 이 모두는 아마도 필요불가결했을 것이다. 왜냐하면 그렇지 않았을 경우 오늘날 유용한 약인 아스피린이나 어떤 가스폭탄도 만들어지지 않았을지 모르기 때문이다.

그는 아무런 주의없이 한 작고 어두운 공 모양의 일종의 알약 같은 것을 손에 쥐게 되었는데, 이 알약은 건조된 것으로 무게가 없었다. 그는 이것을 손가락들 사이에서 돌리다가 자신의 뒤에서 들려오는 발걸음소리에 다시 제자리에 놓으려고 했다. 그가 몸을 돌렸을 때 한 관람객이 들어왔다. 말할 것도 없이 좀 전에 금지라는 표지판을 읽은 찌글러는 자신이 알약을 손에 가지고 있다는 것으로 인해 난처해졌다. 그래서 그는 손을 움켜지고서 알약을 주머니에 넣고는 그 자리를 떴다.

이 알약은 거리에 나와서야 비로소 그의 머리에 떠올랐다. 그는 알약을 꺼내 들었다. 그리고 던져 내버리려고 했다. 그러나 그전에 찌글러는 그 알약을 코에 갖다 대어 냄새를 맡았다. 알약에서 풍기는 미약한 송진 냄새가 그의 흥미를 불러일으키는 바람에 그는 알약을 다시 집어넣었다.

그는 식당에 가서 음식을 주문하고 몇 개의 신문들을 곁눈질하거나 손가락으로 자신의 넥타이를 만지작거리며 이들 손님들이 어떤 옷차림을 했느냐에 따라 공경심을 내보이거나 불손한 시선을 보내기도 했다. 주문한 식사가 곧 나오지 않자, 찌글러는 실수로 훔쳐 넣었던 연금술사의 알약을 끄집어내어 냄새를 맡았다. 그는 그 알약을 집게손가락으로 긁어 보다가 드디어는 분별없이 어린아이 같은 욕구에 이끌려 알약을 입으로 가져갔다. 알약은 그의 입 속에서 빠르게 녹았다. 알약의 맛은 그렇게 나쁘지 않았다. 그는 한 모금의 맥주로 입안을 씻어 내렸고, 곧이어 식사가 나왔다.

이 젊은 남자 찌글러는 두 시(時)에 전차에서 뛰어내려 동물원 앞마당으로 들어가 일요일 입장권을 샀다. 그는 친절한 미소를 지으면서 원숭이 우리로 가 침팬지가 있는 커다란 창살의 우리 앞에 섰다. 그 커다란 원숭이는 눈을 껌벅거리고 그를 쳐다보면서 그에게 호의적으로 고개를 끄덕였고 그러고는 낮고 깊숙한 음성으로 말했다.

"형제? 어떻게 지냈는가?"

그는 깜짝 놀란 마음과 몰려드는 혐오감에 재빨리 몸을 돌렸다. 그러자 원숭이가 뒤에서 욕질하는 소리가 들렸다.

"저 녀석도 거만하군! 바람 빠진 타이어 같은 바보 녀석!"

찌글러는 재빨리 긴꼬리원숭이에게로 건너갔다. 이들 원숭이들은 거리낌 없이 자유분방하게 춤추고 있었다. 그들은 소리쳤다.

"설탕 주라, 친구야."

이들은 설탕을 얻지 못하자 성이 나서 그를 흉내 내며 그를 가난뱅이라고 부르고 그를 향해 이빨을 드러내 보였다. 그는 이런 것을 참지 못했다. 그는 당황하며 그곳을 빠져나가 자신의 걸음을 나름대로 좋은 행동이 기대되는 노루와 사슴에게로 옮겼다.

커다랗고 당당한 모습의 한 고라니는 울타리 가까이 서서 관람객인 찌글러를 바라보았다. 이때 찌글러는 가슴 깊숙이까지 놀랐다. 왜냐하면 그때서야 자신이 그 고대의 마술 알약을 삼킨 이후 짐승들의 언어를 이해하게 되었다는 것을 알아챘기 때문이다. 고라니는 커다란 두 개의 갈색 눈으로 말했다. 그의 조용한 시선은 고귀함, 체념 그리고 슬픔을 털어놓고 있었고 그에게는 압도적이고 근엄한 멸시와 두려움을 주는 경멸을 나타내고 있었다. 이 조용하고 장엄한 시선은 모자, 지팡이, 시계로 옮겨졌다. 그에게 멋지게 차려입은 찌글러는 구더기 같은 인간이거나 우스꽝스럽고 혐오스런 동물로 비쳐졌을 것이다.

찌글러는 고라니로부터 도망쳐 산양, 영양, 라마, 뉴와 암컷 멧돼지들 그리고 곰들에게로 갔다. 그가 이들 모두로부터 모욕당하지는 않았으나, 그러나 이들 모두로부터 무시당했다. 그는 이들 동물들의 대화에 귀를 기울였고 이들이 인간에 대해 생각하고 있는 바를 알게 되었다. 이들 동물들이 인간에 관해 생각하고 있었던 것은 놀라웠다. 이들 동물들은 밉살스럽고 품위 없으며 썩은 내를 내며 두발로 걷는 이들이 유별나게 변장하고 자유롭게 활개치고 돌아다니고 있는 것이 허용되고 있다는 것에 대해 의아하게 생각하고 있었다.

그는 한 퓨마가 어린 새끼와 나누는 이야기를 들었는데, 이들 대화는 우리들, 인간들에게는 거의 없다시피하는 그런 대화로서 품위 가득하고 객관적인 지혜의 대화였다. 그는 아름다운 표범이 간략하면서도 의젓하게 고귀하고 귀족적인 표현으로 일요일 관람객들의 무뢰한 무례에 대해 표현하는 것을 들었다. 그는 연한 황금색 사자의 눈 속을 들여다보았다. 그는 이들 야생의 세계가 어떤 울타리도 없고 어떤 인간도 존재하지 않는, 그런 광활한 신비의 세계임을 알게 되었다. 그는 한 황조롱이가 경직된 우수 속에서 침울하나 그러나 자만심에 차서 죽은 나뭇가지에 앉아 있는 것을 보았고 그리고 한 어치가 자신의 감금을 단정하고 어깨를 치켜 올리는 유머로써 그것을 견디는 것도 보았다.

의식이 혼미한 채 그리고 그의 모든 사고방식으로부터 벗어난 채, 찌글러는 그의 절망 속에서 다시 인간에게로 몸을 돌렸다. 그는 그의 곤궁과 불안을 이해해 줄 수 있는 눈을 찾으려 했다. 그는 대화에 귀 기울여 무엇인가 위로가 될만한 것, 이해할 수 있는 것 그리고 유쾌한 것을 듣고자 했으며 많은 관람객들의 몸가짐에서 품위, 천성, 고귀함 그리고 침묵의 우월함을 찾고자 했다. 그러나 그는 실망했다. 그는 목소리와 말을 들었다. 움직임과 자세 그리고 시선을 바라보았다. 그는 이제 이 모든 것을 짐승의 눈을 통하여 보게 되어버렸고 타락하고 위장된 거짓말의 아름답지 못한 짐승과 유사한 사회의 본질을 발견하게 되었다. 이 짐승과 같은 인간의 본질들은 모든 종류의 짐승들 가운데서 잘 차려입은 저속한 혼합물에 지나지 않았다.

찌글러는 절망한 채 방황했다. 그는 자신의 자아를 매우 수치스러워 했다. 그는 네모난 지팡이를 덤불 속으로 던졌고 그 뒤를 이어 장갑도 팽개쳤다. 그러나 그가 자신의 모자를 던지고, 장화를 벗으며 넥타이를 찢고 그리고 흐느껴 울면서 고라니 우리의 창살에 자신을 내리 눌렀을 때, 그는 체포되어 정신병원으로 보내졌다.

V. 아우구스투스 (Augustus)

모스타그 거리에 한 젊은 부인이 살고 있었다. 불행하게도 결혼 후 남편을 잃은 그 젊은 부인은 가엽게도 외톨이가 되어 조그만 방 한 칸에서 아버지를 잃은 아기가 세상에 태어나기만을 고대하고 있었다. 부인은 항상 온 정신을 태어날 아기에게 쏟았다. 부인은 항상 그녀의 태어날 아기를 위해 오로지 아름답고 훌륭하며 부러움을 사게 될 일들만을 생각했고, 바랐으며 그리고 또 꿈꾸었다. 정원에 분수가 있고 거울유리를 가진 돌로 된 집이라면 그녀의 태어날 아기에게는 정말이지 제격이고, 미래의 이 아이는 적어도 교수가 되든지 아니면 왕이 되어야겠지….

이 애처러운 부인 엘리자베트의 이웃에는 한 나이 많은 남자가 살고 있었는데 그가 외출하는 것을 본 사람은 거의 없었다. 그는 자그마한 키에 머리카락이 희끗희끗한 남자로 술이 달린 모자와 푸른색 우산을 지니고 다녔는데, 우산대는 아주 오래 시간을 거쳐 온 것으로 보이는 고래수렴으로 만들어져 있었다. 어린아이들은 이 남자 앞에서 불안해했고, 장년의 사람들은 그가 저렇게 혼자 은둔하고 있는 것은 확실히 어떤 이유가 있을 것이라고 생각했다. 그는 종종 오랫동안 모습을 드러내지 않았다. 그러나 이따금씩 밤에 섬세한 악기들이 만들어낸 듯한 정교하고 부드러운 음악이 그의 집에서 흘러나왔다. 아이들이 그 집을 지나칠 때면, 항상 어머니에게 저 집에서 천사나 요정들이 노래하는 것이 아니냐며 묻곤

했는데, 어머니들도 잘 모르는 듯, 아이들에게 말하기를 "아니야, 아니야. 그것은 틀림없이 음악상자일거야"라고 했다.

이 키 작은 남자는 이웃 사람들에 의해 빈스반그라고 불리어졌는데, 그는 부인 엘리자베트와 특이한 친분을 가지고 있었다. 말하자면, 이들 두 사람은 결코 서로가 말을 건네 본 적이 없었지만 빈스반그씨는 부인의 집 창가를 지나가게 될 때면 언제나 정중하게 인사를 하였고, 부인 엘리자베트도 그에게 거듭 기쁘게 고개를 끄덕이며 인사를 하였다. 이들 두 사람은 생각하기를 언젠가 한번 어려운 궁지에 처하게 된다면 말할 나위 없이 도움을 얻기 위해 이웃집을 찾을 것이라고 다짐하고 있었다.

해가 저물어 어두워지기 시작하고 부인 엘리자베트가 홀로 창가에 앉아 그녀의 죽은 남편을 생각하며 슬퍼하거나 아니면 태어날 예쁜 아기를 생각하면서 꿈속에 빠지게 될 때면, 빈스반그씨는 여닫이 창문짝을 소리 없이 살그머니 여는데, 이럴 때면 그의 어둡고 자그마한 방에서 음악이 흘러나왔다.

그의 집 뒤 창문가에는 오래된 제라늄 몇 그루가 있었다. 그는 제라늄에 물 주는 것을 언제나 잊어버리곤 했지만 언제나 그 제라늄은 그런 대로 푸르렀고 꽃으로 가득했으며 잎도 시들지 않았다. 그 이유는 바로, 엘리자베트 부인이 매일 아침 일찍 이들 제라늄들에 물을 주고 가꿨기 때문이었다.

계절이 가을로 접어들었다. 한번은 거친 바람이 불어 모스타그 거리에 아무도 없던 밤, 가련한 부인 엘리자베트는 출산을 할 때가 다가왔음을 알아챘다. 그녀는 정말 혼자였기 때문에 걱정이 되었다. 그러던 중 어느새 밤이 다가왔는데, 그때 한 나이 많은 부인이 손에 등불을 들고 그녀의 방으로 들어왔다. 이 나이든 부인은 그녀의 집으로 들어와 물을 끓이고, 아마포를 정돈했으며 아기가 태어날 때 필요한 모든 것들을 준비했다. 부인 엘리자베트는 조용히 모든 것이 일어나는 대로 내맡겼다. 그녀는 갓난아기가 태어나서 부드러운 새 기저귀 천에 둘러싸여, 이 세상에서의 첫잠에 빠져 있을 때가 되어서야 나이든 부인에게 어떻게 자신의 집으로 오게 되었는지를 물었다. 그녀는 "빈스반그씨께서 나를 여기로 보냈습니다"라고 대답했다. 몸이 피곤해진 부인은 이 말을 들으면서 잠이 들었다. 그녀가 아침에 눈을 떠 다시 깨어났을 때, 그녀 곁에는 따뜻하게 데워진 우유가 있었다. 방안의 모든 것들은 깨끗이 청소되어 있었고, 그녀의 곁에는 태어난 사내아이가 있었다. 아기는 배가 고파 고함을 지르고 있었고 나이 많은 부인은 가버리고 없었다.

아기 엄마는 귀여운 아기의 우렁찬 목소리에 기뻐하며 갓난아기를 가슴에 안았다. 그녀는 이 아기를 보지 못하고 죽은 아기 아버지를 생각하면서 눈에 고인 눈물을 훔치고 아버지 없는 이 자그마한 아기를 껴안고 어루만졌다가 다시 미소를 머금었다. 그러다가 그녀는 갓난아기와 함께 잠이 들었다. 그리고 그녀가 깼을 때, 또다시 우유가 준비되어 있었고 수프도 끓어져 있었으며 또한 아기의 기저귀도 채워져 있었다.

산고 후 얼마 지나지 않아 부인은 다시 원기를 회복해서 자기 자신과 태어난 아기 아우구스투스를 스스로 돌볼 수 있게 되었다. 이즈음, 그녀는 갓 난 사내아기가 세례를 받아야 한다는 생각을 하게 되었으나 아이의 대부가 되어 줄 사람이 없었다. 그래서 그녀는 어스름이 깔리고 이웃집에서 감미로운 음악이 흘러나오는 저녁때쯤, 빈스반그씨의 집으로 건너갔다. 부인 엘리자베트는 조심스럽게 침침한 문을 두드렸다. 그러자 이웃사람인 빈스반그씨는 친절하게 "들어오십시오!" 라고 말했다. 그런데 그녀가 방안으로 들어서자, 그때 갑자기 음악이 끝나버렸다. 그의 방안에는 작고 오래된 책상용 램프가 책 앞에 놓여져 있었다. 그 모든 것들은 여느 다른 사람들에게도 찾아볼 수 있는 그렇고 그런 것들이었다.

"저는 당신에게 감사하는 마음을 전하기 위해 찾아왔어요. 당신께서 지난번 출산 때 훌륭한 아주머니를 제게 보내주셨지요. 저는 다시 일을 하게 되어 조금의 돈벌이를 하게 되는 때가 오면 도와주신 아주머님께 보답하려고 생각하고 있어요. 하지만, 지금 저는 다른 걱정거리를 가지고 있답니다. 다름이 아니라, 제가 낳은 사내아기가 세례를 받아야 한다는 것입니다. 이름은 그 애의 아버지처럼 아우구스투스라고 지으려고 합니다. 하지만 저는 혈혈단신(孑孑單身)이라 애를 위해 대부를 부탁할 분이 없어요."

"그래요, 나 역시 그것에 대해 생각하고 있었습니다."

그는 백발 수염을 아래로 어루만졌다. 그리고는 말을 이었다.

"만약, 어느 때인가 당신의 형편이 매우 좋지 않게 된다면, 애를 돌봐줄 수 있는 선량하고 돈이 많은 대부를 가질 수 있었으면 좋을 텐데…. 저는 나이든 고독한 남자일 뿐이고, 저 또한 아무런 친구를 가지고 있지 않으니 만약 당신이 나를 대부로 하고 싶지 않는다면 나 역시 당신에게 어떤 사람을 추천해 줄 수 없는 형편입니다."

이웃남자의 이러한 말에 그 가련했던 아기 엄마는 기뻐했고, 감사했으며 그를 아기의 대부로 결정했다. 다음 일요일, 그녀와 이웃남자는 아기를 교회로 데려가서 세례를 받았다. 이 교회에는 지난번에 도와주신 아주머니도 함께 했으며 아기에게 1 탈러의 은화를 선사했다. 이때 아기 엄마는 그 돈을 거절했으나, 나이든 아주머니는 이렇게 말했다.

"받아 두세요. 나는 늙은데다가 그리고 내가 필요한 것은 가지고 있습니다. 혹시 이 1 탈러가 아기에게 행운을 가져다 줄지도 모르지요. 나도 언젠가 한번 빈스반그씨에게 호의를 받았었습니다. 우린 오랜 친구랍니다."

세례의식이 끝나고 이들 모두는 함께 집으로 갔다. 부인 엘리자베트는 손님들을 위해 커피를 끓였고, 빈스발그씨가 케이크를 가져와서 그것은 꽤 훌륭한 세례 잔치가 되었다. 모두가 커피를 마시고 케이크를 먹었을 때, 아기는 이미 잠들어 있었다. 그때 빈스반그씨가 겸손하게 말을 꺼내었다.

"이제 저는 아기 아우구스투스의 대부가 되었습니다. 저는 이 아기에게 궁전(宮殿)과 금화 한 자루를 선사하고 싶지만 그렇게까지 하지 못합니다. 다만, 대모가 되신 부인과 마찬가지로 아기에게 1 탈러를 내놓을 수는 있겠지요. 저는 대부로서 아기를 위해 할 수 있는 것이면 뭐든지 할 것입니다. 물론 말할 것도 없이 엘리자베트 부인께서는 아기의 어머니로서 아기를 위해 많은 아름다운 것과 훌륭한 것을 주문했을 것입니다. 하지만 부인께서 아기에게 있어 진정 무엇이 최상의 것인지 다시 한번 깊이 생각하셔서 말씀해 주시면, 저는 그것이 이루어질 수 있도록 노력하겠습니다. 부인께서는 아기를 위해 당신이 원하는 것이 무엇이든지 선택할 수 있습니다. 그러나 소원은 단 한번 만입니다. 잘 생각해 주셨으면 합니다. 오늘 밤, 저의 음악상자에서 음악이 흘러나올 때, 부인께서는 아기의 귓속으로 당신이 바라는 것을 말하십시오. 그러면 그 소원은 이루어지게 될 것입니다."

대부가 된 이웃남자는 이렇게 말하고서 재빨리 작별을 고하고 떠났고, 대모가 된 아주머니도 그와 함께 자리를 떴다. 이제 부인 엘리자베트는 혼자 남게 되었다. 그녀는 순간 기이한 느낌에 사로잡혔다. 만약, 2 탈러가 아기요람에 놓여 있지 않았고, 케이크가 책상 위에 놓여 있지 않았더라면, 그녀는 이 모든 것이 다 꿈이었을 것이라고 생각했을지 모른다. 그녀는 아기요람 옆에 자리하고서 아기를 흔들며 생각에 잠겨 아름다운 바람들을 나름대로 해봤다. 아주 힘센 남자로 또는 영리하고 총기 있는 남자로 성장해 주길 바라는 바람들을 말이다. 그러나 어느 것이고 간에 그리 탐탁치 못했다. 결국에 그녀는 '그래 맞아, 그가 나에게 아기를 위해 한 가지 소원을 말하라고 한 것은 농담이겠지' 라는 생각을 하게 되었다.

벌써 어두워졌고, 그녀는 아기요람 곁에 앉아서 거의 잠들어 있었다. 사실, 그녀는 손님 접대, 많은 걱정들과 많은 바람들로 인해 지쳐있었다. 그때, 이웃집으로부터 정교하고 부드러운 음악이 흘러 들어왔다. 음악은 너무나 부드러웠고 감미로웠다. 그녀는 여태껏 이런 음악을 어느 음악상자에서도 들어보지 못했다. 이 음악소리에 엘리자베트 부인은 정신을 차려 조금 더 깊이 생각을 했다. 아기의 대부가 된 이웃남자 빈스반그씨가 말한 것, 그리고 그가 말한 대부로서의 선물을 생각했다. 그녀가 자꾸만 생각을 하면 할수록, 그리고 태어난 아기를 위해 소원을 말하고자 하면 할수록, 그 모든 것들이 그만큼 더 혼동되어 갈피를 잡지 못하게 되었다. 그리고 그녀는 결정적으로 어떤 것도 자신의 바람이라고 내놓을 수 없었다. 그녀는 매우 우울해졌고 눈에는 눈물까지 고였다. 음악상자의 음악은 점점 더 가느다랗게, 그리고 점점 더 약해지고 있었다. 그녀는 생각하기를 만약 이 순간에 아기를 위한 그녀의 바람을 이야기하지 않는다면 너무 늦어버려 모든 것은 수포로 돌아가게 되리라고 여겨졌다. 그래서 그녀는 짧게 탄식하고서 아기가 있는 쪽으로 몸을 굽혀 아기의 왼쪽 귓속으로 속삭였다.

"내 귀여운 아들아, 내 너에게 바라건대, 내가 너에게 바라는 것은…."

순간, 아름다운 음악이 막 멎어지려했다. 그녀는 소스라치게 놀라며 빠르게 말했다.

"내가 너에게 바라는 것은 모든 사람들이 너를 꼭 사랑했으면 하는 것이다."

이제 음악 소리는 멈추었고 어두운 방안은 죽은 듯 조용했다. 그녀는 요람 위로 몸을 던져 울면서 걱정과 두려움에 소리쳤다.

"아, 이제 나는 너에게 내가 아는 바에서 최상의 것을 바랬지만, 그러나 아마도 이것이 옳은 것이 아니었는지도 모르겠다. 비록, 모두가, 모든 사람들이 너를 사랑하게 될지라도 어느 누구도 나처럼 너를 사랑하지는 못할 것이다."

아우구스투스는 그 사이 다른 아이들처럼 자라서 밝고 용맹한 눈을 가진 귀여운 금발의 소년이 되었다. 이 소년의 어머니는 아이를 버릇없게 키웠었지만 이 아이는 어디에 가든지 호감을 사서 인기가 있었다. 엘리자베트 부인은 세례를 받았던 날에 빌었던 그녀의 바람, 다시 말해 그녀가 아기 아우구스투스에게 던졌던 소원이 성취되고 있다는 사실을 감지했다.

아이가 나이가 들면서 걸어 다니게 되고 골목으로 그리고 다른 사람에게로 다가갈 때면 모두가 아우구스투스를 여느 아이들에게서 찾아볼 수 없는 아름다움과 활발함과 재치를 가지고 있는 아이로 보았고, 모두 아이에게 악수를 청하고 그의 눈을 쳐다보았으며 그에게 호의를 보였다. 나이가 젊은 어머니들은 그에게 계속해서 미소를 지었고, 나이든 아낙네들은 그에게 사과를 주었다. 그리고 그가 어느 장소에서 예의에 벗어난 행위를 했을 때에는 어느 누구도 그가 그랬다고 믿지 않았으며 다른 경우, 즉 그가 했다는 것이 부정될 수 없었을 때에도 어떻게 해 볼 수 없었다는 태도로 어깨를 치켜 올리며 "우리는 이 나무랄 데 없는 아이를 진정으로 나쁘게 보지 않아요"라고 말했다.

이 멋진 소년을 남달리 주의 깊게 살펴본 사람들은 그의 어머니에게로 찾아왔으며, 예전에는 정말 얼마 안 되는 바느질감을 하는, 아무도 몰랐던 엘리자베트 부인은 이제 아우구스투스의 어머니로 잘 알려지게 되었으며 그녀의 기대 이상으로 보다 많은 후견인들을 얻게 되었다. 날이 갈수록 그녀와 그녀의 자식인 아우구스투스의 신수는 좋아졌다. 그들이 가는 곳마다 이웃은 그들을 즐거이 반겼고, 인사를 나누었으며 행복한 이 두 사람은 그들에게 목례로 답했다.

아우구스투스에게 가장 아름다운 것은 대부의 집에서 대부와 함께 있는 것이었다. 대부는 종종 밤에 그를 자기 집으로 불렀는데, 집안은 어두웠고 검게 그을려 있는 벽난로 구멍에는 작고 붉은 불꽃이 남아있었다. 그의 대부인 키 작고 나이든 그 남자는 바닥에 깔려져 있는 모피위로 아우구스투스를 오게 했고 대부는 그와 함께 잠잠한 불길 속을 쳐다보면서 아우구스투스에게 긴 이야기를 들려주었다. 그러나 종종 이 같은 긴 이야기가 끝이 나고, 아우구스투스가 대단히 졸려 어두운 적막 속에서 반쯤 뜬눈으로 타는 불을 응시할 때면 어둠으로부터 달콤하고 다양한 음의 음악이 흘러나왔다. 그리고 이들 두 사람이 오랫동안 침묵한 채 음악에 귀 기울일 때면, 알지도 못하는 사이에 자그마하고 아늑한 방은 작은 빛을 발하는 아이들로 가득 차고, 이들 작은 빛을 발하는 아이들은 금빛의 날개로 원을 그리면서, 정교하게 번갈아가면서 원을 그리며, 또한 짝을 지으며 날듯 멋있는 춤을 추며 노래했다. 이 노래는 수 없는 기쁨과 경쾌한 아름다움으로 가득 차 함께 퍼져 울렸다. 이는 아우구스투스가 여태껏 들었거나 또 보았던 것과는 전혀 다른, 가장 훌륭한 것이었다. 후에 그가 어린 시절을 생각해 볼 때면, 나이든 대부의 조용하면서도 음침했던 자그마한 방과 음악과 천사 같은 존재들의 축제 같은 금빛의 마술적인 비행과 함께 했던 벽난로의 붉은 불꽃은 언제나 그의 기억 속에 다시금 떠올랐고 그를 향수에 젖게 했다.

이제 소년 아우구스투스는 보다 많이 자랐다. 그는 어머니를 때때로 슬픔에 잠기게 했다. 그럴 때면 그녀는 아우구스투스가 세례 받았던 밤을 되돌아봤다. 아우구스투스는 즐겁게 이웃집들의 골목길을 누비고 다녔는데 어디에 가든지 환영받았다. 그는 가는 곳마다 땅콩 류, 배, 케이크와 장난감을 선사받았고, 사람들은 그에게 먹을 것과 마실 것을 주었으며 그를 무릎 위에서 말을 타게 하거나 정원에서 꽃을 꺾게도 했다. 그는 종종 아주 늦게 집으로 돌아와서 어머니가 내놓은 수프를 별로 탐탁지 않아 하며 옆으로 밀어놓곤 했다. 그의 어머니가 침울해져서 눈물을 흘릴 때면, 그는 지루해 하거나 투덜거리면서 거지행각으로 나섰다. 어느 때, 어머니가 아들인 아우구스투스를 나무라고 벌을 내릴 때면 그는 매우 큰 소리로 고함을 지르며, 모든 사람들이 자신을 예뻐하고 잘 지내는데 오로지 어머니만은 그렇지 않다고 불평을 늘어놓았다. 그래서 그의 어머니는 종종 침울해지거나,

아들에게 화를 내기도 했다. 하지만 그러고 난 뒤에도 베개에 누워 잠자는 아들의 순진한 얼굴을 촛불로 비추게 될 때에는 그녀의 경직된 마음은 이내 사라져 버렸다. 그녀는 그가 깨어나지 않게끔 조심스럽게 키스했다. 모든 사람들이 아우구스투스를 귀여워하는 것은 그녀의 잘못이었다. 그녀는 종종 슬픔으로 그리고 놀라움으로 생각하곤 했다. 만약 자신이 그런 바람, 모든 사람들이 그를 좋아하도록 한 바람을 내놓지 않았더라면 아마도 더 좋았지 않았겠느냐 하는 생각을 말이다.

언젠가 그녀는 자식의 대부인 빈스반그씨의 제라늄이 있는 창문가에 서서 조그마한 가위로 시들은 꽃들을 잘라내고 있었는데, 그때 그녀는 양쪽 집 뒤에 있는 정원에서 자식의 목소리를 듣고서 저 너머를 보기 위해 몸을 앞으로 내밀었다. 그녀는 아우구스투스가 예쁘장하고 그리고 약간의 자만심을 지닌 얼굴로 담벼락에 몸을 기대고 있는 것을 보았다. 그의 앞에는 그 보다 큰 한 소녀가 서서 그에게 무엇인가를 청하면서 말했다.

“그래 너는 예뻐, 나한테 키스해줄래?”

“나는 그런 것을 좋아하지 않아.”

그가 손을 주머니에 넣자 소녀가 말했다.

“그래도 해줘. 나는 정말이지 너에게 예쁜 선물을 주려고 해.”

“도대체 뭔데?”

“나는 사과 두개를 가지고 있어.”

소녀는 수줍은 듯이 말했다. 그러나 그는 몸을 돌리고서 찡그렸다.

"나는 사과를 좋아하지 않아."

그는 멸시 섞인 말투로 말하고서 그녀로부터 달아나려했다. 그러나 소녀가 그를 꽉 붙들고서 아첨하는 듯이 이렇게 말하는 것이었다.

"나는 아름다운 반지를 가지고 있어."

"봐봐."

아우구스투스가 말하자 소녀는 그에게 그녀의 반지를 보여주었고 그는 그 반지를 자세히 살펴보고는 반지를 그녀의 손가락으로부터 뽑아내어 자기 손가락에 끼고서 반지를 햇빛에 비추어 보며 만족해했다. 그는 말했다.

"그래, 너는 단 한번 나의 키스를 가지게 될 거야."

아우구스투스는 그렇게 얼버무리며 말하고서, 그 소녀의 입술에다가 슬쩍 스치는 키스를 했다.

그러자 소녀는 "지금 나하고 놀러 가자"라고 붙임성 있게 말하면서 그의 손에 매달렸다. 그러나 그는 소녀를 밀치고서 격정적으로 소리쳤다.

"이제 정말 나를 조용히 있게 내버려둬! 나에게는 함께 노는 다른 아이들이 있다구."

소녀는 울기 시작하면서 마당으로부터 멀어져갔다. 그러는 동안에도 그는 지루해 하고 짜증나는 얼굴을 짓고 있었다. 그리고 잠시 후 그는 손가락에 끼인 반지를 유심히 쳐다보고는 휘파람을 불며 그곳에서 유유히 떠나갔다.

그의 어머니는 꽃을 자르는 가위를 손에 든 채 서 있었는데, 그의 자식이 다른 사람이 자신에게 보여주는 사랑을 냉랭한 태도로 멸시하는 그의 모습에 대해 놀랐다. 그녀는 꽃을 그대로 둔 채 머리를 내저으며 거듭해서 혼자 말했다.

“얘는 몹쓸 애야, 정말이지 온화한 마음을 지니고 있지 않아.”

그러나 그 후 얼마 안 되어서 아우구스투스가 돌아오고 그녀가 그에게 말을 건넸을 때, 그는 웃으면서 푸른 눈으로 어머니를 바라보며 조금도 잘못을 느끼지 못하고 노래하기 시작했고, 그의 어머니에게 아양을 떨고, 또 우스꽝스러운 모습이나 귀여운 모습을 취하면서 어머니에게 애정 어리게 굴었기에 그녀도 웃지 않을 수 없었다. 그녀는 자식에게 있어서는 만사를 진지하게 다룰 수 없다는 것을 느꼈다.

그러나 아우구스투스에게는 그가 저지른 나쁜 행위에 대해 벌이 내려지기도 했다. 대부인 빈스반그는 아우구스투스가 경외심을 가지는 유일한 분이었다. 아우구스투스가 그의 대부의 방으로 갔을 때, 대부는 말했다.

“오늘은 벽난로에 불을 지피지 않는다. 그리고 어떤 음악도 들려주지 않겠다. 작은 천사들도 슬퍼하고 있단다. 왜냐하면 네가 병들어 있기 때문이지.”

이 말을 들은 아우구스투스는 아무 말도 못하고 밖으로 나와 집으로 돌아온 뒤, 침대에 몸을 던지고 울었다. 그런 후에, 그는 여러 날 동안 착하고 귀염 받는 소년이 되려고 많은 노력을 기울였다.

하지만, 벽난로의 불이 없을 때가 점차적으로 잦아졌고, 그리고 대부는 눈물을 흘리거나 그를 쓰다듬으며 달래려고 하지 않았다. 아우구스투스가 열두 살이 되었을 때, 대부의 조그만 방안에 주어졌던 마술적인 천사의 비행은 이제 그에게 있어 하나의 먼 꿈이 되었다. 언젠가 한번은 천사의 비행에 대한 꿈을 꾸었는데, 그 다음날 그는 갑절로 난폭해져서 크게 소리를 지르면서 담장너머까지 들릴만한 소리로 그의 많은 친구들에게 마치 전쟁 지휘관처럼 명령했었다.

그의 어머니는 이미 오래 전부터 모든 사람들로부터 그녀의 자식에 대한 칭찬을 듣는 것에 지쳐있었고, 자식인 아우구스투스가 아무리 훌륭하고 사랑스럽다고 하더라도, 이제 그녀에게는 그에 대한 걱정뿐이었다. 어느 날 그의 선생님이 그녀에게 와서 말하기를 아우구스투스를 보다 나은 학교에 보내서 공부시켜 주겠다고 나서는 사람이 있다고 했다. 그래서 그녀는 이웃사람과 그것에 대해 이야기를 나누었고, 곧 그 후에 어느 봄날 아침에 마차가 왔고, 아우구스투는 예쁜 옷을 입고 마차에 올라 그의 어머니, 대부님 그리고 이웃사람들에게 작별인사를 했다. 그는 수도(首都)에 가게 되었고 그곳에서 공부하는 것도 허락되었다. 그의 어머니는 마지막으로 그의 머리에 가르마를 타고, 그에게 축복을 해주었다. 이제 마차는 움직이기 시작했고 아우구스투스는 낯선 세상으로 떠났다.

수년이 지난 후, 젊은 아우구스투스는 대학생이 되었고, 그는 붉은 모자를 쓰고 콧수염을 하고서 다시 한번 고향에 오게 되었다. 이유는 대부가 보낸 편지에서 그의 어머니가 편찮아 그렇게 오래 살 수 없다고 알렸기 때문이었다. 아우구스투스는 밤에 도착했다. 사람들은 그가 어떻게 마차에서 내리며 그리고 마부에게 어떻게 그의 커다란 가죽 여행가방을 집안으로 들여놓는지를 놀라움으로 쳐다보았다. 그의 어머니만이 죽음을 눈앞에 두고, 오래되고 나지막한 방안에 누워있었다. 멋진 대학생 아우구스투스는 흰 베개에 하얗게 수척한 얼굴의 어머니가 조용한 눈으로 자기를 알아보시는 얼굴을 보았을 때, 눈물을 흘리며 침대 곁에 앉아 어머니의 차가운 손에 키스하고 그녀의 곁에서 밤새 종일토록 무릎을 꿇고서 그녀의 손이 차가워지고, 그리고 그녀의 눈이 감길 때까지 지켜보았다. 그의 어머니의 장례식이 다 끝났을 때, 대부 빈스반그는 그의 팔을 잡고 조그만 집안으로 그를 데리고 들어갔다. 그 조그만 대부의 집은 이제 그에게 예전보다 더 나지막한 것 같았고 그리고 보다 더 어두워진 것 같았다. 이들 두 사람은 오랫동안 같이 자리했다. 그리고 오로지 조그만 창만이 어둠 속에서도 약하게 빛을 발하고 있었을 그 때, 대부는 그의 깡마른 손으로 그의 회색수염을 쓰다듬으며 아우구스투스에게 말했다.

"벽난로에 불을 피우겠다. 그러면 우리는 등이 필요 없을 거야. 너의 어머니도 돌아가신 마당에 네가 내일 다시 떠나게 되면 나는 아마도 너를 더 이상 못 보게 되지 않겠니."

대부는 벽난로에 불을 조금 피우고서 안락의자를 불 있는 곳 가까이 옮겼다. 아우구스투스도 자신의 의자를 옮겨 다가

갔다. 두 사람은 얼마동안 앉아 있으면서 불티를 간간이 날리며 꺼져가고 있는 나무토막을 주시하고 있었는데, 그때 나이 많은 대부는 부드럽게 말을 꺼냈다.

"잘 있어라, 아우구스투스. 나는 네가 잘 되기를 바란단다. 너는 훌륭한 어머니를 가졌었다. 그녀는 네가 아는 이상으로 너에게 해주었다. 나는 기꺼이 다시 한번 음악을 들려주고, 작은 천사들을 너에게 보이고 싶지만, 그러나 너도 알다시피 그것은 가능하지 않아. 그렇지만 작은 천사들이 언제나 노래하고 있으며, 만약 네가 언제 한번 외롭고 그리움에 찬 마음으로 작은 천사들을 찾게 될 때에는 아마도 너는 또 한번 작은 천사들이 노래하는 것을 들을 수 있을 것이다. 나에게 손을 주게, 나는 이제 나이가 들어서 잠을 자러 가야만 한다네."

아우구스투스는 그에게 손을 건네 악수를 나누었지만 아무 말도 건네지 못했고, 쓸쓸하고 황량해진 마음으로 어머니의 작은 집으로 건너가 정든 고향에서 마지막으로 잠들기 위해 누웠다. 잠들기 전, 그는 저기 저 건너 편 멀리서부터 나지막하게 어린 시절의 달콤한 음악을 다시 들을 수 있을 것 같은 생각이 들었다. 다음날 아침, 그는 고향을 떠나갔고, 그리고 사람들은 오랫동안 그에 관해서 들어보지 못했다.

또한 아우구스투스도 얼마 안 되어 대부 빈스반그씨와 그의 작은 천사들을 잊어버리게 되었다. 풍족한 생활이 그의 주위를 감싸고 융성했으며 그리고 그는 이 풍성한 물결과 같이했다. 어느 누구도 그와 같이 요란한 소리를 내면서 골목을 달릴 수 없었고, 어떤 청년도 그처럼 쳐다보는 처녀들에게 얕보는 눈초리로 인사할 수 없었다. 어느 누구도 아우구스투스처럼 가볍게 그리고 매력적으로 춤추지 못했으며, 경쾌하고 멋있게 마차를 몰지도 못했고, 어느 누구도 그렇게 요란스럽고 과시적으로 한여름 밤을 정원에서 술을 마시며 보내지 못했다. 그는 돈 많은 과부의 애인이 되기도 했는데 이 돈 많은 과부여자는 그에게 돈이며 옷, 말과 그가 필요로 하는 그리고 그가 가지고 싶어하는 것을 모두 주었다. 그는 그녀와 함께 파리로, 로마로 여행을 다녔고, 비단 이불에서 잠을 잤다. 그러나 그의 진정한 사랑은 부드러운 금발을 가진 시민의 딸이었다. 그는 밤에 위험을 무릅쓰고 그녀의 아버지 정원으로 그 딸을 찾아갔으며, 그가 여행 중에 있을 때도 그녀는 그에게 장문의 열렬한 편지를 써서 보냈다. 그런데, 언젠가 한번 그가 돌아오지 않았다. 파리에서 많은 친구를 가진 그는 돈 많은 과부애인에게 싫증이 났고 이미 오래 전부터 공부에도 짜증이 났기 때문이다. 그는 저 먼 곳, 세상 커다란 곳에 머물면서 살았다. 그는 말들을, 개들을 그리고 여자들을 데리고 있었으며, 도박게임 판에서 돈을 잃기도 하고 따기도 했다. 그리고 어느 곳에나 그를 따르고 그에게 선물을 바치고자 하며 그에게 봉사하려 하는 사람들이 줄을 이었다. 그는 그들에게 가벼운 미소를 띠었으며, 그가 예전에 소년으로서 조그만 소녀의 반지를 받았던 것처럼, 그렇게 받아들였다. 그가 지닌 탐스러운 마술은 그의 눈과 그의 입술에 놓여있었다. 부인네들은 그를 부드러움으로 감쌌고 친구들은 그를 위해 떼 지어 모여들었다. 하지만 그 자신 스스로도 전혀 느끼지 못한 것이었지만, 어느 누구도 그의 마음이 텅 비었고 탐욕에 차 있으며 그리고 그의 정신이 얼마나 병들었고 고통 받고 있는지 알아채지 못했다. 이따금씩 그는 모든 사람들로부터 사랑을 받는다는 것에 지치곤 했다. 그는 변장을 하고 혼자서 낯선 도시들을 다니기도 했는데, 어처구니없게도 그는 어디에서나 그리고 너무나 쉽게 사람들을 자기편으로 얻을 수 있었다. 그에게 있어 어디서나 그를 열심히 따르는, 그러나 그에게 있어 거의 만족을 주지 못했던 사랑은 웃기는 것이었다. 그는 보다 자만스럽지 못한 자들과 그를 쫓아 따라다니는 부인들 그리고 그를 추종하는 남자들 때문에 너무 역겨웠다.

그는 하루 종일 자신의 개와 함께 홀로 시간을 보냈으며, 그렇지 않을 때에는 산 속의 아름다운 사냥터에 있었다. 그가 몰래 숨어들어 총을 쏴 맞힌 한 마리의 사슴은 아름다웠으며 바라는 바가 많았던 부인네의 추적보다 더욱 큰 기쁨을 그에게 안겨주었다.

그러던 어느 한 때, 그는 어떤 외교사절의 젊은 부인을 보게 되었다. 그 부인은 북쪽지역의 귀족 출신으로 엄격하고 날씬한 여자로서 다른 고귀한 부인네들과 사교가적인 남자들 사이에 자만스럽게 그리고 침묵한 채 서 있었다. 그녀는 그들과 놀라우리만치 구분되어 어느 누구도 그녀와 비교될 수 없을 것 같았다. 그가 그녀를 보고 자세히 관찰하고 있었을 때, 그녀의 시선이 그를 단지 언뜻 그리고 무관심하게 그 눈길을 스쳤을 때, 그는 난생 처음으로 사랑이 무엇인가를 알게 된 것 같았다. 그는 그녀의 사랑을 획득하기 위해 계획하고, 그 때부터 어느 때고 그녀의 곁에 그리고 그녀의 눈에 띄는 곳에 머물렀다. 그는 언제나 그를 보고 경탄에 마지않는 그리고 그와 교제를 하고 싶어하는 부인네들과 남자들에 의해 둘러싸여 있었기 때문에 아름답고 엄격한 그녀와 함께 여행자들 무리 속에서 제후부인과 함께 있는 제후처럼 서 있을 수 있었고, 금발여인의 남편 역시 그를 특별히 우대하고 그에게 호의를 사려고 힘썼기 때문에 손쉽게 그리할 수 있었다.

하지만 그에게 따로 떨어져서 그 아름답고 엄격한 낯선 그녀와 둘만 있는 기회는 쉽게 주어지지 않았다. 드디어 여행객 일행이 남부 어느 항구도시에서 몇 시간을 보내기 위해 배를 떠났다. 그는 자신이 사랑에 빠진 이 여인으로부터 거리를 두지 않았고 잡다한 시장에서 웅성거리는 무리들 가운데서 그녀와 이야기를 나눌 수 있었다. 끝없이 많은 좁고 어두운 골목들이 이 장소로 연결되고 있었고 그는 자신이 마음에 드는 한 골목길로 그녀를 안내했다. 그녀의 일행들은 더 이상 보이지 않았고, 그녀가 갑자기 홀로 그와 단둘이 있다는 것을 느끼고 당황한 그때, 그는 밝은 표정을 띄우고서 그녀에게 몸을 돌려 그녀의 주저하는 손을 잡고서는 그와 함께 이 땅에 머물고 그리고 그와 함께 멀리 도망갈 것을 애원하며 바랬다. 낯선 그녀는 창백해져서 시선을 땅에 떨어뜨리고서서 나지막하게 말하기를, "이 행동은 신사답지 않아요. 당신이 말한 것은 없었던 것으로 하겠습니다." 그러자 아우구스투스는 "나는 신사가 아닙니다"라고 외쳤다. "나는 한 사람을 사랑하는 사람일뿐입니다. 이 사랑하고자 하는 사람에게는 오직 이 사랑하는 사람 곁에만 있고자 하는 생각뿐입니다. 아–! 당신, 아름다운 그대여, 함께 갑시다. 우리들은 행복하게 될 것입니다."

그녀는 밝은 푸른 눈으로 엄숙하고 질책어린 시선으로 그를 쳐다보면서 말했다.

"당신은 내가 당신을 사랑한다고, 어떻게 그렇게 생각할 수 있지요? 나는 거짓말을 할 수 없습니다. 나는 당신을 사랑했고 이따금 당신이 나의 남편이었으면 하고 바라기도 했습니다. 당신이 내 마음속으로 사랑한 첫 남자였기 때문입니다. 아! 사랑이 어떻게 그렇게 터무니없게 길을 들 수 있을까? 나는 순수하지 못하고 그리고 선량하지 못한 한 남자를 사랑한다는 것이 나에게 허락되라고는 결코 생각하지 않아요. 아니요, 나는 천만번이고, 내가 그렇게 사랑하지는 않지만, 그러나 신사답고 당신이 알지 못하는 성실함과 고귀함을 지니고 있는 나의 남편에게 있고자 해요. 이제 당신은 나에게 더 이상, 어떤 말도 더 하지 마시고 나를 배로 다시 데려다 주세요. 그렇지 않을 경우엔 나는 낯선 사람들에게 소리쳐서 당신의 무례함에 방어할 수 있도록 도움을 청하겠어요."

그녀는 그가 청원하든 아니면 못마땅해 하며 틀어지든 상관하지 않고, 그로부터 몸을 돌리고서 그가 묵묵히 그녀와 함께 어울려 그녀를 배가 있는 곳까지 동행해 주지 않았을지라도 혼자서 갔을 것이다. 그는 어느 누구와도 작별인사를 나누지 않은 채, 자신의 여행 가방을 육지로 내리게 했다.

이때부터 주위로부터 많은 사랑을 받았던 아우구스투스의 행복은 사라졌다. 미덕과 경외심은 그에게 있어 증오의 대상이 되었고, 그는 미덕과 경외심을 발로 밟아 짓눌렀다. 그는 품행이 방정맞은 부인네들을 자신의 마술적인 기교로 유혹했고 그리고 빠르게 친구가 된 아무런 악의 없는 사람들을 상대로 착취행위를 하고 나서 이들을 조소로서 내동댕이치는 것을 그의 기쁨으로 삼았다. 그는 부인네들과 처녀들을 불쌍하게 만들었고 그리고 이들을 곧 부정했다. 뿐만 아니라, 그는 고귀한 가정의 젊은이들을 찾아내어 이들을 나쁜 길로 유혹해 몸을 망치게 했다. 그는 쾌락만을 추구했고, 드디어는 지쳤다. 그가 배웠던 것은 악덕이었고, 이제 그는 이를 멀리했다. 그러나 그의 마음 어디에도 더 이상의 기쁨은 없었고, 그에게 호의적으로 다가왔던 사랑에 대해서 그의 마음 어디에도 그 메아리를 찾을 수 없었다.

그는 바닷가 한 아름다운 별장에서 암울하게 그리고 역정 속에서 살았으며, 그를 찾아오는 부인네들과 친구들을 아주 광포한 기분으로 그리고 악의로서 괴롭혔다. 그는 인간들을 천대하고 그리고 멸시했다. 그는 이제 바라지도 않았고 청원하지도 않았으며 그에게 합당치 않은 사랑을 받는 것에 대해 진절머리가 났고, 그리고 싫증났다. 그는 결코 주지 않으면서 받기만 하고 쓸데없이 시간만을 허비하고 그리고 파괴된 그의 생의 무가치를 느꼈다. 그는 종종 오랫동안 식사를 하지 않았는데, 이는 언젠가 다시 한번 진정한 갈망을 느끼기 위한 것이었고 욕망을 진정시키기 위한 것이었다.

그의 친구들 사이에서 그가 병들어 있고 안식과 평온이 필요하다는 소문이 퍼져있었다. 많은 편지들이 왔지만, 그는 결코 읽지 않았고 걱정된 사람들은 봉사 시에 그의 건강에 대해서 물었다. 그러나 그는 혼자 앉아서, 홀 안에서 바다 위쪽을 보며 심한 분노에 차 있었다. 그의 생은 공허하게 그리고 황량함을 뒤로하고 있었는데, 아무런 결실없이 그리고 사랑의 흔적없이 마치 파도치고 있는 잿빛 띈 소금 물결처럼 그를 추해 보이게 했다. 그는 높은 창가 안락의자에 쪼그리고 앉아 자기 스스로와의 결판을 내고자 했다. 흰 갈매기들은 해변바람을 맞으며 지나갔고, 그는 이들을 텅 빈 시선으로 따르고 있었다. 그의 시선에는 어떤 기쁨도 참회도 없었다. 단지, 그의 입술만이 굳은 채 그리고 악의에 찬 채 가냘픈 웃음을 지우고 있었다. 그는 자신의 생각하는 바를 드디어 종결 지우고서 종을 울려 하인을 불렀다. 이제 그는 어느 한 날을 정해 모든 친구들을 초대하게 했다. 그가 의도하는 바는 자신의 초대에 오는 모두에게 자신의 텅 빈집과 자신의 죽은 시체를 보여줌으로써 이들을 조소하는 것이었다. 그는 이전에 즉, 초대 된 모든 친구들이 자기 집에 도착하기 전에 독약으로 스스로 목숨을 끊기로 결심한 것이다. 계획된 축제 전날 밤, 모든 하인들을 내보낸 그의 커다란 집은 조용했다. 그는 자신의 침실로 가 한 컵의 지프포도주에 강한 독약을 탔다. 그리고 독약이 든 포도주 잔을 입술로 가져갔다. 그런데 그가 이 포도주 잔을 마시려고 했던 그 때, 문 두드리는 소리가 났다. 그는 아무런 답변 없이 걸어 나가 문을 열었다. 자그마한 나이든 그의 대부가 들어왔다. 그는 아우구스투스에게 다가서 손에 들고 있는 가득 찬 잔을 조심스레 빼앗고 낯익은 음성으로 말했다.

"오랜만이네, 아우구스투스. 잘 지내고 있었니?"

놀란 아우구스투는 수치스러움으로 화가 나, 조소에 가득 찬 웃음을 띠우고서 말했다.

"빈스반그씨, 당신은 아직도 살아 계시네요. 많은 세월이 흘렀습니다만, 당신은 정말로 나이 드신 것 같지 않으십니다. 그러나 이 순간 당신은 나에게 방해가 되고 있습니다. 대부님, 나는 피곤하고 지쳐서 지금 잠자는 약을 마시려고 합니다."

"나도 알아." 대부는 침착하게 말했다. "너는 잠을 청하기 위한 술을 마시려고 했지. 맞아, 이 술은 너를 도와줄 수 있는 마지막 술이지. 이 술을 마시기 전에 우리 잠깐 이야기를 나누어 보면 어떤가. 나는 먼 길을 왔으니, 내가 한 모금 마시고 기분을 좀 돌려도 화내지 않겠지."

그는 이렇게 말하고서 잔을 들어 입에다 가져갔다. 아우구스투스가 이를 저지하려 했으나, 그는 그 잔을 높이 들고 빠른 한 모금으로 쭉 마셔버렸다. 아우구스투스는 죽음에 질려 창백해졌다. 그는 대부에게 황급히 달려들어, 그의 어깨를 흔들었고 그러고서 찢어지는 소리를 치며 외쳤다.

"늙은이야, 당신이 무엇을 마셨는지 알고 있어?!" 빈스반그씨는 영롱한 흰색머리카락의 머리를 끄덕이면서 웃음을 띠었다.

"내가 알기로 지프포도주이지. 그런데, 그렇게 나쁘지 않은데? 너는 곤궁을 견디어 내지 못하고 있는 것 같이 보이는구나. 그러나 나는 시간이 많이 없단다. 네가 나를 좀 경청해 준다면, 나는 너를 오래 괴롭힐 생각이 없다."

당황한 아우구스투스는 놀라움으로 대부의 밝은 눈을 쳐다보며, 순간순간 대부가 아래로 가라앉는 것을 보고자 하는 것 같았다. 그러나 대부는 아늑한 마음으로 의자에 앉고서 그의 나이 젊은 친구 아우구스투스에게 호의를 띠며 고개를 끄덕인다.

"너는 한 모금의 포도주가 나를 해치지 않나 해서 걱정이 되는 모양이군. 안심하게나, 네가 나를 걱정해 주는 것을 보니 친절하구나. 나는 이것에 대해서는 전혀 생각하지 못했단다. 자, 이제 옛날처럼 한번 이야기를 나누어 보자구나. 나에게 보이길 너는 이제 이 단순한 생에 지겨움을 가지고 있는 것 같아. 나는 그것을 이해할 수 있어. 내가 떠나면, 너는 너의 잔에 다시 포도주를 가득히 해서 마시면 된단다. 그러나 이전에 나는 너에게 어떤 이야기를 해야만 되겠다."

아우구스투는 벽에 기대고서, 그리고 태고의 작은 남자인 대부의 선량하고 호의적인 목소리에 귀를 기울였다. 대부의 목소리는 그가 어린아이 때부터 낯익은 것이었고, 그리고 그의 마음속에 지나간 날의 그림자들을 일깨우게 했다. 깊은 수치심과 슬픔이 그를 사로잡았다. 그는 마치 그 자신의 고유하고 순수했던 어린 시절의 눈을 쳐다보는 것 같았다.

대부는 "나는 네가 마시려 한 독약을 모두 마셨다"라고 하면서 말을 이었다.

"왜냐하면 네가 지금 맞이하고 있는 처참함이 내게도 책임이 있기 때문이다. 네가 세례를 받았던 그날, 너의 어머니는 너를 위해 한 바람을 빌고자 했다. 비록 그 소망이 어리석었지만, 내가 너의 어머니의 바람을 이루어지게 했단다. 그런데, 네가 알고 있을 필요는 없지만, 그 바람은 네가 느끼고 있듯이 저주였다. 이렇게 된 것은 정말 미안하다. 하지만, 나는 네가 다시 한번 내 집 벽난로 앞에 앉아서 조그만 천사들이 노래하는 것을 다시 듣게 되는 것을 본다면 매우 기쁠 거란다. 그것은 용이하지 않겠지. 그리고 이 순간, 너의 마음이 다시 좋아지고 순수하고 그리고 명쾌하게 되리라는 것을 너에게 기대하는 것은 불가능하겠지. 그러나 나는 네가 그렇게 되는 것을 한번 시도해 주었으면 한다. 너의 불쌍했던 어머니의 소망이 너에게는 좋지 않았어. 아우구스투스, 네가 허락한다면 내가 너에게 다시 한번 하나의 소망, 그것이 어떤 것이든, 이루게 해준다면 어떻겠니? 너는 돈이나 재물 같은 것을 바라지 않겠지. 또한 권력이나 부인네들로부터의 사랑도 아니겠지. 이것들은 네가 충분히 가졌지 않았나. 한번 곰곰이 생각해 보려무나. 네가 너의 망쳐진 생을 다시 보다 아름답게, 보다 좋게 그리고 또 다시 한번 너를 기쁘게 할 수 있을지도 모르는 한 마술을 안다고 생각해준다면, 나는 그것을 너에게 바란단다."

깊은 생각 속에 아우구스투스는 앉아서 침묵을 지키고 있었으나, 그러나 그는 너무 피곤해 있었고, 좌절해 있었다. 얼마간 지난 후에 그가 말했다.

"빈스반그 대부님, 나는 당신에게 감사합니다. 그러나 나의 생은 결코 다시 싹을 피우지는 못할 것 같습니다. 그래서, 당신이 들어오시기 전에 제가 하려고 마음먹었던 것을 실행하는 것이 더 좋을 것 같다고 생각합니다. 하지만, 나는 당신이 나에게 오신 것에 대해 감사합니다."

"그래."

나이 많은 대부는 신중히 말했다.

"내가 생각하기로 너에게 지금 어떤 소망을 말한다는 것은 그렇게 쉽지 않다고 본다. 그러나 너는 다시 한번 곰곰이 생각할 수 있을 거야. 아우구스투스, 아마도 너는 지금에 이르기까지 무엇이 가장 결핍되어 있었는지 문득 떠오르거나, 아니면 너의 어머니가 살아 계셨고, 그리고 종종 네가 밤에 나를 찾아 왔을 때의 그 어린 시절을 상기해 볼 수도 있을 거야. 그때 너는 이따금씩 행복했지, 그렇지 않았니?"

"그래요, 그 당시는…."

아우구스투스는 고개를 끄덕였다. 그는 그의 빛났던 생의 초창기 때의 모습이 마치 태고의 거울로부터 저 멀리 그리고 희미하게 바래서 다가옴을 느꼈다.

"그러나 그것은 더 이상 찾아볼 수 없어. 나는 다시 어린 아이이기를 바랄 수 없어요."

"맞다. 그것은 아무런 의미가 없어. 네 말이 맞아. 하지만, 우리 집에 있었던 그때를, 그리고 네가 대학생으로서 그녀 아버지의 정원에서 방문했던 그 가련한 소녀를, 또 네가 언젠가 행복했었고, 그리고 너의 생이 좋았고 가치있어 보였던, 그 모든 순간들을 한번 생각해 보게. 아마도 너는 너를 행복하게 만들었던 것을 생각해 낼 수 있을 것이야. 그러면 너는 나에게 무엇인가를 소망할 수도 있어. 얘야, 나를 위해서라도 한번 해 주게나."

아우구스투스는 눈을 감고, 그리고 그는 어두운 통로로부터 인간으로서 출발하여 저 아득하고 밝은 지점을 향해 나아갔던 그의 생애를 뒤돌아보았다. 그는 과거의 한 때, 그 주위의 생활이 얼마나 밝았고 아름다웠다가 서서히 점차적으로 어두워져서 이제는 그 어떤 것도 그에게 즐거움을 주지 못하고 있음을 다시 보았다. 그가 지난 것에 대해 생각을 거듭하여 과거를 더듬어보면 볼수록, 저 멀리 자그마한 빛은 그에게 그만큼 점점 더 아름답고 사랑스러우면서 그리고 보다 더 갈망을 느끼게 하며 다가왔다. 드디어, 그가 이 빛을 감지했고, 그의 두 눈에서는 많은 눈물이 흘러내렸다.

아우구스투스는 "다시 한번 나의 소망을 빌어보겠습니다"라고 대부에게 말하면서 "나에게 아무런 도움을 주지 못했던 그 옛적의 마술을 나로부터 가져가시고, 그 대신에 제가 다른 이들을 사랑할 수 있도록 해 주십시오"라고 했다.

아우구스투스는 눈물을 흘리면서 대부이자 나이든 오랜 친구 앞에 무릎을 꿇었다. 이때 그는 나이 많은 대부에 대한 사랑이 마음속에서 불타고 있었으며 일찍이 그와 가졌던, 잊어버려진 말들과 자세를 찾아 헤매고 있었다. 자그마한 남자인 대부는 아우구스투스를 부드럽게 맞아드리며 그를 침상으로 데려가 눕힌 뒤, 그의 뜨거운 이마에 흘러내린 머리카락을 쓸어 올렸다.

대부는 아우구스투스에게 조용히 속삭이며 말했다.

"마음을 편히 하게나. 진정하게, 모든 것이 잘 될 것이네."

이러는 동안 아우구스투스는 심한 피곤함에 짓눌리는 것 같은 느낌을 가졌다. 그 순간, 그는 마치 자신이 나이를 많이 먹은 것 같은 생각을 하며 깊은 잠에 빠져들었고 대부는 황량한 그의 집을 말없이 떠났다.

아우구스투스는 집을 쨍쨍하게 울리는 거실의 시끄러움에 눈을 떴다. 그가 침상에서 일어나 가까이 있는 문을 열었을 때, 그는 넓은 홀과 다른 모든 공간들이 그의 옛적 친구들로 가득 차 있음을 보게 되었다. 이들은 축제에 왔으나 집이 텅 빈 것을 알게 된 사람들이었다. 이들은 모두 실망한 채, 화가 나 있었다. 아우구스투스는 이들에게 다가가 예전처럼 웃음과 농담으로 이들로부터 호감을 얻으려고 했다. 그러나 그는 이들로부터 호감을 얻을 수 있는 힘이 자신을 떠났다는 것을 갑자기 느끼게 되었다. 이들은 그를 보자마자 동시다발적으로 그에게 소리를 질러 그의 말문을 막기 시작했기 때문에 그는 어처구니없는 상태에서 미소를 띠우며 거부하는 동작으로 손을 뻗쳤는데, 이들은 더욱 노발대발하면서 그를 덮쳤다.

어느 한 사람은 "이 사기꾼아! 나에게 빚진 돈은 어디에 있어?" 말했고, 그리고 또 다른 한 사람은 "네가 나한테 빌려간 말은?"라고 했으며, 그 다음으로 한 예쁘장하고 성이 난 부인은 "네가 누설한 나의 비밀은 이 세상이 다 알고 있으니, 내가 너를 얼마나 저주하는지 알겠지! 이 흉측스러운 놈!!"라고 했다. 그리고 눈이 쏙 들어간 한 젊은 사람은 일그러진 얼굴로 "네가 나에게 어떤 짓을 했는지 알아? 이 악마 같은 놈!"이라고 외쳤다.

이런 상황은 계속되었다. 모든 사람마다 그에게 치욕과 모욕을 퍼부었다. 모두 옳았고, 많은 사람들이 그를 구타했다. 그들은 떠날 때 거울을 부수고 값비싼 많은 것들을 가져갔다. 아우구스투스가 매 맞고 치욕을 안은 채, 바닥에서 일어나 몸을 씻기 위해 그의 침대에 들어가 거울 속을 들여 다보았을 때, 그에게 그의 얼굴은 초췌하고 증오스럽게 다가왔다. 그의 불그스름한 눈에서는 눈물이 흐르고 있었고 그의 이마에는 피가 흘러내리고 있었다.

그는 "이는 응징이야"라고 스스로에게 말하고서 그의 얼굴의 피를 닦았다. 그가 얼마간 생각을 돌리는 사이, 곧 새로운 소란이 집안으로 들어 닥쳤다. 사람들은 층계를 급히 내몰아 쳐 올라왔다. 이들은 그의 집을 담보로 아우구스투스에게 돈을 빌려준 사람 그리고 그가 유혹했던 부인의 남편, 그리고 또 이들 중에는 아우구스투스로 인해 악습에 빠져 처참한 지경에 이른 이들의 아버지들도 있었고, 쫓겨난 하인들과 하녀들, 경찰과 변호사들도 있었다. 한 시간 후, 아우구스투스는 포박되어 자동차 안에 앉아 있었고, 수송되어 형무소에 구치되었다. 그들은 그의 등 뒤로 소리지르고 야유의 노래를 불렀으며, 골목 젊은이들은 창문을 통해 수송되어 가고 있는 그의 얼굴에다가 진흙물을 던졌다.

도시 전체는 그를 알고 그리고 그를 사랑했던 많은 사람들의 비방(誹謗)들로 가득했다. 그를 고소하지 않은 악덕은 없었으며, 그는 어떤 것도 부정하지 않았다. 그가 오래 전에 잊어버렸던 사람들이 판관 앞에 나서서 그가 수년 전에 했던 일들을 증언했다. 그가 자선을 베풀었고 자신의 재산을 탈취해갔던 하인들의 얼굴은 혐오와 증오로 가득 차 있었다. 그를 위해 변호해주고 칭찬하고 그를 용서하며 그의 좋은 점을 상기시키는 사람은 아무도 없었다. 아우구스투스는 일이 진행되는 대로 따랐으며, 감방에 끌려갔다가 재판관들과 증인들 앞에 섰다. 그는 경악한 채 그리고 슬프고, 병든 눈으로 매우 분노하면서 증오에 찬 얼굴들에게 시선을 돌렸다. 그는 이들 개개인 모두에서 증오와 분노의 표피아래에 있는 그들 마음속에 감추어 있는 사랑스러움과 광채가 희미하게나마 빛을 발하고 있는 것을 보았다. 이 사랑의 광채들, 이것들이 그를 한때나마 사랑하게 했으나, 이제 그에게는 이것들의 어느 것도 주어지지 않고 있었다. 그는 이들 모두에게 용서를 빌었으며 이들 각자 모두에게서 무엇인가 좋았던 점을 생각하고자 했다.

결국에 그는 감방에 갇혔다. 그는 어느 누구의 면회도 받지 못했다. 이러한 처지에서 그는 고열로 인한 환각 속에서 어머니와 첫 연인과 대부이신 빈스반그 그리고 배에서 만난 북쪽지역의 부인과 대화를 가졌었다. 그는 깨어나 두려운 여러 날들을 쓸쓸히 그리고 상실된 채 앉아 있을 때면, 동경과 고립에서 오는 심한 고통을 받았다. 그는 탐닉과 소유를 열망했을 때에는 결코 가져보지 못했던 인간의 시선을 그리워했다.

그가 형을 다 마치고 출소했을 때는 이미 병든 늙은이였다. 어느 누구도 그를 알아볼 수 없었다. 세상은 흘러가고 있었고, 사람들은 차를 타고 가거나 말을 타고 갔으며, 골목길에서는 유유히 산책하거나 과일들과 꽃들, 장난감들과 신문들이 진열되어 판매되고 있었다. 오로지 아우구스투스에게만 아무도 관심을 두지 않았다. 일찍이 음악을 듣고 샴페인을 마시면서 그의 팔에 안겨있던 여자들은 화려한 마차를 타고 그의 곁을 지나갔다. 마차가 지나면서 생긴 먼지는 아우구스투스를 덮쳤다.

그러나 그는 더 이상 화려한 생활 가운데서 숨 막히게 했던 심한 공허감과 고독을 느끼지 못했다. 그가 내려쬐는 햇살을 피하기 위해서 어느 집 대문에 들어섰을 때, 아니면 그가 뒤채 마당에서 한 모금의 물을 청했을 때, 사람들이 투덜거리며 증오에 찬 목소리로 말하는 것을 듣고, 그는 매우 놀랐다. 이들은 예전에 그의 자만심에 찬 사랑이 결여된 말에도 감사를 표했고 그리고 반짝이는 눈으로 답했던 그 사람들이었다. 그러나 지금 그에게 기쁨을 주고 감동을 주고, 감동하게 하는 것은 사람 개개인들의 시선이었다. 그는 놀고 있거나 학교에 가는 아이들을 사랑했고 그리고 집 앞 의자에 앉아 깡마른 소들이 햇볕을 쪼이게 하고 있는 나이든 어른들을 사랑했다. 그리움의 시선으로 소녀를 뒤따르고 있는 한 젊은이를 바라보았을 때, 아니면 묵묵히 그러면서도 재빨리 차를 타고 떠나면서 그의 환자를 생각하고 있는 세련되고 영리한 한 의사를 보았을 때, 또는 외곽지에서 밤에 칸델라 가까이서 손님을 기다리고 있는, 심지어 버림받은 사내에게까지 사랑을 받고자 하는 잘 입지 못한 창녀를 바라보았을 때, 이들 모두는 이제 그에게 형제자매들로서 다가왔다. 이들 모두 각자는 사랑스러운 어머니에 대한, 보다 나은 태생에 대한 기억들을 지니고 있었고, 또는 이들 각자 모두는 하나의 아름다우면서도 고귀한 천명(天命)에 대한 숨겨진 징조를 지고 있어서 그에게 어떤 기쁨과 기이함을 안겨다 주어 그로 하여금 숙고하는 계기를 마련해줬다. 이들 누구도 그 자신 스스로가 느끼는 것보다 나쁘지 않은 것 같았다.

아우구스투스는 이 세상을 떠돌아다니면서 다른 사람들에게 무엇인가 유용하고 이들에게 사랑을 내 보일 수 있는 곳을 찾아보기로 마음을 정했다. 그는 그의 시선이 어느 누구에게도 기쁨을 주지 못한다는 것에 익숙해져야만 했다. 그의 얼굴은 망가져 있었고, 그의 옷들과 신발은 거지와 같았으며, 또한 그의 음성과 걸음걸이는 일찍이 다른 이들에게 기쁨을 주었고 매혹했던 것은 더 이상 아니었다. 그의 수염은 길고 헝클어졌으며, 옷을 잘 차려 입은 사람들은 그에서 느껴지는 불쾌함과 더러움 때문에 그가 가까이 오려는 것을 꺼려했다. 또한 가난한 사람들은 그를 자기들의 몫을 빼앗아 가려고 하는 낯선 사람으로 불신했다. 그래도 그는 다른 사람들에게 봉사하고자 노력했다. 그는 타인으로부터 불쾌감과 두려움을 받게 되더라도 결코 싫어하지 않았고 무엇인가를 배우고자 했다. 그는 어떤 작은 아이가 빵집 문을 잡으려고 뻗은 손이 문에 닿지 않은 것을 보고 그 아이를 도울 수 있었다. 종종 아우구스투스는 자기 자신보다 더 불쌍한 사람들인 맹인이나 신체가 마비된 사람들의 길잡이가 되기도 했다. 그가 그럴 형편이 안 되었을 때에도 그는 이들과 자신이 가진 얼마를 기꺼이 나누었는데, 그들은 호의에 찬 밝은 시선이나 형제 같은 정다운 인사 아니면 고통의 나눔을 표현했다. 그는 이러한 노정에서 다른 사람들이 그로부터 무엇을 기대하고 있는지 또는 이들이 어디에다가 기쁨을 두고 있는지에 대해 배웠다. 어떤 한 사람은 한 순박하고 참신한 인사에서, 다른 어떤 사람은 그 자신으로부터 비켜서서 그를 방해하지 않고 내버려두는 데에 기쁨을 두었다. 그는 이 세상에 얼마나 많은 고통이 있으며 그럼에도 사람들은 만족해하고 있다는 데에 매일같이 놀랐다. 그는 또 모든 고통과 나란히 즐거운 함박웃음이나, 죽음을 알리는 종소리에 태어나는 아이들의 울음소리, 모든 궁핍과 비천함에 어떤 우아함이나, 재치, 위로와 커다란 웃음이 함께 하고 있다는 것을 자신이 안다는 것 자체가 경이로웠다.

그에게 인간의 삶은 아주 훌륭하게 작업되고 있는 것 같이 보였다. 그가 모퉁이를 돌아섰을 때, 한 무리의 어린 학생들이 그를 향해 뛰어오고 있었다. 그는 이들 어린 학생들에게서 용기와 생의 의욕 그리고 이들 모두의 눈들에서 싱싱하고 아름다움을 느꼈다. 그래서 이들 어린 학생들이 얼마간 그를 놀리고 괴롭혔음에도 그렇게 나쁘지 않았고 오히려 그들을 이해할 수 있었다. 어느 상점 유리에서 아니면 우물에서 물을 마실 때 투영된 자신의 모습은 정말 깡마르고 초라했다. 정말이지 그에게는 타인에게 호감을 들도록 한다든지 아니면 타인에게 힘을 행사하도록 행동할 필요가 전혀 없었다. 그는 이미 이런 짓을 역겹도록 했다. 지금 그에게 유익하고 아름답다고 할 수 있는 것은 그가 옛날에 걸어갔던 그 궤도를 다른 사람들이 힘차게 나아가면서 그들 스스로가 느끼는 바를 바라보는 것이었다. 그리고 그에게는 모든 사람들이 그렇게 열심히 그리고 그 많은 힘을 기울이면서 자만심과 기쁨으로 그들의 목적을 향하여 나아가고 있는 것을 보는 것 자체가 하나의 경이로운 유희였다.

이러한 동안에 겨울이 되고 그리고 다시 여름이 왔다. 아우구스투스는 어느 한 초라한 병원에서 오랫동안 아파 누워 있었다. 이곳에서 그는 조용히 그리고 감사하는 마음으로, 불쌍하고 천하게 구는 인간들이 이루 헤아릴 수 없는 끈질긴 힘과 욕구로써 삶에 매달리며 죽음을 극복하는 것을 보는 행운을 가지게 되었다. 중환자들의 모습들에서 보이는 인내, 그리고 회복한 자들의 눈에서 나타나는 밝은 삶의 욕구가 진척되는 것을 보는 것은 이루 말할 수 없는 일이었다. 또한 죽은 자들의 조용하면서도 위엄 있는 얼굴 모습은 아름다웠다. 이 모든 것보다 더 아름다웠던 것은 예쁘고 순결한 간호원들의 인내와 사랑이었다. 그러나 병원에서의 환자생활은 끝나게 되었다. 가을바람이 불어왔을 때, 아우구스투스는 겨울을 향한 방랑생활에 들어갔다. 그는 어디라도 나가서 보다 많은 사람들을 보고자 했다. 그러나 한없이 천천히 앞만 헤쳐나아가고 있음을 알게 되면서부터 이루 형용할 수 없는 기이한 조급함이 그를 사로잡았다. 그의 머리카락은 셀 수 있을 정도였고 그의 눈은 붉고 병든 눈꺼풀 뒤에 흐리면서도 미소를 띠우고 있었으며, 그리고 또 그의 기억들은 서서히 흐려져서 이제 그는 이 세상을 오늘과 다르게 바라볼 수 없을 것이라고 느꼈다. 그러나 그는 만족스러웠다. 그에게 이 세상은 온통 훌륭하고 사랑스러운 것으로 보였다.

그렇게 그는 겨울의 시작과 함께 어느 한 도시에 다다르게 되었다. 눈은 어두운 거리를 관통하여 내몰아쳤고, 늦게까지 놀고 있던 골목의 몇몇 아이들은 방랑자인 아우구스투스에게 눈뭉치를 던졌다. 이 밖의 모든 것들은 이미 밤처럼 고요했다. 매우 피곤한 아우구스투스는 한 좁다란 골목길에 다다르게 되었다. 이 골목길은 그에게 아주 낯익은 것처럼 보였다. 그는 다시 한 골목길에 들어섰다. 그곳에는 그의 어머니 집이 있었고 또한 대부이신 빈스반그의 집도 있었다. 이들 집들은 자그마하고 정답게 휘몰아치는 눈 속에 있었다. 대부이신 빈스반그의 집 창문에 밝혀져 있는 불이 희미하나마 겨울밤을 다정하게 내비치고 있었다. 아우구스투스는 방문을 두드렸다. 그러자 작고 나이든 남자가 그를 맞이하며 아무 말도 하지 않고 그를 아늑하고 작은 자신의 방으로 데리고 들어갔다. 방안은 따뜻했고 조용했으며 작고 붉은 불이 벽난로에 타고 있었다.

"배고프지 않니?" 대부는 물었다. 그러나 아우구스투스는 배가 고프지 않다고 하면서 오로지 미소를 띠우며 고개를 흔들었다. 대부는 "그러나 너는 피곤하겠지?"라고 다시 물으면서 그의 오래된 모피를 바닥에 쭉 펼쳤다. 이들 두 나이든 사람들은 나란히 쪼그리고 앉아서 불 속을 들여다보았다.

"너는 먼 길을 걸어왔단다"라고 대부는 말했다.

"정말 아름다웠습니다. 단지 조금 피곤할 뿐입니다. 대부님 집에서 밤을 지내도 되겠습니까? 하룻밤을 자고 난 후, 내일 다시 방랑하고자 합니다."

"그래, 그렇게 해라. 그런데 너는 천사가 춤추는 것을 한 번 더 보고 싶지 않니?"

"그 천사들 말씀입니까? 제가 다시 한번 어린아이가 된다면, 저는 정말 그렇게 하고 싶습니다."

"우리들은 오랫동안 보지 못했네." 대부는 다시 말했다.

"너는 보다시피 상당히 매력적이야. 너의 눈은 너의 어머니가 살아 계셨던 예전처럼 선량하고 부드러워 보인단다. 나를 찾아주다니 고맙네."

찢어진 옷을 입은 유랑자는 그의 친구가 된 대부 곁에서 기력을 잃고 있었다. 그는 이전 어느 때에도 이토록 피곤하지 않았다. 마음에 드는 따뜻함과 불빛은 그를 혼란하게 만들어서 더 이상 오늘과 당시 과거 사이를 선명하게 분별하지 못하게 했다.

"빈스반그 대부님. 저는 다시 버릇이 없어졌습니다. 그리고 어머니는 집에서 울었습니다. 당신은 저의 어머님과 이야기를 나누고서 어머님께 제가 다시 착해지고자 한다고 말씀해 주십시오. 그렇게 하시겠지요?"

"그렇게 하지. 진정하게나. 너의 어머니는 너를 진정으로 사랑하고 있어."

이제 벽난로의 불은 약하게 타고 있었고 아우구스투스는 조금 전처럼 몹시 잠이 오는 눈으로 옛적 어린 아이였을 때처럼 수그러들고 있는 불 속을 뚫어지게 바라보았고 대부는 그의 머리를 무릎에 두었다. 어떤 섬세하고도 유쾌한 음악이 부드럽고 황홀하게 어둡고 자그마한 방에 울려 퍼졌다. 수천의 작고 그리고 밝은 빛을 발하는 정령들이 공중에 둥둥 떠 유쾌하게 예술적으로 엉키며 번갈아가면서 그리고 쌍쌍이 공중을 지나가면서 원을 그렸다. 아우구스투스는 이를 유심히 보았고 귀를 기울이면서 다시 얻게 된 섬세한 어린아이의 감각 모두를 천국 저 먼 곳으로 활짝 열었다.

한번은 그의 어머니가 자신을 부르는 것처럼 여겨졌다. 그러나 그는 너무 피곤했고 대부는 그의 어머니와 얘기를 나누겠다는 것을 다시 한번 약속했다. 그가 쇠잔해졌을 때 대부는 그의 손을 한데 모았다. 대부는 조용해진 그의 심장에 귀를 대었다.

조그마한 방은 완전히 밤이 되어 고요해졌다.

Ⅵ. 어떤 꿈의 연속 (Eine Traumfolge)

나는 이미 쓸모없이 엉킨 많은 시간을 온화한 살롱에서 보냈다. 살롱의 북쪽 창문을 통하여 현혹적인 호수가 매끄럽지 못한 협만들과 함께 바라보이는 이곳 살롱에, 나를 붙들고 있는 것은 다름 아닌 내가 죄인으로 간주하고 있는 의아스러운 한 아름다운 부인이었다. 나는 이 살롱에서 많은 시간을 보내고 있는 것처럼 여겨졌다. 그녀의 얼굴을 정확하게 한번 보는 것이 여태까지 이루어지지 않은 나의 열망이다. 그녀의 얼굴은 아무렇게나 내버려 둔 어두운 머리카락들 사이에 불분명하게 떠돌고 있었다. 그녀의 얼굴은 오로지 매혹적인 창백함으로 존속하고 있는 그 외에는 아무것도 없었다. 아마도 두 눈은 짙은 갈색일 것이다. 그랬으리라고 할만한 근거를 내 마음 속에서 느끼고 있다. 그러나 그녀의 두 눈은 가늠하기 힘든 모호한 창백함 속에서 내가 알고 있는 그녀의 눈과 상기하기 힘든 내 기억의 깊은 곳에 깃들어 있는 그녀의 얼굴 모습과는 어울리지 않았다.

드디어 무엇인가가 일어났다. 젊은 두 남자의 등장. 이들은 부인에게 정중하게 인사하고 나에게 소개되었다. 나는 이들이 멍청이들이라고 생각했는데, 나는 나 스스로에게도 화가 나있었다. 왜냐하면 요염하고 예쁘게 잘 재단된 붉은 갈색 상의가 나를 부끄럽게 하고 또 부럽게 만들었기 때문이었다. 나는 나무랄 데 없고 거리낌 없이 미소를 짓고 있는 이들에게 강력한 질투심 같은 감정을 가지게 되었다. 나는 나에게 '너 스스로를 억제하라' 라고 조용히 소리쳤다. 이 두 젊은 남자들은 무관심하게 내밀어진 나의 손을 잡고는 – 왜 나는 내 손을 건네었는가! – 조소적인 얼굴을 했다.

그때 나는 무엇인가 나에게 있어 정상적이지 않은 그 무언가를 감지하게 되었고 나로부터 불쾌한 냉기가 솟아오르는 것 또한 느낄 수 있었다. 나는 시선을 아래로 돌렸다. 나는 그때서야 내가 신발을 신지 않고 다만 양말만을 신은 채 서있었다는 것을 알았다. 나는 얼굴이 새파래졌다. 언제나 다시금 이 황량하고 창피하며 볼품없는 방해물들과 저항들! 내가 살롱에서 벌거숭이로 아니면 반 벌거숭이로, 흠잡을 때 없이 있는 이 냉혹한 무리들 앞에 서 있다는 것은 결코 있을 수 없었다. 나는 애처롭게도 미약하나마 왼쪽 발을 오른 발로 얹어 감추려고 했다. 이때 나는 창문 너머를 바라보고 있었다. 가파른 호숫가는 푸르고 거칠게 어울리지 않는 음울한 음향으로 위협하며 초자연적이라는 것을 표방하고 있는 것 같았다. 나는 암담하고 도움을 바라는 듯이 이들 무리들에 대한 가득 찬 증오와 나에 대한 보다 더 큰 증오에 가득 차서 이 낯선 사람들을 주시했다. 아무 일도 없었고, 아무것도 나에게 되돌아오지 않았다. 왜 나는 이 달갑지 않은 호수에 대해 설명할 의무가 있다고 느끼고 있었던가? 그래, 내가 그런 책임을 느꼈다면 나는 또한 책임이 있는 것이다. 나는 간절히 붉은 갈색 사람의 얼굴을 바라보았다. 그의 뺨은 건강하게 빛났으며 그리고 정성스럽게 잘 가꾸어져 있었다. 무능하게도 나는 나 스스로를 포기하지만 그의 마음은 결코 뒤흔들리지 않을 것이다.

바로 이때, 그는 거칠고 짙은 초록색 양말을 신고 있는 나의 발을 발견하고는 – 아, 나는 그 양말에 구멍이 나 있지 않았다는 것에 만족해야만 했었다 – 야비하게 미소 지었다. 그는 그의 친구를 건드리며 그에게 나의 발을 가리켰다. 그 친구도 조소에 가득 찬 채 삐죽삐죽 웃었다.

"저 호수를 보십시오!"

나는 그렇게 외치고 창문 저 너머를 가리켰다.

붉은 갈색의 남자는 어깨를 추켜올렸다. 창문 쪽으로 몸을 돌리겠다는 생각이 그에게는 없는 것 같았다. 그는 그의 친구에게 내가 반(半) 정도 이해한 무엇인가를 말했는데, 나를 빗대고 있는 것 같았고, 그 살롱에서 참을 수 없는, 양말을 신은 녀석을 초점으로 하고 있었다. 그때, "살롱"은 나에게 있어서 소년시절의 그 무엇, 즉 고귀함과 이 세상에서의 무엇인가 아름다운 그러면서도 현혹적인 그 무엇인 것이었다.

나는 거의 울음을 터트릴 상태에서 어떻게 좀 상황을 바꿀 수 있을까를 도모하기 위해 발 아래로 허리를 굽혔다. 그런데 나는 그제야 내가 널따란 실내화로부터 미끄러져 내동댕이쳐 있음을 알았다. 어쨌든, 매우 크고 부드러우며 진 붉은 슬리퍼가 내 뒤쪽 바닥에 놓여 있었다. 나는 망설이면서 슬리퍼를 손에 잡았다. 나는 뒤축을 잡으면서 여전히 울먹였다. 거의 슬리퍼를 떨어뜨릴 뻔 했지만 나는 그것을 붙잡았다. 슬리퍼는 그 사이에 보다 커져 있었다. 나는 이제 그 슬리퍼 앞쪽 끝을 잡았다.

그때 갑자기 마음이 진정되었다. 나는 무거운 뒤축 때문에 쳐진 채, 내 손안에서 얼마간 탄력 있게 흔들리고 있는 슬리퍼의 가치를 느꼈다. 정말 놀랍다. 저 붉고 축 늘어져 낡은 신이 이렇게 부드러우면서도 무게가 있으니 말이다. 나는 시험 삼아 어느 정도 그 슬리퍼를 공중 속에서 흔들었는데, 그것은 훌륭했다. 기쁨이 나의 머리털 꼭대기까지 관통했다. 하나의 몽둥이인 고무호스도 나의 이 커다란 신발에는 맞서지 못했다. 나는 이 고무호스를 이태리어로 칼 지그리오네라고 이름 지었다.

내가 장난삼아 적갈색 남자의 머리를 몽둥이와 다름없는 고무호스로 첫 번째 일격을 가했을 때, 그 젊고 나무랄 데 없는 남자는 비틀거리면서 낮은 안락의자에 주저앉았다. 다른 사람들 그리고 방(房)과 끔찍스러운 호수는 나로 인해 모든 힘을 잃어버렸다. 나는 위대했고 강했으며 그리고 자유로웠다. 적갈색 남자의 머리에 가한 두 번째 타격에서 나는 그에게서 투쟁에 대한 아무런 기미도 찾아 볼 수 없었다. 그는 나의 공격에 대해 결코 어떤 미미한 정당방위도 없었다.

나에게는 오직 순수한 기쁨의 환호와 해방된 주인의 느낌만 있었다. 나는 쓰러진 적에 대해 손톱만큼의 증오도 가지고 있지 않았다. 적은 나에게 흥미로웠고 가치를 지니고 있었으며 사랑스러웠다. 나는 그의 주인이었고 창조자였다. 나의 남국산(南國産) 신발 몽둥이로 가한 훌륭한 일격은 이 완숙하지 못하고 우쭐대는 머리 모양을 변하게 했다. 이처럼 모양변화를 유발하는 매번의 타격으로 나의 적(敵)인 상대는 보다 온화하고 예뻐졌고 세련되어짐으로써, 나의 창조적인 작품이 되었고 이 작품은 나를 만족시켰으며 나는 이 작품을 사랑하게 되었다. 나의 애정이 듬뿍 담긴 마지막 단계의 일타로 나의 상대인 적의 뾰족한 뒤통수는 완전히 안쪽으로 향했다. 이로써 나의 상대 작품인 적은 완성되었다. 그는 나에게 감사하면서 나의 손을 어루만졌다. '이젠 됐어' 라고 나는 눈짓했다. 그는 손을 가슴 앞에 교차하며 수줍은 듯이 "나는 파울이라고 합니다"라고 말했다.

경이에 가득 찬 직권적인 기쁨의 감정은 나의 가슴을 넓게 펼쳐지게 해서, 나(我)라는 공간 저 너머로 펼쳐져 나아가게 했다. 이젠 더 이상 "살롱"이 아닌 그 방(房)은 수줍은 듯 자리를 뒤로 하면서 무기력하게 자취를 감추었다. 나는 호숫가에 서 있었다. 그 호수는 검푸르렀다. 쇠구름들은 어두운 산들을 내려 눌렀으며, 협만들에서는 거무스레한 물들이 거품을 뿜어내며 끓었다. 알프스 높새바람은 불가항력적으로 불안하게 원을 그리면서 헤맸다. 나는 위를 향해 쳐다보았으며, 손을 뻗어 폭풍우가 시작될 수도 있다는 신호를 했다. 아주 강렬하고 차가운 청색의 번개는 꽝하는 소리와 함께 번쩍했고, 지상으로 하강하면서 따뜻한 허리케인은 울부짖었다. 하늘에는 회색 빛 형태들이 대리석 줄무늬로 퍼지면서 제 각각 흩어졌다. 커다란 둥근 파도들이 불안하게 내몰아쳐진 호수로부터 튀어 올랐다. 폭풍우가 파도허리에서 거품 수염들과 출렁거려 찢겨진 물 조각들을 갈라놓으며 나의 얼굴로 내동댕이쳐졌다. 검게 굳어진 산들은 나의 눈을 번쩍 뜨게 해

나를 경악으로 몰아갔고, 산들의 잇대어진 웅크림과 침묵은 애걸하는 듯이 느껴졌다.

거대한 유령의 말(馬)들이 화려하게 몰아닥치고 있는 폭풍우 속에서, 어떤 목소리가 조심스럽게 내게 들려왔다. 오, 길고 검은 머리카락의 창백한 부인인 당신을 나는 잊지 않았다. 나는 그녀에게로 몸을 굽혔고, 그녀는 어린아이처럼 구김살 없이 "호수가 덮쳐, 여기 있을 수 없을 거야"라고 했다. 나는 동요되어 그 온화한 여죄수를 쳐다보았다. 그녀의 얼굴은 넓은 머리카락의 어둠 컴컴한 속에 깃들은 평온한 창백함, 바로 그것이었다. 그때 이미 철썩거리는 파도는 나의 가슴을 쳤고, 그 여죄수는 아무 저항 없이 조용히 밀쳐 올라오는 물결에 흔들리고 있었다. 나는 잠시 크게 웃다가, 그녀의 무릎을 감싸 안으며 위로 치켜 올렸다. 이런 행위는 아름다웠고 그리고 자유롭게 하는 것이었다. 그녀는 기이하게도 가벼웠고 작았으며 참신한 온기로 가득했다. 그녀의 눈은 자애롭고 신의로 가득 찼으며 깜짝 놀라 있었다. 내가 보기에 그녀는 결코 여죄수가 아니었고 먼 옛날의 불분명한 부인도 아니었다. 그녀는 어떤 죄악도, 어떤 비밀도 간직하고 있지 않은 한 단순한 아이였다.

나는 그녀를 파도물결로부터 보호하기 위해 바위 위를 지나 공원을 통과하여 옮겼다. 그 공원은 비(雨)로 인해 어두컴컴해서 마치 애도하는 분위기였다. 이곳은 폭풍우가 미치지 못하는, 고목의 머리끝에서 부드러운 인간의 미(美)가 느껴지고, 시(詩)들과 심포니들, 우아한 예감의 세상과 사랑스럽고 평화로운 절제된 즐거움, 사랑스럽게 그려진 코로트의 나무들로, 그리고 나를 잠간이나마 향수병을 일으키게 하는 목관악기의 음악으로 부드러운 사랑의 신전(神殿)으로 인도하는, 시골풍경과 같은 우아한 슈베르트의 목관악기의 음악이 있는 그런 공원이었다. 그러나 부질없는 짓이었다. 이 세상에는 많은 목소리가 있고, 이들 모두 저마다 그들의 시간들과 순간들을 가지고 있을 뿐이다.

어떻게 여죄수인 그 창백한 부인인 그 아이가, 어떻게 나와 작별하고 나로부터 멀어져 갔는지를 오직 신(神)만이 알 것이다. 내가 정신을 차린 곳은 돌로 된 앞 계단이었고, 대문이었다. 하인 일동이 그곳에 있었으며, 모든 것은 희미했고, 우유 빛으로 탁한 유리를 통해 보는 것 같았다. 다른 것들은 비본질적인 것으로 보다 혼탁했으며, 많은 모습들은 바람에 휘몰아쳐 사라졌고, 나에 대한 질책과 비난의 소리는 나로부터 그림자들의 혼미를 멀리하게 했다. 이제 파울이라는 형상, 즉 나의 친구이자 아들인 파울 이외에는 아무것도 남은 것은 없었다. 그의 생김새는 이름으로는 알 수 없는, 하지만 정말이지 낯익은 얼굴이 드러나기도 하고 숨겨져 있었다. 그것은 한 학교급우의 얼굴이었고, 역사이전의 전설적인 어린 소녀의 얼굴이었다. 이는 신기하게도 첫 몇 해 동안 유별나게 좋았던 반(半)정도의 기억들로 짜맞추어 진 것이었다.

진정 애정이 깃든 어둠, 따뜻한 마음의 요람, 잃어버린 고향이 자리했다. 이는 형성되지 않은 현존재의 시간, 선조들의 선사시대가 원시림의 꿈들로서 잠자고 있는 원천지(地)위에 망설이는 첫 파동이었다. 더듬어 찾아라, 심령이여 방황하라, 아무 죄 없는 어스름한 충동의 풍족한 욕탕에서 맹목적으로 파헤쳐 찾아라! 나는 너를 알고 있으니, 불안한 심령이여, 너는 네가 처음 시작된 고향 그 곳으로 돌아가야만 한다. 그것만이 양식이고 청량음료이고 수면인 것이다. 저기 네 주위에서 물결이 쏴쏴 소리를 내고 있다. 너는 출렁이는 물결이고 숲이며, 숲 그 자체이다. 결코 바깥과 안쪽이 없다. 너는 새(鳥)로서 창공을 날고, 고기로서 바다에서 헤엄치고, 너는 빛을 들이마셔 빛이 되었고, 어둠을 맛보고 어둠이 되었다. 심령이여 우리는 방랑하며 헤엄치고 날아가고 미소를 지으며 부드러운 유령의 손가락으로 찢어진 실마리를 다시 연결했고, 환희에 차서 파괴된 파동을 다시 멈추게 했다. 우리는 더 이상 신(神)을 추구하지 않으며 우리들은 신이며 이 세상이다. 우리들은 더불어 죽이며 더불어 죽는 것이고, 우리들은 창조하며 우리들의 꿈들과 함께 부활한다. 우리들의 가장 아름다운 꿈은 푸른 하늘이고, 우리들의 가장 아름다운 꿈은 바다며, 우리들의 가장 아름다운 꿈은 별들이 환하게 빛나는 밤이며 물고기이고 그리고 밝고 즐거운 울림이며, 태양으로 가득 찬 기쁨의 빛이다. 모두는 우리의 꿈이고 모두의 제 각각은 우리의 가장 아름다운 꿈이다. 바로 그러하기 때문에 우리들은 죽는 것이었고 웃음을 발명한 것이다. 그래서 우리는 별자리를 정리해 놓았다. 목소리들은 울리고 있고, 그리고 그 모두는 어머니의 목소리이다. 나무들은 쏴쏴 소리를 내고 있고, 그 모두는 우리들의 요람 위에서 살랑살랑 소리를 낸다. 거리들은 별의 형태로 제각각 뻗쳐 있고, 그 모든 거리는 고향의 길이다.

스스로를 파울이라고 말하는 그자는 나의 창조물이고 나의 친구이다. 그는 다시 그곳에 있었고 나처럼 나이가 들었다. 그는 나의 유년시절의 친구와 닮았다. 그러나 누구와 닮았었는지 확실하지 않았기 때문에 그에게 어느 정도의 정중한 태도를 보였다. 이로 인해 그는 힘을 얻게 되었다. 이 세상은 더 이상 나에게 종속되지 않았으며, 세상은 그를 따랐다. 이러한 결과로 이전의 모든 것은 모습을 감추면서 하찮고 비실제적인 것으로 매몰되어졌다. 통치자인 그로 말미암아 나는 수치스러운 모습을 지니게 되었다.

우리들은 '파리' 라고 불리어지는 한 장소에 있었다. 내 앞에는 철로 된 들보가 높이 서 있었는데, 이 들보는 양 옆에 가는 철로 된 디딤대가 있는 사다리였다. 우리들은 양손으로 디딤대에 지탱하면서 발을 그 위에 놓을 수 있었다. 파울이 그렇게 하고자 했기 때문에 나는 위로 기어올랐고 파울은 옆 사다리로 올라왔다. 우리들이 집 높이만큼 그리고 키 큰 나무 높이만큼 그렇게 높이 기어올랐을 때, 나는 갑자기 두려워졌다. 나는 파울 쪽으로 눈을 돌려보았다. 그는 전혀 두려워하는 기색이 없었다. 그는 내가 겁내고 있는 것을 알아차리고서 미소를 띠었다. 그가 내게 미소 짓고, 내가 그를 빤히 쳐다보는 동안, 나는 그에게 아주 가까이 있게 되었고 그의 얼굴을 인식하게 되었으며 그의 이름도 알게 되었다. 이로써 과거의 갈라진 틈은 파헤쳐져 저 아래 학교시절까지 갈라져 내려갔다. 당시 나는 12살로 내 생의 가장 훌륭했던 때였다. 그때는 모든 것이 신선한 빵에서 나는 향기와 황홀하게 빛나는 모험, 영웅정신 등이 황금빛으로 칠해져 있었다. 12살의 예수는 신전에서 학자들에게 부끄러움을 느끼게 했고, 우리가 12살이었을 때는 학자들과 선생들을 부끄럽게 했다. 우리는 이들보다도 영리했고, 보다 독창적이었으며, 보다 용감했다. 나에게로 과거의 영상들이 들이닥쳤다. 잊혀진 학생시절의 노트, 점심시간 때의 구금, 고무새총에 맞아 죽은 새 한 마리, 훔친 자두들로 온통 끈끈했던 윗옷주머니, 수영장에서 했던 거친 물장구, 찢어져 버린 나들이 바지, 마음에 깊이 느껴진 비양심, 속세의 걱정을 둘러싼 열렬한 저녁기도, 쉴러의 시구에서 보이는 영웅적이고 경이로운 화려함의 감정 등이었다.

중심점 없이 탐욕스럽게 서두르고 있는 과거의 추억들의 연속은 오로지 순간의 번뜩임이었다. 다음 순간 파울이 나를 다시 응시했는데, 정말 안쓰럽게도 그의 얼굴이 반 정도 낯이 익었다. 나는 내 나이가 어느 정도인지 확실치 않았지만, 우리들이 소년이라는 것은 분명하다. 우리들의 가느다란 사다리 디딤대 아래 저 깊숙이에는 '파리' 라고 일컬어지고 있었던 거리들의 무리가 있었다. 우리들이 모든 탑보다 더 높이 있게 되었을 때, 우리가 잡고 올라설 철 막대기가 더 이상 존재하지 않았다. 이들 철로 된 막대들은 편편한 널빤지로 싸인 아주 작은 발판이었다. 이 발판을 기어오른다는 것은 불가능한 것 같이 보였다. 그러나 파울이 태연하게 올라갔기에 나 또한 그래야만 했다. 나는 널빤지에 바짝 붙어 스스로를 평평하게 해서 그 높은 곳, 한 자그마한 구름위에서처럼 널빤지 언저리 위로 아래를 내려다보았다. 나의 시선은 마치 돌 하나가 허공 속으로 떨어지는 것 같이, 저 아래로 내달렸다. 그 결과 나는 작은 목적지에 다다랐다. 그때 나의 동료가 어떤 제스처를 보내왔다. 나는 대기의 한 가운데에서 둥실둥실 떠돌고 있는, 한 놀라운 광경에 시선을 고정한 채 머물렀다. 그때 나는 널따란 길 위의 가장 높은 지붕의 높이에, 그러나 우리들 아래 끝없는 깊이에 그리고 대기 속에 주어지고 있는 한 낯선 형태의 일행을 보았다. 이들 일행은 줄 타는 사람 같았다. 실제로 이들 일행의 한 사람은 줄 위, 아니면 어떤 막대기 위에서 달리고 있었다. 잠시 후, 나는 대단히 많은 사람들이 있다는 것을 발견했다. 이들은 거의 다 자란 소녀들이었다. 나에게 이들은 집시 아니면 유목민인 것처럼 보였다. 그들은 걸었고 진영을 치고 앉았으며 가장 얇고 긴 나무 각목과 아케이드와 유사하게 짜 맞춘 막대기로 만든 바람이 잘 통하는 천장높이의 구조물에서 움직였다. 그들은 그곳에서 생활했으며 정주했다. 그들이 있는 아래쪽에 길이 감지되었다. 미묘하게 떠도는 안개가 저 아래로부터 거의 기슭에까지 다다르고 있었다.

파울이 그것에 대해 무엇인가 말하고 있었는데, 나는 "그래, 모두가 소녀들이니 감동적이야"라고 대답했다.

나는 이들 소녀들보다 훨씬 높이 있었는데, 그러나 어쩔 수 없는 상태에서 불안에 가득 차서 내 자리에 머물고 있을 뿐이었다. 이에 반해 그들은 가볍게 그리고 아무런 불안 없이 둥실둥실 떠 있었다. 나는 너무 높이 그리고 잘못된 장소에 있음을 알았다. 그들은 적절한 높이에 있었다. 몸이 바닥에 닿아 있지도 않았고, 그렇다고 나처럼 높이 있지도 않았으며 멀리 떨어져 있지도 않았고 사람들 속에 있지 않으면서도 외롭지 않았다. 그 외에도 그들이 가진 것은 많았다. 나는 그들이 내가 아직도 도달하지 못했던 행복을 드러내고 있었음을 알게 되었다.

나는 다시 한번 언젠가는 나의 이 끔찍스러운 사다리를 타고 아래로 내려가야만 한다는 것을 알았다. 이에 대한 생각 때문에 나는 가슴을 압박당하는 듯 불편함을 느꼈다. 나는 더 이상 한 순간도 위에서 버틸 수 없었다. 나는 절망에 가득 찬 채, 현기증을 느끼며 내 밑에 있는 사다리 디딤판을 발로 더듬었다. 나는 널빤지에서 그 디딤판을 볼 수 없었고 전율에 휩싸인 몇 분 동안을 좋지 않은 높이에서 전력을 다해 매달려 있어야 했다. 아무도 나를 도와주지 않았고 파울도 떠나가고 없었다.

심한 두려움 속에 나는 위험한 발 디딤과 붙잡음을 감행했다. 그때 어떤 한 감정이 안개처럼 감쌌다. 내가 참고 견뎌서 이겨내어야 했던 것은 높은 사다리도 아니고 현기증도 아니었다. 얼마 안 되어 가시적인 사물들은 곧 사려져 버렸고 모든 것은 안개처럼 오리무중이며 불확실했다. 하지만 나는 여전히 디딤판을 밟고 있었고 현기증을 느꼈다. 나는 초라하고 불안하게 매우 좁은 수직통로와 지하로를 기어서 통과했고 어떤 때에는 절망적 상태에서 늪지와 흙탕물 속을 걸었으며 황폐한 진흙이 나의 입에까지 차 올라오는 것도 느꼈다. 도처에 어둠과 망설임이 있었고 엄숙하면서도 감추어진 의미를 지닌 끔찍스러운 과제들이 있었다. 걱정과 땀, 마비와 추위, 고되게 죽어감과 어려운 태어남이 주어졌다.

얼마나 많은 밤들이 우리 주위를 거슬러가고 있는가! 얼마나 많은 두렵고 역겨운 고뇌의 길을 우리들은 가고 있는가, 저 깊은 협곡에 우리들의 파묻혀진 인간, 영원히 처량한 영웅, 영원한 오디세우스! 그러나 우리는 진흙 속에서 숨 막히면서 헤엄쳐가고 있고, 우리는 매끄럽고 좋지 못한 벽을 기어오르고 있다. 우리는 울면서 자신감을 상실하고, 신음하면서 두려워하고, 괴로워하고, 그러면서 우리는 걸어가고, 난관을 타개해 나가고 있다.

또다시 뭉게뭉게 피어오르는 불분명한 지옥의 짙은 연기로 비유성이 형성되었다. 깜깜한 오솔길의 한 작은 부분은 형상화되고 있는 기억들의 광채에 의해 비추어진 채 놓여 있었고, 심령은 원시적 세계로부터 시간이라는 고향의 영역으로 밀고 나아갔다.

이것들은 어디에 있었지? 낯익은 사물들은 나를 응시했고, 나는 내가 다시 인식하게 된 대기를 호흡했다. 반쯤 어두운 곳에 있는 커다란 방, 책상 위의 석유등불, 특이한 나의 램프, 피아노 크기만 한 둥근 책상들이었다. 나의 누이가 거기에 있었고 나의 자형(姊兄)도 있었다. 아마도 이들이 내 집을 방문했거나 아니면 내가 이들의 집을 방문한 것 같았다.

이들은 침묵을 지키고 있었고 걱정에 가득 차 있었는데 그것은 나에 대한 걱정이었다. 나는 커다랗고 어두운 방안에 서 있었고, 이리저리 왔다갔다하기도 했으며 멈추어 서거나, 슬픔의 구름 속, 쓰디쓴 숨 막히는 슬픔의 홍수 속에서 걸어가고 있었다. 그러고 난 뒤, 나는 무엇인가 찾기 시작했다. 그렇게 중요하지 않은 책 한 권이나 가위 같은 것이었다. 그러나 찾지 못했다. 나는 램프를 손에 들었다. 램프는 무거웠다. 나는 너무 피곤해서 곧 그 램프를 내려놓았다. 그러나 다시 잡아들고서 그것들을 찾고자 했다. 나는 아무런 성과가 없으리라는 것을 알고 있었지만 찾아다녔다. 나는 아무것도 찾지 못할 것이고, 다만 모든 것을 보다 더 혼란스럽게 할 것이며, 램프는 내 손에서 떨어져나갈지 모른다. 그 램프는 무거웠다. 괴롭도록 무거웠다. 그렇게 나는 계속해서 더듬어 나아가면서 찾을 것이고 방을 뒤지면서 가련한 나의 전 일생동안을 방황하게 될 것이다.

나의 자형은 나를 걱정스럽게 바라보았고 무엇인가를 질책했다. 나는 내가 미치게 될 것이라는 것을 그들이 알고 있다는 생각이 들었다. 나는 다시 서둘러 등잔을 잡았다. 나의 누이는 조용히 애원의 눈빛으로 사랑으로 가득 차 나에게 다가오려 했지만, 그러한 그녀의 행동은 나의 삶을 앗아가는 것이었다. 나는 아무 말도 할 수 없었다. 단지 저항적인 손짓과 함께 팔을 뻗어 멈추라는 신호를 할 뿐이었다. 나는 간절히 생각했다. '나를 내버려둬! 제발! 너희들은 내가 지금 어떤 상태인지, 내가 얼마나 고통스러워하는지를 진정으로 알

수 없을 거야! 제발 나를 다시 한번 내버려둬! 제발!'

불그레하게 희미한 등잔 빛이 커다란 방으로 가로질러 세어 들었고, 나무들은 바깥에서 바람결에 신음했다. 한 순간 나는 밤을 가장 참되게 볼 수 있고 느낄 수 있다고 믿었다. 바람과 축축함, 가을, 강한 나뭇잎 냄새, 느릅나무 잎들의 지속적인 흩날림, 가을, 가을이지! 그리고 다시 한순간, 나는 나 스스로가 아닌, 나를 하나의 상(像)으로 보았다. 이날 밤, 나는 바야흐로 불안스러운 듯 눈을 깜박거리는 창백하고 깡마른 후고 볼프라는 한 음악가로 정신착란을 일으켰다.

그 사이 나는 다시 시도 했어야 했고, 시도했으나 헛된 짓이었다. 나는 무거운 램프를 들어 둥근 책상 위에, 안락의자 위에 그리고 책 더미 위에 놓아야 했다. 나의 누이가 다시 나를 슬프게 그리고 조심스럽게 쳐다보며 나를 위로하려고 나에게 다가와 도우려고 했지만, 나는 그런 도움의 손길을 거절해야 했다. 슬픔은 나의 내면에서 커져 나를 산산조각 낼 정도로 커졌다. 내 주위를 둘러싸고 있는 영상들은 감동적이고 의미심장하게 다가왔으며 여느 어떤 현실보다도 분명했다. 물병 안에 든 몇 개의 가을철 꽃들 가운데 짙고 붉은 고동색의 달리아도 있었는데, 그렇게 애타게 아름다운 고독 속에 피어있을 수 없었다. 모든 각각의 사물 그리고 또한 등잔(燈盞)의 놋쇠다리는 마치 위대한 화가들의 그림들에서처럼 마법같이 아름답고 숙명에 찬 고독으로 에워싸여 있었다.

나는 나의 운명을 분명하게 느꼈다. 뿐만 아니라, 하나의 그림자가 보다 더 깊숙히 이 슬픔 속으로 자리했었고, 누이의 시선과 심령이 가득한 아름다운 꽃들의 시선이 뒤섞여 나는 정신착란 속에서 까무러쳐 주저앉았다.

"나를 내버려 둬! 정말이지 당신들은 모르지 않는가!"

윤(潤)을 낸 피아노 위에 검은색 나무로 된 램프의 빛 한 줄기가 투영되어 있었는데, 그것은 아름다웠고 신비로웠으며 우수에 가득 차 있었다.

이제 누이는 다시 몸을 일으켜 피아노가 있는 곳으로 갔다. 나는 그녀의 그러한 행동을 애원하듯이 진정으로 거절하고자 했으나, 그러나 나는 고립으로부터 벗어나 그녀에게 갈 수 있는 어떤 힘도 결코 가지고 있지 않았다. 오, 그래 이제 무엇이 오고야 말 것인지 나는 알았다. 누이의 피아노 멜로디를 통해서 나는 말로서 표현되어 모든 것을 말하고, 모든 것을 붕괴해야한다는 것을 알았다. 말할 수 없는 긴박감으로 심장은 오그라들고, 어느새 눈물이 흐르고, 나는 머리와 손으로 책상 위에 쓰러졌고 모든 감성으로 새로운 감성으로 텍스트와 멜로디를 동시에, 즉 볼프의 멜로디인 그 시구를,

어두운 우듬지,
너희들은 옛날 아름다운 때에 관해 무엇을 아느냐?
정점들 뒤에 있는 고향,
이 고향은 얼마나 멀리 떨어져 있는가!

이 시구로 이 세상은 내 바로 앞에서 그리고 내면에서 미끄러지듯 나갔으며, 눈물과 목소리들로 잠겼다. 얼마나 쏟아

부어졌는지, 얼마나 솟구치면서, 얼마나 훌륭하게 그리고 얼마나 고통스러웠는지 말할 수 없었다. 오, 울음이여! 오, 달콤한 붕괴여! 오, 기쁨에 가득 찬 녹아내림이여! 생각과 시(詩)로써 가득한 이 세상의 모든 책들은 흐느껴 우는 것을 단 한순간도 반대하지 않을 것이다. 흐느껴 우는 울음에는 감정이 거세게 요동하고 심령이 스스로 깊이 느끼고 자기 스스로를 보게 하는 그 무엇인가가 있었다. 흘러내리는 눈물은 녹아내리는 마음의 얼음이고 눈물을 흘리는 사람에게는 모든 천사들이 가까이 있는 것이다.

모든 동기와 그 원인들을 잊어버리면서, 참을 수 없는 고도의 긴장으로부터 일상적인 감정들의 부드러운 여명 저 아래로 빠져들어 아무런 생각 없이 아무런 증인 없이 나는 울었다. 그 사이에 펄럭거리고 있는 영상들. 하나의 관, 그 속에는 나에게 그렇게 사랑스러웠고, 그렇게 중요했던 한 사람이 누워있었다. 하지만 나는 그 사람이 누구였는지를 알지 못했다. 아마도 나 스스로가 아니었는가라고 생각했다. 그때 나에게 다른 한 영상이 문뜩 떠올랐다. 이는 대단히 느슨한 먼 곳으로부터였다. 나는 수년 전 아니면 보다 더 일찍이 하나의 경이로운 영상을 보지 않았던가? 한 무리의 소녀들이 저 높은 대기에 거주하면서 구름처럼 중력도 느끼지 못한 채 아름답고 기쁨에 가득 차서, 마치 공기처럼 가볍게 둥실둥실 떠돌면서 현악곡처럼 이목을 끌고 있었다.

그 사이 여러 해들이 흘러가면서 나는 이 영상으로부터 나를 유연하게 그러나 힘차게 밀쳐냈다.

아! 나는 둥실둥실 떠돌고 있는 우아한 소녀들을 보는 것에서, 그들에게로 가는 것에서, 그리고 그들과 같이 되는 것에서 나의 전 인생의 의미를 찾아야겠다. 이제 그들은 멀리 사라져 도달할 수도, 이해되지도, 구제되지도 않은 채 의아스러운 동경으로 지쳐서 주위에서 나부끼고 있었다.

많은 해들이 눈송이처럼 흘러내렸고 이 세상은 변했다. 우울함과 슬픔 때문에 나는 어떤 조그마한 집을 향해 길을 나섰다. 나는 정말이지 비참한 기분이었고, 입안에서 맴도는 두려운 감정이 나를 두렵게 만들었다. 나는 혀로 의심스러운 치아를 걱정스레 더듬었다. 치아는 이미 비스듬히 떨어져 내려앉은 듯 빠져 있었다. 그 다음 치아도 마찬가지였다. 아주 젊은 의사에게 나는 고통을 호소하며 손가락으로 그 치아를 가리켰다. 젊은 의사는 크게 웃으며 불길한 직업적 몸짓과 손짓으로 거절했다. 그리고 머리를 흔들며 말했다.

"그것은 아무것도 아닙니다. 전혀 해가 되는 것도 아니고, 매일같이 있을 수 있는 일입니다."

나는 '아이쿠, 하느님 맙소사!' 라고 생각했다. 그러나 그는 계속 치료해 나갔고 나의 왼쪽 무릎을 가리켰다. 왼쪽 무릎은 고착해 있어 더 이상 농담으로 넘길 수 있는 것이 아니었다. 나는 놀랍게도 재빨리 무릎아래를 잡았다. 그랬다! 그곳에는 내가 손가락 하나를 안으로 넣을 수 있을 정도의 구멍이 나있었고, 피부와 살 대신에 감각이 없이 연하고 느슨한 덩어리, 마치 마른 식물조직처럼 가벼운 섬유질의 것이 되어 있었다.

"더 이상 어떻게 해 볼 수가 없군요." 젊은 의사는 그렇게 말하고서 떠났다. 나는 기진맥진한 채, 자그마한 집을 향해 걸어갔으나, 내가 응당 그러하리라고 생각했던 것만큼 그렇게 좌절하지는 않았으며 오히려 거의 무관심해 있었다. 나는 이제 어머니가 기다리고 계시는 그 작은 집으로 들어가야만 했다. 나는 어머니의 목소리를 이미 들었지 않았던가? 그녀의 얼굴을 보지 않았던가? 층계는 위로 나 있었다. 그것은 기가 막히는 계단이었다. 높이도 그리고 난간도 없이 미끄러웠고, 각 층계 모두는 산이고, 하나의 정상이며 하나의 얼음으로 덮인 산이었다. 확실히 너무 늦었다. 어머니는 어쩌면 벌써 떠나셨나? … 혹시 이미 돌아가셨나?! 나는 어머니께서 방금 다시 외치는 소리를 듣지 않았던가? 나는 말없이 그 가파른 산에서 떨어져 타박상을 입은 채, 거칠게 흐느껴 울면서 싸웠다. 나는 스스로를 꼭 부착시키고 부서지는 팔과 무릎으로 버티면서 기어올랐고 결국에는 위쪽 문에 도달했다. 그때 층계들은 다시 작아졌고 회양목으로 둘러싸인 예쁜 계단이 되었다. 옮기는 발걸음마다 마치 진흙과 아교를 밟고 통과하는 것처럼 더디고 무거워 도대체 진척이 없었다. 대문은 활짝 열려져 있었고, 그 안에는 회색 옷을 입은 어머니가 손에 한 작은 바구니를 들고 조용히 생각에 잠긴 채 걸어가고 있었다. 아, 조그만 구멍 속에 있는 어머니의 어둡고 희미한 회색의 머리카락! 그리고 어머니의 걸음걸이, 그 작은 모습! 그리고 옷, 회색의 옷! 나는 정말 이 모든 그녀의 모습을 여러 해들이 흘러간 지금, 완전히 잃어버렸고, 정말 이제 더 이상 올바르게 어머니를 생각하지 않았단 말인가? 어머니는 그곳에 있었다. 단지 뒷모습뿐이었지만 예전처럼 아주 역력히 아름답게, 오직 사랑과 사랑의 생각만으로 그녀는 그곳에서 있었고 걸어갔다.

분노에 찬 채 끈적끈적한 대기 속에서 나의 마비된 걸음은 계속되었으나 식물의 덩굴들은 마치 가느다랗고 강한 밧줄처럼 나를 자꾸만 자꾸만 둘러감았다. 곳곳에 놓인 증오에 찬 장애 때문에 한걸음도 내딛을 수 없었다.

"어머니!!"

나는 소리쳤으나, 그러나 어떤 음향도 없었고… 아무런 소리도 들리지 않았다. 어머니와 나 사이에는 유리가 놓여 있었다.

어머니는 뒤돌아보지 않고 묵묵히 헤아리기 쉽지 않은 사려 깊은 생각에 잠긴 채 서서히 앞으로 걸어갔다. 어머니는 옷의 보이지 않는 실을 익숙한 손으로 감아들고 재봉도구를 찾기 위해 그녀의 작은 바구니 위로 몸을 굽히셨다. 아, 그 작은 바구니! 어느 때인가 어머니는 그 속에 나의 부활절 달걀을 숨겨두셨다. 나는 절망적으로 고함을 쳤지만, 소리가 나오지 않았다. 나는 달렸지만 그곳에서 나오지 못했다. 연정과 분노는 나를 강하게 끌어당겼다.

어머니는 서서히 정원이 있는 뒤채를 지나 저 건너편 활짝 열려진 문에 서신 후 밖으로 나가셨다. 어머니는 머리를 약간 옆으로 내리고 차분히 귀를 기울이며 가만히 생각을 하시다가 그 작은 바구니를 들어올렸다가 내리곤 했다. 순간 내가 어린 소년이었을 때 언젠가 그녀의 그 작은 바구니 속에서 발견했던 한 쪽지가 떠올랐다. 그 쪽지에는 어머니께서 그 날에 해야 할 일과 무엇인가를 상의해야 할 일들이 그녀의 연약한 손에 의해 써 있었다. '헤르만의 바지는 단이 풀려 너덜너덜 해져있고, 세탁물 담구기, 디킨스 책 빌리기, 헤르만은 어제 기도하지 않았다.' 기억들의 물결, 사랑의 적재!

나는 동여매 묶여져 있는 문에 서 있었고, 저 건너편의 회색 옷을 입은 그녀는 서서히 정원 안으로 흔적을 감추었다.

Ⅶ. 이리스 (Iris)

어린시절 안젤름은 봄날이면 푸른 정원을 내달리곤 했다. 어머니의 꽃들 중 붓꽃과에 속하는 이리스라고 불리는 꽃이 있었는데, 그는 특별히 이 꽃을 좋아했다. 그는 이리스의 연한 초록색 잎들에 뺨을 대거나, 이리스의 뾰족한 꽃잎의 끝을 더듬다가 손가락으로 눌러보기도 하고, 그 커다란 꽃에 코를 대고 그 향기를 들이마시기도 했다.

어린시절의 그는 종종 이리스 꽃 안을 오랫동안 들여 다보곤 했다. 희미한 푸른색의 꽃바닥에서부터 위를 향해 나있는 기다란 행렬의 손가락 같은 그 사이의 하나의 밝은 길이 저 아래 꽃받침으로, 그리고 아득하고 푸른 꽃 속의 신비로 뻗어나 있었다. 그는 이러한 이리스가 좋아서 오랫동안 꽃을 들여다보았었다. 그에게 이 노란 빛의 섬세한 고리들은 흡사 왕의 정원에 설치되어 있는 금장식 같았으며 어떠한 바람에도 흔들리지 않는 아름다운 꿈나무들의 이중(二重) 통로 같았다. 그리고 이들 사이에 신비로 가득한 길이 유리같이 반짝거리며 부드럽지만, 생동감 있는 잎맥을 지나 내부 깊숙이 이어져 있었다. 그 길에는 엄청난 궁륭모양이 늘어 서있고, 작은 오솔길이 금으로 된 나무들 사이로, 끝없이 깊게, 상상할 수 없는 심연 속으로 사라져 갔다. 오솔길 위에는 자주색의 궁륭모양이 당당하게 휘어져 있었는데, 이 자주색의 궁륭모양은 마술 같은 얇은 그림자를 조용히 기다리고 있는 기적(奇蹟) 위에 드리워져 있었다. 이 궁륭모양은 꽃의 입이며,

이 노란색의 화려한 형상 뒤쪽의 저 푸른 심연에 이리스 꽃의 심장과 생각들이 자리하고 있으며, 이 우아하고 해맑은 유리질의 매끄러운 엽맥(葉脈)의 길을 통해 이 꽃의 숨과 꿈들이 왕래되고 있음을 어린 안젤름은 알고 있었다.

그 커다란 꽃 옆에 아직 피지 않은 작은 꽃들이 갈색의 초록껍질인 꽃받침 속, 단단하고 즙이 많은 꽃봉오리 속에 자리하고 있었다. 어린 꽃은 연한 초록과 연보라 빛으로 단단히 감싸져 있었으나 말없이 조용하게 그리고 힘차게 위로 밀치고 있었다. 어린 보라색 꽃이 저 깊숙이에서 빳빳하게 그러면서도 연하게 말린 채, 섬세하고 뾰족한 그 끝으로 위를 내다보고 있었다.

안젤름이 집에서 그리고 꿈속에서 다시 꿈과 낯선 세상들에서 돌아오는 아침까지, 정원은 언제나 항상 새롭게 그곳에 있었다. 그럴 때면 어저께까지 딱딱했던 푸른 꽃의 꼭지에 대기처럼 엷고 푸른 어린잎이 마치 혀나 입술처럼 매달려 있곤 했었는데, 이 어린잎은 오랫동안 꿈꾸어왔던 자신의 모습을 더듬어 찾아가며 무지개처럼 높고 길게 굽은 꽃이 되기 위해 노력하고 있었다. 맨 아래에서 그의 외피와 묵묵한 투쟁을 하고 있는 이 어린잎은 벌써 노란색의 밝고 섬세한 줄무늬가 있는 통로에서 향기를 내고 있어서 저 멀리 있는 깊은 강을 준비하고 있다는 것을 예감케 했다. 아마도 정오, 아니면 밤에 꽃의 꼭지가 열리고 금색의 꿈, 숲 저 너머 푸른 비단 천막으로 아치형을 만들고, 그 마술적인 심연 저 아래에서 꽃의 꿈과 생각들 그리고 노래들이 조용히 흘러나올 것이다.

이리스가 한 송이도 없는 날도 있었다. 그런 날에는 풀밭이 온통 푸른 초롱꽃들로 뒤덮여 있거나, 돌연 새로운 울림과 향기가 가득한 정원의 붉은 해가 비친 정자 위에 부드럽고 붉은 금빛의 티로즈가 드리워져 있기도 했다. 이리스가 사라지는 이때가 되면 금으로 울타리가 쳐진 오솔길은 더 이상, 다정한 향기를 뿜는 저 아래 신비한 곳으로 이어지지 못했다. 그리고 빳빳한 잎들이 뾰족이 그리고 싸늘하고 낯설게 서 있었다. 빨간 딸기가 덤불 속에 영글어 있고, 별 모양의 꽃들 위로 이름 모를 나비들이 자유롭게 날아다녔으며 그들 중에는 적갈색 진주모의 등어리와 윙윙 소리내는 흰무늬노랑들명나방의 박각시나방도 있었다.

어린시절 안젤름은 나비와 그리고 조약돌과 이야기를 나눴다. 그는 딱정벌레, 도마뱀과 친구가 되었으며 새들은 그에게 자신들의 역사에 관해 이야기했다. 식물들은 그에게 지붕 같은 커다란 잎들 아래에 있는 갈색의 씨앗들을 몰래 보여주었고, 유리 조각들은 초록색의 수정처럼 투명한 햇빛으로 그를 사로잡았다. 이들은 그에게 궁전이었고, 정원이었으며 반짝거리며 빛나는 보물창고였다. 백합이 지면 자작나무버섯이 꽃을 피우고 티로즈가 시들면 나무딸기는 갈색이 되었다. 모든 것들은 자리를 바꾸었지만 언제나 있었고 언제나 사라졌으며 그리고 눈앞에 다시 다가와 있었다.

정원이 그에게 두렵고 기이하게 다가왔던 날도 있다. 그런 날은 바람이 세차게 불어 전나무가 요란한 소리를 내고,

정원에 시든 잎들은 빛바래고 생명을 잃은 채 흔들거렸다. 하지만, 그에게는 그것 또한 하나의 노래였고 하나의 모험이었으며 그리고 하나의 역사를 가져다주는 것이었다. 모든 것이 쓰러진 뒤에는 다시 창문 틀 앞에 눈이 내리고 창문가에는 종려수가 자랐다. 은으로 된 종을 가진 천사가 밤을 가로질러 날아다니고 복도와 바닥은 마른 과일 냄새를 풍겼다. 이 훌륭한 세계에서는 결코 우정과 신뢰가 사라지지는 일이 없었다. 그가 없을 때에도 갈란투스는 검은 담장이 덩굴 앞 가까이서 광채를 발하고 있었고 최초의 새들은 높이 새로운 푸른 고도를 꿰뚫고 날고 있었다. 모든 것이 영원히 그곳에 있는 것처럼 그러했다. 기대하지 않아도 때가 되면 언제나 꼭 그래야만 하는 것 같이 그리고 언제나 하나같이 그러기를 바란 것처럼 정확하게 푸른색의 꽃꼭지가 이리스의 꽃자루에서 머리를 내밀고 쳐다보고 있었다.

모두 아름다웠다. 이 모든 것은 안젤름에게 반갑고 친숙하며 그리고 허물없는 것이었지만, 이 소년에게 있어 특히 마법과 은총이 넘쳐나는 순간은 매년 갓 핀 이리스를 보는 것이었다.

언젠가 한번, 성인이 된 그는 자신의 어린 꿈이 적혀있는 기적(奇蹟)의 책에서 이리스의 꽃받침에 대해 읽었는데, 이리스의 향기와 흩날리는 여러 겹의 푸른색은 그에게 있어 창조물의 부름이었고 열쇠였다. 순수했던 어린 시절, 그는 항상 이리스와 함께였고, 그에게 이리스가 피는 매년 여름철은 비밀로 가득 찬, 신선하고 감동적인 나날들이었다. 이리스가 아닌 다른 꽃들이 향기와 생각들을 뿜어내어 벌들과 딱정벌레들을 그들의 작고 단맛이 나는 방으로 유인할 때에도, 소년에게 있어 푸른 이리스는 다른 모든 꽃들보다 더 사랑스럽고 더 중요했다. 그에게 있어 이리스 꽃은 생각하는 것의 기준이었고 기적적인 모든 것의 비유였다. 그가 이리스 꽃의 꽃받침 속을 들여다보고 그리고 그 밝고 꿈같은 오솔길이 그의 생각과 더불어 깊이 빠져 노란색의 경이로운 덤불들 사이로 서서히 희미하게 사라져 갈 때면 그의 영혼은 꽃 깊은 곳에 있는 대문 안으로 발을 들여놓았다. 이곳에서 모든 것은 실체를 알 수 없었다. 단지 보이는 것이 예감으로 자리할 뿐이었다. 그는 이따금씩 밤에 이 꽃받침에 대해 꿈을 꾸기도 했다. 그는 꽃받침이 천상에 있는 궁전의 큰 대문처럼 커다랗게 자신 앞에 활짝 열린 문을 보았다. 꿈 속에서 그는 말을 타고, 백조를 타고 문안으로 날아 들어가 세상 전체가 마치 마술에 이끌려가는 것처럼 조용히 미끄러져 우아한 심연의 저 아래로 내려갔다. 그곳에서는 모든 기대하는 바가 이루어졌고 모든 예감이 진실이 되었다.

지상의 모든 현상은 하나의 비유이고, 그 모든 비유가 하나의 열려진 큰 대문이라면, 심령은 이 대문을 통하여 이 세상 내면으로 들어가게 될 것이다. 그곳에서는 너와 나, 낮과 밤이 하나다. 모든 사람은 언젠가 한번은, 비록 그의 생애 중에 이 활짝 열린 문이 여기저기서 가로막혀 있기도 하겠지만, 보이는 모든 것은 하나의 비유이고, 그 비유 위에 정신과 영원한 생이 자리하고 있다는 생각에 사로잡히게 된다. 물론 소수의 사람만이 저 열린 큰 대문을 통과하여 내면의 예감된 현실을 위해 아름답게 보이는 가상(假像)을 내버릴 것이다.

이렇게 소년 안젤름에게 이리스 꽃의 꽃받침은 열려진 침묵에 대한 물음처럼 보였고, 이 물음을 향한 그의 마음은 용솟음치는 예감 속에서 기쁨의 답변을 이끌기 위해 줄달음쳤지만, 사물들의 사랑스런 다양함은 다시 그로 하여금 풀과 돌들, 뿌리들, 숲들, 그의 세계에서의 짐승들 그리고 모든 호의적인 행동과 대화와 놀이를 가지게 했다. 그는 자주 자기 자아에 대한 생각에 깊이 빠졌다. 그는 자신에 대한 신비함으로 스스로를 내맡기고 앉아 있을 때나, 눈을 감은 채로 뭔가를 마실 때, 노래할 때 그리고 숨을 쉴 때, 입과 목에서 느껴지는 특이한 움직임들과 감정들을 느꼈고 상상했다. 그는 또한 심령과 심령이 갈 수 있는 오솔길과 큰 대문을 같이 나누었다. 그는 놀라움으로 눈을 감았을 때 보이는 보라색의 어둠에서 종종 나타나는 색색의 형상들과 푸른색과 진한 빨강 색의 반점과 반원형, 그리고 이들 색 사이에 있는 유리질의 밝은 선들을 관찰했다. 안젤름은 번번이 반갑고 놀란 자세로 눈과 귀, 후각과 촉각 사이에서 백배(百倍)의 섬세한 맥락들을 느꼈고, 피상적인 아름다운 순간들에서 음향과 소리 그리고 철자들의 유사함을 그리고 붉은 색과 푸른색, 딱딱함과 유연함이 같다는 것을 느꼈다. 그리고 그는 채소나 껍질이 벗겨진 초록색의 외피에 코를 대고 냄새를 맡을 때, 후각과 미각이 가까이 하고 있으며 이들 후각과 미각이 왕왕이 서로서로 엉켜져 있거나 하나가 된다는 것에 놀랐다.

모든 아이들은 그렇게 느낀다. 비록 모두가 동일한 강도와 유연함으로 느끼지는 않는다 하더라도 말이다. 많은 사람들이 글자를 배우기도 전에 이 모든 것들은 잊어버리게 되지만 어떤 사람들은 유년시절의 비밀을 오랫동안 가까이 두고 그들이 흰머리가 되고 만년의 피곤한 날을 맞이하기까지 그러한 여운을 지니고 있다. 비밀 속에 들어 있는 모든 아이들은 끊임없이 마음속으로 오직 한 가지 중요한 것에만 열중한다. 그것들은 자기자아와 주위 세상 그리고 그들 고유적으로 가지게 되는 인간의 수수께끼 같은 것으로, 찾는 자와 현인은 나이가 먹어감에 따라 그 같은 하나의 중요한 것과 심취하게 되는 상황으로 다시 돌아오지만, 대부분의 사람들은 진정으로 중요한 내면세계를 너무 일찍이 그리고 평생토록 잊어버리거나 멀리한다. 그런 자들은 일평생을 걱정과 욕망 그리고 목표점들에 둘러싸여 찬란한 오류의 홀에서 방황한다. 걱정이나 욕망 같은 것들이 그들을 다시 그들의 가장 깊은 곳에 있는 내면인 집으로 데려다 주지 않으리라는 것은 물론이다.

어린시절 안젤름의 여름과 가을은 조용히 왔다가 소리없이 갔다. 갈란투스, 제비꽃, 금빛니스와 백합은 언제나 다시 꽃을 피웠고 시들었다. 아이비덩굴과 장미는 이전처럼 아름다웠고 풍요로웠다. 그는 이들과 함께 살았으며, 그에게 꽃과 새가 말을 했고, 나무와 샘이 그에게 귀를 기울였다. 그는 처음 썼던 글자들과 자신의 첫 번째 우정의 고뇌들을 정원으로, 어머니에게로 그리고 화단의 다양한 돌들에게로 가져갔었다.

어느 때 봄이 찾아왔었다. 그런데 그 봄은 모든 것이 예전처럼 느껴지지 않았다. 지빠귀는 노래했으나 그 옛날의 노래는 아니었고, 푸른 이리스가 꽃을 피웠으나, 어떤 꿈들도 그리고 어떤 동화 이야기들도 금으로 울타리가 쳐져있는 꽃받침의 오솔길로 오가지 않았다. 딸기들은 숨어서 그들의 초록그늘로부터 고개를 내밀고 웃었으며, 나비는 번쩍이면서 높다란 우산모양의 꽃들 위에서 비틀거리고 있었다. 하지만, 이 모두가 예전 같지 않았다. 그는 다른 사물들과 관계를 맺었고 어머니와 많이 다투기까지 했다. 그는 스스로도 그것이 무엇이었는지, 왜 그 무엇이 그에게 고통을 주었는지, 왜 그를 끊임없이 방해했는지 알지 못했다. 다만 세상은 변했고, 그리고 여태까지의 우정들은 그로부터 떨어져나가 그를 홀로 지내게 했다.

이런 상황 속에서 한해가 지나갔고, 그리고 또 한해가 지나갔다. 안젤름은 이제 더 이상 어린애가 아니었다. 이제 그에게 있어 화단 주위에 있었던 형형색색의 돌들은 지루하게 보였다. 꽃들도 묵묵히 있었다. 그는 딱정벌레를 침에 꽂아 상자에 보관했다. 그의 마음은 길고 딱딱한 우회로에 접어들었으며, 오래된 기쁨은 바짝 말라 없어졌다.

젊은 안젤름은 이제 막 시작하는 것 같이 보였다. 그는 세차게 이 세상의 삶 속으로 밀고 들어갔다. 비유의 세계는 사라지고 잊혀졌고, 새로운 욕망과 새로운 길들이 그를 유혹했다. 하지만, 유년시절의 푸른 시선과 부드러운 머리카락 같은 것들은 옅은 안개처럼 아직도 그에게 잔존하고 있었다. 그는 자신의 유년기를 기억하는 것을 싫어했다. 그는 머리를 짧게 잘랐다. 그의 눈빛에서는 그가 내보일 수 있는 만큼의 대담함과 지식이 보였다. 그는 걱정스럽게 기다리고 있는 햇수들을 변덕스럽게 뚫고 휘몰아쳐 갔다. 좋은 생도로서 그리고 친구로서 또는 외톨이로 소심하게, 한때는 밤 깊숙이 책에 파묻혀 있기도 했다. 그의 첫 소년 연회에서 거칠고 요란스러웠었다. 이제 그는 고향을 떠나야만 했다. 그렇게 그가 변하고 성장하고 세련되게 옷을 입은 뒤로는 아주 짧은 시간 고향을 방문해 어머니를 뵙는 것조차도 매우 드문 일이 되어버렸다. 고향에 오더라도 그는 친구들을 데려오거나 책들을 가지고 왔는데, 매번 언제나 달랐다. 그가 오래되고 정든 정원을 지나 걸어갈 때면, 그 정원은 작았고 그의 방심한 시선 앞에 침묵했다. 더 이상 그는 돌들과 잎들의 다채로운 맥상에서 이들의 이야기를 읽지 않았고, 결코 푸른 이리스 꽃 비밀 속에 신(神)과 영원성이 자리하고 있다는 것을 보지 못했다.

안젤름은 중 · 고등학생이었고, 대학생이 되어 붉은 모자를 쓰고 그리고 다음에는, 노란색의 모자를 쓰고, 그리고 입술에 솜털수염과 어린 코밑수염을 하고서 고향으로 돌아왔다. 그는 낯선 언어들로 된 책들을 가져왔다. 한때는 한 마리의 개와 가슴에 조용하고 쓸쓸한 시(詩)들을 가죽가방에 담아 매고 있었고, 어떤 때는 태고 적의 지혜들을 복사한 것, 또는 예쁜 소녀들의 초상화들과 편지들을 가지고 왔었다. 그는 다시 돌아갔고 그리고 난 후, 저 먼 낯선 나라들에 있었으며 바다 위 커다란 상선에서 생활했다. 그는 다시 돌아왔다. 그는 한 젊은 학자가 되어 있었는데, 검은 모자와 어두운 색깔의 장갑을 끼고 있었다. 오래된 이웃 사람들은 그와 인사를 나누었고 결코 교수는 아니었지만 그를 교수라고 불렀다. 그는 다시 돌아왔고 검은 옷을 입고 호리한 몸으로 천천히 가고 있는 마차의 뒤를 장엄하게 따랐다. 마차에는 나이 드신 그의 어머니가 장식된 관 속에 있었다. 그 후, 그는 더 이상 오지 않았다.

현재 안젤름은 대학에서 학생들을 가르치고 있으며 저명한 학자로도 알려져 있었다. 여기 이곳에서 그는 거닐었고, 산책했으며 이 세상의 다른 사람들처럼 세련된 상의와 모자, 진지하면서도 친절하게, 뭔가에 열중하거나, 종종 피로한 눈으로 있었다. 그는 독립된 인간으로 그리고 그가 되고자 했던 연구가가 되어있었다. 그렇게 시간은 그의 유년시절의 마지막에서처럼 지나가고 있었다. 그는 갑자기 여러 해가 지나가버린 것 같은 느낌이 들었다. 그는 언제나 추구했던 이 세상 가운데에서 자신이 홀로 그리고 불만스럽게 서 있다는 것에 기이했다. 교수가 되는 것이 행복한 것이 아니었다. 시민들에게 그리고 대학생에게 인사를 받게 되는 것이 결코 총체적인 욕망이 아니었다. 모든 것이 시들해지고 진부해 보였다. 행복은 다시 저 멀리 미래에 놓여졌다. 그에게 그곳으로 가는 길은 선정적이고, 먼지투성이며 그러면서도 일상적인 것으로 보였다.

이즈음 안젤름은 어떤 친구의 집을 자주 방문했는데, 이유는 다름이 아니라 그 친구의 누이에게 끌렸기 때문이다. 그는 더 이상 예쁜 얼굴만을 뒤쫓지는 않았는데, 이 또한 달라진 모습이었다. 그는 행복이 특이한 형식으로 오거나 여느 창문 뒤쪽에 놓여 있지 않다는 것을 느꼈다.

친구의 누이는 그의 마음에 드는 그런 여인이었고 그는 자신이 그녀를 진정으로 사랑하고 있다고 믿었다. 그러나 그녀는 특이한 소녀였다. 그녀의 걸음 하나하나와 그녀의 말 한마디 한마디는 그녀 고유적인 것으로 채색되고 각인되어 있었다. 그래서 그녀와 같은 걸음으로 함께 걸어간다는 것은 그에게 쉽지 않았다. 이따금 밤에 안젤름이 고독한 집안을 배회하거나 깊이 생각에 잠겨 텅 빈 방을 통과하는 자신의 고유한 걸음걸이에 귀를 기울일 때면 그는 여자친구로 인해 그 자신 스스로와 다투곤 했다. 그녀는 그가 그의 부인으로 맞이하고자 바랐던 나이보다 많았다. 거기다 그녀는 매우 특이했다. 그는 그녀와 함께 살게 된다면 자신의 학문적 명예심을 따르는 것이 어려울 것 같다고 생각했다. 그녀는 그 같은 일에 대해서 아무것도 듣고 싶어 하지 않았던 것이다. 그리고 그녀는 매우 강하거나 건강하지도 못해서 모임이나 축제행사를 견디지 못했다. 그녀는 꽃들과 음악 그리고 주위에 한 권의 책을, 고독한 침묵 속에서 누군가가 그녀에게로 오지 않는가를 기다리며 정작 이 세상에 무엇이 일어나는지에 대한 관심은 끊은 채 지내기를 가장 좋아했다. 또 그녀는 부드럽고 감성적이어서 모든 낯선 것들을 고통스러워했다. 그래서 그녀는 쉽사리 눈물을 흘리고 그리고 다시 조용히, 부드럽게 어떤 고독한 행복감 속에서 빛을 발했다. 이것을 본 사람은 이 아름답고 기이한 여인에게 무엇을 주는 것과 그녀를 위해 무엇을 해주는 것 그리고 그녀를 위해 무엇을 암시한다는 것이 얼마나 어려운 것인가를 느낄 것이다. 안젤름은 종종 그녀가 자신을 사랑한다고 믿었다. 그러나 그녀는 아무도 사랑하고 있지 않았다. 다만, 모든 사람들에게 다정하고 친절할 뿐이었다. 그녀는 조용히 자신을 내버려두는 것 이외에는 이 세상으로부터 아무 것도 바리지 않는 것 같았다. 그러나 그는 삶에서 다른 뭔가를 하고자 했다. 그는 부인을 맞이하면 집에 생기와 화음이 있어야 하고 손님을 접대하는 일 같은 것은 당연하다고 생각했다.

그는 그녀에게 말했다.

“이리스, 사랑하는 이리스. 이 세상이 만약 다르게 꾸며졌더라면! 만약 너의 아름답고 다정한 세상, 꽃들과 생각들 그리고 음악만 있는 세상이 존재한다면, 나는 내 평생 동안 네 곁에 있고, 너의 이야기들을 들으며 그리고 너의 생각들과 함께 하면서 사는 것 이외에 아무것도 바라지 않을 거야. 나는 너의 이름 그것만으로도 좋은 기분을 느껴…. 이리스는 경이로운 이름이야, 그 이름이 나에게 무엇을 상기하게 하고 있는지는 전혀 모르겠지만….”

그녀가 말했다.

“너는 푸르고 그리고 노란색의 이리스가 그렇게 불리어지는 것을 알고 있지 않니?”

“그래, 맞아. 나는 그것을 잘 알고 있어. 이미 그것으로 너무 아름다워. 그러나 내가 너의 이름을 말할 때면 언제나 그것 외에 무엇인가가 생각나, 나는 그것이 무엇인지를 모르겠어. '이리스' 라는 이름은 아주 깊숙한 저 멀리 있는 중요한 기억들을 나와 연결짓고 있는 것 같으나, 나는 그것이 무엇인지에 대해 모르겠고 알아낼 수도 없어."

그가 억눌린 감정으로 높이 소리 지르자, 이리스는 미소지으며 당황해서 손으로 자신의 이마를 문지르고 있는 그를 바라보았다. 그리고 그녀는 새(鳥)처럼 사뿐한 목소리로 안젤름에게 말했다.

"나에게 있어서도 언제나 그랬어. 어떤 꽃의 냄새를 맡을 때, 그때면 내 마음은 언제나 그랬지. 그 향기는 무엇인가 대단히 아름다운 것 그리고 값비싼 것과 연결지여 있었어. 그것은 언젠가 아주 일찍 내 것이었지만 잃어버린 것이었지. 음악도 그랬었고 그리고 시(詩)도 그랬었지. 그런데, 그때 무엇인가 갑자기 번뜩였어. 이는 한 순간, 마치 잃어버려진 고향이 돌연히 저 아래의 계곡에 놓여 있는 것을 보는 것 같았어. 하지만 곧 다시 사라져 잊혀졌지. 사랑하는 안젤름, 나는 우리들이 이런 의미를 일깨우기 위해 이 지상에 있는 것이고, 이러한 숙고와 탐색, 그리고 잃어버려진 저 먼 소리에 귀를 기울이기 위해 있는 것이라고 그리고 이들 뒤편에 우리들의 참된 고향이 놓여 있는 것이라고 생각해."

안젤름이 아첨하듯이 말했다.

"그것이 얼마나 아름다운가를 말하는 것이니?"

그는 자신의 가슴에서 고통을 준다고 할 수 있는 움직임을 느꼈다. 이는 마치 숨겨진 나침반이 그의 머나먼 목적지만을 알리고 있는 것 같았다. 그러나 그 목적지는 그가 자신의 삶에서 지향하고자 했던 것과는 완전히 다른 것이었기에 그는 고통스러웠다. 그의 생을 아름다운 동화들을 따라서 꿈속에서 보내는 것은 옳은 것일까?

어느 날 안젤름은 쓸쓸한 여행에 지쳐 집으로 돌아왔다. 그는 이 삭막한 학자의 거처에서 차가움과 압박감을 느끼고는 당장 자신의 친구들에게 달려가 이리스에게 어떻게 구혼할 것인지를 의논했다.

그는 그녀에게 말했다.

"이리스, 나는 이런 식으로 더 이상 생활할 수 없어. 너는 언제나 나의 좋은 여자 친구이지만, 나는 너에게 모든 것을 말해야겠어. 나는 결혼을 해야만 해. 그렇지 않으면 나의 생은 텅 빈 것 같고, 아무런 의미도 느끼지 못할 거야. 사랑스러운 꽃, 내가 너 이외에 누구를 부인으로 맞이해야 한단 말인가? 나의 부인이 되어 주겠니? 이리스, 너는 찾고 싶은 모든 꽃들과 아름다운 정원도 가지게 될 거야. 나한테 올 수 있겠니?"

이리스는 오랫동안 그리고 조용히 그의 눈을 쳐다보았다. 그리고 그녀는 미소도 짓지 않고 얼굴도 붉어지지 않은 채, 확고한 목소리로 그에게 답했다.

"안젤름, 나는 너의 물음에 대해 놀라지 않아. 물론 내가 너의 부인이 된다는 것은 전혀 생각해 본적 없지만, 나는 너를 사랑해. 그러나 나는 나를 부인으로 맞이하고자 하는 사람에게 커다란 요구들을 해. 너는 나에게 꽃들을 주겠다고 했는데, 그것으로 충족된다고 생각해? 나는 꽃 없이 생활할 수 있고, 또 음악 없이도, 피치 못 할 경우에는 그 모든 것들 없이 그리고 다른 많은 것들도 없이 지낼 수 있어. 그러나 나는 단 한 가지 없이는 지낼 수 없어, 그렇게 하지도 않을 거지만 말이야. 나는 내 마음속에 음악이 없다면 하루도 살수 없어. 내가 나의 남편이 되는 사람과 같이 살아야만 한다면 그 남자의 내면적인 음악은 나의 내면적 음악과 정교하게 그리고 훌륭히 화합하게 되는 그런 것이어야만 돼. 그리고 그의 유일한 바람은 자신의 음악이 나의 음악에 잘 어울리도록 하는 것이어야만 하지. 너는 그렇게 할 수 있니? 어때? 그렇게 되면 아마도 너는 더 이상 유명할 수 없을 것이고 명예도 가지지 못 할 거야. 너의 집은 조용하고 내가 오래 전 때부터 알고 있던 네 이마의 주름들도 모두 없어지게 될 것이 틀림없어. 아, 안젤름. 그렇게 되지는 않을 거야. 봐, 너는 언제나 너의 이마의 새로운 주름살을 꼼꼼히 살펴보고 그리고 항상 새로운 걱정을 만들잖아. 너는 내가 생각이 깊고 나를 있는 그대로를 사랑하고 있으며 그리고 예쁘다고 보고 있지. 그러나 대부분의 사람들처럼 너에게 있어서도 그것은 어리석은 장난감에 지나지 않겠지. 나에게 바짝 귀를 기울여 봐. 지금 너에게 있어 장난감에 지나지 않는 모든 것은 나에게 있어 삶 그 자체이니, 너도 그렇게 되어야만 할 거야. 반대로 네가 노심초사로 온 힘을 바치고 있는 모든 것이 나에게는 장난감에 지나지 않는 것이지. 내 생각엔 그것들은 그만한 가치도 없는 것이야. 나는 결코 달라질 수는 없어. 안젤름, 나는 나의 내면에 자리하고 있는 하나의 법칙에 따라 생활하고 있어. 너는 지금과 다른 사람이 될 수 있니? 내가 너의 부인이 된다면 너는 아주 달라져야 해."

안젤름은 유약하고 가볍게 생각했던 그녀의 의지에 놀라 아무 말도 하지 못하고 있었다. 그는 침묵했다. 그는 흥분한 나머지 책상 위에서 꺼내 든 한 꽃을 생각 없이 눌러 망가뜨렸다.

이리스는 그의 손으로부터 그 망가트려진 꽃을 부드럽게 받아내었다. 이는 그의 마음속에 내던져 진 하나의 비난 같았다. 그런데 이리스는 뜻 밖에 어둠으로부터 하나의 길을 발견하기라도 한 것처럼 돌연히 밝고 사랑스러운 미소를 지었다.

"나에게 한 가지 생각이 있어. 네가 이 생각을 특이한 것으로 보거나, 너에게 있어 이 생각이 나의 일시적인 기분으로 보일지는 모르겠지만, 그러나 일시적인 생각은 결코 아니야. 내 생각에 귀를 기울여 보겠니? 그리고 내 생각을 너와 나를 결정짓게 하는 것으로 받아들이겠니?"

이리스는 나지막하게 말하면서 얼굴을 붉혔다. 안젤름은 불안을 어렴풋이 내비추면서 자신의 여자친구인 이리스를 쳐다보았다. 그녀의 미소는 그로 하여금 그녀에 대한 신뢰와 그녀에게 그렇게 하겠다고 말할 것을 강요하고 있었다.

"나는 너에게 하나의 과제를 주고 싶어." 그렇게 말한 이리스는 곧 다시 대단히 엄숙해졌다.

"그렇게 해. 그것은 너의 권리지."

친구 안젤름은 이 말로 그녀에게 자신을 맡겼다. 그녀가 말했다.

"이것은 나의 진실한 마음이야. 그리고 나의 마지막 말이 될 거야. 너는 이 말이 내 마음 속에서 나온 진심이라고 받아들여야 해. 나의 이 말에 대해 네가 비록 당장은 이해하지 못한다고 할지라도 견주어 보거나 이것들을 고민해 보겠니?"

안젤름은 그렇게 하겠다고 약속했다. 그녀는 일어나서 그에게 손을 건네면서 말했다.

"너는 내 이름을 발음하게 될 때마다 언제나 나에게 옛적 어느 한 때에 중요했고 신성시 여겨졌던 그 무엇인가, 잊어버린 것을 상기시키는 것 같은 느낌을 받는다고 여러 번 말했었지. 이것은 하나의 징조야. 안젤름, 이런 징조가 그 동안 계속해서 너를 나에게로 이끌리게 했어. 내가 생각하기로 너는 네 마음속에서 중요한 것 그리고 신성한 것을 잃어버린 것 같아. 너는 이제 다시 깨우쳐야만 해. 잘 있어, 안젤름. 악수를 청하면서 바라건대, 가서 그리고 너의 기억 속에서 내 이름에서 상기되는 것을 찾아 봐. 네가 그것을 다시 발견하게 되는 날, 그 날에 나는 너의 부인으로 너와 함께 네가 원하는 어디에도 갈 것이며 그리고 네가 바라는 것 이외에는 어떤 것도 가지지 않을 것이야."

그녀의 말에 깜짝 놀라 당황한 안젤름이 중간에 끼어들려고 했으나, 그러나 곧 일시적인 기분이라며 자신을 질책했다. 이리스의 뚜렷한 시선은 그로 하여금 약속을 생각나게끔 만들었다. 그는 침묵했다. 그는 시선을 떨어뜨리고서 그녀의 손을 잡고 그 손을 자신의 입술에 가져갔다. 그리고 그는 떠났다.

그는 자신의 삶에서 많은 과제들을 가졌었고 해결해 왔었다. 그러나 어느 과제도 이처럼 기이하지도 중요하지도 않았으며, 또한 기운을 잃게 하지 않았다. 그는 나날이 지쳐갔다. 그는 절망하기도 하고 짜증을 내기도했으며, 이건 미친 여자의 생각이라며 고뇌하고 있는 스스로를 꾸짖고, 그녀의 말을 생각 속에서 떨쳐버리려고도 했지만, 그럴 때마다 그의 내면 깊숙이에서 무엇인가, 대단히 우아하면서도 비밀스러운 고통이 흘러나와 그럴 수 없었다. 그 자신의 마음속에 자리하고 있는 이 우아한 목소리는 이리스가 옳다고 했고, 그리고 그녀와 동일한 요구를 내놓았다.

학식 있는 이 남자에게도 이 과제만은 너무나 어려웠다. 그는 이미 오래 전에 잊어버렸던 것을 기억해 내어야만 했고 그리고 사라진 햇수들의 거미줄로부터 개체적인 황금의 실을 다시 찾아야만 했으며, 사라져간 새소리 같은 무엇인가를 그는 손으로 잡아서 그의 사랑하는 애인인 그녀에게 갖다 바쳐야만 했었다. 그는 음악을 들을 때 느껴지는 즐거움이나 슬픔의 흔적보다 더 엷고 더 피상적이며 그리고 더 형체가 없는 그 무엇, 보다 더 확실치 않은 그 무엇을 붙잡아서 그녀에게 가져가야만 했다.

그가 자신감을 상실한 채 그 모든 것을 팽개치고 그리고 일시적 기분에서 포기하려고 하면, 저 멀리 떨어져있는 정원으로부터 은은한 향기처럼 그 무엇인가가 눈 깜짝할 사이에 그를 향해 불어 닥쳤다. 그는 이리스라는 이름을 열 번이고 스무 번이고, 조용하면서도 유희적으로, 마치 팽팽해진 현의 음을 시험하듯이 혼자 속삭였다.

"이리스", "이리스."

그는 미묘한 고통과 함께 자신의 내면에서 무엇인가 움직이는, 마치 오래 내버려진 집에서 아무런 동인(動因)없이 문이 열리고 덧문이 덜거덕거리는 것 같은 기분을 느꼈다. 그는 자기 자신 속에 잘 정돈되어 있다고 믿고 있었던 기억들을 검사했다. 이때 그는 놀랍고 경이로운 발견에 이르게 되었다. 기억들의 보물창고가 자신이 이전에 생각했던 것보다도 이루 말할 수 없이 정말 작았던 것이다. 오랜 햇수들이 결여되어 있었고 그리고 백지처럼 비어있었다. 그는 다시 어머니의 모습을 자세하게 떠올리기 위해 많은 힘을 기울여야만 한다는 것을 알았다. 그는 청소년 시절에 열렬히 쫓아다녔던 소녀의 이름이 무엇이었는지도 완전히 잊어버렸다. 그런데, 언뜻 한 마리의 개가 떠올랐다. 그 개는 그가 대학생이었을 때, 충동적으로 사서 얼마동안 함께 살았던 개였다. 그가 개의 이름을 알아내기까지는 여러 날들이 소요됐다.

이 가련한 남자 안젤름은 고통에 가득 차서, 커져가는 슬픔과 불안감으로 자신의 지난 삶이 얼마나 녹아 내렸는지, 이젠 텅 비어 자신에게 속하지 않고 낯설어서, 언젠가 외웠던 것이지만 겨우 남은 황량한 파편들을 끼워 맞추어야 하는 그 무엇처럼, 자신과 아무런 연관 없는 그의 생을 바라보게 되었다. 그는 써 내려가기 시작했다. 그는 한해 한해를 뒤돌아보고, 가장 중요했던 그의 체험들을 다시 한번 확실히 기억하기 위해 기록해 나갔다.

그의 가장 중요했던 체험들은 어디에 있었던가, 그가 교수가 되었다는 일인가? 그가 한때 학위를 받았던 일, 한때 중학생이었고 고등학생이었으며 또 한때 대학생이었다는 일말인가? 아니면 지나간 시절에 이 소녀 아니면 저 소녀가 그의 마음에 들었던 일인가? 그는 놀라 스스로를 쳐다보면서 이것이 삶이었던가? 이것이 모두였단 말인가?라고 생각했다. 그는 자신의 이마를 치며 거세고 크게 웃었다.

시간은 흘러갔다. 감히 생각해 볼 수도 없이 그렇게 빠르게 그리고 냉혹하게 흘러가다니! 한 해가 훌쩍 또 지나갔다. 그는 자신이 이리스를 떠났을 때와 같이 아무런 성과 없이 꼭 그대로 머물고 있는 것 같다고 느꼈다. 그렇지만 그는 매우 달라져 있었다. 그를 제외한 모두는 그의 변화를 보았다. 그는 보다 젊어지기도 했고, 나이 들기도 했다. 그를 아는 사람들에게 그는 아주 낯선 사람이 되었다. 그는 산만해서 부주의하고, 변덕스러웠으며 그리고 특이했다. 유감이지만 그는 이제 한 기이한 사람으로 통하게 되었다. 그는 너무 오랫동안 독신으로 있었다. 그는 그가 해야 할 일들을 잊기도 하고 제자들을 헛되게 기다리게 하기도 했다. 그는 깊이 생각에 잠겨 거리를 지나치며 살금살금 걸어갔고, 제멋대로의 상의를 걸치고 집들을 지나칠 때면 벽에 둘러진 주름장식에 묻은 먼지를 옷에 문지르는 일도 있었다. 많은 사람들은 그가 술을 마시기를 시작했다고 생각했다. 그는 어떤 때에는 강연을 중간에서 그만두고서 학생들 앞에서 무엇인가를 깊이 생각하기도 했다. 그는 어느 누구에게서도 찾아보지 못한 천진난만하면서도 감정을 억제하는 미소를 지으며 많은 사람들의 마음에 깊이 새겨지는 온화와 감동의 목소리를 이어갔다.

머나먼 햇수들로 둘러진 엷은 안개들 그리고 사라져간 자취들을 뒤로하는 절망의 헤매 임 속에서 이미 오래 전 그 자신도 알지 못했던 한 새로운 의미가 그에게 다가왔다. 그가 여태까지 기억이라고 일컬었던 그 기억 뒤에 또 다른 기억들이 자리하고 있었다는 것을 알게 되는 일은, 마치 옛날에 그려진 오래된 벽화가 그 보다 더 오래된 그림위에 그려졌다는 사실을 아는 것과 같았다. 그는 무엇인가를 기억해 내고자 했다. 가령 그가 여행자로 며칠을 묵었던 어느 한 도시의 이름이라든가 아니면 어떤 친구의 생일날 또는 그 무엇인가를 기억하고자 했다. 그가 한 작은 조각의 과거를 마치 돌 조각처럼 파서 뚫고 샅샅이 뒤지고 있을 때였다. 그때 갑자기 무엇인가 전연 다른 것이 그의 머리에 떠올랐다. 돌연 향기가 그를 엄습했다. 이 향기는 4월 아침의 바람처럼 또는 9월의 안개 낀 날처럼 그랬다. 그는 그 향기를 맡았고 맛을 보았으며 어둡고 연한 감정을 느끼게 되었다. 향기는 살갗에서, 눈에서, 마음 어디에서인가 느껴졌고 서서히 그에게 어떤 느낌을 갖게 했다. 그것은 옛적 어느 날이었다. 그 날은 하늘이 청명했고 따뜻했다. 아니면 하늘이 우중충했으며 쌀쌀했다. 그렇지 않았다면 그 어떤 날이었을 것이다. 그 날의 본질적인 것인 핵심이 그의 자아내면 속에 자리하고 있어서 어두운 기억으로 남아있게 된 것이 틀림없다. 그가 확실하게 냄새를 맡을 수 있고, 느낄 수 있었던, 그것이 대학생 시절에 아니면 아주 어렸던 요람에서였는지 모르겠지만, 여하튼 향기는 있었다. 어떤 향기인지 알 수 없고, 뭐라 칭할 수도 규정할 수도 없었지만 어떤 것이 내면에 생생히 생동하고 있는 것을 느꼈다. 이들 기억들은 – 비록 그가 게름직한 미소를 띠웠지만 – 이 세상의 삶으로부터 그 이전 그의 존재의 과거로까지 거슬러 내려갈 수도 있겠다.

안젤름은 기억들의 깊은 심연 입구를 통하여 어찌할 바 모르는 그의 헤매임에서 많은 것들을 발견하게 되었다. 그는 예전에 자신을 감동시키고 사로잡았던 많은 것들, 또 놀라게 했고 불안하게 했던 많은 것들을 발견했으나, 그러나 단 하나인 이리스라는 이름이 그에게 무엇을 의미하는지를 알지 못했다.

그러던 어느 날, 그는 이런 무지(無知)로부터 얻게 된 고통 속에서 자신의 옛 고향을 다시 찾았다. 그는 숲들과 좁은 골목길들, 좁은 판자다리와 울타리들을 다시 보았고, 그의 어린 시절, 정든 정원 안에 서게 되었다. 그는 가슴위로 파도가 밀어닥치는 것을 느꼈다. 과거는 꿈처럼 그를 감싸 안았다. 슬프면서도 조용히 그는 고향에서 돌아왔다. 그는 병과를 냈고 그를 갈망하는 모두를 돌려보냈다.

그런데 어느 한 사람이 그를 찾아 왔다. 그는 안젤름이 이리스에게 구혼한 이래로 보지 못했던 그의 친구였다. 그의 친구는 안젤름이 외롭고 쓸쓸해 보이는 갇혀진 방안에서 홀로 앉아 있는 것을 보았다.

"일어나게. 나와 함께 가세. 이리스가 너를 보고자 해."

그가 말하자마자, 안젤름이 뛰어오르며 소리쳤다.

"이리스! 그녀에게 무슨 일이 있니? 그래 나는 안다, 알아!"

"자, 가자! 그녀가 죽어가고 있어. 그녀는 오래 전부터 아파 누워 있었어."

그들은 이리스에게 갔다. 그녀는 가볍고 좁다랗게 눕는 소파에서 마치 어린아이처럼 동그랗게 뜬 눈으로 밝게 미소 짓고 있었다. 그녀는 안젤름에게 그녀의 희고 가벼운 손으로 악수를 청했는데, 그녀의 손은 마치 한 송이의 꽃처럼 그의 손안에 있었다. 그녀는 아름다운 표정을 지으며 말했다.

"안젤름, 너는 나에게 화나 있니? 나는 너에게 어려운 과제를 주었지. 나는 네가 이 과제를 해결하기 위해 노력하고 있다는 것을 알고 있어. 계속해서 시도해. 네가 목적지에 도달할 때까지 그 길을 가. 너는 나 때문에 그 길을 간다고 생각하고 있을지 모르겠지만, 그러나 사실 너는 너 자신 때문에 그 길을 가고 있는 거야. 이런 사실을 너도 알고 있겠지?"

"나도 그렇게 예감하고 있어. 그리고 나는 그것을 알고 있지. 그것은 긴 여정이야. 이리스, 어쩌면 나는 벌써 오래 전에 되돌아갔을지 몰라. 그러나 나는 되돌아가는 길을 발견하지 못했지. 나는 내가 무엇이 될지 모르겠어."

이리스는 그의 슬퍼하는 눈 안으로 눈길을 돌려 밝고 그리고 달래듯이 미소 지었다. 그는 허리를 숙여 그녀의 마른

손 위로 오랫동안 눈물을 흘리며 울었고 그녀의 손은 그의 눈물로 인해 젖어 있었다.

“네가 무엇이 되어야 할지….” 그녀의 목소리는 마치 한 기억의 불빛 같았다. 그녀는 말을 이었다.

“너는 네가 무엇이 될지를 묻지 말아야 해. 너는 너의 생애에서 많은 것을 찾았어. 너는 명예를 찾았고, 행복을 그리고 지식을 또 너의 자그마한 이리스인 나를 찾았어. 이 모든 것들은 오로지 아름다운 가상(假像)들이야. 이 가상들은 내가 지금 너를 버려두고 떠나듯이 너를 내버리고 떠났지. 나에게도 그랬어. 언제나 나는 헤매며 찾았지. 그러나 항상, 아름답고 사랑스런 허상들만 남고 언제나 다시금 떨어져나가 사라져 버렸어. 이제 나는 어떤 가상도 알 수 없어. 나는 아무것도 찾지 않았고 다만 집으로 돌아와 작은 걸음을 내딛었어. 나는 지금 고향에 몸을 두고 있어. 너 또한 그곳으로 가게 될 거야. 안젤름 네가 그곳에 있게 되면, 네 이마의 주름은 사라질 거야.”

그녀의 창백해진 얼굴에 안젤름은 절망적으로 외쳤다.

“아-, 기다려 줘. 이리스, 그렇게 떠나지 말고 네가 나로부터 완전히 떠나지 않는다는 징표를 남겨줘!”

그의 외침에 그녀는 고개를 끄덕였다. 그녀는 옆에 있는 유리 속으로 손을 집어넣어 싱싱하게 핀 푸른 이리스를 그에게 주었다.

“여기 이리스인 나의 꽃을 가져. 그리고 나를 잊지 말아줘. 나를 찾아. 이리스를 찾아. 그러면 너는 나에게로 오게 될 거야."

안젤름은 눈물을 흘리며 그 꽃을 받아들고 눈물을 흘리면서 작별했다. 그 친구가 그에게 심부름꾼을 보냈을 때 그는 다시 왔고, 그녀의 관을 꽃으로 장식하는 것과 장사 지내는 것을 도왔다.

그 뒤로 그의 삶은 무너지고 흩어졌다. 이제 그가 실마리를 풀어나가는 일은 불가능해 보였다. 그는 모든 것을 포기하고 도시와 관직을 떠나 이 세상에서 흔적을 감추었다. 여기저기서 그 모습을 드러내기도 했고, 그의 고향에 나타나기도 했으며, 정든 정원의 울타리 위에 기대어 서 있기도 했다. 하지만 사람들이 그를 찾거나 그를 도와주려고 하면 다시 사라졌다.

이리스는 그에게 사랑스러웠다. 그는 가끔 이리스가 피어 있는 것을 보고 몸을 굽혀 쳐다보곤 했다. 오랫동안 붓꽃의 꽃받침 안으로 시선을 기울이고 있을 때면, 마치 푸른 심연으로부터 향기와 모든 과거의 것들 그리고 미래의 것들에 대한 예감이 자신을 향해 밀어닥치는 것 같아서 그는 슬프게 걸음을 옮겼다. 왜냐하면 그 어떤 성취감도 그에게 다가오지 않았기 때문이었다. 그는 마치 가장 사랑스러운 비밀이 숨쉬고 있는 곳으로 연결된 반쯤 열려진 문에다 귀를 갖다 대고 있는 것 같았다. 하지만 그가 '그래 지금이라면 그 비밀을 알아도 되겠지' 하고 생각했을 때, 문은 내려져 닫혔고, 그리고 이 세상의 바람(風)은 그의 고독 위로 차갑게 몰아쳐갔다.

그의 꿈에 어머니는 그에게 말을 했다. 그는 이제 어머니의 모습과 얼굴을 똑똑히 그리고 가까이에서 느꼈다. 이는 지난 여러 해 동안 결코 가져 보지 못한 것이었다. 꿈에서는 이리스도 그에게 말을 했다. 그래서 눈을 뜨고 정신이 들면 무엇인가 여운이 느껴지고, 온종일을 그것에 대한 생각으로 보냈다. 그는 정처없이 떠돌아다녔고, 이방인으로서 여러 곳을 헤매고 아무 집이나 숲에서 잠을 잤으며, 빵도 먹고 딸기도 먹었으며 포도주도 마셨고 덤불들의 잎들에 맺혀있는 이슬도 마셨다. 많은 사람들이 그를 바보나 마술사로 여기기도 해서, 사람들은 그를 두려워하거나, 그를 향해 웃기도 했고 그리고 사랑하기도 했다. 이전에는 결코 할 수 없었지만, 그는 아이들과 어울리며 그들의 놀이에도 참여했다. 그는 아이들에게서 꺾어진 가지와 그리고 작은 돌멩이와 이야기하는 것을 배웠다. 겨울과 여름이 그의 곁을 지나갔다. 그는 꽃받침 안으로 시선을 돌렸고, 작은 냇물과 바다 속으로 눈길을 돌렸다.

그는 이따금 혼잣말을 했다.

"가상(假像)들. 모든 것은 오로지 가상들뿐이야."

그러나 그는 그 자신의 내면에서 가상이 아닌, 어떤 본질을 느꼈다. 그는 이 본질에 따랐으며, 그의 자아내면 속에 있는 본질은 때때로 그에게 말을 걸어왔다. 그 본질의 음성은 이리스의 목소리였으며, 어머니의 목소리였다. 그에게 이들 목소리는 위로와 희망이었다.

그에게 기적이 일어났다. 그가 눈 속 겨울 땅을 밟으면서 걸어가고 있을 때였다. 눈이 얼어붙어 고드름이 자라난 수염을 한 그는 눈 속에서 뾰족하게 그리고 가냘프게 한 송이의 이리스 싹이 서 있는 것을 보게 되었다. 이 이리스 싹은 아름답고 고독하게 꽃을 피우고 있었다. 그는 이리스 꽃에게 몸을 구부리고 미소를 띠었다. 그는 이리스가 언제나 되풀이해서 그에게 상기시키게 한 것을 이제야 인식했다. 그는 자신의 어린 시절의 꿈을 인식했으며, 금 막대기 사이에 그 엷은 푸른색의 통로가 밝은 엽맥으로 그 꽃의 깊은 비밀속인 심장 안으로 뚫어져 있음을 보았고, 그리고 그곳에 그가 찾았던 그것이, 어떤 가상도 허상도 아닌 본질 속에 자리하고 있음을 알았다.

그는 다시 많은 경고들을 만났고 그리고 꿈들은 그를 인도했다. 어느 날, 그는 어느 오두막집에 당도하게 되었다. 그곳에는 아이들이 있었는데 그 아이들은 그에게 우유를 주었다. 그는 그 아이들과 함께 놀았다. 아이들은 그에게 이야기를 들려주었다. 이야기의 내용은 숲 속의 숯쟁이들 집에 한 기적이 일어났다는 것이었다. 그곳은 귀신들의 작은 문이 열려진 채 있는데, 이 문은 오직 천년에 한번 열린다고 했다. 그는 그들의 이야기를 귀 기울이고 들었다. 그는 아이들의 사랑스러운 묘사에 고개를 끄덕이며 계속해서 갔다. 한 마리의 새가 그의 앞 오리나무 숲에서 노래하고 있었다. 그 새는 기이하고 감미로운 소리를 내고 있었다. 그 소리는 바로 죽은 이리스의 그 목소리였다. 그는 그 소리를 따라갔다. 새는 날거나 깡충깡충 뛰면서 작은 냇물 위를 지나 숲 속 저 멀리 안으로 들어갔다.

새가 울음소리를 내지 않아 더 이상 들을 수도 없었고 볼 수도 없었을 때 안젤름은 멈추어 서서 주위를 둘러보았다. 그는 숲 속 깊은 계곡에 서 있었다. 널따란 푸른 잎들 아래에 조용히 흘러내리는 하나의 하천 이외에는 하나같이 조용했고 그리고 기다림 속에 있는 것 같았다. 어느덧 새는 그의 가슴속에서 사랑했던 목소리로 노래하고 있었다. 그것은 그를 계속 앞으로 나아가게 했다. 드디어 그는 이끼로 덮여진 암벽 앞에 서게 되었다. 이 암벽은 가운데가 갈라져 하나의 틈이 나있었다. 그 틈은 좁고 가느다랗게 산의 안쪽으로 이어져 있었다. 한 나이 많은 남자가 이 틈 앞에 앉아 있었다. 그는 안젤름이 다가오는 것을 보고는 몸을 일으켜서 소리쳤다.

"보시오, 돌아가게. 돌아가! 그것은 유령들의 문이야. 한번 들어간 사람 중 어느 누구도 돌아오지 않았지."

안젤름은 고개를 치켜들고 암벽 문안으로 들여다보았다. 문 안 그곳에 푸른 오솔길이 깊숙이 산 속으로 사라져 있었다. 그 오솔길에는 양쪽으로 금으로 된 기둥들이 빽빽이 서 있었고 그것들은 거대한 꽃받침 안으로 내닫는 것처럼 저 아래 내부 속으로 내달려져 있었다.

그의 가슴속에서는 새가 해밝게 노래하고 있었다. 안젤름은 그 파수꾼을 지나 틈 안으로 들어가서 금으로 된 기둥을 통과해 내부의 푸른 신비로 걸어갔다. 그것은 이리스였다. 그는 그녀의 심장 안으로 뚫고 나아갔다. 그것은 어머니의 정원에 있는 붓꽃이었다. 그는 붓꽃인 이리스의 푸른 꽃받침 안으로 둥실둥실 떠돌면서 들어갔다. 그가 계속 침묵하면서 금빛의 황혼을 향하여 걸음을 내딛었을 때 모든 기억들과 총체적인 앎이 한꺼번에 그에게 다가왔다. 그는 자신의 손을 느낄 수 있었다. 손은 자그마했고 부드러웠다. 갑자기 사랑의 목소리들이 가까이 그리고 낯익게 그의 귓속으로 울려들었다. 그 목소리들, 그리고 금으로 된 기둥들은 어린 시절의 봄 그 당시처럼 모든 것들이 그렇게 울렸으며 그리고 그렇게 찬란하게 빛났다.

꿈은 다시 찾아와 있었다. 그 꿈속에서 그는 작은 소년이었다. 꿈속에서 그는 꽃받침 속 저 아래로 내려갔다. 뒤로 가상들의 총체적인 세계가 함께 흘러갔고, 그는 이들 가상(假像)들 위에 자리하고 있는 신비 속으로 빠져들었다.

안젤름은 나지막하게 노래하기 시작했다. 그가 내딛은 오솔길은 거의 알아볼 수 없게 저 아래 고향으로 내려져 있었다.

Ⅷ. 픽토르의 변신 (Piktors Verwandlung)

픽토르가 천국에 발을 들여놓자마자 그는 곧 어느 나무 앞에 서 있게 되었다. 이 나무는 남자이자 또한 여자였다. 픽토르는 공경심으로 나무에게 인사를 건네고 물었다.

“너는 생명의 나무니?”

그러나 나무 대신에 뱀이 그에게 대답하려 했고 그는 뱀을 외면하고 계속해 걸어갔다.

그는 매우 긴장했다. 그는 모든 것들이 매우 마음에 들었다. 그는 이제 고향인 생명의 원천이 있는 곳에 와있다는 것을 똑똑히 감지했다.

그는 다시 한 나무를 보게 되었다. 그 나무는 태양인 동시에 달이었다. 픽토르는 말했다.

“너는 생명의 나무야?”

태양은 고개를 끄덕이며 크게 웃었고, 달은 고개를 끄덕이며 미소를 지었다.

가장 경이로운 꽃들은 여러 다양한 색채와 빛들, 그리고 갖가지의 눈들과 얼굴들로 그를 쳐다보았다. 몇몇들은 고개를 끄덕이며 크게 웃었고 몇몇들은 끄덕이며 미소를 띠었다. 어떤 꽃들은 고개를 끄덕이지도, 미소를 짓지도 않았다. 그들은 자기들 속으로 스스로 빠져들어 마치 자신의 향기에 빠져 죽은 듯이 침체되어 침묵을 지키고 있었다. 꽃 하나는 연보라빛 노래를 불렀고 또 하나는 어두운 청색의 자장가를 노래했다. 그들 꽃들 가운데 하나는 커다란 푸른 눈을 가졌고 또 다른 꽃은 그로 하여금 그의 첫사랑을 상기케 했다. 또 꽃 하나는 어린 시절 정원의 정취를 느끼게 했고 그 꽃의 달콤한 향기는 마치 어머니의 목소리처럼 느껴지게 했다. 다른 꽃 하나는 그를 웃으며 바라보았고 그에게 휘어진 빨간 혀를 길게 뻗쳐 내보였다. 그는 그 혀를 핥았다. 그것은 강하고 거칠었으며 송진 냄새와 꿀 냄새를 풍겼다. 그것은 한 부인의 키스를 연상케 했다.

이 모든 꽃들 사이에서 픽토르는 동경에 가득 차 불안한 기쁨으로 서 있었다. 그의 심장은 마치 하나의 커다란 종(鐘)처럼 무겁고 거세게 두근거렸고, 미지의 마술을 그리워하는 그의 욕망을 불태우고 있었다.

픽토르는 앉아있는 새 한 마리를 보았다. 풀 속에 앉는 그 새는 여러 색으로 반짝이고 있었다. 그 아름다운 새는 갖가지 색을 지니고 있는 것처럼 보였다. 그는 아름답고 찬란한 색채를 지닌 새에게 물었다.

"오-, 새야, 행복은 도대체 어디에 있는 것이냐?"

"행복? 오, 친구. 행복은 어디에도 있지. 산에, 계곡에, 꽃 속에 그리고 크리스탈에도 있지."

새는 말을 끝내고 금빛 부리로 크게 웃었다.

이 말과 함께 그 즐거운 새는 깃털을 털며 목을 약간 옮기고 꼬리를 몹시 흔들었으며 의미심장하게 눈을 깜박거리고 다시 한번 크게 웃은 후에 꼼짝하지 않고 앉아있었다.

보라, 그 새는 이제 찬란한 꽃이 되었다. 깃털은 잎이 되었고 발톱은 뿌리가 되었다. 찬란한 색채 속에 춤추는 중에 그 새는 식물이 되었다. 픽토르는 이러한 변신을 경이롭게 바라보았다.

곧 이어 새(鳥) 꽃은 그녀의 잎들과 꽃 실을 움직이다가 이내 싫증을 내고는 뿌리 없이 가볍게 움직이다가 서서히 위로 둥실둥실 떠돌더니 훌륭한 나비가 되었다. 나비의 날갯짓은 가벼웠다. 그것은 휘황한 광채요, 화려하게 반짝이는 환영이었다. 픽토르는 눈이 휘둥그레졌다.

기쁨에 차 영롱한 색의 꽃나비는 밝은 색 얼굴로 놀란 픽토르 주위를 돌면서 태양빛 속에서 깜박거렸다. 나비는 마치 눈송이처럼 사뿐히 땅에 내려와 픽토로의 바로 발 앞에 앉아 가볍게 호흡하고 반짝이는 날개를 약간 떨다가 곧 다양한 색깔의 수정으로 변신했다. 수정의 모서리가 붉은 빛을 발하고 있었다. 그 붉은 빛의 보석은 푸른 목초와 풀들과 함께 빛나며 장관을 이루었다. 이는 마치 축제의 연속적인 울림처럼 밝게 비쳤다. 그것은 그의 고향인 땅의 내면이 그를 부르는 것 같았다. 그의 몸은 빠르게 작아졌고 땅 속으로 가라앉으려 했다. 그때 픽토르는 그 붉은 빛의 보석을 가지고 싶다는 매우 강력한 욕구에 사로잡혀 그만 사라져 가는 돌을 잡아챘다. 놀라면서 그는 돌의 마술적인 빛을 바라보게 되었다. 이 빛은 앞으로 있을 모든 기쁨을 그의 마음속에 환하게 비춰주는 것 같았다. 그런데, 갑자기 죽은 나무 가지에서 전에 보았던 뱀이 선회하며 그의 귀에 나직하게 말했다.

"그 돌은 네가 변신하고자 하는 대로 너를 변신시키니, 너무 늦기 전에 너의 바람을 서둘러 말해라."

놀란 픽토르는 자신이 행복을 놓치는 것은 아닌가 하는 두려움이 들었다. 그는 재빠르게 그가 바라는 바를 말하여 한 나무로 변신했다. 그에게 나무는 평온, 힘 그리고 존엄성을 지니고 있는 것처럼 보였고, 그는 오래전부터 나무가 되기를 여러 번 바랐었다.

픽토르는 하나의 나무가 되었다. 그는 땅 속 안으로 뿌리를 뻗어 자라갔고 하늘 높이 쭉 펴나가 잎들을 만들고 가지를 쳐 나갔다. 그는 매우 만족해하며 목마른 힘줄로 차가운 땅 속을 깊이 빨아들였다. 그리고 그는 높은 창공을 향해 잎들을 펄럭거렸다. 딱정벌레는 그의 껍질 속에서 살았고 그의 발꿈치에는 토끼와 고슴도치가 살고 있었으며 그의 가지들에는 새들이 생활하고 있었다.

나무인 픽토르는 행복했고 흘러가는 시간을 재지 않았다. 그가 그 행복이 완전한 것이 아니라는 것을 알기 전까지 많은 해들이 지나갔다. 그는 서서히 오로지 나무의 눈으로 보는 것을 배웠다. 드디어 그는 확인해 보는 과정에 있게 되었고 그래서 슬퍼졌다.

그는 천국에서 자신의 주위에 있는 대부분의 존재들은 대단히 종종 변신하는 것을, 정말이지 모두가 마술적인 흐름 속에 주어지고 있는 것을 보게 되었다. 그는 꽃이 보석으로 변하는 것이나 번쩍이는 벌새로 날아가는 것을 보았다. 또한 자기 옆에 있던 많은 나무들이 갑자기 사라지는 것도 보게 되었다. 그들 중 하나는 강으로 흘러 내려갔고 다른 하나는 악어가 되었으며 또 다른 한 나무는 물고기가 되어 즐겁고 시원하게 그리고 기쁨에 찬 듯 활기차게 새로운 형태로서의 새로운 유희를 시작했다. 코끼리는 그들의 의복을 바위로 교체했으며 기린은 그들의 자태를 꽃으로 갈아입었다.

그러나 나무인 픽토르 그 자신은 언제나 나무로서 머물었고, 더 이상 그 스스로 변신할 수 없었다. 그가 이러한 사실을 인식한 뒤에는 행복하지 않았다. 그는 나이를 먹고 늙어가기 시작했고 점점 더 나이든 나무들이 보이는 지치고 근엄하면서도 우수에 찬 그런 자세로 모든 것을 받아들였다. 이러한 모습은 말에서, 새들에서 인간과 모든 존재들에서 매일 같이 보이는 그런 것이었다. 만약 이들이 변신의 재능을 소유하고 있지 않다면, 세월이 흘러감에 따라 슬픔과 쇠약함에 빠지고 그리고 자신들의 아름다움도 읽어버리게 될 것이다.

어느 날, 푸른 옷을 입은 금발머리의 소녀가 천국에서 길을 잃었다. 이 소녀는 노래하고 춤추면서 나무들 아래로 달려갔다. 이 소녀는 여태까지 변신의 재능을 갖고 싶다는 것에 대해 생각해 보지 않았다.

꾀 많은 원숭이들이 그녀 뒤에서 미소 지었고 많은 덤불들이 그들의 덩굴로 그녀를 부드럽게 스쳤으며, 많은 나무는 그녀가 눈치 채지 못한 상황에서 그녀의 등 뒤로 꽃과 호두와 사과를 던졌다.

나무인 픽토르가 그 소녀를 바라보았을 때, 커다란 동경과 그가 그 전까지 느껴보지 못했던 행복이라는 커다란 욕망에 사로잡혔다. 그리고 동시에 깊은 생각과 고민이 그를 붙잡았다. 그의 고유한 피가 그를 향해 소리쳤다.

'숙고하라! 이 시간에 너의 전 생애를 기억해서 그 의미를 찾아봐라. 그리하지 않으면, 때는 너무 늦게 될 것이고 행복은 결코 다시는 너에게 다가서지 않게 될 것이다.'

그는 따랐다. 그는 그의 태생, 인간으로서의 나이, 천국으로의 이동 그리고 특히 그가 나무로 변하기 이전의 모든 것들을 깊이 생각해내어 눈앞에 생생하게 그려냈다. 어떠한 변신도 그에게 가능했을 그 당시 그의 삶은 그 어느 때보다도 빛났었다. 그는 당시 크게 웃었던 그 새도 생각했고 태양과 달과 함께 했던 그 나무도 생각했다. 그는 자신이 무엇인가 제대로 하지 않았다는 것과 무엇인가 잊어버렸다는 것 그리고 뱀의 충고는 좋지 않았다는 예감에 사로잡혔다.

픽토르나무 잎들 속에서 한 살랑거림을 듣게 된 소녀는 나무를 쳐다보았다. 소녀는 마음속에 갑작스런 고통과 함께 마음속에서 새로운 생각들과 새로운 욕망 그리고 새로운 꿈들이 꿈틀거리고 있는 것을 느꼈다. 그녀는 알 수 없는 힘에 이끌려 나무 밑에 앉았다. 그녀에게 나무는 고독해 보였고 쓸쓸히 슬픔 속에 있는 것 같았지만, 그러나 아름다웠고 말없는 침묵의 슬픔 속에서도 감동적이었으며 고귀했다. 나무 윗부분이 나지막하게 살랑거리며 들려오는 노래는 그녀에게 매혹적으로 울렸다. 그녀는 우둘투둘한 나무 기둥에 몸을 기댔다. 그녀는 나무가 심하게 전율하는 것을 느꼈으며 그 같은 전율을 자신의 마음속에서도 감지했다. 기이하게도 그녀의 마음은 고통스러웠다. 그녀의 마음은 하늘 위 구름으로 흘러 내달렸다. 서서히 그녀의 눈에서 많은 눈물이 흘러내렸다.

이는 무엇이란 말인가? 왜 우리는 그렇게 괴로워해야만 하는가? 왜 우리의 마음은 가슴을 터지게 하여 아름다운 고독으로, 고독한 저 너머로 녹아내리기를 열망하고 있는 것일까?

나무 픽토로는 뿌리 깊숙이까지 거의 지각할 수 없을 정도로 미미하게 떨었다. 그는 모든 생명력을 자신의 내면으로 아주 강력히 결집시켜 소녀와 하나가 되기를 간절히 바라고 있었다. 아, 뱀에게 속아 영원히 스스로를 나무속에 갇혀 홀로 있게 하다니! 그는 얼마나 눈이 멀었으며 얼마나 바보스러웠던가! 도대체 그는 그렇게 아무것도 몰라서 삶의 비밀로부터 그처럼 익숙하지 못한 채 있어야만 했던가?! 그렇지 않다. 그는 당시 그것에 대해 암흑 속에서나마 느꼈고 그리고 예감했었다. 아, 이제 그는 슬픔과 깊은 이해로서 남자와 여자로 이루어진 그 나무를 생각했다.

한 마리의 새가 날아왔다. 붉고 초록색인 그 새는 아름답고 활발하게 곡선을 그리며 끌려오듯 날아왔다. 소녀는 새가 날아가면서 주둥이에서 무엇인가를 떨어뜨리는 것을 보았다. 그것은 피처럼 붉었고 작열하듯 빨갛다. 그것은 초록색 풀들 사이에서 친숙한 빛을 발하고 있었다. 그 붉은 반짝임은 소녀를 강력하게 이끌었다. 소녀는 허리를 굽혀 그 붉은 것을 집어 들었다. 그것은 빨간 수정이었다. 그것이 있는 곳은 결코 어두울 수 없다.

소녀가 그 마술의 돌을 하얀 손으로 잡자마자 곧바로 소원이 이루어졌다. 그로 인해 그녀의 마음은 벅찼다. 아름다운 그녀는 현실과 다른 세계로 빨려 들어가 사라졌다. 그녀는 나무와 하나가 되어 나무둥치의 강한 가지로 빠르게 뻗어 나가 성장했다.

이제 모든 것은 훌륭해졌다. 이 세상은 질서 속에 있었으며 이로서 천국은 찾아졌다. 픽토르는 결코 나이 들었다는 슬픔에 잠긴 나무가 아니었다. 그는 큰 소리로 픽토리아, 빅토리아를 노래했다.

그는 변신했다. 이번에는 올바르고 영원한 변신에 다다랐기 때문에, 그는 반쪽에서 온 쪽이 되었기 때문에, 그는 그 시각부터 계속해서 자신이 하고자 하는 만큼 여러 번 변신할 수 있었다. 성장의 마술적인 흐름은 꾸준히 그의 피를 통해 막히지 않고 내려갔기에 그는 영원히 매 시간마다 부활하는 창조물에 함께 했다.

그는 노루가 되었고, 물고기가 되었으며, 인간과 뱀이 되었고 구름과 새가 되었다. 모든 형태에서 그는 온전했고 달과 해 그리고 그 자신 속에 남자와 여자로서 쌍둥이강으로서 대지를 관통해 흘러갔고 두개의 별로 하늘에 떠있었다.

창작동화 연구편

Ⅰ. 유럽 전래동화 카테고리에서의 헤세의 창작동화

1. 동화와 헤르만 헤세

독일 작가 헤르만 헤세(Hermann Hesse)의 "창작동화(Kunstmärchen)"[1]의 학술적인 고찰 이전(以前)에 "동화(Märchen)"[2]의 개념과 그 의미는 서구 유럽에서 대체적으로 어떻게 정의되고 있는지에 관해 먼저 언급하겠다. 왜냐하면 "창작동화"도 넓은 범주에서 동화에 속하기 때문에 광의의 "동화"의 개념과 의미의 규정 없이는 구체적인 작업이 불가능하기 때문이다. 그리고 동화에서 보여주고 있는 형태적이고 내용적인 면을 참고 비교하면서 헤세의 "창작동화"를 살

1) Max Läthi, Märchen, Metzler Bd. 16,7. Aufl, Stuttgart 1979, S.1.

2) Ibid.

펴보겠다.

"동화"라고 하면 무엇보다도 우선 옛적부터 구전(口傳)되어온 "전래동화(Volksmärchen)"[3]를 일컫는다. 따라서 동화의 개념 규정 및 동화의 의미, 그리고 동화의 형태적이고 내용적인 면의 고찰도 그 첫째는 "전래동화"부터 시작한다. 이의 이유로서는 시대적으로 보아 후에 형성된 "창작동화"의 연구는 그 모태라고 할 수 있는 전래동화로부터 가능하기 때문이다.

그러나 본 논술에서의 주된 부분은 "창작동화"이고, 이 창작동화의 구심점은 헤세의 창작동화이다. 그리고 전래동화의 개념 규정과 의미에 대한 서술은 오로지 헤세의 창작동화의 논술적인 전개에 유용한 테두리에서 기술(記述)하였다.

헤세의 "창작동화"의 논술전개는, 그러나 헤세의 많은 "창작동화"들을 중심이 되는 주제(主題)없이 연구 고찰해 본다는 것은 있을 수 없다. 이런 까닭으로 논자는 헤세의 창작동화를 살펴보던 중, 그의 창작활동기로 보아 비교적 초창기에 쓰인 작품에서 작가가 "작가적 부름"을 받고 가지게 된 자아와 현실(바깥 세상)과의 갈등을 보여주는 창작동화를 선정 · 분석하였다. 그리고 이러한 갈등은 그의 중 · 후반기의 소설작품들에서도 나타났으며, 헤세는 이 상반적인 자아의 세계와 현실의 세계의 조화로 이끄는 하나의 길을 이미 창작동화라는 장르를 통해 비유적으로 그리고 함축적으로 보여

3) Ibid.

주었다. 이 상반된 두 세계의 조화된 하나의 길을 헤세는 "인간됨의 길(Der Weg der Menschwerdung)"(10/74)[4]이라고 예시하기도 하였다. 그러면 이 조화된 하나의 길이 그의 창작동화에서 어떻게 비쳐지고 있는가를 "동화"의 테두리에서 살펴보겠다.

2.

2.1. "동화"의 개념과 의미

"동화"의 개념에 관해 어느 한 동화연구가가 한마디로 "동화"는 이런 것이다라고 말함으로써 그 개념이 아무런 이의 없이 수긍되어 통용되고 있는 것 같지는 않다. 이를 잘 뒷받침하고 있는 것이 잘 알려진 동화 연구가인 뤼뛰(Max Lüthi)의 말이다. 그 조차도 동화의 개념이라고 해야 할지 애매모호했지만, 아무튼 그는 그런 범주에서 동화를 광의적인 의미로 " '민담들(Volkserzählungen)' [5]의 테두리에서 볼 수 있는 동화적인 이야기들이다"[6]라고 진술하고 있다. 그 예로서 그는 "노벨레적인 동화(novellenartige Märchen)"[7], "전설

4) 앞으로 이렇게 표시되는 첫 아라비아 숫자는 권을, 다음 아라비아 숫자는 쪽을 가리키는데, 다음 책자의 권과 쪽이다:Hermann Hesse, Gesammelte Werke in 12 Bde, ausgewählt u. zusammengestellt v. Michels, Frankfurt/M. /1970.

5) Gero v. Wilpert, Sachwörterbuch der Literatur, 5. verb. u. erw. Aufl., Kröner Verlag, Stuttgart 1969, S.833-4.

6) Max Lüthi, a.a.O., S.5.

7) Ibid.

적인 동화들(legendenartige Märchen)"[8], "거짓말의 동화(Lügenmarchen)"[9], 뿐만 아니고 "신화, 설화와 그리고 우화에 가까운 아니면 구속력 없이 풍부한 상상력으로 지어낸 이야기로부터 생성된 많은 이야기들이다"[10]라고 하고 있다. 뤼뛰의 "동화"에 대한 이 같은 진술은 어떻게 보면 애매모호하기도 하나, 그러나 상당히 포괄적이다.[11]

---

8) Ibid.

9) Ibid.

10) Ibid.

11) 참고: 우리나라 국문학계의 한 축은 서구 유럽 동화 학자 뤼뛰와 마찬가지로 넓은 의미에서 "동화", 즉, "전래동화"를 "民譚중의 일부"(口碑文學개설, 장덕순 · 조동일 외 2인 공저, 一潮閣 중판, 서울 1994, P.16)로 보고 있다. 또 다른 한축은 보다 더 넓게 민담(民談)을 동화라고 하고 있다(김열규, 民談을 보는 다양한 눈,『民譚學槪論』 김열규, 成耆說외 2인공저, 一潮閣, 중판, 서울 1983, P.24).
이상일은 그의 글 『說話장르論』에서 민담(民談)과 "전래동화" 그리고 민담(民譚)을 동일시하고 있다.(『民談學槪論』, 전게서, P. 32) 민담, 즉 口碑文學(『民談學槪論』,전게서, P.1)과 전래동화를 같은 선상에서 일컫고 있어, 전래동화인 동화의 개념은 너무 광범위해서 동화의 개념을 이해하는 것은 용이하지 않다는 것을 잘 보여주고 있다.
위의 학술적인 설명 즉, 民談과 民譚 그리고 "전래동화"의 혼용 "동화" 중 어린이들이 그 대상이 아닌 내용을 서술하고 있는 것이 해당되고, 어린아이들이 내용상으로 "동화"의 대상이 될 때에 "전래동화"로 우리나라에서는 수용이 되고 있는 것 같다. 이는 논자의 견해이다. 그러나 민담과 "동화"의 해석이 모호한 이런 이해 상황을 뒷받침하고 있는 구체적인 예로 "어른과 어린이가 함께 보는 동화"라는 부제(副題)적인 설명과 함께 내놓아진 책명(『옛날 옛날에』, 코아기획, 발행인 윤두병, 서울 1992)의 이 책자 속에는 어린 아이들에게 상응하는 내용의 전래동화들, "세상에서 제일 무서운 곶감", "소가 된 스님", "느티나무 막대기와 큰북, 그리고 바가지" 등이 있고, 어른에게 맞는 민담의 전래동화는 "수다장이 부인 때문에", "구렁이 신랑", "코 없는 신랑과 입 큰 신부"등이 있는데, 이들과 함께 어우러져 "전래동화"로서의 민담집이기도 하고, 그리고 민담으로서의 전래동화이기도 하다.

뤼뛰가 진술하고 있는 광의의 동화 개념 내지 의미는 동화를 보다 넓은 카테고리에서 이해하도록 하고 있다. 그러나 동화의 개념이, 앞서 언급되었듯이, 비록 한 두어 마디로 꼭 꼬집어 정의할 수 없다고 하더라도 좀 더 구체적으로 살펴볼 필요가 있다.

여기 뤼뛰의 학술서인 『동화』에서 몇몇 권위 있는 동화연구자들의 개념 정의가 있다. "동화라고 하면 우리들은 헤르더와 그림형제 이래로 시문학적으로 그리고 환상적으로 그려진 이야기, 특히 마술적인 세계로부터의 이야기, 현실생활의 제약들에 동여매 있지 않는 기적 이야기, (…) 이들 이야기들이 비록 믿을 수 없는 것이라고 할지라도 지위나 신분의 상하를 막론하고 누구나 만족스럽게 귀를 기울이게 되는 이야기로 이해한다"[12]는 볼테 폴리브카아(Bolte Polivka)의 정의이다. 뿐만 아니고 톰슨(Stith Tompson)에 의하면 동화의 개념 정의는 현실과 참의 이면(裏面), 즉 비현실적인 세계 속에서 거짓말 같은 사건으로 가득 채워진 이야기로 규정되고 있다.[13] 그리고 베셀스키(Wesselski)에 따르면 기적과 마술을 수반하는 이야기의 예술형태를 "동화", 즉 "전래동화"의 주된 개념으로 서술하고 있다.[14]

이 외에 "동화"의 개념 정의와 의미에 대한 수많은 동화연구가들의 시도(試圖)적인 진술들이 주어지고 있는데, 뒤에

12) Max Lüthi, a.a.O., S.3.

13) Vgl. Ibid.

14) Vgl. Ibid.

본론에서 서술하게 될 헤세의 "창작동화"들과 연관해 참고될 몇몇 견해들을 더 기술해 본다면, 그 하나로 베렌더죤(Walter A. Berendsohn)은 "사랑의 역사, 즉 처음에는 장애물들이 이들 사랑의 연인 앞에 전개되나 나중에는 이들 둘을 하나로 묶어놓게 하는 것을 동화의 기본개념규정의 요소"로 보고 있다.[15] 슈피스(K. v. Spiess)와 무드라크(E. Mudrak)에 의하면, "규칙적으로 나누어진 두 세계-이야기로, 내면세계와 외부세계를 넘나들며"[16] 진행되는 것이 동화의 개념과 의미로, 막켄젠(Lutz Mackensen)은 동화의 개념 범주에서 "성애적인 내용의 핵심을 지닌 몇 마디로 된 기적이야기로서의 동화는 원시적인 소설"[17]로 규정하고 있다.

이처럼 뤼뛰의 『동화』 책자에서 개진되고 있는 몇몇들의 "동화" 개념 규정 시도들에서 두서넛을 제외하고는 공통적으로 드러나고 있는 점은 동화에는 "마술, 기적(Zauber, Wunder)"[18]이 수반되고 있음을 뚜렷하게 보여주고 있다. "기적"은 독일 낭만주의 시대의 동화에서 보여주는 특징이기도 하다.[19] 동화에는 "마술"과 "기적"이외에 "초자연적인 것(Übernatürliches)"[20]도 동화의 개념을 일반적으로 이해하

15) Vgl. Ibid.
16) Max Lüthi, a.a.O., S.4.
17) Ibid.
18) Max Lüthi, a.a.O., S.2-3.
19) Vgl. Hugo Moser, Sage u. Märchen in der deutschen Romantik. In: Die deutsche Romantik, hrsg. v. Hans Steffen, 2. Aufl., Göttingen 1970, S. 253.
20) Max Lüthi, a.a.O., S.3.

는 주요 요소로 보고 있다.

그러면 위에 서술된 "마술, 기적 그리고 초자연적인 것" 들을 중요한 요소로 하고 있는 동화의 개념을 이해하기 위해 수없이 많은 그림형제의 동화들 중의 하나인 「개구리 왕자(Der Froschkönig)」[21] 혹은 「철의 하인릿히(Der eiserne Heinrich)」이라고 불려지는 "전래동화"를 구체적일 예로 살펴보겠다. 이의 내용을 간략히 요약해 보면, 마귀의 요술에 의해 보기 흉측한 개구리로 변해 있었던 왕자는 샘물에 빠뜨려진 공주의 금 구슬을 찾아주고, 이에 대한 대가로 공주와 같은 위치에서 그녀와 동등한 생활을 할 수 있도록 약속을 받는다. 그러나 개구리 왕자는 이와 다르게 괄시와 멸시를 당한다. 그녀와 같이 그녀의 침대에서 잠을 자고 싶어하는 개구리를 그녀는 저주와 함께 벽에 힘껏 내동댕이친다. 그러나 개구리는 초자연적인 힘에 의해 기적적으로 마술로부터 풀려나고 "한 아름답고 다정한 눈을 지닌 왕자(ein Königs-sohn mit schönen freundlichen Augen)"[22]로서의 모습을 드러낸다. 그 후 개구리 왕자는 그녀의 아버지 뜻에 따라 사랑스런 부부가 된다.

위에 약술된 그림형제의 "전래동화" 「개구리왕자」처럼 마술에 걸려 개구리가 된 왕자는 "일상생활에 초자연적인 힘의 개입"[23]으로 말을 한다. 이는 "인간자태를 하고 있는 동물

21) s Brüder Grimm, Kinder-u. Hausmürchen, Vollst. Ausg., Sonderausgabe, München 1984, S. 39f.

22) Brüder Grimm, a.a.O., S.43.

23) Gero v. Wilpert, a.a.O., S.463.

들 또는 짐승의 모습이나 식물형태로의 마술에 걸린 인간들 등등(…)으로 자연법칙에 모순되는, 그리고 그 자체적으로도 믿을 수 없는 현상들을 동화의 정신으로부터는 믿을 수 있게 된다. 즉 현실에서 불가사의 한 것이 다른 불가사의한 것을 있을 법하게 만든"[24] 「개구리왕자」류의 "전래동화" 이야기는 여러 다른 지역의 "전래동화"들에서도 찾아 볼 수 있다.[25]

2.2. 전래동화와 창작동화

위의 2.1에서는 동화, 즉 유럽 전래동화의 개념 내지 의미, 그리고 동화의 주요 요소인 "마술, 기적과 초자연적인 것들"과 같은 요소들이 잘 나타나는 「개구리왕자」에 대해 간략히 기술했다. 이런 유럽의 전래동화의 내용면과 함께 형태면에서 보여준 본원적 형태 가운데, 줄거리 진행에 대한 몇 마

---

24) Ibid.

25) 비교: 『옛날 옛날에』란 동화 책자에 나오는 「구렁이 신랑」이 한 예로 들 수 있다. 사이좋은 부부 사이에 태어난 아이가 뱀이었다. 뱀으로 태어난 아이가 커서 뒷집 딸과 결혼하기를 원해, 세 딸 중 막내딸이 이 뱀과 결혼하기를 자청했다. 신랑 구렁이는 결혼하던 날 밤 갑자기 허물이 벗겨지더니 멀쩡한 사람이 되었다. 그것도 아주 잘 생기고 체격도 좋은 사나이로 변한 것이다. 뱀이 이처럼 늠름하고 인물이 잘생긴 사나이로 변한 것은 일종의 "기적"인 것이다. 그러나 뱀의 허물을 잘 간수하지 못한 탓으로, 즉 질투의 두 언니의 흉계로 이 허물이 불태워져 남편을 잃게 된다. 그녀는 잃어버린 남편을 찾아 초인적인 힘의 도움으로 문제를 풀고, 호랑이 눈썹 열 개를 얻어 재결합하여 행복하게 살았다는 것이다. (비교:『옛날 옛날에』, 전게서, pp.158-167)
「구렁이 신랑」은 흔히 「뱀서방」이라고 불리는 이야기이다.(비교: 口碑文學概說, 전게서, P.53)

디의 언급은 곧 이어 집중적으로 다루게 될 헤세의 "창작동화" 고찰에 중요한 참고가 된다.

"전래동화"의 줄거리 진행에서 가장 보편적인 틀로 "곤경들 그리고 이의 극복(Schwierigkriten und ihre Bewältigung), 싸움/승리 (Kampf/Sieg), 과제/해결(Aufgabe /Lösung)은 동화이야기의 핵심적 과정이다. 이 틀의 이면(裏面)에 일반적인 인간의 기대와 성취가 주어져 있으며 이 틀 속에는 동화의 특성이라고 불리우는 좋은 종결이 내재하고 있다."[26]

반면에 "창작동화"는 개인 문학[27]으로 오랜 세월에 걸쳐 "구전(口傳)되어 전통과 더불어 형성된"[28] 전래동화와는 다르다. "창작동화는 개별적인 작가들에 의해 창작되어 정확하게 정착된다. 그리고 오늘날 대부분 문어(文語)적으로 옛 문화 속에서 암기되어 전해져 내려왔다. (…) 창작동화란 높은 예술적 성과물이고, 또한 단순한 상상의 창작물인데, 꽃, 짐승, 그리고 가구들이 말하고, 날아다니고, 그리고 행동하는 상상의 창작물"[29]이다.

그러나 창작동화의 저자는 "전래동화의 친숙한 틀을 이용할 수 있고"[30], 이와는 달리 "완전히 자유분방한 환상적인 기적의 이야기를 꾸며낼 수"[31]도 있다. 그리고 창작동화에서

---

26) Max Lüthi, a.a.O., S.25.

27) Ibid.,S. 5.

28) Ibid.

29) Ibid.

30) Ibid.

31) Ibid.

의 초자연적인 기이함의 상상이라든가 아니면 적어도 비현실적인 상상은 동화와 연결되어 있다.[32]

뿐만 아니라 창작동화의 작가 폰 빌페르트(Gero von Wilpert)에 따르면, 창작동화는 "개성의 창작물로서 전래동화의 서술방식과 모티브를 넘겨받아 의식적으로 예술의 이해로 동화를 구성하는데, 이때 부분적으로나마 사고(思考), 의도와 생각들의 우의적인 위장을 통해 무의식적인 환상유희를 깨뜨리기도 한다"[33]는 것이다

2.3. 창작동화와 작가로서의 헤세

"개성의 창작물로서" 헤세의 창작동화들은, 이미 초두에 언급되었지만, 그의 작가 활동에서 볼 때 일찍이 쓰여진 작품들이다. 헤세는 열세 살에 썼던 『짧게 요약된 이력서(Kurzgefaßter Lebenslauf)』(1926)에서 밝히고 있듯이, 그의 자아내면으로부터 "작가(ein Dichter)"(6/393)의 부름을 받았다. 작가의 부름은 후에 그의 작품 『유리알 유희(Das Glasperlenspiel)』(1943)에서 주인공 크넷히트(Knecht)에게 내려진 "정신적인 존재의 참된 보살핌"[34]의 부름으로 연

32) Ibid.

33) Gero v. Wilpert, a.a.O., S.463.
비교: 李相日, 「說話 장르 論」, 『民談學槪論』, 전게서, P.33.
"작가의 창의성으로 民談의 서술방식과 모티브를 차용하는 創作童話는 의식적이고 그래서 思想 · 傾向 · 意見의 알레고릭한 옷을 입힘으로써, 부분적으로 民譚 원래의 無意識的 想像의 놀이가 깨뜨려진다."

34) Wilhelm Schwinn, Hermann Hesses Altersweisheit und das Christentum, München 1949, S.11.

계된다.

작가의 부름을 받은 헤세는 보통 사람들의 시민 사회가 지배하는 이 세상에서 잘 알려진, 이미 오래전 작고한 작가들은 그 당시에는 멸시당하고 학대당하다가, 죽고 난 후에 학교에서 칭송되고 높이 평가되는 것을 보게 된다.(Vgl. 6/394)

작가에 대한 이 같은 멸시와 학대를 헤세는 마울부론 세미나 생도로서, 특히 그가 이 신학교 세미나로부터의 무단 탈출한 후[35] 스스로 체험하게 된다. 그 후 그는 부름 받은 "작가"와 이 세상의 거짓된 현실 사이에서의 갈등을 겪게 된다. 이 거짓된 현실의 멸시 때문에 그의 초기 작품에 속하는 『수레바퀴 아래서(Unterm Rad)』(1906)의 주인공 한스 기벤라트(Hans Giebenrath)는 아무런 잘못도 없이 젊은 나이로 죽었다.

이 거짓된 시민 사회의 현실을 헤세는 또한 그의 창작동화 『찌글러라는 이름의 한 인간(Ein Mensch mit Namen Ziegler)』(1908)[36]에서 보여 주고 있다. 주인공 찌글러는 한

35) 참고: 황진, 헤르만 헤세, 생애 · 작품 및 비평, 계명대학교 출판부, 대구 1982, PP.64.

36) 헤세 동화 연구가의 한 사람인 젶스Jack Zipes는 헤세가 우화 또는 꾸민이야기Fabulierbuch 카테고리에 넣고 있는 『찌글러라는 이름의 한 인간』을 "창작동화"의 범주에 넣고 있다.(s. The fairy tales of Hermann Hess, trans. and with an Introduction by Jack Zipes, Bantam Books, New York Toronto London Sydney Auckland, 1995, PP.36-42)
뤼뛰 (Max Lüthi)도, 이미 언급했지만 우화와 꾸민 이야기 등도 광의로 "동화"로 보았다.

평범한 인간이면서도 평범하지 않은 인간으로(Vgl. 4/428f.) 일요일 오전 무료로 개방되는 역사박물관에서 중세 시대의 "한 자그마한 어두운 공인, 어떻게 보면 환약 같은 것(ein kleines, dunkles, Kügelchen, etwas wie eine Arznei-pille)"(4/431)을 삼킨 이래로, 마술적인 힘에 의해 동물들의 말을 알아듣게 된다. 이로서 그는 동물들이 나누는 대화들로부터 인간들에서 찾아볼 수 없었던 품위와 지혜를 알게 되고, 다른 한편으로는 동물의 입장으로 인간들의 행위를 보면서 거짓된 인간 사회의 세상을 체험하게 된다.(Vgl. 4/433) 이 체험으로 그는 좌절하고 방황했고 인간으로서의 자기 자신을 억제하지 못할 정도로 부끄러워하면서, 여태까지의 인간 자아의 모습을, 즉 지니고 있는 지팡이, 손장갑, 구두, 그리고 넥타이를 모두 팽개치고, 그가 방문한 동물원의 고라니가 갇혀있는 창살에 자신을 짓누르면서 슬프게 눈물을 흘리니, 사람들로부터 정신병자로 오인 받고 정신요양소에 갇히게 된다.(Vgl. ebda.)

이와 같이 거짓된 현실인 이 세상은 또한 악의 세상으로 헤세의 『데미안 (Demian)』(1919)의 주인공 싱클레어는 그의 자아적 선의 세계와 대면하게 된다.(Vgl. 5/47) 이 상반된 두 세계는 후에 다른 화음으로, 헤세의 특이한 상반적 이면성(二面性)으로 나타났다. 즉 허무와 무상의 감각적 세계로서의 자연과 비(非)허무와 비무상의 영원성으로서의 정신이라는, 자연과 정신의의 상반적인 두 세계로 나타난다. 이 상반된 세계는 서로의 존립성을 부정한다. 즉 영원성으로의 정신이 지배하는 곳에는 아름답고 여러 색채를 띤 생명성의 감각적 세계인 자연은 설 곳을 잃게 된다. 역으로 자연이 지배하는 곳에는 영원성을 지닌 정신이 결여되고 있다는 것이다. 따라서 헤세는 이 두 세계가 서로 융합되어야 한다고 주장한다. 즉 감각적인 생명체의 자연과 비무상의 영원성을 지닌 정신이 융합되어 자연의 아름다운 생명체가 정신세계의 영원성과 더불어 언제나 같이 존재해야한다는 것이다.

이런 의미에서 그는 『요양객(Kurgast)』(1925)에서 자연의 "꽃들은 아름답고 무상하나, 그러나 금은 지속적이고 불변하지만 지루함을 주는 것과 마찬가지로, 자연의 생명인 모든 움직임들은 무상하고 아름다우나, 비무상한 반면에 지루한 것은 정신이다. (…) 금은 꽃이 되어야 하고, 정신은 생명체로서 있기 위해서는 육체와 영혼이 되어야만 한다(So wie Blumen vergänglich und schön sind, Gold aber beständig und langweilig, so sind alle Bewegungen des natürlichen Lebens vergänglich und schön, unvergänglich aber und langweilig ist der Geist. (…) Das Gold muß Blume, der Geist muß Leib und Seele werden, um leben zu können.)"(7/29)고 했다.

자연과 정신의 공존과 융합을 위해 이 두 상반된 세계를 묶을 수 있는 "상위적인 힘에 대한 무의식적인 앎(unbewußtes Wissen um eine übergeordnete Macht)"[37]을 통

37) Chin Hwang, Hermann Hesses Anthropologie u. die Weisheit u. das Gleichnis des Fernen Ostens, Diss., Bern 1978, S.2.

하여 일찍이 그는 "작가"로서의 꿈을 동경하게 되었다. 이 동경의 꿈은 그로 하여금 거짓된 이 세상의 현실 저 너머에 있게 하고, 이젠 다른 모습으로, 작가 헤세는 예술을 통해 창작동화 『작가(Der Dichter)』(1913)에서 보여주었듯이 "작가"의 입장에서 추구하는 "참됨의 현실"[38]을 바라보고자 했다. 이 참됨의 현실의 바라봄은 그로 하여금 동화의 "마술적인 저 세상의 힘(mit zauberischen 《jenseitigen》 Mächten)"[39]을 빌려 가능하게 하고 있다.

헤세의 창작동화 『작가』의 줄거리를 간략히 서술하면 이러하다.

주인공인 중국 시인 한폭(Han Fook)은 이미 유년 시절에 시예술(詩藝術)의 대가가 되고 싶어 했다. 그는 고향 황하 강변에 살면서 그를 사랑으로 감싸고 있는 양친의 도움으로 좋은 가문의 처녀와 약혼했고, 혼인날까지 정했다. 그는 20살의 미모를 갖춘 젊은이로서 겸손했으며 젊은 나이에도 불구하고 많은 훌륭한 시를 써서 꽤 유명하였다. 그럼에도 그는 이에 만족하지 않았다. 왜냐하면 심적으로 "완성된 시인이 되기(ein vollkommener Dichter zu werden)"(6/32)를 열망하고 있었기 때문이다.

그는 등 축제 기간 중에 강변의 나무둥지에 몸을 기대고, 강물에 비쳐진 수천의 등불이 둥실거리며 진동하고 있는 것

38) Vgl. Ibid., S.210 a. 219.

39) Max Lüthi, a.a.O., S.26.

을 보고 있었다. 빛에 반영된 강물의 나지막한 중얼거림, 현악기의 붕붕하며 떨리는 소리, 피리 부는 사람의 달콤한 음향, 그리고 이 모든 것들 위에 푸르른 밤이 마치 불전의 아아치처럼 공중에 걸려 있는 것을 보았다.

그는 이 세상 모든 것을 완전히 시에 반영하여, 이 반영된 상(像)들로 이 세상이 스스로 맑게 정화되어 영원히 간직된다면 참된 행복과 만족을 느끼게 될 것이라고 생각했다. 이런 대가(大家)적인 바람의 꿈을 지닌 시인 한폭은 면전에 꿈인지 생시인지 모를 몽몽한 상태에 어떤 나지막한 소리를 들으며, 나무 기둥 옆에 서 있는 어떤 사람을 보았다. 이 낯선 사람은 보라색의 긴 옷을 입고 고귀한 자태를 지닌 노인이었다. 시인 한폭이 일어나 백발의 노인에게 예의를 갖춰 인사를 하니, 노인은 미소를 띠우면서 시구(詩句) 몇 개를 읊었다. 이 시구 속에는 조금 전까지 한폭이 느끼고 표현하고자 했던 모든 것이 완벽하게 표현되어 있었다. 한폭은 시구를 듣고, 심장이 멈을 듯 경악하였다. 이 낯선 백발의 노인은 자신을 "온전한 말의 장인(Meister des vollkommenen Wortes)"(6/34)이라고 소개하면서 진정한 시인이 되고자 한다면 자신을 찾아오라고 했다. 이 말을 남기고 그는 사라졌다. 한폭은 자신의 결혼식을 미룬 채 시인으로서의 꿈을 간직하며 방황하던 중 "온전한 말의 장인"을 만나 그의 문하생으로서 머물면서 수년간 라우테(최고의 현악기)를 거의 완벽에 가깝게 배운다. 장인 곁에서의 수련생활 중 고향에 계신 부모님과 신부에 대한 그리움으로 향수병에 걸리게 되어, 스승의 허락 하에 고향을 찾는다. 그는 멀리서 고향의 모습과 아버지가 살고 있는 집의 정원을 보고, 아버지의 침실 창문을 통해 아버지의 숨결을 느끼고, 멀리서 신부의 모습을 본다. 그는 직접 확인하게 된 고향의 모든 것들과 고향을 찾기 전 향수에 젖어 떠올렸던 상(像)들을 비교하면서 자신의 사명이 시인임을 분명하게 느낀다. 그는 "시인"의 꿈속에는 사람들이 현실의 사물에서 찾지 못하는, "아름다움과 우아함(Schönheit und Anmut)"(6/37)이 있다는 것을 알게 된다. 이 같은 내적 체험을 하게 된 후 그는 찾았던 고향을 다시 뒤로하고, 온전한 말의 장인인 스승에게로 돌아와 현악기 치타와 피리를 배우며 시작(詩作)도 하게 된다. 그는 이제 "저 비밀에 찬 예술(jene heimliche Kunst)"(6/38), 즉, "단순하면서도 소박한 것(das Einfache u. Schlichte)"(ebda.)을 표현하기에 이른다. 이 "단순하면서도 소박한 것"은 듣는 이의 마음을 마치 물 속 거울에 찾아든 바람처럼 뒤흔들어 놓았다. "그는 태양의 도래(到來)하는 산언저리에 어떻게 태양이 머뭇거리는지, 물고기들이 물속 저 아래에서 그림자처럼 헤엄쳐 사라질 때 나타나는 물고기들의 소리 없는 휘몰아침, 봄바람 속의 어린 수양버들을 그려나갔다. 그가 귀를 기울이때면, 태양이나, 물고기들의 유희, 그리고 버들의 속삭임뿐만 아니라 하늘과 이 세상의 모든 것이 언제든지 순간적으로 다같이 온전한 음악을 토해내는 것 같았다. 귀를 기울인 모든 사람들은 기쁨이나 고통을 느끼면서 자신이 사랑했거나 미워했던 것을 생각하게 되었다."

한폭은 그가 얼마나 오랫동안 그의 스승 곁 큰 강의 원천에 머물러 있었는지를 감지하지 못했다. 어떻게 보면 잠깐인 것 같기도 하고, 어떻게 보면 자기 뒤로 인간의 여러 대(代)와 시대가 버려져 공허가 된 것 같이 여겨졌다.

어느 날 아침, 그가 자그만 초가에 홀로 눈을 떠 스승을 찾아보았지만 스승의 흔적은 찾을 수 없었다. 그는 현악기 라무테를 지니고 고향으로 내려왔다. 그러나 아버지, 신부, 그리고 자신의 모든 친척들은 이미 모두 죽었으며, 아버지 집은 다른 사람들이 살고 있었다. 밤에는 이전처럼 강에서 등불 축제가 있었고, 그는 예전 같이 강변 저편에 서서 오래된 나무에 등을 기대고 작은 라우테를 켰고, 수천의 등불 투영 상들이 출렁이고 있는 강물 속으로 웃음을 띠고 있었다.

이들 투영 상들은 실제적인 등불의 상(像)들과 분간할 수 없었고, 그는 마음 내면으로부터 과거의 축제와 지금의 축제의 차이점을 볼 수 없었다. 왜냐하면 그는 지금처럼 여기 이 강변에 예전에도 젊은이로서 있었기 때문이다.(Vgl. 6/32-39)

이처럼 엊그제와 오늘이 나누어지지 않는 시공(時空)을 초월한 예술작가의 세계 속에서 창작동화 "작가"의 주인공인 한폭을 이 세상의 현실 저 넘어 작가의 "참된 현실"로 인도하는 안내자로서 등장하는 낯선 백발노인의 등장, 즉 온전한 말의 장인인 낯선 이의 등장은 헤세의 많은 창작동화들, 「팔둠(Faldum)」(1916)(Vgl.6/91f.), 「플루트의 꿈(Flöten-traum)」(1914)(Vgl.6/44.f.), 「다른 별로부터의 기이한 소식

(Merwürdige Nachricht von einem andern Stern)」(1915)(Vgl.6/50), 「아우구스투스(Augustus)」(1913)(Vgl.6/7)에서 찾아 볼 수 있다. 이 백발노인은 동아시아의 "전래동화"에서도 흔히 등장하는 현인으로서의 역할이기도 하며, 또는 샤머니즘의 카테고리에서 볼 수 있는 지혜와 기적을 수반하는 신(神)의 현현이기도 하다.[40]

2.4. 창작동화와 헤세의 두 세계

위에서 살펴 본 창작동화 「작가」에서의 주인공 한폭이 다 다르게 되는 시 · 공이 초월된 예술 세계와 예술을 통해 이 세상과 만남을 헤세는 창작동화 「플루트의 꿈」을 통해서 시도하였다. 그러나 "작가"의 주인공처럼 "단순하면서도 소박한" "비밀에 찬 예술"을 통해서가 아니다. 「플루트의 꿈」의 주인공은 다른 양상으로, 즉 헤세 고유적인 상반성의 이면(二面) 세계인 밝음과 어둠의 세계를, 그의 자아 내면에서 초월적으로 이들 두 세계의 조화된 '하나'를 예술로서 나타내고자 했다.

창작동화 「플루트의 꿈」의 주인공은 독일 낭만주의를 완성한 후기 낭만파의 독일 작가 아이헨돌프(Josef von Eichendorf(1788-1857))[41]의 중편소설인 『어느 한 건달의

---

40) 예의 하나로 한국의 "전래동화"인 『은도끼와 금도끼』에서 지혜와 기적을 행하는 신의 현현으로 백발노인을 볼 수 있다. 즉 도끼를 연못에 빠뜨리고 울상이 되어 있는 나무꾼 앞에 나타나는 '머리와 수염이 하얀 노인'이 바로 신의 현현이다.(비교:『은도끼와 금도끼』, 편집부편, 민중출판사, 서울 1996, pp.8-17)

생활로부터(Aus dem Leben eines Taugenichts)』(1826)의 주인공처럼 아버지의 권유에 따라 이 세상을 익히고 배우기 위해서 아버지가 작은 뼈로 만든 플루트를 지니고 집을 떠난다.(6/40)[42]

창작동화「플루트의 꿈」의 내용은 대략 이러하다.

주인공은 수련을 위해 세상으로 나가는 여행길에서 언제나 아름답고 사랑스러운 노래를 사람들에게 들려줄 것을 아버지로부터 권고를 받는다. 왜냐하면 뼈로 만든 작은 플루트로 그가 항상 즐거운 노래를 불러주는 것이 신(神)이 그에게 내려진 하사품이라고 아버지는 생각하고 있었기 때문이다.

그의 수련 길을 자연의 만물들은 환송해 주었다. 그는 여행도중 일꾼들에게 식사를 가져가는 젊은 처녀 브리깃테(Brigitte)와 만나 그녀에게 아름다운 노래를 들려주면서 사랑을 나누기도 했다.

어느 날 그는 강에 이르러 낯선 백발의 뱃사공을 만나게 된다. 그로부터 주인공은 자기와 다른 음의 세계, 즉 그의 밝고 유쾌한 음과 상반되는 어둡고 고통스러운 음에 접하게 된다. 백발의 사공은 그로 하여금 상반된 음들은 서로 대립관계에 있는 것이 아니라, 서로 동등하게 존립하면서 보다 나

41) s.Fritz Martini, Deutsche Literaturgeschichte, Kröner Verlag, 6. Aufl., Stuttgart, S.346ff.
참고: 박찬기, 독일 문학사, 一志社, 제 1판, 서울 1987, PP.279.

42) Vgl. Josef v. Eichendorff, Werke in einem Band, hrsg. v. Wolfdietrich Rasch, Hanser Verlag, München Wien 1977, S.747.

은 조화로운 융합으로 나아간다는 것을 체험한다. 그는 백발의 뱃사공 제자로서 뱃사공의 자리를 물려받는다.(Vgl. 6/40-47)

「플루트의 꿈」의 주인공은 헤세의 창작동화 "작가"의 주인공 한폭처럼 이 세상의 모든 것을 음악으로써 그의 내면속에 울리게 하여 노래하고자 했다. 그는 생각하기를, "이 세상의 수많은 노래들을 동시에 이해하고 노래할 수만 있다면, 풀, 꽃 그리고 인간과 구름, 그리고 모든 것, 활엽수림, 송림과 모든 동물, 여기에다가 저 먼 바다와 산들의 모든 노래, 그리고 달과 별의 노래, 이 모든 노래를 나의 내면 속에 울리게 하여 노래할 수 있다면, 나는 칭송받는 신(神)이 될 수도 있고, 모든 새로운 노래는 하늘에 떠 있는 별과 같을 것이다" (6/43)라고 했다.

예술가로 이 세상의 수련 길에서 그가 처음 만났던 처녀 브리깃테와의 사랑을 뒤로하고, 어느 날 강에 이르게 되어 백발의 낯선 뱃사공을 알게 된다. 뱃사공은 그를 "시인" 같다고 말했다.(Vgl. 6/44) "시인"인 주인공이 부르는 강의 노래와는 상반되는 강의 노래를 백발의 뱃사공은 불렀다. 주인공의 명랑하고 밝은 음에 상반되는 어둡고 침울하며 거친 음으로 그는 노래 불렀다.(Vgl. ebda.) 이로서 동화의 주인공은 낯선 뱃사공으로부터 자기와 다른 음의 세계를 접하게 된다. 뱃사공은 "그의 억눌러진 목소리로 노래를 할 때면, 나의 모든 노래는 멍청한 짓 같고, 나쁜 아이들의 유희 같았다. 그리고 이 세상은 신의 마음처럼 선량하고 밝은 것이 아니고, 어둡고 고통스럽고, 악독하고 암담했다. 또한, 숲이 쏼쏼 소리 내며 움직이는 것은 기쁨에서 비롯된 것이 아니라, 고통에서 비롯된 것이라고"(6/45) 주인공은 느껴졌다. 뿐만 아니고 백발의 뱃사공은 "사랑과 사랑의 환희, 갈색의 푸른 눈, 붉고 촉촉한 입술에 대해 노래했다."(ebda.) 그러나 "이 노래 속에는 사랑 또한 어두웠고, 불안했으며, 우리들 인간이 곤궁과 동경에서 방황과 고통을 통해서 찾아야하는 극단의 비밀이, 이로서 인간은 서로 괴롭히고 살인해야 했던 극단의 비밀이 깃들어 있었다."(ebda.) 한폭은 이 낯선 뱃사공의 노래를 통해 슬픔과 마음의 불안을 느끼게 하는 은은하고 차가운 조류가 자신에게 또는 자신의 내면 속으로 파고드는 것을 느꼈다.(Vgl.ebda.) "그래요. 삶은 결코 최고의 높은 것도 아니고, 최고의 아름다운 것도 아니며, 오히려 죽음이다"(ebda.) 라고 주인공은 쓰디쓴 맛으로 외쳤다.

주인공에게 "낯선 뱃사공은 죽음에 대한 노래를 불렀는데, 이 노래가 비록 이전에 들었던 어떤 것 보다 아름다웠다고 해도, 그러나 죽음 역시 최고의 아름다움과 최상의 것은 아니어서 아무런 위로가 되지 못했다. 죽음은 생이고, 그리고 생은 죽음이다. 이들 둘은 서로가 얽히면서 영원히 광란한 사랑의 투쟁 속에 있었다."(6/46)

이제는 주인공에게 있어서 상반적인 것은 완전히 상반된 대립으로 존재하거나 서로 대립적 상황에 처해 있는 것이 아니라, 서로가 동시동등(同時同等)한 채 존립하면서 보다 넓은 하나의 융합으로 나아가게 하는 것을 보았다. 이러한 체험과 인식을 하게 된 그에게 있어 불행은 기쁨에 대한 상반된 것으로 기쁨과 떨어져 존재하는 것이 아니고, 불행은 상반된 기쁨에 상반적으로 그만큼 더 기쁨의 깊이를 증폭시킨다. 즉 "어둠으로부터 생성된 기쁨은 보다 더 진정한 것이 되고, 그리고 보다 더 아름다워진다. 그래서 사랑은 이날 밤에 보다 더 깊이 빛을 발했다."(ebda.)

이 상반적인 것의 동시동등을 「플루트의 꿈」의 주인공은 그의 스승인 뱃사공의 눈에서 보게 된다. 그는 스승의 눈에서 "이 세상의 고뇌와 아름다움으로 가득 찬(voll von Weh und von der Schönheit der Welt)"(ebda.) 동시동등의 상반된 둘을 보게 되고, 상반된 둘의 동시동등의 수용은 그의 스승인 뱃사공의 자리를 물려받는 것으로 나타난다.[43)]

주인공은 이러한 수용으로 시간성이 초월된 "진실의 인식(die Erkenntnis der Wahrheit)"(6/47)만을 보게 된다. 이 "진실의 인식"으로 창작동화의 마지막에 비쳐지는 상(像)은 예술을 통한 두 상반된 상(像)의 동시동등이라는 "진실의 인식"을 체험하게 되는 주인공 자아이다. 주인공의 자아는 다름 아닌 『데미안』의 주인공 싱클레어가 그의 동료 학생인 데미안을 통해서 얻게 되는 밝은 세상, 즉 선의 세계와 맞서

---

43) 이는 헤세의 『싯다르타(Siddhartha)』(1922)의 주인공 싯다르타가 두 상반된 세계의 동시동등의 수용 후, 이 둘의 조화된 하나의 길을 바라봄으로서 그의 스승인 뱃사공 바쥬데바의 자리를 이어 받아 뱃사공이 됨과 비교 할만하다. (Vgl. 5/45)

는 어두운 악의 세계로 이 세상 현실의 다른 반쪽이라는 것을 알게 된다.[44] 이는 곧 그의 자아도 이들 두 상반된 세계로 되어있다는 것을 인식하게 되는 싱클레어의 자아 됨의 인식이다.[45]

2.5. 창작동화에 나타나는 헤세의 두 세계 조화

「플루트의 꿈」에서 주인공의 자아가 가지게 되는 "진실의 인식"은 두 세계의 상반된 상(像), 밝은 음의 세상과 뱃사공의 어두운 음의 세상에 대한 인식이다. 여기에는 표면적으로 구별되어진 시공(時空)의 현실이 전재되어 있다. 이는 마치 『데미안』에서의 주인공 데미안이 현실에서 통용되고 있는 '허용(erlaubt)' (5/64)과 '금지(verboten)' (ebda.)라는 용어로써 두 세계의 상반성을 설명하고 있듯이, 이 두 용어의 의미도 이 세상 현실에서는 언제 어디서나 절대적으로 통용된다고 할 수 없는 상반성을 띠고 있다. 데미안에 따르면 어느 때와 장소에서는 '허용' 된 것이, 다른 때와 장소에서는 '금지' 되고 있음을 말한다.[46] 고로 이 둘의 상반된 세계, 즉 밝은 세상과 어두운 세상의 나뉨은 잘못된 표면적인 나뉨에 지나지 않는다.

이의 결과로 "이 세상에 보이는 모든 것은 하나의 비유다

44) Vgl. Chin Hwang, Hermann Hesses Anthropologie u. die Weisheit u. das Gleichnis des Fernen Ostens, a.a.O., S.126f.

45) Vgl. Ibid., S.127ff.

46) Vgl. Ibid., S.130f.

(Jede Erscheinung auf Erden ist ein Gleichnis)"(6/113) 라고 헤세는 그의 창작동화 「이리스(Iris)」(1918)에서 말하고 있다. 이 잘못된 표면적인 나뉨의 두 세계 상반성은, 보다 높은 단계의 조화 내지 일치의 현실에서는 존재하지 않는다. 이 보다 높은 단계의 현실인 두 상반된 세계의 조화로의 현실, 즉 「이리스」에서 기술(記述)되어 있는 "내면의 예감된 현실(die geahnte Wirklichkeit des Innern)"(ebda.)로 나아가기를 주인공 안젤름은 희구한다. 안젤름을 이러한 바람으로 인도하는 매개체는 이 세상에 상반성으로 모순을 들어내고 있는 모든 표면적인 것의 '비유'다. 안젤름에게 있어 "지상의 모든 현현은 비유이고, 그리고 각각의 비유는 한 열려진 문으로, 이 문을 통하여 만약 마음의 준비가 되어 있다면 이 세상의 내면으로 발을 들여 놓을 수 있는데, 여기에는 나와 너, 밤과 낮이 모두가 하나이다. (…) 언젠가 한번 모두에게 모습을 드러내는 모두는 비유이고, 이 비유 뒤에 정신과 영원한 생이 자리하고 있다고 여겨질 것이다. 물론 극히 적은 소수만이 이 문을 통과해 갈 것이며, 내면의 예감된 현실을 위해 아름다운 가상(假象)을 떨쳐버릴 것이다."(6/113)

안젤름에게 있어 '내면의 예감된 현실', 즉 두 상반된 세계의 보다 높은 단계의 현실로의 길잡이는 '푸른 백합(die blaue Lilie)'(6/112)인 '이리스(Iris)'(6/115)이다. 이리스는 안젤름에게 내면의 예감된 현실인, 보다 높은 단계의 현실로의 길을 비유적으로 이렇게 말한다. "사랑스런 안젤름, 우리들이 이 세상에 있는 그 의미로 명상하면서 추구하고 잃어버린 음향의 이면(裏面)에 우리들의 진정한 고향이 있다." (6/118) 이 '진정한 고향'에 있기 위해 안젤름은 이리스에게 자기의 부인이 되어줄 것을 바랄 때, 이리스는 여느 유럽 전래동화의 토대였던 가장 보편적인 틀인 '과제/해결'이라는 카테고리에서[47] 그에게 과제를 낸다. 즉 그가 그녀의 이름을 통해서 기억하게 되는 것을 자신의 기억에서 찾도록 하는 과제다. 이리스는 안젤름이 그의 기억에서 자신의 이름을 통해서 기억하게 되는 것을 다시 찾게 되면 그녀는 당신의 부인이 되겠다고 했다.(Vgl.6/121)

안젤름은 이리스로부터 받은 과제를 해결하기 위해 모든 것들을 상기하고 무엇인가를 끄집어내려고 했다. 그러나 그는 이리스라는 이름이 그에게 있어 무엇을 의미하는가를 찾아내지 못한 채, 고통 속에 있는 그를 병들어 누워있는 이리스가 만나고 싶어 해, 그녀에게 가게 된다. 이리스는 안젤름을 보자 이렇게 말한다. "안젤름, 너는 나에게 성내고 있니? 나는 너에게 어려운 과제를 냈었다. 내가 보기로 너는 그 과제를 푸는데 충실하고 있는 것 같다. 계속해서 가라! 너가 목적지에 이를 때까지 매진하라! 너는 이 과제 해결을 나 때문에 한다고 생각하는데, 그러나 이는 너 자신 때문이라는 것을 너는 알아야 한다. 알겠지."(6/125)

이에 안젤름은 이리스에게 말하기를, "나는 나 자신 때문이라는 것을 예고하고 있었으나, 이제 나는 그것을 안다. 그

47) Vgl. Max Lüthi, a.a.O., S.25.

과제를 푼다는 것은 많은 시일을 요하는 것이다. 이리스, 나는 이미 오래전에 되돌아갔을 것이다. 그러나 나는 내가 다시 돌아간다는 것은 있을 수가 없다.[48] 나는 나로부터 무엇이 되어야 하는지를 모르겠다."(ebda.)

이에 대해 이리스는 안젤름에게 "너로부터 무엇이 되어야 하는지에 관해서는 물어서 안 된다. 너는 너의 생애에서 많은 것을 찾았다. 너는 명예를, 행복과 지식을 찾았다. 그리고 보잘 것 없는 이리스를 찾았다. 모두는 단지 예쁜 상(像)들에 지나지 않으며, 이것들 모두는 내가 이제 너를 떠나야만 하듯이 너를 떠난다. 나에게도 그랬었다. 나도 언제나 추구했었다. 그러나 언제나 아름답고 사랑스런 상(像)들이었고, 이 상들은 떨어져나가 쇠퇴해졌다. 나는 이제 더 이상 어떤 상도 모른다"(6/126)고 했다.

이리스는 그에게 자기의 꽃인 이리스를 징표로 주면서 자기를 찾으면 당신에게 다가가리라고 했다. 안젤름은 이 푸른 붓꽃을 손에 쥐고 그녀와 작별한다. 그리고 그녀의 관을 꽃으로 장식하는 것을, 그리고 장례를 도왔다.(Vgl. ebda.)

그 후 안젤름은 이리스가 낸 과제에 대해 그가 찾고자 하는 것의 실마리도 찾지 못하고, 모든 것을 포기하고 도시와

48) Vgl. 6/46.
헤세의 창작동화 『플루트의 꿈』에서 주인공은 과거에 아름다웠던 꿈과 향수에서 고향으로 돌아가고자 했을 때 그의 스승 뱃사공은 그에게 되돌아간다는 것은 있을 수 없다고 했다. 이에 합당하게 『플루트의 꿈』주인공은 다른 창작동화들 『아우구스투스(Augustus)』(1913)의 주인공 아우구스투스나 『작가』의 주인공 시인 한폭처럼 고향으로 돌아가지 않는다.

관직을 떠나 세상을 떠돌아다녔다. 꿈속에서 어머니는 그에게 말을 건넸으며(Vgl. 6/126), "이리스도 그에게 말을 했는데, 그가 깨어났을 때는 무엇인가 여운이 남았는데, 그는 이를 생각하느라고 하루를 보내곤 했다. 그가 다니는 곳은 일정하지 않았다. (…) 많은 사람들에게 있어 그는 바보이기도 했고, 요술사이기도 했으며, 또 많은 사람들은 그를 두려워하기도 했고, 그를 비웃기도 했으며, 많은 이들은 그를 사랑하기도 했다. 그는 이전에는 할 수 없었던 것을 익히게 되었다. 즉 아이들과 자리를 함께하면서, 아이들의 신기한 놀이도 같이 했고, 꺾어진 가지들과 조약돌들과 이야기하는 것을 배웠다."(6/127) 이따금씩 그는 입으로 내뱉기를 "상(像)들, 모든 것은 오로지 상들 뿐이야(Bilder, alles nur Bilder)". (ebda.) "그러나 그는 내면에서 상(像)이 아닌 본질을 느꼈는데, 그는 이 본질을 따랐다. 그의 내면에서의 이 본질은 이따금씩 말을 했으며, 본질의 음성은 이리스의 음성이었고 어머니의 음성이었다.(Aber in sich innen fühlte er ein Wesen, das nicht Bild war, dem folgt er, und das Wesen in ihm konnte zuzeiten sprechen, und seine Stimme war die der Iris und die der Mutter)."(ebda.)

내면에서 '본질의 음성'을 듣게 된 안젤름에게 동화의 특성 중 하나인 '기적'이 그에게 일어났다.(Vgl. ebda.) 즉 그는 "어느 날 눈을 맞으며 겨울 골짜기를 지나 걸어가고 있었다. 그의 수염에는 얼음이 붙어 자라고 있었다. 눈 속에 뾰족하게 그리고 가느다랗게 한 푸른 붓꽃이 서 있었는데 이 붓꽃은 한 아름다운 자태의 꽃을 홀로 피우고 있었다. 그는 이 꽃에게로 몸을 구부려 웃음을 띠웠다. 지금에서야 그는 이리스가 그에게 언제나 거듭해서 경고했던 것을 인식하게 되었고, 그의 어린 시절의 꿈을 다시 알아보게 되었으며, 금빛의 밑받침 사이로 밝고 푸른 통로가 환하게 줄지어 그 꽃의 은밀한 비밀의 심장 속으로 나있었으며, 그곳에 그가 찾았던 것, 그곳에 더 이상 상(像)이 아닌 본질이 있다는 것을 알았다."(ebda.) 이제 "다시 그에게 경각심을 일깨우면서 꿈들은 그를 이끌었는데, 그는 어느 한 오두막집에 다다랐다. 그곳에 아이들이 있었고 (…) 아이들은 그에게 이야기하기를 숲의 숯장이들의 집에는 기적이 일어나고 있다는 것이다. 그곳에는 유령의 문이 있는데, 이는 천년에 한번씩 열린다는 것이다. 그는 귀를 기울이고 사랑스런 상(像)에 고개를 끄덕이며 계속해서 걸어가고 있었는데, 한 마리의 새가 그의 앞 오리나무 숲에서 노래했다. 이 새의 소리는 기이하고 감미로웠으며, 마치 죽은 이리스의 소리와 같았다."(6/127-8)

안젤름은 새의 뒤를 쫓아갔다. "새는 날기도 하고 껑충껑충 뛰기도 하다가 작은 개울을 지나 저 넘어 숲으로 들어갔다. 더 이상 새소리도 들리지 않고 자취도 보이지 않을 때, 그는 멈추어 서서 주위를 둘러보았다. 그는 어떤 깊은 숲 속에 있었다. 넓고 푸른 잎들 아래에 강물이 흐르고 있었고, 이 밖에는 아주 고요했다. 그러나 그의 가슴에서는 계속해서 호감이 가는 소리로 노래하고 있었으며 그를 계속해서 나아가게 했다. 그는 드디어 이끼가 끼어있는 암벽 앞에 서게 되었다. 암벽의 중간에 갈라진 틈이 나있었고, 그 틈은 좁고 가느다랗게 산 내부까지 이어져 있었다."(6/128) "안젤름은 고개를 들어올려 암벽 문안으로 들여다보았다. 그때 그는 저 산 깊숙이 안으로 푸른 오솔길이 가물가물하게 펼쳐져 있는 것을 보았으며, 금빛의 기둥들이 양옆으로 빽빽하게 서 있었고, 오솔길은 어마어마하게 큰 꽃의 꽃받침 저 내부 아래로 이어져 있었다. 그의 가슴 속에는 새가 밝게 노래하고 있었으며, 안젤름은 초소자를 지나 금빛의 기둥을 통과하여 내부의 푸른 비밀 속으로 걸어 들어갔다. 그가 뚫고 들어간 심장은 이리스였다. 그것은 어머니의 정원에 있는 푸른 붓꽃이었다. 이 꽃의 푸른 꽃받침 안으로 그는 비틀거리면서 발을 들여놓았다. 그리고 그가 금빛의 황혼에 조용히 마주하면서 걸어가고 있었을 때, 그때 모든 기억들과 모든 앎이 돌연히 그에게 와 닿았다. (…) 사랑의 소리가 가까이에서 울렸고, 이 소리는 그의 귀에 익었다. 이 사랑의 소리들, 그리고 금빛의 기둥은 당시 어린 시절의 봄철에서처럼 그에게 소리가 들리게 했고 빛을 발했듯이 그렇게 빛을 발했다.

그리고 그의 꿈, 즉 그가 어린 소년으로서 가졌던 꿈이 그와 다시 함께 하게 되어, 그는 꽃받침 저 아래로 걸어가 꽃받침을 뒤로하고 걸어갔다. 그리고 온갖 상(像)들의 세상과 더불어서, 이제 그는 이들 모든 상(像)들 뒤에 놓여 있는 비밀 속에 굴러 떨어져 갔다.

나지막하게 안젤름은 노래하기 시작했고, 그리고 그의 오

솔길은 조용히 저 아래 고향까지 이어져 있었다."(6/128-9)

헤세의 창작동화 「이리스」에서 주인공 안젤름이 어느 꽃보다 가장 좋아하는 푸른 붓꽃, 즉 이리스를 통하여 그의 자아 내면의 '본질'에 이르는 과정을 창작동화 「이리스」의 텍스트를 중심으로 살펴보았다.

이리스는 그에게 제시한 과제, 즉 그녀의 이름으로 기억되는 것을 그의 기억에서 찾도록 하게 한 과제는 동화의 줄거리 진행의 특징인 '과제/해결'의 과정을 따르게 함으로써 주인공 안젤름을 이 '본질'의 길에 있게 하고 있다. 이리스는 안젤름에게 있어 "모든 심사숙고의 가치와 기적적인 것들의 비유이고 표본(Gleichnis und Beispiel alles Nachdenkenswerten und Wunderbaren)"(6/112-113)이었다.

이처럼 안젤름 자아내면의 '본질'에 있게 하는 길잡이로서 비유가 된 이리스는 매혹적이고 기이한 노래 소리를 지닌 그녀의 상징인 새가 되어, 새의 노래 소리로 그를 유인하여 암벽의 중앙에 있는 갈라진 틈인 열려진 문을 통하여 너와 나의 구별이 없고, 밤과 낮의 상반적인 것 모두가 하나가 되는 곳, "정신과 영원한 생이 자리하고 있는"(Vgl. 6/113) 곳으로 그를 인도했다. "정신과 영원한 생이 자리하고 있는" 곳에 안젤름은 이리스의 비유인 푸른 붓꽃의 열려진 문을 통하여 다다르게 된다.

3. 창작동화에 비쳐진 헤세 "인간됨의 길"

작가 헤세는, 첩스가 잘 지적하고 있듯이 "헤세의 특이한 이야기들은 그의 의도하는 바를 동화 장르를 통해 실험하면서, 그리고 또 예술가로서 그 자신의 생을 동화 속에 심어 보고자 했다."[49]

사실이지 헤세는 그의 의도하는 바를 동화 장르를 통해 작가로서 그에게 있어 가장 중요했던 자아내면에서의 "인간됨의 길(der Weg der Menschwerdung)"(10/74)을 실험 내지 심어보고자 했다. 그는 그의 후기 글 「한편의 신학(Ein Stück Theologie)」(1932)에서 이 "인간됨의 길"을 삼단계로 자세히 서술하고 있다. 그에 따르면 자아 내면의 "인감됨의 길"은 "순결함(Unschuld)"(10/74)으로 시작된다. 순결함은 "천국(Paradies), 유년시절(Kindheit), 아무런 책임이 따르지 않는 전(前)단계(verantwortungsloses Vorstadium)"(ebda.)를 가리킨다. 이 순결함 혹은 "단순하면서도 소박함"의 길을 헤세 창작동화 「작가」에서 주인공 한폭은, 일찍이 작가의 부름을 받았던 그의 작가 헤세처럼 그에게 내려진 '작가' 로서의 사명을 뚜렷하게 보여주고 있다.

이 "인간됨의 길"의 다음 단계로 상반된 두 세계의 앎, 그 하나로 "선과 악의 앎"(Vgl.ebda.)이라는 두 상반된 세계의

49) "Hess's unusual narratives record his endeavors to experiment with the fairy-tale genre and to make his own life as an artist into a fairy tale."(The fairy tales of Hermann Hesse, transl. and with an introduction by Jack Zipes, a.a.O., P.i)

앎을 들고 있다. 헤세의 이 상반된 두 세계를 그린 창작동화 「플루트의 꿈」 주인공은 예술을 통하여 만나게 된다. 즉 이미 언급된 바와 같이 그는 백발의 뱃사공으로부터 자기와 상반된 음의 예술을 통한 두 세계인 그의 밝은 음의 세계와 스승 뱃사공의 어두운 음의 세계라는 상반된 두 세계에 접하게 된다. 한 걸음 더 나아가 그의 스승인 낯선 뱃사공의 눈과 예술을 통해 얻게 되는 이들 두 상반된 세계, 즉 이 세상의 고뇌와 아름다움은 그러나 분립된 것으로서가 아니고 서로 보완 존립하면서 보다 나은 하나의 융합으로 나아가고 있다는 것에서 동시동등의 것으로 이들 두 상반세계를 수용한다. 상반된 두 세계의 수용으로 주인공은 방랑을 종료하고, 헤세 『싯다르타(Siddhartha)』(1922)의 주인공 싯다르타가 이 세상의 모든 상반성의 하나됨을 체험한 후(Vgl.5/458f.) 그의 스승인 뱃사공 바주데바의 자리를 승계하듯이(Vgl.5/458-460), 뱃사공 자리를 이어받는다.

이런 두 상반세계의 동시동등의 수용이라는 "진실의 인식"을 체험하게 되는 「플루트의 꿈」 주인공은 그의 자아로부터 헤세가 「한편의 신학」에서 "인간됨의 길" 마지막 단계로 내놓고 있는 "정신의 제 3의 영역으로(zu einem dritten Reich des Geistes)"(10/75)의 "도덕과 법규를 초월한 상태 체험으로, 은혜와 구제로, 책임이 면책된 하나의 새로운, 보다 높은 상태로의 나아감(zum Erleben eines Zustandes jenseits von Moral und Gesetz, ein Vordringen zu Gnade und Erlöstsein, zu einer neuen, höheren Art von Verantwortungslosigkeit)"(ebda.)의 단계에, 그리고 헤세의 창작 동화의 특성인 "기적"을 통해 이 보다 높은 단계에 있게 된다.

위에서 지금까지 구체적으로 고찰해 본 4편의 헤세의 창작동화들 외에 「도시(Die Stadt)」(1910), 「아우구스투스(Augustus)」(1913), 「다른 별로부터의 기이한 소식(Merkwürdige Nachricht von einem andern Stern)」(1915), 「꿈의 연속(Eine Traumfolg)」(1916), 「팔둠(Faldum)」(1916), 어려운 길(Der schwere Weg)」(1917), 「버들가지 의자의 동화(Märchen vom Korbstuhl)」(1918) 등을 남기고 있다. 뿐만 아니라 헤세는 "우화(Fabel)"(Vgl. 4/428f)로 간주하고 있는 앞서 다룬 창작동화 「찌글러라는 이름의 한 사람」과 「난쟁이(Der Zwerg)」(1904) 그리고 「세 그루의 보리수나무(Drei Linden)」(1912)를 썼는데, 이들 우화들을 쳅스는 동화로 간주하고 있다.[50] 그리고 또 쳅스는 헤세 스스로 동화라고 일컫고 있지 않는 많은 작품들을 그의 헤세 동화 모음집에 포함시키고 있다.[51] 이와는 달리 작가 헤세가 동화라고 일컫고 있는 「새(Vogel)」(Vgl. 6/460-479)는 그에 의해서 동화 범주에 넣어지지 않고 있다.

이 같은 작가 헤세와 동화 연구가의 한 사람이 내놓고 있는 각각의 견해 소개는 논자의 단순한 언급에 지나지 않겠

50) The fairy tales of Hermann Hesse, transl. and with an introduction by Jack Zipes, P.vii-viii.

51) Ibid.

다. 우화나 동화는 둘 다 "내용상으로 이 세상에서의 가능성 테두리를 넘어서고 있는(inhaltlich über den Rahmen des irdisch Möglichen)"[52] 점에서 공동보조를 하고 있다.

"우화"는 "동화"와 상반되게(…) 교훈을 담고 있는 꾸민 이야기(im Gegensatz zum Märchen(…) als eine um der Nutzanwendung willen erfundene Geschichte)[53]이라고 하나, 동화에도 많은 것들은 교훈적인 꾸민 이야기로 간주할 수 있어서[54] 우화도 이미 언급된 바와 같이 뤼뛰에 따르면 넓은 의미에서 동화의 카테고리에 있다.[55]

마무리 지으면서 언급한다면 본 글은 "전래동화"를 기초로 헤세 "창작동화"에서 보여주고 있는 '작가'로서의 헤세 자아내면의 길이 어떻게 나타나고 있는가를 살펴보았다.

참고문헌

Brüder Grimm : Kinder-u. Hausmärchen, Vollst. Ausg. Sonderausgabe, München 1984.

Eichendorff, Josef Freiherr von : Werke in einem Band, hrsg.v. Wolfdietrich rasch, Hanser Verlag, München Wien 1977.

---

52) Max Lüthi, a.a.O., S.12-13.

53) Ibid., S. 13.

54) 그 예의 하나로 『개구리 왕자』를 들 수 있다.
s. Brüder Grimm, Kinder- u. Hausmärchen, a.a.O., S.39-43.

55) Max Lüthi, a.a.O., S.5.

Hesse, Hermann : Gesammelte Werke in 12 Bde., hrsg. v. Volker Michels, Frankfurt/M. 1970.

Hwang, Chin : Hermann Hesses Anthropologie u. die Weisheit u. das Gleichnis des Fernen Ostens, Diss., Bern 1978.

Lüthi, Max : Märchen, Metzler Bd. 16, 7. Aufl., Stuttgart 1979.

Moser, Hugo : Sage u. Märchen in der deutschen Romantik. In: Die deutsche Romantik, hrsg.v. Hans Steffen, 2. Aufl., Göttingen 1970, S.253-276.

Martini, Fritz : Deutsche Literaturgeschichte, Kröner Verlag, 6. Aufl., Stuttgart 1972.

Schwinn, Wilhelm : Hermann Hesses Altersweisheit u. das Christentum, München 1949.

The fairy tales of Hermann Hesse, transl. and with an introduction by Jack Zipes, Bantam books, New York Tronto London Sydney Auckland, 1995.

v. Wilpert, Gero : Sachwörterbuch der Literatur, 5. verb. u. erw. Aufl., Kröner Verlag, Stuttgart 1969.

구비문학개설, 장덕순, 조동일 외 2인 공저, 일조각, 중판, 서울 1994.

민담학개론, 김열규, 성기열 외 2인 공저, 일조각, 중판, 서울 1983.

박찬기, 독일문학사, 일지사, 제11판, 서울 1987.

옛적엣적에, 코아기획, 발행인 윤두병, 서울 1992.

은도끼와 금도끼, 편집부 편, 민중출판사, 서울 1996.

황진, 헤르만 헤세, 생애작품 및 비평, 계명대학교 출판부, 대구 1982.

Ⅱ. 헤세의 창작동화와 소설작품에서의 마술적 요소와 시간문제 (Ⅰ)

– 창작동화 「플루트의 꿈」과 소설작품 『싯다르타』

1.

논자는 독일낭만주의 시대에 속하는 그림형제 동화모음집[1]의 동화들을 우리문학의 수용 면에서 고찰해보다가 독일작가 헤르만 헤세(Hermann Hesse)의 창작동화(Kunstmärchen)[2]에 이르게 되었다. 창작동화는 '전래동화(Volksmärchen)' [3]와는 대별되는, 즉 전래동화는 "구전적인 전통속에서 이어져오면서"[4] 저자미상의 작품인데 비해 '창작동화' 는 "개인적인 작가에 의해 만들어진"[5] 예술작품이다. '전래동화' 에는 "마술, 기적(Zauber, Wunder)"[6]이 수반되고 있고, "기적"은 독일낭만주의 시대의 동화에서 보여주는 특징이기도 하다.[7] '전래동화' 에는 "마술"과 "기적" 외에 또한 "초자연적인 것 (Übernatürliches)"도 동화의 개념을 이해

---

1) Brüder Grimm, Kinder-und Hausmärchen, gesammelt durch die Brüder Grimm, München 1984.
2) Max Lüthi, Mürchen, Metzler Bd. 16, 7. Aufl., Stuttgart 1979, S.5.
3) Ibid.
4) Ibid.
5) Ibid.
6) Max Lüthi, a.a.O., S.2-3.
7) Vgl. Hugo Moser, Sage u, Märchen in der deutschen Romantik. In: Die deutsche Romantik, hrsg. v. Hans Steffen, 2. Aufl. Göttingen 1970, S.253.

하는데 중요한 요소가 되고 있다.[8] 그러나 창작동화의 작가는 "전래동화로부터 친숙해진 틀에 밀착할 수도 있고, 아니면 완전히 자유분방한 환상적인 기적의 이야기를 꾸며낼 수도 있으나, 그러나 초자연적인 기이함의 상상이라든가 아니면 적어도 비현실적인 상상이 전래동화와 연결되고 있다."[9]

헤세는 그의 창작활동기로 보아 비교적 초창기라고 할 수 있는 시기에 많은 창작동화를 남기고 있다. 그의 수많은 창작동화 작품들 중에서 몇몇을 들어본다면 「난쟁이(Der Zwerg)」(1904), 「찌글러라는 이름의 한 인간(Ein Mensch mit Namen Ziegler)」(1908), 「아우구스투스(Augustus)」(1913), 「작가(Der Dichter)」(1913), 「플루트의 꿈(Flöten-traum)」(1914), 「한 다른 별로부터의 기이한 소식(Merk-würdige Nachricht von einem andern Stern)」(1915), 「팔둠(Faldum)」(1916)과 「이리스(Iris)」(1918)등을 이야기할 수 있다. 이들 동화들 가운데서 몇 편들은 대단히 광범위한 범주에서, 즉 「유럽전래동화 카테고리에서의 헤르만 헤세 창작동화 고찰」이라는 제목으로 다루어 보았다.[10] 놀랍게도 작가 헤세는 이미 그의 '창작동화' 들에서 그의 창작활동 중반기에 속하는 중요작품들 『싯다르타(Siddhartha)』(1922), 『슈테펜볼프(Steppenwolf)』(1927) 그리고 『동방여행(Die

8) Max Lüthi, a.a.O., S.3.

9) Ibid., S.5.

10) 황진, 유럽전래동화 카테고리에서의 헤르만 헤세 창작동화고찰, 『헤세연구』 제 3집, 한국헤세학회, 대전 2000, PP.5-29.

Morgenlandfahrt)』(1933) 등에서 그의 본질적인 주제인 '인간됨의 길(Der Weg zur Menschwerdung)' (Vgl. 7/246)[11], 즉 상반(相反)된 두 세계가 조화된 하나의 길을 비유적으로 함축성있게 예시하고 있다. 이 조화된 두 상반된 세계들의 하나인 헤세적 '인간됨의 길'은 '동화'의 장르를 통해 비유적으로 잘 보여주고 있다.

그러나 여기서는 헤세 작품들에서 보여주고 있는 중요 논제인 자아 '인간됨의 길'에 대해서 기술하기보다는 논문주제에서 밝히고 있듯이, 동화적인 요소와 맥을 같이 한다고 할 수 있는 '마술'적인 요소와 "애매모호한 동화시간(unbestimmte Märchenzeit)"[12]과 같이하면서 자아 '인간됨의 길'에 있기 위한 단계인 "시간으로부터의 해방(Erlösung von der Zeit)"[13] 과정을 고찰하겠다. 즉 시간으로부터 형성되고 현실세계에서의 두 상반된 세계를 하나의 조화된 길로 이끌게 되는 시간으로부터의 벗어나기까지의 과정을 장르를 달리하고 있는 헤세 창작동화 「플루트의 꿈」과 『싯다르타』의 주인공인 싯다르타를 중심으로 살펴보겠다. 카랄라쉬빌리가 그의 헤세 연구에서 내놓고 있는 "공간에서의 시간의 변이(Die Verwandlung von Zeit im Raum)"[14]라는 글에서 그가

11) 앞으로 이렇게 표시되는 아라비아숫자들 중 첫 숫자는 책의 권, 그리고 둘째 번 숫자는 권의 쪽으로 다음 책자의 권과 쪽이다: H. Hesse. GW. Suhrkamp Verlag, Frankfurt a. M., 1973.

12) Reso Karalaschwili, Hermann Hesse, Frankfurt a. M., 1993, S.227.

13) Ibid., S.228.

14) Vgl. Ibid., S.221-248.

말하고 있는 헤세 작품들에서 주인공들이 마지막에 "시간으로부터의 해방", 즉 시간으로부터의 벗어나는 "마술적 시간(magische Zeit)"[15]에 관심을 두고 참고하면서 진행하겠다.

사실이지 이와 관련해 헤세는 그의 『클링소의 마지막 여름(Klingsors letzter Sommer)』에서 점성술사를 통해 마술과 시간에 대해 언급하고 있다. 점성술사는 "마술은 착각들을 제거하고 있는데, 우리들이 시간이라고 일컫는 가장 잘못된 착각을 제거한다.(Magie hebt Täuschungen auf. Magie hebt jene schlimmste Täuschung auf, die wir 'Zeit' heißen)"(5/333)고 말하고 있다.

헤세에 있어서 "마술은 바깥의 현실을 내면적인 현실로 변하게 함으로써 시간을 해체하고 그리고 모든 시간들, 즉 과거, 현재 그리고 미래의 이들 모두를 동시적으로 체험하게 하는 것을 가능케 하고"[16]있다는 것이다. "마술"은 '시간으로부터 해방' 즉, 시간으로부터의 벗어남을 위한 매체 또는 수단이다. 이런 "마술"을 통하여 헤세 작품의 인물들이 시간으

15) Ibid., S.227.

16) Ibid., S.230.

17) 참고: Reso Karalaschwili, a.a.O., S.227.

"헤세는 그에 의해서 설계된 인간됨의 정신묘사기(혹은 사이코그래피)적인 틀에 시종일관 따르고, 그리고 정신(또는 영혼) 전기(傳記)의 모든 단계들은 그의 작품 『동방여행』이 그 예가 되겠는데, 이들 모든 단계들을 그려내 본다면 우리들은 첫 이야기 단계에서 한 조건부의 그리고 애매모호한 동화시간과 상대하고 있는 것이라고 생각되어질 수도 있다. 두 번째 이야기 단계에서 서사적인 시간은 최대한으로 객관적인 달력시간에 근접하고 있으며, 그의 작품들의 마지막 단계들은 보편적으로 '마술적인' 시간감각하에 있게 되어 시간으로부터의 완전히 벗어남의 경향을 인지하고 있다"는 것이다.

로부터 벗어나는 단계에 있게 되는 것이고, 이 단계는 카랄라쉬빌리에 따르면 세 번째 단계인 마지막 단계에서 이루어지는 "마술적 시간"이라는 것이다.[17] 그러면 논술주제가 되는 "마술"을 통한 자아 '인간됨의 길'에 오르기 위한 단계 직전에서의 헤세 주인공들이 장르를 달리하면서도 작품외적으로나 내적으로 많은 유사점을 지니고 있는 헤세 창작동화인 「플루트의 꿈」 주인공과 『싯다르타』의 주인공이 "시간으로부터 해방", 즉 시간으로부터의 벗어남 과정에 어떻게 주어지고 있는가를 조사 · 연구하겠다.

2.

2.1.

헤세의 창작동화 「플루트 꿈」과 그의 작품 『싯다르타』는 우선 외적인 줄거리 진행에서 두 주인공들 모두는 그들의 궁극적 목적이라고 할 수 있는 두 상반된 세계, 즉 밝고 어두운 세계의 조화인 일치된 하나의 길을 보여주고 있다. "플루트의 꿈" 주인공은 피리 부는 일종의 건달꾼 예술가로서(Vgl. 6/40) 묘사되고 있으며, 반면에 『싯다르타』의 주인공 싯다르타는 요가의 고행자로 집과 부모를 떠난다.(Vgl. Ⅲ/625)[18] 비록 두 주인공들이 제 각각 다른 모습으로 두 상반된 세계

18) 앞으로 이렇게 표시되는 로마자는 권 수이고, 아라비아 숫자는 쪽으로써 다음 책자의 권 수와 쪽이다 : H. Hesse, Gesammelte Schriften, Bd. Ⅲ. Frankfurt/M, 1958.

의 조화된 하나의 길을 향해 떠나지만 이들이 작품 마지막에 다다르게 되는 것은 강이고, 두 주인공들 모두 다 스승인 백발의 제자 뱃사공으로 남아 그들이 가고자 하는 두 상반된 세계의 조화, 일치된 하나의 길에 들어서게 된다. 이런 외면적인 유사성은 본 논문에서 다루고자 하는 핵심부분이 아니다. 그러나 이런 외면적 유사성을 배경으로 해서 두 주인공들이 대변하게 되는 두 상반된 세계와 마주하고 각각 다른 장르에서, 제각기 다른 출발점의 위치에서 두 상반된 세계의 조화된 하나의 길에 있는 공통점을 보여주고 있다. 카랄라쉬빌리에 따르면 이 두 주인공들은 시간의 현실에서 시간의 착각으로 대두되고 있는 두 상반세계 저 넘어 "시간이 없는 세상(die Welt ohne Zeit)"[19]에서 "영원의 존재(ewige Existenz)"[20]에 참여하는 길에 있고, 또한 "시간으로부터의 해방을 열렬히 희구함은 헤세의 모든 다른 주인공들에 꽉 사로 잡혀 있다"[21]는 것이다. 그러면 장르를 달리하나, 그러나 외면적인 유사성을 가지고 있고, 그리고 이들 두 주인공에게 주어지고 있는, "시간으로부터의 해방", 즉 시간으로부터의 벗어남의 과정을 살펴보겠는데, 먼저 헤세 창작동화 「플루트의 꿈」 주인공에 관해 고찰해보겠다.

「플루트의 꿈」 주인공은 "유럽전래동화 카테고리에서의 헤르만 헤세 창작동화고찰"에서 밝혔듯이 독일 낭만파를 후

19) Reso Karalaschwili, a.a.O., S.228.
20) Ibid.
21) Ibid.

기에 완성하게 한 독일 작가 아이헨도르프(Josef von Eichendorff)의 중편소설인 『어느 한 건달의 생활로부터(Aus dem Leben eines Taugennichts)』(1826)에 나오는 주인공[22]처럼 아버지의 권유에 따라 세상을 보고 그리고 무엇인가를 배우기 위해 집을 떠난다. 그의 아버지는 자식인 주인공에게 작은 뼈로 만든 피리를 준다. 이유인즉, 아버지는 자식인 그가 아무런 일을 하지 않고 오로지 언제나 노래를 부르고 있는 것을 보고 그의 재능이 아마도 음악에 있다고 생각했기 때문이다. 아버지는 그에게 말하기를, 그는 신으로부터 부여된 재능을 살려서 먼 땅에 있는 사람들을 기쁘게 하게 될 때에 나이 많은 아버지를 생각하라고 했다. 이렇게 생각하는 아버지로부터 피리를 받아들고 그와 작별한 후 길을 떠난다. "숲들과 초원들은 그의 길을 동반한다."(6/40) 자연은 그에게 말을 건넸고 그는 자연의 노래를 함께 불렀고, 벌은 그윽하고 달콤한 윙윙 소리로 두 번이나 그를 맴돌고 난 후 그를 뒤로하고 그의 고향으로 날아간다. 벌과 헤어진 후 주인공은 숲에서 나온 한 처녀를 만났는데, 그녀는 금발의 머리에 창이 넓고 그늘진 밀짚모자를 쓰고 있었다. 그녀는 풀 베는 사람들에게 식사를 가져가고 있었다. 처녀는 그에게 어디로 가고 있느냐고 물었다. 그는 말하기를

"나는 세상으로 나간다. 내 아버지가 나를 세상으로 내보

22) 참고: 황진, 유럽전래동화 카테고리에서의 헤르만 헤세 창작동화 고찰, a.a.O., P.16.

냈다. 그는 내가 사람들에게 피리를 불어서 들려줄 것이라고 생각한다. 그러나 나는 아직 피리를 정확하게 불지는 못해. 나는 이제부터 배워야해.(Ich gehe in die Welt, mein Vater hat mich geschickt. Er meint, ich solle den Leuten auf der Flöte vorblasen, aber das kann ich noch nicht richtig, ich muß es erst lernen.)"

"그래, 그래 그렇다면 너는 도대체 무엇을 할 수 있지? 무엇인가를 할 수 있어야만 되지 않겠니.(So, so, Ja, und was kannst du denn eigentlich? Etwas muß man doch können.)"

"아무런 특별한 것은 없어. 나는 노래를 할 수 있어.(Nichts Besonderes. Ich kann Lieder singen.)"

"무슨 노래를 말이야?(Was für Lieder denn?)"

"온갖 종류의 노래들, 말하자면 아침과 밤, 모든 나무들, 짐승들 그리고 꽃들을 위한 노래들 말이지. 지금 나는 예를 들면 숲에서 나와서 그리고 풀 베는 사람들에 식사를 가져다 주는 한 젊은 처녀에 대한 아름다운 노래를 부를 수 있을 것이다.(Allerhand Lieder, weißt du, für den Morgen und für den Abend und für alle Bäume und für Tiere und Blumen. Jetzt könnte ich zum Beispiel ein hübsches Lied singen von einem jungen Mädchen, das kommt aus dem Wald heraus und bringt den Schnittern ihr Essen.)"

"너는 그것을 노래할 수 있니? 그렇다면 그것을 한 번 노래해봐! (Kannst du das? Dann sing's einmal!)"

"그래, 그런데 그 노래 이름은 무엇이지?(Ja, aber wie heißt du eigentlich?)"

"브리깃데.(Briggitte.)"(6/41)

주인공이 브리깃데로부터 받은 빵을 먹고 허기를 달랬을 때, 그녀는 사랑하는 애인을 떠나보낸 한 처녀에 대해서 노래해 줄 것을 원했다. 그러나 그는 아버지로부터 받은 피리로는 슬픈 노래가 아닌 오로지 상냥하고 애교있는 노래만을 사람들에게 들려주는 약속을 받았다면서 브리깃데가 청한 일종의 슬픈 이별노래 부르기를 거절한다.(Vgl. 6/42) 브리깃데는 그에게 "사랑 Liebe"(6/42)이 무엇인지 모르냐고 물었을 때, 그는 사랑을 가장 아름다운 것이라고 하면서 "붉은 양귀비꽃들을 사랑하는 그리고 이들 꽃들과 유희하면서 기쁨에 가득 차 있는 햇빛"(ebda.)에 대해 노래했으며, 피리새 수컷을 기다리는 암컷에 대해 노래했고, "갈색의 눈을 가진 처녀와, 그녀에게 다가와 노래했고 그 대가로 빵을 얻은 젊은이에 대해 노래했다. 그는 이 처녀로부터 이제 키스를 원했고, 그녀의 갈색 눈을 바라보았으며, 오랫동안 계속해서 노래하면서 그칠 줄을 몰랐다. 드디어 그녀는 웃기 시작했고, 그의 입을 그녀의 입술로 감쌌다."(ebda.)

이들 두 사람, 즉 주인공과 그가 세상에 발을 들여 놓기 위해 가는 길에 첫 번째로 만나게 된 처녀 브리깃데와 가지게 되는 대화의 과정과 말투는 뒤에 구체적으로 조사 연구될

『싯다르타』의 주인공 싯다르타가 오랜 세월 동안 가졌던 브라만으로서의 요가생활과 동냥 고행자로서의 요가생활을 떠나 시간이 지배하는 감각세계의 현실세상에서 그가 만나게 되는 창녀 카말라(Kamala)와 가지게 되는 대화 과정과 말투가 흡사하다고 하겠다. 싯다르타와 카말라의 대화는 "싯다르타" 제 2부의 「카말라(Kamala)」편에서 주어지고 있다. 즉 감각세계로의 진입과 더불어 싯다르타가 카말라와 만나서 가지게 되는 대화에서, 즉 그가 창녀인 그녀로부터 "사랑(Liebe)"(Ⅲ/658)을 배우려면 "훌륭한 옷, 좋은 신 그리고 많은 돈을 지갑에 지니고 있어야(feine Kleider, feine Schuhe, Geld im Beutel)"(Ⅲ/657)한다는 것을 인지하게 한 카말라는 그에게 묻기를 도대체 무엇을 할 수 있는가라고 하면서 그와 가지는 대화의 말투는 「플루트의 꿈」 주인공과 그가 만난 처녀 브리깃데와의 대화의 말투가 비슷함을 알게 된다. 즉 카말라는 싯다르타에게

"친구여(…) 당신은 당신이 배운 무엇인가를 하지 않으면 안 된다. 그 대가로 당신에게 돈, 옷들 그리고 신이 주어질 것이다. 달리 어떠한 가난한 사람이 돈을 만질 수는 있겠는가.(Freund(…) Du mußt tun, was du gelernt hast, und dir dafür Geld geben lassen und Kleider und Schuhe. Anders kommt ein Armer nicht zu Geld. Was kannst du denn?)"

"나는 생각할 수 있고, 나는 기다릴 수 있고, 나는 단식할

수 있다.(Ich kann denken. Ich kann warten. Ich kann fasten)"

"그밖에는 아무 것도 없는가?(Nichts sonst?)"

"아무 것도 없습니다. 하지만 나는 또한 시를 쓸 수 있습니다. 당신은 내가 지은 시에 대한 대가로 키스를 해줄 수 있습니까?(Nichts. Doch, ich kann auch dichten. Willst du mir für ein Gedicht einen Kuß geben)"

"나는 그렇게 하겠다. 만약, 당신의 시(詩)가 내 마음에 들 때에. 그 시는 도대체 무엇이라고 일컬어지는가?(Das will ich tun, wenn dein Gedicht mir gefällt. Wie heißt es denn?)"(Ⅲ/659)

싯다르타는 「플루트의 꿈」 주인공처럼 그가 처음 보게 된 카말라의 아름다움을 노래하는 시를 읊었고, 그 대가로 카말라로부터 키스를 받는다.(Vgl. Ⅲ/659-660)

브리깃데는 몸을 구부리고, 나의 입을 그녀의 입술로 감싸면서 눈을 감고 그리고 다시 뜨곤 했다. 나는 가까이 있는 갈색 금빛의 별을 바라보았는데, 이 별들 속에 나 자신이 반영되었고, 몇몇의 흰빛의 초원 꽃들도 비쳐졌다.(Vgl. 6/42)

주인공은 브리깃데와 나란히 가면서 자연의 충만 앞에 이야기를 멈추고서 "내가 이 수천의 이 세상 노래들, 풀들과 꽃들 그리고 사람들과 구름들 그리고 모든 것들, 활엽수 숲과 소나무 숲 그리고 또한 모든 동물들, 뿐만 아니라 저 멀리 바다들과 산들의 모든 노래들, 별들과 달들의 노래들, 이들 모두를 동시적으로 나의 내면에서 울리게 하고 노래할 수 있다면, 나는 사랑의 신(神)이 될 것이고, 각각의 모든 새로운 노래는 하늘에서의 한 별로서 자리하게 되겠지"(6/43)라고 생각했다.

인간과 이 세상 만물을 그의 내면으로 끌어들여 동시적으로 울리게 하고, 노래하고자 하는 「플루트의 꿈」 주인공의 음악, 즉 바깥세상의 현실에 존재하는 사람, 짐승, 나무들을 내면으로 불러들여서 음악을 통한 노래로써 이들 모두를 동시적으로 나타내고자하는 그의 시도는 다름 아닌 중·후반기의 헤세 작품들에서 찾아지는 헤세적 의미의 "마술"의 예고이다. 즉 시간이라는 잘못된 착각을 제거하는 수단인 "마술"의 예시라고 하겠다.

"마술"은 헤세의 잘 알려진 "안쪽과 바깥쪽(Innen und Außen)"에서 에르빈(Erwin)이 말하고 있듯이, "바깥과 안쪽을 바꾸는 것"(5/386)의 작용을 지니고 있으며, 시간으로부터의 해방, 즉 시간으로부터 벗어나게 하는 매체인 것이다. 다시 한번 반복하면 시간으로부터 벗어나게 하는 매체 또는 수단이 되는 "마술"을 통해서 헤세 작품의 인물들은 시간으로부터 벗어나는 단계, 즉 카랄라쉬빌리가 말하는 헤세 그의 인물들이 종국적으로 다다르게 되는 시점의 단계가 "마술적 시간"이다. 이 "마술적 시간" 감각 하에 헤세 주인공들은 시간으로부터 완전히 벗어남을 인지하게 된다.[23]

23) Vgl. Reso Karalaschwili, a.a.O., S.227.

헤세적 의미의 "마술" 예고와 함께 『클링소의 마지막 여름』에서 점성술사가 말하고 있는 '시간' 이라는 착각에 의해 시간의 현실세계에 주어지고 있는 두 상반세계, 그 예로 "금지(Verboten)"(5/64)와 "허용 (erlaubt)"[24] 저 넘어 존재하고 있는 "시간이 없는 세상"으로 「플루트의 꿈」 주인공은 발을 내딛는다. "시간이 없는 세상" 즉, 두 상반된 세계 저 너머로 발을 옮기는 주인공 예술가는 먼저 그 전 단계로 그와 상반되는 음(音)의 세계에 대면된다. 상반된 음의 세계에 발을 들여놓게 되는 주인공은 방앗간 옆 물위에 한 배가 놓여 있는 것을 보게 되는데, 그 안에 한 남자가 앉아 있었다. 마치 그를 기다리고 있었던 것 같았다. 그가 배에 오르자 배는 강 아래로 내려갔다. 그가 뱃사공에게 어디로 가는 것인가 물었을 때, 정해진 곳은 없으며 어디에든지 그가 원하는 곳 어디에든 간다는 것이다. 뱃사공은 그에게 한 시인인 것 같이 보인다고 하면서, 노래를 불러주기를 청했다. 그는 배를 운반하고 있고, 태양이 반사하고 있으며, 바위 해안에 보다 강하게 부딪쳐 솟아오르며 기쁘게 항해를 마치고 있는 강에 대해 노래했다.(Vgl. 6/44)

"뱃사공, 그 남자의 얼굴은 요동하지 않은 채였고 그가 노래를 끝내었을 때 뱃사공은 조용히 마치 한 꿈꾸는 남자처럼 고개를 끄덕였다. 얼마 안 되어 뱃사공도 강과 계곡을 통과하는 강의 여행을 노래했다. 그의 노래는 내가 부른 노래

24) s. Chin Hwang, H. Hesse Anthropologie und die Weisheit und das Gleichnis des Fernen Ostens, a.a.O., S.130-131.

보다 더 아름다웠고 보다 힘찼다. 그러면서도 노래 모두는 전혀 다르게 울렸다."(ebda.)

"그가 노래하는 강은 마치 비틀거리는 파괴자로서 산에서 내려왔다. 어둡고 거칠게 삐걱거리면서 강은 물레방아들에 의해 제어되고 있는 느낌을 지녔었고, 다리들에 의해 억눌려져 있는 느낌을 가지고 있는 것 같았다. 강은 운반해야만 하는 모든 배들을 증오했고, 그의 물결들 기다란 푸른 물속에 사는 풀들 속에 강은 물에 빠져 죽은 사람들의 흰 몸뚱이들을 미소로 저울질하고 있었다."(ebda.)

뱃사공이 강을 노래하는 모든 소리는 주인공의 마음에 들지 않았지만, 그럼에도 그 울림은 아름다웠고, 비밀에 가득차서 그는 완전히 종잡을 수 없었고, 억눌러진 상태에서 잠잠히 있었다. 이 나이 많은 섬세하고도 사려 깊은 뱃사공의 억눌려진 음성의 노래가 옳다면, 그러면 모든 그의 노래들은 한낱 바보스런 짓이고 잘못된 아이 짓이다. 이것이 사실이라면 이 세상은 근원적으로 좋은 것이 아니고 신(神)의 마음처럼 밝지도 아닌 것이고, 오히려 어둡고, 고뇌스러우며, 악의적인 음침할 것이고, 숲들이 쏴쏴 소리내며 움직이는 것은 기쁨에서가 아니고 고통에서일 것이다(Vgl. 6/44-45)라고 주인공은 생각했다. 이런 정반대의 어두운 음의 세계에 직면해서 회의에 빠지게 된 주인공은 나이든 뱃사공의 배를 타고 가고 있었고 그늘은 길게 드리워져, "그가 노래를 시작할 때면 매 번마다 더 밝게 울렸고"(6/45) "그의 음성은 보다 조용해졌다. 그가 노래할 때면 이 낯설고 나이든 뱃사공은 그의 노래에 노래로서 답했다. 그가 부르는 노래는 이 세상을 보다 수수께끼 같게 했으며, 보다 고통스럽게 만들었고"(ebda.) 그로 하여금 보다 당황하고 두렵게, 보다 슬프게 만들었다.(Vgl. 6/45)

이 같은 침울한 상황에서 그러나 주인공은 역으로 지난번 고향의 자연과 처녀 브리깃데와 가졌던 아름다웠던 때를 상기했고, 또 그는 붉으스러한 어둔 햇살을 꿰뚫으면서 브리깃데의 노래와 그녀와의 키스를 노래했다.

그 때 황혼이 시작되어 주인공은 침묵하고 있었다. "낯선 뱃사공은 키를 잡은 채 사랑을 노래했고, 사랑의 기쁨을 노래했으며, 갈색과 푸른 눈, 붉고 촉촉한 입술에 대해 노래했다. 그가 슬픔에 차서 어두움이 드리워지고 있는 강을 노래할 때 그것은 아름다웠고 감동적이었다. 그러나 그의 노래에는 사랑 역시 음울했고 불안했으며, 치명적인 불가사의한 것이 되었다. 이 비밀의 것으로 인해 인간들은 얼떨떨해져, 상처 입은 채 궁핍과 동경 속에서 손으로 더듬고, 이 불가사의한 것으로 말미암아 서로 괴롭히고 죽였다."(ebda.)

그는 귀를 기울여 경청했고, 점점 피곤하고 우울했다. 그는 이제 상반된 음의 교체 속에 확대된 시공(時空)으로부터 이미 수 년 동안 집을 떠나 돌아다닌 것 같았으며, 오로지 비탄과 참담함만을 겪으면서 여행한 듯 했다. 이 낯선 뱃사공으로부터 그는 "나지막하고 차가운 슬픔과 불안한 영혼의 조류"(ebda.)가 자신 위로 넘쳐옴과 그의 심장으로 스며드는 것을 느꼈다. 그래서 그는 결국 괴로움으로 나이든 낯선 뱃사공에게 다음과 같이 외친다. "그래요, 도대체 생(生)은 최상의 것도 아니며 또한 가장 아름다운 것도 아니며, 오히려 죽음 그것이요."(6/45) 그는 뱃사공을 슬픔의 왕이라고 부르면서 그에게 "죽음의 노래(Lied vom Tod)"(ebda.)를 들려줄 것을 청한다.(Vgl. ebda.)

"배의 키를 잡고 있는 나이든 뱃사공은 이제 죽음에 대한 노래를 불렀다. 내가 이전에 들었던 노래 소리보다 더 아름다웠다. 그러나 죽음 역시 가장 아름다운 것은 아니었고 또 가장 최상의 것도 아니어서, 그에게 있어서 어떤 위로도 되지 못했다. 죽음은 생이고, 생은 죽음이다. 죽음과 생은 영원히 광란하는 사랑의 투쟁 속에 서로 뒤섞여 엉켜 있었다. 이는 이 세상의 마지막의 것이고, 이 세상의 의미이며, 이로부터 그나마 모든 고뇌를 칭송할 수 있고, 불빛(Schein)이 주어지고, 그로부터 모든 환희와 모든 아름다움을 흐리게 만들었고, 어둠으로 드리워진 그림자(Schatten)가 던져지고 있었다. 그러나 어두움으로부터 환희는 보다 진심으로, 보다 아름답게 불타올랐고 사랑은 보다 더 깊게 이 밤에 빛을 발하고 있었다."(6/46)

주인공은 두 개의 상반된 음에 귀를 기울여서 들었고, 낯선 나이 든 뱃사공의 회색 눈들은 이 세상의 고통(Weh)과 아름다움(Schönheit)으로 가득 차 있었다. 나이든 뱃사공이 그에게 미소를 짓고 있었을 때 그는 뱃사공에게 청하기를 이 밤이 두려우므로 배를 돌려 브리깃데를 발견했던 그의 아버지가 있는 고향으로 돌아가도록 해달라고 했다.(Vgl. ebda.)

그때 “뱃사공은 일어서서, 밤의 깊숙한 곳을 가리켰고 그의 칸델라를 그의 깡마르고 굳어진 얼굴을 밝게 비추고서 엄숙하면서도 친절하게, 《되돌아가는 길은 없다. 우리들은 이 세상을 규명하고자 한다면 언제나 앞으로 나아가야만 한다.(Zurück geht kein Weg, man muß immer vorwärts gehen, wenn man die Welt ergründen will(…))》

갈색의 눈을 가진 처녀로부터 너는 이미 가장 최선의 것과 가장 아름다운 것을 가졌다. 네가 그녀로부터 멀리 있으면 있을수록 그녀는 그 만큼 좋아질 것이고 아름다워질 것이다. 그러나 너는 네가 가고 싶은 대로 언제나 가거라! 나는 너에게 배의 키 자리를 주겠다”(6/46)라고 말했다.

그는 뱃사공의 이 말을 듣고 죽도록 슬펐으나, 그러나 뱃사공의 말이 옳다는 것을 알았다. 그는 향수병에 가득 차서 브리깃데와 고향을 그리워했고 가깝고, 밝은 그리고 그의 것이었던, 그가 잃어버렸던 모든 것을 생각하게 되었다. 그러나 그는 이제 낯선 뱃사공의 자리를 차지했고, 배의 키를 조정해야 했다. 그들이 나란히 함께 했을 때 뱃사공인 그 남자는 그의 얼굴을 똑바로 쳐다보고는 그에게 제등을 주었다. 주인공 그가 조종키 자리에 앉고 제등을 그의 옆에 세워두었을 때, 문득 배 안에 혼자임을 느꼈다. 그렇지만 그는 놀라지 않았고 그것을 그는 예감하고 있었다.(Vgl. 6/46-47) 이제 아름다운 소풍의 날, 브리깃데, 아버지 그리고 고향은 그에게 있어 하나의 꿈이었던 것 같이 여겨졌다. 그는 늙었고 상심한 채 이미 언제나 그랬듯이 이 밤의 강을 배타고 있었던 것같이 느껴졌다. '진실의 인식' 이 한 오한처럼 그를 엄습했다. 그는 그가 이미 예감하고 있었던 것을 알기 위해서 물위 밖으로 몸을 굽히고, 랜턴을 치켜 올렸다. 검은 수면으로부터 예리하고 엄숙한 얼굴이 회색의 눈으로 그를 마주했다. 늙은 티가 나고, 무엇인가를 알고 있는 듯한 얼굴, 이것이 그였다. 어떤 길도 되돌아질 수 없음으로써 그는 어두운 물위로 계속해서 밤을 뚫고 배를 저어나갔다."(Vgl. 6/47)

음악을 매개체로 한 두 상반세계, 즉 주인공의 맑은 음악세계와 뱃사공의 어두운 세계는 그가 처한 현실에서 과거와 미래처럼, 이들 시 · 공간의 세계는 현실에 존재하는 시간의 착각으로, 주인공이 처한 시점과 공간인 현재에서 볼 때 다른 것이 아니다. 다만 이와 같은 구별인 과거와 미래, 그리고 이런 구별에서 나오게 된 음악의 두 상반된 세계, 즉 주인공의 밝고 뱃사공의 어두운 음악은 그 상반성으로 하나이다. 이는 오로지 그 자신이 가졌던 시간의 차이에서, 즉 주인공 그의 과거의 시간과 낯선 뱃사공의 미래의 시간이 달리하고 있다는 그의 착각으로부터 기인하고 있는 것과 같은 것이다.

이 착각은 창작동화 「플루트의 꿈」 마지막에 주인공이 과거의 아름다웠던 것을 꿈같이 여겨졌다고 고백함으로써 과거의 시각은 현재에서 볼 때 시간의 연속으로 이루어진 착각임을 뚜렷이 하고 있다.

다음으로 그의 늙은 티, 무엇인가 알고 있는 듯한 얼굴, 이미 언제나 그랬었다고 함으로써, 「플루트의 꿈」 주인공은 그의 미래도 사실인즉, 연속적인 시간의 착각임을 예시하고 있다. 이는 『클링소의 마지막 여름』의 점성술사가 말했던 "시간이라고 일컫는 가장 잘못된 착각을 제거하는" "마술"을 예시하고 있는 것이다. 이 "마술"을 통하여 『싯다르타』의 싯다르타가 추구하는 시간이 없는 공간에 다다르고자 하는 시간극복의 길을 마련해주고 있다.[25]

「플루트의 꿈」 주인공이 마지막에 보여준 헤세적인 '마술' 카테고리에서 시사한 시간으로부터의 "착각"은 동양아시아의 불교적인 측면의 색채를 띠면서 깊이를 더하고 있다고 하겠다. 이는 작품 『싯다르타』의 마지막 편에서 살펴보겠다.

2.2.

헤세 창작동화 「플루트의 꿈」에서 주인공이 낯선 뱃사공을 만나게 됨으로써 나타나기 시작한 음악을 통한 두 상반세계, 즉 밝고 어두움의 두 상반되는 세계는 작품, 『싯다르타』의 초두부터 "집의 그늘에서(Im Schatten des Hauses)"(Ⅲ/617)라는 표현으로 어두움을, 그리고 "작은 배가 있는 강변의 햇빛 속으로(In der Sonne des Flußufers bei den Booten)"(ebda.)란 말로 밝은 태양빛을 뚜렷하게 표현하면서 어두움과 밝음의 두 상반된 세계를 율동적인 음의 색채로 잘 대조해져서 보이고 있다. 이런 율동적 음악색채의 상반성과 함께 등장되는 『싯다르타』의 주인공 싯다르타는 그가 주

25) 참고: 정경량, 헤르만 헤세와 동서양신비주의, 한국문학사. 서울 1997, PP. 254-5, P. 265. 참고: 홍순길, 『헤르만 헷세의 전일적(全一的)인간상, 소설 Siddhartha』연구, 창학사, 서울 1984, PP.65-66.

위 모든 사람들에게 안겨주는 기쁨과 즐거움과는 정반대의 상황에 있다. 즉 그에게는 아무런 기쁨과 즐거움도 주어지지 않고 있었다.[26] 주위 사람들과 그 자신 사이에 놓인 상반성, 즉 다른 주위 사람들이 가지는 기쁨과 즐거움이 그에게는 주어지지 않고 있는 이 상반성 속에서 싯다르타는 그가 내면적으로 가지고 있는 정신적, 영혼적 그리고 내면적인 "불만(Unzufriedenheit)"(Ⅲ/619)을 느끼게 되고 예감하게 된다. 싯다르타의 내면적이고 정신적인 불충만 상태는 그로 하여금 지금까지 추구했던 우주의 가장 본질적인 "브라만(Brahman)"(Ⅲ/621)과 자아의 가장 본질적인 존재인 "아트만(Atman)"(ebda.), 이들 "브라만"과 "아트만"의 일치를, '옴(Om)' (Ⅲ/617)[27]을 반복하는 흐름과 같이 함으로써 이룩하고자 했던 길에서 그가 행해왔던 요가는 그릇되고 헛되지 않았나 하고 자신에게 이렇게 반문한다. "물로 씻는다는 것은 좋았다. 그러나 물로 씻는다는 것은 물이지, 그 씻음은 죄를 씻지 않았고 정신의 갈증을 없애주지 않았고 마음의 불안을 제거하지 않았다.(Die Waschungen waren gut, aber

26) Vgl. Ⅲ/618 "Allen schuf er Freude, allen war er zur Lust. Er aber, Siddhartha, schuf sich nicht Freude, er war sich nicht zur Lust."

27) 음절 '옴' (Vgl. E.Zbinden, Mystik in den Religionen. In : Mystik u. Wissenschaftlichkeit, hrsg. v.Anderé Mercier, Bern und Frankfurt a. M., 1972, S.29-31). 참고: 음절 '옴'은 '성스러운 소리 der heilige Laut'이다. (s. Helmut v. Glasennapp, Indische Geisteswelt, Lizenzausgabe der H. v. Glasennapp, Wiesbaden, S.189) 그리고 또 음절 '옴'은 '브라만'과 동일할 수도 있다.(Vgl. Upanishaden, übert. und eingel. v. A. Hillebrandt, Düsseldorf, Köln 1964, S.164)

sie waren Wasser, sie wuschen nicht Sünde ab, sie heilten nicht Geistesdurst, sie lösten nicht Herzensangst.)"(Ⅲ/619)[28] 이 같은 반문과 사실 확인으로 주인공 싯다르타는 동화 같은 시간의 잠으로부터 깨어나 현실의 시간 세계로 돌아온다. 이러한 시간으로의 귀의는 현실의 시간 속에 존재하는 그의 자아를 공간으로 돌아오게 하고 있다. 그러나 다음 단계로 자아의 가장 본질적인 '아트만' 으로 나아감으로써 다시 시공의 확대된 시간과 공간에 있게 된다. 바꾸어 말해 이 확대된 시간과 공간은 주인공 싯다르타로 하여금 '아트만' 을 다시 추구하게 되고 다음과 같이 자신에게 묻는다.

"그런데 아트만은 어디에서 발견될 수 있을까, 어디에 아트만은 자리하고 있으며, 어디에 그의 영원한 심장은 박동하고 있으며, 고유한 자아, 이 가장 내면 깊숙한 곳, 파괴되지 않은 곳, 어느 누구나 각자가 지니고 있는 이 자아 이외 어느 곳에, 도대체 그 어느 곳에 이 가장 내면적이고, 최종적인 이 자아가 어디에 있는가"(Ⅲ/619)라고 질문을 던지고 있다.

그러나 그에게 가장 중요하게 대두되는 물음은 위의 물음

28) 초기 인도의 영원 불멸설, 즉 영혼을 육체로부터 분리하는 이 설에 의하면, 고행자들(Samanas)에게 성스러운 씻음과 고행적인 요가가 주어지고 있었는데, 이 성스러운 씻음과 고행적인 요가는 인간육체의 불결함을 없애준다는 것이다.(s. Chin. Hwang, a.a.O., S.176)

에서 이미 뚜렷이 예시하고 있는 바와 같이 보다 높은 차원의 어떤 형이상학인 '브라만'이나 '아트만'의 본질에 대한 앎이 아니라, 시간의 현실세계에서 '아트만'으로 인도하는 길을 발견하는 것이었다.(Vgl. Ⅲ/619-620) 그러나 그에게 있어 보다 중요한 것은 '아트만'을 체험하는 것이다.(Vgl. ebda.)

이처럼 시간의 현실 속에서의 '아트만'을 발견하고, 또한 체험하는 것이 그에게 핵심적인 것이 됨으로써, 그는 이렇게 또 물음을 던지고 있다.

"그러나 브라만(인도의 최고 계급인 승려)[d.Vf.29)]들과 승려들, 현자들 아니면 고행자들, 즉 이들에게 이 심오한 지식(즉 '아트만'에 대한)[d.Vf.]을 단순히 아는 것에 그치지 않고 체험한 이들은 어디에 있단 말인가? 아트만의 집에 있음을 잠에서부터 마법으로 일으켜 맑은 정신으로 깨어나게 하는, 삶 속으로, 어디에서나, 말과 행동으로 보여주는 정통자는 어디에 있는 것인가?"(Ⅲ/620)라고 묻는다. 싯다르타는 시간의 현실에서 '아트만'을 발견할 뿐만 아니라 체험하기 위한 이 같은 시사는 그가 부모님과 바라문들이 요가로서 생활하고 있었던 공간을 떠나 이젠 시간의 현실세계로의 진입을 예고하고 있다고 하겠다.

『싯다르타』의 주인공 싯다르타는 헤세 창작동화 「플루트

29) 이렇게 표시된 약자는 der Verfasser로 논문의 논술자를 가리키고, 논술자에 의해 괄호 안이 추가되었음을 말함.

의 꿈」에서의 주인공처럼 아버지의 말씀에 따라 수동적으로 움직이는 개성이 없는 그런 인물이 아니라[30] 개성이 뚜렷한 인물이다. 그는 능동적으로 뚜렷한 목적, 위에서 기술된 바와 같이 자아의 가장 본질적인 '아트만'을 시간의 현실공간에서 발견하고 또 직접 체험하기 위해서 자신이 오랫동안 요가의 생활로 몸두어온 부모님들의 집을 떠나 동냥하는 고행자가 되기로 작정하는 것이다.

싯다르타는 시간의 현실 공간으로의 진입을 예고한 후부터는 그가 부모의 집을 떠나기 전까지, 특히 그가 아버지로부터의 출가허락을 받기 위한 아버지와 대면에서 시각의 흐름은 아주 자세하게 헤아려진다.(Vgl. Ⅲ/623-624) 다음날 아침 햇빛이 방안으로 들어올 때쯤 그는 아버지로부터 동냥의 고행자에게로 가도록 허락을 받는다. 그는 동냥의 고행자로서 「플루트의 꿈」 주인공처럼 시간의 현실공간에서 가지는 처녀 브리깃데와의 만남과는 다르게, 그가 시간의 현실공간에서 만나게 되는 부인에게 싯다르타의 얼굴은 돌같이 굳은 것처럼 된다. 그는 그가 거리를 거닐 때 만나게 되는 사람에게 멸시로서 대했다. 싯다르타는 「플루트의 꿈」 주인공처럼 시간의 현실세계에 마음을 연 상태에 있지 않고, 꽉 닫은 채 모든 주위로부터 벗어나 있었고, 심지어는 자기 자아로부터

30) 참고: 전래동화에서의 주인공은 일반적으로 개체적인 것으로 보여주지 않고 있으며, 그리고 또 결코 어떤 개성적인 인물이 아니고, 또 어떤 유형의 것도 아니고, 일반적인 형상이라는 것이다.(Vgl. Max Lüthi, a.a.O., S.27-28)

도 벗어나려고 했으며, 오로지 그의 목적인 "자기 스스로부터 떠나, 더 이상 자아가 아닌, 텅 빈 마음의 안식을 가지고자 했으며, 탈 자아의 사고에서 기적에 대해 마음을 활짝 여는 것이 그의 지향하는 바였다."(Ⅲ/626) 싯다르타에게 있어 시간의 공간인 이 세상은 거짓과 모든 것들이 꾸며져서 그럴듯하게 보이는 것들이라고 여겨졌다. 그는 이 세상의 삶은 불교적인 의미에서의 고통이라고 생각했다.(Vgl. Ⅲ/638)[31]

그는 가장 나이든 동냥 고행자로부터 작가 헤세가 말하는 "마술 (Magie)"(4/386)을 배운다. "마술"은 그의 잘 알려진 글 「안쪽과 바깥쪽(Innen und Außen)」에서 에르빈(Erwin)이 그의 친구에게 말하는 바에 따르면 "바깥쪽과 안쪽을 바꾸는 것, 네가 했듯이 강요에 의해서가 아니고 괴로움으로서가 아니며 자유로이 하고자 하는 의지를 가지고서, 과거를 오라고 하고, 미래를 오도록 소리질러라. 이들 둘은 너 내면 속에 있다. 너는 오늘까지 너의 안쪽 내면의 노예였다. 극기해서 독립하라. 이것이 마술이다"(4/386)라는 것이다. 이런 헤세적인 "마술" 연마를 싯다르타는 가장 나이든 고행자로부터 단련하게 된다. 즉 "한 외가리가 대나무 숲 위를 날고 있었다. 싯다르타는 이 재두루미를 그의 영혼으로 받아들여서, 숲과 산 위를 날음으로써 왜가리가 되었고, 물고기들을 잡아먹었고, 왜가리의 배고픔에 굶주리게 되었으며, 왜가리가 되어 까욱까욱 울게 되었고, 왜가리의 죽음을 맞이했다. 한 죽은 재칼이 모래 해변에 늘어져 있고, 싯다르타의 영혼은 이

31) Vgl. Chin Hwang, a.a.O., S.185.

죽은 재칼의 시체 속으로 들어가서 죽은 재칼이 되어 해변에 놓인 채 있고, 부풀어져서 악취를 풍기고 썩어져서, 하이에나에 의해 갈래갈래 찢어지고, 독수리에 의해 껍질 가죽이 벗겨지고, 뼈대만 남고, 먼지가 되어 들판으로 날아갔다. 싯다르타의 영혼은 다시 돌아와서, 죽었고, 부패해져서 먼지가 되어 재로 날아감으로써, 그는 순환운동의 흐릿한 취한 상태를 맛보았다. 마치 한 사냥꾼이 갈라진 틈, 이곳에는 순환운동이 벗어나고 원인들의 종식과 고뇌가 없는 영원성이 시작되는 이 틈을 노려보고 있듯이 그는 새로운 갈증 속에서 기다리고 있었다. 그는 그의 감각들이 죽었고, 그의 기억들, 그는 그의 자아로부터 빠져나와 수천의 낯선 자태 형상들 속으로 들어갔다. 그는 짐승이었고, 썩은 짐승의 시체, 돌, 나무, 물, 그리고 매번마다 의식적으로 깨어나면서 다시 자기 스스로를 발견하고, 태양 아니면 달이 비쳤고, 다시 자아가 되어 순환운동 속에서 왔다갔다했으며, 갈증을 느꼈고, 갈증을 이기고, 새로운 갈증을 느꼈다."(Ⅲ/627)[32]

싯다르타의 이 같은 "마술" 연마, 즉 바깥 것을 안쪽으로, 역으로 안쪽의 것을 바깥쪽의 것으로 변하게 하는 "마술" 연마에서 그는 시간과 같이하는 순환운동 속에 "갈라진 틈(Lücke)"(Ⅲ/642)을 보고자 했다. 이 "갈라진 틈"에는 위에서 언급되고 있듯이 시간의 순환운동이 종식되며, 고뇌가 사라지고 영원성이 시작되는 헤세적인 의미의 "마술적 순간들(magische Augenblicke)"[33]이 주어지는 공간이다. 이 "마술

---

32) Vgl. Chin Hwang, a.a.O., S.181-182.

적인 순간"에 있기 위해 싯다르타는 이들 동냥 고행자와 더불어 하는 요가 생활에서 언제나 반복되어 일어나고 되돌아오는 시간의 순환운동 범주에 머물게 됨을 알게 된다. 해서 그는 일찍이 브라만과의 요가 생활로부터 시간의 현실에서 던졌던 동일한 물음을 제기한다. 즉 그는 요가생활에서 자기로부터 떠나는 것을 갈구했다. 그러나 그가 "모든 표상들로부터 가지게 되는 감각들로 벗어나는 것"(Ⅲ/627)을 통해 얻게 되는. "비(非)자아(Nicht-Ich)"(ebda.)는 삶의 고통과 무의미에 대항하는 "하나의 일시적인 무감각(eine kurze Betäubung)"(Ⅲ/628)에 지나지 않는다는 것을 체험하게 된다. 이러한 "일시적인 무감각"의 체험은 소 떼를 모는 사람도 싯다르타에 따르면 한 사발의 쌀 술이나 발효된 야자유를 마실 때도 용이하게 얻게 되는 것이다.(Vgl. Ⅲ/628-9) 이로써 싯다르타는 그의 그림자와 같은 친구 고빈다와는 달리, 시간성이 제거된 시간의 순환운동으로부터의 탈피를 의미하는 '갈라진 틈'의 체험은 동냥 고행자의 스승으로부터 배우게 되지 못하게 된다는 것을 인지한다. 이에 반해 고빈다는 시간의 순환운동으로부터 해방은 배움, 즉 시간적인 차례(Nacheinander)에 의해서 도달하게 된다는 것이다.(Vgl. Ⅲ/630-31) 싯다르타가 체험하고자 하는 시간의 순환운동에서 "갈라진 틈"의 발견 내지 체험, 즉 시간 이탈의 발견과 체험은, 곧 시간의 순환운동을 불가능하게 하는 시간 연속의 부정(否定)인 시간의 동시성(Zugleich)으로부터 가지게 되는

33) Reso Karalaschwili, a.a.O., S.223.

체험이라고 한다. 왜냐하면 순환운동은 연속적인 시간에 의해 형성되기 때문이다. 이러한 이유로 싯다르타는 고빈다와는 다르게 소문에 떠도는 붓다 즉 각성자가 된 고타마(Gotama)에서의 배움을 기대하지 않는다.(Vgl. Ⅲ/634) 고빈다는 각성자인 붓다로부터 가르침을 받게 된 기회를 크게 기대하는 반면, 싯다르타는 붓다의 가르침에 거의 호기심을 가지고 있지 않았을 뿐만 아니라, 그의 가르침이 그에게 새로운 무엇인가를 지니게 할 수 있으리라고는 믿지 않았다.(Vgl. Ⅲ/638) 그러나 그는 이와는 대조적으로 각성자로서의 그의 몸가짐이 그에게 던져주는 각성자로서의 체험, 즉 진실을 말하는 것, 진실을 숨쉬는 것, 진실을 풍기는 것 그리고 진실을 빛나게 하는 각성체험자인 그의 몸가짐에 주의를 기울었다.(Vgl.ebda.) 그는 "이 세상의 극복과 구제의 가르침(von der Überwindung der Welt, von der Erlösung)"(Ⅲ/642)에서 발견하게 되는 "작은 틈(eine kleine Lücke)"(ebda.)은 "전적으로 영원하고 일치된 세계원칙(das ganze ewige und einheitliche Weltgestz)"(ebda.)을 깨뜨린다는 것이다. 싯다르타가 붓다 고오타와 헤어지기 전에 나누는 대화에서 이야기하고 있듯이, 이 "작은 틈"은 불교적인 의미에서 "영원히 반복되는 굴레(eine ewige Kette)"(Ⅲ/641)를 벗어나게 하는, 즉 붓다가 이 세상에서 주어지는 연속적인 시간으로부터 벗어나는 순간인 각성의 순간이다. 붓다가 가졌던 이 순간, 즉 "작은 틈"은 카랄라쉬빌리의 표현을 빌리면 "영원성으로 채워진 순간(von der Ewigkeit ausgefüllte

Augenblick)"[34]이고, 이 순간은 시간으로부터 해방된, 시간이 없는, 즉 과거도 미래도 모르는 "마술적인 순간들"인 "시간이 없는 틈(eine zeitlose 》Kluft《)"[35]이다. 연속적인 시간의 단절을 뜻하는 "작은 틈"을 싯다르타는 "근원적 하나로서의 본질적인 존재(Seinwesen eines ursprünglichen Einen)"[36]로 이해되는 "원물질(Urmaterie)"[37]로부터 이끌어내고자하는 논리적인 사고를 통하여 도출하고자 한다. 그는 사고적인 이 "원물질"로부터 "전적으로 영원하고 일치된 세계원칙"을 언급하고 있다. "원물질"이 전제된 이 "세계원칙"으로부터 유추된 "원인과 효과(Wirkung und Ursache)"[38]라는 인과율(因果律)은 싯다르타로 하여금 불일치를 발견하게[39] 한다. 왜냐하면 "원물질"은 불교적인 관점에서 존재하지 않기 때문이다.[40] 싯다르타가 추구하는 자아로의 주제인 시간으로부터의 해방은 불교적인 의미에서 오로지 직관적인 자아의 각성, 즉 붓다의 깨달음인 시간의 연속으로 이어지는 모든 것들의 생과 사(死)의 순환적 고리를 끊고 이탈함으로써 가능한 것이다.[41] 연속적인 시간의 순환 고리가 끊어지는 그 순간의 공간은 싯다르타가 지적한 "작은 틈"으로 이야기

34) Reso Karalaschwili, a.a.O., S.244.
35) Ibid., S.233.
36) Chin Hwang, a.a.O., S.184.
37) Ibid.
38) Ibid.
39) Ibid.
40) Vgl. Ibid.

되겠으나, 그러나 불교적인 측면에서는 어떤 논리적인 사고로 인식되는 것이 아니고 직관적인 깨달음으로만 체험되는 것이다. 이러한 이유로 붓다인 고타마는 싯다르타 즉, "지식을 탐하는 자(Wißbegieriger)"(Ⅲ/642)로 일컫고, 그에게 그가 지니고 있는 "생각들의 미로(迷路), 그리고 말로서의 논쟁(vor den Dickicht der Meinung und vor dem Streit um Worte)"(ebda.)에 대해 경고한다. 붓다의 이 같은 교훈은 싯다르타로 하여금 그의 자아구제의 전제조건인 그가 요가와 고행의 생활에서 경멸 내지 무시해서 발견하지 못했던 그의 다른 자아의 하나인 "현상들의 세계(Welt der Erscheinungen)"(Ⅲ/647)에 몸을 둔 그의 표면적인 감각세계의 자아를 보게 된다. 그가 새롭게 알게 된 이 자아는 그의 자아 내면적 정신세계의 자아가 아닌 자아 바깥의 감각세계에 자리하는 자아이다. 감각세계에 몸을 둔 그의 고유한 자아의 다른 일면인 감각세계의 자아는 싯다르타로 하여금 감각세계의 한 대변자인 창녀 카말라와 만나게 했으며, 그녀와 함께 시간의 현상세계에서 "주고 그리고 받는(Geben und Nehmen)"(Ⅲ/670) 이 세상의 생활법칙에 따라 "사랑(Liebe)"(Ⅲ/662)을 배운다. 다른 한편으로는 시간이 지배하는 이 "현상들의 세계" 속에서 그는 "주고받는" 동일한 생활패턴 속에서 상인 카마스바미(Kamaswami) 집에서 이 세상 사람들과 만남을 가지고 상거래도 하면서 벌인 돈으로 카말

41) Vgl. Ibid.

라가 요구하는 옷과 신도 구입하고 돈도 지갑에 가진 채 그녀와 관능적인 쾌락을 즐긴다. 상인의 한 사람으로서 이 현상세계의 시간 생활에 있는 싯다르타는 그러나 상인 카마스바미와 같이 "주고받는" 상행위 틀에 있지 못한다. 그는 이 세상 사람들과의 상업거래를 일종의 유희관람자처럼, 즉 손해가 생기면 상거래를 통해 이윤을 만회하는 노력 없이 오로지 이들 세상 사람들과 상인으로서가 아니라 인간으로 만나 대화하고 즐김으로써, 그가 추구하고자 했던 감각적 자아의 "주고받는" 이 세상 삶에 있지 못한다.(Vgl. Ⅲ/670,672) 이처럼 세상 사람들의 감각세계에서 적응치 못하면서도 그는 카말라와 만남에서 "사랑의 예술(Liebeskunst)"(Ⅲ/670)과 "쾌락의 제식(Kult der Lust)"(ebda.)을 연마하는데, 여기에는 이 세상의 법칙인 "주고 그리고 받는 것"이 세상 어디에보다도 더 뚜렷이 "하나가 되는 것(zu einem)"임을 배우게 된다. 주인공 싯다르타가 시간의 "현상의 세상"에서 알고 배우며 체험하게 되는 "주고 그리고 받는 것"은, 사실인 즉 연속적 시간의 카테고리에서 이해되는 두 개의 상반성 "침몰(Untergang)"(5/330)과 "떠오름(Aufgang)"(ebda.)의 표상에 상응하는 것이다. 이들 두 개의 상반성은 오로지 시간의 연속선상에서만 있을 수 있는 것이고, "아래와 위(unten und oben)"(ebda.)와 마찬가지로 『클링소의 마지막 여름』에서 아르메니아인이 말하듯이 실제는 없는 것인데, "오로지 우리들 인간의 두뇌에만 착각들의 발상지(nur im Gehirn des Menschen, in der Heimat der Täuschungen)"

(5/330)인 이곳에만 있는 것이다. 이 두 개의 상반성은 또한 『데미안』에서 언급되고 있는 시간의 연속선상에서 대별되는 "허용(erlaubt)"(5/64)과 "금지(verboten)"(ebda.)와 같이 이해된다. 그러나 이 두 상반적인 것은 근원적으로 볼 때 이야기될 수 없는 것이다. 왜냐하면 이들 두 상반성은 시간과 공간에 따라 전혀 달리 이해될 수 있기 때문이다. 그 예로 어느 시기에 "금지"된 것이 어느 다른 시기와 그리고 장소에 따라서는 "허용"이 되기 때문이다.[42] 이와 같은 시간의 착각 속에 주어진 "주고 그리고 받는" 것의 법칙 하에 있는 감각세계에서 싯다르타는 카말라와의 하나되는 사랑은 이루어지지 않는다. 왜냐하면 "주고 그리고 받는 것"의 세계에서는 상대방 두 사람을 갈라놓는 전제조건이 되기 때문이다. 고로 카말라는 싯다르타에게 말하기를, 그는 그녀를 사랑하지도 않고, 그리고 어떤 사람도 그를 사랑하지 못할 것이라고 말한다.(Vgl. Ⅲ/672) 이러한 이유로 싯다르타는 시간의 연속 속에 있는 "현상들의 세계"에 더 이상 머무를 수 없었으므로 떠나야만 되었고, 또 그는 이 감각세계의 카말라로부터 멀어져야만 했다. 감각세계의 카말라로부터 떠나온 후, "싯다르타"의 주인공 싯다르타는 「플루트의 꿈」 주인공이 뱃사공이 되어 그에게 어떤 되돌아감이 주어지지 않았던 것처럼(Vgl .6/47) 그가 과거에 지녔던 시간과 장소로 되돌아갈 수 없다는 것을 인식했다.(Vgl. Ⅲ/681) 그가 많은 햇수동안 지내왔던 생도 이제 마감했음을 감지했다. 오로지 그에게는 헤세 전형적인 표현

42) Vgl. Chin Hwang, a.a.O., S.131.

인 전진만이 있다. 카말라로 대변될 수 있는 감각세계 체험 후, 이 감각세계로부터의 떠남은 싯다르타로 하여금 이제 시간의 착각들로부터 나누어진 이들 두 상반세계들, 즉 브라만과 요가의 정신세계와 "주고 그리고 받는" 시간의 연속선상의 감각세계를 대등한 선상에서 보게 했다. 상반된 두 세계, 즉 브라만의 정신세계와 감각세계를 체험한 후, 후퇴가 없는 전진의 길에 있게 된 싯다르타는 일찍이 카말라의 감각세계에 발을 들여놓기 위해 건너게 되었던 강에 이른다. 이 강에서 싯다르타는 그의 좌절된 상태에서 『클라인과 봐그너(Klein und Wagner)』에서의 프리드릿히 클라인처럼(Vgl. 5/286 ff.) 자신의 몸을 강물에 던지려고 했을 때, 그는 브라만의 아들로서 요가 때 반복했던 "성스러운 옴"(Ⅲ/683)을 듣게 되다. 우주의 가장 본질인 "브라만"과 자아의 가장 본질인 "아트만"과의 일치로 이끌게 하는 이 "성스러운 옴"은 싯다르타에게 이미 체험한 상반된 두 세계, 즉 정신적인 것과 감각적인 것의 세계를 연속의 시간에서가 아니고, 동시성의 시간 속에서 체험하게 하는 힘을 주게 된다.[43] 앞에서도 언급이 되었지만, 싯다르타 자아의 상반된 두 세계는 시간이라는 가장 잘못된 착각에 의해, 즉 연속적인 시간의 착각에 의해 형성된 것으로 그의 자아 본질인 '아트만'은 이들 두 상반된 세계들 뒤쪽 이면에 존재하고 있는 것이다. 이 가장 잘못된 착각의 시간, 이 착각의 시간으로 말미암아 나타나고 있는 이들 두 상반세계 이면에 있는 자아 본질인 '아트만'을, 시간

43) Vgl. Chin Hwang, S.189f.

의 현실세계에서 체험하기 위한 매체로서 작가 헤세는 "마술"을 들고 있다. 그가 그의 작품에서 이야기하고 있는 바에 따르면, 이미 기술했지만, "마술"로서 착각의 시간 즉, 연속적인 시간을 제거해야만, 그의 자아는 이 시간으로부터 해방되어 그의 자아 본질에 이르게 된다는 것이다. 이로서 헤세의 주인공이 그의 자아의 본질에 있게 되는 연속적인 시간으로부터의 해방의 순간을 카랄라쉬빌리는 "마술적인 순간"으로 일컬었고 이 해방의 "마술적인 순간"을 "시간이 없는 갈라진 틈"으로 나타내었다. 카랄라쉬빌리가 말하고 있는 "시간이 없는 갈라진 틈"은 싯다르타가 직관적인 깨달음에 의한 체험으로 가지게 되는 불교적인 의미의, 즉 이 세상에서 시간의 순환 고리로 이어지는 순환운동이 끊어지는 시간의 "작은 틈"으로 그는 연속적인 시간으로부터의 해방을 달성하게 된다. 이로서 싯다르타는 그의 자아 본질에 있게 된다. 이 "작은 틈"의 체험은 연속적인 시간으로부터의 자아 해방으로, 연속적인 시간의 공간이 아닌, 동시적인 시간의 공간에서만 이루어진다. 왜냐하면 동시적인 시간의 공간에서는 가장 잘못된 착각의 시간인 연속적인 시간의 공간으로부터 형성되는 두 개의 상반된 "몰락"과 "치솟음", "허용"과 "금지", 「플루트의 꿈」에서 주인공이 대하게 되는 밝은 음과 어두운 음, 『싯다르타』의 싯다르타가 얽매여 있는 두 개의 상반된 세계, 즉 "정신세계의 자아와 감각세계의 자아", "사고와 높은 학식의 우연한 자아(das zufällige Ich der Gedanken und der Gelehrsamkeit)"(Ⅲ/652)와 "감각들의 우연한 자아

(das zufällige Ich der Sinne)"(ebda)를 넘어서서 시간이 없는 영원의 세계로부터 들려오는 조화된 일치의 음을 듣게 되는 것이 가능하기 때문이다. 싯다르타가 체험하고자 하는 "작은 틈"은 "시간이 없는 갈라진 틈"으로, 연속적인 시간의 거부이다. 여기에서는 연속적인 시간의 "차례 차례의 원칙(das Prinzip des Nacheinander)"[44]이 동시적인 시간의 "병존의 법칙(das Prinip des Nebeneinander)"[45]에 자리를 내놓게 되는 것이다. 카랄라쉬빌리에 따르면, "이 때에 헤세는 시간을 무한대로 확장하고 있는데, 시간을 말하자면 경계가 지워지지 않는 공간적인 확대로서 보이고 있다. 여기에는 동시적이며 병행적으로 수많은 사건들이 행해지고 있다."[46] 이러한 시간의 무한대 확장으로 이룩되는 확대된 공간은 싯다르타가 작품 마지막에 도달해서 머물게 되는 강이다.

「플루트의 꿈」 주인공처럼 『싯다르타』의 주인공 싯다르타도 시간의 동시성이 주어지고 있는 강에 이른다. 싯다르타는 시간의 동시성이 주어지고 있는 공간인 강에 머물기로 한다.(Vgl. Ⅲ/693) 강에서 싯다르타는 그의 스승인 뱃사공 바쥬데바(Vasudeva)와 같이 생활하면서 시간의 동시성이 주어지고 있는 강에서 '공간적인 확대'로 이어지는 시간의 무한적인 확대로 그는 그의 과거 시간과 공간, 즉 "소년이었을 때의 싯다르타(Knabe Siddhartha)"(Ⅲ/698)와 "현재의 청·

44) Reso Karalaschwili, a.a.O., S.234.

45) Ibid.

46) Reso Karalaschwili, a.a.O., S.234.

중년의 싯다르타(Mann Siddhartha)"(ebda.) 그리고 "미래의 늙은이의 싯다르타(Greis Siddhartha)"(ebda.)를 보게 된다. 싯다르타는 그의 스승과 더불어 강으로부터 "성스러운 옴"을 들었을 뿐만 아니라, 강과 같이 하는 생활 가운데서 죽음을 앞에 두고 있는 붓다로 순례하는 과거의 그의 애인이었던 카말라와 재회하고, 그의 아들도 보게 된다. 그는 그의 아들로부터 가지게 되는 인간의 고뇌도 체험한다. 싯다르타의 전 생애를 반영하는 역할을 하고 있는 강, 이 강[47]에서 연속적인 시간에 주어지고 있는 많은 일들을 체험하면서 그는 시간의 동시성이 주어지고 있는 이 강에서 연속적인 시간을 극복하게 된다. 그 증빙으로 그는 말하기를 이전에는 죄인이 언젠가 브라만이 된다고 생각했는데, 이는 연속적인 시간으로부터 오는 착각에서 유래된 것으로 잘못된 것이고, 이 죄인의 내면에는 미래의 붓다가 이미 자리하고 있다는 것이다.(Vgl. Ⅲ/752f.) 이 같은 싯다르타의 생각변이는 다름 아닌 연속적인 시간의 착각으로부터 그의 자아가 이미 벗어나 있다는 것을 증명하고 있다.

3.

싯다르타가 강에서 얻게 되는 연속적인 시간의 착각으로부터 깨달아 얻게 된, 즉 시간의 동시성에서 보게 되는 "마술적 시간"의 체험은, 연속적 시간의 착각으로부터 가졌던 자

47) 참고: 이신구, 헤세와 음악, 태학사, 서울 1999, PP.94-98.

아 양면적인 두 상반성의 세계극복과, 이로서 그의 자아는 연속적 시간의 "형상들의 세계"로부터 벗어나 있게 되었다. 이와 함께 그는 연속적인 시간의 착각 이면에 자리하고 있는 자아의 가장 본질인 "아트만"을 "성스러운 옴"으로써 "작은 틈"을 직시하게 된다. 즉 "영원성으로 채워진 순간"을 체험하게 된다고 하겠다. 이와 관련해서 헤세는 『슈테펜볼프』에서 "영원성에는 후세는 없고, 오로지 함께 하는 세상만이 주어지고 있다.(Es gibt in der Ewigheit keine Nachwelt, nur Mitwelt)"(7/343)고 했으며, 이어서 "영원성은 시간의 해방 바로 그것이며, 어느 의미에서는 무죄로의 귀환이고, 공간으로의 재변화이다"(7/345)라고 했다.

"이러한 깨달음의 상태에서 싯다르타는 시간의 무한성을 체험하게 되는데, 이 깨달음의 상태를 작가는 하나의 끝없이 확장되어진 순간으로 그려내고 있다."[48] 이 순간은 카랄라쉬빌리에 따르면 수천의 상(像)들을 동시적으로 포용하고 있다는 것이다.[49] 이 수천의 상들을 싯다르타는 동시적으로 직관하면서 영원성으로 채워진 순간을 체험하고 이를, 싯다르타는 그의 친구인 고빈다로 하여금 제 3자로서 그의 이마에 키스하게 함으로써 확인하게하고 있다.(Vgl. Ⅲ/731)

지금까지 헤세의 창작동화 「플루트의 꿈」과 그의 소설작품 『싯다르타』에서 주인공들이 시간으로부터 벗어남이 작품

48) Reso Karalaschwili, S.234.

49) Vgl. Ibid.

에서 어떻게 그려지고 있는가를 고찰해보았다. 그러나 카랄라쉬빌리가 제기하는 문제, 즉 작가가 어느 한 지점에 연결시켜 놓고는 독자에게 시간은 그의 인물에게 존재하는 것을 중지했다고 알릴 수 있다. 그러나 작가가 독자로 하여금 주인공 인물들이 다다르게 된 시간 초월성을 인지하게 하고 이들의 시간체험을 동감하게 하고 믿게 하도록 서술구조로 만들 수 있는가 하는 문제는 남아있다는 것이다.[50] 이 문제해결의 접근은 작가 헤세뿐만 아니고 근원적으로 모든 작가들에 관계되는 것이라고 보아진다. 헤세는 이 문제의 접근방법의 하나로 작품『싯다르트타』에서 주인공 싯다르트타가 연속적 시간으로부터 벗어나 동시적인 시간 범주에서 체험한 시간이 없는 순간을 작품 끝에 이르러 제 3자인 그의 친구 고빈다로 하여금 확인하게 하고 있다.

참고문헌

Hesse, Herman : Gesammelte Schriften, Bd.Ⅲ, Frankfurt a. M., 1958.

Hesse, Herman : Gesammelte Werke in 12 Bde, Bd. 1-12, Frankfurt a. M., 1973.

Materilien zu Hermann Hesses Siddhartha Bd. 1, hrsg. v. V. Mirchels, Frankfurt a. M., 1976.

Brüder Grimm : Kinder-und Hausmärchen, gesammelt

50) Vgl. Ibid.

durch die Brüder Grimm München 1984.
v. Glasenapp Helmut : Indische Geisteswelt, Lizen zausgabe der H. v. Glasenapp, Wiesbaden.
Hwang, Chin : Hermann Hesses Anthropologie und die Weisheit und das Gleichnis des Fernen Ostens, Diss., Bern 1978.
Karalaschwili, Reso : Hermann Hesse, Frankfurt a. M., 1993.
Lüthi, Max : Märchen, Metzler Verlag, Bd. 16, 7. Aufl., Stuttgart 1979.
Moser, Hugo : Sage und Märchen in der deutschen Romantik. In: Die deutsche Romantik, hrsg. v. Hans Steffen, 2. Aufl., Göttingen 1970.
Upanishaden, übertr. und eingel. v. Alfred Hille brandt, Dösseldorf. Köln 1964.
Zbinden, E : Mystik in den Religionen. In: Mystik und Wissenschaftlichkeit, hrsg. v. André Mercier, Bern und Frankfurt a. M., 1972.
이신구, 헤세와 음악, 태학사, 서울 1999.
정경량, 헤르만 헤세와 동서양신비주의, 한국문학사, 서울 1997.
홍순길, 헤르만 헤세의 전일적全一的 인간상, 창학사, 서울 1984.
황 진, 유럽전래동화 카테고리에서의 헤르만 헤세 창작동화고찰, 『헤세연구』제 3집, 한국헤세학회, 2000, PP.5-29.

Ⅲ. 헤세의 창작동화와 소설작품에서의 마술적 요소와 시간문제 (Ⅱ)

– 창작동화 「이리스」와 소설작품 『슈테펜볼프』

1.

이 논고는 이미 살펴보았던 「헤세의 창작동화와 그의 소설 작품에서의 마술적 요소와 시간문제 (Ⅰ)」 – 창작동화 「플루트의 꿈」과 소설작품 『싯다르타』에서[1] 살펴본 것의 후속적인 논술이다.

이유로서는 「시간문제 (1)」에서처럼, 장르를 달리하고 있는 헤세의 두 작품들, 즉 창작동화 「이리스(Iris)」(1918)와 소설 『슈테펜볼프(Steppenwolf)』(1927)에서 나타나고 있는 마술적 요소와 시간문제를 중요 쟁점으로 논자는 다루고자하기 때문이다. 이에 관해 곧이어 자세히 다루겠으나, 우선 이들 두 작품들은 표면적인 줄거리 진행에서 유사성을 띄우고 있다. 그 하나로 이미 「유럽 전래동화 카테고리에서의 헤르만 헤세 창작동화 (1)」에서 언급되었듯이[2] 유럽 전래동화의 가장 일반적인 틀인, '과제/해결(Aufgabe/Lösung)'[3] 이라

1) 황진, 헤세의 창작동화와 그의 소설 작품에서의 마술적 요소와 시간문제 고찰(1), 『독일언어문학』, 제 15집, 독일언어문학연구회, 대전 2001, pp.261-284.

2) 비교 : 황진, 유럽전래동화 카테고리에서의 헤르만 헤세 창작동화 고찰, 『헤세연구』, 제3집, 한국헤세학회, 대전 2000, p.10, 20.

3) Max Lüthi, Märchen, 7, Aufl., Sammlung Metzler Bd. 16, Stuttgart 1979, S.25.

는 범주에서 창작동화 「이리스」와 『슈테펜볼프』의 줄거리가 진행되고 있다. '과제/해결' 이라는 틀 속에서 유사성을 띄고 진행되는 줄거리에 대한 구체적인 조사연구는 이어지는 본문 2에서 논술되겠지만, 두 작품들이 이 틀 속에서 같이 하고 있는 점에 관해 먼저 언급해 본다면, 창작동화 「이리스」에서 이리스는 주인공 안젤름에게 하나의 과제를 내고 싶다고 하면서(Vgl. 6/120)[4] 다음과 같이 말한다.

"너는 나에게 여러 번 말했는데, 너는 매번 나의 이름을 입에 새겨 볼 때면 그때마다 언젠가 너에 있어 중요했고, 성스러웠지만 잊어버렸던 무엇인가를 기억나게 하는 것 같다. 너가 나의 이름을 통하여 상기하게 되는 그것을 너의 기억에서 다시 찾도록 해봐라.(Mehrmals hast du mir gesagt, daß du beim Aussprechen meines Namens jedesmal dich an etwas Vergessenes erinnert fühlst, was dir einst wichtig und heilig war(…) geh und sieh, daß du das in deinem Gedächtnis wieder findest, woran du durch meinen Namen erinnert wirst.)"(6/121)

이처럼 이리스가 안젤름에게 내놓는 해결이 전제된 잃어버린 것을 되찾게 하는 과제, 즉 그녀의 이름을 통하여 상기

---

4) 앞으로 이렇게 표시되는 첫 아라비아 숫자는 책의 권, 두 번째 숫자는 권의 쪽으로, 다음 책자의 권과 쪽이다. Hermann Hesse, Gesammelte Werke in 12 Bde, Suhrkamp Verlag, Frankfurt a.M., 1973.

되는 것을 안젤름이 자신의 기억에서 다시 찾는 것이 그녀가 그에게 낸 과제이다. 그녀는 이 과제가 해결되면 안젤름이 희구하는 그의 부인이 되겠다는 것이다.(Vgl. ebda.) 이와 유사한 과제를 소설 『슈테펜볼프』의 주인공 하리 할라도 가지는데, 「이리스」에서 보여주고 있는 '과제/해결' 이라는 카테고리에서이다. 즉 하리 할라는 그가 마음으로 작정한 자살을 두려워한 나머지 집으로 돌아가지 못하고 방황하던 중 '검은 독수리 식당(zum schwarzen Adler)' 에 발을 들여 놓게 되고(Vgl. 7/271), 그가 그곳에서 만나게 되는 헤르민네로부터 그가 뒤에 "마술극장(magisches Theater)"(7/221)에서 그녀에게 반하게 되어 그녀를 죽이게 되는 과제를 받게 된다.(Vgl.7/298)

하리에게는 창작동화 「이리스」의 주인공 안젤름처럼, 창작동화의 과제/해결이라는 틀 속에서 헤르민네의 과제가 주어지고 있다. 이 과제는 「이리스」와는 다른 과제인 하리가 헤르민네를 살해하는 것이다. 이런 표면적인 줄거리 진행에서 뿐만 아니고 장르를 달리하고 있는 두 작품에서 논자가 보다 중점적으로 고찰해 보고자 하는 바는 이들 두 작품들의 내용면에서, 즉 「시간문제 (1)」에서 서술된 바와 같이 동화적인 요소와 맥을 같이 하는 마술적인 요소다. 뿐만 아니라 두 주인공들이 거의 유사하게 작품 마지막에 이르러 그들이 대변하는 정신세계의 상반자들인 이리스와 헤르민네와 함께 하는 결혼, 즉 "영원성(Ewigkeit)"(7/345)으로 지향하고 있는 것에 주된 관심을 두고 살펴보고자 한다. 이들 두 주인공들이 종국적으로 다다르게 되는 결혼과 연계되는 "영원성"은 "시간이 없는 것(das Zeitlose)"(ebda.), "성스러운 저 너머의 것(das heilige Jenseits)"(ebda.)으로 연속의 시간이 존속하는 "일반적으로 일컬어지는 현실(sogenannte Wirklichkeit)"[5]과 맞서는 "시간이 없는 마술적인 현실(zeitlose magische Wirklichkeit)"[6]에 있게 되는 것이다.

그러면 위에서 간략하게 기술한 바를 발판으로 하여 장르를 달리하는 두 작품들에서 주인공들이 다다르고자 하는 보다 높은 단계의 "시간이 없는 마술적이 현실"[7]로의 길에서, 외면상의 동화적인 줄거리 틀로 보아 두 작품들 주인공들이 어떻게 "일반적으로 일컬어지는 현실"의 연속적 시간으로부터 벗어나게 되는가에 관해 고찰, 연구하겠다.

현실의 연속적인 시간으로부터 벗어나 있게 되는 보다 높은 단계의 "시간이 없는 마술적인 현실"에 다다르게 할 수 있는 길잡이로 "마술(Magie)"(Vgl. 5/333)을 헤세는 내세우고 있다. 이에 관해서는 앞서 본 「시간문제 (I)」에서 언급하였다.[8] "마술"에 대해 올바르게 해명하고 있는 카랄라쉬비린의 기술(記述)을 다시 빌리면 헤세에게 있어 "마술은 바깥의 현실을 내면적인 현실로 변하게 함으로써, 시간을 해체하고,

5) Reso Karalaschwili, Hermann Hesse, Frankfurt a. M., 1993, S.223.

6) Ibid.

7) Ibid., S.230.

8) 비교 : 『독일언어문학』, 제 15집, 전게서, p.263.

그리고 모든 시간들, 즉 과거, 현재 그리고 미래의 이들 시간 모두를 동시적으로 체험하게 하는 것을 가능케 한다"[9]는 것이다.[10]

"시간이 없는 마술적 현실"인 "고향(Heimat)"(Vgl. 6/126), 즉 연속의 시간이 지배하는 현실세계에서 주어지는 어떤 주름살도 결코 가질 수 없는 곳에 있기를 안젤름은 희구했다. 하리 할라 역시 "시간이 없는 세상(in der Welt ohne Zeit)"(7/366)에 있고자 했다. 이같이 "시간이 없는 세상"인 "고향"으로 진입하려는 두 주인공들은 그들의 상반자들과 하나가 되는, 즉 시간이 없는 세상에서의 자아 본질로의 귀환, 이 귀환은 헤세 작품 주인공들의 가장 본질적인 자아 됨의 길이다.

그러면 장르를 달리하는 「이리스」와 『슈테펜볼프』의 주인공들이 그들 자아 됨의 길에서 어떻게 "시간이 없는 마술적 현실", "일반적으로 일컬어지는 현실"의 연속적 시간으로부터 벗어나는 길에 있게 되는가를 구체적으로 살펴보겠다.

---

9) Reso Karalaschwili, a.a.O., S.230.

10) 참고 : 헤세는 그의 글 》내면과 외면 Innen und Außen《에서 에르빈 Erwin으로 하여금 "마술"에 관해 다음과 같이 말하게 하고 있다. "봐라! 이것이 마술이다. 바깥과 안을 바꾸는 것, 너가 하는 것처럼 강요적으로서가 아니고, 괴로워하지 않으면서, 자유롭게, 하고자하는 의지를 가지고서 말이다. 과거를 오라고, 그리고 미래를 오도록 소리질러라! 이 둘은 너의 안에 있다. 너는 오늘날까지 너의 내면의 노예였다. 극기해서 독립하라. 이것이 마술이다."(4/386)

2.

2.1. "과제/해결" 틀 속에서의 「이리스」와 『슈테펜볼프』

그럼 먼저 창작동화 「이리스」와 소설 『슈테펜볼프』에서 연속의 시간으로부터 벗어남을 지향하고 있는 두 주인공들을 중심으로 이미 I 서두에서 언급되었듯이, 이들 두 작품들에서 나타나고 있는 표면적인 줄거리, 즉 유럽 전래동화 카테고리의 일반적인 틀인 "과제/해결"의 범주에서 이 두 작품을 먼저 고찰해보겠다.

앞서 위에서 시사된 바도 있지만 유럽전래동화의 일반적인 틀인 "과제/해결" 테두리에서 본다면 창작동화 「이리스」에서 주인공 안젤름은 그의 자아욕망의 사회생활 속에서 일찍이 그의 어머니 정원에서 항상 같이했던 "붓꽃(Schwertlilie)"(Vgl. 6/110)과 아주 멀어진 상태에 있었다. 그 즈음에 자주 들린 친구의 집에서 친구의 누이인 이리스, 즉 붓꽃을 만나 그의 부인이 되기를 바라면서 청혼을 구한다. 이리스는 그의 구혼에 대해 먼저 조건을 제시하면서 다음과 같이 말한다.

"안젤름, 나는 너의 문의에 대해 놀라지 않는다. 비록 내가 너의 부인이 되는 것에 대해 결코 생각해 본적이 없지만 나는 너를 사랑한다. 보라. 나의 친구여. 내가 누구의 부인이 된다면 그 사람에게 매우 커다란 요구를 하겠다. 나는 대부분이 바라는 것보다 훨씬 커다란 요청을 하겠다. 너는 나에게 꽃을 주겠다고 했는데, 너는 이것으로 다 되었다고 생각하겠지. 그러나 나는 꽃 없이도 생활할 수 있고, 또한 음악 없이도 생활할 수 있으며, 또한 어떤 사정이 있어 그래야만 한다면 이들 모든 것, 다른 많은 것들도 없이 지낼 수 있다. 그러나 한가지만은 포기할 수도 없으며, 절대로 단념하지 않겠다. 음악이 내 마음에서 주된 자리를 차지하지 않는 어떤 하루도 나는 살 수 없을 것이다. 만약 내가 한 남자와 같이 살게 되면, 그 사람 내면의 음악과 나의 음악이 훌륭하고 우아하게 조화를 이루게 되는 그런 사람이어야 된다. 그의 고유한 음악은 순수해서 나의 음악에 잘 울리게 되도록 하는 것이 유일한 그의 바람이다. 너는 이것을 할 수 있겠니, 친구여. 이렇게 될 때에 너는 아마도 더 이상 유명해지지도 않을 것이며, 그리고 너의 명예도 더 이상 누릴 수 없을 것이고, (…) 내가 수년 전부터 너의 이마에서 읽고 있는 모든 주름살이 다시 없어지겠지. 아! 안젤름. 그렇게 될 수는 없겠지. 봐라 너는 언제나 너의 이마에 생기는 주름살을 살피며 언제나 새로운 걱정을 만들고 있지 않는가. 내가 생각하는 바는, 현재 있는 대로의 나를 너는 아마도 사랑하고 있고, 예쁘다고 생각하고 있겠다. 그러나 대부분의 사람들처럼 너에게 있어서도 보이는 나는 오로지 한 절교한 놀이 기구일 뿐이다. 아, 나에게 귀를 기울려 다오. 너에게 있어서 장난감인 모든 것은 나에게 있어 생(生) 그 자체이고, 너에게도 또한 그럴 것임에 틀림없다. 네가 수고를 하고 있고 걱정을 하게 되는 모든 것들은 나에게 있어 하나의 장난감이고, 사람들이 목숨을 바치고 사는 것들은 나에게는 아무런 가치를 지니지 못한다.

나는 나의 내면에 존재하고 있는 규정에 따라 살고 있기 때문이다. 그런데 너는 달리 될 수 있겠니. 그러면 너는 아주 다르게 되어야만 한다. 그렇게 될 때 나는 너의 부인이 될 수 있다."(6/119 - 120)

이와 같은 이리스의 조건제시, 즉 음악과 고독을 지니려고 하는 그녀와는 상반되게 사회인들과의 사교를 가지려고 하는 안젤름(Vgl. 6/117)에게 내놓고 있는 이 조건 제시는 다름 아닌 안젤름이 그의 생활태도를 바꾸는 것을 바라는 이리스의 바람이다. 이런 조건 제시는 이리스를 부인으로 맞이하고자 하는 안젤름에게 있어 유럽 전래동화의 일반적인 카테고리에 속하는 "과제/해결" 틀에서 보아 그녀가 그의 부인이 되는 것에 대한 해결의 일환이 되겠다. 이리스는 이렇게 말한다.

"너는 매번 나의 이름을 발음할 때면 그때마다 언젠가 너에게 있어 중요했고, 성스러웠지만 잊어버렸던 무엇인가를 기억나게 하는 것 같다고 했다. 이것은 하나의 징후다. 안젤름. 이 징후가 너로 하여금 그 동안 내내 나에게로 이끌리게 했다. 또한 나는 믿기로 너는 너의 마음속에 중요한 것과 성스러운 것을 잃어버렸고, 그리고 또 잊어버렸는데, 네가 행복을 발견하기 전, 이 행복이 너에게 무슨 정해진 것을 건네주기 전에 이제 비로소 다시 일깨워지게 하고 있음이 틀림없는 것이다. 안녕 안젤름. 나는 너와 악수를 나누면서 바라건대, 가라. 보아라. 네가 나의 이름을 통하여 상기하게 되는 그것을 너의 기억에서 다시 찾도록 말이다. 네가 그것을 다시 찾게 되는 그날에는 나는 너의 부인으로써 네가 가고자 하는 어디에도 너와 함께 가리라. 그리고 너의 부인이 되는 것 이외에 다른 어떤 바람도 가지지 않을 것이다."(6/121)

이와 같이 창작동화 「이리스」에서 이리스가 유럽전래동화의 일반적인 "과제/해결"이라는 틀 범주에서 주인공 안젤름에 내놓고 있는 그녀와의 결혼을 전제로 하고 있는 과제를 『슈테펜볼프』의 주인공 하리에게 헤르민네도 역시 제시하고 있다. 주인공 하리는 또한 슈테펜볼프라고 불리워지는데(Vgl.7/222), 그는 그의 자아 속에 운명적으로 전혀 다른 "두 개의 기질들, 하나는 인간적인 것과 늑대적인 것(zwei Naturen, eine Menschliche und eine Wölflische)"(7/222)을 지니고 있다. 그의 이들 두 상반적인 기질들은 시민사회의 대부분 사람들처럼 조절되지 못하고, 언제나 이들 두 기질들은 적대적인 관계를 가지게 됨으로써(Vgl.7/223-224), 그는 현실세계에 적응하는 안정된 상황에 있지 못한다. 이로써 그는 이 현실 세계의 "이탈자 혹은 외톨박이(Außenseiter)"(7/239)로서 거추장스런 몸을 이끌며 생활한다. 현실세계의 '이탈자 혹은 외톨박이'로서 상반된 두 자아의 소지자 슈테펜볼프인 하리에게 어느 하나가 택해져야 하는 두개의 가능성이 제시된다. 그중 하나는 이들 두 상반성의 것들이 폭발되어 조각조각 나는 것이고, 다른 하나는 이들 두개의 상반된 것들이 양극(兩極)으로써 서로가 수용되게끔 하는 (Vgl.7/237-238) "떠오르는 유머(unter dem aufgehenden Humor)"(7/239)를 통하여 서로 "이성(理性)의 결혼(Vernunftehe)"(ebda.)으로 이끌게 하는 것이다.

"이성의 결혼"을 이끄는 "유머"는, 동화 형식의 서두로[11] 시작하고 있는 "슈테펜볼프의 소책자(Tractat vom Steppenwolf)"(ebda.)에서 제시되고 있다. 이는 하리 할라에게 마술적 가능성을 지닌 "유머의 학교(Schule des Humors)"(7/369)인 "마술극장"으로 들어가게 하고 있다. 미리 그에게 예약된 "마술극장"으로의 진입 전, 하리는 그의 상반된 두 자아의 세계, 즉 인간적인 세계와 늑대적인 세계 사이에서 "우왕좌왕(Zickzack)"(7/250)하면서 지친 몸을 이끌고 "검은 독수리 식당"에 들어선다. 이곳에서 그는 그의 정신세계와 상반된 감각세계를 대변하는 헤르민네를 만난다. 생을 어렵게 생각하고 있는(Vgl.7/273) 하리 할라와는 달리 이 세상의 생(生)은 "어린애의 일 같이(Kinderleicht)"(ebda.) 쉽다고 진술하고 있는 헤르민네로부터 감각세계의 진입 초보단계로 춤추는 것을 배우도록 지시받는다. 그에게 지시하는 헤르민네의 음성은 아이를 따르게 하는 "한 어머니의 음성(eine mütterliche Stimme)"(7/279) 같아서 하리는 순종하는 아

11) 비교 : "옛날 어느 한때에 이름이 하리이고, 슈테펜볼프라고 불리워진 한 사람이 있었다. Es war einmal einer Names Harry, genannt der Steppenwolf"(7/222) 참고 : 장덕순외 3인, 구비문학개설, 일조각, 제3판, 서울 1994, pp.16 - 17, p.60.

이처럼 아무런 저항감을 지니지 않고 따른다.(Vgl.ebda.) 순종하는 하리에게 헤르민네는, 이리스가 주인공 안젤름에게 자기와의 결혼을 전제로 과제를 내놓았던 것과 마찬가지로, 하리가 그녀에게 홀딱 반해 마지막에는 그녀를 살해하도록 하게 하는 과제를 준다.(Vgl.7/298) 이 하리의 살인 행위, 즉 "마술극장"에서의 헤르민네와의 "이성(理性)의 결혼"이 전제된 "한 특이한 결혼(eine sonderbare Hochzeit)"(7/403) 달성을 위해 마련되는 행위다. 이 "한 특별한 결혼"은 연속의 시간이 지배하는 현실세계에서 "늑대인간(Wolfsmensch)"(7/240)(Vgl.7/222ff. u. 7/240ff.)인 하리의 가상(假像), 즉 현실 속에서 늑대와 인간이 교차적으로 모습을 드러내면서 현실에 있게 되는 그의 가상을 벗어나, 보다 높은 단계의 세계에서 "눈에 보여지지 않는 참된 헤르민네와 더불어"[12]있게 하는 하리와 헤르민네의 맺음인 것이다. 이들 둘의 결혼에는 연속시간의 현실세계에서 구별 지어지는 나와 너가 없는 함께 동시적으로 존재하는 보다 높은 단계에 있게 되는 너와 나의 현실세계로의 들어감을 의미한다.[13]

이 보다 높은 단계의 현실세계인 동시적인 시간이 존재하는 즉, 연속의 시간이 지배하는 현실세계로부터 벗어나는 현실세계로 하리를 오르게 하는 전초적 조건이 하리가 헤르민네를 살해하는 것이다. 하리 할라의 이 살인행위는 다름 아

---

12) Chin Hwang, H. Hesses Anthropologie u. die Weisheit u. das Gleichnis des Fernen Ostens,Diss., Bern 1978, S.220.

13) Vgl. Ibid.

닌 헤르민네가 하리에게 내걸은 과제, 즉 작품 마지막에 다다르게 하고 있는 헤르민네와의 결혼을 전제한 과제이다.

2.2. 「이리스」에서의 연속적 시간 이탈의 길

이처럼 결혼이 전제되어 헤르민네를 "마술극장"에서 살해하게 되는 과제를 수행하는 하리 할라가 그의 자아로 하여금 궁극적으로 추구되어지게 하고 있는 바는, 위에서 시사되고 있는 것과 같이 연속의 시간이 좌지우지하는 현실세계로부터 벗어나 동시적인 시간이 존속하는 보다 높은 단계의 "영원성(die Unsterblichen)"(7/239)에 있게 하는 것이다. 이 "영원성"으로, 즉 연속의 시간으로부터 벗어나 있게 되는 이마에 주름살이 지지 않는(Vgl.6/125-126), 이 "영원성"으로의 길인 "참된 고향(wahre Heimat)"(6/118)으로의 길을 이리스는 안젤름에게 제시하고 있다.(Vgl.6/125-126) "참된 고향"에 안젤름이 이리스와 더불어 있게 되면, 그의 이마에 어떤 주름도 안젤름은 가지게 되지 않게 된다는 것이다.(Vgl. 6/126) 이마의 주름살은 일반적으로 연속의 시간이 지배하는 연륜과 같이 함으로써, 현실세계의 시간흐름과 같이 한다. 주름살이 없게 됨은 곧 현실세계의 시간흐름과 같이 하지 않는 것을 의미한다. 이리스에 따르면 그녀는 연속의 시간 현실세계에서 "한 잃어버린 고향(eine verlorene Heimat)"(6/118)으로 표현되는 연속의 시간이 존재하지 않는 '영원성'의 "참된 고향"으로 안젤름과 더불어 다시 찾아가기 위해 이 세상에 존재하고 있다는 것이다. 이러한 의미에서 이리스는 안젤름에게 다음과 같이 말한다.

"내가 한 꽃의 냄새를 맡을 때면, 그럴 때 나의 마음은 늘 그랬는데 꽃의 향기는 무엇인가 빼어난 아름다움, 가치 있는 것을 기억케 하고 있다. 이 기억은 일찍이 언젠가 한번 나의 것이었는데, 나로부터 떠나버린 것이다. 음악도 매한가지다. 그리고 또 왕왕이 시(詩)들과도 그러하다. 여기에는 무엇인가 갑자기 번뜩임을 볼 수 있는데, 순간으로나 마치 우리들이 잃어버린 고향이 돌연히 저 깊은 계곡아래에 놓여 있는 것을 보는 것 같았다. 그러나 또다시 사라지고 그리고 또 잊어버려진다. 사랑스런 안젤름, 나는 믿기로 우리들은 이러한 참뜻(즉 잃어버린 고향을 다시 찾는 것)[d.Vf.14)]을 위해 지상에 몸두고 있는 것이다. 잃어버린 음향으로 귀를 기울이고, 찾아 헤매며 그리고 돌이켜 생각하기 위해서 우리들은 지상에 있는 것이고, 이들 음향 뒤편에 우리의 진정한 고향이 놓여 있는 것이다."(6/118)

이리스가 진술하고 있는 "진정한 고향"에 이리스와 함께하기 위해 안젤름은 그녀가 내놓은 과제, 즉 그녀의 "이름을 통하여 상기하게 되는 그것을" 그의 기억에서 다시 찾도록

14) d.Vf. 은 독일어의 der Verfasser, 즉 논자의 의미로, 논자에 의해 추가적으로 설명되고 있음을 가리킨다. 앞으로 이렇게 표시되는 약자는 이 뜻에 준하겠다.

하는 그녀의 과제는 어떤 다른 과제보다도 기이했고 중요하게 여겨졌다.(Vgl. 6/121) 허나 "그로 하여금 자신감을 잃게 했으며, 나중에는 시간이 흘러감에 따라 짜증이 나고 좌절되기도 했으나, 그러나 그의 내면에서 무엇인가 이의를 제기(提起)했는데, 대단히 정교하고도 비밀스러운 고통, 하나의 유연하고도 거의 들리지 않는 경고였다."(6/121)

이 경고에 따라 안젤름은 이미 오래 전에 잊어버렸던 것을 상기해야만 했으나, 그러나 종종 자신감을 잃고 모든 것들을 자신으로부터 팽개치고자 했다. 이리스가 그에게 내놓은 과제는 지식인이라고 하는 그에게 정말 어려웠다.(Vgl. ebda.) 그가 포기상태에 있을 때 "그때 자신도 모르는 사이에 무엇인가 저 먼 정원으로부터 은은한 향기가 그에게 밀려닥쳐왔다. (이때에)[d.Vf.] 그는 이리스라는 이름을 자기 혼자서 속삭였고, 열 번 또는 그 이상으로 나지막하게 그리고 유희적으로 마치 팽팽한 현을 한음한음 시험하듯이 했다. 《이리스》 그는 속삭였고, 《이리스》 그리고 미묘한 고통과 함께 그는 그의 내면에서 무엇인가 움직이고 있는 것을 느꼈는데, 이는 마치 오래 동안 내버려진 어느 한 집이 아무런 동인(動因)없이 문이 저절로 열리고, 한 덧문이 삐걱거리고 있는 것 같았다. 그는 그의 내면에 잘 정돈되어 지니고 있다고 믿었던 기억들을 점검했다. 그때에 그는 경이롭고 놀랄만한 발견들을 하게 되었다. 기억들에서의 귀중한 보물은 그가 이전에 생각했던 것보다 이루 말할 수 없는 보다 작은 것이었다. 수년간은 완전히 결손되어 있었고, 그리고 쓰이지 않은 백지들

처럼 텅 비어 있었다."(6/122)

'쓰이지 않은 백지들처럼' 헛된 햇수를 안젤름은 보내고 있었다. 안젤름 자신은 아무런 진전 없이 언제나 예전과 같이 동일한 장소, 그 시간에 서 있는 것 같았다. 그러나 그의 달라진 모습이 타인들에게 보였다. 안젤름 "그는 보다 늙기도 했고, 보다 젊기도 했다. 그를 아는 사람들에게 그는 〈이젠〉 아주 낯선 사람이 되었고, 사람들은 그가 산만하고, 괴팍하며 보통을 벗어나 있는 것처럼 보였다. (…) 그는 그의 책무를 잃고, 그의 학생들을 헛되이 기다리게 했던 일도 있었고, 생각에 가득 차서 겨우 발을 옮기면서 거리를 걷기도 했으며, 집들을 지나 그리고 아무렇게나 한 웃옷을 가지고서 스쳐 지나다가 추녀돌림띠로부터 묻은 먼지를 털었다. 그는 술을 마시기 시작했다고 많은 이들이 생각하게 되었고, 다른 여느 때 그는 강의도중에 학생들 앞에 중단하고서 무엇인가를 기억해 내려고 시도했으며 어린애처럼 천진하고 마음을 억제하면서 미소를 지었다. 이는 이전에 그로부터 찾아 볼 수 없었던 것이었고, 많은 사람들의 마음에 와 닿는 온정과 감동의 목소리로 계속해 갔다."(6/123)

지식인으로 가졌던 안젤름의 이러한 궤도를 벗어난 행위나 생활태도는 헤세 작품의 주인공이 현실세계를 떠나 그의 자아내면 세계로 몸을 돌리게 되어 다른 세계와의 만남으로부터 나타나고 있는 헤세적 유형이기도 하다. 헤세 창작동화 「찌글러라는 이름의 한 인간(Ein Mensch mit Namen Ziegler)」(1908)에서 주인공은 역사박물관에서 중세시대의 한 환약을 삼킨 이래로 그때까지의 자기 몸가짐을 벗어나 행동한다. 이로 인해 그는 정신병자로 간주되어 정신요양소로 보내지는데, 이 같은 주인공의 평상적 생활로부터 자기 궤도를 이탈한 행위는 그 일 예가 된다.(Vgl. 4/433)[15]

이런 외면적인 생활이탈을 보여주는 헤세 주인공 자아의 변모는 또한 자아내면의 변화를 내다보게 하고 있다. 이 변모된 안젤름의 행위나 생활태도, 즉 현실세계를 떠나 그의 자아내면세계로 몸을 돌리게 됨은 앞서 언급되었듯이, 카랄라쉬빌리가 말하고 있는 헤세적 의미의 "마술"을 통한 "시간이 없는 마술적 현실"로 나아가는 길에 그의 주인공들이 있음을 시사하고 있다. 외면적 · 내면적인 변화 속에서 안젤름은 이리스가 그에게 내놓은 과제의 해결을 향하여 더듬어 가는 길에서 어느 날을 기억해 찾아보려고 한다. 왜냐하면 "(…)그 한 날의 본질이 그의 내면에 매달려져 있어서 어두운 기억으로 자리하고 있다(…)das Wesen dieses Tages müsse in ihm sich verfangen haben und als dunkle Erinnerung hängen geblieben sein."(6/124)고 생각하고 있었기 때문이다. 이어 안젤름은 그날을 시간적으로 아주 아득히 먼 "어느 한 이전(以前) 존재의 과거로 돌려진 생(生)(das Leben zurück in Vergangenheiten eines vorigen Daseins.)"(ebda.)에 대한 기억일 수도 있다고 생각한다.(Vgl. ebda.)

많은 기억들의 깊은 동굴을 찾아 헤매면서 안젤름은 많은

---

15) 참고 : 『헤세연구』, 제3집, 전게서, p.12.

것들을 찾았으나, 그러나 이리스라는 이름이 그에게 있어서 무엇을 의미하고 있는지를 알아낼 수 없었다.(Vgl. ebda.) 그러던 중 안젤름은 그의 친구로부터 안내되어 병들어 누워있는 이리스와 만나게 된다. 이리스는 안젤름에게 그녀가 낸 과제와 관련해서 말하기를,

"안젤름, 너는 나에게 화를 내고 있니? 나는 너에게 한 어려운 과제를 내었다. 나는 너가 이 과제(해결)[d.Vf.]에 충실히 머물고 있음을 안다. 계속해서 시도하라. 그래서 목적에 다다르기까지 그 길을 가라. 너는 나 때문에 그 길을 가고 있다고 생각하고 있다. 그러나 그 길을 가는 것은 (어느 누구 때문도 아닌)[d.Vf.] 너 자신 때문에 가고 있는 것이다. 너는 그것을 알고 있니?"(6/125)

이어서 이 과제와 관련된 이리스의 말에 대해 안젤름은 말한다.

"나는 그것을 예감했다. 이제 나는 그렇다는 것을 알고 있다. 그 길은 장정(長征)의 길이다. 이리스, 나는 오래 전에 되돌아갔을 것이다. 그러나 나는 되돌아가는 길을 모른다. 나는 나로부터 무엇이 되어야 하는지를 모른다."(ebda.)

이어서 이리스는 안젤름에게 이렇게 말한다.

"너로부터 무엇이 되어야 하는지는 너는 묻지 말아야 한

다. 너는 너의 생(生)에서 많은 것을 찾았다. 너는 명예를, 행복을 또한 지식을 추구했으며 너의 자그마한 이리스인 나를 찾았다. 이들 모든 것들은 예쁘게 치장한 상(像)들에 지나지 않으며, 이들 상들은 내가 이제 너를 떠나야만 하듯이 너를 버리게 된다. 나에게 있어서 그랬었다. 언제나 나는 추구했으며, 언제나 그것들은 아름다운 사랑스러운 상들이었으며, 언제나 이들 상들은 떨어져나가 사라졌다. 나는 이제 어떤 상도 모르고, 더 이상 추구하지 않고 있다. 귀향해서 지금에는 오로지 자그마한 시도를 해야만 한다. 그러면 나는 고향에 있게 된다. 또한 너도 그곳으로 오게 된다. 안젤름." (6/125-126)

이 말을 하고 난 이리스가 이 세상과의 작별을 앞둔 시점에서 안젤름은 그녀로부터 무엇인가의 징표, 즉 그녀가 그로부터 완전히 떠나지 않는다고 하는 징표를 그에게 주기를 바랐다.(Vgl. 6/126) 그의 요청에 따라 이리스는 "고개를 끄덕이고 옆에 있는 유리컵에 손을 넣어, 갓 피워 오른 붓꽃 한 송이를 그에게 주었다.(Sie nickte und griff neben sich in ein Glas und gab ihm eine frisch aufgeblühte blaue Schwertlilie.)" (6/126)

안젤름은 이리스를 위해 죽음의 관을 꽃으로 장식한 후 장지로 동승한다. 그 후 그는 이 세상 모든 것으로부터 어디에도 몸을 두지 않고 정처없이 떠돌아다닌다. 붓꽃을 보면 그는 옛날처럼 꽃의 꽃받침 안으로 들여다보았다. 꽃받침 심저로부터 "과거에 있었던 모든 것들의, 앞으로의 모든 방향(芳香)과 예감(Duft und Ahnung alles Gewesenen und Künftigen)"(ebda.)이 그에게로 밀려오는 것 같았으나, 충족됨은 주어지지 않았다. "꿈에서 어머니는 그에게 말을 건네 왔으며, 어머니의 자태와 얼굴을 그는 오래 전부터 매우 똑똑하게 가깝게 느꼈다."(6/126-127)[16]

그의 떠돌이 생활과 함께 여름과 겨울은 지났으나, 그의 앞에 펼쳐지는 것은 오로지 희미한 허상(虛像)들만이 있었다.

"그러나 그는 그의 자아 내면에서 허상(虛像)이 아닌 본질을 느끼게 되었고, 그는 이 본질을 쫓아갔다. 그의 내면에 있는 본질은 이따금 말을 했으며, 이의 음성은 이리스의 음성이었고, 어머니의 음성이었으며, 이 본질의 음성은 위로였고 희망이었다."(6/127)

이제 안젤름의 앞에 동화에서 흔히 주어지고 있는 기적이 일어나는데,[17] 그는 어느 한 개울의 땅을 걷고 있었다. "눈 속에 뾰족하고 가냘프게 이리스가 서 있었으며, 이 이리스는 한 아름다운 혼자만의 꽃을 피우고 있었다. 그는 이리스에게 허리를 굽히고서 미소를 지었다. 왜냐하면 이제 그는 이리스가 그에게 언제나 반복해서 경고했던 그것을 인식했기 때문

16) 참고 : 카랄라쉬빌리에 의하면, 어머니 상(像)은 헤세에게 있어 "새로운 형태 창조에로의 매진이고, 그리고 보다 이전 상태에로의 재탈환으로 나아가는 매진"(Reso Karalaschwili, a.a.O., S.350)이라는 것이다.

17) 참고 : 『독일언어문학』, 제 15집, 전게서, p.261.

이다. 그는 그의 어린 시절의 꿈을 다시 인식했으며, 금으로 된 장대들 사이에 밝고 푸른 통로가 훤하게 무늬지어 꽃의 비밀과 심지로 이어지고 있음을 보았다. 그곳에 그가 찾았던 그것이 있음을 알았고, 그곳에 어떤 상(像)도 더 이상 존재하지 않고 있는 본질이 있음"(6/127)을 안젤름은 알게 된다.

이리스의 본질로 향하는 길에 있게 된 안젤름을 꿈들은 다시 인도하여 한 오막살이집에 다다르게 한다. 그곳에는 아이들이 놀고 있었다. 아이들은 그에게 말하기를 숲에 있는 숯 굽는 사람 집에 한 기적이 일어났다는 것이다. 즉 그곳에 유령의 작은 문이 열려져 있다는 것이고, 이 작은 문은 오로지 매 천년마다 한번 열려진다는 것이다. 그때 한 마리의 새가 그의 앞 오리나무 숲에서 노래했다. 이 "새는 한 기이하고 달콤한 소리를 지니고 있었는데, 그 소리는 죽은 이리스의 음성 같았다.(Der(=der Vogel)[d.Vf.] hatte eine seltene, süße Stimme, wie die Stimme der gestorbenen Iris)"(6/128) 이 기이한 새를 안젤름은 쫓아갔는데, 새는 저 멀리 껑충껑충 뛰듯 날면서 개울을 건너 저 멀리 숲 안으로 갔다. 새소리가 멈추고 아무소리도 들을 수 없었고, 볼 수도 없었을 때 그는 숲속의 한 계곡에 서 있었다. 그러나 그의 가슴에서는 계속해서 그 새가 노래하고 있었고, 그 "사랑스런 소리로 그를 계속해서 나아가게 했다. 드디어 그는 한 암벽 앞에 서게 되었다. 그 암벽은 번성한 이끼들로 덮여 있었고 암벽의 가운데에 갈라 벌려진 틈(Spalte)이 주어지고 있었는데, 이 틈은 가늘고 좁다랗게 산의 내부에로 통하고 있었다."(ebda.)

여기 이 '틈'[18]은 연속의 시간이 지배하는 현실세계로부터 벗어나게 하는 공간이다. 그 '틈' 앞에 앉아 있는 한 나이 많은 남자가 내놓는 말에서 이러한 사실을 확인하게 하는데 즉, 그 '틈' 안으로 들어간 사람은 어느 누구도 돌아오지 않음으로써(Vgl. 6/128) 현실의 연속적 시간에 있지 않는다는 것을 뜻했다. 그 '틈'은 연속의 시간이 지배하는 현실세계로부터 벗어나 있는 공간이다. 왜냐하면 "돌아오지 않았다"라는 말은 연속적 시간의 단절을 의미함으로서 연속적 시간이 지배하는 현실 세계에로의 귀환을 부정하고 있기 때문이다.

이런 연속적 시간의 현실세계로부터 벗어남, 즉 연속적 시간이 지배하지 않는 보다 높은 단계의 "시간이 없는 마술적 현실(zeitlose magigsche Wirklichkeit)"[19] 안으로, '틈'을 통하여 암벽의 문 안을 깊숙이 쳐다본다.

18) 참고 : 시간과 같이하는 순환운동속에 "갈라진 틈(Lücke)"(Hermann Hesse, Gesammelte Schriften, Bd. Ⅲ, Frankfurt a. M., 1958, S.642)은 시간의 순환운동이 종식되고, 고뇌가 사라지고 "영원성"이 시작되는 헤세적 의미의 "마술적 순간 magische Augenblick"(Reso Karalaschwili, a.a.O., S. 233)이라고 카랄라쉬빌리는 말하고 있다. 이는 싯다르타의 깨달음의 상태, 여기서 그는 시간의 무한성을 체험하게 된다. (참고 : Chin. Hwang, H. Hesses Anthropologie und die Weisheit und das Gleichnis des Fernen Ostens, a.a.O., S.184f.) 이어서 카랄라쉬빌리는 헤세작품의 이야기 구조와 관련해서 말하기를 헤세는 과거도 그리고 미래도 모르는 '마술적 순간'을 시간이 없는 '갈라진 틈(Kluft)'으로 전개하고 있는데, 이 틈은 여느 적인 줄거리 진행으로부터 떨어져 나온다. 여기에는 차례 차례의 원칙이 나란히 동시에의 원칙에 자리를 내놓는 다는 것이다. (Vgl. Reso Karalaschwili, a.a.O., S.233 - 234)

19) Reso Karalaschwili, a,a,O., S.223.

안젤름은 보다 높은 단계의 "시간이 없는 마술적인 현실" 세계인 "틈 안으로"(6/128) 지키는 사람을 지나 걸어갔고, 금의 기둥들을 통하여 내부의 푸른 비밀 속으로 들어갔다. "그것은 이리스였고, 이리스의 심장을 꿰뚫고 들어갔다. 그것은 어머니 정원에 있는 붓꽃이었고, 이 붓꽃의 푸른 받침 안으로 둥실둥실 떠돌면서 발을 들여놓았다. 그가 조용히 황금빛의 어스름을 마주하고서 걸어갔을 때 그때 갑자기 모든 기억과 모든 앎이 돌연히 그와 같이 했고(…) 사람의 소리가 가까이에서 울렸고 귀에 익은 듯이 들려왔다. 사람의 소리들과 금의 기둥들은 당시 어린 시절의 봄들에서 가졌던 것과 같이 그렇게 울려왔고 광채를 발하고 있었다."(ebda.)

이리스, 즉 어머니의 정원에서의 붓꽃과의 만남으로 안젤름은 "어린 소년으로써 가졌던 꿈이 다시 자리하게 되었고, 그는 꽃받침 아래로 걸어가, 꽃받침을 뒤로했다. 온갖 상(像)들의 세계와 더불어 미끄러져 아래로 내려갔고, 그는 이들 상들 뒤에 있는 비밀 속에 잠겨 내려졌다. 나지막하게 안젤름은 노래하기 시작했고, 그가 내딛은 오솔길은 거의 알아볼 수 없게 저 아래 고향으로 내리워져 있었다"(6/129)는 것을 감지하게 되었다.

오솔길을 통하여 안젤름이 다다르게 되는 "고향"은 이리스가 죽음을 앞두고 그에게 말한 곳, 즉 그녀가 그와 같이 하게 되는 곳으로 연속적 시간의 징표인 이마의 주름이 없는 곳이다. 연속적 시간이 없는 이곳 "고향"에 안젤름이 도달하게 됨으로써 그는 이리스와 함께 있게 된다. 이로서 그는 이리스와 함께 보다 높은 단계의 현실세계, 즉 연속적 시간이 지배하는 현실세계를 벗어나 '참된 고향'에 있게 된다.

2.3. 『슈테펜볼프』에서의 보다 높은 단계의 마술적 시간

창작동화 「이리스」에서의 주인공 안젤름이 그의 상반자 이리스와 함께 하게 되는 "참된 고향", 즉 보다 높은 단계의 '시간이 없는 마술적 현실'로 나아가고자 했고 또한 그의 소설 『슈테펜볼프』의 주인공 하리 할라도 '시간이 없는 마술적 현실'의 세계로 나아가고자 했다. "시간이 없는 세상", 즉 연속의 시간이 지배하는 현실로부터 벗어나 있게 하는 하나의 전제는 하리로 하여금 그의 상반된 두 자아들의 "이성적 결혼"의 길, 즉 "유머"의 길에 있게 하는 것이다.

그의 두 상반된 자아의 세계, 즉 인간적인 정신세계와 늑대적인 감각세계인 이들 두 상반 세계 속에서 헤매던 중 하리는 그의 자아일면인 감각세계를 표방하는 헤르민네를 보게 된다.

그의 자아일면을 대변하는 의미에서 헤르민네를 하리는 "누이동생(Schwester)"(7/313)이라고 말하고 자기와 닮았다고 했다. 또한 헤르민네는 인간 정신세계에 머물고 있는 자아인 하리의 상반자이다.(Vgl. 7/296) 뿐만 아니라 헤르민네는 "싯다르타"의 주인공 싯다르타가 요가와 고행의 생활을 떠나 그의 자아의 다른 일면인 감각세계에서 만나게 되었던 창녀 카말라[20]와 비견되는 인물로, 제2의 카말라라고 할 수 있겠다. 왜냐하면 이들 둘 헤르민네와 카말라는 주인공들, 즉 하리와 싯다르타로 하여금 그들 자아의 상반성을 체험케 하고, 이들 상반성의 세계를 뛰어넘게 해서 보다 높은 단계의 '시간이 없는 마술적 현실' 에 있게 하는 교량 역할을 하기 때문이다.[21] 교량 역할로서 헤르민네는 하리 할라에게 그녀의 마지막 명령을 내리게 된다. 이 명령은 이미 언급이 된 바와 같이 하리에게 부과된 과제 즉, "마술극장"에서 그녀를 하리가 살해하게 하는 것이다. 하리가 헤르민네를 죽이는 것은 헤르민네가 그에게 낸 과제이고, 이의 해결이라고 간주될 수 있는 마무리는 연속적 시간이 지배하는 현실 세계에서가 아닌 보다 높은 단계에서의 하리가 헤르민네와 함께 하게 되는 "한 특이한 결혼"이라고 하겠다. 놀라운 것은 그가 그녀를 죽이는 임무수행을 하리는 그녀로부터 듣기 전에 이미 감지하고 있어서 그에게는 하등의 놀라운 일이 아니었다는 일이다.(Vgl. 7/298)

미리 감지된 과제, 즉 하리가 반하게 되어 헤르민네를 "마술극장"에서 죽이게끔 하도록 하는 준비단계로 헤르민네는 그녀의 상반자이기도 한 하리로 하여금 그녀의 감각세계를 체험하도록 가르친다. 이의 일환으로 맨 먼저 그녀는 그

20) Vgl. H Hesse, Gesammelte Schriften, Bd. Ⅲ, a.a.O., S.655ff.

21) 비교 : 헤르민네는 카말라처럼 하리에게 말하기를 그녀는 남자들을 자신에게 홀딱 반하게 함으로서, 그 대가로 그 남자들로부터 돈을 얻어 생활한다는 것이다.(Vgl. 7/298) 하리와는 생사(生死)의 유희를 위한 "사랑스런 형제"(7/297)로서 그가 그녀를 필요한 만큼 그녀도 그를 필요로 한다는 것이다.(Vgl. 7/298)

에게 춤추는 것을 가르쳤다. 다음으로 하리가 그녀에게 아주 반하도록 하기 위한 과제의 하나로 그녀를 대신하는 젊은 여자 마리아를 중간다리로 해서 그와 같이 사랑의 유희를 가지게 했다.(Vgl. 7/337) 또한 섹스폰 악사인 파플로와 마리아가 함께 하는 축제를 가지게 했고, 마약도 취하게 해서 하리로 하여금 환각상태를 체험하게 한다.(Vgl. 7/334)

하리는 헤르민네의 도움으로 그녀의 감각세계에 빠지지만은, 『싯다르타』의 주인공 싯다르타처럼 하리는 마리아와 가지는 행복한 시간에서도 그의 정신적 세계는 다시 고개를 들게 되어 헤르민네의 말대로(Vgl.7/340) 하리는 생에서 무엇인가 진지한 것, 그 예로 삶에 대한 하나의 믿음이라든가 하나의 청구를 하면서 이에 고뇌하고 희생하고자 하는 각오가 몸에 배어있다는 것이다. 그러나 하리는 그가 지닌 "생에 대한 한 상(像)(ein Bild von Leben)"(7/340)과는 달리, 다른 한편으로 "생은 영웅적 역할들이나 이와 유사한 것들과 같이 하는 어떤 위대한 문학작품도 아니고, 먹고 마시고, 커피와 편물양말, 타로게임, 라디오에서 음악을 청취하는 것으로 충분히 만족하고 있는 한 소시민적인 훌륭한 방"(ebda.)에 지나지 않는다는 것을 안다.

하리의 상반자인 헤르민네도 하리처럼 훌륭한 재능을 가진 여자로서 "고귀한 전형을 희구하면서 사는 것(nach einem hohen Vorbild zu Leben)"(ebda.), 자신에게 고귀한 요구를 내세우고, 값어치 있는 과업을 완성하는 것이 자신에게 주어진 운명적인 것으로 여겼다.(Vgl.ebda.) 그러나 생은 그렇지 못했다.

이 같은 삶의 두 상반 세계에 대한 이들의 동일한 체험으로 헤르민네는 하리에게 말하기를, 하리는 이 "단순하고, 편안하며 보잘 것 없는 것으로 만족하고 있는 오늘의 이 세상(die einfache bequeme, mit so wenigem zufriedene Welt von heute)"(7/341)에 비하면 너무나 요구가 많을 뿐만 아니라, 이 너무나 많은 요구로 인해 그는 일반 사람보다 한 차원 더 많다는 것이다.(Vgl. ebda.)

헤르민네에 따르면 한 차원 더 많은 류에 속하는 인간인 하리가 희구하는 바는 "영원성(Ewigkeit)"(7/343)으로, 이 "영원성"은 앞서 언급되었듯이 "성스러운 저 넘어" 존재하는 것이고, "시간이 존속하지 않는 것", 그것으로 "영원한 가치의 세상(die Welt des ewigen Wertes)"(ebda.)이며 "신(神)적인 본질의 세상(die Welt der göttlichen Substanz" (ebda.)이라는 것이다.

"그리고 〈영원성〉은 다름 아닌 시간으로부터의 구제이고, 어느 의미에서는 무죄로의 귀환이고, 이 공간으로의 재변모이다.(Und die ≪Ewigkeit≫ war nichts andres als die Erlösung der Zeit, war gewissenmaßen ihre Rückkehr zur Unschuld, ihre Rückverwandlung in den Raum)"(7/345)

연속적 "시간으로부터의 구제"인 "영원성"으로 돌려진 하리는 헤르민네와 "형제자매(geschwisterlich)"(7/344)처럼 자리를 같이 한다. 왜냐하면 한 사람은 다른 사람과 서로 상반성을 지니고 있으면서 상대방의 부족한 면을 보완해줌으로써 상호 보완 관계에 있기 때문이다. 즉 헤르민네는 물질적인 감각세계에, 반면에 하리는 정신세계에 자리하고 있다.(Vgl 7/341) 그러나 이 상반된 두 세계의 나뉨은 연속적인 시간이 지배하는 현실에서 논리적 인식의 사고에 의해 주어지고 있는 것이다. 왜냐하면 연속적인 시간이 지배하는 논리적 사고의 현실에서는 상반된 두 세계, 그 예로 선과 악은 두 상반된 세계로 나누어지기 때문이다. 그러나 선과 악의 세계는 근원적으로 나누어져서 구별될 수 없는 것이다. 이유는 선과 악은 시대와 공간에 따라 달리 평가되어지기 때문이다. 즉 어느 시대에 또 어느 나라에서 선으로 평가되었던 것이, 다른 시대와 다른 나라에서는 악으로 평가되기 때문이다. 두 상반세계의 이런 상대적 평가에 대한 깨달음을 『데미안』의 주인공 싱클레아를 통해 볼 수 있다.[22](Vgl. 5/625) 이런 상대평가에 대한 깨달음은 다름 아닌 논리적 인식의 사고가 자리하고 있는 현실세계의 연속적인 시간의 극복이다. 왜냐하면 연속적인 시간의 현실에서는 두 상반세계의 어느 한쪽이 택해지는 논리적 인식의 사고가 지배하기 때문이다. 바꾸어 말하면 두 상반세계의 어느 한쪽도 우선되지 않는 이들 두 세계가 모두 동시적으로 똑같이 긍정되는 상황에서 상대평가의 깨달음이 주어진다. 즉 두 상반된 세계가 나뉨 없이 함께 수용되는 '하나' 가 될 때 현실세계의 연속적인 시간이 극

22) s. Chin Hwang, Diss., S.124ff.

복된다고 하겠다. 이 연속적인 시간의 극복을 위해 두 상반 세계의 '하나' 되는 길이 추구되고 있는데, 이 길을 서로 상반되는 세계를 대변하는 헤세의 주인공들이 가고 있는 것이고, 하리와 헤르민네가 가고 있다. 두 상반 세계는 하리의 자아에 자리하고 있는 두 상반세계이기도 하다.(Vgl. ebda.) "영원성" 즉 "시간으로부터의 구제"의 길을 가기 위해 하리는 헤르민네가 인도하는 "유머의 학교"인 "마술극장"으로 진입하게 된다. 이에 앞서 하리는 가면무도회에서 젊은 남성차림을 했으나, 여성적인 모든 매력으로 그를 둘러싸고 있는 헤르민네를 만난다. 그는 그녀의 "요술(Zauber)"(7/358) 아래에 있게 되는데, 이 "요술"은 "자웅동체적(hermaphroditisch)"(ebda.) 요술이었다. 이 "자웅동체적" 마술 속에서 한 여자 광대로 변장한 헤르민네와 하리는 춤을 추면서 입술을 한데 모은다. 이로서 일찍이 헤르민네가 하리에게 말한 것, 즉 그가 그녀를 죽이기 전 그녀에게 반하게 만들겠다는 말대로 이제 하리는 그녀에게 반하게 되는 과정에 있게 되고, 이들의 "결혼의 춤(Hochzeitstanz)"(7/363)은 오래 지속되었다. 이들의 "결혼의 춤"은 가면무도회의 종료와 함께 끝이 나고, "마술극장"으로 들어갈 준비가 된 하리 앞에 파블로는 등장한다. 파블로는 하리에게 말하기를, 하리는 연속적인 시간이 지배하는 현실을 떠나 하나의 다른 현실로, 즉 "시간이 없는 세상으로(in eine Welt ohne Zeit)"(7/366) 들어가고자 한다고 했다. 파블로에 따르면 "연속적 시간이 없는 세상"의 현실, 즉 하리가 찾고자 하는 "다른 현실(andere Wirklichkeit)"(ebda.)은 다른 곳이 아닌, 하리 그 자신의 고유한 내면 속에 있는 것이다.(Vgl. ebda.) 해서 일종의 한 마술사로 등장하는 파블로는 이어서 하리에게 말하기를 그 자신의 내면 속에 있지 않는 아무 것도 그에게 줄 수 없는 것이며, 다만 그는 하리의 영혼에서 "그림들의 홀(Bildsaal)"(7/367)을 열개해서, 하리 자신의 세상을 뚜렷이 내다보게 하는 한 계기를 마련하도록 할 뿐이라는 것이다.(Vgl. ebda.)

파블로는 한 둥근 자그마한 거울을 하리 눈앞에 갖다 댄다. 하리는 이 자그마한 거울 속에서 "자기 자신인 하리 할라와 이 하리 내면 속에 자리하고 있는 슈테펜볼프, 한 두려워하는 예쁜, 그러나 갈피를 못 잡은 채 겁먹은 것처럼 해서 시선 주고 있는 늑대"(ebda.)를 보게 된다. 마술사 파블로는 하리가 이 거울 속에서 자기 자신을 보았다는 것을 확인하면서 거울을 자기주머니에 다시 넣었다.(Vgl. ebda.) 하리는 이에 대해 감사하며 영약(靈藥)을 마신다. 이어서 파블로는 하리와 헤르민네를 "유머학교"인 "마술학교"의 둥근 말발굽 모양의 복도 가운데로 인도한다. 파블로는 하리에게 말하기를, "유머학교"인 "마술극장"은 그를 크게 웃도록 하는 것에 그 목적을 두고 있다는 것이다.(Vgl.7/369) 호탕하게 웃는 것, 즉 상반성을 수용하는 "보다 높은 단계의 유머(höhere Humor)"(ebda.)을 배우기 위해서 하리는 파블로의 말대로 고유한 자신의 인간을 결코 진지하게 수용하지 말아야 한다는 것이다.(Vgl.ebda.) 하리는 그러나 두 상반적인 양면성, 성자(聖者)적인 것과 탕자(蕩子)적인 강한 충동력을 지니고 있으나, 알 수 없는 연약함과 나태함으로부터 "자유스럽고 야성적인 우주공간으로의 도약(den Schwung in den freien wilden Weltraum)"(7/237)을 하지 못한다. 이런 상태에서 그는 "시민성의 강력한 어머니와 같은 성좌(星座)로부터 헤어나지 못하고 붙잡혀 있는(an das schwere mütterlichen Gestirn des Bürgertums gebannt)"(ebda.) 것이다.

우주공간으로 도약해서 멸망하거나 비극적인 상황에 있지 못하고, 어머니와 같은 성좌로부터 헤어나지 못하고 있는 하리 같은 사람에게는 "제 3의 영역(ein drittes Reich)"(ebda.) 즉, "가상의, 그러나 독립적인 세상(eine imaginäre, aber souveräne Welt)"(ebda.)인 "유머"가 열려져 있다는 것이다. 이 "유머"의 빛 아래, 이미 언급이 된 두 상반성, 즉 하리와 헤르민네가 똑같이 동시적으로 긍정되는 조화된 하나가 되는 "이성의 결혼"이 이루어진다는 것이다. 화자는 이 가능성을 그의 소책자에서 시사하고 있다.(Vgl. 7/239) 이런 "유머"의 학교에서 목적으로 하고 있는 크게 웃기를 배우는 것은 곧 시간이 지배하는 현실세계에 몸담고 있는 자기 고유의 자아 인간을 진지하게 수용하지 않는 것을 배우는 것이다.

자기 고유의 자아 인간을 진지하게 수용하는 것, 즉 "엄숙함(der Ernst)"(7/284)은 하리가 가진 괴테의 꿈에서 괴테가 그에게 진술하고 있는 바와 같이 현실세계에 자리하고 있는 연속적 "시간의 과대평가로부터(aus der Überschätzung der Zeit)"(ebda.) 비롯한다는 것이다. 고로 괴테는 자기류의 사람들, 즉 "영원성"(ebda.)을 추구하는 사람에게는 시간이 존재하지 않는, 한 농담조의 단순한 순간의 "영원성"이 주어지고 있을 뿐이라는 것이다.(Vgl. ebda.)

"유머학교"인 "마술극장" 진입으로부터 주인공 하리가 파블로의 "마술극장"에서 지향하는 바는 즉, 자기고유의 정신적 자아만이 아니고, 다른 늑대적인 감각세계의 자아인 헤르민네와 함께 하고, 나와 너가 나누어지는 현실세계에 자리하고 있는 연속적인 시간을 벗어나는 것이다. 이는 파블로가 "마술극장" 서두에서 하리의 희망하는 바, 즉 "시간이 없는 세상으로의 진입"임을 뚜렷이 했다. 또 파블로는 하리가 이 "마술극장"에서 괴테와 같은 류의 사람들인 영원불멸의 사람들, 즉 현실세계의 연속적인 시간을 벗어나 있는 사람들처럼 "어리석은 현실(die dumme Wirklichkeit)"(7/370)보다 높은 단계의 현실에 있는 "유머"로의 상승, 즉 크게 웃는 것을 배우게 될 것이라고 했다.(Vgl. ebda.)

하리는 "마술극장"에서 한 커다란 벽거울 앞에 서게 된다. "대형거울 전체가 온통 하리의 인물들로, 아니 하리의 조각들로, 수없는 하리의 것들이었는데(der ganze Riesen-spiegel war voll von lauter Harrys oder Harry-Stücken, zahllosen Harrys)"(7/371), 이들의 모두를 그는 번쩍하는 순간동안 바라보고 알아보게 되었다. 그런데 "이들 많은 하리들의 몇 개들은 그와 같은 나이였고, 몇몇들은 그보다 나이가 많았으며, 몇몇들은 태고의 나이였고, 다른 몇몇들은 아주 젊은 청소년, 소년들, 초등학교 아동들, 개구쟁이들, 아이들이었다(Einige von diesen vielen Harrys waren so alt wie ich, einige älter, einige uralt, andere ganz jung, Jünglinge, Knaben, Schulknaben, Lausbuben, Kinder)."(ebda.)

"마술극장"의 거울 속에 비쳐진 하리의 이 수많은 상(像)들, 즉 과거, 현재 그리고 미래의 하리를 보여줌으로써 "마술극장"은 일종의 타임머신이다. 타임머신과 같은 "마술극장"은 "한 아름다운 그림들의 카비넷(ein hübsches Bilder-kabinett)"(7/368)으로, 여기에는 오로지 상(像)들만이 존재하고 있으며 어떤 현실도 없는 것이다. 어떤 현실도 없는 "마술극장"의 "가상의 세계(Scheinwelt)"(7/369)로 들어가기 위해 하리는 "가상의 자살(Scheinselbstmord)"(ebda.)로서 타임머신의 공간으로 들어간다.

하리가 "마술극장" 진입 후 몇 카비넷을 거쳐서 있는 타임머신의 "마술극장"의 한 카비넷은 "모든 소녀들은 너의 것(Alle Mädchen sind dein)"(7/390)이란 이름을 지닌 곳이었다. 여기서 그는 그의 유년시절, 즉 그가 그의 고향에서 가졌던 고향의 소녀, 로자 크라이슬러와 35년 전에 가졌던 사랑, 이 사랑은 정원의 꽃들과 봄의 꽃봉오리와 접목되었다. 이성(異性)적인 사랑은 다른 소녀들과 연결이 되고, 심지어는 넓은 공간에까지 뻗어나가 마르세이유 항구에서의 중국여자에 이르기까지, 그가 이전에 파블로로부터 제의받았던 혼성섹스까지도 수용하면서 그의 이성적인 사랑의 시공(時空)을 체험하게 된다. 이 이성적인 감각세계의 체험을 끝으로 하리에게 다가오는 마지막 형태는 헤르민네로 하리는 이전(以前) 카비넷의 한 장기놀이 사람으로부터 배운 "축조예술(Aufbau-kunst)"(7/385)을 바탕으로 그의 장기판 유희의 한 형태인 헤르민네를 중심으로 모든 그의 형태들을 개축해서 완성하고자 한다. 이런 각오하에(Vgl.7/397) 하리는 "사랑을 통해 어떻게 살인하게 되는가?(Wie man durch Liebe tötet?)"(ebda.)라는 마지막 카비넷 앞에 서게 된다. "마술극장"의 이 카비넷 앞에 서 있는 순간 하리는 그의 자아내면에서 아주 짧은 순간동안 기억 심상(心象)이 번쩍였다. 즉 헤르민네는 하리를 자신에게 홀딱 반하게 해서 자신을 살해하도록 하겠다는 말을 상기하게 했다. 이때에 어두움과 불안의 둔중한 파도는 하리 위를 덮쳤고, 이로 인해 하리는 아주 절박하게 곤궁과 그의 운명을 감지하게 된다. 하리는 그의 주머니에 넣고 있었던 그의 자아 형상들을 끄집어내어 얼마간의 마술로서 장기판의 질서를 바꾸어 보고자 했으나, 형상들 대신에 칼을 주머니로부터 끄집어내었다.(Vgl. 7/397f.)

이 마지막 카비넷의 문을 열었고, 그가 문 뒤편에서 발견할 수 있었던 것은 하나의 소박하고 아름다운 그림이었다. 바닥의 카페트에는 두 사람의 발가벗은 사람들이 누워있었는데, 아름다운 헤르민네와 훌륭한 몸매의 파블로였다. 이들은 나란히 깊이 잠들었고 사랑의 유희로부터 아주 힘이 빠져 있었다. 헤르민네의 왼쪽 가슴 아래에 생생한 둥근 반점이 거무스름하게 피하 출혈되어 있었는데, 이는 예쁘게 빛을 발하고 있는 파블로의 치아 흔적이 있는 사랑의 깨물음이었다. 반점이 있는 그곳에 하리는 칼을 깊숙이 꽂았다. 헤르민네의 희고 부드러운 피부 위로 피가 흘러 내렸다.(Vgl. 7/403f.)

하리가 저지르게 된 헤르민네의 살해는 무엇보다 일찍이 헤르민네가 하리에게 내어주었던 과제의 해결, 즉 그가 그녀에게 반하게 되어 살해하도록 했던 과제의 해결이다. 그러나 다른 한편으로 하리가 범한 헤르민네의 살해는 검사의 논고에서처럼 하리는 "아름다운 그림의 카비넷"인 "마술극장", 즉 두 상반성이 잘 조화된 "유머학교"를 고의적으로 악용한 죄목으로 판정된다.[23](Vgl. 7/410) 즉 "하리는 아름다운 그림으로 된 홀을 일반적으로 일컬어지는 현실과 혼돈해서, 반영된 소녀를 하나의 반사된 칼로서 살인행위를 범했으며, 이로서 고도(高度)의 예술을 모욕했다. 그리고 또 우리의 "마술극장"을 "유머"를 상실한 형태로 자살역학으로 사용하고자 했던 의도를 보였다"(ebda.)는 것이다.

"유머"를 상실한 헤르민네의 살해행위로써 파블로에 따르면 현실이 없는 "마술극장"의 아름다운 그림의 세계를 하리는 그가 몸두고 있는 연속적인 시간이 지배하는 현실의 얼룩으로 더럽혔다는 것이다.(Vgl. 7/412)

"마술극장"에서의 하리의 이 같은 살인 행위는 연속적인 시간이 지배하는 현실 감각세계에서의 형상에 대한 자아 일면적인 집착에서 비롯되었다. 이처럼 하리 할라가 자신의 어느 한쪽의 자아로 향한 집착은 다름 아닌 연속의 시간이 지

23) 참고 : Chin Hwang, Diss., a.a.O., S.213ff.

배하는 현실세계에서 엄연히 존재하는 잘못된 너와 나와의 나뉨으로 비롯되고 있는 것이다. 현실세계에서 상반성을 띈 너와 나, 즉 하리와 헤르민네의 분리, 그리고 하리 할라의 두 상반된 자아, 서로 적대시하는 "늑대인간"은 근본적으로 "허구(Fiktion)"(7/240)로부터 비롯되어있다. 이유로서 "늑대인간"이라는 하리의 두 자아 가상(假像)(Vgl. 7/223ff.)은 마치 상반된 두 개념들의 범주에서 보일 때 "위(oben)"(7/239)와 "아래(unter)"(7/240)의 두 상반된 개념과 같은 것으로 대치될 수 있다.

이들 상반된 개념은 우리들의 "사고(Denken), 단지 추상적 개념(nur in der Abstraktion)"(ebda.)에서만 존재하는 것이지, "이 세상 스스로는 위와 아래를 모르고 있기"(ebda.) 때문이다. 왜냐하면 어느 쪽에서 보느냐에 따라 달라지기 때문이다. 이 말은 바라보는 쪽이 "위"보다 높은 곳에서 바라보면, "위"라는 개념이 상대적으로 "아래"가 될 수 있고, 또 이의 역(逆)도 성립되기 때문이다. 이와 같은 이유에서 하리의 두 자아는 역으로 논리적인 측면에서 어떤 "늑대인간"도 아니다라는 말이 성립된다. 이 논리적인 역의 결과는 곧 가상(假像)인 그의 자아 "늑대인간"의 해체를 의미한다.

이와 같은 하리의 두 자아인 "늑대 인간"이라는 "허구"의 폭로는 "마술극장"에서의 헤르민네 살해 이후 하리에게 던져진다. 헤르민네의 살해로 이끌어진 하리 할라의 두 상반된 자아의 허구의 폭로 내지 해체는 연속적 시간, 즉 현실세계로부터 비롯된 다름 아닌 그의 "착각(Täuschung)"(5/333)

에 기인했음을 인지하게 한다. 이유로서 현실세계의 연속적 시간 카테고리에서의 두 상반된 개념들인 "앞"과 "뒤"는 "위"와 "아래"라는 두 상반된 개념들처럼 상대적이어서, 그 자체로서는 상반된 개념들로 존재하지 않고 다만 연속의 시간이라는 "착각"에서 비롯되는 것과 같기 때문이다. 이러한 까닭으로 하리의 두 상반된 자아인 "늑대인간"이라는 가상도 시간이라는 "착각"에 기인하고 있는 것이 된다. 이 "착각"의 인지는 하리를 현실세계의 연속적 시간으로부터 벗어나게 하고 있다. 이는 헤세의 『클링소의 마지막 여름(Klingsors letzter Sommer)』에서 점성술사를 통해 이야기되고 있는 "마술"의 힘을 빌려 가능케 하고 있다. 즉 "마술은 착각들을 제거하고 있다. 우리들이 시간이라고 일컫는 가장 잘못된 착각을 제거한다."(ebda.) '마술'은 헤세의 작품 주인공들을 시간으로부터 벗어나게 하는 매체 내지 수단이다. "마술"을 통해서 하리는 시간으로부터 벗어나게 된다.[24] 이는 헤세의 작품들에서 보여주고 있는 주인공 인물들의 '마술적 시간'의 체험 즉, 모든 체험된 시간의 총체이고 '하나' 됨이다. 이는 고유한 의미에서 볼 때 어떤 시간도 아니고, 하나의 시공(時空)으로 여기에는 이전과 이후는 존재치 않고 오로지 '지금'만이 존재하고 있다. 이 '지금'은 과거, 현재 그리고 미래를 흡수해서 소화하고 변화하게 하고 있는 '마술적 시간'의 체험을 통해 하리는 현실세계의 연속적 시간으로부터 벗어나

---

24) 참고 : Reso Karalaschwili, a.a.O., S.230.

25) Vgl. Ibid.

있게 된다.[25]

'마술' 을 통한 '마술적 시간' 의 체험으로 하리는 현실의 연속적 시간으로부터 벗어나 있게 된다. 이로서 그는 연속적 시간에 자리하는 현실에 집착한 그릇된 자아를 체험하고 보다 높은 단계에서 그의 상반자인 헤르민네와 더불어 너와 나의 분리로서가 아닌 '하나' 되는 "이성결혼"으로 그의 참된 자아의 본질에 있게 된다.

3.

위에서 살펴본 바와 같이 장르를 달리하는 헤세의 창작동화 "이리스"와 그의 소설 "슈테펜볼프"에서 두 주인공들, 즉 안젤름과 하리 할라는 거의 유사한 '과제/해결' 의 과정을 거쳐 그들의 자아가 몸담고 있는 현실의 연속적인 시간으로부터 벗어나 자아내면에 자리하고 있는 자아본질의 길에 주어지고 있다. 자아본질의 길인 '참된 자아' 의 발견 내지 자아인간됨의 길에서 그들은 그들 자아 내면의 상징적인 상(像)을 통해 그들의 성숙과정에 있게 된다. 즉 안젤름은 붓꽃인 이리스를, 그리고 하리 할라는 그의 상반된 두 자아인 '늑대인간' 을 상징적인 상으로 해서 그와 상반성 속에 있는 헤르민네와 함께 함으로써 그들의 참된 길에 있다.

창작동화 "이리스"에서 주인공 안젤름은 이리스가 그에게 낸 과제에 따라 이리스, 즉 붓꽃과의 '하나' 됨을 찾아, 붓꽃 심저로 시간이 없는 "잃어버렸던 고향"에 있기 위해 힘을 기울린다. 이를 위해 그는 이리스가 그에게 건네준 상징적 붓꽃과 함께 작품 마지막에 암벽의 문을 통해 이리스와 더불어 주름이 지지 않는 고향(Vgl. 6/126)인 "참된 고향"에 있게 된다. "어떤 시간적 · 공간적 차원을 지니고 있지 않는 동화형태에서"[26] 작가 헤세는 그의 주인공 안젤름으로 하여금 비밀에 찬 세계인 "참의 고향"으로 암벽의 문을 통해 진입하게 하고 있다.

또한, '시간적 · 공간적 차원을 지니지 않고 있는 동화형태'를 띄우고 있는 그의 소설 『슈테펜볼프』에서 주인공 하리로 하여금 "마술극장"에서 이 극장의 문들을 통해 오로지 미친 사람들에게만 허용되는 금단 지역인 극장 카비넷으로 진입하게 하고 있다. 하리가 발을 들여놓게 되는 "마술극장"의 금단지역과 같은 금단지역을 창작동화 "이리스"의 주인공 안젤름도 통과하게 된다. 즉 안젤름이 암벽의 틈을 통해 암벽 안으로 들어가려고 했을 때, 한 나이 많은 남자가 들어가지 말 것을 경고한 금단지역이었다. 이유인즉 그 암벽 틈 안으로 들어간 사람은 어느 누구도 돌아오지 않았었기 때문이다.(Vgl. 6/128) 그러나 안젤름은 나이 많은 사람의 경고를 뒤로하고 금단지역인 암벽으로 들어가, 이리스 "내부의 푸른 비밀 안으로(ins blaue Geheimnis des Innern)"(6/128), 이리스의 심장으로 꿰뚫고 들어가[27] 현실세계의 연속적인 시간으로부터 벗어나, 시간이 없는 "고향"(Vgl. 7/341)[28]에 이리

26) Reso Karalaschwili, a.a.O., S.244.

스와 함께 있게 된다. 이 시간이 없는 "고향"으로, 즉 "시간 현실의 이 세상을 떠나서 한 다른 초월의 현실인 시간이 없는 세상으로 들어가기를 희구하고 있는"(7/366) 하리는 이미 개진된 바와 같이 연속의 시간현실에 집착된 그의 자아가 저지르게 된 헤르민네를 살해한 행위를 통해 현실에서의 "늑대인간"이라는 그의 두 상반된 가상(假像) 자아를 해체하게 된다. 이로서 그는 현실세계의 연속적인 시간으로부터 벗어나, 보다 높은 단계에서 "보이지 않는 사랑"[29]으로 "보이지 않는 참된 헤르민네"와 "이성결혼"인 "한 특이한 결혼"으로 그에게 과제를 부과한 그의 상반자인 헤르민네와 '하나' 되어, "이리스"의 주인공 안젤름처럼 시간이 없는 "고향"인 "참된 고향"에 있게 된다.

헤세의 창작동화 「이리스」와 그의 소설 『슈테펜볼프』는 외면적으로나 내용 면에서 많은 유사성을 띠우고 있음으로써, 그의 작가 활동의 초창기에 속하는 창작 동화들은, 논자

---

27) 안젤름이 이리스의 심장을 꿰뚫고 들어갔듯이, 하리 할라도 "마술 극장"에서 그가 헤르민네로부터 받은 과제 수행시, 즉 그녀에게 반하게 되어 그녀를 살해하게 될 때, 그녀의 왼쪽 가슴아래 둥근 반점이 있는, 파블로의 치아 흔적이 있는 사랑의 깨물림의 장소인 심장을 꿰뚫고 칼을 깊숙이 꽂았다. 이로서 그가 저지른 살인행위는 연속적 시간의 현실에 몸 두고 있는 그의 자아집착으로 인해 일어난 것임을 알고, 연속적 시간의 현실세계를 벗어나 보다 높은 현실세계, 즉 시간이 없는 '영원성'에로 헤르민네와 "이성결혼"이라는 "한 특이한 결혼"으로 하나 되어 있게 된다.

28) 참고 : 카랄라쉬빌리에 따르면 하리가 추구하는 시간으로부터의 해방은 헤세의 모든 주인공들에 꽉 사로 잡혀있다는 것이다.(Reso Karalaschwili, a.a.O., S.228)

29) Chin Hwang, Diss., a.a.O., S.220.

의 「시간문제 (1)」에서 이야기되었듯이[30], 헤세 후기 소설작품들의 초석이 되고 있다고 하겠다.[31]

참고문헌

Hermann Hesse : Gesammelte Werke in 12 Bde., Suhrkamp Verlag, Frankfurt a. M., 1973.

Hermann Hesse : Gesammelte Schriften, Bd. Ⅲ, Frankfurt a. M., 1958.

Materialien zu Hermann Hesse, Der 〉Steppenwolf〈, Suhrkamp, Frankfurt a. M., 1972.

Hwang, Chin : Hermann Hesses Anthropologie und die Weisheit und das Gleichnis des Fernen Ostens, Diss., Bern 1978.

Karalaschwili, Reso : Hermann Hesse, Frankfurt a. M., 1993.

Lüthi, Max : Märchen, 7. Aufl., Sammlung Metzler Bd. 16, Stuttgart 1979.

The fairy tales of Hermann Hesse, transl. and with an introduction by Jack Zipes, Bantam books, New York Toronto London Sydney Auckland, 1995.

장덕순외 3인, 구비문학 개설, 제 3판, 일조각, 서울 1994.

---

30) 비교 : 『독일언어문학』, 제 15집, 전게서, pp.261-262.

31) 비교 : The fairy tales of Hermann Hesse, transl. and with an introduction by Jack Zipes, Bantam books, New York Toronto London Sydney Auckland, 1995, p.ix.

황진, 헤세의 창작동화와 그의 소설 작품에서의 마술적 요소와 시간 문제 고찰(1), 『독일언어문학』, 제 15집, 독일언어문학연구회, 대전 2001, pp. 261 - 284.

황진, 유럽 전래동화 카테고리에서의 헤르만 헤세 창작동화 고찰, 『헤세연구』, 제 3집, 한국헤세학회, 대전 2000, pp. 5 - 29.

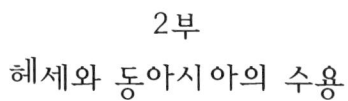

2부
헤세와 동아시아의 수용

헤세의 중 · 장편 소설 연구 편

헤세의 중 · 장편 소설 연구 편

I. 현대사회의 반항아 크눌프

1

1.1. 상반된 이면(二面)세계에 대한 인식

헤세의 많은 작품을 다루면서 주로 그의 작품들에서 나타나고 있는 자아의 상반적 이면세계, 예로 정신적 세계와 감각적 세계로 대변되는 자아의 세계를 중심으로 살펴보았다.[1] 이때 중점적으로 다루어진 작품은 상반된 자아의 이면세계를 뚜렷이 표방하고 있는 『데미안(Demian)』(1919)을 기점으로 했다. 『데미안』은 작가 헤세의 창작 활동 면에서 보아 중

1) 하나의 예로: 황진, 헬만 헤세의 작품「Narziß und Goldmund」에서 보여주는 자아완성. In: 지역사회 교육연구, 제 6집, 계명대학교 지역사회 교육 연구소, 대구 1980, P.171-199.

기에 속한다. 그의 초기 작품들에서는 자아의 상반된 이면(二面)세계가 『데미안』에서처럼 분명하게 양(兩) 진영, 즉 거짓된 어두운 세계와 이에 대치되는 밝고 진실된 세계의 양립이 주어지지 않고 있다. 이러한 이유로 초기 작품들은 등한시되어 자세하게 다루어지지 않았다.[2)]

그러나 초기에 속하는 그의 작품 『크눌프』(1915)에서, 특히 이 작품의 두 번째 편에 속하는 「크눌프에 대한 나의 기억(Meine Erinnerung an Knulp)」에서 중기 작품들의 주인공처럼 자아내면에 던져지고 있는 이면세계의 상반성에 대한 주인공의 자아인식이 자리하고 있음을 알게 되었다. 예로 아름다움(Schönheit)은 무상함(Vergänglichkeit)을 전제하고 있다는 상반성으로부터 얻게 되는 주인공 크눌프의 자아인식이라든지, 그리고 또 '영원성(Ewigkeit)'은 현실에서 '종말(das Ende)'을 앞세우고 있음을 알게 되는 이면적 세계의 상반성에 대한 자아인식이다. 이에 대한 구체적인 하나의 예로 저자는 영원성을 전제하고 있는 남여의 결혼도 사랑의 종식이나 파멸로 종말을 가지고 있음을 알게 하는 크눌프의 자아인식을 들고 있다.(4/478)[3)] 뿐만 아니라 크눌프에 의하면 세상의 모두는 '영원성'을 앞세우고 있다고 하더라도 현실에서 중단으로 지속성의 상실을 보게 됨으로써 '종말'을 가진

2) 참고: Chin Hwang, Hermann Hesses Anthropologie und die Weisheit und das Gleichnis des Fernen Ostens, Diss., Bern 1978, S.124ff.

3) 앞으로 이렇게 표시되는 첫 아라비아 숫자는 다음 책자의 권수를 가리키고, 그 다음의 아라비아 숫자는 쪽을 말한다 : Hermann Hesse, Gesammelte Werke in zwölf Bänden, Frankfurt a.M., 1970.

다는 것이다.

이와 같은 인식으로 크눌프는 그러나 다른 한편으로 이와는 전연 다른 일면인 종말이 아닌 이들 상반성의 이면(裏面)으로부터 내놓고 있는 본질적인 무엇, 아름다움이 무상함으로 영원함이 종말로서 감성적 · 표면적인 것으로 끝나는 것이 아닌, 무엇인가 영원한 정신적인 지속성을 지닌 영원성, 즉 모든 것들의 본질인 '가장 아름다운 것(das Schönste)' (4/477)이 존재하고 있음을 알고 이것이 추구되어야 한다는 인식을 가진다. 이 정신적 지속성을 지닌 영원성 즉 '가장 아름다운 것' 의 추구는 크눌프로 하여금 현실을 초월하게 해서 자연과 함께 하는 헤세 고유적인 '작가(Dichter)' (6/394)의 길을 가게하고 있다. 여기에 관해 구체적으로 본론 2에서 자세하게 이야기되겠지만, 이 길은 헤세가 일찍이 13세 때에 부름을 받게 되는 '작가' 의 길이다. '작가' 의 길은 한편으로 현실세계의 시민사회에 부응하지 못하는 크눌프를 무능력자로서, 그러나 다른 한편으로는 긍정적인 측면에서 그를 시민사회에 안주하고 있는 틀에 싸인 시민계층의 해방자 내지 상반자로서 있게 하고 있다. 이런 양면성 속에서 '작가' 의 길에 있는 크눌프는 우선 일차적으로 "시민적인 생활로부터 유리되어 있다. 오로지 관람자로서 또는 이따금 자리하는 손님으로서 이 시민사회에 참여한다. 땅의 분배시 그에게는 어느 쪽 한쪽도 주어지지 않았다. 일반인의 생활에서 주어지는 충족은 그에게는 멀리 되고 있다. 즉 직업과 규칙적인 행위, 부부의 결성과 가족의 행복, 주거와 가정의 아늑함. (…) 이는 심한 궁핍이나 또한 한 각별한 특전이다. 즉 그는 다른 사람들이 가지는 속박과 책임들로부터 벗어나 있다. 그는 사람들 사이에서 낯설고 소속감이 없이 존재하지만, 그러나 이들로부터 즐거이 반겨줬고 꼭 있어야 하는 사람이었다. 인간 세상에 낯선 그는 바깥 자연에서 그의 고향을 가지게 됨으로써 그는 스스로 어느 정도 자연으로 머물게 되고 자연과 동떨어진 세상에서 인간 본래적인 자연적 현존재를 이어 가고 있었다.(Der Dichter ist vom bürgerlichen Leben ausgeschlossen; nur als Zuschauer und gelegentlicher Gast nimmt er daran teil. Ihm ist bei der Teilung der Erde kein Anteil an ihren Gütern zugefallen. Was sonst ein Menschenleben ausfüllt, ist ihm versagt: Beruf und regelmäßige Tätigkeit, Ehe und Familienglück, ein Heim und häusliches Behagen.(…) Das ist ein schweres Entbehren und zugleich ein besonderer Vorzug: er ist frei von allen Bindungen und Lasten der andern. Er steht fremd und unzugehörig unter den Menschen, und doch gern gesehen und ihnen notwendig. Fremd in der Menschenwelt, hat er in der freien Natur seine Heimat. Ist er doch selbst in gewisser Weise Natur geblieben und setzt das ursprüng-

4) Heinrich Meyer-Benfey, Die literarische Gesellschaft (Jg.3, Heft 1,1917 S.18ff.). In: Hermann Hesse im Spiegel der zeitgenössischen Kritik, hrsg. v. Adrian Hsia, Bern und München 1975, S.147.

liche naturhafte Dasein des Menschen fort in einer naturfremdeten Welt)."[4)]

이처럼 '인간 세상에 낯선', 그러나 '인간 본래적인 자연적 현존재'를 표방하면서 시민계층의 상반자로 그리고 시민사회로부터 동떨어져 아무런 짐을 지지 않고 자연과 함께 하는 크눌프의 유랑생활은, 그로 하여금 자연에 아주 근접케 하고 있고 자연과 더불어 생활하게 하고 있다.[5)] 유랑으로 크눌프에게 부과된 헤세 고유의 '작가' 길은 그에게 있어 한 숙명적인 것이기도 하다.[6)]

그러면 작가 헤세가 『크눌프』에서 그의 주인공으로 하여금 상반성의 이면세계에 대한 인식으로부터 걷게 하고 있는 '작가'의 길은 어떻게 주어지고 있는지를 자세히 연구 · 고찰되어야 한다. 이 조사 결과는 자연과 동떨어져 살고 있는 우리들에게, 그리고 또 모든 것을 성과에 따라 평가하는 물질만능의 현대사회에 살고 있는 오늘의 우리들에게 직접적으로는 아니라고 하더라도 간접적으로나마 무엇인가를 시사할

---

5) s.u.Vgl. Hans Jürg Lüthi, Natur und Geist, Stuttgart 1970, S.28-29. 크눌프는 "작가 라는 것에서부터 한 유랑자가 되며 그는 모든 사람을 매혹시키나, 그러나 언제나 이들로부터 외떨어져 존재하는 삶의 산책자이고 구경꾼이다. 그는 영원한 유랑자 크눌프이다.(…) 크눌프는 자연에 아주 가까이 있고 자연으로부터 그리고 자연과 함께 생활하고 있다. (Aus dem Dichter ist ein Landstreicher geworden, ein Bummler und Zaungeist des Lebens, der alle Menschen bezaubert und doch immer außerhalb steht : Es ist Knulp, der ewige Wanderer (…) Knulp ist der Natur ganz nahe, er lebt aus ihr und mit ihr."

6) s.u.Vgl. Heinrich Meyer-Benfey, a.a.O., S.147.

수도 있다.

1.2. 크눌프와 '작가'의 길

『크눌프』의 주인공 크눌프가 걸어가게 되는 '작가'의 길은, 그러나 정신적 지속성과 그 영원성을 가로막는 현실, 즉 지속성의 단절로 모든 것의 종말을 전제하고 있는 현실에서 도피함으로서 주어지는 길이 아니다. 이 '작가'의 길은 이미 언급되었듯이 두 상반된 이면세계가 이면적으로 내놓고 있는 본질, 즉 '가장 아름다운 것'에 대한 인식으로부터 주어진 길이다. 이는 '가장 아름다운 것'이 지니고 있는 상반적인 이면성, 즉 한편으로는 '즐김(Vergnügen)' (4/477)과 다른 한편으로는 이와 전혀 다른 면인 '슬픔(Trauer)' (ebda.)과 '불안(Angst)' (ebda.)이라는 양면성을 띠는 이면적인 상반성으로부터 얻게 되는 인식이다. 이를 크눌프는 그의 유랑 동반자인 자아-화자(Ich-Erzähler)에게서 뚜렷하게 보여주고 있다. "(…) 내 생각으로는 가장 아름다운 것을 우리가 가지게 되는데 여기에는 즐김외에 또한 슬픔이라든가 아니면 불안이 상존하게 될 때이다.((…) Ich denke, das Schönste ist immer so, daß man dabei außer dem Vergnügen auch noch ein Trauer hat oder eine Angst.)" (4/477)

두 상반성으로부터 보여주는 '가장 아름다운 것'의 극치를 크눌프는 현실에서 하나의 구체적인 예로 밤의 불꽃놀이에서 보게 된다. "(…) 푸르고 초록색의 꽃불화구들이 어두움

속으로 솟아오를 때, 바로 이때 가장 아름다운데, 이때 이들은 자그마한 곡선을 만들고 없어질 때다. 이것을 우리가 볼 때면 기쁨과 또한 동시에 곧 다시 사라질 것이라는 불안을 지니게 된다.((…) Da gibt es blaue und grüne Leucht-kugeln, die steigen in die Finsternis hinauf, und wenn sie gerade am schönsten sind, dann machen sie einen kleinen Bogen und sind aus. Und wenn man dabei zuschaut, so hat man die Freude und auch zu gleicher Zeit die Angst: gleich ist's wieder aus.)"(4/478)

이와 같이 소멸이나 종말을 전제한 현실에서의 두 상반성, '기쁨'과 '불안'으로 내놓는 시 · 공의 순간적이고 일시적인 '가장 아름다운 것'에 대한 크눌프의 인식은, 그로 하여금 상반적인 상반성의 테두리에서, 순간적이고 일시적인 감각의 것이 아닌 시 · 공을 초월하는 지속적인 정신적인 '가장 아름다운 것'의 '영원성'으로 나아가게 한다. 상반성의 본질인 이 '가장 아름다운 것'의 현현은 시각적인 감각의 대상에만 국한되는 것이 아니고, 모든 것의 핵심인 본질로 통용되는 상위 개념이기도 하다. 이에 상응하는 구체적인 예로 크눌프는 지속적인 영원성을 전제하고 있는 남녀간의 결혼이라든가 사람들 간의 친교를 들고 있다.(Vgl. 4/478)

이제 이 정신적 지속성과 그 영원성, 즉 '가장 아름다운 것'으로의 추구를 위해 시민사회에서 외톨이로 자연과 함께 하면서 크눌프가 들어서게 되는 '작가'의 길을 슈톨테(Heinz Stolte)는 다음과 같이 올바르게 지적하고 있다: "그는(=크눌프)[d.Vf.7] 한 보잘 것 없는 가련한 도제공으로서 도제과정을 마치고, 떠돌이로 오래동안 자유를 만끽한 후, 도제로서 돈을 벌여 안주하는 도제공으로서의 시민적 존재에 그는 연결고리를 올바르게 찾지 못했다. 그는 허약한 생활력과 시적(詩的)인 몽상으로부터 경이적이고 찬란한 세상의 그림책자에 홀딱 빠져서 해가 거듭되지만 목적도 없는 유랑을 계속한다. 나무들, 꽃들, 새들과 이야기를 나누고 연애관계와 친우관계를 맺으며 작별하고 다시 만나서 축하를 한다. 그러나 운명의 뒤엉킴이나 인간 사회적인 삶으로의 참되고 진정된 참여에 이르지 않고 언제나 손님으로 사람들 속에서 사랑받는 무능력자로서 있으며, 시민성과 유용성 면에서 외톨박이로 그는 존속한다. 그러나 그에게는 진정 자신을 작가로 만드는 진지하고 순박한 자연의 이해와 본질을 꿰뚫어보는 관찰력을 감지할 수 있었다(Er(=Knulp)[d.Vf.] ist nur ein armer kleiner Handwerksbursche, der nach abgeschlossener Lehrzeit und der langen Freiheit seiner Wanderjahre als Geselle den Anschluß aus nahr- und seßhafte bürgerliche Dasein nicht recht hat finden können und nun aus Lebensschwäche und politischer Träumerei, aus Verliebtheit ins wunderliche bunte Bilderbuch der Welt jahraus jahrein seine ziellose Wanderschaft fortsetzt, Zwiesprache hält mit den

---

7) d.Vf.는 독일어 : der Verfasser(논자)의 약자로 논자가 추가하고 있다는 말임.

Bäumen und Blumen und Vögeln, Liebschaften und Freundschaften schließt, Abschied nimmt und Wiedersehen feiert, niemals aber zu den Verstrickten des Schicksals, zu den wahren und echten Teilhabern des menschlich-gesellschaftlichen Lebens gehört, immer nur gastweise unter den Leuten weilt als ein liebenswerter Taugenichts, aber dafür, daß er Außenseiter bleibt in allem Bürgerlichen und Nützlichen, erwächst ihm das innige, naive Verstehen der Natur, jener Blick ins Wesentliche, der recht eigentlich den Dichter macht"[8])는 것이다.

크눌프가 지향하는 '작가' 의 길, 자연과 더불어 유랑으로 보여주는 '작가' 의 길은 그의 친구 막흐올드(Machold)에 의해 되씹어 진다. "너는(크눌프)[d.Vf] (…) 아마도 한 자연탐구가가 아니면 한 작가가 되었을지도 모른다.(Du (…) vielleicht aber wäre ein Naturforscher oder auch etwa ein Dichter aus dir geworden.)" (4/499)

'작가' 의 길에 있는 크눌프는 비록 그 스스로 인쇄된 어떤 문학책자도 내놓지 못했으나, 그러나 그가 유랑하는 곳

8) Heinz Stolte, Hermann Hesse. In: Hermann Hesse, Peter Camenzind, Unterm Rad, Knulp, v. Martin Pfeifer, hrsg. v. Klaus Bahners, Gerd Eversberg und Reiner Poppe, C. Bange Verlag-Hollfeld, 1993[6], S.80. s. auch Heinz Stolte, Hermann Hesse, Weltscheu und Lebensliebe, Hamburg 1971, S.94ff.

어디에서나 기록이 아니면 자작한 시문학의 "유랑소책자(Wanderbüchlein)"(4/441)를 언제나 지니고 다녔다. 사실이지 그에게 있어 주된 일은 "유랑소책자"를 정돈하는 것으로, 이 "(…)유랑소책자는 나무랄 때 없이 추진된 아늑함이 깃드는 이야기이거나 하나의 문학작품이었다. 그리고 관청에 의해 인정된 기재는 오로지 영광스럽고 근면한 그의 생을 명예에 가득찬 정류장으로 나타내 보여줬다. 그의 이 같은 생애에 있어 유랑의 즐거움은 꽤 종종 다변적인 장소의 변화 형태로써 유별나게 눈에 띄었다. 이처럼 관청의 여행증서에서 나타나는 생을 크눌프는 시문학으로 옮겼고, 그의 표면적인 존재를 헤아릴 수 없는 기교로 종종 위협받고 있는 실꾸리에 꿰여 진척시켜나갔다.((…) Es(=Wanderbüchlein)[d.Vf.] stellt in seiner Tadellosigkeit eine anmutige Fiktion oder Dichtung dar, und seine amtlich beglaubigten Einträge bezeichneten lauter ruhmvolle Stationen eines ehrenwerten und arbeitsamen lebens, in welchem nur die Wanderlust in Form sehr häufiger Ortswechsel auffiel. Das in diesem amtlichen Paß bescheinigte Leben hatte Knulp sich angedichtet und mit hundert Künsten diese Scheinexistenz am oft bedrohten Faden weitergeführt.(…))"(4/442)

이 '작가'의 길은 또한 「크눌프에 대한 나의 추억(Meine Erinnerung an Knulp)」편에서 자아-화자에 의해 증빙되고 있는데, 여기서 크눌프는 자연을 노래하는 '작가'로 다음과 같이 소개되어 있다.

"비록 크눌프는 대(大) 작가는 아니라고 하더라도 그러나 소(小) 작가로 그가 스스로 노래들을 부를 때면 이들 노래들은 종종 마치 자매들처럼 가장 아름다운 다른 노래들과 흡사해 보인다. 그리고 내가 지니고 있는 두서너 구절과 시구(詩句)는 정말 아름다우며 언제나 가치를 지니고 있었다. 그의 노래들 가운데 어느 것도 쓰여진 것은 없었고, 그의 시구들은 찾아와 이어졌고, 바람이 불어가듯이 무례하지도 않고 또 책임지지도 않고 사라졌다. 그러나 이들 노래의 시구들은 나에게나 그에게 있어서 뿐만 아니라 어린애들이나 노인들 할 것 없이 많은 사람들에게 무료한 시간을 아름답고 사랑스럽게 만들어 주었다.

밝게 그리고 훌륭히 분장해서
문을 나서는 처녀처럼
태양은 붉고 자만심에 차
전나무 숲 위로 솟아오른다.

라고 그는 그날 태양에 관해 노래하고 있다. 태양은 그의 모든 노래에서 거의 언제나 대두되고 찬양되고 있었다. 기이한 것은 그가 대화에서 생각에 깊이 빠지지 않는다는 것이고 그의 시구들도 티없는 아이들이 밝은 색의 여름옷을 입고 달음

박질하는 것처럼 얽매여 있지 않았다. 종종 이 시구들은 또한 아무런 의미없는 허튼 소리 같았지만은 함께 자리하는 기쁨을 발산시키는데 기여하기도 했다.(Aber wenn Knulp kein großer Dichter war, so war er doch ein Kleiner, und während er sie selber sang, sahen seine Liedchen den schönsten anderen oft ähnlich wie hübsche Geschwister. Und einzelne Stellen und Verse, die ich behalten habe, sind wahrhaft schön und mir noch immer wert. Es ist nichts davon geschrieben worden, und seine Verse kamen, ebten und starben harmlos und verantwortungslos, wie die Lüfte wehen, aber sie haben nicht nur mir und ihm, sondern vielen anderen, Kindern und Alten, manche Viertelstunde schön und lieb gemacht.

Hell und sonntagsangetan
Wie ein Fräulein aus dem Tor
Kommt sie rot und aber stolz
Überm Tannenwald hervor,

So sang er an jenem Tage von der Sonne, die in seinen Liedern fast immer vorkam und gepriesen wurde. Und sonderbar, so wenig er im Gespräch das Spekulieren lassen konnte, so unbefangen waren seine Verslein, die wie saubere Kinder in hellen Sommerkleidern dahinsprangen. Oft waren sie auch sinnlos drollig und dienten nur dazu, den vorhan denen Übermut entströmen zu lassen.)"(4/488-489)

자연과 함께하며 '작가'의 길에 있는 크눌프. "그는 진정한 작가이다. 그의 노래는 자연에서 솟아나듯 순간의 정조로부터 나왔고, 이의 직접적인 시작(詩作)이 그의 노래들이다.(Und ein Dichter ist er(=Knulp)[d.Vf.] : sein Liedchen entstehen wie aus der Natur, aus der Stimmung des Augenblicks, deren unmittelbare Versdichtung sie sind.)"[9]

이같이 자연을 노래하는 작가로서 크눌프가 나아가는 '작가'의 길은, 그러나 아무런 하는 일 없이 세상을 떠도는 '무능력자(Taugenichts)'가 가는 길과는 다르다. 이를 「크눌프에 대한 나의 추억」편에서 자아-화자는 제 3자로서 잘 증명해 보이고 있다. 즉 자아-화자는 크눌프를 아무것도 하지 않는 빈둥거리는 사람으로서가 아니고, 현실세계의 사물에 폐쇄적 · 독단적인 인식으로서도 아닌 상대적 인식으로 접근하는, 그리고 논리적 자아인식으로(Vgl.4/476ff.) 다가가는 사색의 유랑자로 보여줌으로서이다.[10]

---

9) Hans Jürg Lüthi, a.a.O., S.29.

10) Vgl. "크눌프는 또한 생각할 수 있다. 심지어 그는 뚜렷한 사색벽을 가지고 있다.(Doch Knulp kann auch denken, er hat sogar einen ausgesprochenen Hang zum Spekulieren." Hans Jürg Lüthi, a.a.O., S.29.

사색의 유랑자로서 크눌프가 걸어가는 '작가'의 길은 이미 언급된 정신적 지속성과 그 영원성으로 나아가는 길로, 이 길은 또한 '영원성'의 상반성인 '종말'을 수반하고 있는 현실이 전제되고 있으면서 자연과 세상의 본질을 향해 매진하는 길인 것이다.

2.

2.1. 헤세와 '작가'의 길

크눌프가 유랑으로 딛고 있는 '작가'의 길은 이미 언급이 되었지만 일찍이 『크눌프』의 저자 헤세가 13세 때 부름을 받은 '작가'의 길이기도 하다. 작가 헤세는 그가 받은 '작가'의 부름에 관해 이렇게 적고 있다. "13세 때 나에게 있어 한 가지 분명한 것은 내가 작가가 되든지 아니면 아무것도 되지 않는다는 것이다.(Von meinem dreizehnten Jahr war mir das eine klar, daß ich entweder ein Dichter oder gar nichts werden wolle.)"(6/393-4)[11] 이는 그에게 있어 첫 번째 큰 변혁이었다고 하고 있다.(Vgl. 6/399) 헤세에게 있어서 첫 번째 큰 변혁이었던 13세 때의 '작가'의 부름은

---

11) s. auch : Materialien zu Hermann Hesses 〉Der Steppenwolf〈, hrsg. v. Volker Michels, Frankfurt a.M., 1972, S.11.
Vgl. : H. H. an Marie Hesse, Cannstatt, 15. Mai 1893. In: Kindheit und Jugend vor Neunzehnhundert. Hermann Hesse in Briefen und Lebenszeugnissen 1877-1895, hrsg. Ninon Hesse, Frankfurt a.Main, 7. bis 9. Tausend, 1973, S.363.

그와 그의 앞에 놓인 목적의 길, 즉 그의 부모들이 생각하고 있었던 신학자의 길로 인해 이들 두 길 사이에는 암흑이 드리워지게 되었다. 이의 여파로 그는 주위세상 뿐만 아니라 세상 사람들과도 갈등을 가지게 된다. 이젠 그에게 있어 모든 것은 불확실해졌고 의문시되어 그 가치를 지니지 못하게 된다. 이런 불확실하고 모든 것들의 가치상실 그리고 갈등은 그의 행동으로 나타나 부모님들과 학교로부터 의구심을 받게 된다. 이의 결과 헤세의 말을 빌리면 그는 다른 도시에 있는 라틴어 학교에 귀양 보내졌다는 것이다.(Vgl. 6/394-5) 1년 후에 그는 신학세미나의 초년생이 되어 히브리어의 알파벳을 배우기도 하나 신학세미나의 생활은 그의 적성에 부합되지 않음으로써 내적으로 불안감이 점차적으로 고조되고 후에 마울부론(Maulbronn) 수도원학교를 뛰쳐나오게 되고, 이로서 금고형을 받으며 후에 이 수도원학교의 세미나와 결별하게 된다.

이렇게 작가 헤세가 일찍이 어린 헤르만으로 세미나생이 되고, 수도원학교의 세미나와의 결별에 이르기까지의 당시 세미나 현주소와 세미나를 둘러싼 그 시대의 주위세상과 사람들, 그리고 그의 부모들과의 관계를 한번 살펴보는 것이 『크눌프』의 저자 이해는 물론이고 "크눌프"의 주인공 크눌프에게 주어진 '작가'의 길 이면(裏面)을 이해하는데 도움이 된다.

예전엔 독일의 머리 좋은 소년들은 신학분야로 방향을 돌리게끔 인도되어 장학금으로 공부를 했다. 헤세는 그의 어머니에 의해 지방시험 관계로 1890년에 괴핑겐(Göppingen)에 보내졌다. 그가 괴핑겐에 있는 라틴어학교에 보내진 이유는 이 학교의 나이 많은 교장 바우어(Bauer)는 지방시험을 위한 훌륭한 수험 지도자로서 이름이 나 있었던 곳이기 때문이다.[12] 그가 치르게 될 지방시험은 매년 여름 독일 남부의 주(州) 바덴뷜템베르크 전 지역에 걸쳐서 실시되는 국가시험으로 이 시험에 합격하면 신학세미나들 중 한 세미나에서 장학금을 받게 되어 장학생으로 공부할 수 있었다. 이런 과정을 무난히 거치게 되면 주(州)에 있는 가장 이름난 유명한 튀빙겐(Tübingen) 신교관(Evangelische Stiftung), 즉 오늘날 튀빙겐대학의 전신인 이 신교관에서 공부할 수 있는 기회를 가지게 된다.

헤세는 괴핑겐의 짧은 학교생활에서 모범적인 어린 학생으로서 그의 괴핑겐 학교생활을 마치고 1891년 7월에 실시된 그가 두려워했던 지방시험에 훌륭한 성적으로 합격해서 동년 가을에 마울부론의 세미나에 들어가게 된다.[13] "마울부론 세미나는 당시 하급 신교세미나들 중에 속하는 것으로서 이들 세미나들은 특수한 양상을 띤 독일 지역에서의 유일한 바덴뷜뎀베르크주의 교육 기관으로서, 어쩌면 옛적에 있었던 마이센군주 학교나 아니면 상이한 가톨릭 세미나들과 많은 비교점 등을 보여주고 있다. 이 신학세미나의 역사는 말틴 루터(M. Luther)에 의하여 일어난 종교개혁 시대로 돌아

12) s. Bernhard Zeller, Hermann Hesse, Rowohlt Taschenbuch, Reinbek bei Hamburg 79-90. Tausend, 1973, S.20.
13) Vgl. Bernhard Zeller, Hermann Hesse, a.a.O., S.21.

가겠다. 아우그스부르크(Augsburg)의 종교평화와 더불어 가장 중요한 바덴뷜템부르크 군주들 가운데의 한 사람이었던 크리스토프(Christoph)공작은 자신의 지배 영토내의 교회제도와 학교제도를 정리했고, 또 새로운 학교나 교회를 설립하기도 했다. 그의 가장 성공적인 혁신은 14개의 뷜템베르크적인 승원으로부터 수도원 소속의 신교학교로의 경신변혁이었다. 이 신학교에서는 14살에서부터 18살까지 연령의 뷜템베르크 소년들이 장학생으로서 신교신학의 공부를 위해서 수련되었다."[14]

이 신교신학의 세미나를 횔덜린, 뫼리케 이외에 마이어(R. Mayer), 케플러(J. Kepler), 그리고 유명하고 명예스러운 다른 많은 시인, 작가, 학자들이 이 세미나에서 공부하였다. 또 대부분의 신학자들, 많은 선생들, 교수들뿐만 아니라 뷜템베르크의 제왕국과 제후국의 높은 관직의 사람들 역시 그들 소년 학교시절의 결정적인 시기, 즉 인문 고등학교의 상급 4년 동안을 이 세미나에서 보냈다.[15] "엄격하게 선발되고, 오로지 지식 위주의 결과로만 가려지는 학생들의 선발, 특히 단순한 거의 수도원적인 생활형태 속에서 이야기되는 전통의 위력, 대단히 옹골찬 고대 언어적인 수업으로 수반되었다. 이 인문주의적 신교적인 교양이념은 기숙사가 구비된 세미나학교들에서 개개인의 고유적인 성격, 교양적이고 원

14) 황진, 헤르만 헤세, 생애 · 작품 및 비평, 계명대학교 출판부, 대구 1982, P.54. Vgl. Bernhard Zeller, Hermann Hesse, a.a.O., S.21-22.

15) Vgl. Ibid., S.22.

천적인 힘과 권위가 부여되었다. 이곳에서 진행되고 있었던 교육적인 과정은 많은 면에서 일방적이고, 또 경직 · 완고한 것이었다. 그러나 전통적인 것을 유지하면서 너무 급속적인 실험적 성격을 띤 것을 배제해서 그들 나름대로의 세력권을 유지하는 중요한 기반을 형성하고 있었다."[16]

이런 역사적인 배경을 가진 신교 신학의 세미나의 시험에 합격한 후, 소년 헤세는 당시 교육과정에 따라 다음 과정으로 나아간다. 작품 『크눌프』의 주인공 크눌프도 작품의 셋째 부분인 「종말 (das Ende)」에서 볼 수 있듯이 세미나를 방문했다. 또한 크눌프 그의 주위에 작가 헤세와 마찬가지로 많은 명망있는 친구들이 있었다. 이러한 사실은 첫째 부분인 「이른 봄(Vorfrühling)」에 언급되어 있다.(Vgl. 4/442) 많은 친구들 중의 한 사람은 「종말」편에 나오고 있는 의사 막흐올드이다.(Vgl. 4/494ff.) 별다른 문제없이 들어가게 된 마울부론 수도원 세미나의 초기는 소년 헤르만에게 많은 아름다운 체험들을 안겨주고 있는데, 이 같은 사실은 그의 양친에게 올리는 글월에서 잘 보여주고 있다. 하나의 예로서 그가 이 세미나에 들어간 지 약 한 달 후 부모에게 올린 글월(1891년 10월 4일 아침 8시 30분)에서 보내주신 소포에 감사를 드리고서 말하기를, "나는 대단히 행복하다(Ich bin ganz glück-

16) 황진, 헤르만 헤세, 생애 · 작품 및 비평, 전게서, P.5. Vgl. Bernhard Zeller, Hermann Hesse, a.a.O., S.22-23.

17) H. H. an Johannes und Marie Hesse, 4. Oktober 1891, Morgens 81/2 Uhr. In: Kindheit und Jugend vor Neunzehnhundert, a.a.O., S.113.

lich)"[17]라고 자신의 생활을 단적으로 나타내기도 했고, 또 그는 여기서 틈틈이 음악과 문학 활동도 열심히 했다.[18] 이를 잘 보여주는 것으로 세미나생인 그는 시간이 되는대로 습작을 게을리하지 않았고, 신학교라는 좁은 테두리에서도 급우들 중 몇몇과 '고전주의 박물관(Klassisches Museum)'[19]을 만들어 낭송과 평론을 곁들이는 문학 활동을 했다.

이처럼 그는 한편으로 학교의 규정 시간 외에 문학 활동을 하였고, 다른 한편으로는 학교수업과 규율적인 교내생활을 충실하게 이행해 나갔다. 그러나 그는 이듬해 아무런 뚜렷한 외적인 동기 없이, 또 어떤 이렇다할만한 이유 없이 몸에 한 푼도 가지지 않고 외투 없이 점심 식사 후 돌연히 사라졌다.[20] 이렇게 감행된 세미나 탈출은 우선 표면적으로 일시적인 것 같았으나, 그러나 이 행위는 천진난만한 어린생도 헤세의 잠정적인 것이 아니었다. 그의 어린 자아 내면으로부터 주어진 어떤 해명될 수 없고 그렇다고 어떻게 꼭 끄집어 낼 수 없는, 허나 그에게 있어서 내적인 충동에 의해서 빚어진 단순한 순간적 돌발적인 것이 아닌, 속박된 환경으로부터 벗어나고자 하는 필연적인 것이었다.[21] 이러한 사실을 잘 뒷받침하고 있는 것으로 첼러(Bernhard Zeller)에 따르면, 어린 헤세가 감행한 "마울부론 세미나로부터의 탈출은 그 무엇

---

18) 비교: 황진, 헤르만 헤세, 생애 · 작품 및 비평, 전게서, P.60. Vgl. : H. H. an Johannes und Marie Hesse, 4. Oktober 1891, Morgens 81/2Uhr. In: Kindheit und Jugend vor Neunzehnhundert, a.a.O., S.113ff.

19) Bernhard Zeller, Hermann Hesse, a.a.O., S.26.

20) Vgl. : Kindheit und Jugend vor Neunzehnhundert, a.a.O., S.179.

보다도 감각이 예민하고 환상에 가득 찬, 그리고 쉽게 격동하는 한 젊은 사람의 충동적인 반작용이라고 볼 수도 있으나, 이로서 신경적 위기에서 표출되는 막중한 심적인 갈등시기가 시작되었다. 그러나 이는 자아주장을 위한 좌절된 투쟁으로, 막강하면서도 방위적인 권위에 맞섬으로써 그 스스로가 전도된 것을 보게 되는, 그리고 가족의 경직된 종교적인 전통에 맞서는 그의 고유한 자아, 즉 일찍이 의식되어진 천부적 작가로서의 방어를 위한 투쟁이었다(Mit der Flucht aus Maulbronn, die zunächst nicht viel anderes als die Kurzschlußreaktion eines sensiblen, phantasievollen und leicht erregbaren jungen Menschen war, begann eine Zeit schwerer seelischer Konflikte, die sich in Nervenkrisen äußerten, im Grunde aber ein verzweifelter Kampf um Selbstbehauptung waren, um Verteidigung des eigenen Ichs und des früh bewußtgewordenen Dichtertums gegenüber den starren religiösen Traditionen der Familie und gegenüber all den mächtigen und so gesicherten Autoritäten, von denen er sich umstellt sah)"[22]는 것이다.

이런 '작가' 로서의 방어 투쟁으로 헤세는 어린 생도로서 주위 모든 것으로부터 가지게 되는 도전에 어떻게 감당해 나

21) Vgl. : Professor W. Paulns an Johannes Hesse, Maulbronn, 7. März 1892. In: Kindheit und Jugend vor Neunzehnhundert, a.a.O., S.180.

22) Bernhard Zeller, Hermann Hesse, a.a.O., S.28.

갈 수 없는 상황에 있게 된다. 이의 결과 그는 당연히 가지게 되는 내적 위기, 즉 자아외부 세계와 비타협 내지 충돌을 가지게 되었고, 또 그의 자아는 점점 더 내적으로 주위 사람들과 주위 모든 것으로부터 고립 · 격리되었다.[23)]

이와 같이 어린 헤세는 주위 세상으로부터 냉대되고 수용되지 않음으로써 이들과 이들의 세상으로부터 떠나서 죽음과 더불어 예수 그리스도가 제시하는 "지옥과 천국이 아닌 곳(nicht Himmel und Hölle)"[24)], 즉 이 다른 세상은 그가 믿는 바에 의하면 고대 희랍 신화의 신(神)인 문학, 음악의 신을 공경했던 세상으로 도망가려고 마음먹었다.[25)] 어린 생도 헤세의 이같은 다른 세상으로의 도피, 꿈과는 달리 현실에서 그는 세미나 탈출 후 비정상적인 자로 취급되어 바드 볼(Bad Boll)에 있는 부목사 부룸하르트(C. Blumhardt)의 정신요양소에 갇히게 되었다. 뒤에 바드 볼보다 엄격한 요양소 슈테텐(Stetten)으로 보내졌다.[26)]

당시 헤세에 대한 견해를 간접적으로 적고 있는 그의 일가 일기문을 보면, 괴핑겐 의사 란데르(Landerer)는 그를 결코 정신이상자로 간주하지 않았으며 다만 그의 비정상성은 이미 어릴 때부터 주어져 왔다는 것이다.[27)] 여기서 분명히 말

---

23) Vgl. : H. H. an Johannes und Marie Hesse, 20. März 1892. In: Kindheit und Jugend vor Neunzehnhundert, a.a.O., S.194-195.

24) David Gundert an Johannes Hesse, Stuttgart, 3. Mai 1892. In: Kindheit und Jugend vor Neunzehnhundert, a.a.O., S.205.

25) Vgl. : Ibid.

26) 비교: 황진, 헤르만 헤세, 전게서, P.71과 P.73ff.

하고 있는 바는 소년 헤세는 다른 아이들의 일반성에서 벗어나게 되어 비정상적인 것으로 보인다는 것이다. 헤르만은 결코 정신병환자가 아니며, 그는 남다르게 자유적이고 환상적으로 다른 정신적 세계의 현실에 머물고 있음을 간접적으로 시사하고 있다는 것이다. 이 같은 의사 란데르의 간접적인 시사는 남과 다른 사명이 주어진, 즉 '작가'로의 길에 있는 헤르만을 올바르게 보았던 것이다. 소년 헤르만에 주어지고 있는 이 '작가'의 길을 또한 목사 피스테레(Pfisterer)는 그와 면담을 가진 후 뚜렷하게 말하고 있다. "전체적으로 볼 때 나(=피스테레)는 그(=헤르만 헤세)가 자기 연령에 비해서 너무 발전해 있다는 인상을 받고 있는데, 그는 문학적인 면에 훌륭한 지식을 가지고 있었다. 더욱이 이 지식은 그의 연령을 뛰어 넘어선 수준이다.(Im Ganzen habe ich(= Pfisterer)d.Vf. den Eindruck, der Mensch (=Hermann)d.Vf. ist für sein Alter zu entwickelt. Er hat in der Literatur gute Kenntnisse, aber über sein Alter.)"[28]

목사 피스테레의 긍정적인 견해에 힘입어 헤세는 요양소가 아닌 그가 종종 갈구했던 정상인들과 더불어 생활하게 되는 일반학교의 생활이 허용된다. 즉 슈튜트가르트(Stutt-

27) Vgl. : Aus dem Tagebuch der Familie Hesse-Isenberg, am 21. Juni 1892. In: Kindheit und Jugend vor Neunzehnhundert, a.a.O., S.222. Vgl. : Pfarrer Pfisterer an Johannes Hesse, Basel 12. Oktober 1892. In: Kindheit u. Jugend vor Neunzehnhundert, a.a.O., S.285.

28) Ibid.

gart)의 근교인 바드 칸슈타트(Bad Cannstatt)에 있는 고등학교에 보내어진다. 여기서 그는 처음에 뒤떨어진 공부를 만회하기 위해서 열심히 공부했으나, 그러나 그는 사회적 지위를 누리는 그런 사람이 되는 것이 목적이 되어서는 안 된다고 인지한다.[29] 이후 그는 학교수업을 등한시하고, 다시금 자포자기의 내적 갈등을 겪게 된다. 그러나 그는 이러한 좌절 속에서도 그의 자아내면에 던져진 '작가'의 길을 가고 있음을 우리들로 하여금 내다보게 하고 있다. 이것을 잘 증명하는 것으로 그는 그의 자포적인 방탕생활 가운데서도 밤늦게까지 지붕 다락방에 앉아서 하이네, 고골, 뚜르게네프와 아이헨도르프의 『무능력자(Taugenichts)』를 열심히 읽었다.[30]

소년 헤세는 간신히 일 년이라는 고등학교 생활을 마치고 마음에 없는 학교를 그만 둔다. 이후 그는 1893년 10월에 에스린겐(Eßlingen)에 있는 마이어(Mayer) 서점에 사제의 계약을 맺고 일하게 된다. 그러나 삼일이 채 못 되어 초심자로의 직장을 버리고 뛰쳐나온다. 결과 아버지는 그를 고향집으로 데리고 온다. 이후부터 그는 몇 달 동안 부모님과 함께 생활하였으며, 부모님과 고향의 환경 때문에 자신의 자유분방

29) Vgl. : H. H. an Marie Hesse, Cannstatt, 25. November 1892. In: Kindheit und Jugend vor Neunzehnhundert, a.a.O., S.310-311.
Vgl. : H. H. an Marie Hesse, [Cannstatt, 20. Januar 1893] In:Kindheit und Jugend vor Neunzehnhundert, a.a.O., S.323-324.

30) s. Bernhard Zeller, Hermann Hesse, a.a.O., S.29.
Vgl. David Gundert an Johannes Hesse. Stuttgart, 13. Februar 1893. In:Kindheit und Jugend vor Neunzehnhundert, a.a.O., S.334.

한 생활이 허용되지 않았다. 따라서 내적으로 욕구불만과 고통에 찬 나날을 보내게 된다. 마침내 그는 자신의 의향에 맞지 않는 페로트(Perrot)가 운영하는 칼브 시계공장에서 1894년 6월부터 1895년 9월까지 매일 같이 부품더미에서, 그리고 회전대에 서서 줄질하ㄱ 구멍을 뚫고, 절단기로 끊으면서 또 납땜인두를 다루면서 일했다.[31)]

이처럼 노동자로서 헤르만이 가지게 되는 체험은 그의 짧은 이야기들 『차륜 밑에서(Unterm Rad)』(1906), 「작업장으로부터(Aus der Werkstatt)」, 「한스 디어람의 견습기간(Hans Dierlamms Lehrzeit)」 그리고 「첫 모험(Das erste Abenteuer)」 등에서 주인공들이 노동자 같은 순박한 직장 사람들과 생활하는, 작가 헤르만 헤세 자신이 옛적에 가졌던 직공생활의 체험이 담겨져 있는 것을 읽을 수 있다.

여기 『크눌프』에서도 일찍이 소년 헤세가 가졌던 도제공으로서의 체험은 주인공 크눌프가 그의 친구 도제장 등과 가지는 대화에서도 기반을 이루고 있음을 잘 보여주고 있다.

2.2. 크눌프와 그의 유랑

도제견습을 거친 도제공으로서, 이에 앞서 체험했어야만 했던 세미나 탈출자로서 『크눌프』의 저자 헤세와 이의 주인공 크눌프가 유랑으로써 걷게 되는 '작가'의 길은 이미 언급이 된 『크눌프』의 둘째 부분인 「크눌프에 대한 나의 추억」에

31) Vgl. : Bernhard Zeller, Hermann Hesse, a.a.O., S.29.

서 뚜렷하게 서술하고 있다. 즉 여기에 등장하는 제 3자의 자아-화자에 의해 크눌프가 가고 있는 '작가'의 길이 잘 기술되고 있다. 자아-화자로 하여금 크눌프의 '작가'의 길을 우리 독자들에게 증빙해 보이려는 이 기법은 헤세의 중 · 후기 작품에 속하는 『슈테펜볼프(Steppenwolf)』(1927)의 「권두언(Vorwort)」(Vgl. 7/183-204)에서도 그 유사성을 찾아볼 수 있다. 화자-자아가 분명히 예시하고 있고, 유랑의 떠돌이로 크눌프가 가고 있는 '작가'의 길은, 그러나 저자 헤세가 일찍이 어린 헤세로서 '작가의 부름'을 받고 걸어갔던 것과는 다르게 그려지고 있다. 즉 헤세는 이 길을 작품에서 주인공 크눌프가 그의 청소년기에 남보다 먼저 눈뜨게 된 이성관계의 실패로부터 유랑하면서, 한 떠돌이로 걷는 것으로 작품을 구성하고 있다. 크눌프가 체험하게 되는 이성관계의 실패담을 그는 『크눌프』의 마지막 부분인 「종말」편에서 잘 내놓고 있다. 즉 크눌프는 그와 같이 다녔던 라틴어학교의 동창생인, 이젠 의사가 된 막흐올드에게 그의 체험담을 다음과 같이 실토하고 있다. "나이 13세가 거의 되었을 때라고 본다. 나는 자네보다 한살이 많았다. 나는 한때 아파서 병상에 있을 즈음 종자매가 우리를 방문했는데, 이 종자매는 나보다도 3살, 아니면 4살 위였고 나와 같이 놀았다. 내가 다시 건강해져 깨어나 있었을 때, 어느 날 밤 나는 이 종자매가 있는 방을 방문했었다. 그때 나는 한 여자가 어떻게 보이는지를 알게 되어 기겁초풍하고 도망쳐 나왔다. 그 후 나는 종자매와 한마디 말도 나누고자 하지 않았으며 싫었다. 그리고 나는 종자매에 대해 불안감을 가졌으나, 그러나 이 일은 내 머리 속에 꼭 자리하고 있어, 그때부터 나는 얼마동안 오로지 소녀들만 따라 다녔다. 로터겔버 하아지스에게는 같은 또래의 두 딸이 있었고 이웃으로부터 또한 다른 소녀들이 가세했다. 우리들은 어둑한 곳에서 숨바꼭질을 했으며 언세나 낄낄대며 비밀리 행동했다. 이들 소녀들과 함께 하는 모임에서 흔히 나는 유일한 소년이었고 종종 나는 이들 소녀들 가운데 한 소녀의 머리를 엮어 주기도 했다. 이들 중 어느 한 소녀는 나에게 키스를 하기도 했다. 우리들 모두는 미성년자로서 자세히 모르긴 했으나, 그러나 만사에 홀딱 빠져 있었고, 그리고 미역 감을 때에는 나는 숲 속에 숨어서 이들을 바라보았다. 또 어느 날 한 새로운 소녀가 이에 합세하게 되었는데 이 소녀는 근교에서 왔고 그녀의 아버지는 편물세공에 종사하는 노동자였다. 이 소녀의 이름은 프란치스카로서 첫 눈에 내 마음에 꼭 들었다.(Fast dreizehn, ich bin ein Jahr älter als du. Wie ich einmal krank war und im Bett lag, da hatten wir eine Base zum Besuch da, die war drei oder vier Jahre älter als ich, und die fing an, mit mir zu spielen, und als ich wieder gesund und auf war, bin ich einmal nachts zu ihr in die Stube gegangen. Da wurde mir bekannt, wie ein Frauenzimmer aussieht, und ich war elend erschrocken und bin davongelaufen. Mit der Base wollte ich jetzt kein Wort mehr reden, sie war mir verleidet, und ich hatte Angst vor ihr, aber die

Sache war mir halt einmal im Kopf, und von da an bin ich eine Zeitlang bloß den Mädchen nachgegangen. Beim Rotgerber Haasis waren zwei Töchter in meinem Alter, und da kamen auch andere Mädchen aus der Nachbarschaft hin, wir spielten auf den dunklen Böden Verstecken und hatten immer viel zu kichern und zu kitzeln und geheim zu tun. Ich war meistens der einzige Bub in dieser Gesellschaft, und manchmal durfte ich einer von ihnen die Zöpfe flechten oder eine gab mir einen Kuß, wir waren alle noch unerwachsen und wußten nicht recht Bescheid, aber es war alles voll von Verliebtheit, und beim Baden versteckte ich mich in die Büsche und sah ihnen zu. – Und eines Tages war eine Neue da, eine aus der Vorstadt, ihr Vater war Arbeiter in der Strickerei. Sie hat Franziska geheißen, und sie hat mir gleich beim erstenmal gut gefallen.)"(4/501)

"(…) 프란치스카는 나보다 컸고 강했는데, 우리들은 이따금 서로서로 시비를 걸기도 하고 트집도 잡았다. 그녀가 나를 꽉 당겨 누를 때면 나는 고통스러웠고 어지러웠으며 취하기도 했으나 기분은 좋았다. 그녀에게 나는 홀딱 반했다. 그녀는 나보다 두 살 위여서 그때 벌써 가지게 될 애인에 관해 이야기 했는데, 나의 바람은 내가 그녀의 애인이 되었으면 하는 것이었다. 한번은 그녀 혼자 강변에 있는 제혁용 수피 정원에 앉아서 발을 물에 담그고 웃옷만 걸치고 있었다. 나는 그녀에게로 다가가 앉았다. 나는 한번 용기를 내고서 그녀에게 말하기를 '나는 너의 애인이 되고 싶어, 그래야만 해' 라고 말했다. 그러나 그녀는 갈색 눈으로 나를 쳐다보고 동정적으로 말하기를 '너는 아직 어린애라서 짧은 바지를 입고 있는데 너는 도대체 애인이라든가 사랑한다는 것이 무엇인줄 알고 있니?' 그래 나는 모든 것을 알고 있다고 말했다. 만약 그녀가 나의 애인이 되지 않을 때는 나는 그녀를 물에 던지겠고 나도 함께 빠지겠다고 했다. 그때 그녀는 나를 주의 깊게 마치 부인의 시선으로 쏘아 보면서 말하기를 '그럼 한번 보자, 도대체 너는 키스할 수 있니?' 그래 할 수 있다고 말하면서 재빨리 그녀의 입에 대고 키스하고서는 이젠 이것으로 되었다고 생각했는데 그녀는 나의 머리를 꽉 움켜잡고서 마치 아낙네가 하듯이 꼭 그대로 나에게 키스함으로써 나는 멍했다. 그 후 그녀는 깊은 소리로 크게 웃고 말하기를 '너는 내 상대가 될지도 모르겠다. 어린애야 그런데 안 되겠어. 나는 라틴어학교를 다니는 어떤 사람도 애인으로 가질 수 없어, 그곳에는 올바른 사람이 없거든. 나는 올바른 남자를 애인으로 가지고 하는데 수공업 종사자나 노동자이겠고, 공부하는 어떤 사람도 대상이 될 수 없다' 는 것이다. 그녀는 나를 무릎에 앉히고 그녀의 팔 속에서 그녀의 온기를 아늑하게 느끼게 해서, 나는 그녀로부터 벗어나지 못했다. 나는 그녀에게 약속하기를 라틴어학교를 다니지 않고, 노동자가 되겠다고 했다. 그녀는 그저 웃기만 했으나, 나는 고삐를 늦추지 않았다. 드디어 그녀는 나에게 다시 한번 키스했고 내가 라틴어학교의 학생이 아니면 나의 애인이 되겠다고 했다.(Sie ist größer und stärker gewesen als ich, wir haben hier und da miteinander gehändelt und gerauft, und wenn sie mich dann an sich drückte, bis es mir weh tat, dann war mir schwindlig und wohl wie in einem Rausch. In die wurde ich verliebt, und weil sie zwei Jahre älter war und schon davon redete, daß sie jetzt bald einen Schatz haben wolle, da wurde es mein einziger Wunsch, der möchte ich sein. – Einmal saß sie allein im Lohgarten am Fluß und hatte die Füße ins Wasser hängen, sie hatte gebadet und bloß das Leibchen an. Da kam ich und setzte mich zu ihr. Auf einmal bekam ich Mut und sagte ihr, ich wolle und müsse ihr Schatz werden. Aber sie sah mich mit den braunen Augen mitleidig an und sagte : ,Du bist ja noch ein Büble und hast kurze Hosen an, was weißt denn du von Schatz und Liebhaben?' Doch, sagte ich, wisse alles, und wenn sie nicht mein Schatz werden möge, dann werfe ich sie ins Wasser und mich mit. Da schaute sie mich aufmerksam an, mit einem Blick wie eine Frau, und sagte: ,Wir wollen einmal sehen. Kannst du denn schon küssen?' Ich sagte ja und gab ihr schnell einen

Kuß auf den Mund und dachte, damit wäre es gut, aber sie hatte meinen Kopf gepackt und hielt ihn fest und küßte mich jetzt richtig wie ein Weib, daß mir Hören und Sehen verging. Dann lachte sie mit ihrer tiefen Stimme und sagte; ‚Du würdest mir schon passen, Bub. Aber es geht doch nicht. Ich kann keine Schatz brauchen, der in die Lateinschule geht, das gibt keine rechten Leute. Ich muß einen richtigen Mann zum Schatz haben, einen Handwerker oder einen Arbeiter, keinen Studierten. Es ist also nichts damit.' Sie hatte mich aber auf ihren Schoß gezogen und war in ihrer festen Wärme so schön und gut in den Armen zu halten, daß ich gar nicht daran denken konnte, von ihr zu lassen. Also habe ich der Franziska versprochen, ich wolle nimmer in die Lateinschule gehen und ein Handwerker werden. Sie lachte nur, aber ich ließ nicht nach, und zuletzt küßte sie mich wieder und versprach mir, wenn ich kein Lateinschüler mehr sei, dann wolle sie mein Schatz sein, und ich solle es gut bei ihr haben.)"(4/502-3)

프란치스카의 애인이 되기 위해 크눌프는 그의 아버지에게 라틴어학교를 다니지 않겠다고 말해 몇 대의 뺨따귀를 얻어맞고 당장에 어찌해야 하는지를 알지 못했으나, 때때로 그는 어린생각에 학교에 불지르려고 마음먹기도 했다. 드디어 그는 빠져나갈 한 방도를 생각하게 되었는데, 학교 일에 치중하지 않겠다는 결론에 이르게 되었다는 것이다.(Vgl. 4/503)

그의 친구 막흐올드에게 크눌프는 이어서 아래와 같이 말하고 있다.

"그래서 나는 시간을 빼먹기도 하고 그릇된 대답을 하기도 했으며 숙제도 하지 않았고 학교 책도 잃어버리곤 해서 나날이 무슨 일이 벌어지기도 했다. 라틴어 그리고 모든 것들은 나에게 있어 더 이상 중요하지 않았다.(Ja. ich habe Stunden geschwänzt und schlechte Antworten gegeben, ich habe die Aufgaben nicht gemacht und meine Schulhefte verloren, es war jeden Tag etwas los. (…) Das Latein und das Zeug alles war mir sowieso jetzt nimmer extra wichtig.)"(4/503)

"선생님들은 아마도 눈치를 채신 것 같았고 나를 사랑해 가능하면 나를 아껴주셔서 나의 의도하는 바가 아무런 성공을 거두지 못했다. 이제 나는 프란치스카의 형제와 사귀게 되었는데, 그는 초등국민학교 최하급에 들어 있는 못된 녀석이었다. 나는 그로부터 많은 좋지 못한 것을 배웠고, 이로 인해 많은 괴로움을 받았다. 반년 후에 나는 목적하는 바를 이루게 되었는데 아버지는 나를 반죽이다시피 때렸다. 나는 라틴어학교로부터 쫓겨나 프란치스카의 형제와 같이 동일한 학급에 자리하게 되었다.(Die Lehrer merkten das vielleicht, sie hatten mich im ganzen gern und schonten mich solang wie möglich, und es wäre nichts aus meinen Absichten geworden, aber ich fing jetzt eine Freundschaft mit dem Bruder der Franziska an. Er ging in die Volksschule, in die letzte Klasse, und war ein schlechter Kerl; ich habe viel von ihm gelernt, aber nichts Gutes, und habe viel von ihm zu leiden gehabt. In einem halben Jahr war mein Ziel endlich erreicht, mein Vater hat mich halbtot geschlagen, aber ich war aus eurer Schule ausgewiesen und saß jetzt in der gleichen Volksschulstube wie der Bruder der Franziska.)" (4/504)

이젠 프란치스카의 말대로 더 이상 라틴어학교 학생이 아님에도 불구하고 크눌프가 그의 친구에게 이야기하고 있는 바에 따르면 그는 그녀의 애인이 되지 못했고, 그녀의 형제와 더불어 집에 돌아 올 때면 그녀로부터 그전보다 더 가치가 없는 것처럼 홀대받았다. 뿐만 아니라 그는 어느 날 밤에 숲 속 벤치에 사랑의 한 쌍, 즉 기계 도제공과 프란치스카가 사랑의 육체적 유희에 빠져들고 있었는 장면을 목격하게 되고, 이로써 크눌프의 모든 바램은 무너졌다는 것이다.(Vgl. 4/504)

이성(異性) 프란치스카와 가진 이 같은 좌절의 체험 후 크눌프는 사람을 사귀고 동료를 가졌고 사랑도 했지마는 어느 한 사람의 말도 믿지 않게 되었고, 그리고 스스로 어떤 언약도 하지 않았다. 그는 그에게 적합한 생을 이어 왔으며, 자유와 아름다움을 언제나 지녀왔고 언제나 홀로 있게 되었다는 것이다. (Vgl. 4/505)

친구 막흐올드에게 내놓고 있는 체험의 토로, 즉 크눌프가 그의 어린 시절 프란치스카와 만나서 가지게 되는 이성관계에서 그녀의 애인이 되기 위해 그가 다니던 라틴어학교를 그만두고 일반학교에 다니게 되었다는 작품 줄거리의 진행은, 저자 자신이 일찍이 헤르만으로 '작가의 부름'을 받아 세미나생으로서 그의 적성에 맞지 않는 라틴어학교를 무단탈출했고, 그후 일반학교로, 그리고 작업장에서 도제공으로 전전긍긍했던 헤세 과거사로 볼 때,[32] 이유는 다르다고 하겠지마는 과정에 있어서는 작가 헤세 체험의 재현인 것이다.

『크눌프』에서 이성 프란치스카와 가지게 되었던 유년기의 쓰라린 체험은 크눌프로 하여금 외톨이로서 자연과 함께 하면서 유랑의 길에 있게 했다. 유랑생활로 '작가'의 길에 있는 크눌프는 작품 마지막에 그의 고향 게르브자아우(Gerbersau)에서 병든 몸으로 고향 곳곳을 거닐면서 과거사를 회상하고 그가 태어나고 자랐던 고향의 자연 속에서 눈에 파묻힌 채 죽음을 맞게 된다.[33]

32) Vgl. Bernhard Zeller, Hermann Hesse, a.a.O., S.27ff.

3. '작가' 크눌프가 맞이하는 죽음의 의미

'작가'의 길에서 크눌프가 끝부분인 「종말」편에서 맞이하게 되는 죽음은, 그러나 『크눌프』 이후의 헤세 작품들에서 보여주고 있는 바와 같이 그의 삶을 이 세상에서 단순히 종식시키게 하는 것이 아니고, 보다 나은 미래 세상으로 나아가게 하는 단계인 것이다.[34] 그래서 이 미래 세상의 보다 높은 현실로부터 그는 주인공 크눌프가 이 세상 현실에서 걸어온 자아의 생을 마감 결산해 인정하게 하고 수용케 한다. 이는 크눌프가 가지는 신과의 대화에서 뚜렷이 나타나고 있다. "나(=신神)[d.Vf.]는 크눌프 너에게 있는 그대로를 필요로 할 뿐

---

33) 주인공 크눌프가 작품 "마지막에 눈속에 파묻혀 죽음을 맞이하게 되는 끝맺음은 당시의 것이긴 하나 무언지 너무 유치했고, 그리고 너무 센티멘탈하게 그려졌다(Lediglich der Schluß, mit dem Tod im Schnee, war mir zu Zeiten etwas zu sentimental und kitschig)" (Hermann Hesse, Peter Camenzind, Unterm Rad, Knulp, v. Martin Pfeifer, hrsg. v. Klaus Bahners, Gerd Eversberg u. Reiner Poppe, C. Bange Verlag-Hollfeld, 19936, S.82)고 후에 저자 헤세는 말하고 있다.
Vgl. Hermann Hesse, Brief an Ernst Morgenthaler vom Januar 1954. In: Siegfried Unseld, Hermann Hesse, eine Werkgeschichte, Frankfurt a. M., 1973, S.44 u. 46.

34) Vgl. "Erkenne dich selbst!" und "Werde, der du bist!", Forderungen, die in Hesses Werk häufig auftauchen, haben einen erkennbaren Ursprung in der Rechtfertigung Knulps durch Gott. Der bis dahin mit seinem Schicksal Hadernde erkennt, was in ihm lag und was zu tun ihm oblag. Gestaltet hat Hesse das in seinen Hauptwerken von "Demian" bis zum "Glasperlenspiel". Hermann Hesse, Peter Camenzind, Unterm Rad, Knulp, v. Martin Pfeifer, a.a.O., S.81.
Vgl. Hermann Hesse, Briefe an Freunde, Frankfurt a.M., 1977 S.56-59.

이다.(Ich(=Gott)[d.Vf.] habe dich nichts anders brauchen können, als wie du bist.)"(4/524) 이어서 신은 크눌프에게 말하기를 "이젠 더 이상 아무런 불평할 것이 없지?(Also ist nichts mehr zu klagen?)"(ebda.) "그리고 모든 것은 올바르게 있는 것이지? 모든 것은 있어야만 하는 그대로 존재하고 있지?(Und alles ist gut? Alles ist, wie es sein soll?)" (ebda.) "그래요(Ja)", "모든 것은 있어야만 하는 그대로 존재하고 있는 것이다.(Es ist alles, wie es sein soll.)"(ebda.) 라고 하면서 크눌프는 고개를 끄덕인다. 이 같은 모든 것의 존재긍정으로 이어지는 자아긍정으로부터 크눌프는 그가 몸담았던 이 세상 현실에서의 생을 수용하고 확인함으로써 현실에서의 자아긍정은 물론이고, 한걸음 더 나아가 이를 토대로 보다 나은 세상으로의 갈망을 간접적으로나마 시사하고 있다. 이것을 잘 증명하고 있는 것으로 크눌프는 죽음을 앞두고 그의 친구 막흐올드를 떠나기 전 그에게 남긴 시 속에서 다가올 세상에서의 다시 태어남을 암시하고 있다.

"안개가 내리면
꽃들 모두는 시들어야만 하고
그리고 사람들도
죽어야만 한다.
우리는 사자(死者)들을 무덤에 묻는다.
사람들도 또한 꽃들이어서
봄이 오면

이들 모두는 다시 온다.
그때면 이들은 결코 병들지 않고
모두는 앞으로 나아가게 된다.

(Die Blumen müssen
Alle verdorren,
Wenn der Nebel kommt,
Und die Menschen
Müssen sterben,
Man legt sie ins Grab.
Auch die Menschen sind Blumen,
Sie kommen alle wieder,
Wenn ihr Frühling ist.
Dann sind sie nimmer krank,
Und alles wird verziehen.)"(4/508)

위에서 보여주고 있는 크눌프의 이 같은 생각, 즉 죽음을 보다 나은 세상으로 나아가는 단계로 간주하는 이 예시는 『크눌프』의 제 3부 「종말」 이전인 제 2부 「크눌프에 대한 나의 추억」에서도 또한 분명히 드러내고 있다. 즉 크눌프는 유랑 동반자인 자아-화자에게 내놓고 있는 그의 미래 욕구적인 바램에서도 이를 잘 나타내고 있다.

"(…) 내가 죽으면 나는 일요일에 처녀들이 와서 에워싸

무덤에서 한 예쁜 꽃을 꺾을 때까지 기다리다가 나는 아주 나즈막하게 노래할거야.

나는 일찍이 죽었으므로
여러 처녀분들은 나에게
작별의 노래를 불러다오.
내가 다시 오게 되며는
내가 다시 오게 되며는
나는 한 아름다운 소년일거야.

(Weil ich früh gestorben bin,
Drum singet mir, ihr Jüngferlein,
Ein Abschiedslied.
Wenn ich wiederkomm,
Wenn ich wiederkomm,
Bin ich ein schöner Knabe.)" (4/476)

이처럼 크눌프가 구가하고 있는 죽음은 영원한 끝맺음이 아닌 보다 나은 미래세상으로의 다시 태어남을 희구하는[35] 전제로 노래되고 있는데, 이는 일찍이 '작가'의 부름을 받게 된 소년 헤세가 세미나생으로서 마음속에 지녔던 다른 세상으로의 바람이기도 하다. 여기에는 앞서 언급이 되었지만,

35) Vgl. Christian Immo Schneider, Hermann Hesse, München 1991, S.52

이 세상의 현실이 아닌 다른 정신적 세계의 현실이 존재하는 곳으로, 고대 희랍신화의 신(神)인 문학 · 음악의 신을 공경했던 고대 희랍과 같은 세상의 현실이 있는 곳이다.[36] 여기 "(…) 이곳에서는 사람들이 정신적으로 서로서로가 이해하고 기뻐하며 교제하고 행복하게 머무는 것이 가능한((…) einen Ort, an dem die Geister mit einander verkehren und glücklich seien, daß jeder den andern verstehe)"[37] 것이다.

이 다른 현실의 세상으로 주어진 '작가'의 길은 이제 크눌프로 하여금 고향의 자연 품속으로 안기게 해서 눈 속에 파묻혀 죽음을 맞이하고 있는 자신에게 그는 이제 이 세상의 "끔찍스러운 현실 바깥과 나날의 유해한 언어 저 넘어(außerhalb der schrecklichen Wirklichkeit und jenseits der bösen Sprache des Tages)"[38]에 있음을 인지하게 하고 눈뜨게 하고 있는 것이다.[39]

---

36) Vgl. David Gundert an Johannes Hesse, Stuttgart, 3. Mai 1892. In: Kindheit und Jugend vor Neunzehnhundert, a.a.O., S.205.

37) Ibid.

38) Hans Jürg Lüthi, a.a.O., S.32.

39) Vgl. Hermann Hesse, Peter Camenzind, Unterm Rad, Knulp, v. Martin Pfeifer, a.a.O., S.83-84.
Vgl. 크눌프를 깨달은 자로서, 『싯다르타 Siddhartha』의 주인공 싯다르타, 즉 목적에 이른 각성자의 형제로 나타내고 있다.(s. Christian Immo Schneider, a.a.O., S.54. Vgl. Chin Hwang, Hermann Hesses Anthropologie u. die Weisheit u. das Gleichnis des Fernen Ostens, a.a.O., S.169)

참고문헌

Hermann Hesse, Gesammelte Werke in 12 Bde., Bd.4,6,7, Frankfurt a.M., 26. bis 36. Tausend, 1973.

Hermann Hesse, Briefe an Freunde, Frankfurt a.M., 1977.

Kindheit und Jugend vor Neunzehnhundert, Hermann Hesse in Briefen und Lebenszeugnissen 1877-1895, hrsg. Ninon Hesse, Frankfurt a.M., 7. bis 9. Tausend, 1973.

Materialien zu Hermann Hesses 〉Der Steppenwolf〈, hrsg. v. Volker Michels, Frankfurt a.M., 1972.

Heinrich Meyer-Benfey, Die literarische Gesellschaft (Jg.3, Heft 1,1917, S.18ff.). In: Hermann Hesse im Spiegel der zeitgenössischen Kritik, hrsg. v. Adrian Hsia, Bern u. München 1975.

Hermann Hesse, Peter Camenzind, Unterm Rad, Knulp, v. Martin Pfeifer, hrsg. v. Klaus Bahners, Gerd Eversberg u. Reiner Poppe, C. Bange Verlag-Hollfeld, 1993[6].

Chin Hwang, Hermann Hesses Anthropologie und die Weisheit und das Gleichnis des Fernen Ostens, Diss., Bern 1978.

Hans Jürg Lüthi, Natur und Geist, Stuttgart, Berlin, Köln, Mainz 1970.

Christian Immo Schneider, Hermann Hesse, München 1991.

Heinz Stolte, Hermann Hesse. In: Hermann Hesse, Peter Camenzind, Unterm Rad, Knulp, v. Martin Pfeifer, hrsg. v. Klaus Bahners, Gerd Eversberg u. Reiner Poppe, C. Bange Verlag-Hollfeld, 1993[6].

Heinz Stolte, Hermann Hesse, Weltscheu und Lebensliebe, Hamburg 1971.

Siegfried Unseld, Hermann Hesse, eine Werkgeschichte, Frankfurt a.M., 1973.

Bernhard Zeller, Hermann Hesse, Reinbek bei Hamburg, 79.-90. Tausend, 1973.

황 진, 헬만 헤세의 작품『Narziß und Goldmund』에서 보여주는 자아완성. In: 지역사회 교육연구, 제 6집, 계명대학교 지역사회 교육연구소, 대구 1980, P.171-199.

___, 헤르만 헤세, 생애 · 작품 및 비평, 계명대학교 출판부, 대구 1982.

Ⅱ. 헤세의 『싯다르타(Siddhartha)』와 춘원 이광수의 『꿈』

1.

헤르만 헤세(Hermann Hesse)와 춘원 이광수(李光洙)는 문화권 내지 생활사고와 풍습 그리고 관습 등을 전연 달리하고 있는 동서양의 두 작가인데 이들의 작품을 대조 비교하고 비평한다는 것은 어떻게 보면 혹자에게 있어서 허무맹랑한 것으로 생각될지 모른다. 그러나 이들 두 작가의 작품 『싯다르타』와 『꿈』에 있어서 언어 표현법으로나 또는 줄거리와 내용상의 전개 방법 면에서 여러 상이(相異)한 점이 주어져 있는 것이 사실이나, 반면(反面)에 이들 작품들이 담고 있는 소재 면에서나 환경 면에서 그리고 또 주인공을 중심으로 한 자아 인간됨의 길에서 보여주고 있는 유사점 내지 상호(相互) 공통되는 점이 또한 역시 주어져 있다.

이들 상이점, 유사점 그리고 공통점에 관해서 살펴보는 절차로써 우선 첫째로 비교하고자 하는 두 작가 작품들의 간략한 줄거리와 내용이 되겠다. 그러나 본 논문에서는 서로 이질적(異質的)인 이들, 이 두 작가의 생활사고 등의 이면(裏面)을 전개하고 이로써 주어진 두 작품의 서로 다른 점을 비교하는 테두리에서 그저 나열하는데 그치지 않겠다. 단순한 열거 이상(以上)으로 논제의 문제 제시라고 할까, 어떤 근거에서 두 작가의 작품이 비교와 비평의 대상이 되어서 다루게 되었는가가 문제 삼아 논거하겠다. 이에 대해서 논문 제목이 어느 정도 시사하고 있는 것이다.

그러면 구체적으로 위에 언급된 어떤 상이점과 공통점이 이 논문 서술에 직접적인 동기가 되었는가?

여기에 관해서 상세한 것은 2의 본론(本論)에서 이야기하기로 하고 먼저 간단히 말하자면 무엇보다도 두 작품이 공통으로 담고 있는 것으로서, 동양 불교적인 자아 탈피(脫皮)의 길, 속세 현실에 얽매인 모든 인연(因緣)으로부터의 끊음이다. 이 길은 이 세상의 자아 응집으로부터 벗어남인 곧 자아 극복의 길이고 자아 인간됨의 길이다.

다음으로 이 길에 수반되고 있는 불교적인 "허구(Täuschung)" 교훈의 터득과 함께 이의 뒷받침이 되고 있는 석가 상(像)(『싯다르타』에서는 상징적인 미래석가상과 『꿈』에 주어진 관음상과 "꿈(Traum)"의 예시이다.

이처럼 다 같은 동양 불교적인 환경 요소의 뒷면을 지니고 있으면서도, 그러나 두 작품은 각 작품 나름대로 줄거리나 내용상의 진행과정에서 서로 달리하고 있다. 이의 중요 요소는 어디에 있는가에 대한 고찰이 두 번째로 이루어져야 겠다. 세 번째로 이들 작품에서 서로 전개방법을 다르게 하고 있는 점을 토대로 외국 문학을 다루는 우리의 위치에서 헤세의 『싯다르타』가 중심이 되겠고, 그리고 비교되는 춘원의 『꿈』이 기반이 되어 상이점과 공유점이 비교 검토됨으로써 『싯다르타』에 던져지고 있는 동양 불교의 윤곽이 보다 뚜렷해 질 것이다.

나아가서 불교가 서양 작가 작품에 주고 있는 외적(外的), 내적(內的)인 면, 즉 작품 줄거리와 내용에 준 영향을 관찰할 수 있을 것이고, 그리고 이 영향 하에 주어진 방향 설정 및 이의 결과와 의의를 찾아볼 수 있을 것이다. 그러나 소규모의 본 논문에서는 지금까지 전개된 몇 가지의 진행 방법으로써 불교를 바탕으로 하는 전반적이고 통괄성있는 고찰과 이의 일반적이고 객관적인 결론을 끄집어내는데 있어 현 단계로서 여러 어려움이 주어져 있기 때문에 다음 기회로 미루겠다. 여기서는 다만 이에 대한 하나의 제시 혹은 시도로써 줄거리 내용의 소개와 비교, 그리고 이와 연관되는 두 작품의 상이점과 공통점을 살펴보고, 마지막으로 내걸어진 작가 헤세와 작품 『싯다르타』에서 보여준 불교적인 영향 및 이의 방향과 결과 그리고 의의에 대해서는 별로 언급이 없는 상태에서 만족할 수밖에 없다. 왜냐하면 시간과 자료 면에서 이들 작품이 지니게 될지도 모르는 동서양에 걸치고 있는 커다란 문제 영역을 전담함으로써 객관적이고 일반적인 어느 한 결론을 내놓기에는 너무나 부족하기 때문이다. 그럼 논제(論題)의 순서에 따라 먼저 『싯다르타』의 줄거리와 내용을 불교적인 측면에서 간단히 기술하겠다.

2.

2.1.

『싯다르타』에서 주인공 싯다르타(Siddhartha)는 헤세 『데미안(Demian)』이래로 주인공 싱클레어가 그의 자아 내면의 길에서 보여주고 있는 자아 내면의 상반(相反)된 두 세계의 조화 융합의 길, 곧 자아 두 대립 세계의 동시 동등이라는 동양의 길을 가는 것이다.

그러나 여기 『싯다르타』에서는 싱클레어가 선악의 두 상반된 세계의 틈바구니에 주어진 자아의 길과 양상을 달리하는 정신세계와 감각세계라는 두 대립 속에서 "자아(das Selbst)"(Ⅲ/644)[1]의 길을 간다. 비록 꼴은 달리하고 있지만 자아에 던져진 두 상반세계라는 테두리는 같은 것이다.

주인공 "싯다르타"라는 이름은 원래 석가의 아명(兒名)으로써, 일반적으로 목적을 도달했거나, 의지, 미, 덕과 주의, 절조를 지닌 사람을 뜻한다.[2]

이런 불교적 이름을 지닌 "싯다르타"는 그의 자아 인간됨의 길에 세 가지 과정을 거치게 되는데 첫째로 수련기, 둘째는 방황기 그리고 셋째인 맨 마지막으로 보여주는 성숙기이다.

이런 그의 자아 길 경로를 따라서 보면 싯다르타는 브라

---

1) 첫 로마 숫자는 권수에 해당하고, 다음 아라비아 숫자는 페이지를 가리킴. 권수와 페이지는 전집(全集): Hermann Hesse, Gesammelte Dichtungen in 7 Bde., Frankfurt/M. 1958 으로부터 주어졌음. 앞으로 이렇게 표기되는 로마숫자와 아라비아숫자는 이에 준한다.

2) 이기영, 석가, 서울 1967, P.27.

만[3]의 아들로서 그의 친구 고빈다(Govinda)와 더불어 열심히 석가가 해탈 전 걸어갔던 길을 간다. 즉 요가와 가벼운 고행의 하나로서 육체의 죄악을 성스러운 물로 씻어낸다는 목욕재계로써 자아 수련의 길을 간다. 또한 그는 이 가벼운 고행과 아울러 인도 브라만적인 호흡요가의 길에 있게 된다. 브라만 호흡요가에서 그는 들이키는 숨과 내쉬는 숨으로써 호흡 조절하면서 자아의 가장 본질적인 아트만(Atman)과 우주의 가장 본질인 브라만(Brahman)과의 일치를 위해 노력한다.

이러던 중 어느 날 싯다르타 그는 부모님 곁에서 가졌던 나날의 목욕재계는 단순한 형식적인 것에 불과한 행위에 지나지 않는다는 것을 알게 된다. 그래서 그는 집을 떠나서 그를 따라 나온 친구 고빈다와 함께 고행자에게 가서 보다 강력한 고행을 하게 된다. 즉 죄의 육체를 학대 내지 태양의 열로써 육체의 죄악을 불살라서 깨끗한 영혼으로 아트만과 브라만의 일치를 도모한다. 그러나 그는 여기 이 고행자들과 극심한 고행 생활 속에서도 그가 바랐던 영구적인 고뇌의 자아로부터의 벗어남은 얻지 못하고, 오로지 순간적인 마취된 상태에 놓이게 된다는 것을 알게 된다. 이런 상태는 마치 한 소머리 꾼이 몇 잔의 쌀 술로써도 얻을 수 있는 것이다. 결코 그가 내세우고 있는 유일한 것, 공허한 상태 즉 거짓, 고통

3) 브라만은 인도 카스트제도에서 제 1계급에 속하는 승려계급이다. 다음으로 왕족, 무인이고, 제 3계급으로 상인, 농민이며, 제 4계급으로 피정복자와 노예이다.(비교: 이기영, 전게서, P.45)

그리고 사멸의 이 세상에서 "갈증으로부터 헤어남, 욕구, 꿈 그리고 기쁨과 고뇌"(Ⅲ/626)등 으로부터 벗어나는 상태인 "자기 자신으로부터 멀어져서 자아로서 존재치 않으면서 텅 빈 마음속에 평온을 발견하고, 비자아화(非自我化)된 사고 속에서 기적적인 것에 스스로를 내맡기게 되는"(ebda) 상태에 있지 못함을 안다.

이러한 즈음 어느 날 고매하신 고오타마(Gotama)에 대해서 이들 둘(싯다르타와 고빈다)은 듣게 된다. "고오타마"는 석가 일가(一家)의 가문(家門)의 이름으로써 "최상의 소"라든가 또는 소를 가장 사랑한 사람이라는 의미를 지니고 있다.[4] 이 고오타마는 사람들에 의하면 열반의 경지에 이른 사람이다.

싯다르타의 친구 고빈다는 인식적인 배움의 길을 믿고 있는 사람으로 고오타마의 가르침을 통하여 자아 구제의 길에 있게 된다고 생각하는 한 사람이다. 이와 반대로 싯다르타는 인식적인 것으로서가 아니고 직감적인 앎(das Wissen)을 믿고 있는 사람이다. 그런데도 불구하고 싯다르타는 친구 권유에 따라 고오타마에게로 간다. 이들은 다 같이 고오타마로부터 고뇌, 고뇌의 출처, 고뇌의 극복에 이르는 길에 대한 가르침을 듣는다. 그들은 또 이 세상의 생은 고뇌이고 이 세상은 고뇌에 가득차서 그래서 이 고뇌로부터 벗어나는 석가와 같은 길을 가야만 된다는 것도 듣게 된다. 나아가서 이들은 사성체(四聖諦)와 팔정도(八正道)에 대해서도 가르침을 받게

4) 이기영, 전게서, P.15.

되고, 연쇄적인 원인과 결과로서 이어지는 12연기(十二緣起)에 관해서도 듣게 된다. 그러나 싯다르타는 고오타마가 깨달음을 얻었을 때(成道)에 가졌던 원인과 결과의 연쇄고리를 깨트리는 순간에 가졌던 직관적인 자아 체험은 어떤 제 삼자에게 알릴 수 없음을 알고 고오타마에 자신을 바친 고빈다와 작별하고 그는 자아의 직관적인 깨달음의 체험을 위해 고오타마를 떠난다. 그가 이 같은 자아의 직관적 체험의 길로 들어서게 되는 것은 고오타마의 힘이다. 이유인즉 현상(現象)으로 단순히 이어지는 원인과 결과의 연쇄고리가 깨뜨려지는 순간을 그는 공간적인 용어를 빌려 "빈틈(Lücke)"(Ⅲ/642)으로 표현하고 있는데, 이의 이면에는 그의 잘못된 체계적이고 인식적이며, 원인 결과의 규명 논리가 자리를 잡고 있기 때문인 것이다. 오로지 인식적 규명을 초월한 상태에서 직관적인 깨달음을 얻는 것만이 석가 해탈의 길이 되는 것이다. 그래서 고오타마에 의해서 작별 직전 그는 이런 오류로부터 지적당하고, 이제 그의 자아에 주어진 직관적인 자아 체험의 길로 간다. 고오타마의 이 같은 불타의 가르침은 그로 하여금 새로운 자아를 발견하게 한다. 이로서 싯다르타는 여태까지 자아의 형이상학적인 보다 높은 단계의 정신적인 면의 자아만을 일방적으로 내세운 나머지 자아의 다른 한 부분인 감각 본능적인 면을 전혀 고려하지 않았다는 것을 안다. 이 같은 앎은 그로 하여금 그가 잊어버렸던 자아를 찾아 본능적 감각세계를 대변하고 있는 고급 창녀 카말라의(Kamala) 물질세계로 인도된다. 이 여자와의 상봉은 그가 친구 고빈다를 보게 되는 꿈에서 예시된다. 이 세계로의 진입은 『싯다르타』의 제2부 초두에서부터 보여주고 있는데, 주인공 싯다르타는 이 다른 자아의 세계로 들어가기 전 지금까지의 생활을 청산하고 강에서 깨끗이 목욕하고 이발소에 가서 머리 깎고 정숙히 단정하고서 카말라를 만난다. 그는 이 여자와의 첫 대면에서 그의 의도하는바 즉 카말라가 지배하는 본능적 감각의 세상에서 "사랑(Liebe)"(Ⅲ/658)의 비결을 배우려고 하는 뜻을 비추면서 제자로서 받아줄 것을 카말라에게 부탁한다. 이 자리에서 카말라는 그에게 그가 배우려고 하는 "사랑"은 동냥하거나, 선사받거나, 아니면 대가를 치루고 살 수는 있어도 강압적으로 빼앗을 수는 없다는 충고를 주면서 자신으로부터 "사랑"을 배우려고 한다면, 본능적 감각세계인 물질세계를 표방하고 있는 주된 세 가지를 갖추고 올 것을 전제한다. 즉 훌륭한 옷, 좋은 구두 그리고 향수를 머리에 뿌리고서 돈을 두둑이 지갑 속에 자기에게 올 것을 카말라는 싯다르타에게 이야기한다. 이것들을 마련하는 길로서 그를 상인 카마스바미(Kamaswami)에게로 보낸다. 싯다르타는 이 여자가 제시한 세 가지 조건을 성취하기 위해서 상인 집에서 돈을 벌 목적으로 일한다. 그러나 그는 내적으로 언제나 고행자로 머물면서 일찍이 몸에 배인 요가와 고행을 수단으로 단식하는 것, 생각하는 것, 그리고 인내하는 것을 토대로 자아생활을 영위한다. 얼마 후 그는 상인 카마스바미와 동업자의 위치에 오르게 되고 카말라가 바랐던 전제조건들을 충족시키고, 이젠 이 여자는 그의 정부가 된다. 그는 카말라와 함께 이 세상의 본능감각적인 희노애락의 삶을 누리게 된다. 이런 즐거운 무엇 하나 부러운 것이 없는 세상 생활에서도 그는 그의 마음 구석에 차지하고 있는 고행자의 위치에서 세상 사람들과 온전히 어울리지 못한 채 주위사람들로부터 심지어는 카말라로부터 고립되어 있다. 그러나 그는 이 세상의 생활과 더불어 있게 됨으로써 차츰 세상의 나태함과 게으름에 익숙하게 되고, 돈과 쾌락을 추구하게 되며 나중에는 이 세상의 덧없는 유희의 노리개 감이 된다. 드디어 싯다르타는 마음의 평온을 잃게 되고 매일같이 즐겼던 도박에서 자꾸만 열을 가해서 자신을 저버리면서까지 도박에 홀딱 빠진다. 그가 노름판에서 돈을 잃게 되면 될수록 이에 비례해서 돈에 대한 보다 더 강한 애착과 욕심을 가진다. 결과 그는 점점 더 모든 일에 인색하게 되고 자아를 상실한 속세 생활으로 자꾸만 깊숙이 빠져 들어가게 된다. 그러나 이와는 다르게 밤이면 그는 종종 그의 늙어가고 있고 추악한 모습을 드러내고 있는 얼굴을 거울에서 보게 되고 피곤한 상태에서 그는 자아 욕구에서 반복되는 허무한 이 세상의 자아 생활에서 환멸을 지니게 된다. 이 침울하고 침통한 자아 생활로부터 그는 꿈속에서 자신의 덧없는 생에 대해 경고를 받는다. 이러든 중 어느 날 그는 그의 정부 카말라와의 동석(同席)에서 이 여자의 간청에 의해 그가 만나 본 훌륭하신 고오타마에 관해서 이야기를 들려준다. 이날 카말라와 가지게 되는 사랑의 유희에서 그는 여느 때와 다르게 관능적인 쾌락으로부터 텅 빈 허무감을 가진다. 나아가서 그는 이때에 그가 가지게 된 허무감으로부터, 관능적인 환락이 사(死)와 가까이 하고 있는 것도 감지(感知)한다. 동시에 그는 카말라의 얼굴에서, 또 자신으로부터 육체적인 허약과 노쇠를 읽게 되고 알게 된다. 이어서 그는 황혼 길에 접어든 자신의 허약과 노쇠에 대한 두려움과 죽음에 대한 공포감도 지닌다. 이러한 순간으로부터 도피하기 위해 그는 밤늦게까지 무희(舞姬)의 관람을 즐긴 후 잠을 청했으나 이루지 못한 상태에서 날이 새기 전 얼마 안 되었을 때 반(半)은 무딘 감각에서 또 반은 잠이 아닌가하는 예감에서 그는 꿈을 가지게 된다.

카말라는 금으로 된 새장에 조그만 기이한 노래하는 새를 가지고 있었다. 이 새에 관해 그는 꿈을 꾼 것이다. 그런데 아침이면 노래하던 이 새가 잠잠히 있었다. 이 사실이 그의 눈에 뜨이게 되어, 그는 새장 앞에 가서 안으로 들여다보니 죽어서 몸체가 굳어 바닥에 놓여 있었다. 그는 이 죽은 새를 끄집어내어서 잠시 손에 들고 있다가 바깥 골목길로 던졌다. 순간 그는 두려움으로 깜짝 놀라고, 이 죽은 새와 함께 모든 가치 있는 것과 모든 소유물을 자신으로부터 던져 버리진 것 같은 허황한 마음속에 쌓인다.

이런 무엇인가 슬프고 우울하게 만드는 꿈에서 그는 깨어나면서 과거의 자신을 돌아보고 그가 추구했던 자아의 길을 찾아 여태까지의 생활과 카말라로부터 훌쩍 떠난다.

카말라는 싯다르타가 멀리 떠나서 없어진 소식에 접하고, 창문으로 가서 금으로 된 새장에서 노래하는 새를 끄집어내서 날려보낸다. 이러고 난 후 카말라는 아무런 손님도 받지 않고, 싯다르타와 같이한 마지막 자리로부터 임신한 채, 대문을 걸고 혼자 나날을 보낸다. 싯다르타는 카말라를 떠난 후 죽음으로부터 도망치면서 숲 속을 헤매다가 강변에 이르게 된다. 이 강은 그가 일찍이 고오타마와 헤어져서 떠나올 때 건넜던 강이었다. 강변에서 이제 그는 좌절된 상태 속에 자신을 강물에 내던져 자살하려고 마음먹고 강물을 내려다보고 있을 때 요가자로서 익힌 자아 "완성(die Vollendung)"(Ⅲ/683)을 뜻하는 "옴(Om)"(ebda)소리를 듣는다. 이 소리를 들은 그는 그의 자아 깊숙한 내면에 잠기면서 잠시 깊은 잠에 들었다가 고오타마의 제자로서 승(僧)이 된 옛 친구 고빈다를 만나게 된다. 싯다르타는 고빈다에 의해 입고 있는 좋은 옷 때문에 자아 순례자가 된 그 자신을 인정받지 못하고 다시 헤어진다. 이 같은 오인(誤認)과 관계없이 그는 강물에서부터 그의 앞에 나타난 수천 개의 눈을 가진 미래석가의 예시로 자아 완성의 길로 인도하고 있는 이 강에 머물기로 작정한다. 그는 이곳에서 직관적 체험의 스승이신 뱃사공 바쥬데바(Vasudeva) 밑에서 조수로서 일하면서 강과 더불어 생활한다. 이곳 강에서 그는 자연 속에 주어진 강물의 순환과정을 관조하면서, 이 세상의 시간 흐름과 함께 하고 있는 생성변화를 터득하는 길에 있다. 이러한 어느 날 그는 죽음을 앞에 둔, 고오타마에게로 순례하는 옛날의 정부 카말라와 자식을 대면한다. 그는 이 자리에서 뱀에 물려서 사경(死境)을 헤매는 이 여자로부터 죽음도 직접 체험하게 된다. 이 체험은 그로 하여금 죽음은 생의 종식이 아니고 강의 물이 증기, 구름 그리고 비의 형태로 변화면서 순환하고 있는 것, 비의 형태로 변화면서 순환하고 있는 것처럼 생과 더불어 있다는 것을 알게 한다. 그는 이 같은 생(生)과 사(死)의 동일시 체험에 이르게 되고 이 세상의 시간적이고 공간적인 영역을 벗어나게 되면, 그가 지금까지 이 세상에서 찾고 있었던 모든 것은 하나의 "허구(Täuschung)"(Ⅲ/725)에 지나지 않는다는 것을 깨닫게 된다. 이 말은 불교적인 말이다. 이 불교적인 "허구"의 터득, 즉 자아 직관적인 체험으로 그는 이 세상에 주어진 그의 자아로부터 벗어나게 되고, 모든 이 세상의 죽고 태어나고 하는 생성과정의 덧없음을 깨닫는 성도자(成道者)로써 상징적인 석가 상으로 그의 친구 고빈다 앞에 모습을 드러낸다.

지금까지의 간략한 줄거리 고찰은 불교적인 측면에서 살펴 볼 수 있는 싯다르타의 것이고, 이 작품과 비교 관찰하기 위해서 불교적인 테두리에서 주어진 춘원 『꿈』의 줄거리도 또한 간단히 소개하겠다.

2.2.

동해를 바라보는 낙산사(洛山寺)에 계절은 철쭉이 피는 5월 초여름 즈음 승 조신(調信)과 평목(平木)은 절로 들어오는 길목을 싸리비로 말끔히 소제하고 있었다. 평목은 미남이었던 반면에 조신은 정말 볼품이 없는 사내였다. "낯빛은 검푸르고, 게다가 상판이니 눈이니 코니 모두가 찌그러지고 고개도 삐뚜름하고 어깨도 바른편은 올라가고 왼편은 축 처져서 걸을 때는 모로 가는 듯하게"(4/380)[5] 보이는 그였다. 용선화상(龍船和尙)께서 이때에 나와 보고 이들 두 승에게 그날은 특별히 잘 쓸 것을 당부한다. 이유인즉 고을 군수인 김태수 흔공(金太守 昕公)이 온다는 것이다. 김 군수는 신라 진골(왕족)로서 많은 전답을 시주한 분으로서 각별히 모셔야 하기 때문이다.

헌대 이 소식 전갈은 우리 주인공 조신에게 커다란 충격이었으며, 또한 깜짝 놀라게 하였다. 왜냐하면 그는 김 태수 일행의 방문으로 잊어버린 지 오래였던 미모의 군수 딸 달례(月禮)를 다시 대면해야만 하기 때문이다. 그가 달례를 처음 본 것은 실로 우연이었다. 철쭉이 활짝 핀 어느 날 조신이 거북재라는 산에 올랐을 때 김 태수 흔공이 가솔을 데리고 꽃놀이를 나와 있었다. 때는 석양인데 달례가 시녀 하나를 데리고 단둘이서 맑은 시내를 따라서 골짜기로 더듬어 오르는 길에 석벽 위에 매어 달린 듯이 탐스럽게 핀 철쭉 한포기를 바라보면서 병환으로 나오지 못한 어머니를 위해서 이 꽃 한포기를 집으로 가져갔으면 하던 중, 이곳을 지나던 중 조신이 달례 아가씨를 보고 혼을 뺏긴 나머지 모든 위험을 무릎 쓰고 석벽에 올라 꺾어 건네다 준다. 이런 우연한 첫 만남은 비길 데 없이 못생긴 그에게 견디기 어려운 내심의 번민을 안겨주었고

5) 위에 쓰여진 첫 아라비아숫자 4는 이광수, 이광수 대표작 선집 12권, 서울 1969의 책 4권이고, 다음 아라비아숫자는 이 책 권수의 페이지를 나타냄. 앞으로 있는 이 같은 표기는 모두 이에 준함.

그는 용선대사에 적나라하게 낱낱이 이야기하고 승으로서 이 곳에서 수양하면서 조용히 보내고 있었던 때였다. 이같이 그의 좌절되고 은둔적인 생활속에서나마 그런대로 혹시나 미래에 있을 달례와의 만남을 겨냥하는 한 가닥의 희망을 안고 있었다. 하지만 용선대사의 말을 따라 관세음보살을 염하면서 보내고 있었던 조신에게는 이 뜻밖의 방문 소식은 고요히 있었던 그의 마음속을 온통 흔들어 놓는다. 여기에다가 고도로 가중된 절망적인 말, 즉 달례가 삼일 후면 화랑 모례 서방과 혼례를 치르게 된다는 청천벽력 같은 말은 그를 완전히 절망의 구렁텅이에 빠뜨리게 된다. 혈족으로 사회신분 그리고 몸의 생김새 등으로 달례와의 백년연분은 이 세상에서 도저히 이룰 수 없는 것을 아는 조신은 마지막 수단으로 용선대사를 뵈옵고 현재 처해진 자신의 위치에서 어떻게 하면 달례 아가씨와 잠시 동안이마나 맺어줄 수 없겠는가를 물어보았다. 용선대사께서 법력(法力)을 펴서라도 그를 위해서 이 연분의 길을 그에게 베풀어 줄 것을 간청한다. 마침내 용선대사는 그의 간곡함을 알고 소원성취를 위해서는 태수 김 흔공이 절을 떠나기 전 사흘 동안 밤낮없이 졸지 않고 법당에서 관음기도를 하면서 부를 때까지 나오지 않겠다는 약조를 하도록 한다. 이런 약조 후 조신은 목욕하고 새 옷을 갈아입고 관음전으로 들어갔다. 이것을 보고 용선대사는 문을 밖에서 잠그며 조신이 열심히 관세음보살을 부를 것을 당부한다. "나무 대자 대비 관세음보살 관세음보살 …"(4/392)이라는 조신의 염불소리가 밤이 깊도록 법당에서 울려나온다. 유달리 보이는 관세음

보살님의 상을 눈앞에 두고 조신이 잡념을 가지지 않으려고 노력하면서 정성껏 관세음보살을 읊는다. 그러던 중 어느 틈인지 모르게 툇밑에 벗어 놓인 김랑(달례)의 분홍신을 보면서 관세음보살을 부르고 있었다. 그러나 이것도 잠시고 수마(水魔)는 조신을 덮어누르면서 이번에는 관세음 보살상이 변하여서 김랑이 되었다. 이 김랑은 지난번에 그로부터 철쭉을 받으려는 자세를 보이고 있어 그는 벌떡 일어나서 안으려 했으나 허공이었고 불탑위에는 여전히 관세음 보살님이 빙그레 웃고 계시었다. 얼마나 지났을까? 그가 부르는 "관세음보살"(4/394)소리가 천지간에 꽉 찬 것 같은 것을 느끼면서 김랑과 자아를 상실한 상태에서 "나무 관세음보살"(ebda.)소리만이 살아있는 것 같았다. 이때에 법당문을 뚜드리는 소리와 흔드는 소리를 듣고 조신은 염불을 멈추고 귀를 기울였을 때 달례 아가씨 소리와 함께 김랑이 그의 앞에 나타난다. 태수 딸 달례는 부모가 잠든 틈을 타서 몰래 빠져 나왔다고 하면서 옛적 그를 한번 보고 난 후 내내 못 잊고 흠모하면서 지내왔다는 사랑의 고백을 조신에게 한다. 달례 아가씨는 조신이 자기와 함께 단둘이서 아무도 모르는 곳으로 도망가서 생활한 것을 바란다. 이것은 조신이 바랐고 꿈꾸어왔던 것으로 그는 가사와 장삼을 벗어 던지고 김랑이 지닌 금과 은(銀), 옥과 자등의 보석으로 멀리 떠나서 초라하나마 그런대로 행복스럽게 살게 된다.

조신은 달례와의 사이에 미력과 칼보고라는 두 아들과 두 딸들, 달보고와 거울보고를 두고 있으면서 행복한 나날을 보내고 있었다. 그사이 세월은 흘러서 십 수 년이 지났다. 이 긴 세월동안 조신의 마음 한구석에는 군수 김 흔공으로부터 또 칼과 활을 잘 쏘는 화랑 모례로부터 쫓기는 위협이 언제나 도사리고 있었다. 그러나 그는 시골 외딴곳에서 농사지으면서 표면적으로 단란한 생활을 보내고 있었다. 그런데 어느 날 옛적, 중으로 함께 있었던 평목이가 뜻밖에 그의 집에 불쑥 나타났던 것이다. 불길한 예감 속에 혹시나 하고 있는 조신에게 평목은 모례가 그를 찾고 있으며 붙잡으면 목을 베어 복수하려고 한다는 것을 일러주면서 그는 조신의 부인이 된 달례와의 연분을 이야기하다가 나중에는 그의 딸을 그에게 줄 것을 바란다. 이에 격분한 조신은 평목을 살해해서 아무도 모르게 곧 매장할 것을 결심하고 평목을 죽인다. 그리고 식구 몰래 집 가까이 있는 동굴 입구로 운반해 둔다. 그리고 평목이 걸치고 온 바랑을 방안 벽장에 던져 감추어 둔다. 매장할 마땅한 때를 잡지 못하고 차일피일 늦추어 오던 중 조신은 아랫동네에 놀러갔던 큰아들 미력으로부터 고을 원님이 서울서 온 귀한 손님을 위해서 그가 살고 있는 골짜기에 사냥을 온다는 뜻밖의 말을 듣는다. 그리고 더욱더 그를 놀라게 한 소식은 조신의 집을 서울 손님의 사처로 정하였으니 방 하나를 깨끗이 치워 놓을 것을 관인으로부터 전갈 받는 것이었다. 이 소식과 전갈은 그를 놀라게 했을 뿐만 아니라 심적인 불안으로 몰아넣었는데, 이유인즉 조신은 서울서 온 손님이 어머니 달례를 많이 닮은 달보고를 유심히 바라보고 난 후 달보고에게 옥고리를 선물로 주었으며 자기의 집 근처를 사냥터로 정한 것, 또 자기의 집을 거처로 정한 것과 서울 손님의 용모 등으로 미루어 보아 자기들을 찾고 있는 화랑 모례일 것이라고 생각하게 된 것이기 때문이다.

조신은 고을 원님과 손님 일행이 사냥 나설 때 길잡이로서 이들을 안내하게 되었다. 서울 손님이 쏘아 맞힌 사슴이 도망가다가 조신이 평목의 시체를 놓아둔 동굴로 들어감으로써 살해된 평목의 가해자가 추적된다. 이어서 중 평목을 보았고 이 중을 알고 있는 사람들로부터 증언과 의견 교환 등으로 조신은 자신에게 혐의가 주어짐을 내적으로 느끼면서 서울손님이 자는 방 다락에 던져둔 유일한 증거가 되는 평목의 바랑을 치워버리기 위해서 한밤중 남몰래 다락벽을 허물다가 발각이 되어 그는 온 식구와 함께 도망을 하게 된다. 달아나던 중 큰아들 미력을 잃게 되고 드디어는 화랑 모례에게 붙잡혀 조신은 처음에 승으로써 태수와 모례에게 저지른 죄를 자수하면서 자신의 생명을 관용으로 구해 줄 것을 애원한다. 그러나 그의 죄과를 물으면서 올바른 인간됨의 측면에서 조신의 양심에 호소하는 모례는 조신에게 묻는다. 이때에 모례는 조신이 승으로써 자신이 저지른 죄에다 살인을 하고 난 후 뉘우치고 스스로 그를 찾아와서 사죄했더라면 용서해 줄 수 있었다는 것을 그에게 이야기한다. 최종적으로 모례는 그에게 말하기를 자신이 차고 온 칼로써 단숨에 목을 쳐서 살인자이자 죄인인 그를 없앨 수도 있으나, 살인죄 등으로 이미 나라의 죄인이 된 그에게 두 가지 중 하나를 선택하게 한다. 즉 조신 스스로 뉘우쳐서 자신의 죄를 인정하고 관청에 자수해서 지은 죄에 대한 대가를 치루든지, 이렇게 못할 때 혹 달리 생각해서 도망을 치면 비록 관인이 그를 못 잡을 때면 자기 목숨 다할 때까지 모례 자신이 나서서 이 세상 끝까지 추적하면서 잡아내고 말 것이니 이중의 하나를 선택할 것을 이야기한다. 이 말을 들은 조신은 마침내 스스로 자신 밖의 모든 것과 인연을 끊고 이 세상을 하직할 것을 결정하고 관가에 자수하기로 한다. 이젠 감옥에 옥살이하는 죄인으로서 불교에서 말하는 업보(業報)로써 자신의 죗값을 치루는 몸이 된 조신은 감옥에서 이 세상 죄지은 인간들의 지옥생활을 보면서 자신의 죄를 조용히 감수한다. 그러나 그는 다른 한편으로 생에 대한 애착을 여전히 가진다. 즉 죽음에 대해서 끊임없이 저항을 한다. 이로써 그는 다시 한번 이 세상과의 인연을 둔 테두리에서 남기고 온 달례를 생각하고 달례와 모례 사이에 있을지 모르는 관계를 그리면서 자아 생에 대한 애착에 사로잡힌 채 다시 한번 항거로써 이 세상에 맞선다. 그러나 어떻게 해 볼 수 없게 몸이 얽매인 감옥상태에서 처형만을 앞에 둔 조신은 모든 것을 체념하고 처음 옥에 들어 왔을 때 모양으로 주력과 참선으로 마음을 편안하게 하고 내생(來生)과 인연을 지어 보려하나 달례와 모례에 대한 탐애와 질투는 그에게 비켜나지 않는다. 때가 되어 그는 옥사장에 의해 형장에 끌려가서 여러 사람 앞에 교수형에 처해진다. 목이 줄에 매여 달린 채 다리를 버둥버둥하면서 살려줄 것을 애걸하게 되고 죽음에 대한 무서움을 느끼면서 관세음보살을 염한다. 얼마나 지났는지 누군가가 자기 이름을 부르고 꽁무니를 누가 차는 것 같아서 눈을 번쩍 떴다. 이때 그의 앞에 관음상이 빙그레 웃으시며 있고 용선노장이 턱춤을 추이면서 웃고 있었다.

여기서 소설 『꿈』은 끝나고 저자의 짤막한 보고 형식으로 독자들에게 주인공 조신의 앞날인 인간됨이 이야기되고 있다. 즉 조신은 이때부터 이것을 기회로 일심으로 수도하여 낙산사성이라는 네 명승 중에 한분이신 조신대사가 되었다(비교:4/458)는 것이다.

2.3.

위에서 두 작가의 작품 『싯다르타』와 "꿈"에 주어진 줄거리와 내용을 각각 나누어 보았다. 여기서 무엇보다도 불교적인 면에서 관찰하기 위해서, 특히 불교적인 "꿈"과 "허구"의 길에 던져진 두 작품 주인공들의 자아 인간됨을 잠시나마 함께 보려는 의도에서, 싯다르타 자아의 길이 주로 불교적인 테두리에서 이야기되어진 것이다.

이렇게 소개된 이들 작품들이 대조될 때 이미 얼마간의 상이점과 공통점이 나름대로 약간 보이고 있다. 이런 의도적인 비교에서 나타나 보이는 서로 다른 점과 같은 점을 기조로 좀더 구체적으로 살펴보겠다. 이 같은 구체적 조사를 위한 준비 과정으로써 기준점인 불교의 측면에서 이들 두 작품이 나타내고 있는 불교적인 부문을 이야기하겠다.

『싯다르타』의 싯다르타는 제 1부에서 자아의 다른 일면의 세계인 감각본능의 세계, 즉 불교적인 의미에서의 '속세'에 몸을 둔 자아를 발견하기에 이르기까지, 그는 가출(家出)하여 요가와 고행의 길을 간다. 드디어 그는 자아의 다른 일면을 발견한 후 이를 알게 되는 과정에서 창녀 카말라를 만난다. 그는 이 여자를 만나기 위해 이발소에 가서 머리를 깎고 기름 바르고 난 후 강물에 목욕해서 고행자로서 모습을 깔끔히 없애고 이 여자 앞에 나타난다.(비교 Ⅲ/656)

여기서 불교를 배경으로 하고 있는 이 줄거리를 잠깐 살펴보면 석가도 싯다르타처럼 그의 자아 해탈의 길을 갔는지의 여부에 대해서 정확하게 잘 밝혀져 있지 않기 때문에 왈가왈부할 수는 없는 것이다. 그러나 저자 헤세는 불교적인 범주에서 입으로 전해오는 많은 이야기를 알고 있는 사람으로 미루어 보아[6] 싯다르타의 자아 길은 석가가 일찍이 걸었던 길, 꼭 그대로는 아니더라도 석가의 길과 유사점을 보여주고 있다.

우선적으로 싯다르타는 석가처럼 가출하고 또 불교적인 한 이야기에서 주어지고 있는 것처럼 그는 여기에 나오는 두 친구와 흡사하게 친구 고빈다와 함께 자아의 길을 나선다는 줄거리도 찾아볼 수 있다. 즉 석가는 두 젊은이를 그의 제자로 받아들였다. 이 중의 한 사람은 자리푸타(Sariputta)이고,

6) 서울대 철학과 교수였던 김준섭 씨가 몬타뇰라에 있는 헤세를 찾아갔을 때 헤세는 그에게 과거, 현재 그리고 미래의 석가에 대해서 말을 끄집어내었다는 것이다. 이것은 논자가 그로부터 구두로 들은 말이다. 물론 이 말은 학술적인 자료로서가 아니고 다만 헤세가 불교를 얼마나 알고 있었는가를 뒷받침해 주는 간접적인 전갈에 지나지 않겠다.

다른 한 사람은 모갈라나(Moggallana)라고 불렸는데 이들 두 젊은이는 싯다르타와 고빈다처럼 상반적인 길을 가는 것은 아니다. 이들은 서로 약속하기를 어느 누구가 먼저 죽음으로부터 구제를 받는 길에 있게 될 때는 상대방으로 하여금 이 죽음의 구제에 대해서 알게 하자는 것이다. 이런 약속이 있은 어느 날 자리푸타는 석가의 제자인 앗사이(Assaji)를 만났는데, 그로부터 십이연기(十二緣起), 즉 노사(老死), 생(生), 유(侑), 취(取), 애(愛), 수(受), 촉(觸), 육처(六處), 명색(名色), 식(識), 행(行) 그리고 무명(無名)[7]의 열두 가지 현상(現象) 사이의 인과관계와 설명되는 이 십이연기[8]에 대해서 듣고, 곧 이 석가의 가르침을 직감적으로 깨닫는다. 깨친 자리푸타는 그의 친구 모갈타나에게 이야기한다. 이로서 이들 둘은 모두 석가의 가르침을 듣고 직감적으로 해탈의 깨달음을 얻게 되고 석가의 제자가 된다.[9]

불교적인 이 이야기가 어떠한 의도에서 다른 양상으로 헤세 『싯다르타』에 주어지고 있는가가 자세하게 조사되고 기술(記述)해야 하지만, 여기에 대해서는 차후로 미루기로 하겠다. 우선 『싯다르타』에서 이 이야기와 유사점을 지니고 있는 것으로써 『싯다르타』에서 두 친구(싯다르타와 고빈다)가 다 같이 비록 방향이 다른 길을 가고 있으면서도, 모두 똑같이

7) 비교: 이기영, 전게서, P.106.

8) 비교: Ibid., PP.108-9.

9) Vgl. Chin Hwang, Hermann Hesses Anthropologie und die Weisheit u. das Gleichnis des Fernen Ostens, Diss., Bern 1978, S.186-7.(Vgl. Hermann Oldenberg, Buddha, Stuttgart u. Berlin 10923, S.152-5.)

불교 이야기에서처럼 자아 깨달음의 길인 석가의 길을 가고 있다는 것을 들 수 있다. 나아가서 싯다르타는 자리푸타가 친구 모갈라나에게 한 것처럼 작품 맨 마지막에서 이와 똑같이 그의 친구 고빈다에게 자신이 얻은 자아 해탈의 길, 곧 석가의 길을 이마에 키스하게 함으로써 알게 하고 있다는 유사점이다. 뿐만 아니라 앞에서 이미 언급한 것과 같이 싯다르타가 카말라를 만나기 직전에 행한 행동은 석가가 오랜 햇수 동안 고행한 후 쇠약해진 후에도 궁극적인 깨달음을 얻지 못해 마침내 고행이 참된 수도의 길이 아님을 알고 마을의 한 소녀가 바친 우유를 마시고 개울에서 몸을 담고 고행을 버리고 말았다[10)]는 행동과 흡사한 점이 있다. 물론 이 행동의 방향은 석가의 것과 다르다고 할 수 있겠다. 즉 석가는 고행을 거둔 후 한 나무 밑에 정좌하여 크게 깨닫고, 붓다 곧 각자(覺者)가 되었다고 전하고 있으나, 싯다르타는 속세로 내딛는다. 이로서 그는 제 2의 고행이 시작되는 카말라와의 상봉을 마련하게 된다. 그러나 다른 한편으로 『싯다르타』의 저자는 고오타마가 머물게 되는 곳 "숲 예타바(Hain Jetava)"(Ⅲ/635)를 그대로 그의 작품 속에 옮겨 놓고 있는 등의 전수(傳受)를 우리들에게 뚜렷이 보여주고 있기도 한다.

"싯다르타"와 함께 불교적인 테두리에서 보아지는 춘원의 『꿈』은 저자가 40대 후반과 50대 후반에 쓰인 중편소설이다. 이 시기는 작가 자아 성숙과정에서, 보다 "신앙적 구도

10) 비교: 이기영, 전게서, PP.82-3.

자로서의 면모가 농후하게 반영"[11]되는 때였고, 또 장년기에 접어들면서 불교 쪽으로 기울어졌을 때였다. 좀 더 자세히 말해보면 춘원은 『꿈』이라는 제목으로 두 편의 소설을 썼는데, 이중 하나는 1939년 7월 「文章」 임시 증간 호에 발표한 단편이고, 다른 하나는 1948년 춘원 그가 1948년 사능(思陵) 은거시에 썼다.[12]

이들 두 소설은 모두다 삼국유사(三國遺事) 권제3(卷第三)에 수록된 조신(調信) 설화(說話)를 바탕으로 하고 있는 것이다.[13]

설화는 "구비문학(口碑文學)"[14]에 속하는 것으로서 "구비문학"이란 소박한 민속(民俗)의 세계에서 은근히 열매를 맺고 있는 수줍은 문학[15]이며, 입으로 전해오는 문학이다. 이 설화에 해당하는 것으로 독문학적인 측면에서의 "민중문학(Volksdichtung)"[16]이라는 것이 있는데, 민중에 의해서 익명으로 입으로 이야기되고 전해지며[17] 생활상태의 단순성으로부터 주어지는 문학이다.[18] 이 조신 설화는 낙산사 비구승 조

11) 천이두, 춘원문학의 주제론(근대와 전(前)근대의 이율배반). In:문학사상, 1972, 10, P.338.

12) 참고: 송하춘, 〈꿈〉의 주제사(史)적 조명. In: 최남선과 이광수의 문학, 해설편집, 조인현, 신동욱, 서울 1981, PP.1-91.

13) 참고: Ibid.

14) 참고: 장덕순, 한국설화문학연구, 서울대학교출판부 1970, P.i.

15) 비교: Ibid.

16) Hugo Moser, Sage und Märchen in der deutschen Romantik. In:Die deutsche Romantik, 2.Aufl. hrsg.v.Hans Steffen, Göttingen S.272.

17) s. Gero von Wilpert, Sachwörterbuch der Literatur, Stuttgart 1969, S.833.

신이 김 흔공의 딸을 사모하다가 일장춘몽(一場春夢)으로써 인생의 무상함을 깨달았다는 내용[19]을 담고 있다.

여기 『싯다르타』와 함께 다루고자 하는 춘원 소설의 『꿈』은 1948년, 앞서 언급 되었듯이, 그의 은거 시(時)에 쓰여 진 것으로써 『싯다르타』와 비교 대조될 때, 『싯다르타』 저자는 석가로부터 내려오는 불교적인 이야기를 어느 정도 토대로 하고 있는 것이다. 그러나 이와는 다르게 춘원의 『꿈』에서는 이런 점을 전연 찾아 볼 수 없다.

설화를 소설로 만든 『꿈』은 이에 반해서 작품 전체로써 환몽적 구조를 지니고 있다. 이 환몽적 구조의 원천은 불경 잡보장경(佛經雜寶藏經)에 나타난 사라나비구(娑蘿那比丘) 설화[20]이다. 이처럼 『싯다르타』와 『꿈』, 이들 두 작품에서 보여주고 있는 외형적인 상이점에도 불구하고 작품 주인공들은 공통으로 불교적 의미에서 이야기되는 속세에서의 고뇌길을 다같이 가고 있다. 즉 싯다르타는 『싯다르타』의 제 2부에서 카말라와 만남으로써 속세에 발을 들여놓는다. 드디어 카말라는 그의 정부가 되고 상인 카마스바미와 동업자가 된 그는 이 속세가 요구하는 물질적인 것을 획득하고 향유한다. 그러나 그는 이미 언급된 바와 같이 언제나 그의 마음 한 구석에서 고행자임을 부인하지 못한 채 이 감각본능의 세계에서 불교가 내세우고 있는 "열반(Nirwana)"(Ⅲ/728)에 있기

18) Vgl. Hugo Moser, a.a.O., S.273.
19) 참고: 송하춘, 전게서, PP.1-91.
20) 참고: 송하춘, 전게서, PP.1-91.

까지 밟아야 되는 자아 고뇌의 길을 간다. 이 자아 고뇌의 길은 불교에서 말하는 삼계(三界; 俗界, 色界, 無色界)[21] 중의 하나를 거치는 길이다.

이런 고뇌의 길을 『꿈』의 주인공 조신은 싯다르타와는 다르게 우리가 몸담고 있는 현실에 주어진 속세가 아니고, 꿈속에 주어진 세속에서의 현실에서 불도를 타파한 이탈 승으로 고뇌의 길을 간다.[22] 종합해서 이야기해보면 싯다르타와 조신은 다같이 불교에서 말하는 속세에 주어진 고뇌의 길을 가나, 그러나 무대를 달리하는 현실에서, 즉 싯다르타는 우리가 몸담은 현실에서, 조신은 꿈속에 주어진 꿈속의 현실에서이다.

이 꿈의 현실에서 조신은 불교 승으로서 그가 사모한 달례와 함께 자식을 두고, 도주와 은신의 생활을 영위하면서 자아 고행의 길을 간다. 나중에는 달례의 약혼자 모례에게 붙들려 그의 동료 승 평목을 살해한 죄목 등으로 사형장에 끌려가서 목숨이 끊어질 순간 꿈에서 깨어난다. 꿈을 통해서 그가 갈구했던 속세의 생을 맛보게 되고, 이러고 난 후 조신은 모든 것이 헛된 것이라는 깨침을 얻고 자아 인간됨의 길을 걷게 된다. 꿈을 통한 깨우침, 즉 현실 속에서의 생은 일장춘몽이라는 것으로써 한낱 꿈에 지나지 않는 헛된 것, 곧 허구의 교훈을 『꿈』의 주인공 조신은 얻게 되나, 이와는 다르게 『싯다르타』에서 싯다르타가 가지게 되는 꿈은 다른 양상

21) 참고: 이기영, 전게서, P.81.
22) 비교: 송하춘, 전게서, PP.1-96.

을 띠고 있다.

『싯다르타』는 줄거리 설명에서 보았듯이 카말라를 만나기 전에 고빈다를 보는 꿈 외에 두 번이나 꿈과 연결되고 있다. 한번은 그의 속세의 지친 생활가운데서 아무런 꿈 내용의 소개 없이 싯다르타 그를 꿈이 경고하는 것(Ⅲ/676)이였고, 다른 한번은 비유된 죽은 새로써 그의 삶의 허무함을 알리는 것이었다. 이 마지막의 꿈을 통하여 그는 꿈꾸기 이전의 자아 허무 상태에서 벗어나서 자아 인간됨의 길을 찾아나서게 된다.

이로서 꿈은 싯다르타 그의 자아에게 보다 진전적인 발전계기를 마련하게 되는 것이다. 이 계기로 그는 조신과는 다른 "허구"의 교훈, 즉 그가 찾고 있던 "열반"은 자체로써 어떤 객관적인 대상으로서가 아닌 것이고 오로지 말 뿐이다[23]라는 결론에 도달한다. 이로써 그는 그가 오랫동안 찾아 보냈던 생은 헛된 것이고 그리고 "열반" 그 자체도 헛된 것이었다는 불교의미에서 인생무상(人生無常)이라는 "허구"의 가르침을 얻게 된다.

3.

『싯다르타』의 싯다르타와 『꿈』의 조신은 서로 생활양식

23) Vgl. "Es gibt kein Ding, das Nirwana wäre: es gibt nur das Wort Nirwana."(III/728)

과 사고를 달리하고 풍습 습관이 다른 동·서양을 배경으로 하는 저자들에 의해서 작품 주인공으로 내세워졌다.

이들은 각각 다른 방향에서 서로의 상이점을 드러내고 있으나, 그러나 다같이 나름대로 불교적인 길을 가면서, 그리고 또 불교적인 "꿈"과 "허구"의 교훈 하에 자아 인간됨의 길을 보여주고 있다. 그리고 맨 마지막에 이르러 싯다르타는 그의 친구 고빈다에게 자신이 얻은 석가의 길을 태고적인 원시 방법, 즉 샤머니즘적인 길을 통하여 전달한다. 이와는 다른 형태로써 이지만 꿈 이야기라는 싯다르타의 "꿈"과 "허구" 교훈과 대응되는 것이나, 조신은 꿈을 통해 그의 헛된 생의 교훈을 얻게 되고, 후에 "낙산사성이라는 네 명승 중 한 분인 조신대사가 되었다"라고 함으로써 조신 자아의 인간됨의 길을 독자에게 알리고 있다. 이로써 헤세와 춘원은 다같이 그들 작가가 은연중에 가지고 있었던 교훈적이고 계몽적인 면을 우리들 독자에게 잘 보여 주고 있다.

이미 1서언에서 밝힌 바와 같이 불교적인 면이 서양 작가 헤세의 작품 『싯다르타』에 줄거리와 내용면에 있어서 던져주고 있는 것에 대한 구체적인 조사 연구가 시간과 자료상의 부족으로 이에 미치지 못했다. 다만 비교되고 이의 결과로서 몇 마디 논술된 것에 지나지 않는다.

참고문헌

Hermann Hesse, Siddhartha. In: Hermann Hesse, Gesammelte Dichtungen in 7 Bde., Bd.3, Frankfurt/M. 1958.

Chin Hwang, Hermann Hesses Anthropologie und die Weisheit und das Gleichnis des Fernen Ostens, Diss., Bern 1978.

Detlef Ingo Lauf, Das Erbe Tibets, Wesen und Deutung der buddhistischen Kunst von Tibet, Bern 1972.

Hugo Moser, Sage und Märchen in der deutschen Romantik. In: Die deutsche Romantik, 2.Aufl. hrsg.v. Hans Steffen, Göttingen 1970.

Hermann Oldenberg, Budda, Stuttgart und Berlin 1923[1].

Gero von Wilpert, Sachwörterbuch der deutschen Literatur, Stuttgart 1969.

이광수, 이광수대표작선집, 12권, 책 4권, 제 2판, 서울 1969.

삼국유사, 역 이병도, 서울 1956.

이기영, 석가, 서울 1967.

천이두, 춘원문학의 주제론(근대와 전(前)근대의 이율배반). In: 문학사상, 제 10 1972.

송하춘 〈꿈〉의 주제사(史)적 조명. In: 최남선과 이광수의 문학. 해설. 편집, 조인현 신동욱, 서울 1981.

장덕순, 한국설화문학연구, 서울대학교출판부 1970.

Ⅲ. 헤세의 『싯다르타』

– 번역과 이해의 문제

1.

현금(現今)에 이르러 우리나라가 여러 부문들에서 국제무대에 발돋움하고 있고 국제저작권협회에 가입한 상태다. 이러한 즈음에 외국문학을 공부했고, 또 하고 있는 한 사람으로 문학 분야에서 우리가 당면하고 있는 문제, 즉 외국작가의 작품을 우리말로 옮겨 번역 작품으로 내놓아 교양독서로서 국민 교양의 일익을 담당하고 있고, 경우에 따라서는 해당국의 문학작품을 원서로 읽을 수 없는 형편에서 번역된 작품을 학술적 논문의 기조(基調)로 삼고 있다는 점을 고려해 볼 때, 다른 나라의 문학 작품이 우리말로 옮겨질 경우 우선 올바른 단어와 문장의 번역은 물론 모든 독자들이 이해할 수 있어야 한다. 또 중요한 것은 작품이 지니고 있는 내용이 그릇되게 전달되어져서도 안 된다.

이러한 이유에서 과거에 행해졌던 외국어 단어나 문장을 제 3국 언어의 도움으로 단순히 뜻만을 전달하고 그것으로 만족했던 시기에서 벗어나야한다. 그동안 많은 외국어 문학 각 전공분야에 전공하신 분들이 자리하게 되면서 이제는 외국문학을 직접 우리말과 글로서 말하고 표현하게 되는, 보다 적극적으로 외국문학 작품을 수용하게 되는 제 2단계에 우리는 있다. 이 단계에서 번역 실태와 번역에 던져지는 제반

문제가 어떤 형태로던 한번은 구체적으로 논의되어야 할 것이다. 다음으로 생각될 수 있는 것은 올바른 단어와 문장의 번역 내지 올바른 내용의 전달이 전제되는 테두리에서 매끄러운 표현을 위한 손질도, 번역이 제 2의 창작이라는 점에서 응당 꾀해져야 된다.

외국 문학 작품의 번역과 관련된 실례를 일간지 조선일보 문화면에서[1] 이야기되고 있는 바에 따라 한번 살펴보면, 원작의 본래 명과는 거리감이 너무 있을 뿐만 아니라 심지어는 전연 다른 이름으로 세상에 내놓아지고 있다는 사실이다.

하나의 예로 호주 출신 여류 작가 콜린 머클로우의 소설 『An Indecent Obsession』(우리말로는 버릇이 없을 정도의 사나운 집념 또는 강박관념의 뜻)을 H출판사의 역자 K씨는 『여자의 집념』으로, C출판사의 K씨는 아주 다른 『X병동』[2]으로 독자들에게 내놓고 있다는 것이다.[3]

이것과는 전연 다른 경우가 되겠지만, 번역의 테두리에서 이야기할 수 있는 것으로 우리나라 고유의 고전작품과 중국의 고전작품을 알고 있는 우리로서 작품 원명이 지닌 고유의 표기를 다르게 옮겨서 불리게 될 때 아시아인에게 이미 잘

1) 조선일보, 1983년 4월 5일자 문화면에서 "엉뚱한 번역서 제목 많다"라는 표제로서.

2) 조선일보, 1983년 4월 5일자.

3) 이외에 다른 예로 헝가리 출신 작가 에프라임 키존의 해학적인 삶의 이야기를 그린 소설 작품 "맙소사! 우리가족"을 요즘 젊은 층에 유행하는 말 "웬일이니?" 로또 미국 하버드대학 교수이고 작가이신 마릴린 프렌치의 애정소설 "피흘리는 또는 상처받은 심장(The bleeding Heart)"의 뜻이 Y출판사 C씨의 번역자에 의해 "여자의 벽"으로 내놓아지고 있는 것을 예로 들고 있다.

알려져 일컬어지는 작품들이 아주 판이한 얼굴을 내밀게 되는 예도 찾아볼 수 있다. 구체적인 예로 들어 말해 보면 우리의 고전소설 『춘향전』이 여자 주인공 '춘향'의 한문자 이름의 뜻에 따라 영어로 『Fragrance of Spring(봄의 향기)』[4]로서 내놓아지게 된 것을 들 수 있다. 『춘향전』을 뜻에 따라 이렇게 옮겨 놓음으로써 원래의 서명(書名)을 상실해서 우리 한국 독자들로 하여금 어리둥절하게 하나, 여기서는 그렇게 커다란 오류를 범하고 있지는 않다. 이유인즉 영어로 번역된 본 책자는 "춘향의 이야기"라는 부제를 지니고 있어, 독자들은 그런대로 우리의 고소설 『춘향전』이 아닌가하는 짐작을 할 수 있다고 보아지기 때문이다. 뜻으로 옮겨 놓았을 경우 때에 따라서 본래의 대상을 떠난 오류를 범하게 된다.

이에 대한 구체적인 예로 책 표제명은 아니나 미국인에게 너무나 잘 알려진 중국의 지명인 "The forbidden city(자금성)"이 우리나라 사람에 의해 번역되었을 때 고유명사인 '자금성'이 영어화한 자(字)의 뜻을 따라, '금단의 도시'로 옮겨져서 완전히 그릇된 번역이 되고 있다는 점이[5] 뜻에 따른 오류의 번역으로 지적된다.[6]

이와는 달리 긍정적인 측면에서 볼 때 책의 표제명이 뜻에 따라 번역되어 유럽 독자들에게 원명보다도 더 잘 알려져

---

4) "Fragrance of Spring"(부제(副題): The Story of Choon-hyang), 역자 Sim Shai Hong, Seoul 1956.

5) 중공 역자 태인선 홍차선 범양사, 서울 1982, P76-77사이의 화면에서.

6) 이 번역오류의 지적은 계명대학교 외국학대학 중국학과 교수로 계신 장병옥 교수님께서 하셨다.

있는 경우도 있다. 구체적인 예로서는 독일인으로서 중국 고전작품의 제 1인자로 높이 평가받고 있는 빌헬름이[7] 번역한 장자의 『남화진경』[8]을 들 수 있다.

이 고전작품은 우리에게 잘 알려진 서명(書名) 즉, 발음에 따른 『남화진경(Nam Hua Dschen Ging)』으로서가 아니고, 『南華眞經(남화진경)』이라는 한자의 서명(書名)이 지닌 뜻에 따라 "남부 꽃나라의 참된 서(Das wahre Buch vom süd-lichen Blütenland)"[9]라고 독일 독자들에게 내놓아져서 한자 뜻에 따른 이 서명이 독일 독자들에게 더 잘 알려져 있다.[10] 그러나 이 독일 역서명은 곧 이어 다음 페이지에 원명을 밝히고 있음으로써 우리 동아시아 독자들에게 아무런 어려움도, 또 아무런 오해도 불러일으키지 않고 있다. 이렇지 못할 경우 역자의 임의적인 서명은 독자들로 하여금 다른 제3의 작품으로 생각하게 한다.[11]

지금까지의 기술은 부정적인 면과 긍정적인 면을 띠운 채 던져지고 있는 동서양의 고전소설 내지 현대소설의 서명 또

---

7) Vgl. Chuan Chen, Die chinesische schöne Literatur im dentschen Schriftum, Diss., Kiel 1933.

8) 독일어 : Dschuang Dsi, Das wahre Buch vom Südlichen Blüten-land(Nan Hua Dschen Ging), verd. u. erl.v. Richard Wilhelm, Jena 1923.

9) 독일어의 우리말 번역은 논자에 의한 것임.

10) 이와 유사한 예로 『呂氏春秋』도 빌헬름에 의해 뜻에 따라 다음과 같이 알려지고 있음 : 『Frühling und Herbst Lü Bu We(呂不偉의 봄과 가을)』, verd. u. erl. v. Richard Wilhelm, Jena 1928.

11) 헬만 헤세의 "슈테펜 볼프에 나타난 자아와 자아완성의 길". In: 독일학지, 제 2집, 계명대학교 독일학연구소, 대구 1980, P. 35의 주해 1.

는 원명의 고유명사가 다른 나라의 말로 옮겨짐에 따라 일어나고 있는 구체적인 예들을 열거했고, 이로서 번역상의 문제점과 실태를 간략하나마 소개했다.

이는 본 논문이 의도하고 있는 바의 문제 테두리에서 언급된 것이다. 이 같은 뚜렷한 실례 외에 외국 문학작품 내지 원어의 옮김에 있어 당연히 주어질 수 있는 여러 문제점도 있다고 본다.

일반 상식적으로 우선 생각해 볼 수 있는 것으로 동아시아는 전연 다른 사회배경과 이를 바탕으로 한 문화의 구성, 그리고 생활풍습 사고(思考)등 아주 편이한 환경으로부터 당연히 유추되는 언어 감정의 상이를 들 수 있다.[12]

나아가서 기본 철자를 달리하고 있는 우리말과 서양말의 상이한 억양, 음절의 장단 등등이 응당히 고려되어야 함으로써 동아시아의 작품이 서양어로, 또는 서양 작품이 동아시아어로 옮겨질 때에 아무런 잘못됨이 없는 완전한 번역이라는 것은 기대될 수 없다. 그러나 완역에 접근하려는 노력은 포기해서는 안 되리라고 본다. 본 논문에서는 다만 이런 추상적인 완역이라는 것을 목표로 두고 작품내용과 합당한 작품의 구성, 그리고 작가가 의도해서 사용하고 있는 단어 내지 문장의 옮김이 원 작품에 접근하고 있는지에 관해서만 국한

12) 이에 대한 일례로 본인은 우리말을 서양말로 옮겼을 때에 사고의 차이점을 체험하게 되었는데, 즉 "내 어찌 신의 말씀을 배반하리오!"를 본인이 독일어로 : "Wie kann ich Gottes Worte verraten(=배반하다)?"로 옮겨 놓았을 때 독일인이 이 번역을 듣고 다음과 같이 정정했다 : "Wie kann ich Gottes Worte erraten(알아맞히다)?"

시켜서 고찰하겠다. 왜냐하면 작품번역에 다루어져야 할 일반적이고 전문적인 동서양의 언어 차이점으로부터 주어지는 표현의 연구는 너무나 광범위하고 세분되는 것이기 때문에, 이는 언어 연구가에게 맡겨져야 하고, 또 이런 문제는 논자의 영역바깥이기 때문이다.

이제 위에 내걸은 국한된 문제고찰을 위해 논문 부제로 주어지고 있는 헤르만 헤세의 작품 『싯다르타』[13]가 우선 작품 내용면에서 분석 연구되고, 다음으로 분석 연구된 내용에 맞추어 현재 번역된 작품들의 해당 부문들과 비교 검토된다. 또 가능하면 설문지를 통해 독자들로부터 직접 얻게 되는 자료로서 비교 연구되며 정리되어져서 나오게 되는 결과와 함께, 논문이 겨냥하고 있는 한국에서의 서양 작가작품의 번역 및 이해의 현 실태에 대한 조사 분석 연구의 초보적인 터전을 마련하게 될 것이다.

1.1

본론에 들어가기 전 잠시 언급되어야 할 것은 어떠한 이유에서 헤르만 헤세의 『싯다르타』가 서양 작가 작품의 번역

13) 우리말 사전에는 한문으로 표기된 "悉達多"를 소리나는 대로 해서 '실달다'로 적고 있다. 그러나 국문학교수 서재극 박사와 오종갑 박사의 견해에 의하면 불교적인 표기에 의해 '싯달타'로도 발음될 수도 있다는 것이다. 참고로 말해보면 : 이기영, 석가 지문각, 서울 1967, P.27에서는 '실달다'를 우리말로 '싯다르타'로 옮겨 놓고 있다. 노자인 본인은 독일어 "Siddhartha"의 발음에 따라 임의로 '싯다르타'로 표기했음.(비교: 헤르만 헷세, 싯다르타, 역자 박찬기, 을유문고, 서울 1973)

및 이해의 현 실태 조사 분석 연구의 일례로서 내놓게 되었는지, 또 이의 타당성은 어떠한지에 대해 이야기되어야한다.

헤세의 『싯다르타』는 어느 한 번역자에 의해 괴테의 『파우스트』와 나이체의 『짜라투스트라』와 대등한 자리에 올려져있다.[14] 헤세는 1963년, 즉 그가 죽은 이듬해 독일인인 호르스트 릿히트(Horst Richter)에 의해 〈베스트파알렌 주(州)의 평론(Westfälische Rundschau)〉에서 "아시아는 헤르만 헤세를 애호한다(Asien liebt Hermann Hesse)"라는 제목의 글에서 우주(宇宙)적인 독일작가 헤르만 헤세라고 일컬었다.[15] 사실 헤세의 모든 작품이 일찍부터 우리나라에서 번역이 되어 왔으며, 또 번역되고 있고, 그의 모든 작품들 중 동아시아와 가장 밀접한 작품인 『싯다르타』가 일본인과 한국사람에 의해서 가장 먼저 독일어가 아닌 외국어로, 즉 일본어와 한글로 옮겨졌다.[16] 이 작품은 또한 표제(表題)에서 그의 모든 작품들 중 유일하게 동양 성인이신 석가의 유년시절의 이름인 "싯다르타(Siddhartha)"로 일컬어지고 있다.[17]

뿐만 아니라 내용 면에서도 이 작품은 뒤에 본론 2에서 상세하게 다루게 되겠지만 동아시아적인 생활환경과 동아시

14) 비교: 헤르만 헷세, 싯다르타, 역자 박찬기, 전게서, P.3.

15) Vgl. Inn-Ung Lee, Korea. In ; Hermann Hesse Weltweite Wirkung, hrsg. v.Martin Pfeifer, Frankfurt/M 1977, S.261, 273.

16) Vgl. Martin Pfeifer Übersetzungen der Werke Hermann Hesses. In: Hermann Hesses Weltweite Wirkung, hrsg. v Martin Pfeifer, FrankFurt/M. 1977, S.302).

17) 이기영, 석가 , a.a.O., S.27.

아적인 사고와 철학을 밑바탕으로 하고 있는 것이다. 석가가 걸어갔던 불교적인 길 내지 생활환경, 그리고 불교적인 “허구” 사상, 나아가서는 동아시아의 음양학이 기초가 되고 있는 노 · 장자의 철학사상이 작품근저를 이룩하고 있는 것이다.

이러한 외면적 · 내면적인 동아시아와의 관계로 일본 · 한국 등의 아시아 여러 나라의 젊은 독자들에게 외국 문학작품으로서 가장 많이 읽혀지고 있는 것 중의 하나이다.[18] 또 이 작품은 헤세 그의 어느 작품보다도 아주 일찍이 우리나라 사람에 의해 1926년 단편적이나마 번역이 시도되어졌음으로써 반세기가 넘는 이전부터 우리 독자들에게 소개된 작품이다.[19] 작품 『싯다르타』는 오래전부터 한국인 여러 사람들에 의해 수많은 세월을 두고 거듭해서 번역되어 나왔고,[20] 또 우리말로 옮겨져 한국 독자들에게 소개되면서 교양의 일익을 담당하고 있고, 경우에 따라 우리글로 옮겨진 이 번역 작품이 원서를 해독하고 이해할 수 없는 사람들에게 학술적 논문의 자료가 되고 있다는 점을 감안해서 본 논문을 위한 하나의 예로 삼는 것이다.

---

18) Vgl. Hermann Hesses Weltweite Wirkung, hrsg. v. Martin Pfeifer, a.a.O., S.261-262.

19) 이인웅은 “Korea”라는 글에서 양건식은 “싯다르타”의 첫 부분을 발견해 볼 수 없다고 했는데(s. Hermann Hesses Weltweite Wirkung, a.a.O., S.263), 실은 불교, 제22호, 경성(불교사)육정십오사월호에서 “싯다르타”의 첫 부분인 “파라문의 아들”이 번역되어 있다는 것.

20) Vgl. Martin Pfeifer, Übersetzungen der Werke Hermann Hesses. In: Hermann Hesses Weltweite Wirkung. hrsg. v. Martin Pfeifer, a.a.O., S.302-303.

이러한 까닭에 『싯다르타』는 임의적으로 선택된 하나의 예가 아니며 충분한 검토 하에 가려내진 작품인 것으로 번역서 이외의 현 실태에 관한 조사 분석을 위한 대변적인 역할을 하게 되는 작품으로 조사 분석의 대상으로서의 타당성은 충분하다.

2

2.1

여태까지 전연 다른 서구의 외서가 우리말로 옮겨졌고, 또 옮겨지고 있는 현 단계에서 그리고 보다 넓은 테두리에서 동서양의 작품들이 역자에 의해 그 나라말로 옮겨짐에 따라 고의적이었던 아니었던 간에 이로부터 파생되었던 제반문제가 역자와 독자 사이에 던져졌고 또 던져지고 있으며 앞으로 던져질 수 있는 표면적인 여러 문제점에 대해서도 이미 언급했다. 여기 논문에서 다루고저 하는 실례의 하나인 작품 『싯다르타』를 중심으로 독일 작가 헤르만 헤세와 그의 작품이 번역을 통해 동아시아와의 관계, 특히 우리 한국에서의 번역작품이 차지하고 있는 비중에 대해서도 언급했다.

이제 본론에서 번역 작품의 이해와 이의 현 실태 조사에 골격을 형성하게 될 『싯다르타』를 상세하게 다루어 보겠다. 좀 더 구체적으로 살펴보는 뜻에서 분석 연구될 작품 『싯다르타』가 어떤 작품인가라고 먼저 묻는다면, 하나의 예로 독자인 우리나라의 한 스님은 『싯다르타』의 우리말 번역서를 읽고 작품 내용상의 전개로 보아 이 작품의 저자는 한국 사람이라는 것을 알 수 있다고 했다. 그가 이렇게 판단 내리게 되는 이유로서 주인공 싯다르타는 미래의 석가이신 마이트레아(Maitreya)[21]의 길을 가고 있기 때문이다.[22] 미래의 석가 마이트레아는 흔히 마하야나(Mahâyâna)[23] 불교에서 보디삿타바(Bodhisattava)라고 불리는데, 석가 마이트레아는 괴로운 자아 연마와 자아의 깨달음에 이르는 어려운 길을 스스로 헤쳐 나가지 못하는 신봉자들과 세속인들에게 자아의 깨달음에로 나아가는 길을 보여준다.[24] 그리고 마하야나 불교는 기원후 1세기경에 거대한 불교 철학자 나가유나(Nâgâjuna)에 의해 조용히 발을 디디면서 아시아 전 지역에 걸쳐 뻗어

---

21) Vgl. Buddhism in China, hrsg. Konneth K. S. Ch'en, Princeton University Press. 1964, S.451-2. "The Buddha of the Past was Dipankara: that od the Present Sakyamuni: that of future Maitreya."

22) 이와 같은 사실 이야기를 현 서울대학교 철학과의 김준섭 명예교수가 본인에게 들려준 것임. 그는 헤세 생존 시 스위스 몬타놀라의 헤세 집을 방문해서 헤세 그의 작품 번역 허가를 받았고 1959년 "싯다르타"를 번역해 내놓았다. 부언하면 그가 헤세를 방문했을 때 헤세는 그에게 번역권을 주어서 얻었다고 본인에게 구두로 전했음. 이후 그는 "싯다르타" 외에 헤세의 다른 작품들도 같은 해에 우리말로 옮겼음.

23) 마하야나 불교는 특히 모든 생물들에 대해 우주만물적인 동정과 동감의 사유(思惟)로 대하고 있고, 나아가서 구제의 가르침을 앞세워 놓고 있는데 즉, '열반' 으로의 석가 세존의 길인 자아 구제의 길을 제시하고 있는 가르침을 내놓고 있다. (s.Chin Hwang, Hermann Hesses Anthropologie u. die Weisheit u. das Gleichnis des Fernen Ostens, Diss., Bern 1978, S.101)

24) Vgl. Chin Hwang, Hermann Hesses Anthropologie und die Weisheit und das Gleichnis des Fernen Ostens, a.a.O., S.99-100.

나갔고, 티베트에까지 영향을 미쳤다.[25] 이 마하야노 불교의 미래석가 마이트레아의 길을 『싯다르타』의 주인공이 가고 있다고 생각했던 우리의 독자 한 사람과는 상이하게 저자 헤세는 자신의 작품에 대해 이렇게 말하고 있다.

"싯다르타는 (작품 속에 주어지고 있는 아세아적인)[26] 환경에도 불구하고 유럽색이 짙은 책자이고 싯다르타의 교훈은 개체로부터 강력하게 출발하고 있을 뿐만 아니라 아시아의 어떤 교훈도 감히 하고 있지 않을 정도로 충실히 이행되고 있다."[27]

이처럼 진술하고 있는 유럽의 책자 "싯다르타"에서 그는 신적인 일치를 가르치는 고대 아시아의 교훈을 유럽인인 자신들의 시대와 언어에 맞추면서 새로이 부각시켜 보려고 시도했다는 것이다.[28] 사실 이 같은 저자의 의도에 합당하는 견해를 서양의 어느 한 독자는 피력하고 있다. 그는 『싯다르타』를 읽고 작품에 주어지고 있는 아시아적인 생활환경이라든지 교훈을 부인할 수 없으나, 주인공 싯다르타가 자아의 구제를 향하여 매진하면서 보여주고 있는 개체로서의 강한 의

25) Richard Wilhelm, Die chinesische Literatur. In : Handbnch der Literaturwissenschaft, hrsg. v. O. Walzel, Akademische Verlagsgesellschaft Athenaion, Wildpark-Potsdam 1926, S.109.

26) ( )안은 논자에 의해 첨부된 것임.

27) Brief an Rudolf Schmied vom 18, 1, 1926, In: Hermann Hesse, eine Werkgeschichte, hrsg. v. S. Unseld, Frankfurt/M. 1973, S.88.

28) Vgl. "Berliner Tageblatt" von 6, 2, 1926. In : Hermann Hesse, eine Werkgeschichte, a.a.O., S.90.

지는 유럽적이라는 것이다.

그러나 놀랍게도 어느 누구도 아닌 『싯다르타』의 저자 헤세가 유럽인으로 표방했던 것과는 다른 자기 스스로를 모순되게 하는 것처럼 나타내 보이면서, 우리 한국의 한 독자가 내놓은 의견이기도 했던, 다름 아닌 불교적인 면을 수긍하고 있는 사실이다. 그는 몇 년 후에 쓴 그의 글 「짧게 요약한 이력서(Kurzgefaßter Lebenslauf)」(1925)에서 다음과 같이 진술하고 있다.

"1919년 봄에 나에게 있어서도 드디어 전쟁이 종식되어짐으로써 나는 스위스의 한 외따로 떨어진 모퉁이로 물러앉으면서 은둔자가 되었다. 이유인 즉 나는 일생동안(이것은 할아버지와 양친들로 물려받은 유산이었기도 하지만)[29] 고대 인도적이고 중국적인 지혜와 대단히 밀착해 있었고, 또한 나의 새로운 체험들을 부분적이나마 동아시아적인 비유 언어로서 표현해 보이게 되니 사람들은 흔히 나를 불교도라고 불렀는데, 이에 대해 나는 오로지 웃을 수밖에 없었다. 왜냐하면 나는 사실, 이 같은 생각과는 너무나 동떨어져 있었기 때문이다. 그럼에도 불구하고 여기에는 무엇인가 올바른 것,

29) 헤세는 말하고 있듯이 어릴 적부터 할아버지 군데르트로부터 인도적인 본질과 접했다고 적고 있다. 이 할아버지 집에는 인도적인 물건, 그림 등이 있어서 자신도 모르게 무의식으로 영향을 받았다고 했다. 뿐만 아니라 그는 할아버지와 아버지로부터 산스크리트와 불교적인 기도문도 일찍부터 가까이 하고 있었다는 점을 밝히고 있다.

이에 숨겨져 있는 진실된 알맹이가 있었음을 나는 뒤에야 비로소 알게 되었다"[30]는 것이다.

이 같은 헤세의 진술은 언뜻 보아 자신 스스로에게 모순된다. 왜냐하면 『싯다르타』는 동아시아적인 것이 아닌 유럽인인 자아의 강한 의지를 나타내고 있고, 또 동아시아의 불교와는 거리가 멀다고 하면서도 다른 한편으로는 불교로부터 받은 무의식적인 영향을 시인하고 있기 때문이다. 그러나 이는 결코 부정적인 측면에서 사려 되는 모순성이 아니고 오히려 긍정적으로 받아들여야만 한다. 이유인즉 그는 『싯다르타』에 전념해서 써 나가는 동안에는 아주 일찍 어린 시절부터, 그리고 후에 스스로 체험했고 알게 된 동아시아의 사고와 사상을 의식하지 못한 채 무의식적인 상황에서 기술했다가 작품이 완성된 후 제 3자에 의해 이 점을 인식하게 된 것이라던가, 또 동서양의 독자들로 하여금 제각각 자신들의 측면에서 『싯다르타』를 읽고 이해하게 했다는 사실은 모순으로서 부정으로서가 아니고, 긍정적인 즉, 동 · 서라는 이들 두 세계를 잘 융합조화 시켰음을 나타내 주고 있기 때문이다.

조화융합의 대가로서 그는 사고와 사상을 달리하는 동과 서라는 두 대립세계를 잘 일치시킴으로써 작품 주인공이 편파적이고 일면적인 측면에서가 아니고, 동 · 서가 다같이 나름대로 지니고 있는 인간자아의 길을 걸어가도록 하고 있었던 것이다.

---

30) Hermann Hesse, Gesammelte Werke Frankfurt a.M., 1970, S.403-404.

이 길은 헤세의 자아 인간됨(Menschwerdung)의 길인 것이다. 그러면 『싯다르타』의 주인공 싯다르타는 이 조화융합의 길을 어떻게 가고 있는가에 관해 살펴보겠다.

2.2

이의 관찰을 위한 첫 일보로서 우선 음양 지혜에 대해 이야기해야한다. 왜냐하면 앞으로 보게 될 『싯다르타』의 주인공 싯다르타가 밟게 되는 자아 인간됨의 길은 음양지혜의 길이기도 하기 때문이다. 물론 작품에서 『싯다르타』의 자아의 길에 수반되고 있는 고대인도, '브라만'과 '아트만'에 대해서도 서술되고, 뿐만 아니라 싯다르타의 자아의 길에 음양지혜의 길과 근사치로서 제공되고 있는 불교적 자아탈피의 길도 언급되어야 한다.

음양 지혜란 무엇을 의미하고 있는가에 대해 고찰하기 위해서는 동아시아의 지혜의 책자 "역경"(혹은 周易)에로 돌아가야만 한다.[31] 그러나 여기서는 "역경" 전반에 대해서 기술하고자하는 의도는 전혀 없다. 다만 이 책자에서 가장 기본을 형성하고 있는 음양의 이론에 관해 이야기하겠다.

음양은 두 극을 나타내고 있는데 이는 음극(陰極)과 양극(陽極)의 줄인 말이다. 음과 양은 우주 세계 내지 천지세계에 있어 가장 근본 되는 것으로 만물생성의 기본인 암컷과 수컷의 세계로 대변되기도 한다. 뿐만 아니라 모든 상반되는 개

31) Vgl. I. Ging, Das Buch der Wandlungen, übertr. und erl. v. Richard Wilhelm, Düsseldorf Köln 1970, S.9.

념들은 밝고 어두운 것들의 모든 상반되는 테두리에서 이해된다.[32)]

음양은 그들의 끊임없이 주어지는 상반운동으로 존립한다. 즉 음극은 수동적으로 수축되고 양극은 능동적으로 팽창하면서 서로 교차되는 운동으로서 이다. 이 상반운동을 가능하게 하는 시추자는 역경에 의하면 태기(太氣)이다.[33)] 그러나 이 '태기'는 단지 이들 음양운동의 시작에만 관여하지 이들 운동의 맨 마지막에 주어질 조화에로의 '하나'와는 동등시되지 않는다. 태기는 이들 운동의 시발점이라는 위치에서 음양의 두 극을 떼어 놓을 수 없는 관계에 있게 함으로써 음극과 양극은 서로 상반되면서 떼어질 수는 없는 상호 긴밀 관계에 있는 것이다.

또한 이 상호 긴밀 관계는 그의 상반운동에서도 뚜렷하다. 이유인즉 양극의 팽창운동은 공간적으로 다른 극인 음극의 수축운동이 있음으로써 가능한 것이기 때문이다. 이의 역도 마찬가지다. 이 같은 공간적으로 상호 교차되는 운동은 다른 말로해서 서로가 보완하는 긴밀 유대의 상반운동이다.[34)] 상호상반이라는 긴밀 유대관계에서 음양은 서로 동등한 상황에서 균형을 이루고 있다. 음양 두 극은 자체로서는

---

32) Vgl. 황진, 헤르만 헤세의 "슈테펜볼프"에 나타난 자아 자아완성의 길. In: 독일학지, 제 2집, 전게서, P.36.

33) I Ging, Das Buch der Wandlungen, übertr. u. erl. R. Wilhelm a.a.O., S.15.
비교: 한 장경, 역학원리총론, 서울 1971, P.7

시간적으로 전후를 지니지 않고 있고, 공간적으로 상하를 지니지 않고 있음으로서 이다. 이유로는 두 극 중 어느 한쪽의 극이 어느 쪽에서 모여지는가에 따라서 하나가 앞서고 다른 하나가 뒤서게 되며, 반대로 이야기될 수 있겠고, 또 꼭 같은 원리에서 하나가 위에 있을 수 있고 반대로 아래에 있을 수 있기 때문이다. 다시 말해서 음극은 수동적으로 받아들이는 입장에서 보면 먼저이겠고, 역으로 능동적인 면에서 보면 양극이 먼저이겠다. 이런 사실을 헤세는 이미 그의 『데미안』(1919)에서 이야기하고 있다.[35]

음양은 상호상반이라는 긴밀 유대관계에서 언제나 같은 정도로 동시에 주어지고 있다. 이 말은 어느 한 극의 운동이 끝나고 다른 극의 운동이 주어진다는 것이 아니고, 한 극의 운동은 다른 극의 운동과 교차된다고 함으로써 이미 설명된 것이다. 쉽게 말해서 자연 세계의 식물로 예를 들어 말하면 꽃이 피고 열매를 맺는 절정의 시기에 벌써 씨앗 곧 음의 작용이 이루어지고 있다는 사실로 설명된다. 이 동시 동등의 운동은 음양의 구성요소인 싹이 내재해 자기 스스로를 변화 발전시켜 나감으로써 가능하게하고 있다.[36] 음양의 싹은 음양운동과 함께 하면서 눈에 보이지는 않지만 점차적인 변화로서 최종 목적지인 궁극적 음양 조화의 하나에로 나아가고

34) 비교: 황진, 헬만 헷세의"슈테펜볼프"에 나타난 자아와 자아완성의 길, 전게서, P.37.

35) H. Hesse, Gesamamelte Werke in 12 Bde. Bd.5, Frankfurt/M, 1970, S.64.

36) R. Wilhelm, Chinesische Lebensweisheit, Tubingen, 1950, S.98.

있는 것이다. 음양 운동과 함께 하고 있는 싹의 운동은 다름 아닌 음양 싹의 운동이다. 그러나 싹의 됨은 결코 자태를 나타내지 않는 것이다. 왜냐하면 자태를 나타내 보이는 음극은 음양운동을 형성하는 하나의 전제된 요소로서 양극과의 분립은 생각될 수 없다. 왜냐하면 한극의 분립은 음양운동을 부정하는 것이 되는 것이기 때문이다. 이 말은 곧 음양 싹의 됨이 자태를 드러내지 않는다는 사실이 객관적인 대상으로써 인식의 대상이 될 수 없다는 것이다. 고로 궁극적인 '하나'로 주어지고 있는 음양조화의 관조자는 오로지 직감적인 체험을 통해서만이 가능한 것이다. 이 직감적인 체험으로서의 내면적 진단 내지 직감의 성취는 어떤 인식이나 외부적인 힘이 가해짐이 없이 다만 음양 싹의 됨에 내맡겨진 채 조화된 '하나'가 관조됨으로써 관조자의 자아내면에 무엇인가를 얻게 되는 음양 지혜이다. 이 같은 동양아시아의 음양 지혜 곧 두 극 음양의 동시동등이라는 음양 지혜를 헤세는 감지하고 다음과 같이 말하고 있다.

"(…) 내(=헤세)가 심리분석의 많은 교훈으로부터 이끌어낸 결과들에서 바라보게 된 것은 지혜의 이상(理想)이었고, 결코 일면적인 것이 아닌 통합적이고 양극(兩極)적인 사고(思考)에 대한 앎이었다.("(…) aus den Folgerungen, die ich(=Hermann Hesse)[37] aus manchen Lehren der Psycho-Analyse zog, ergab sich mir mehr und mehr ein Ideal dessen, was ich Weisheit nannte, und das

37) 논설자인 본인에 의해 첨가된 것이다.

Wissen von einem bipolaren, nicht einseitigen, synthetischen Denken(…))"[38]

헤세에 의해 감지된 좀 더 구체적으로 말해서 중국에서부터 근원되고 있는 양(兩)면적이고 양(兩)극적인 이 음양 지혜는 일차적으로 일면적이 아닌 종합적 사고로서의 앎으로 이야기되고 있다. 양극의 종합적 사고로서의 앎인 음양 지혜는 헤세 자신이 토로(吐露)하고 있듯이, 이제 그로 하여금 운명적인 절망의 생활로부터 좌절케 하지 않고 이 부정적인 좌절된 절망의 생활을 긍정적인 희망의 생활로 변하게 한다. 왜냐하면 음양의 원리 즉, 하나의 극은 다른 하나의 상반된 극을 반드시 전제한다는 이 원리에 따라 하나의 부정은 이에 상반되는 다른 하나인 긍정을 전제함으로써 논리상으로 부정적인 생활은 다른 상반된 면인 희망의 긍정적인 생활을 전제해 놓고 있기 때문이다. 음양 지혜의 앎으로 인한 이 같은 긍정적인 면으로의 방향돌림을 그는 "금욕적인 인도의 사고로부터 중국의 보다 일상적이고 보다 긍정적인"[39] 사고로의 전환으로 결론 내리고 있다.[40]

그러나 이 지혜의 참된 추구는 음양운동의 관조자의 내면적 직감적인 체험인 음양 쌍의 조화된 '하나' 로의 뛰어듦으로서만 가능하다. 이런 체험은 가르쳐질 수 없는 것이고 오

38) Adrian Hsia, H. Hesse und China, a.a.O., S.304.
39) Ibid.
40) Vgl. Ibid.

로지 그의 생애에서 음양의 궁극적인 조화된 하나로 뛰어듬인 '찾아냄(Finden)'[41]을 목표로 시도되어야 한다는 이와 같은 시도를 헤세는 그의 『싯다르타』에서 해본다고 했다.

"지혜는 가르칠 수 있는 것이 아니라는 사실은 곧 체험이고, 이러한 체험을 한번 문학적으로 그려봐야만 하겠다고 마음먹었다. 이의 시험대(臺)가 싯다르타이다.(Daß Weisheit nicht lehrbar ist, ist eine Erfahrung, die ich einmal versuchen mußte dichterisch darzustellen. Der Versuch dazu ist Siddhartha.)"[42]

음양 지혜의 목표달성을 시도하게 된 작품인 『싯다르타』에서 헤세는 정말이지 이에 상응하는 이름의 뜻을 주인공 '싯다르타'에게 부여하고 있다. '싯다르타'는 "목적을 달성한" 것을 뜻하고 있다. 이와 같은 이름의 뜻을 지닌 '싯다르타'는 자아 달성의 목표인 음양 지혜의 완성기에 어떻게 주어지고 있는가가 살펴진다.[43]

41) Brief an Bruno Randsschus 1922. In: H. Hesse, eine Werkgeschichte, a.a.O., S.88.

42) Brief an Werner Schindler vom 14, 1, 1922. In : Hermann Hesse, eine Werkgeschichte. a.a.O., S.88.

43) Vgl. Brief an Bruno, Randschuss 1922. In: H. Hesse, eine Werkgeschichte, a.a.O., S.88.

2.3

'싯다르타' 자아의 음양 지혜의 길, 즉 두 극 음양의 동시 동등의 궁극적인 조화된 '하나'의 길은 이미 언급된 바와 같이 이 길로 뛰어든인 자아돌입으로, 이는 또한 보다 높은 단계로의 자아 내면적인 상승의 길을 의미한다. 이 보다 높은 단계의 자아돌입의 길은 '자아돌입'이라는 표현에 의해 우선 음양 운동의 관조자 자아의 능동적인 행위로 보아지나, 사실에 있어서 음양 조화의 궁극적인 '하나'로의 음양 싹의 됨의 내면적 체험은 관조자 자아가 음양 운동에 수동적으로 몰입되어짐으로서만 가능하게 된다. 왜냐하면 음양 운동은 아무런 외부적인 힘이 가해짐이 없는 자체적인 음양 싹의 됨과 함께 하는 관조만이 가능하기 때문이고, 여기에는 오로지 자아를 떠나게 하는 수동적인 내면적 관조자의 자아 탈피만이 자아를 음양 운동에 함께 있게 할 수 있기 때문이다. 그렇지 않은 경우 즉, 외부로부터의 힘의 가세나 어떤 의식적인 행위는 음양조화의 운동을 파괴하는 것이 된다.

자아탈피라는 이 보다 높은 단계의 길은 또한 추상적인 의미에서 불교적인 "원상태(Urzustand)"[44]로 자아가 귀의하게 되는 자아탈피와도 상통한다. 그러나 음양이 내세우고 있는 궁극적인 조화된 '하나'를 전제하고 있는 것과는 전연 반대로, 불교에서 이야기하는 원상태는 이 세상이 형성되기 전의 상태를 가리키는 것으로, 앞에 내세워지는 미래의 어떤

44) Chin Hwang, H. Hesses Anthropologie und die Weisheit und das Gleichnis des Fernen Ostens, Diss., Bern 1978, S.86.

원천적인 절대적인 '하나'를 전제하고 있는 것이 아니다. 음양에서처럼 긍정적으로 장차 이룩될 '하나'가 아니라, 불교적인 원상태는 모든 이 세상의 생성을 부정적으로 보고, 앞으로가 아니라 뒤로 되돌아가는 것을 내세우는 '원상태'의 회복 과정만이 유일한 전제인 것이다. 자아(自我)도 여기서는 이 세상 생성의 하나로 모든 것이 부정되는 공(空)내지 무(無)의 상태로 즉, 생성되기 전의 원상태로 돌아가야만 되는 것이다. 이런 논리에서 볼 때 자아도 생성되기 전 원상태의 자아로 돌아가야만 한다. 왜냐하면 생성된 자아는 모든 부정적인 속세에서 거부되어야 할 고뇌의 형태로 어두운 주관(主觀)으로 머물러 있음으로써 여기서부터 떠나야만 되기 때문이다.[45] 과정은 다르나 도달되는 결과인 자아의 떠남, 곧 자아의 탈피가 이야기되고 있다는 점에서 음양과 불교는 상통성을 보이고 있다. 이처럼 양(兩) 측면에서 보아지는 자아탈피의 길로, 그러나 다같이 보다 높은 단계의 자아 즉, 아직 도달하지 못한 상태의 자아를 내세우고 있음으로써 추상적으로나마 참된 상태에서의 원(原) 자아와의 일치를 전제하고 있는 것이다.

이 음양, 불교적인 자아탈피의 길인 참된 상태에서의 자아의 길이 『싯다르타』의 서두부터 주인공 싯다르타 앞에 고대 인도적인 '브라만(Brahman)' (III/617)[46]과 '아트만

---

45) Ibid. S.86-87.

46) 여기 보여주고 있고 앞으로 보여줄 괄호안의 로마숫자와 아라비아 숫자는 Hermann Hesse, Gesammelte Dichtungen in VII Bde., Bd.III, Frankfurt a.M., 1958에 관계된다.

(Atman)' (ebda.)으로 보여주고 있다. '브라만' 은 고대인도 브라만적인 표상에 의하면 조화된 우주의 가장 으뜸가는 근원이고, '아트만' 은 자아의 으뜸가는 본질이다.[47] 고대인도 브라만적인 표상에 의하면, 가장 최상의 궁극적인 목표는 이들 두 개, 즉 '브라만' 과 '아트만' 의 궁극적인 최상의 일치에 도달하는 것이다. 이 최상의 일치는 이의 관조자의 측면에서 자아의 가장 본질인 '아트만' 이 '브라만' 으로 옮겨가게 함으로써 이룩된다는 것이다. '브라만' 은 '아트만' 을 거쳐서 성취된다. '아트만' 과 '브라만' 의 일치는 신비주의적인 관점에서 뿐만 아니라 대단히 강력한 종교적인 관점에서 이해될 수 있는 것으로, 이 일치는 제사의 노래에 의해 가능한 것이다. 제사 노래의 정수는 성스러운 음절인 "옴(Om)" (III/617)[48]이다. "옴"은 "브라만"과 "아트만"의 일치가 추구되는 어디에나 들려지는 것이다. "옴"은 달리 쉽게 말해보면 "브라만"과 "아트만"사이에 걸쳐있는 연결체로서, 이들 두 본질의 일치는 이론상으로 "브라만"이 "옴"이라고, 또 "아트만"이 "옴"으로 건너감으로서 도달된다. 이 일치의 도달은 관조자의 내

47) 이기영, 전게서, PP.28-29, 36-37.

48) 음절 "옴"(Vgl. E. Zbinden, Mystik in den Religionen. In: Mystik und Wissenschaftlichkeit, hrsg. v. andré Mercire, Bern and Frankfurt/M., 1972, S.29-31)은 "성스러운소리"(H. v. Glasenapp: Indische Geisteswelt, Lizenzausgabe, Wiesbaden, S.189)이다. 음절 "옴"은 경우에 따라서 '브라만' 과 상통하고 있다. (s.Upanishaden, übert. u. eingel. v. A. Hillebrandt, Düsseldorf Köln 1964, S.164: 음절 '옴' 은 "모든 베에다에 전수되고 있고, 그리고 모든 고행자들에게 전달된다"는 것이다.)

면적인 직관에 의해서이고, 여기서는 "브라만"과 "아트만"의 경계 지양이 이룩되는 것이다. 이 길은 고대 인도인에게 요가와 고행으로서 주어지고 있는 또 다른 양상의 자아탈피의 길이다. 이에 대해 곧 자세히 살펴지겠다.

이처럼 각각 다른 양상으로 대두되고 있는 자아탈피의 길을 『싯다르타』의 주인공 싯다르타는 가고 있는데, 이 길은 저자 헤세가 서한에서 뚜렷이 밝히고 있는 지혜의 길로 오로지 내적인 자아 음양 두 극의 체험의 길이다. 싯다르타가 추구하는 자아탈피의 길, 음양 조화의 길은 우선 외부적으로 작품 벽두부터 어두움과 밝음으로서 즉, "집의 그늘에서(Im Schatten des Hauses)"(III/617)와 "강변의 태양에서(in der Sonne des Flußufers)"(ebda.)에서 보여주고 있는, 어두움인 "그늘"과 밝음인 "태양"으로서 이다. 이들 어두움과 밝음은 서로 교차되면서 상반된 음양으로 싯다르타를 자라게 하는 정신적 영양분으로 제공되고 있다. 그가 밟아가는 음양 지혜의 자아 길은 작품 줄거리에 따라 나누어져서 주어지고 있다. 즉, 1부와 2부로 크게 나누어져 있고, 각부는 또 세분되면서 진행되는 줄거리의 정거장이 명시되고 있다. 예로서 1부의 첫 정거장으로, "파라문"[49]의 아들로 일컫고 있다.

다음으로 내용면에서 자세히 살펴보면 작가 헤세가 그의

---

49) 파라문교를 믿는 인도의 네 계급중 최고에 속하는 승려의 칭호(헤르만 헷세,인도의 시(詩),역 이영구. In: 헤르만 헷세 전집 III, 문예관, 서울 1968, P.303. 비교: 이기영, 전게서, P.45)

어느 작품에서나 주인공에게 던지고 있는 세 가지 과정이 『싯다르타』의 주인공 싯다르타에게도 주어지고 있다. 헤세의 주인공이 밟게 되는 이 세 과정은 그의 후기 작품 『나르치스와 골드문트』(1930)[50]에서 분명히 하고 있듯이 다음과 같다. 첫째로 수련기인 배움의 시기, 둘째로 방황기 그리고 셋째로 성숙기로 대별된다.

『싯다르타』에서 찾아볼 수 있는 이 세과정은 우선 뭉뚱그려 말해보면 주인공 싯다르타가 '브라만의 아들' 로서 요가 고행, 그리고 그가 '고오타마(Gotama)' (III/635)편에서 가지게 되는 고오타마와의 대담까지를 수련기로, 그리고 난후 고오타마와 작별하고서 여태까지 브라만의 아들로서 가지게 된 정신세계를 떠나서 속세의 감각본능의 세계로 들어가 그의 정부 카말라와 생활하면서 상인과 더불어 보내는 시기가 방황기이다. 성숙기는 그가 속세의 감각 본능의 세계를 떠나서 뱃사공 바쥬데바와 함께 생활하면서 마지막 자아탈피의 길에로 들어가게 되는 때이다.

이처럼 내용상으로 보아지는 『싯다르타』의 주인공 싯다르타가 걷는 자아탈피의 길, 즉 음양 지혜의 길을 외형적으로 나누어져서 진행되고 있는 작품 줄거리에 따라 고찰하겠다.

2.3.1 수련기

수련기에 들어가는 첫 단계로서 '브라만의 아들' 편에서

50) Hermann Hesse, Gesammslte Werke in 12 Bde., Frankfurt/M., 1970, Bd.8, S.188-189.

싯다르타는 고대인도인들이 걸어갔던 '브라만'과 '아트만'의 일치를 호흡을 통한 요가와 이와 동시에 아니미즘(Animismus)[51]적인 사고에서 유래되는 가벼운 고행의 하나로서 간주되는 목욕재계라는, 즉 육체의 죄악을 성스러운 물로서 씻어 내리는 생활을 영위한다. 왜냐하면 고대 인도사람들에게 있어서는 자유롭고 깨끗한 인간의 영혼을 부자유스럽고 더러우며 죄악시되는 육체로부터 해방시켜야 한다고 믿고 있었기 때문이다.[52] 물질시 된 이 죄악을 없애는 수단으로 물이 사용되었고, 열도 사용되었다. 열은 베에다종교의 고전 유파니샤드에 의하면 죄악을 태워 없애는 매개물로 간주된다. 이유인 즉, 열은 신적인 작용을 지니고 있기 때문이다.[53]

이 고대 인도사람들의 아니미즘적인 고행을 수반하게 되는 주인공 싯다르타는 먼저 고대 인도적인 호흡요가로 언제나 규칙적으로 반복되는 생활을 영위한다. 이때에 성스러운 음절 "옴"은 하나의 종교적인 의식과정 속에서 "들이키는 숨과 내쉬는 숨"의 잘 조정된 균형 상황에서 고해자인 싯다르타에 의해 거듭 되풀이 되어지면서 그와 함께 한다. "옴"은 이미 언급된 바와 같이 "브라만"과 "아트만"사이에 위치해서 이들을 교류 연결하는 음절로서의 역할을 지니고 있다. "옴"을 매개체로 이들 두 본질의 일치가 형성되는 곳에 "브라만"

51) Duden 외래어사전 5권에서 : 아니미즘은 원칙적인 표상으로 모든 사물은 영혼으로 되어 있고 영혼은 육체로부터 떠날 수 있는 것이다. 여기서 영혼은 생의 기본이 되고 있다고 적고 있다.

52) Vgl. 이기영, 전게서, PP.29-30.

53) Vgl. Ibid.

은 "옴"이 되고, "아트만"도 "옴"이 된다. 성스러운 음절 "옴"을 통한 "브라만"과 "아트만"의 이 길을 보다 높은 단계의 일치에로 상승을 겨냥하는, 즉 관조자의 내면적인 상승으로 치닫게 하는 수단으로서 동일 문장 구조의 세 번 반복이 '옴'으로 주어지고 있다.[54] 이 세 번의 반복은 헤세의 정통자인 후고 발이 뚜렷이 하고 있듯이,[55] 고대인도 종교의 기도문에 주어지고 있다. 이런 고대인도 종교의 신적인 존재와 자아의 일치를 찾아볼 수 있는 일종의 신비주의적인 "브라만"과 "아트만"의 일치를 추구하는 관조자의 내면에 던져지고 있는 사제(司祭)적인 세 번 반복의 문장구조가 기도문에 주어지고 있다. 이런 고대종교의 신적인 존재와 자아의 일치를 추구하는 관조자의 내면에 던져지고 있는 사제적인 세 번 반복의 문장구조가 또한 여기 『싯다르타』의 주인공 싯다르타 자아내면 추구의 길에 동반되고 있다.

"싯다르타는 시작했다(…) 그는 느끼기 시작했다(…) 그는 감지하기 시작했다(…)(Siddhartha hatte begonnen(…) Er hatte begonnen zu fühlen(…) Er hatte begonnen zu ahnen(…))" (III/619)[56]

이와 동일한 문의 세 번 반복에서 보여주는 호흡의 균형있는 조절로서 감행되는 싯다르타의 이 같은 고대인도의 가

54) Vgl. Helmut Glasenapp, Indische Geisteswelt, a.a.O., S.33.
55) Vgl. Hugo Ball, Hermann Hesse, Sein Leben und sein Werk, Frankfurt/M. 1963, S.152.

벼운 요가의 길은 그러나 음양 지혜의 길을 내걸고 있는 그의 내면적인 자아 길과 동떨어진 것은 아니다. 이유는 요가 시(時) 수반되는, '들이쉬는 호흡' 과 '내쉬는 호흡' 의 과정은 서로 상반되면서 하나의 과정은 다른 하나의 과정을 또한 역으로도 이야기할 수 있는 것으로 서로는 반드시 필요하고 전제하게 됨으로써 호흡인 요가를 성립시키는, 상호 긴밀 유대관계 속에 있기 때문이다. 음양에서와 같이 '들이는 호흡' 은 '내쉬는 호흡' 을 가능케 하고, 반대로 '내쉬는 호흡' 은 양(陽)으로서 '들이는 호흡' 인 음(陰)으로 음양 운동과 같이한다.

이로서 싯다르타가 수행하고 있는 고대인도 요가는 동일한 과정에서 음양 요가로 일컬을 수도 있으며, 이 음양 요가로 그는 음양 지혜의 길을 가고 있다.

다음 단계로 싯다르타는, 그러나 그가 매일 같이 규칙적으로 행하는 목요재계의 가벼운 고행의 무의미함을 깨닫는다. 왜냐하면 물은 육체의 죄악을 씻을 수 있는 수단이 못되는, 즉 자아 바깥에 존재하고 있는 물질로서 인식되었기 때문이다.(Vgl.III/619) 이는 자아 육체와 정신의 혼연일치에서 분열을 뜻하는 정신적인 자아의식의 싹틈이다.

---

56) 하선…는 논자에 의해 부가된 것으로 같은 음율의 문이나 말의 세 번 반복을 나타내는 표시로서 앞으로 있게되는 이런 하선은 모두 이에 준하겠다. 이 같은 세번 반복을 뒷받침하는 범주에서 또 하나의 예를 들면: "Schon verstand er(=Siddhartha) lautlos das Om zu sprechen, das Wort der Worte, es lautlos in sich hinein zu sprechen mit dem Einhauch, es lautlos aus sich heraus zu sprechen mit dem Aushauch."(III/617)

이제 그는 이러한 고행의 무의미함을 깨닫고, 보다 강력한 고행의 길에 오른다. 즉, 그는 그의 죄된 육체를 보다 강력한 고행으로 학대하면서 드디어는 신(神)적인 태양의 열로서 자신의 육체를 불살려서 깨끗한 영혼으로써 지속적인 "브라만"과 "아트만"의 일치를 꾀한다. 허나 이것 또한 싯다르타가 고행자로서 추구했던 바가 아닌 잠시 동안의 마취 내지 순간적인 자아의 망각임을 인식하게 된다. 즉 이는 마치 한 소먹이는 사람이 한 종발의 쌀 술을 먹게 되거나 발효된 코오코스 우유를 마시게 됨으로써 가지게 되는 지각의 마비 또는 망각임을 그는 알게 된다. 이러한 잘못된 고행의 길에서도 그러나 브라만의 아들 싯다르타는 고행자로서 많은 고행자들과 함께 집단생활인 자마나(Samana)에서의 생활을 거치게 됨으로써 그는 뒤에 자아음양 지혜의 길을 헤쳐나아가게 되는 터반을 마련하게 된다. 이의 하나로 그는 음양의 관조자로서 내딛게 되는 음양 관조자의 근저를 이루는 '기다림(warten)' 과 '단식(Fasten)' (ebda.)술을 배운 것이다.

그가 배워 습득한 '기다림' 과 '단식' 은 우선 "사고(思考)(Denken)"(ebda.)와 함께 외부적으로 작품 제 2부에서 고급 창부인 카말라가 대변하는 감각본능의 세계가 내놓은 세 가지 세상기교, 즉 "훌륭한 의복, 좋은 구두와 많은 돈(feine Kleider, feine Schuhe, Geld im Beutel)"(III/657)에 대항하는 수단이 된다. 이것보다 중요한 것으로 주인공 싯다르타는 자마나 고행자들과의 공동생활에서 자아탈피의 기교를 배우게 된다. 이 기교는 사실에 있어서 불교적인 테두리에서 유희적으로 보급되어온 고대인도의 기술(奇術)이였다. 이 기술은 기교의 유희자인 고행자로 하여금 이 세상 감각본능의 편견에서 유래되는 모든 세상 형태들의 그릇된 상(像), 즉 비본질적이고 표면적인 외상의 그릇됨을 불교적인 공의 인식으로써 모든 것들을 비(非)본질적인 것으로, 그리고 또 보잘 것 없는 헛된 것임을 알게 하는데 있었다. 이 같은 비본질적인 세상 형태의 짐작은 결국 자아의 그릇된 감각적인 본능인 세상애착에서 비롯됨을 알게 한다. 이러한 깨달음으로 불교적인 고행자는 감각본능적인 자아로부터 떠나게 하는 자아탈피의 길에 있게 된다. 이런 불교적인 기술 테두리에서 자아탈피의 길에 있는 싯다르타는 그의 자아를 여러 형태로 변형하게 해서 이들 형태들의 비(非)본질성을, 종국적으로 그릇된 자아를 벗어나는 과정에 있게 된다.(Vgl.III/627) 이 불교적인 자아탈피 기교는 그로 하여금 제 2부의 감각본능의 세계에 들여놓게 되었을 때 감각 본능적 세계의 유혹을 물리치게 한다. "그가 여자들을 만났을 때"(III/625) 그의 시선은 찬 얼음같이 "냉담해"(ebda.)진다.

이와 같은 불교적인 기술(奇術)로서 이룩되는 감각본능 세계의 여자 유혹 퇴치는, 그러나 반드시 부정적인 것만이 아닌 보다 높은 단계의 감각본능 세계의 대변자인 고급 창부 카말라와의 상봉을 가능케 한다. 이렇게 됨으로써 보다 더 자세하게 살펴보게 될 싯다르타의 음양 지혜의 길을 가능케 하고 있다. 음양 지혜의 길을 가는 그는 이제 마지막으로 배움의 과정에서 석가 즉, 고오타마가[57] 해탈시 얻게 된 자아탈피의 체험을 듣기로 하고 그의 친구 고빈다와 함께 그에게 간다.

그는 고오타마의 설법을 통해 인간의 육체가 이 세상에서 지니게 되는 고뇌, 고뇌의 출처와 고뇌의 극복에 대한 말씀을 듣는다. 나아가서 그는 불교의 사성체[58]와 팔정도[59]에 대한 가르침도 듣는다. 그러나 그가 궁극적으로 갈구하는 것은 고오타마 자신이 해탈할 때에 얻은 체험에 관해 듣고 싶은 것이었다. 그가 그와의 대담에서 명백히 밝히고 있듯이, 고오타마의 불교적인 12연기[60]의 이법(理法)과 자아의 해탈을 전체적인 하나로 잘 설명하고 있으나, 해탈시 그의 깨달음인 자기 자아의 체험에 관해 이야기하지 않음으로써 조그만 틈을 남기게 되고, 이로서 전체적인 '하나' 로서의 인과관계는 이해되지 않기 때문이다. 이와 같은 싯다르타의 지적은 원(原)본질적인 '하나' 의 궁극적인 존재를 전제함으로 이끌어 내어지는 원인 결과의 논리적인 추리의 결산이다. 불교적인 측면에서 이것은 허용 될 수 없다. 왜냐하면 불교적인 표상에서는 원천적인 '하나' 인 원 존재는 없기 때문이다.[61] 이러한 원 존재의 결여로 원인 결과의 설명은 인식적인 것이 아

---

57) "석가 일기의 가문이름이 고오타마" (이기영 석가, 전게서, P.68)이다. 이의 의미란 가장 훌륭한 소 혹은 "소를 제일 소중히 여기는 자"(ebda.)이다. 기회 있는 대로 붓다는 사람들에 의해 고오타마로 불리워졌다.(비교: Ibid.P.68f.)

58) 비교: Ibid., P.131ff.

59) 참고: Ibid., P.134f.

60) 참고: Ibid., P.105ff.

니고 오로지, 생성과 소멸이라는 테두리에서 생성된 형상계의 비본질적인 모두는 소멸되어야 한다는 부정(否定)적인 견지에서 끝없는 인과 관계로 주어지고 있다. 하나의 예로 불교의 12연기 테두리에서 던져지는 인생의 고통이 생기는 인과 관계를 다음과 같이 말하고 있다. "슬픔과 고통에 찬 생사는 무엇을 원인으로 하여 생기는 것일까? 그것은 생이 있는 탓이다.(…)"[62] 불교적인 표상에서 던져질 수 없는 싯다르타의 이 같은 그릇된 지적은 즉, 그가 초두부터 제시해 놓고 있는 불교적인 자아탈피의 길인 논리적 사고를 벗어나는 '하나'로의 직관적인 체험의 길에 있지 못함을 잘 입증하고 있다.

이러한 까닭으로 고오타마는 싯다르타에게 불교적인 자아탈피의 길은 논리적인 인식의 길이 아닌 자아체험의 길임을 즉, 배움의 부정을 통한 깨우침으로 그를 인도한다. 이는 곧 여태까지의 싯다르타의 자아의 부정이 되고 새로운 자아를 탄생시키는 것이 된다. 이 새로운 싯다르타의 자아탄생을 화자는 다음과 같이 비유적으로 나타내고 있다. "싯다르타 그는 마치 뱀이 오래된 허물을 벗듯이 어떤 하나가 그를 떠났음을 알게 되다.(Er(=Siddhartha)[63] stellt fest, daß eines ihn verlassen hatte, wie die Schlange von ihrer alten Haut verlassen wird(…))"(III645)

이런 비유적인 구(舊) 자아의 부정으로 탄생되는 그의 신

61) Helmuta Glasenapp, Der Bvddhismus, Berlin/Zürich, 1936, S.29.
62) 이기영, 석가, a.a.O., S.106. 또 vgl. S.106ff.
63) 이 부가 설명은 논자에 의한 것임

(新) 자아는 즉, 고행자로서 여태껏 자아 육체를 학대하면서 오로지 정신적으로 '브라만'과 '아트만'의 길을 추구한 한 정신인의 자아 부정으로 생겨난 다른 하나의 자아인 "유발적인 감각의 자아(das zufällige Ich der Sinne)"(III/652)인 것이다.

이와 같은 새로운 자아의 발견으로 싯다르타는 일면적인 자아가 아닌 정신계와 감각계에 걸치게 되는 양면적인 자아로서 음양 지혜의 길에 있게 된다. 이로서 이제 그는 정신계의 자아와 감각계의 자아가 똑같이 체험하는 논리 추구적인 길이 아닌 자아 내면적인 직관체험의 길, 즉 다름 아닌 음양의 체험을 전제하는 지혜의 길에 있다. 이는 작품 마지막에 이르러 두 극 음양의 조화된 궁극적인 '하나'로 관조하게 되는 싯다르타의 자아가 참된 뜻의 지혜를 알게 되는 길이다. 이것은 그가 오랜 세월동안 생의 목표로서 추구했던 "앎(das Wissen)"(III/916)이다. 이 "앎"은 "그의 오랜 추구로 지향했던 바 지혜가 지닌 그 근원적인 것에 대한 앎(das Wissen darum, was eigentlich Weisheit ist, was seines langen Suchens Ziel sei)"(ebda.)이다. 이는 다름 아닌 지혜는 원래 무엇인가를 그로 하여금 생 가운데서 몸소 터득케 하는 "앎"이었다. 이 "앎"은 또한 음양 운동의 조화로 주어지고 있는 생(生)가운데서 이들 음양의 일치로 그의 자아를 추진해 나가게 하는 준비단계이다. 이러한 뜻에서 아래와 같이 기술된다.

"앎은 마음의 준비에 지나지 않는 것으로, 하나의 능력 곧 매 순간 생(生)의 한가운데에서 하나 됨의 생각, 이 하나를 감지하고 호흡할 수 있는 비밀에 찬 기교이다.(Es(=das Wissen)[64] war nichts als eine Bereitschaft der Seele, eine Fähigkeit, eine geheime Kunst, jeden Augenblick, mitten im Leben, den Gedanken der Einheit denken, die Einheit fühlen und einatmen zu können.)"(III/716)

이 "앎"과 더불어 준비되는 음양 지혜의 길은, 다시 말해서 일면적이 아닌 양면적인 자아의 길로 나아가게 하고 있다. 이것 역시 비유적으로 그가 다른 하나의 세계인 감각세계에로 발을 들여놓은 때와 같이 해서 그의 꿈에서 시사되고 있다. 즉, 그가 꿈속에서 껴안게 되는 친구 고빈다는 여자로 변하게 되고, 이 여자의 가슴에서 내놓게 되는 젖은 여성의 것만이 아닌 남성적인 것이기도 하다라고 함으로써 여성과 남성으로 대변되는 음양의 이면(二面)적 길임을 말해주고 있다.

2.3.2 방황기

이 같은 여성의 것과 남성의 것이 함께하는 음양 양면적인 자아의 직관적인 체험의 길로 나아가게 하는 단계로 주인공 싯다르타는 이미 "한 정신인"의 부정으로 얻게 된 감각세계의 자아로 돌아온다. 그러나 이것은 그가 망각했던 다른 하나의 자아로의 단순한 귀환이 아니다. 이 다른 자아로의

64) 여기 부가된 설명은 논자에 의한 것임.

귀한은 벌써 언급된 바와 같이 양면으로 된 균형된 자아내면의 일치를 목표로 하는 다른 자아의 체험을 가능케 하고, 또 그로 하여금 자아의 양면적인 면을 체험케 함으로써 보다 높은 단계의 음양지혜의 길에 있게 한다.

싯다르타는 이 양면적인 체험의 길을 본격적으로 가는데, 즉 그는 불교적인 기술(奇術)의 힘으로 낮은 관계의 여자 유혹을 물리치게 됨으로써 보다 높은 단계에서 감각세계와 대면하게 된다. 이는 고급 창부 카말라와의 만남이다.

감각세계의 대변자인 카말라는 그에게 자기와 가까이 할 수 있는 세 가지의 세상 비결을 제시한다. 이 세 가지는 "훌륭한 의복, 좋은 구두 그리고 많은 돈"이다. 이에 대해 그는 고행자로서 습득한 "사고"와 "기다림" 그리고 "단식"의 기교로 대치한다. 이 상반 대치는 크게 보아 하나는 물질세계에 속하는 것이고, 다른 하나는 이에 맞서는 정신세계의 것이다. 그러나 여기서는 대치 자체가 목적이 아니고, 싯다르타로 하여금 불교적인 고뇌의 세계에로 들어가게 되는 마당에, 대립으로서가 아닌 두 상반된 것의 조화를 위한 음양 조화의 길을 걷게 하는 예비조건으로서이다.

또 이를 가능하게 하는 교량으로 세상 법칙인 "주고받는 것(Geben und Nehmen)"(III/670)이 제시되고 있다. "주고받는 것"의 법칙 하에서 한편으로는 싯다르타와 카말라 사이에 "사랑의 기교(Liebekunst)"(ebda.)가 제의되고, "환희의 제사(Kult der Lust)"(ebda.)가 영위된다. 다른 한편으로 그는 상인과 함께 세상 사람들과 물건을 사고팔면서, 즉 돈을 주고 곡식을 사고 또 역으로 곡식을 팔고 돈을 받으면서[65] 또한 이 "주고받는 것"의 법칙 속에 그는 나날의 생활을 보낸다. 그런데 "주고받는 것"의 법칙은 종횡적인 것으로 논리적인 것이다. 싯다르타가 추구하게 되는 두 상반된 것의 동시동등의 인정이라는 테두리인 음양의 측면에서는 받아들여지지 않는 것이다. 고로 그가 기대했던 카말라와의 "사랑의 기교"로 재현되는 사랑의 유희, 즉 너와 나가 없는 '하나'로의 시도도 결국은 종식되는 것이다.

"주고받는 것"의 법칙이 지배하는 세상에서 음양의 '하나'로의 달성 추구이며, 남자인 그와 여자인 카말라가 '하나' 되는 시도는 결실 맺지 못한다. 이러한 상태에서 초조한 마음으로 그는 보다 도발적이고 의식적으로 고된 세상에서 세상 사람들과 더불어 사치와 탐욕의 생활에 빠져든다. 그러나 그러면 그럴수록 그는 음양의 측면에서 이해되는 이러한 반발적인 고뇌의 생활 속에서 역으로 이 생활에 대치되는 고행자로서의 자아를 더욱더 뚜렷이 보게 된다. 싯다르타의 음양 길에 동반된 카말라도 동일한 음양의 원칙에서 그와의 사이는 가깝고도 멀며, 또 상반되면서도 가까이 하게 되는 상황에 있게 된다. 그래서 카말라는 이러한 음양의 관계를 싯다르타에게 다음과 같이 잘 나타내고 있다.

"싯다르타 당신은 내가 만난 가장 사랑스러운 사람이지

65) Vgl. III / 664.

만, 그러나 당신은 여전히 자마나로 당신은 나를 사랑하지 못하고 있으니(…)(der(=Siddhartha) bist der beste Liebende, den ich(=Kamala) gesehen habe(…) und dennoch, Lieber, bist du ein Samana geblieben, dennoch liebst du mich nicht(…))”(III / 672) 말이다.

이 가장 가깝고도 가장 상반적인 음양의 관계에서 그와 카말라는 유리된 상태에 있게 되며, 뿐만 아니라 싯다르타는 다른 그의 자아인 감각계의 자아 추구인 감각본능의 세상생활 속에 빠지면 빠질수록 그가 고행자로서 일찍이 가졌던 생각, 즉 이 세상 생활에 대한 허무함과 무의미함을 지니게 된다.

이러한 허무한 무의미 속에서 그는 어느 날 꿈에 감각본능적인 세상생활에 대한 자아의 허무함과 무의미성을 알게 된다. 꿈은 이러하다. 카말라는 금 새장에 한 조그만 기이한 노래하는 한 마리의 새를 가지고 있었다. 아침이면 언제나 즐겁게 노래하는 이 새가 소리를 내지 않고 있는 것이다. 그는 이상해서 새장으로 다가가서 안을 들여다보니 새는 죽어서 바닥에 꼿꼿이 있었다. 그는 끄집어내어 잠시 동안 손에 놓고 보다가 골목으로 던져 버린다. 이때에 그는 두려움으로 놀랐고 죽은 새의 버림과 동시에 모든 가치성과 자기 소유의 모든 자산을 자기 스스로부터 내동댕이친 것 같은 느낌을 지니게 된다. 이어서 그는 해변에 홀로선 난파자의 한 사람으로 비유되고 있다.(Vgl.III/ 678-679)

새의 죽음으로 일깨워진 자신의 허무와 무의미를 체험한

싯다르타는 이제 자아가 추구해야만 하는 본질이 무엇이었던가를 알게 된다. 여기서 그는 내면의 소리 "옴"을 들음으로써 참된 자아의 본질을 깨닫는다.

이와 유사한 자아 본질의 길 제시를 그는 일찍이 고행자로서 요가생활에서 가졌던 불교적인 기술에서 시사 받았던 것이다. 이는 다름 아닌 자아내면의 영혼 변화에서였다. 그는 마술적이고 유희적인 요가를 통하여 자신을 한 마리의 왜가리 속으로 뛰어들게 해서 왜가리로서 여기저기를 날아다니기도 하고, 또 모래 해변에 놓인 죽은 재칼의 시체 속으로 뛰어들어 죽은 시체의 부패과정을 거치게 함으로써, 그의 영혼이 생과 사의 과정을 거치게 되고 이로서 이들 생과 사를 맛보게 된다.

나아가서 그는 그의 자아로부터 썩은 짐승의 시체, 돌, 나무, 물 등의 변화를 맛본 후 음양을 상징하는 달과 태양의 변화를 거쳐 맨 마지막에 그 자신의 자아에로 돌아온다. 이렇게 그는 원적인 순환과정의 변화로 생과 생의 세계의 허무를 일깨워 받게 됨으로써 허무로부터 자아본질이 무엇인가를 깨닫게 된다. 이는 영혼변화의 직접적인 체험의 결과이며 그는 이제 그의 자아가 무엇임을 묻게 되고 그때까지 중시된 요가생활의 정신계를 떠나 자아의 다른 일면을 형성하는 감각본능의 세계로 진입했던 것이다.

이 같은 영혼 변화의 자아체험은 이어지는 죽은 새의 무가치성과 무의미성의 체험으로 그는 여태까지 몸담아온 "주고받는 것"의 세계인 감각 본능의 세계와도 결별하고[66] 좌절된 상태에서 헤세의 작품 『클라인과 바그나』(1919)의 주인공 클라인처럼 물에 빠져서 사라지려는 의도 하에 흐르는 강물에 자신을 던지려 한다. 이 순간 정신계와 감각 본능계를 직접 체험한 그에게 오래 동안 듣지 못했고 또 망각했던 내면의 소리 "성스러운 옴"을 들려준다. "성스러운 옴"은 "브라만적인 기도문의 친숙한 처음과 마지막의 말"이다. 내면의 소리로서 그가 다시 듣게 되는 "옴"은 이제 상황을 달리하고 있다. 그 이유로 일찍이 그는 고행자로서 오로지 일면적인 정신세계에서만 '브라만'과 '아트만'의 일치가 추구되는 "옴"의 음절을 되새기곤 했지만, 불교적인 의미에서 고뇌의 세상인 감각본능의 세계를 체험한 후, 즉 자아의 다른 일면을 체험하게 된 후 성스러운 음절 "옴"의 재청취로 양면적인 자아 음양자아의 조화된 궁극적인 일치를 일깨워 받기 때문이다.

"옴"으로 새로이 시사되는 이 길은 그에게 역경에 의해 말해보면 자아의 상반된 두 세계, 정신적인 자아와 감각적인 자아를 묶어 어울리게 하는 힘인 정신을 일깨워 준다.[67] "옴"은 이전에는 '브라만'과 '아트만'의 일치가 추구되는 성스러운 음절이었다. 그러나 이제 두 상반 세계인 정신세계와 감각본능의 세계를 체험한 주인공으로 하여금 이들 상호 대립 세계의 일치를 일깨우는 성스러운 음절로서 대두됨으로써,

66) 감각본능의 세계와 가지게 되는 싯다르타의 결별은 그의 떠남을 들은 후 카말라는 소유하고 있었던 노래하는 새를 새장으로부터 자유롭게 날려 보냄으로써 상징화하고 있다.

67) Chin Hwang, H.H's Anthropologie und die Weisheit und das Gleichnis des Fernen Ostens, a.a.O., S.19.

'일치' 라는 목적에는 변함없는 성스러운 음절이나 다만 관조자의 상황에 따른 양상만 달리하고 있다.

"옴"으로 일깨워진 정신의 힘은 싯다르타를 직관적인 "앎"의 깨달음으로 이끌게 되고, 이로서 불교적인 의미에서 해석되는 모든 것을 포용하는 미래석가 보디삿타바의 '사랑'으로 가게 한다.

"앎"은 일면적인 것이 아닌 양면적인 사유로서의 '앎' 이고, 이 '앎' 은 음양 지혜와 통하는 것이다. 이런 "앎"과 더불어 싯다르타는 '정신' 의 힘으로 그가 목숨을 끊으려고 작정하고 몸을 던지려고 했던 강물에서 "비밀에 가득 싸여진 윤곽 속에(주어지고 있는) 수정의 선"(III/693)을 바라보게 된다. 이와 동시에 '보고 보이는' 상호교류라는 테두리에서 강은 "천개의 눈"(ebda.)으로 "푸르고, 희며 수정 같은 하늘빛으로"(ebda.) 싯다르타를 응시한다. "천개의 눈을 가진" 강은 다름 아닌 미래 석가 보디삿타바의 상징이다. 보디삿타바는 고대인도적이고 티벳트적인 마하야나 불교의 신성인 아바로키테스바라로 천개의 손을 가지고 있었는데, 각 손마다 눈을 구비하고 있었다.[68]

이 같은 '사랑' 의 보유자인 미래석가 보디삿타바의 상징이고 그에게 성스러운 음절 "옴"으로써 그는 직관적인 '앎' 의 깨달음에 있게 되고, 음양 지혜의 길을 가게 하는 강에서 머물기로 작정한다.

---

68) Detlef Ingo Laub, Das Erbe Tibets, Wesen und Deutung der buddhistischen Kunst von Tibet, Bern 1972.

2.3.3 성숙기

이렇게 강에서 새롭게 시작되는 그의 생활을 싯다르타는 카말라와의 상봉이 있기 전 이 강을 건너준 뱃사공 바쥬데바의 조수로서 함께 하게 된다. 그에게 있어 강은 미래석가의 상징으로서 만은 아니다. 강은 그에게 있어 작게는 그의 전 생애를 비추고 있었다. 이유인즉 강은 "소년의 싯다르타, 성년의 싯다르타 그리고 노년의 싯다르타"(III/698)를 비쳐주고 있기 때문이다. 나아가서 강은 형이상학적인 의미에서 음양의 조화된 일치를 상징하는 표상이다. 물은 그에게 있어서 물 이상인 "생의 소리이고 현존재의 소리이고 영원히 생성발전되는 것의 소리"(III/699)이다. 왜냐하면 강의 "물은 증기가 되며 강이 되어 또 다시 새로이 시작되고 새로이 흐르는 반복과정을 보이면서도, 그러나 언제나 새롭게 앞으로 변화 전진해 나가고 있는 것이다. 여기 이 반복되는 과정은 음양의 측면에서 볼 때 물이 증기가 되어 하늘로 오르는 상승과정은 물의 형태를 깨뜨리게 됨으로써 능동적으로 행동하게 되는 양의 운동을 보이고 있고, 반면에 상승과정을 통한 물이 비의 형태로서 자연적인 결과의 하나로 하늘로부터 하행하게 되는 수동적인 면인 음을 나타내 보여준다. 이를 직관하는 관조자의 자아내면에 음양으로 반복되는 운동과 내면적으로 같이하는 그에게 음양 싹의 됨을 직관 감지하게 하고 있는 것이다. 음양 싹의 됨을 관조하는 한 사람으로 싯다르타는 관조의 대상인 강에서 조수로 뱃사공인 바쥬데바와 더불어 지낸다. 그런데 싯다르타에게 있어 바쥬데바는 사고와 언어로서, 체계적이고 논리적으로 인식을 전달하는 스승은 되지 못한다. 그러나 그는 싯다르타에게 있어 동아시아의 현인으로서 강에서의 생활을 통한 음양의 지혜와 음양 싹의 됨을 직관하게 하는 동아시아 고유적인 스승으로 제자 자신이 스스로 깨닫게 해서 음양의 직관과 관조로 나아가게 하는 인도자이고 안내자이다. 뱃사공인 그는 강에서 오래 동안 음양 과정의 조화된 일치를 "옴"으로 시종일관하는 은둔자로서 이 길의 선행자인 것이다.

이런 묵연(默然)의 현자인 바쥬데바와 함께 보내던 중 싯다르타는 과거 그의 정부였던 카말라의 죽음을 통해서 음양운동의 참된 통찰 기회를 가진다. 카말라는 싯다르타가 떠난 후 마지막으로 그와 함께한 자리를 통해 얻게 된 아들을 데리고 임종에 가까운 성인(聖人) 고오타마를 보기위해 순례의 길에 있었다. 카말라는 도중에 뱀에게 물리게 되고 경악의 소리를 듣고 달려온 싯다르타에 의해 그가 살고 있는 강변의 초가에 옮겨짐으로써 주어진 우연의 만남으로 그를 보게 되고, 죽음을 맞는다.

그가 이렇게 체험하게 되는 그의 정부 카말라의 죽음은 그러나 생의 단절이나 종식이 아니고, 음양의 측면에서 보아지는 생과 사(死), 즉 음과 양의 두 극이 끊임없이 반복되는 수없는 과정의 일면을 보여주고 있는 것이다. 이 같이 반복되는 생의 과정은 비록 양상을 달리하지마는 싯다르타가 가출로 자아의 길로 걷게 됨으로써 그의 아들 또한 그로부터 떠나게 되는 되풀이 과정에서도 은연히 암시되고 있다. 죽음은 생과 더불어 둥근 원의 순환을 형성한다. 이는 음양을 기조로 하고 있는 '도(道)' 즉 '하나'인 모든 존재의 근본인 '도'에서 출발하고 있다. 장자에 의하면 죽음의 원천은 생의 이면(裏面)으로 '하나'인 '도'이며, 이는 하늘과 땅의 시초로서 보이지 않고 어떤 이름으로 일컬어지지 않는 모든 피조물의 어머니이며 절대적 '하나'이다.[69] 이처럼 형이상학적이고 보다 높은 단계에서 본질적으로 추구되는 죽음은 장자에 의하면 음양 운동의 일면으로 '하나'인 '도'로 이어져 있는 것이다. 이런 관점에서 장자는 그의 부인이 죽었을 때 조금도 슬퍼하지 않았고, 오히려 북을 치면 노래했다. 왜냐하면 죽음은 만물의 원천인 '도'로의 귀환이기 때문이다.[70]

장자의 이런 견해를 음양 자아의 길로 가고 있는 싯다르타도 보이고 있는데 그는 카말라의 죽음을 보게 되었을 때 비록 장자처럼 북을 치고 노래하지는 않았지만 죽음을 초월한 상태에서 아무런 슬픔 없이 생의 안내자이고 동반자인 바쥬데바에게 "그 여자(카말라)는 죽을 것이다"(III/703)라고 말한다.

이제 싯다르타는 원천인 '도'로의 귀환을 뜻하는 카말라 죽음의 체험으로 그가 추구하고 음양 지혜의 길, 즉 음양 자아의 궁극적인 조화의 길에 인도된다. 이로서 그는 그의 이

69) Vgl. Dschuang Dsi, Das wahre Bnch vom südlichen Blütenland, verl. und erl. v. R. Wilhelm. Jena 1923 Buch XXI.
70) Vgl. Dschuang Dsi, Buch XVIII, 2.

름 '싯다르타'에 합당하게 된다.

이 길에 도달하게 되었음을 그는 그의 친구 고빈다와의 최종적인 재회에서 알려주고 있다. 고빈다는 그의 친구 싯다르타가 이 길에 도달했음을 이마에 키스하고 난후 그의 얼굴에서 이것을 확인하게 된다.[71] 이 과정을 간단히 요약해 보면 다음과 같다.

싯다르타는 고빈다와 가지게 되는 대담에서 그가 깨달은 새로운 음양의 인식을 전해주고자 시도한다. 하나의 예로 그는 "돌"을 들면서 친구에게 말하기를 음양의 참된 인식이전에는 "돌이 흙이 되고, 흙으로부터 식물이 되거나 아니면 짐승이나 사람이 될 것이다"(III/726-7)라고 생각했다. 뿐만 아니라 "돌"은 "순환적인 변화 테두리에서 사람이나 정신이 될 수 있다"(III/727)고도 여겨져서 "돌"은 그에게 숭상의 대상이 되어왔다. 그러나 이와 같은 변화는 시간적인 종적변화로서 음양의 변화과정으로 간주될 수 없음을 알게 되었다. 이유인즉 음양의 관점에서는 "돌"의 변화는 종적이고(연속적인) 시간적 과정이 아닌 두 극 음양의 운동에서 보아지는 동시적인 완성과정에서만 이야기되어야 하기 때문이다. 이 말은 "돌은 돌이고 또한 짐승이며 또 신이고 석가로"(ebda.), "돌" 자체 속에 이미 이런 요소들을 언제나 동시적으로 지니

---

71) 역사 이전의 고대인도적인 사고(思考)에서 유래되는 것으로 사람과 사물들 사이에 있게 되는 마술적인 교류내지 결속을 의미한다. 현인의 이마에 입술을 맞닿게 할때 맞닿는 사람도 현인으로 된다고 믿었다.(s. H. Oldenberg, Die Lehre der Upanishaden und die Anfänge des Buddhismus, 2. Aufl., Göttingen 1932, S.9.)

고 있음으로써 종적인 시간과정에서가 아니라 동시적으로 완성과정에 주어지고 있는 것이다.

여기서 응당히 질문되어져야 하는 것은 싯다르타가 참된 음양의 깨달음 이전에는 어떠한 근거에서 그와 같은 그릇된 음양의 인식을 지니게 되었는가이다.

이미 암시된 것이지만 그릇된 인식의 근저는 종적인 변화에 전제되고 있는 "시간(Zeit)"(III/725)이다. 그러나 "시간"이란 개념은 우선은 음양 지혜의 길 즉 음양의 동시동등의 길에 있는 싯다르타 앞에 하나의 장애물로서 등장하나, 이 길을 열어주는 수단으로서 "시간"의 극복은 곧 음양 길로의 진입을 뜻한다. "시간"의 극복을 그는 그가 체험하게 되는 "허구(Täuschung)"(ebda.)의 교훈으로 잘 나타내 준다.

그에 의하면 "현실(Wirklichkeit)"(III/725)은 "시간"의 "현실"로서, 이는 "시간"의 종적인 흐름이 전제된 "현실"로서 이들 "시간"과 "현실"의 관계는 종적인 흐름으로 유도되는 의식적인 논리의 사고에서부터 이끌어내고 있다. 나아가서는 "현실"의 긍정이든 부정이든 간에 이 역시 "시간"이 전제된 논리적인 사고에서부터 비롯되고 있다. 종적인 "시간"이 주어지지 않는 동시 동등이라는 음양의 보다 높은 단계의 '현실' 에서는 의식적 논리사고로서의 "시간"이 전제될 수 없고, 또 이로부터 이끌어내어지는 논쟁인 "현실"이냐 '비현실' 이냐의 논쟁도 있을 수 없다. 왜냐하면 음양 운동의 동시동등이라는 견지에서는, "시간"의 종적 사태는 부정되기 때문이다. 뿐만 아니라 의식적 논리의 사고논쟁으로부터 주어지는 "시간"이 현실적인가 아닌가 하는 문제 역시 "시간"이라는 개념이 전제되고 있음으로써 되고 있다. 이 또한 음양에서 보아 결코 있을 수 없는 "허구"이다. 이유는 이미 언급된 것이지마는 음양의 운동에서는 공간적인 "앞"과 "뒤" 그리고 시간적인 "전", "후"가 없기 때문이다. "허구"라는 말은 본래적으로 불교적인 색채를 띤 말이지만, 음양지혜의 테두리에서 보아진 것이다. 왜냐하면 여기 작품에서 보여주는 "허구"는 음양 인식에 상응되는 상대적인 면(面)으로 나타나고 있기 때문이다. 이런 상대적인 면의 음양 지혜, 즉 상반된 것들이 꼭 같이 같은 정도로 인정되는 지혜에 도달한 주인공 싯다르타는 다음과 같이 말한다. "어떤 진실의 반대편도 또한 진실이다.(von jeder Wahrheit ist das Gegenteil ebenso wahr!)"(ebda.)

이와 같은 음양 지혜의 길에 도달하게 된 그는 "시간"이 전제된 "현실"로부터의 넘어선 음양의 동시동등의 긍정이 주어지는 보다 높은 단계의 현실로 내딛게 되는 자아 내면의 궁극적인 음양 조화의 길에 있게 되고, 친구 고빈다는 그의 이마에 입을 맞추고 난 후 그의 얼굴에서 끊임없는 음양의 변화과장을 보게 되며, 가면(假面)으로 자아탈피의 과정에 진입해 있는 그의 상징적인 석가상을 보게 된다.

이로서 싯다르타는 시간성이 없는 불교적인 말인 "열반"에 이른다.

이 사실을 그는 음양의 이치에서 "열반"을 표면적으로 부정함으로써 또한 뚜렷이 하고 있다. 즉

"열반이라고 간주되는 어떤 대상의 사물도 없는 것이고 오로지 열반이라는 말만이 있을 뿐이다.(Es gibt kein Ding, das Nirwana wäre: es gibt nur das Wort Nirwana!)"

그러나 이와 같은 표면적인 부정은 음양에서보아 이면(二面)적인 긍정을 전제하고 있다. 같은 이치에서 싯다르타가 내놓는 "오로지 열반이라는 말만이 있을 뿐이다"라 말은 엄밀한 의미에서 이미 앞에서 저자 헤세가 그의 작품 『싯다르타』를 통해 내세우고 있는 유럽적인 강한 개체로서의 경건주의적인 측면을 부정하는 것이 아니다.

위의 불교적인 말은 요한복음에 나오는 크리스도적인 말 "태초에 말씀이 있으니(Im Anfang war das Wort)"와 다만 표면상으로 서로 상치되고 부정되는 것같이 보이나, 사실인즉 이 또한 부정과 긍정인 음양으로 동서양의 세계가 잘 조화된 상을 부각해 놓고 있다.[72)]

2.4

지금까지 헤세 『싯다르타』의 주인공 싯다르타가 걸어가는 자아완성의 길을 음양으로 이끌어지는 음양 지혜를 중심으로 인도적이고 불교적이며 노자사상적인 면을 곁들여서 고찰하였다.

이제 서양 작가의 작품인 『싯다르타』가 과거 우리나라에

72) 비교: 황진. 헤르만 헷세, 생애 · 작품 및 비평, 계명대학교출판부, 대구 1982, P.258-259.

서 어떻게 번역되었고, 또 현재 어떻게 번역되고 있으며 이해되고 있는가에 대해 조사, 분석하는 단계의 하나로 『싯다르타』가 비교 조사하고 분석하겠다. 물론 작품의 처음부터 끝까지 다루어지겠다. 그러나 연구 분석된 원서 『싯다르타』 작품의 내용이 요구하고 있는 형식면의 문체라던가 상반된 말의 나열, 그리고 이로 인한 극적인 상반된 표현으로 나타내 주는 내면적인 고조를 종점으로 해서 어느 정도 이에 충실하게 가까이 하고 있는지에 대해 역서에서 찾아 비교 조사해서 분석하는 데에 국한시키고자한다.

좀 더 구체적으로 말해서 작품 형식면의 문제라면 『싯다르타』에 주어지고 있는 고대 인도적인 요가의 하나로 음률적인 세 번 반복되는 말이나 문이 되겠고, 상반된 말의 열거 즉, 음양의 관점에서 중요시되는 상반된 말의 표현이 주안점이 된다. 방법에 있어서 먼저 세 번 반복되는 단어의 말이나 문(文), 그리고 상반된 표현에 충실하게 따르는 원문과 번역이 논자에 의해 먼저 주어진다. 다음으로는 1926년에서 1982년에 이르기까지 우리말로 옮겨진 『싯다르타』 역서들 중 손에 넣을 수 있는 대표적인 5개의 번역 작품들과[73] 비교 조사 연구되겠다. 이들 번역 작품들을 연대에 따라 적어보면 다음과 같다.[74] (A) 헬만 헷세, 실달타, 양건식역,[75] (B) 헤르만 헷세, 인도의 시 -싯다르타- 이영구역[76], (C)헤르만 헷세, 싯다르타, 박찬기역[77], (D) H. 헤세, 싯다르타, 송영택역,[78] (E) 헤르만 헤세, 싯다르타 차경아역[79]. 이제 상기 고찰된 『싯다르타』의 작품내용과 함께하는 세 번 반복의 음률적인 말과 문, 그리고 상반된 말의 표현을 주축으로 하여 원문 순서에 따라 논자의 번역과 번역 작품들이 비교, 고찰되면서 종합 분석되겠다.

『싯다르타』[80] 작품은 제 1부의 첫 장인 '브라만의 아들'의 초두문부터 음양의 측면에서 보아지는 상반된 말의 표현과 세 번 반복되는 음률적인 말의 표현을 뚜렷이 하고 있다. 즉,

---

73) 대표적인 5개의 작품만을 비교로 삼게 된 이유로 역자는 같으면서도 번역 연대에 따라 조금씩 다르게 우리말로 옮겨놓고 있는 동일인의 번역 작품들 중 가장 후인 연대의 작품을 취했다. 예로 세 가지가 되는 송영택의 "싯다르타" 번역들: 1) 헤르만 헷세, 싯달타, 송영택, In : 현대세계문학전집 5, 세종출판공사, 서울 1971. 2) 헤세, 싯달타, 송영택 역. In : 헤세, 세계문학전집 23, 동서문화사, 서울 1973. 3) 헤세, 싯다르타, 송영택역, 삼중당문고, 서울 1980. 이들 가운데서 가장 늦은 세 번째 것을 택했다. 이의 이유로 중요한 것은 세 번째의 것이 상기 원문 내용에 가장 접근하고 있음을 보았고, 이는 역자가 차츰 원문에 충실해서 좋게 고쳐 놓고 있는 점을 뚜렷이 해놓고 있기 때문이다. 이로서 논자가 추구하려는 점이 타당하다는 사실을 뒷받침해 주고 있다.(비교: 헷세, 싯달타, 세종출판공사, 전게서, P.11. 헤세 싯달타, 동서문화사, 전게서, P.577. 헤세, 싯다르타, 삼중당문고, 전게서, P.5.)

74) 차후 원문 및 논자에 의해 우리말로 옮겨지는 번역과 하기 다섯 번역 작품이 비교 될 때 이들 번역 작품들은 알파벳과 ( )로 표기되겠음.

75) In : 불교, 제22호 경성(불교사), 대정 십오 년 4월호, PP.48-57: 제 23호, PP.50-53: 24호 PP.45-49: 제 26호, PP.43-48: 제 28호, PP.25-27. 제 29호, PP.25-27. (부언해서 설명하면 여기서 역자는 처음 장부터 "고오타마"까지만 우리말로 옮겨 놓았음)

76) In: Hermann Hesse, 헤르만 헷세 전집 III. 예문관, 서울 1968.

77) In: 헤세, 하우프트만, 세계문학전집 4, 고려출판사, 서울 1979(참고로 말하면 이전에 H.헷세.싯다르타, 박찬기역, 을유문화사, 서울 1973이었다.)

78) 삼중당문고, 서울 1980.

79) 문예출판사, 서울 1982.

80) 이의 원문은: Hermann Hesse, Gesammelte Dichtungen in 7 Bde., 3.Bd. Frankfurt/M. 1958, S.617-733.

"집의 그늘에서, 거룻배가 있는 강변의 양지에서, 사라수 그늘에서 무화과나무 그늘에서 싯다르타는 자랐는데(…) (Im Schatten des Hauses, in der Sonne des Flußufers bei den Booten, im Schatten des Salwaldes, im Schatten des Feigenbaumes wuchs Siddhartha auf(…))" (III/617)[81] 에서의 "Schatten 과 "Sonne" 는 "음지"와 "양지"로 단어의 뜻에 따라 서로 상반되는 것이다. 그리고 "im Schatten"은 똑같이 세 번 반복되고 있는 것으로, 반복해 위의 것을 옮기면서 다른 역서들과 함께 나열한다면, "집 그늘에서, 거룻배가 있는 강변의 양지에서, 사라수 그늘에서 무화과나무 그늘에서 싯타르타는 자랐는데(…)"를 (A)에서는 "집등뒤에 족음안 배가 오락가락 하는 물인과 태풍빗속에서, 버드나무 그늘 미테서, 혹은 무아과나무 그늘 미테서(…) 싯다르타는 자라난다"[82]로, (B)에서는 "(…)싯다르타는 집 그늘에서 강언덕 양지쪽에서, 그리고 사과나무며 무화과 그늘에서(…) 자랐다"[83]로, (C)에 있어서는 "집 그늘에서, 조각배 옆 강 언덕의 양지바른 쪽에서, 사라수의 숲 그늘에서, 무화과나무 그늘에서(…) 싯다르타는 (…)자랐다"로,[84] (D)에 있어서는 "따사로운 그의 집 그늘에서, 양지바른 강기슭의 거룻배에서, 사라의 숲 그늘에서, 무화과나무 그늘에서 (…)시다르타는(…)자라났

81) 하선(下線)"--"은 논자에 의 부가된 것인데 이는 상반(相反)되는 말의 표기로 앞으로 있게 되는 동일한 하선은 이에 준함.

82) 헬만 헷세, 실달타, 양건식 역, 전게서, 불교 제 22호, P.48.

83) 인도의 시, -싯달타-, 이영구 역, 전게서, P.303.

84) 헤세, 싯달타, 박찬기역, a.a.O., S.17.

다"로,[85] 마지막으로 (E)에서는 "(…)싯다르타는 (…)집 그늘에서, 작은배가 떠있는 양지바름 강 언덕에서, 사라수 그늘에서, 무화과나무 그늘에서 성장했다"[86]로 옮겨놓고 있다.

여기 예로든 번역 작품들의 해당 부분을 한번 비교해서 분석 고찰하면, 원문의 말 순서에 따라 옮겨놓은 세 번역 작품들 (C), (D), (E)는 거의 같고 (A)와 (B)는 이들 세 번역 작품과 달리하고 있다. (A)와 (B)에서는 상반성의 표현 아니면 같은 말의 세 번 반복을 결하고 있는데 (A)는 "집 그늘에서" 대신에 "집등뒤에"로 옮겨 놓으므로써 상반성의 표현을, 그리고 (B)는 "사라수 그늘에서 무화과 그늘에서" 대신에 "사라나무며 무화과 그늘에서"로 나타냄으로써 같은 말의 반복하고 있다.

또 같은 페이지에 보여주고 있는 동일 표현의 세 번 반복을 예로 들면, "이미 싯다르타는 소리 없이 옴을, 말 중의 말을 내놓는 것을, 그것을 소리 없이 자기 속으로 들이쉬는 숨으로 말하는 것, 그것을 소리 없이 자기 밖으로 내쉬는 숨으로 말하는 것을 이해하고 있었다(Schon verstand er(=Siddhartha),[87] lautlos das Om zu sprechen, das Wort der Worte, es lautlos in sich hinein zu sprechen milt dem Einhauch, es lautlos aus sich heraus zu sprechen mit dem Aushauch(…))"(III/617)라는 이 독일어 원문을 중

85) H헤세, 시다르타, 송영택역, a.a.O., S.5.

86) 헤르만 헤세, 싯달타, 차경아역, a.a.O., S.9.

87) 이 번역은 논자에 의해 원문을 자구 따라 시도해 본 것임.

심으로 해서 번역 작품들의 해당 문들을 기술(記述)해서 비교해 본다.

(A)에 있어서는 "벌써 그는 말속의 말 옴을 소리내지 안코 닙에내며 그것을 드리쉬는 숨과 함께 소리도 업시 자기속에 드리 마시며, 또 내부는 숨과 함께 그것을 소리도 업시 스스로 발 할수도 잇섯다"[88]로, (B)에서는 "싯다르타는 명상할 때 이미 말중의 말, 옴을 소리냄이 없이 입김에 담아 숨쉴 때 소리없이 자신에게 말하고 내뿜는 숨과 함께 소리없이 말할줄 알았다"[89]로, (C)에서는 "벌써 그는 말중의 말씀인 〈옴〉을 소리내지 않고 입에서 말 할 수 있는가 하면, 들이마시는 숨과 함께 소리 내지 않고 자기 마음속에서 밖을 향해 말할 수 있게끔 되어 있었던 것이다"[90]로, (D)에서는 "싯다르타는 이어 말중의 말 〈옴〉(완성의 뜻, 기도와 주문의 처음과 끝에 사용함)을 말 할줄 알게 됐고 (…) 〈옴〉이라는 말을 숨쉬듯 쉽게 할줄 알았다"[91]로, (E)에 있어서는 "어느덧 싯다르타는 언어 중의 언어, 옴을 소리 없이 말할 줄 알게 되어, 호흡과 더불어 그 말을 (…) 소리없이 들이쉬며 내쉬었다"[92]로 번역해 놓고 있다.

이들 번역문들을 원문의 말 순서에 따라 살펴보면 (A)는 상반적인 표현과 같은 발의 세 번 반복이 그런대로 주어지고

88) 헬만 . 헷세, 실달타, 양건식역, a.a.O., 불교, 제22호, S.49.
89) 인도의 시, -싯다르타-, 이영구역, a.a.O., S.303.
90) 헤세, 싯달타, 박찬기역, a.a.O., S.17.
91) H.헤세, 싯다르타, 송역택역, a.a.O., S.5.
92) 헤르만 헷세, 싯다르타, 차경아역, a.a.O., S.10.

있는데 "〈옴〉을 소리내지 안코 닙에 내며"와 "소리도 업시 (…) 드리마시며", 그리고 "소리도 업시 스스로 발할 수도"로 세 번 반복이 주어지고 있음을 알 수 있고, 또 "자기 속에"와 "스스로"로 옮겨 놓으므로써 상반된 의미가 없어지기는 했으나 "드리마시며"와 "발할 수도"로 상반적인 의미를 시사하고 있다. (B)는 세 번 반복이 약해졌으나, 그런대로 "소리 냄이 없이"와 두 번의 동일한 반복 "소리 없이"로 나타나고 있고, 그리고 "입김에 담아 숨 쉴 때"와 "내뿜는 숨과 함께"로 상반된 표현이 주어지고 있으며 (C)에는 세 번 반복과 상반된 말의 표현이 줄여져서 나타내짐으로써 이것들이 지켜지지 않고 있고 (D)와 (E)에서는 세 번 반복과 상반된 표현이 전체의미에 다른 단축된 표현으로 말미암아 찾아볼 수 없다.

이와 같은 비교 고찰은 이제부터 논문의 양상을 고려하여 뛰어 넘으면서 동일 말문의 세 번 반복이나 상반적인 말이 주어지고 있는 부분을 원문과 번역 작품들과의 비교로 띄엄띄엄 처음에서 끝부분에 이르기까지 지적해 나가면서 자세히 비교 · 분석해 가보자.

원문(III/619)에서의 세 번 반복은 "Siddhartha hatte begonnen(…) Er hatte begonnen zu fühlen(…) Er hatte begonnen zu ahnen(…)"를 "싯다르타는 (…)하기 시작했고, 그는 (…)을 느끼기 시작했으며, 그는 (…)을 감지하기 시작했다"라는 동일문의 반복으로 잘 나타나고 있다.

이것을 번역 작품들과 비교하면 (A/50-51),[93] (B/304), (C/18-19), (D/7)에서는 두 번까지는 '시작하였다'로 반복되고 있는 것 같으나, 세 번째의 문에서는, '시작하였다' 대신에 다음에 이어지는 동사로 표현되어 "깨달았다"(B/304), "깨닫고 있었다"(C/19), "알게 되었다"(D/7)로 기술되고 있다. 번역 작품의(E/12)에서는 원문에 충실하게 "시작했다"로 세 번 반복이 주어지고 있다.

이 비교에서 보여주고 있는 것처럼 꼭 같은 문의 세 번 반복이 거듭되는 환경에서, 음양의 상반된 말이 반복되는 세계 속에서 싯다르타는 요가자로서 생활하면서 음양 지혜의 길을 간다. 이미 앞서 본바와 같이, 그는 그의 다른 제 2의 자아 즉, "우발적인 감각의 자아"를 발견한 후 그는 그때까지 도외시했던 이 제 2의 자아 발견의 길을 찾아 참된 음양 자아의 길에 있게 된다. 이 제 2도약의 길을 그는 고오타마와 나눈 대화 이후부터 뚜렷해지면서 『싯다르타』의 제 2부 「카말라」편으로부터 본격적으로 양면적인 자아 음양의 길을 나타내주고 있다.

이제 그는 제 2의 자아 세계로 들어서기 전 음양의 측면에서 보아지는 양과 음의 대립된 대상으로 '태양'과 '달'을 본다. 이 대립된 대상은 의미상으로 상반성을 잘 나타내고 있을 뿐만 아니라 이들이 자리를 함께 함으로써 상호 긴밀관계를 다음과 같이 잘 펼치고 있다.

"Er(=Sidhadtha)[94] sah die Sonne(…) Er sah nachts am Himmel den Sichelmond(…) Er sah Bäume, Sterne,

---

93) 알파벳과 나란히 횡선 다음으로 있는 아라비아 숫자는 이미 인용되고 있는 번역 작품들의 페이지를 가리킨다. 앞으로의 표기는 모두 이에 준한다.

Tierem Wolken, Regenbogen, Felsen, Kräuter(…) Dies alles, tausendfalt und bunt, war immer dagewesen, immer hatten Sonne und Mond geschienen(…)"(III/650) (그는 (=싯다르타) 태양을 보았고(…) 밤 하늘에서 초승달을 보았고 그는 나무, 별, 짐승, 구름, 무지개, 바위 , 풀(…)들을 보았다. 이미 모든 것들은 천겹으로 다채롭게 언제나 거기에 있었고, 언제나 태양과 달을 비추고 있었다(…)).

그러나 위에서 보여주는 이 상반성은 또한 음양의 상호 긴밀 관계에서 싯다르타의 자아 길에 주어지고 있는 것이다. 이런 상반 상호 긴밀한 관계에서 본격적으로 전개되는 음양의 상반된 표현이 중심이 되어 원문과 번역 작품 (B), (C), (D)와 (E)가 비교 · 분석된다.[95)]

번역 작품 (B), (C), (D)와 (E)는 원문 말의 뜻으로 보아 어떻게 달리 옮겨 놓을 수 없는 관계로 지켜지고 있다.

이와 같은 의미상에서 대치되는 '태양' 과 '달' 은 싯다르타가 가지게 되는 어느 날 밤 친구 고빈다에 대한 꿈에서의 (Vgl. III/652) "여자와 남자(Weib und Mann)"라는 상반된 의미에서 나타나고 있다. 이는 번역 작품(D/43)에서 보여주는 "남자, 여자"로 보여주는 것 외에는 모두가 "여자와 남자"로 옮겨 놓고 있다. (비교: (B/327), (C/43), (E/67) (D/43)에서 콤마로 떼어서 옮겨 놓음으로써 남자 여자는 여기 대치된

94) ( ) 추가는 논자에 의한 것임.

95) 여기서 번역 작품(A)가 빠지게 된 이유는 이미 밝힌 바와 같이 "고오타마" 편 이후는 애석하게도 우리말로 옮겨지지 않았기 때문이다.

개념으로서도 아니고 상호 연관된 개념으로서도 나타내 보이지 않고 있는 것이다.)[96] 이는 작품 내용상에서 보여주는 주인공 싯다르타 자아의 음양 측면에서 벗어난다고 하겠다. 이유로는 "싯다르타" 원문에서의 "Weib und Mann"은 남자, 여자라는 두 개념의 단순한 나열이 아니고 이미 앞서 여러 번 언급된 바와 같이(Vgl. III/652) 이들 두 개념은 음양의 상반상호의 긴밀 관계에서 "남자와 여자"로 옮겨 놓아야 하고 이로서 '남자'는 '여자'와 상반되면서도 '와'로서 서로 상호 긴밀 관계에 있게 되고 작품원문의 내용에 접근하는 것이 되기 때문이다.

이런 상반 의미에서의 말 배열은 작품 내용의 전개에서 중요하게 펼쳐지고 있는데, 즉 싯다르타가 상인 카마스바미과 함께 하는 생활법칙인 "주고받는 것"과 카말라와 더불어 가지는 "주고받는 것"인 사랑의 유희에서, 그리고 마지막으로 싯다르타가 음양 지혜에 도달하게 되는 직관적인 관조에서의 이 음양 지혜의 도달은 궁극적인 음양의 조화된 일치를 시사하는 상반된 표현으로 주어지고 있음을 열거할 수 있다.

우선 상인 카마스바미와 가지는 대화에서 "Jeder nimmt,

96) 국문과 교수님에 의하면 일반적으로 외래어인 영어의 "man and women"은 우리 말로 '남녀'로 나타낸다는 것이다. 이 영어 표현을 우리말로 '남자, 여자' 또는 '남자와 여자'로 옮겨도 의미에 있어서는 '남녀'라는 뜻과 하등의 차이가 없다는 것이다. 이유로서는 우리말에 이에 대한 뚜렷한 규정이 없다는 것이다. 다만 위에서처럼 '남자, 여자'로 옮겨 놓음으로써 별개의 두 개념나열이라는 생각을 가지게 한다. 이의 원인은 쉼표 때문이다. (비교: 강윤호, 박붕배, 이병호 지음 현대인의 언어생활, 교육출판사, 서울 1971. P.194)

jeder gibt, so ist das Leben(누구나 받고 주는 것으로 이것이 생이다.)"(III/664)이라는 이 문(文)에서의 상반된 의미의 동사 'nehmen'과 'geben'의 현재형 옮김은 번역 작품 (B/335-6), (C/52), (D/57), (E/86-87)에서 별 다름없이 원문에 따르고 있다. 다음으로 카말라와 사랑 유희의 한 부문에서, 한편은 능동으로 다른 한편은 수동으로, 즉 "besiegt zu sein(정복당하고)"(III/666) "gesiegt zu haben(정복하고)"(ebda.) 또는 수동과 능동으로 "mißbraucht zu haben (악용하거나)"(ebda.)와 "mißbraucht worden zu sein(악용당하거나)"(ebda.)는 번역 작품 (B/337)와 (D/59)에서는 원문의 상반성이 없어져서 옮겨지고 있고, (C/54)와 (E/90)에서는 "혹사했다든가, 혹사당했다든가"로 또 "강간을 했다거나 강간을 당했다"는 말로 원문의 상반성이 잘 지켜지고 있다.[97]

이제 끝으로 음양의 궁극적인 조화된 일치를 시사하고 있는 상반된 표현, 즉 "(…) von jeder Wahrheit ist das Gegenteil ebenso wahr!(진리에 있어 그 반대도 똑같이 진

---

97) 이와 유사한 문들을 다음과 같이 열거할 수있다.

"Ich(=Siddhartha) habe ihn(=den Reichtum) verloren, oder er mich." (III/687) (비교: 번역 작품 (D/83)은 원문에서 주어진 상반성을 벗어나고 있고, 나머지 (B/351), (C69), (E/123)는 원문의 상반성을 잘 살리고 있음.)

"Du(=Siddhartha) bist es, und bist es nicht."(III/704), (비교: 4 번역 작품들 모두가 원문의 상반성에 접근했음 (B/364), (C/82), (D/102), (E/185).

"지혜는 (…) 언제나 바보같이 들린다.(Weisheit (…) klingt immer wie Narrheit)"(III/724) (비교: 4 번역 작품들 모두 상반 성을 잘 나타내고 있다.(B/379), (C/98), (D/126), (E/185))

리이지!)"(III/725)[98]로 서로 상반되는 것이 다같이 '진실' 이라고 동등이 인정됨으로써 상반성이 소멸되고 궁극적인 하나에로 도달하고 있음을 잘 나타내 준다. 이를 거의 모든 번역 작품들이 하나같이 원문에 어긋남이 없이 (B/38), (C/98), (D/126), (E/186)에서 우리말로 옮겨지고 있다.[99]

3.

여태까지 논제에서 내걸고 있고, 또 서두문제 제시에서 뚜렷이 했듯이 동서양의 작품들이 생활풍습 사상 등을 달리하는 동서양인들의 사고에서 출발하고 있고, 각각의 고유적인 언어로 상호간의 이해와 번역이 용이하지 않은 탓으로 고의적이 아닌 오해와 오류 내지 오역도 주어질 수 있다. 이유는 독자들에게 작가의 원 작품이 지닌 의미와 내용이 그리고 이와 긴밀한 관계에 있는 작품 구성 면에서의 형식이 등한시

98) 비교: "Nie ist ein Mensch oder eine Tat, *ganz Sansara oder ganz Nirwana(…) ganz heilig oder ganz sündig.*"(III/725) (모든 번역 작품들은 원문의 상반성을 잘 나타내고 있음. 비교:(B/380), (C/98), (D/127), (E/186-7)

비교: "(…) alle Sünde trägt schon den Gnade in sich, alle kleinen Kinder haben schon den Greis in sich alle Säuglinge den Tod, alle Sterbenden das ewige Leben."(III/726) (비교: (C/99)의 첫 문(文) 즉 "alle Sünde trägt schon den Gnade in sich"에 해당하는 것만 상반성을 벗어나고, 그 외는 모두 잘 지켜지고 있음. 비교: (B/380), (D/128), (E/187-8)

99) 이런 궁극적인 조화의 일치를 상반 성으로 앞에서 이미 시사했고("Geben und Nehmen zu einem"(III/670) (비교: (B/304), (C/57), (D/64), (E/97)). 작품 끝에 마지막으로 "Nirwana und Sansara als Eines"(III/731)(비교: (B/384), (C/103), (D/133), (E/196)))

됨으로써 독자들에게 올바르게 이해될 수 없는 것이다. 그 나라 언어의 고유성으로 여러 어려움이 있지만 서양 작가 작품에 가능한 한 접근해야 한다는 의도에서 서양 작가들 중 우리들에게 가장 알려졌고 또 그의 작품들 가운데서 가장 먼저 우리말로 옮겨져서 널리 읽혀졌고 읽혀지고 있는 『싯다르타』를 택했다. 그리고 우선 이 작품의 내용 분석과 이것과 밀접한 관계에서 형성되고 있는 규칙적으로 반복되는 음률과 상반적인 말과 문의표현 내지 구성을 중심으로 대표적인 작품을 선택해서 비교 분석했다.

작품의 원문과 나란히 주어지고 있는 논자의 번역이 완전무결한 우리말 옮김이라는 뜻은 아니다. 다만 앞에서 언급한 대로 음양의 측면에서 보아지는 주인공 싯다르타 자아의 음양 지혜의 길을 주축으로 보아지는 음률과 상반성의 표현을 토대로 원문에 충실하겠다는 의도에서 원문의 번역이 논자에 의해 가해진 것이다. 여기 비교 분석된 번역 작품들이 원문과 논자의 우리말 옮김과 어긋난다고 해서 잘못되고 그릇된 작품들이란 말은 결코 아니다. 왜냐하면 번역은 창작이라는 점에서 원문과 다르게 우리말로 보다 좋게 옮겨놓을 수 있기 때문이다. 또 역으로 원문에 충실하게 옮겨졌다고 해서 훌륭한 번역이라고도 할 수 있는지는 의문이다.

다만 음양의 관점에서 보아 작품 원문의 내용과 형식이 일치하고 있다는 점에서 가능하다면 그렇게 번역되어야 한다는 견해를 밝힌 것이다. 이런 논자의 관점이 그릇되지 않았다는 점이 상기 우리말 번역 작품들과 원문의 비교 분석에서 분명히 하고 있음을 뚜렷이 했다.

이러한 비교 분석의 결과로 얻게 된 사실이 제약된 시간과 논문의 분량관계로 원래 의도했던 설문지를 통한 실제 증명이 차후 기회로 미루어졌으나, 지금까지의 논술과 비교분석으로도 논문이 겨냥했던 바가 충분히 확실시 된 것이라고 하겠다.

하나의 뚜렷한 예인 『싯다르타』의 제시로 볼 수 있듯이 서양 작가의 작품이 우리말로 옮겨질 때 작품 내용과 형식의 일치라는 관점에서 가능하면 작품 원문에 접근해서 작가의 의도하는 바가 우리들 독자들에게 보다 가까이 대면(對面)되도록 해서 이해 되였으면 하는 것이 본 논문의 의도이고 결과이다.

참고 문헌

Hermann Hesse, Gesammelte Dichtungen in 7 Bde., Bd. III, Frankfurt/M. 1958.

Hermann Hesse, Gesammelte Werke in 12 Bde., Bd. 5, 6, Frankfurt/M. 1970.

Hermann Hesse, Über mein Verhältnis zum geistigen Indien und China. In: Adrian Hsia, Hermann Hesse und China, Frankfurt/M. 1974.

Brief an Rudolf Schmied vom 18. 1. 1926. In: Hermann Hesse, eine Werkgeschichte, hrsg. v. S. Unseld, Frankfurt

/M. 1973.

Brief an Bruno Randsschus 1922. In: Hermann Hesse, eine Werkgeschichte, a.a.O..

Brief an Werner Schindler vom 14. 1. 1922. In: eine Werkgeschichte, a.a.O..

Budhism in China, hrsg. Konneth K.S. Ch'en, Princeton University Press 1964.

Hugo Ball, Hermann Hesse, sein Leben und sein Werk, Frankfurt/M. 1963.

Chen, Die chinesische schöne Literatur im deutschen Schriftum, Diss., Kiel 1933.

Dschuang Dsi, Das wahre Buch vom südlichen Blütenland (Nan Hua Dschen Ging), verd. u. erl. v. Richard Wilhelm, Jena 1923.

I Ging, Das Buch der Wandlungen, übertr. u. erl. v. Richard Wilhelm, Düsseldorf Köln 1970.

H.v. Glasenapp, Indische Geisteswelt, Lizenzausgabe, Wiesbaden.

Chin Hwang, Hermann Hesses Anthropologie u. die Weisheit u. das Gleichnis des Fernen Ostens, Diss., Bern 1978.

Inn-Ung Lee, Korea. In: Hermann Hesses weltweite Wirkung, hrsg. v. Martin Pfeifer, Frankfurt/M. 1977.

Detlef Ingo Lauf, Das Erbe Tibets, Wesen und Deutung der buddhistischen Kunst von Tibet, Bern 1972.

H. Oldenberg, Die Lehre der Upanishaden und die Anfänge des Buddhuismus, Göttingen 1932.

Martin Pfeifer, Übersetzungen der Werke Hermann Hesses.

In: Hermann Hesses weltweite Wirkung, a.a.O..

Upanishaden, übertr. u. eingl. v. A. Hillebrandt, Düsseldorf Köln 1964.

Richard Wilhelm, Die chinesische Literatur. In: Handbuch der Literaturwissenschaft, hrsg. O. Walzel, Akademische Verlagsgesellschaft Athenaion, Wildpark-Potsdam 1926.

E.Zbinder, Mystik in den Religionen. In: Mystik und Wissenschaftlichkeit, hrsg. v. André Mercier, Bern u. Frankfurt/M. 1972.

Fragrance of Spring(부제(副題):The Story of Choon hyang), 역자 Sim Shai Hong, Seoul 1956.

이기영, 석가, 세계대사상전집 5, 지문각, 서울 1967.

조선일보, 1983. 4. 5. "엉뚱한 번역서 제목 많다."

중공, 역자 태인선, 홍동선, 범양사, 서울 1982.

한 장경, 역학원리총론, 서울 1971.

황 진, 헬만 헷세의 작품 "슈테펜볼프(Steppenwolf)"에 나타난 자아와 자아완성의 길. In: 독일학지, 제 2집, 계명대학교 독일학연구소, 대구 1980/81.

____, 헤르만 헷세, 생애 작품 및 비평, 계명대학교출판부, 대구 1982.

헬만 헷세, 실달타, 양건식 역. In: 불교, 제 22호, 경성(불교사), 대정 15년 4월호, PP.48-57; 제 23호, PP.50-53; 제 24호, PP.45-49; 제 25호, PP.42-46; 제 26호, PP.43-48; 제 27호, PP.25-27; 제 28호, PP.25-27.

헤르만 헷세, 인도의 시(詩) -싣달타-, 이영구 역. In; Hermann Hesse, 헤르만 헤세 전집 III, 예문관, 서울 1968.

H. 헷세, 싯다르타, 박찬기 역. In: 헤세, 하우프트만, 세계문학전집

4, 고려출판사, 서울 1979.
헤르만 헷세, 싯달타, 송영택 역. In: 현대세계문학전집 5, 세종출판공사, 서울 1971.
헤세, 싯달타, 송영택 역. In: 헤세, 세계문학전집 23, 을유문화사, 서울 1973.
H. 헤세, 시달그타, 송영택 역, 삼중당문고, 서울 1980.
헤르만 헤세, 싯달타, 차경아 역, 문예출판사, 서울 1982.

Ⅳ. 되블린의 『왕륜의 3도약』과 헤세의 『싯다르타』, 『동방여행』[1)]

1.

동아시아는 일찍부터 서양 유럽인들에게 관심의 대상이 되었으며, 특히 이 지역에 대한 유럽작가들의 관심은 무엇보다도 새로운 인간의 모색이 추구되었던 표현주의의 작품들에서 뚜렷이 보여주고 있다.[2)] 처음에는 일본의 컬러목판 조각이 유겐트 양식의 미술에서, 나중에는 의화단(義和團)의

1) 본 논문은 이미 발표된 「독일문학에 있어서의 동양아시아의 사상 및 종교의 수용과 이의 효과 – 하나의 예로 되블린Alfred Döblin의 작품 "왕륜의 3도약Die drei Sprünge des Wangßlun"에서 –」(독일문학, 제36집, 한국독어독문학회 1986)를 수정 보완하면서 동양아시아의 사상과 종교를 떠나 생각할 수 없는 헤세의 "싯다르타"와 "동방여행"에 관한 비교 연구를 추가하였다.

2) s. Monique Weyembergh-Boussart, Alfred Döblin (Seine Religiosität in Persönlichkeit und Werk), Bonn 1970, S.100ff./ Vgl. Walter Muschg, Von Trakl zu Brecht, Dichter des Expressionismus, München 1961, S.20.

3) 의화권(義和拳) 이라고 불리는 이 비밀결사는 18세기 말의 반란적인 팔괘교의 분파에 그 기원이 있는데, 이 八卦教는 북중국의 반왕조적인 백련교(Vgl. 에드윈 O. 라이샤워, 죤 K. 페어뱅크, 동양문화사(상), 전해종, 고병익 공역, 을유문화사, 서울 198011, S.499-500)에 그 기원이 있다고 이야기되고 있다. 의화권이라는 명칭은 서양인들이 서투르게 번역하여 의롭고 화합하는 주먹, 또는 단순히 권도(拳徒 Boxers)라고 했다.
참고: 죤 K. 페어뱅크, 에드윈 O. 라이샤워 앨버트 M. 크레이그, 동양문화사(하), 전해종, 민두기, 공역, 을유문화사, 서울 1980[8], P.456ff. /川合貞吉(가와이 사다요시), 중국민란사(삼국지에서 모택동까지), 역자 표문태, 일원서각, 서울 1979, P.172-178.

난(亂)[3]이란 사건을 계기로 중국은 유럽의 예술가들에게 점차적으로 관심을 고조시켰다. 세기 전환기의 긴장상태에서 토마스 만은 그의 초기 작품에서 이 같은 산업사회와 봉건적 농업사회간의 긴장 속에 던져진 문제성을 보편적인 테두리에서 그 나름대로 다루었다. 산업화된 사회에서 기술물질과 대량생산으로 형성된 개체인간의 불만과 좌절상태는 자아인식과 더불어 단일성의 도덕과 구제라는 기독교 상식과 학문에 염증을 느낀 당시대의 많은 학자들과 작가들로 하여금 동양아시아로 눈을 돌리게 하였다. 그들은 동아시아의 사상 및 종교에서 유럽의 기독교와 이상, 그리고 지식에 비해 놀라울 정도의 많은 관용성과 입체성을 보게 된다고 보았다.[4] 되블린과 헤세 역시 예외는 아니었다.

이 시기에 독일에서는 동아시아의 사고와 사상을 가까이 할 수 있었던 중국 고전 책자들이 많이 번역되었다. 이 가운데 특히 리하르트 빌헬름(Richard Wilhelm)의 중국 고전 현인들의 작품번역을 들 수 있다. 헤세와 되블린도 그를 통해 이들 번역된 동양아시아 현인들의 사상과 철학을 담은 책자를 탐독했다.[5] 그 결과는 『왕륜의 3도약(Die drei Sprünge des Wang-lun)』[6](1915)의 집필이었고, 그는 헌사에서 이 책자를 열자(列子: Liä Dsi)에게 바친다고 했다(S.8).[7]

---

4) Vgl. Monique Weyembergh-Boussart, Alfred Döblin, a.a.O., S. 103.

5) Walter Muschg, Nachwort des Herausgebers. In: Alfred Döblin, Die drei Sprünge des Wang-lun, Walter Verlag, Olten 1960; DTV München 1970, S.487.

6) 차후로는 『왕륜의 3도약』을 『왕륜』으로 간단히 표기하겠다.

이 같은 외부적인 접근은 되블린으로 하여금 동아시아에 대한 보다 많은 상식을 가지게 되는 계기가 되었고, 나아가서 그는 빌헬름 번역 작품을 통해 『역경(易經: I Ging)』에도 접하게 되었다. 그는 『역경』의 근본사상인 음양에 대해서도 알고 있었고, 또한 이로부터 유추되는 노자의 도(道: Tao), 그리고 불교에 관한 폭넓은 지식도 갖추고 있었다.[8]

2.

2.1. 작가와 산업사회

되블린은 이 시대의 한 작가로서 산업화된 사회에 대한 자신의 비평을 내놓고 있다. 그는 『왕륜』의 헌사에서 말하고 있듯이 그 시대의 획기적인 산업발전들, 즉 철도망이라든가 자동차를 위한 아스팔트라든가, 거리의 전등이라든가, 비행기, 그리고 무선전화의 가설로 인한 유익성을 인정하나, 궁극적으로 "이들 발전은 누구를 위해서인가?"(S.17)라고 물으면서 이렇게 말하고 있다.

"나는 갈피를 못 잡게 하는 진동소리를 탓하지 않는다. 다만 나는 내 스스로를 올바르게 가누지 못할 뿐이다.
나는 이것들이 무슨 소리들이고, 이 같은 수천의 휘어진

---

7) 앞으로 이렇게 표기되는 아라비아 쪽숫자는 다음 책자에서 이다 : Alfred Döblin, Die drei Sprünge des Wang-lun, Walter Verlag, Olten 1960; DTV München 1970.

8) s. Walter Muschg, Nachwort des Herausgebers, a.a.O., S.482ff.

반향을 누구가 필요하고 있는지를 알 수 없다.
하늘을 나는 비둘기 같은 저 비행기,
저 땅 아래 굴러 떨어져 가고 있는 기관통,
수백 마일 저 넘어 번뜩이는 무선의 말,
이것은 누구를 위해서인가?
(Ich tadle das verwirrende Vibrieren nicht. Nur finde ich mich nicht zurecht.
Ich weiß nicht, wessen Stimmen das sind, wessen Seele solch tausendtönniges Gewölbe von Resonanz braucht.
Dieser himmlische Taubenflug der Aeroplane.
Diese schlüpfenden Kamine unter dem Boden.
Dieses Blitzen von Worten über hundert Meilen:
Wem dient es?)"(S.7)

여기 이야기되고 있는 바는 다름 아닌 본래의 길을 벗어난 산업사회의 발전에 대한 비평이다. 즉, 이들 산업의 발전은 어느 누구에게도 아닌 어떤 특정한 인간집단과 그들의 수단과 목적으로 유용되고 있음을 되블린은 직면해서 체험하고 난 후 이것은 누구를 위해서인가라는 물음으로 원래 인간에게 있어 변함없이 존재하고 있는 사회인간의 본성에로 화살을 돌리고 있다.

동아시아와의 만남은 헤세를 비롯하여 작가인 되블린으로 하여금 보다 더 근원적인 시대와 지역을 초월한 〈인간 본질의 불변성〉[9]으로 나아가게 하고 있다. 이 〈인간의 불변적인 본성〉[10]을 그는 기계공업의 발전으로 바꾸어놓은 서구세계의 변혁된 현실에 잘 대조시켜 놓고 있다. 구체적으로 말한다면 이 변혁된 현실은 구약성서에 있는 개념들, 즉 탐욕, 포식, 욕정, 거칠음 그리고 명예욕 등으로 대변되는 인간의 불변적인 본성을 헌사에서 잘 대조시키고 있다. 이 인간 비도덕성으로부터 던져지는 현실적 사회의 비평과 함께 되블린은 기계 기술을 거부하는 편에서 동아시아 현인의 말을 빌어 당시 시대조류였던 "이익성 추구라든가, 정복성에 대항하는 뜻에서 도교의 도덕"[11]을 내세우고 있다.

"우리들은 가고 있으나 어디로 가고 있는지 모른다. 우리들은 먹고 있으나 왜 먹고 있는지를 모르고 있다. 이것들 모든 것은 천지의 강력한 생활력이다. 어느 누구가 여기에 감히 이익을 얻는다는 것과 소유한다는 것으로 말을 내 놓을 수 있겠는가?(Wir gehen und wissen nicht wohin. Wir bleiben und wissen nicht wo. Wir essen und wissen nicht warum. Das alles ist die starke Lebenskraft von Himmel und Erde: Wer kann da sprechen von Ge-

9) Ernst Ribbat, Die Wahrheit des Lebens im frühen Werk Alfred Döblins, Münster 1970, S.118.

10) Heidi Thomann Tewarson, Alfred Döblin, Grundlagen seiner Ästhetik und ihre Entwicklung 1900-1933, Bern 1979, S.118.

11) Klaus Schröter, Alfred Döblin, Rowohlt Taschenbuch Verlag, Reinbeck bei Hamburg 1978, S.58.

winnen, Besitzen?)" (S.8)

이 말은 『왕륜』의 저자가 밝히고 있듯이 중국 현인인 열자의 말이다.

2.2. '참된 약자들'

이런 시대적인 비평과 동양아시아의 현자와의 접촉은 되블린으로 하여금 중국 금세광부의 봉기와 짜아르 군대에 의한 유혈적인 봉기진압에 대한 신문보도를 계기로 인간존재의 문제는 이제 그에게 있어 본격화되고 있다.[12] 억압되고 짓눌린 탄광부에 쉽게 동조하고 있었던 이유를 우리들은 『왕륜』의 저자인 되블린 자신에게도 찾아볼 수 있다. 그는 가난한 집안의 유태인 아들로서 당시 독일사회에서 빈곤과 냉대 속에 생활해왔고, 또 보잘 것 없는 건강보험의사 생활을 통하여 자신이 태어났고, 몸 둔 땅에서 빈곤층의 사람들과 접촉하게 되어 이들 빈곤층의 사람들을 잘 알고 있었다. 그는 프롤레타리아로서, 사회주의자로서 피지배 계급자들의 편에

12) 무쉬크는 이 신문보도가 『왕륜』 집필에 결정적인 충동이 되고 있다고 했다. s. Walter Muschg, Nachwort des Herausgebers, a.a.O., S. 481.

13) "왕륜"의 저자 되블린은 18 세기의 만주 황제국과 프로이센 독일이 처하고 있었던 현실의 많은 유사점을 보게 되었다. 즉 이들 두 나라에는 세습적인 소수들에 의해 지배되고 있었고, 다같이 위기적인 상황 놓여 있었다. 또 이들 나라에서는 꼭 같이 군부와 행정부는 경제적으로 사회적으로 불균형과 부당성을 내걸고 봉기하는 민중들과 대치하고 있었다.(Vgl. Heidi Thomann Tewarson, Alfred Döblin ,a.a.O., S.58; Vgl. auch Klaus Schröter, Alfred Döblin, a.a.O., S.79f.)

서고 있었다. 약자인 피지배 계급의 편에 선 되블린[13]은 당시 사회의 부당성에 대한 증오와 빌헬름 국가, 즉 빌헬름 2세 통치 시(時) 귀족적이고 반(半) 절대주의적인 국가체제하에 약자의 억압이 따른 그릇된 사회제도의 현실에 맞서 투쟁하려는 의도로 중국소설 『왕륜』을 집필하게 되었다고 한다.[14] 그의 이 같은 사회적인 피지배계급자들과 함께 하는 동감에서 『왕륜』의 인물 왕륜[15]으로 하여금 그의 제1의 도약[16]을 하게 하고 있다. 즉 왕륜은 아무런 죄 없이 감옥에 갇히고, 드디어는 아무런 잘못 없는 대낮에 담벼락에서 관군장교에 의해 살해당하는 것을 보고 사회부당성에 대해 "도대체 왜지? 그런

14) s. Walter Muschg, Nachwort des Herausgebers, a.a.O., S.481.

15) 왕륜은 역사적인 인물로 그에 의해서 봉기가 있었고 그는 오랜 옛적부터 중국북방에 주어지고 있었던 이교도적인 요소를 만들었다. (Vgl. Walter Muschg, Nachwort des Heraus gebers, a.a.O., S.482; Vgl. auch J. J. M. de Groot, Sectarianism and religious execution in China, Amsterdam 1903, 296f; Vgl. Konneth K. S. Chén, Buddhism in China, Princeton University Press, 1964, pp.451-452).
1773년 8월 왕륜이 이끄는 무리는 수장현성을 습격하고 지현을 살해하고 창고를 열어서 재물을 탈취하여 현성을 점령하기도 했다. 당시 열하에 피서 중이던 건륭제는 대학사 서혁덕(舒赫德)을 시켜 북경의 화기영병(火器營兵) 5천과 길림 색윤선(索倫善)을 시켜 사수 5천을 이끌고 토벌케 했다. 왕륜은 한번 잡혔다가 부하를 구출했다. 그러나 왕륜은 만사가 끝났음을 깨닫고 성루에 올라가서 스스로 불을 지르고 타죽었다. 이는 산동 왕륜의 난으로 건륭 39년(1773년) 8월에서 9월에 걸쳐서 산동성 청주에 백련교의 일파인 청수교(清水教)를 신봉한 왕륜이 중심이 된 난이다. 白蓮教는 13세기 말 남송 위왕(衛王) 시대에 중국에 미륵 보살이 현세에 내려와서 명군을 나타나게 하여 세상을 개조한다고 주장하는 민간 신앙이 발생했다. 이들 교도는 비밀결사를 조직하여 그 후 왕조가 바뀌어도 권력에 반기를 든 조직의 구실을 해 왔으며 원, 명, 청에 걸쳐서 면면히 계승되었다. (Vgl. 川合貞吉, 중국민란서, 역자 표문태, 일원서각, 서울 1979, p.77ff.)

데 도대체 왜지?"(S.34)라고 자신에게 물음을 던지면서 지배 탐욕적인 인간 불변적 본성에 의해 짓밟히는 인간존재의 정당성을 그는 강력히 시사하고 있다.

수고(Su-Koh)는 마호메트 교도들이 거주하는 깐수(Kan-suh) 지방에서 반란을 도모한 사람의 숙부가 된다는 이유로 3주 동안 고문생활을 당하면서 감옥생활을 하다가(S.33ff.) 왕륜에 의해 구출된다. 그러나 Su-Koh는 그 후 추적되어 관군의 장교인 토우-시(Tou-ssee)의 칼에 찔려 죽는다.(S.38f) Su-Koh는 왕륜의 존경대상 인물이었다. 이처럼 아무런 죄없이 단순히 반란자의 숙부라는 이유로 살해당함을 보고 왕륜은 사회의 부당성을 내걸고 인간존재의 정당성을 시사하는 것이다. 이 인간존재의 정당성은 그를 중심한 사회적인 힘없는 자들로 절대적인 힘의 존재인 운명으로부터 밀려난 자들의 주장이기도 하다.

이들의 행동지침은 저항하지 않는 것으로 순수의 길을 간다. 이 길은 약하게 있으면서 견디고 순응하는 것, 운명적인 힘에 스스로를 고개 숙이는 것, 닥치는 일에 순응하는 것, 즉 물에는 물로서, 강과 산천, 대기에 순응해서 언제나 형제 ·

---

16) 왕륜의 첫번째 도약은 Su-Koh의 살해 부당성을 목격한 후 이에 대한 보복을 하고 도망하던중 난쿠(Nan-Ku) 산에서 마노(Ma-noh)를 만나 '참된 약자들' 의 공통체를 형성하게 되는 것. 두번째의 도약은 Ma-noh와 그가 이끌게 되는 '깨어진 멜론' 의 형제 · 자매들을 독살한 후 아내와 함께 어부생활을 하면서 세월을 보내게 되는 것. 세 번째의 도약은 그가 참된 약자들"의 동료들과 함께 압박자인 만주황제 건륭의 관군과 대항해서 나이호(Nai-ho)에서 동료들과 함께 목숨을 버리는 결단.(Vgl. auch Heidi Thomann Tewarson, Alfred Döblin, a.a.O., S.57.)

자매로서 사랑이 도모되는 길이다. 이들 '참된 약자들'의 형제들 생활을 화자에 의해 이렇게 그려지고 있다.

"이들은 일정한 거주지를 갖고 있지 않으며, 필요한 쌀과 콩죽을 구걸하고 농부들과 수공업자들이 하는 노동을 도왔다. 이들은 어느 누구를 설교해서 전향시키려고 하지 않고, 또 어떤 독단적인 교리도 내놓지 않고 있으며 (…) 이들은 어떤 우상도 가지고 있지 않으며 현존재를 맴도는 수레바퀴로 이야기하지 않았다. 밤에 이들은 잠자리를 바위 밑에 두거나 커다란 산림지 또는 동굴에서 가졌다. 이들 중 많은 이들은 육식하지 않았고, 어떤 꽃도 꺾지 않았으며, 식물, 동물들 그리고 돌들과도 친교를 맺고 있었다.(Sie(=Wahrhaft Schwachen) hatten keine Wohnstätten; sie bettelten um den Reis, den Bohnenbrei, den sie brauchten, halfen den Bauern, Handwerkern bei der Arbeit. Sie predigten nicht, suchten niemanden zu bekehren (…) Sie hatten keine Götterbilder, sprachen nicht vom Rade des Daseins. Nachts schlugen viele ihr Lagen auf unter Felsen, in den riesigen Waldungen, Berghöhlen (…) Viele aßen kein Fleisch, brachen keine Blume um, schienen Freundschaft mit den Pflanzen, Tieren und Steinen zu halten.)"(S.11)

이렇게 자연과 함께 하는 '참된 약자들'은 청빈, 순결 그리고 평온이라는 세 가지 생활규칙을 가지고 있었다. 이들은 이 세 가지 생활규칙 아래 경건자들의 단체로서 강력한 참선의 힘으로 그들이 희구하는 마지막 정착지인 '서방천국(西方天國: das westliche Paradies)'[17]에 도달해서 영생을 누리려고 했다. 이들은 그들의 이질적인 결맹체 '깨어진 멜론(Gebrochene Melone)'[18]과는 방향을 달리해서 북쪽으로 대열을 옮기면서 여자들을 포함시키지 않고 남자들로만 결성된 무(無)행위를 표방하는 공동체생활을 한다. '깨어진 멜론'은 Ma-noh에 의해 여자들도 받아들여서 형제 · 자매 결성체로서 방향을 남쪽으로 돌리고 있었다. 이들은 처음에는 '참된 약자들' 처럼 무저항을 내세웠고, 참된 약자들과 같이 서방천국의 도달을 목적으로 했다. 그러나 나중에는 이들 깨어진 멜론 형제 · 자매들은 농부들의 집단과 함께 힘을 합하면서 지주들을 몰아내고 티벳트를 본 딴 '깨어진 멜론'의 섬나라를 만들어서 그들 영도자인 Ma-noh를 종교국의 교구왕으로 추대해서 기세를 떨치기도 했다.

---

17) Vgl. Monique Weyembergh-Boussart, Alfred Döblin, a.a.O., S.41. 서방천국은 민중적인 도교의 성지라고 하고 있다.

18) Ma-noh가 이끄는 '깨어진 멜론'은 중국 명대에서 청대에 걸쳐서 各省(각성)에서 성하였던 비밀종교 결사와 유사하다. 이의 개조는 나조(羅祖)로서 이 교의 이름은 나교, 그 사상은 선종을 기초로 하여 무위해설(無爲解說)을 역설, 후에 백련교와 같은 이단 종교라 하여 배격받음(s. 동아원색세계대백과사전, 권 6, 동아출판사, 서울, 1982, S.477.)
이들 다교들은 건륭 12(1747)년 10월에서 다음해에 이르기까지 계속되었다. 신도는 서로 형제자매라고 부르고, 부모 · 사제의 상하관계보다도 횡의 결합관계를 중시했다. (Vgl. 川合貞吉, 중국민란사, a.a.O., p.90f).

이 같은 성분을 달리하는 깨어진 멜론과는 다르게 '참된 약자들'은 강압적인 힘을 쓰지 않고 그들의 안내자인 왕륜의 말에 따르는 자들로서 나무의 열매가 익어 스스로 나무에서 떨어지게 되는 자연의 이치처럼 행동했다. 그들은 언제나 떨어지고 합치고 하면서 서로를 알게 하며 동료를 얻는데 중점을 두지 않고 무저항을 표방하고 있었다. 왕륜은 그들 동료들에게 그들 인간존재의 정당성을 그들의 위치에서 이렇게 외치고 있다. "우리들은 연약하고 도움을 필요로 하는 한 가난한 민중의 형제들로서 있는 그대로를 바란다"(S. 81)라고 함으로써 그들은 참된 약자들로서 그들 인간존재의 정당성을 방위해야 한다고 역설하고 있다. 이 방위 노선의 하나로 왕륜은 이미 살해당한 Su-Koh의 보복행위로 그를 죽인 관군장교 Tou-ssee를 죽인다.(Vgl., S.41)

그러나 이 보복행위는 원시적인 행위로서 일종의 강한 본능의 희생물의 결과로서 간주하고서 '참된 약자들'의 한 구성원이 되는 그는 후회한다. 이 같은 자신의 행위 인식과 후회는 왕륜으로 하여금 Nan-Ku산에서 동냥 중 우연히 만나게 되는 Ma-noh로부터 붓다의 가르침을 얻게 됨으로서 동아시아의 종교측면에서 보다 높은 단계에서의 정당한 인간존재의 길을 추구케 한다. 즉 "인간은 어느 누구도 죽여서는 안 된다"(S.50)는 붓다의 교훈이다. 이 교훈을 왕륜은 후에 '참된 약자들' 결맹체 동료들에게 보다 더 광범위한 테두리에서 붓다의 가르침인 "인간은 어떤 생물에도 살상하는 행위를 삼가야 한다"(S.80)는 말로서 더 뚜렷이 하고 있다.

2.3. 여신 관음

그러나 살생행위를 거부하는 붓다의 가르침, "인간은 어느 누구도 죽일 수 없다"라는 말은 왕륜의 말대로 법정의 재판관으로부터도 들을 수 있는 말이다. 그럼에도 왕륜은 Ma-noh와 가지는 대화에서 붓다의 가르침만이 옳다고 하면서 이렇게 말한다. "보살님도 훌륭한 가르침을 주시고 있고, 재판관도 훌륭한 가르침을 주고 있다. 그러나 오로지 보살님만 옳다"(S.50)라는 이 말은 왕륜 스스로의 체험 증언이다.

그러면 어떠한 체험을 바탕으로 왕륜은 Ma-noh에게 이렇게 말하고 있는 것인가에 관해 물어본다면, 꼭 집어내어서 말할 수는 없으나, 그러나 Ma-noh는 미래의 붓다[19] 〈관음 Kuan-yin〉(S.478)[20]으로부터 마음 속 깊이 얻은 무언의 가르침을 왕륜에게 상징적으로 보여주고 있다. Ma-noh는 남

---

19) 부다에는 과거 부다(Dispankara), 현재 부다(Sakyamuni)와 미래부다(Maitreya)라는 세 부다가 있다. s. Konneth, K. S. Chén, Buddhism in China, Princeton University Press, 1964, S.451-2.

20) 여신 관음은 많은 보디삿타바 Bodhisattava들 중의 하나로 온화화 도움이 현현으로 중국적인 것이다. 그리고 여성으로 옮기진 인도티베트적인 보디삿타바 아바로키타(Avalokita)의 현현이다. s. H. Heckmann, Buddhismus in China, Korea und Japan, Tübingen 1906, S.10./ Vgl. R. Wilhelm, Die chinesische Literatur. In: Handbuch der Literaturwissenschaft, hrsg. v. O. Walzel, Akademische Verlagsgesellschaft Athenaion, Wildpark-Potsdam 1926, S.123; dazu: Eduard Erkes, Zum Problem der weiblichen Kuan-Yin. In: Artibus Asiae. Vol. IX, 1-3, S.316; auch A dictionary of Chinese Mythology, E. T. C. Werner, The Julian Press, New York 1961, S.226.

21) Vgl. A dictionary of Chinese Mythology, E. T. C. Werner, The Julian Press, New York 1961, p.226.

부의 한 훌륭한 섬인 Pu-to-schan[21] 으로부터 빠져 나온 승려이다. 이 섬에는 자비심이 많은 사랑의 관음 여신이 안치되어 있는 곳이다. 여러 붓다와 함께 Ma-noh 오두막집에 이 관음여신이 모셔져 있었는데, 왕륜은 그를 만나게 됨으로써 그가 모시고 있는 관음여신 상과 대면한다. 관음은 여신으로 "수정으로 되어 다른 많은 석가상 중앙에 위치해 있었고, 수많은 손들은 마치 뱀들처럼 다투어 어깨로부터 뻗어나가고 있었으며, 이는 마치 미풍이 한 수양버들 나무 위를 스쳐지나가듯 부드러운 모습의 입으로 자리하고 있었다."(S.50)

여신 관음은 마하야나(Mahâyâna) 불교[22]의 고대 인도적이고, 티벳트적인 신인 아바로키타인 미래석가 보디삿타바의 하나로 수 천 개의 손에 수 천 개의 눈을 상징적으로 가진 보티삿타바이다.[23] 보디삿타바인 관음여신은 헤세의 『싯다르타』(1922)에서 주인공 싯다르타가 추구하는 참된 자아의 길에서 좌절된 상태로 목숨을 끊으려고 했을 때 강의 물 속 깊숙이 수정으로 된 비밀의 암호 선(線)으로 그의 나아갈 길을 수천 개의 눈으로 시사한 여신이다:

"나는 이 강에 머물 것이다라고 싯다르타는 생각했다. 이

22) 기원후 1세기 등장해서 아시아 전체에 퍼졌다. 특히 티벳트에 커다란 영향을 끼쳤다. 마하야나는 무엇보다도 우주만물에 이르는 모든 생물에 깊은 자비와 연민으로 대했다. Vgl. A dictionary of Chinese Mythology, E. T. C. Werner, The Julian Press, New York 1961, S.226.

23) 기원 후 1세기 등장해서 아시아 전체에 퍼졌다. 특히 티베트에 커다란 영향을 끼쳤다. 마하야나는 무엇보다도 우주만물에 이르는 모든 생물에 깊은 자비와 연민으로 대했다. Vgl. Detlev Ingo Lauf, Das Erbe Tibets, Wesen und Deutung der buddhistischen Kunst von Tibet, Bern 1972, S.18.

강을 건너 나는 한 때 속세의 사람이 되었고 … 내가 내딛는 지금의 길, 나의 이 새로운 삶은 분출구를 가지게 될 것이다.

그는 차분히 흘러가고 있는 강물, 투명한 초록색, 비밀에 가득찬 도안의 크리스탈 선들을 응시했고, 깊은 곳으로부터 밝은 반짝이는 진주들, 거울에 반사된 기포가 떠내려가는 것, 그 속에 하늘의 푸르름이 그려져 있는 것을 보았다.(An diesem Fluß will ich bleiben, dachte Siddhartha, es ist derselbe, über den ich einstmals auf dem Wege zu den Kindermenschen gekommen bin … möge ich mein jetziger Weg, mein jetziges neues Leben dort seinen Ausgang nehmen!

Zärtlich blickte er in das strömende Wasser, in das durchsichtige Grün, in die kristallenen Linien seiner geheimnisreichen Zeichnung. Lichte Perlen sah er aus der Tiefe steigen, stille Luftblasen auf dem Spiegel schwimmen, Himmelsblaue darin abgebildet. Mit tausend Augen blickte der Fluß ihn an, mit grünen, mit weißen, mit kristallnen, mit himmelblauen.)"[24)]

이 같은 여신의 예시로 주인공 싯다르타는 이제 제3의 도약에 있게 된다. 그가 내딛는 이 길은 그가 이미 뒤로 한 브라만의 길, 그리고 속세인의 길을 걷고 난 이후의 세 번째 보

24) Vgl. Hermann Hesse. Gesammelte Dichtungen in 7 Bde, 3, Bd., Frankfurt/M., 1958, S.693.

다 높은 단계의 길이다.

여신관음은 전설에 의하면 위험한 직업에 종사하는 사람들, 예를 들면 배의 항해사 곁에 있으면서 도와주고, 또 여성의 보호 신(神)으로 특히 출산을 도운다.[25] 이제 여기 이 관음신은 재판관의 말 이상으로 왕륜 그의 앞에 미소로서 생명의 고귀함을 상징적으로 알려준다.

"귓불이 어깨에까지 내려진 채, 매듭진 푸른 머리카락 밑 둥근 이마위에 깨달음을 알리는 제3의 눈으로 멀리 시안을 두면서, 아주 말쑥한 얼굴에 위로 잦혀진 입술위로 밝게 밝혀져 발산하고 있는 미소들, 섬세한 손이 고귀하게 가슴위로 얹혀 둥글고 가늘고 기다란 다리로 좌상하고서 마치 애기가 어머니의 뱃속에 있을 때처럼 발바닥이 위로 향해 돌려져 있다.(Die Ohrlappen bis auf die Schultern gezogen, unter dem blauen aufgeknoteten Haar die runde Stirn mit dem dritten Auge der Erleuchtung, weite Blicke, aufgehelltes, fast verdunstendes Lächeln über dem vollen glatten Gesicht, über den aufgeworfenen Lippen, feine Hände preziös zur Brust erhoben, hockend auf runden schlanken Schenkeln, Fußsohlen nach oben

25) Vgl. Chin Hwang, Hermann Hesses Anthropologie und die Weisheit und das Gleichnis des Fernen Ostens, Diss., Bern 1978, S.189ff; dazu; 황진, 헤르만 헤세, 생애, 작품 및 비평, 계명대학교출판부, 대구, 1982, S.256.

gedreht wie das Kind im Mitterleib.)"(S.49-50)

비록 여신관음상의 일부인 발바닥이 "마치 애기가 어머니의 뱃속에 있을 때처럼 위로 향해 돌려져 있다"고 비유적으로 나타내고 있으나, 이 표현 속에는 고귀한 인간생명의 탄생이 시사되고 있다. 상징적인 이 인간 새 생명의 탄생은 우회적으로 새 생명의 고귀함을 알리고 있고, 이로서 어떤 생명도 짓밟힐 수 없는 즉, 어떤 생명도 살해되어져서는 안 된다는 것을 가르치고 있다. 이 인간 생성의 탄생은 또한 푸토우산(Pu-to-schan)의 은둔자 Ma-noh로 하여금 왕륜에게 이야기되고 있는데 즉, 양 어깨에 수천 개의 팔을 가지고 있는 관음이 부인들에게 아기들을 선사하고 있다고 했다.

뿐만 아니라 여신관음은 마침내 공동체인 '참된 약자들'의 형제들, 이들 무저항자들, 혹은 무행위자들(Vgl. S.79-80), 다름 아닌 이들 무위(無爲: Wu-wei) 신봉자들(Vgl. S.11, 139, 428 etc.)에게 있어서 새로운 생명창조의 보조자라는 역할로부터 서방천국의 왕의 어머니(S.472)로 추대된다. 이와 함께 여신관음은 서방천국으로 안내하는 범선의 여신이 되어 Ma-noh가 이끄는 '참된 약자들', 즉 '깨어진 멜론'[26]의 형제·자매들을 이끌어가게 되는 임무를 지닌다. 관음이 이들 추종자들에 의해 범선의 여신이 되는 과정은 이러하다. "샤키야의 열반을 기리는 날"(S.130), 이날 아침에 다섯 번의 조개나팔 소리로 시작되는데 남자들은 "샤키야-무니(Cakya-muni)"(ebda.)를 위한 도항의범선(돛대 셋 달린)

을 만들고, 여자들은 인형을 만들어서 이 인형에 수정의 여신 정신을 불어 넣고 광명을 열어줄 것을 형제·자매들은 그들의 안내자인 Ma-noh에게 간청한다. Ma-noh는 인형에다 붉은 물을 막대기에 묻혀 눈, 입, 콧구멍, 귀를 그려 줌으로써 볼 수 있고, 맛볼 수 있고, 냄새 맡을 수 있고, 들을 수 있게 되고, 생명체를 지니게 한다. 이렇게 하여 여신관음이 탄생된다.(Vgl. S.130-131) 탄생된 여신관음은 이들 형제·자매들을 서방천국으로 인도하게 되는 것인데, 이 여신관음은 여덟 수호신(Vgl. S.231-234)의 축제에서도 잘 보여주고 있다.

또 여신관음은 『왕륜』의 마지막 장인 〈서방천국〉 편에서 보여주고 있듯이 인물 왕륜과 그와 운명을 같이 하는 형제·자매의 마지막 축제에서도 자리를 함께 하며, "성스러운 무위"(S.472)를 숭상하는 이들 자신들에게 서방천국을 인도해줄 것을 이 여신관음에게 기원한다.

26) Ma-noh가 이끄는 '깨어진 멜론'은 중국 명대에서 청대에 걸쳐서 各省(각성)에서 성하였던 비밀종교 결사와 유사하다. 이의 개조는 나조(羅祖)로서 이 교의 이름은 나교, 그 사상은 선종을 기초로 하여 무위해설(無爲解說)을 역설, 후에 백련교와 같은 이단 종교라 하여 배격받음.(동아원색세계대백과사전, 권 6, 동아출판사, 서울, 1982, S.477.)
이들 다교들은 건륭 12(1747)년 10월에서 다음해에 이르기까지 계속되었다. 신도는 서로 형제자매라고 부르고, 부모·사제의 상하관계보다도 횡의 결합관계를 중시했다. (Vgl. 川合貞吉, 중국민란사, a.a.O., S.90f).

2.4. 무위(無爲)(Wu-wei)

이처럼 『왕륜』의 초두부터 마지막 편에 이르기까지 왕륜과 그의 '참된 약자들' 의 형제들, Ma-noh와 형제 · 자매들의 최후목적 설정인 서방천국으로 진입 길에 동반되고 있는 여신관음 붓다의 길은 이미 시사되고 있듯이 서방천국의 길을 겨냥하는 무저항주의자들의 길이기도 하다.

이 무저항의 길에서는 "모든 것이 저절로 되어야만 한다."(S.463) 무저항 내지 무행위의 길인 무위의 길은 『왕륜』의 저자 되블린이 이미 작품 헌사에서 내놓고 있는 열자의 인용문에서도 뚜렷이 해놓고 있고, 또 『왕륜』의 여러 중요한 곳에서 지침서로 내놓고 있다. 예를 들면 왕륜의 가슴깊이 파고드는 "민족고대의 정신"(S.48)이다. 즉 "이 세상을 행위로서 정복하려고 하면 이루어지지 않는다. 이 세상은 정신적인 것으로 어느 누구도 감히 뒤흔들지 말아야 한다. 이 세상을 뒤흔들려고 하는 자는 잃게 되고, 또 꽉 붙잡으려고 하는 사람은 이 세상을 잃게 된다"(ebda.)는 것이다.

어떤 강제적인 행위도 이 세상의 정신계를 바꾸어 놓을 수 없고 주어진 궤도에 따라 흐르게 두어야만 온전한 흐름의 세상이 된다는 것이다. 그러나 무저항인 무행동, 즉 무위의 의미는 만주황제 건륭이 티베트 교황 팔당 의쉬(Paldan Jisch)와 나누는 대화에서 표현하고 있는 것처럼 "노자를 따르는 이 무저항의 실천은 거짓된 것이고, 농토를 가꾸고 아이들을 키우면서 생활하는 대신에, 이곳저곳 떠돌아다니면서 하는 일 없이 동냥만 하고 있고, 거의 예배하지 않으면서도 서방천국을 갈구하고 있다는 것과는 다르다. 왜냐하면 무저항은 왕륜이 그의 제2도약 전에 동료들에게 말하고 있는 것처럼 삶과 죽음을 초월한 보다 높은 단계의 자유로 도달하기 위한 길이 되기 때문이다.

이러한 의미에서 '무저항'은 생의 두려움과 고뇌의 철퇴를 감당하는 수단으로 인간의 마음을 활짝 열게 하여 인간으로 하여금 서방천국으로 들게 한다. 서방천국으로 들게 하는 이 '무저항'의 길은 관음으로 미래의 붓다 마이트레야로 향한 길에서도 이미 뚜렷이 했다. 미래의 붓다 마이트레야는 티베트의 교황 타쉬 라마(Taschi-Lama)로 대행되고 있고, 이 미래의 붓다는 또한 아미타바로 불리기도 한다. 티베트의 교황 타쉬라마는 '무저항'을 표방하는 '참된 약자들' 편에서 이들과 맞서고 있는 황제 건륭의 충고자 내지 스승으로서 이들 '참된 약자들'을 옹호한다. 그는 "화신화(化身化)된 붓다로 이 지상에 환귀해서"[27] 이 지상의 만주황제에게 붓다의 "관용, 자비 그리고 관조의 요강"[28]를 심어보려고 시도하나 성과 없이 끝나고, 이의 결과는 '참된 약자들'의 죽음을 뜻한다. 왜냐하면 황제 건륭에게 있어서 관용은 정치가 아니고 '무위'에 타당한 포기의 정치이기 때문이다. 이런 '무위' 타도의 길을 『왕륜』의 권 3에서 황제 건륭과 그의 아들이고 후계자인 키아-킹(Kia-King)은 공자(Kung-tse)를 내세우면

27) Heidi Thomann Tewarson, Döblin, a.a.O., S.59.
28) Ibid.

서 주장한다. 즉 행동으로서 반란폭도들인 '참된 약자들'을 전멸해서 하늘의 아들인 황제의 지배를 명확하게 해야 한다.[29] 이는 곧 공자를 내세우면서 내걸고 있는 "지상의 정신"(S.347) 고수를 대변하는 황제의 태도이다. 이로서 결과는 이미 언급된 바와 같이 '참된 약자들' 편에선 티베트 교황은 때를 잘 만나지 못한, 즉 지상의 시대 부적당성으로 죽음을 맞게 되는 것은 당연하다. 이 같은 그의 죽음은 그의 도착과 함께 그가 공자 전(殿)에 거취하게 됨으로서 시사하고 있다.(Vgl. S.333) 공자전은 황제 건릉의 행동 면을 잘 나타내고 있기 때문이다. 티베트 교황 타쉬라마의 죽음은 참된 약자들의 종말일 뿐만 아니라 인물 왕륜의 죽음도 예고하고 있다. 그러면 끝으로 왕륜이 중심이 되어 이끌어진 무저항의 공동체인 참된 약자들의 구체적인 행동과 이의 결과에 대해 『왕륜』의 내용으로부터 자세히 언급하면서 마무리하겠다.

이미 이야기된 바이지마는 '참된 약자들' 그리고 '깨어진 멜론'이 내걸고 있었던 '무저항'의 길은 추상적인 의미에서나마 삶과 죽음을 초월한, 즉 시간과 공간을 초월한 보다 높은 단계로의 길이다. 그러나 이들 '참된 약자들'이 표방하고 있었던 '무저항'의 진로는 변한다. 이는 Ma-noh가 이끌었던 깨어진 멜론에서 이미 보여 주었다. 즉 깨어진 멜론의 형제들은 타이-한-산(Tai-han-schan)에 이르기 전 받게 된 급습으로 이들 형제 · 자매들은 무장했던 것이다.

---

29) 이러한 의미에서 무위를 내걸고 있는 이들 참된 약자들은 그들의 적을 공자(孔子)라 했다.(Vgl. S.391)

왕륜이 주도하는 '참된 약자들'도 Ma-noh와 형제 · 자매들이 살해 독살된 후 동맹체로서 무장하고서 관군과 대결한다. 형제들의 무기 공급을 위한 자금을 왕륜은 그의 제 3 도약과 함께 비밀결사단체인 "백수련"(S.77)으로부터 얻는다. 이제 왕륜은 황색의 도약자라는 검을 찬 사람으로서 남은 형제 · 자매들과 더불어 관군을 치고, 성곽을 빼앗고 한다. 그러나 왕륜이 중심된 '참된 약자들'의 이 같은 행위는 승리를 목적으로 하는 것이 아니고 거지가 조용한 생활을 보낼 수 있고, 수공업자나 노동자들이 조용히 일할 수 있는 이 지상에서의 기반을 마련하는데 있다는 것이다. 이러한 목표 아래 왕륜을 위시한 형제 그리고 '깨어진 멜론'의 형제 · 자매들은 강제로 남의 땅을 차지하고서, 마음에 들지 않는다고 죽이는 만주 황제 건륭에게 대항해서 싸운다. 이 때 그들의 명분은 전 왕조인 명(明: Ming)을 다시 일으키는 것이다. 이 같은 무저항에 상반되는 길에 들어선 왕륜은 노(Ngoh)와 가지는 대화에서 뚜렷이 밝히고 있듯이, 그들이 추구하는 서방천국은 이제 "구름과 물 건너 저편에"(S.406)에 있어서 마치 극장에 들어가듯이 쉽게 들어갈 수 있는 것이 아니고, 적인 관군과 싸워 쟁취해야 한다고 주장한다.

이로서 서방천국은 왕륜에게 있어서 추상적이고 관념적인 대상이 아니라, 실질적인 것으로 만주황제 건륭이 거주하는 북경 뒤편에 서방천국이 놓여있다고 말해진다. 이 말은 곧 그들 형제들이 만주황제국을 싸워 멸망시키고 찬란했던 왕조인 〈명〉을 세워야 한다는 것이다.[30] 이제 왕륜은 "동방의 섬나라"(S.392)의 황제로 관군과 대적해서 서방천국의 건설을 위해 싸운다. 그들이 원래 내세웠던 '무저항'을 칼, 또는 도끼로 맞서게 하는 서방천국의 구축은, 그러나 건륭황제의 관군에 의해 섬멸되고, 왕륜은 역사적 사실에 어긋나지 않게 불을 지르고 그 속에서 죽음을 맞이한다.

3.

이렇게 힘의 약세로, 이는 마치 "개구리가 황새를 삼킬 수 없는"(S.80) 것과 같은 위치에서 맞이하게 되는 '참된 약자들'의 죽음은 당연지사이다. 그러나 다른 한편으로 이는 응당 그렇게 될 줄 알면서도 그렇게 하는 모순성을 넘어서는 무엇인가를 시사하고 있다. 이 길은 '참된 약자들'이 걸어가야만 되는 숙명적인 것이라고도 하겠고, 또 왕륜의 친구 Su-Koh가 당하게 되는 죽음과도 상통하고 있다. 왜냐하면 죽음을 앞에 두고 그렇게 행동하지 않을 수 없는 그였기 때문이다. Su-Koh의 이 같은 죽음은 왕륜으로 하여금 '도대체 왜지?'라는 물음으로 사회부당성에 대한 인간존재의 정당성을 내놓게 했다. 죽음으로 시사되는 보다 높은 단계의 이 무엇은 '깨어진 멜론'의 안내자인 Ma-noh에게도 그랬지만 '참된 약자들'의 인도자인 왕륜으로 하여금 그의 세 번

30) 무저항이 아닌 저항의 길은 권(卷) 4 〈서방천국〉 편에서 왕륜이 신적인 존재로 참된 약자들의 형제들에 의해 "명(Ming)"으로 일컬어진다. (Vgl. S.393ff)

째 도약과 함께 죽음 앞에 자신을 내던지게 하고 있다.[31] 죽음은 단순한 생명의 단절이 아니라 '깨어진 멜론'의 형제·자매에게도 그랬었지만 이들 '참된 약자들'에게 있어서 "성스러운 무위"(S.472)에로 들어가는, 다름 아닌 서방천국으로의 진입 과정이다.

죽음으로 시사되는 보다 높은 단계로의 상상은 헤르만 헤세의 작품 주인공들이 마지막에 시사하고 있듯이 왕륜이 그의 제 3도약으로 보여주고 있다. 즉 이는 자신의 에고이즘을 다른 형제들에게 받침으로서 이룩되는 개인적인 도덕상으로부터 사회적인 도덕성[32]으로 대치하려는 시도를 뜻하기도 한다.[33]

이처럼 자아집착을 떠난 보다 큰 테두리로의 상승은 괴테의 『빌헬름 마이스터의 수업시대(Wilhelm Meisters Lehrjahre)』에서 주인공 빌헬름이 그의 자아발전과정 마지막 단계에서 접하게 되는 이상(理想), 즉 인류-사회적인 공동체 테두리에서 보여주는 도덕적이고 활력적인 행위, 모두를 위한 책임과 이의 행위에 도달하게 되는 것과 비교될 수 있다. 또 이는 헤세의 작품 『동방여행』에서 주인공 H. H. 가 현자 레오를 통해 자아탈피의 과정을 거쳐 "동방여행의 공동체"[34]로 받아들여지는 것과 비유된다.

---

31) 왕륜의 죽음은 이미 화자에 의해 우리 독자에게 예고되고 있고 (S.87f.), 또 왕륜 그의 꿈 속에서 상징적으로 시사되고 있다. (Vgl. S.471-2)

32) Heidi Tohmann Tewarson, Alfred Döblin, a.a.O., S.62.

33) 이러한 시도를 브레히트는 그의 작품 『도살장의 요한나 (Die heilige Johanna der Schlachthöfe)』(1932)에서 시사하고 있다.

추상적인 의미에서 죽음이 시사하고 있는 이 같은 보다 높은 단계로의 진입의 길은 작품 마지막에 실제적인 면에서 본질에 의문을 던지면서도, 사랑의 여신 관음으로 하여금 왕륜이 이끄는 '참된 약자들' 에 의해 자식을 모두 잃고 마지막 순례의 길에 있는 해당(Hai-tang)을 사랑의 길로 인도하고 있다. 이 사랑의 길은 모든 모순성을 포괄하는 길이다. 여신 관음은 해당하게 이렇게 말한다. "해당, 당신의 끓는 가슴을 진정하게나. 당신의 아이들은 나에게서 잠들고 있네. 편안히 하게나, 저항하지 말게나 정말 진정하게나."(S.480) 이 말에 대해 해당은 자신에게 다음과 같이 말하면서 반문한다. "편안히 있는 것, 저항하지 않는 것을 나는 과연 할 수 있을까?" 여신관음은 중국 신화에 의하면 분노의 신을 지혜의 신으로 바꾸어 놓았을 뿐만 아니라 깨우침과 지혜를 선사하는 신(神)으로 통용하고 있다.[35)]

여신관음으로 나타내고 있는 이보다 높은 단계로 진입, 즉 왕륜과 '참된 약자들' 의 형제 · 자매들이 죽음으로 보여주고 있는 보다 높은 단계로의 돌입 시사는 비록 추상적인 범주에 머물게 하고 있으나, 되블린이 동아시아와의 만남으로

---

34) Vgl. Hermann Hesse, Gesammelte Dichtungen in 7 Bde, Bd. 6. S.37; Vgl. dazu: S.75-6. /Chin Hwang, Hermann Hesses Anthropologie und die Weisheit und das Gleichnis des Fernen Ostens, a.a.O., 237f; Vgl. dazu: 황진, 헤르만 헤세, 생애 작품 및 비평, 전게서, P.316ff.

35) s. Erwin Rousselle, Die Frau in Gesellschaft und Mythos der Chinesen, In: Sinica, Frankfurt/M., 16, 1941, S.194.

보여 주고 있는 일면이다.

지금까지 동아시아의 사상 및 종교 면에서 되블린의 『왕륜』에서 나타내고 있는 인간 존재 문제를 중심으로 약간의 불교적인 면을 조사, 나열하면서 '참된 약자들' 이 표방하고 있는 '무저항' 의 길을 살펴보았다.

이와 같은 약간의 고찰로 이야기할 수 있는 것은 되블린이 그의 『왕륜』에서 동아시아를 단순한 이국적인 호기심에서나 신비성으로 도피하려고 하는 의도에서 수용하고 있지 않음을 잘 보여주고 있다. 헤세에게도 마찬가지지만 그가 동아시아로 눈을 돌리게 됨으로서 보다 넓은 테두리에서 어느 시대나 어느 지역 · 사회를 막론하고 대두될 수 있는 인간문제를 그 당시의 독일의 산업화된 사회의 정치 · 경제적 상황을 배경으로 해서 그려 나타내고 있다는 점을 뚜렷이 하고 있다. 사실이지 산업화되고 있는 우리 사회에서도 오늘날 인간문제가 심각히 대두되고 있음으로써 피할 수 없는 현실문제로서 이의 고찰의의와 의미는 있다고 하겠다.

참고문헌

Döblin, Alfred : Die drei Sprünge des Wang-lun, Walter Verlag, Olten 1960; DTV München 1970.

Hesse, Hermann : Gesammelte Dichtungen in 7 Bde, 3, Bd., Frankfurt/M. 1958.

Chén, Konneth K. S.: Buddhism in China, Princeton University Press, 1964.

de Groot, J. J. M.: Sectarianism and religious persecution in China, Amsterdam 1903.

Erkes, Eduard: Zum Problem der weiblichen Kuan-Yin. In: Artibus Asiae. Vol. IX, 1-3.

Heckmann, H.: Buddhismus in China, Korea und Japan, Tübingen 1906.

Hwang, Chin: Hermann Hesses Anthropologie und die Weisheit und das Gleichnis des Fernen Ostens, Diss., Bern 1978.

Ingo Lauf, Detlev: Das Erbe Tibets, Wesen und Deutung der buddhistischen Kunst von Tibet, Bern 1972.

Muschg, Walter: Von Trakl zu Brecht, Dichter des Expressionismus, München 1961.

Ders.: Nachwort des Herausgebers, In: Alfred Döblin, Die drei Sprünge des Wang-lun, Walter Verlag, Olten 1960; DTV München 1970.

Ribbat, Ernst: Die Wahrheit des Lebens im frühen Werk Alfred Döblins, Münster 1970.

Rousselle, Erwin: Die Frau in Gesellschaft und Mythos der Chinesen, In: Sinica, Frankfurt/M. 16, 1941.

Schröter, Klaus: Alfred Düblin, Rowohlt Taschenbuch Verlag, Reinbeck bei Hamburg 1978.

Tewarson, Heidi Thomann: Alfred Döblin, Grundlagen seiner Ästhetik und ihre Entwicklung 1900-1933, Bern 1979.

Werner, E. T. C.: A dictionary of Chinese Mythology, The

Julian Press, New York 1961.

Weyembergh-Boussart, Monique: Alfred Döblin. Seine Religiositöt in Persönlichkeit und Werk, Bonn 1970.

Wilhelm, Richard: Die chinesische Literatur. In: Handbuch der Literaturwissenschaft, hrsg. v. O. Walzel, Akademische Verlagsgesellschaft Athen aion, Wildpark-Potsdam 1926.

황진, 헤르만 헤세, 생애, 작품 및 비평, 계명대학교출판부, 대구, 1982.

에드윈 O. 라이샤워, 죤 K. 페어뱅크, 동양문화사 (상), 전해종, 고병익 공역, 을유문화사, 서울 1980[11].

에드윈 O. 라이샤워, 존 K. 페어뱅크, 앨버트 M. 크레이그, 동양문화사 (하), 전해종, 민두기, 공역, 을유문화사, 서울 1980[8].

川合貞吉, 중국민란사 (삼국지에서 모택동까지), 표문태 역, 일원서각, 서울 1979.

동아원색세계대백과사전, 동아출판사, 서울, 1982.

Ⅴ. 자아문제와 헤세의『슈테펜볼프』

1.

본 논문에서 손을 대고자 하는 헤르만 헤세의 작품『슈테펜볼프(Steppenwolf)』(1927)[1]는 자신의 학위논문 "헤르만 헤세의 인류학과 동양지혜와 비유"[2]에서 다루었다. 그러나 이 작품은 위의 커다란 테마의 일부분으로 다루었기 때문에 따로 떼어서 구체적으로 보지 못한 것도 사실이다. 그래서 이 기회에 좀더 깊게 또 부분적으로 충분히 설명 못한 것을 만회하고 추가 보완하면서 자세히 보겠다.『슈테펜볼프』는 헤세 창작발전과정에서 볼 때 가장 성숙기에 해당된다. 이 작품은 서구 독문학자들과 문학평론가들로부터, 특히 작품 구성 면에서 보여주는 기교가 높이 평가되고 있다. 그러나 이 같은 높은 평가에 비해서 작품 내용상의 불충분한 이해나 불완전소화의 현상이 병행되고 있는 실정이다.[3] 이 불충분한 이해와 불완전소화의 상태에서 특히 현실세계에 몸을 두고

1) 헤르만 헤세의 작품 "Steppenwolf"는 역자 강두식에 의해 "황야의 늑대"(서울, 1977[8])라고 일컬어졌다. 나의 의견으로는 될 수 있는 대로 원명을 살려서 발음나는 대로 표기해서 "슈테펜볼프"라고 하는 것이 좋겠다. 왜냐하면 슈테펜볼프는 작품 주인공의 상징적인 이름이기 때문이다. 이같은 상징적인 의미에서 그의 한 부분은 본능적인 짐승이고 다른 한 부분은 이성으로 행동하는 사람이다.

2) 독일어의 원명은 다음과 같다.
Hermann Hesses Anthropologie und die Weisheit und das Gleichnis des Fernen Ostens,Diss., Bern 1978.

있는 작품 주인공의 자아내면 발전에 대한 고찰, 이로서 얻어지는 자아발전의 길(본론 2에서 구체적으로 이야기되겠음)이 작품에서 보여주고 있는 대로 똑바르게 나타나게끔 되어야 하겠다. 이 길의 올바른 고찰은 오로지 음양(陰陽)의 면에서만 가능한 것이다. 다루어질 작품과 연관되는 음양 고찰의 주가 되는 것은 음양지혜이다. 이 음양지혜의 길은 헤세에게 가장 중요시 되는 인간내면 완성의 길, 곧 작품 주인공 슈테펜볼프의 자아내면 완성의 길이다. 『슈테펜볼프』는 음양지혜의 면에서 볼 때 헤세의 어느 작품보다도 음양지혜의 길, 즉 주인공 자아내면의 완성을 기술(技術)적으로 잘 나타내고 있다. 이에 대한 고찰을 시도하는 기본단계로서 먼저 음양지혜를 형성하는 가장 기본 되는 음양에 대해서 살펴보겠고, 아울러 음양지혜가 언급되겠으며, 다음으로 음양 면에서 『슈테펜볼프』의 주인공 자아내면의 길이 구체적으로 검토되겠다. 왜냐하면 이 자아내면 완성의 길 고찰을 위한 가장 밑바닥을 형성하고 있는 것이 바로 음양이 되기 때문이다.

---

3) 하나의 예로서, 저명한 문학평론가 한스 마이어(Hans Mayer)는 그의 짧은 글 "Hermann Hesses 》Steppenwolf《" (In: Materialen zu Hermann Hesses 〉Der Steppenwolf〈, hrsg. v.V. Michels, Frankfurt/M. 1972, S.343-344)에서 동양 음양의 면에서 보아야 할 것을 유감스럽게도 "슈테펜볼프" 저자의 말을 인용하면서 작품에서 보여주는 주인공 인간성장(die Menschwerdung), 곧 자아완성의 길은 다름아닌 "죄과"의 과정이고 또 종국적으로 어떤 해결의 길도 보여주지 않고 있다고 말한다. 이 같은 판단이 옳지 않다는 것은 본론과 결어에서 진술되는 것으로서 증명되겠다.

2.

2.1.

음양[4]은 두 극 ,즉 음극과 양극을 칭하는 것이고, 이들 둘은 우주세계 내지 천지세계에 있어서 가장 근본 되는 바탕으로 만물생성의 기본인 암컷과 수컷의 세계로서 보여주고 있다. 이 음양에서 볼 때 우리 인간사회 또한 남녀로서 이루어진다. 이 때 남은 양극으로 여는 음극으로, 나아가서는 이런 대치되는 의미에서 밝고 어두운 것 등등의 모든 대립되는 것들이 이 음양의 테두리에서 말해진다.[5]

음양은 그들의 끊임없이 계속되는 운동을 밑바탕으로 해서 두 극, 음극과 양극으로서 주어진다. 이와 같이 주어진 음양운동에서 수동적인 운동, 즉 오므라드는 운동과 능동적인 늘어나는 운동으로서 서로 대립되는 상반운동이 성립된다. 이 상반되는 운동에서 하나의 운동은 다른 하나의 운동 이것

4) 두 극의 원천을 제공하고 있는 책자는 "역경"이며 때때로 "주역"이라고 일컬어지기도 한다. 주역은 인간 장래의 길과 개개 인간의 운명을 알려주고, 올바른 충고를 주는 지혜의 책자 또는 예언의 책자이다. 주역 곧 "역경"은 "역(易)자(子)"의 의미를 따라서 서양 독일에서는 "변화의 책자(Das Buch der Wandlungen)"이라고 통용되고 있다. 이 책자의 저명한 독일 번역자는 릿하트 빌헬름(Richard Wilhelm)인데 번역된 독일 책명은 "I Ging(Das Buch der Wandlungen)"(Aus dem Chin. übertra. und erläut. v. Richard Wilhelm, Düsseldorf. Köln 1970)이다. 빌헬름은 수많은 중국 고전 서(書)를 독일어로 번역했고 그의 생존 시 헤세와 서신 연락을 가졌을 뿐만 아니라 그는 헤세에 의해서 높이 평가받았으며, 헤세는 그를 통해서 중국인의 생활과 동양아시아의 철학사상을 알게 되었다.

5) 두 극 음양의 개념은 후기 도학 파(노자, 장자)의 영향으로 우주천지 세계의 모든 상반되는 것들의 설명을 위한 일반적 개념으로서 발전되었다.

을 공간적 측면에서 볼 때 오므라들게 됨으로써 늘어나게 하는 것을 가능하게 하는 운동으로서 비록 상반되는 방향으로 주어졌지만 음양운동에서 보여주는 바와 같이 두 극은 서로 밀접한 유대관계를 지니고 있는 것이다. 이 쉴새 없이 이루어지고 있는 상반 긴밀한 상호유대의 음양운동은 그들의 "조화(Einheit)"에의 "하나(das Eine)"로 나아가는 운동이다. 이 "하나"는 음극과 양극이 합쳐져서 이루는 하나가 아니고, 이들 두 극 음양 위에서 이들 두 극을 동시동등으로 인정하면서 이들 위에 설 수 있는 보다 높은 단계의 "하나", 곧 음양 두 극의 궁극적인 "조화"로 주어진 "하나"이다.

음양의 상반밀접운동을 맨 처음으로 가능하게 한 시추자는 『역경』에 의하면 태기(太氣)(혹은 태극)이다.[6] 이 태기는 단지 음양운동의 시작에 동기를 부여하면서도 결코 음양운동의 맨 마지막에 주어질 "조화"로의 "하나"와는 동등한 위치에 있는 것은 아니다. 그러나 태기가 이들 운동의 시발점으로서 이 운동의 근본계기가 되고 있다는 점에서 음양과 태기는 유대관계에 있게 되며, 이 관계에서 보아질 때 두 극 음양은 떨어질 수 없는 긴밀 관계이다. "하나"에서 볼 때 이들의 관계는 밀접하다. 이들 연관 관계에서 볼 때 음양 두 극은 이원적으로 파악될 수 있는 단순한 대립적인 것이 아니다. 음양은 그들의 운동을 시작함으로서 태기와는 아무런 직접적인 관계를 가지지 않게 된다. 음양은 자체의 힘으로서 그

6) I Ging, Das Buch der Wandlungen, Aus dem Chin. übertra. und erl. v. Richard Wilhelm, a.a.O., S.15.

들의 운동을 주어진 방향으로 또 같은 힘의 균형을 이루면서 서로서로 맞서지 않고 상대적으로 상호 보충하면서 그들 운동을 계속한다. 음극과 양극은 서로 대립되는 작용아래 모우고 이루는 일을 한다. 양극은 모든 되어진 것과 모든 굳어진 형태들을 부수고 파헤쳐 나간다. 그러나 어느 극도 다른 극을 앞서고 있는 것은 아니다. 음양 두 극은 보여 지는 장소에 따라서 하나가 앞서고 다른 하나가 뒤에 서게 된다. 하나의 예로서 음극은 수동적으로 받아들이는 입장에서 보면 먼저이고, 능동적인 면에서 보면 양극이 먼저가 된다. 또한 이것을 거꾸로 말해 볼 수도 있다. 이들 음양의 상호보완 관계에서 두 극은 언제나 같은 정도로 동시적으로 주어지고 있다.[7)]

이 같은 동시동등의 음양 상호관계는 후기에 이르러서 소위 일컬어지고 있는 생선 부기[8)] 형태로, 여기서 보여주고 있는 중요한 새로운 점은 한 극은 자기편에 조그만 원형으로 표시된 다른 극의 "싹(Keim)"을 가지고 있다는 사실이다. 이렇게 됨으로서 한 극은 이미 다른 하나의 극을 자체 내에 가지고 있다는 것이 되겠고, 이와 연결되는 말로서 하나의 극

---

7) 음양운동의 일면을 자연세계의 식물 싹의 형성, 꽃이 피고 열매가 결실되는 과정에서 뚜렷이 보여주고 있다. 식물의 모든 자람의 힘이 저장된 상태의 씨앗은 음의 상태이고, 이 저장된 것이 태동하기 시작하는 과정, 즉 씨앗이 자라서 꽃이 피고 열매가 되는 과정은 양의 작용이다. 그런데 음의 작용은 양의 작용이 다 끝나서 이루어지는 것이 아니라, 우리가 볼 수 없고 뚜렷이 나타낼 수 없는 내부의 엄밀한 상호작용에서 이들 두 극의 운동이 동시적으로 주어지고 있다고 보겠다. 이 말은 꽃이 피고 열매를 맺는 절정의 시기에 벌써 씨앗 곧 음의 작용이 사실상 이루어져 있다는 것이다.

8) s. I Ging, Das Buch der Wandlungen, a.a.O., S.15.

은 다른 극의 "싹", 즉 음극은 "양극의 싹"을 양극은 "음극의 싹"을 소지하고 있다는 것이 된다. "싹"은 자기 스스로 내면적으로 변화시켜 나가고 발전시켜나가는 하나의 작은방으로서 비유된다.[9] 싹은 두 극 모두에 내재해 있고 음양의 운동에 근본적인 요소로서, 실제로 이들의 운동을 형성하고 있다.[10] 고로 음양의 운동은 다름 아닌 음양 싹의 운동을 의미하는 것이 되고, 그리고 계속되는 이들 운동의 발전은 싹의 됨과 함께 있는 음양 싹의 운동이다. 그러나 싹은 결코 자체를 형태로서 나타내지 않는다.[11] 싹은 음양의 마지막 조화운동과 더불어 있으면서 왔다갔다 계속되는 이들 음양운동 자체로서 성립되는 영원불변의 법칙 하에 있는 것이다. "싹"은 동시적으로 주어진 일정방향(음극의 오므라드는 것과 양극의 늘어나는 것)으로 있는 음양운동과 더불어 매번 눈에 보이지 않지마는 점차적인 변화로서 최종의 목적지인 "하나"로 나아가고 있는 것이다. "싹"의 됨, 곧 "싹"의 자람은 그의 형태를 보이지 않는 상태에서 결코 인식의 대상으로서 대두될 수 없는 것은 사실이다. "싹"의 됨은 오로지 이를 바라보는 관조자의 내면 속에서 이 싹의 자람과 동시적으로 주어지고 있는

9) s. Richard Wilhelm, Chinesische Lebensweisheit, a.a.O., S.98.

10) 음양이 하나의 극으로서 존재 할 려면 다른 하나의 극을 전제시키지 않고는 불가능한 것이며, 한 극이 두 개의 극을 자체에서 보유하게 됨으로서(비교: 한 장경, 역학원리 총론, 서울 1971, p.5), 어느 한 극 만의 긍정은 사실상 있을 수 없다. 이렇게 됨으로서 음양은 실재 상으로는 하나의 개념이다.

11) 왜냐하면 음양운동을 형성하는 두 극 음양에서 음양의 어느 한 극, 즉 음극이 홀로 떨어져서 모습을 들어 낼 수 없는 한 음양과 함께하는 싹도 자기 자태를 나타낼 수 없는 것이기 때문이다.

음양운동의 내면관조로서 직감적인 체험을 통해서 인식의 한계를 벗어나서 진단되어 진다고 하겠다. 이 같은 내면적 진단 내지 직감의 성취는 어떤 인식이나 외부적인 힘이 가해짐이 없이 자연적으로 이루어지는 자아내면의 관조와 직감으로서만 가능한 것이다. 이처럼 아무런 외부적인 행동이 없는 자아 내면적 관조와 직감으로부터 음양의 지혜 곧 "무위(無爲)의 지혜(Nichthandeln=Nichtsmachen)"가 형성된다. 이 지혜는 다름 아닌 음양운동의 관조 직감으로 자아에게 주어져서 얻어지는 음양 관조자의 내면적 보탬이다. 이 내면적 보탬으로 관조자는 자아 바깥세계에 대해서 취해질 행동 방향을 보유하게 되고, 이 지혜의 힘으로 그는 그의 자아 외부세계와 자아 내부세계에서부터 주어지는 음양조화의 길을 얻게 된다. 이로서 자아내면으로 음양의 궁극적인 조화의 길이 시사된다. 이때 외부세계와 내부세계는 음양의 상반상호 밀접관계에 있게 됨으로써 음양우주 천지세계의 음양운동과 함께 있는 것이다.

음양 두 극은 앞서 언급된 바와 같이[12] 하나의 개념으로서 모든 우주천지세계를 설명하는 일반적 개념이고[13] "기(氣)"와 "정(精)"은 우주천지세계의 만물형태생성에 직접 참여하는 구성요소, 즉 구성물질이다.[14] 이들 두 중요 요소들은 그들의 음양 대립 상호 보완의 작용으로서 우리들 인간의 "심(心)"과

---

12) 참고: I Ging, a.a.O., S.15.

13) 참고: 주해 38.

14) 한 장경, 역학원리총론, a.a.O., PP.11-14.

"정(情)"을 이루고서[15] 모든 정신적인 작용과 감각적인 생활을 영위시키면서 음양조화의 인간 형성에 작용하고 있다. 이 음양인간 형성을 하나의 "천성(天性)"으로 표현되고 있다.[16] 이때 "심"과 "정"은 양극인 "기"와 음극인 "정"의 작용을 가지고 있다. 그리고 인간 "천성"은 음양으로서 정신적 천성 양극과 유기체적 천성 음극으로 구성된다. 이들 음양의 천성은 우주천지세계의 음양운동과 같이 있다. 이 같은 추상적 형이상학적인 테두리에서 우주세계에 주어진 음양운동의 배후에 무엇이라고 꼭 꼬집어낼 수 없지만, 그러나 보다 높은 단계의 "포괄적인 힘(bergeordnete Macht)"으로서 "우주정신(kosmischer Geist)"[17]이 있다. "우주정신"은 대우주(makro-kosmische Welt)와 소우주(mikrokosmische Welt)에 힘을 미치면서, 규칙적으로 끊임없이 반복되는 음양운동에 내재해서 이들 음양의 궁극적인 길에 수반된다. 우주정신은 또한 "인간정신(menschlicher Geist)"으로 하여금 보다 높은 단계에서 이룩되는 음양조화의 완성으로의 길에 들게 한다. 이때 정신적인 요소의 천성이 중요한 역할을 하게 되는데, 이 천성은 "우주정신"과 자아의 "인간정신" 사이에서 중매 역할을 한다. "천성"의 이 같은 중간 역할을 통하여 개개인간은 자기 자신의 자아내면의 완성이라는 "선(善)(das Gute)", 즉 선과 악의 피안(jenseits von Gut und Böse)에 이르게 된

15) Ibid., P.44.
16) Ibid., PP.43-44.
17) 비교: Ibid., PP.8-9.

다. 이 길은 다름 아닌 음양조화의 길인 "하나"로의 길이며 또한 자아천성 완성의 길이다. 이 길은 어떤 의식세계의 양자택일(das Entweder-oder)의 길이 아니고, 두 극 음양이 동시적으로 똑같이 긍정되는 양자긍정(das Sowohl-als auch)의 길이다. 이것은 또한 음양 두 극의 동시동등으로 긍정되는 음양지혜의 길이다. 이 음양지혜의 길을 가고 있는 작품『슈테펜볼프』의 주인공 슈테펜볼프(=하리 할라)[18]의 자아내면 완성의 길은 어떠한가?

2.2.

음양지혜의 길은 위의 음양 설명에서 보여 준 것처럼 결코 단순한 추상적인 길이 아니고 현실(die Wirklichkeit)을 긍정하는 길이다.[19] 왜냐하면 현실에 존재하는 도덕적인 세계 즉 선악의 두 세계가 음양의 길에서 부정되지 않고 긍정

18) 하리 할라는 주인공 슈테펜볼프의 다른 하나의 이름으로서, 시민사회에서 일컬어지는 이름이다.(Vgl. 7/222: 여기에 나타내고 있는 아라비아 첫 숫자는 헤르만 헤세의 전집(Gesammelte Werke in 12 Bde., hrsg. v. V. Michels, Frankfurt/M. 1970) 권수을 표시하고, 사선 다음 아라비아 숫자는 페이지를 가리킨다. 이 약속은 본 논문의 모든 페이지와 주해에 적용되겠다.

19) 그릇된 인식에서 이에 대한 반대되는 의견을 대변하는 사람들이 있는데, 예를 들면 Kurt Tucholsky: Der deutsche Mensch. In: Ueber Hermann Hese, hrsg. v.V. Michels, Frankfurt/M. 1976, Bd.1, S.51-57에서 독일인의 한 사람인 헤세 또한 현실사회 직접 참여로서 대두되는 어떤 문제의 해결책에 힘을 기울이지 않고, 소극적인 현실사회 도피로서 신비주의적 관념세계 내지 자아영혼 세계에 몰두했다고 말했고 또 헤세를 현실사회의 불참자로서 자기 자아내면으로 방향을 돌려서 그의 안일한 영혼세계의 관념적 추상세계에 사는 자로서 낙인찍었다.

되고 있기 때문이다. 이 말은 곧 음양의 원리원칙에 의해 선과 악의 두 세계가 꼭 같이 같은 정도로 받아들어지는 긍정인데 이 동시적 동등의 선악 현실 긍정은 어디까지나 현실에 주어진 두 개의 세계, 즉 선과 악의 두 세계가 따로따로 분리되어짐이 없이 그들 자체로서의 존속을 통틀어 긍정하는 데서 주어지는 긍정이다.

그러나 현실은 이성적 사고방식에 의하여 도덕적인 선악의 세계로 엄연히 구별 판단되어져 있는 것이 사실인데, 이 선과 악의 두 세계가 분별됨이 없이 일괄적으로 받아들어진다면 이것은 도덕적 선악 현실의 부정이다. 왜냐하면 현실은 이성 논리적인 사고 판단에 의해서 지배됨으로써 선악의 두 세계 중 어느 한쪽이 택해져야만 하는 현실로서 존재하고 있기 때문이다. 그러나 후자의 부정적 측면이 앞세워지지 않는다면 음양에서 보아지는 음양현실의 양면긍정은 수긍이 된다. 이 양면긍정의 길은 이성적 논리 사고의 힘으로 선악의 세계 중 어느 한쪽이 우선적으로 선택 되어지는 양자택일의 길은 아니다. 이 길은 양면이 동시 동등으로 긍정되는 길이다.

선악, 즉 음양으로서의 양면긍정의 수긍성을 뒷받침하는 것으로서 선과 악의 세계는 도덕적인 현실계에서 서로 상반되면서도 떨어져나갈 수 없는 서로서로의 긴밀한 유대 관계를 지니고 있다. 이유인즉 선악 두 세계가 현실계를 형성하고 있기 때문이다. 이 말은 현실계에 선(善)도 있고 악(惡)도 있어서 이들 둘이가 도덕적인 현실을 구성하고 있다는 것이다. 그래서 일방적인 하나로서 주어진 현실세계는 존재치 않는다. 선과 악은 도덕적 현실이라는 테두리 속에서 떨어질 수 없는 관련성을 지니고 있다. 이런 상호 유대 관계에서 선악의 관계는 음양의 관계이고, 이로부터 유도되어지는 선악 양자긍정은 양면 모두가 똑같이 긍정되는 음양의 길이다. 이 길은 또한 두 극 음양의 동시동등의 긍정인 자아내면의 음양 지혜의 길이다. 이 음양의 양자긍정은 다름 아닌 두 극 음양의 마지막 조화를 관조 직감하는 헤세적 자아내면의 길이다. 자아내면의 이 같은 음양 양자의 긍정은 자아 바깥에 존속하는 도덕적 현실에 대한 어떤 구체적인 방안 제시는 결코 아니며, 헤세 그의 가장 중요한 문제인 개개인간의 자아 형성에 이바지하는 것이 된다. 그가 이와 같은 음양 양자 긍정이라는 자아내면의 길을 가게 되는 이유로서 그는 자아외부에 자리 잡고 있는 현실에서 도덕적인 평가치가 되는 선악 두 세계의 번복 가능성을 보았으며,[20] 또한 그는 개개인간 자아는 완전무결한 완성체가 아니고 단지 완성 체의 과정에 있다는 것을 알았기 때문이다.[21] 이 자아 완성 체로 향하는 자아내면의 음양 양자 긍정의 길은 헤세 그의 모든 작품에서 보여주는 주인공 자아 발전 과정에 수반되어지고, 그리고 이들

20) Vgl. 5/61-63, 5/64.

21) Vgl. 7/245.
이런 의미에서 헤세는 "참된 인간(der wahre Mensch)"(7/246)이라는 말을 쓰고 있다. 그의 가장 중요문제로서 "인간됨(die Menschwerdung)"(7/246, 247)을 내세우고 있고, 나아가서 그는 말하기를 작가로서의 사명은 인간 개개인의 자아완성 과정에 보탬이 되는 것이라고 했다. (Vgl. Über Hermann Hesse, hrsg. v. V. Michels, a.a.O., S.186)

주인공 자아내면 완성의 길에 전제되고 있다. 그의 작품 『데미안(Demian)』의 싱클레어가 이 자아내면 완성의 길을 갔었고, 『싯다르타(Siddhartha)』의 주인공 싯다르타도 그랬으며, 다루고자 하는 『슈테펜볼프』의 하리 할라가 이 길을 가고 있으며 또 잘 알려진 후기 작품들 『나르치스와 골드문트(Narziß und Goldmund)』, 『동방여행(Die Morgen landfahrt)』 그리고 『유리알유희(Das Glasperlenspiel)』의 주인공들이 가는 길이다.

헤세 주인공의 자아가 걸어가는 보다 높은 단계의 음양 양자긍정의 현실로의 길은 자아 외부의 도덕적 선악현실과 대면되었을 때 이들 두 현실세계의 대립은 피할 수 없게 된다. 왜냐하면 자아 외부현실은 논리적 사고 판단으로 주어지는 옳고 그름이 지배되는 양자택일의 세계로서 양자긍정이라는 현실세계와 대면될 때, 일면적 우선 선출이 취해지는 전자의 현실과 우선적 차출이 없는 양면적 채택이라는 후자의 현실과 뚜렷이 맞서기 때문이다. 이런 대립 상황에서 그의 주인공은 양자택일의 현실을 떠나서 단순히 보다 높은 단계의 양자긍정의 현실로 도피할 수 없는 것이다. 이유인즉 전자의 현실세계에 그의 자아가 주어져서 자아의 모든 생리적 감각본능의 생활이 영위되고 있기 때문이다. 이들 두 대립 세계, 즉 주인공 자아를 사이에 두고서 상반되는 두 현실세계는 자아가 긴밀 유대관계를 지님으로서 음양으로 나타난다. 이 두 대립 세계 중 감각본능의 자아가 몸 둔 세계는 본능감각세계(die sinnliche Welt)이고, 이에 대립되는 의미에서 성립되는 다른 세계는 정신세계(die geistige Welt)이다.

이 두 대립 세계의 격차는 또 한번 외부적인 요인에 의해서 뚜렷해지는데, 즉 헤세 그의 자아가 가지는 외부 현실세계의 체험(세계 제1차 대전, 자기 부인의 정신병 재발 등등)으로 현저하게 나타난다.

이들 끔직한 외부 현실세계의 직접적인 경험으로 그의 자아는 이 현실 세계로부터 멀어지면서 자아내면으로 기울어진다. 이 결과로 그의 내면세계는 자아 바깥 외부세계와 한층 더 심한 대립으로 맞서게 된다. 그러나 그의 자아는 후자의 현실세계에 대항하거나 좌절되지 않고, 이들 두 대립세계의 조화 융합의 길을 가게 되는데 이 경향은 음양 원리원칙에 따라서 당연히 주어지는 것이다. 이유 설명으로 말한다면 음양 두 극의 전연 다른 반대방향의 운동에서 이들 두 극의 대립 격차가 최고도에 달했을 때, 이로 인해 주어지는 표면상의 격차는 반대로 꼭 같은 정도로 내면적인 상호 유대로서 최상의 유대 긴밀성은 맺어지게 되기 때문이다. 이 말은 두 극 음양이 그들의 서로 상반되는 운동으로 어느 시점에서는 이 대립운동으로 주어지는 표면상의 서로 맞섬은 최고도에 달하게 된다. 그러나 이와 반대로 두 극이 겉으로 보여주는 최고 대립 격차로서 주어지는 때에 음양 두 극의 내면에 부여될 서로서로의 다른 양상의 극(음극은 양극의 양상으로, 양극은 음극의 양상)으로의 변화 가능성은 가장 좁게 되는 상호 긴밀 관계에 있게 되는 것을 뜻한다. 이 같은 음양의 원리원칙에 따라서 두 세계의 대립격차는 거꾸로 이 대립 격차만큼 서로가 끌어당기게 되는 긴밀 유대 관계를 지닌다.

이들 두 대립세계의 유대 관계로서 주어지는 경향에 의해서 그의 자아는 자아외부 현실세계에 주어진 선악 두 세계를 자아내면으로 받아들이게 된다. 이 결론의 하나로 헤세 그의 작품『데미안』의 주인공 싱클레아는 자아내면에서 이들 선악 두 세계의 길로 접어든다.[22] 이 헤세적 싱클레아 내면에서 이루어지는 선악 두 세계의 자아, 곧 음양의 자아는 그의 궁극적 조화 완성으로 향하는 과정에서『유리알유희』의 주인공 크넷히트처럼 "정신계의 존재를 위한 보살핌에 대한"[23] 부름을 받게 된다. 이 크넷히트적인 부름, 즉 "정신계의 참된 존재"에 대한 예시는 그로 하여금 그의 자아 두 세계의 대립 상태를 넘어서게 하고 이들 두 상반되는 세계를 잘 통찰하게 하며 이들 위에 서게 되는 보다 높은 단계의 정신세계로 향하게 하는 예시이다. 이 보다 높은 단계의 정신계의 예시로 향한 그의 자아는 내면에서 자아 바깥세계에 있는 두 상반세계를 두 대립 관계로써 뿐만 아니고, 이들 두 상반된 세계를 밀접한 상호 유대 관계로써 있게 한다. 이로서 그의 자아는 명실 공히 음양의 자아로서 헤세 고유적인 자아내면의 음양 조화 완성의 길에 있게 된다.

이 길은 자아 바깥현실에서 볼 때, 바깥 현실세계 즉, 감각의식의 현실세계를 벗어나는 단순한 자기 자아에 집착되

22) Vgl. 5/10f.

23) Wilhelm Schwinn, Hermann Hesses Altersweisheit und das Christentum, Muenchen 1949, S.11f.

는 자아내면의 길인 것처럼 보이지만, 그러나 이 길은 그의 개인 인간에게 외고집으로 주어진 독단적인 것이 아니고, 개 개인의 자아 내면에 공동으로 던져진 자아내면 조화의 길, 곧 음양 지혜의 길이다.[24] 이 길은 달리말해 감각 의식의 현실세계에 집착된 자아를 벗어나는 길인 것이다. 이 길을 『슈테펜볼프』의 주인공 슈테펜볼프[25] 즉 하리 할라는 어떻게 가고 있는가가 구체적으로 살펴보겠다.

2.3.

하리 할라는 작품 벽두에서부터 그의 자아내면의 음양조화 곧 음양지혜의 길로 내딛는 첫 일보로서 양자택일의 현실세계인 시민사회의 세계로 발을 내놓는다. 이 현실세계로 들어섬으로써 그의 자아는 필연적으로 음양 두 극으로 따로 따로 분리되며 두 자아로서 이중적 성격으로 구성되는 그의 두 자아생활은 형성되어진다.[26] 왜냐하면 벌써 위에서 몇 번 언급한 바와 같이 양자택일의 현실세계에서는 모든 것이 논리

24) 음양 조화의 길은 헤세 작품 “Kurgast”(1925)에서 “노령지혜(die Altesweisheit)” 로서 나타나고 있다. 그에 의하면 이 “노령지혜”는 커다란 이율배반성(die grossen Antinomien)을 아는 것이고 세계 순환의 비밀 내지 양극성을 아는 것이다.(7/7) 이 이율배반성의 앎은 다름 아닌 전연 다른 두 극 음양의 대립성과 동시동등의 긍정을 받아들이는 것이다.

25) 슈테펜볼프는 상징적인 이름이다.
Vgl. Hermann Hesse im Spiegel der Kritik, hrsg. v. Adrian Hsia, Bern und München 1975, S.263.
Vgl.Materialien zu 》Steppenwolf《, hrsg. v. V. Michels, Frankfurt/M., 1972, S.305.

적 사고 판단으로 지배되어져서 이 논리적 사고 판단에 의해서 그의 자아는 서로 상반되는 의미에서 성립되는 두 자아로서, 즉 음의 자아와 양의 자아로서 대두되어야 하기 때문이다. 이 두 자아는 그의 이름 "슈테펜볼프"에서 잘 말해 주고 있다. "슈테펜볼프"를 이분하여 볼 때 '슈테펜'은 사람으로서 '볼프'는 늑대로 비교시켜 일컬어진다. 사람 부분의 자아는 늑대 부분의 자아와는 다르게 짐승이 가지는 단순한 본능생활, 즉 배가 고프면 남을 잡아먹으려고 하고 피해 받으면 곧 공격하는 등등의 자연 그대로인 약육강식의 생활을 영위하지 않는다. 이 사람부분의 자아는 짐승이 가지는 본능생활에서부터 주어진 상황에서 이성적인 방법으로 생각해서 이 상황에서 헤어날 것을 시도한다. 이렇게 됨으로서 사람의 부분인 그의 자아는 보다 높은 단계의 영역을 향하는 정신적인 일면을 보여준다. 이런 상반되는 의미에서 존재하는 그의 두 자아는 "감각적 본능과 정신(Trieb und Geist)"(7/240)의 자아이다. 이로서 그의 자아는 감각적 본능의 세계와 인간적 정신세계를 대변하게 되는 두 자아로서 보여준다. 이 두 자아로서의 그는 단순한 인물이 아니고 두 개의 상반된 테두리에서 이루어지는 특이한 자아이다. 그의 두 자아중 한 부분

26) 헤세 주인공의 두 자아에 대해서 어느 평자는 말하기를 그가 독일 낭만주의자나 그의 선행자 쟝 파울(J.Paul)의 이중행위자(Doppelgänger) 묘사 수법에서 배운 것이라고 한다.
Vgl. Materialien zu 》Steppenwolf《, hrsg. v. V. Michels, a.a.O., S.270, 275.
Vgl. Über Hermann Hesse, hrsg. v. V. Michels, a.a.O., S.49.

인 감각적 본능 세계는 “본능 야수처럼 순화되지 못한 성질의 어두운 세계”(7/240)이고, 반면에 다른 한 부분인 인간적 정신세계는 “사유 감성 문화와 길들어진 순화된 성격의 세계”(ebda.)이다. 이들 서로 상반 되는 두 세계는 그의 자아내면 속에서 그의 자아를 형성하고 있어서, 이 두 세계 중 어느 한 세계가 부정될 때는 그의 자아는 존재치 않게 된다. 이처럼 서로 상반되면서도 그의 자아 내면에서 서로 따로 분리시킬 수 없는 상태에서 그의 자아의 대립되는 두 세계는 긴밀 유대 관계를 지니고 있는 것이다. 이런 상호 대립의 관계에 있는 그의 두 자아는 다름 아닌 음양자아이다.

이렇게 그의 두 자아가 음양 자아로서 대두됨으로써, 두 자아는 또한 음양 설명에서 언급된 바와 같이 유기체적 자아 천성과 형이상학적인 자아 천성에 상응되지만, 전자는 감각적 본능세계를 후자는 이에 상반되는 정신세계를 대변한다. 이로서 그의 두 자아는 음양의 마지막 조화 완성의 길 곧 자아 ‘천성’ 완성의 길에 있게 된다.[27] 그러나 할라 그의 자아 내면에서의 두 세계는 단순히 정적인 상태에서 서로 상반되며 긴밀 유대의 관계에만 머물고 있는 것은 아니다. 이들 두 세계는 사실상 이들의 상호 긴밀 유대 관계에서 그의 자아

27) 할라의 이 같은 음양 자아의 조화 완성의 길은 음양을 구성하는 요소로서 추가적으로 설명하면 그의 음양 자아는 “정(情)”(음극) “심(心)”(양극)으로서의 자아다. “심”은 그의 정신적인 활동 분야를 담당하게 되고, “정”은 반면에 감각 본능적인 임무를 맡고 있다. 이때 정신면의 역할을 수행하게 되는 “심”으로서 음양 마지막 조화의 길을 내면에서 관조하는 그의 자아는 자아 천성의 완성 길에 있게 된다.

생활을 양자택일의 현실에서 이끌어 주고 있는 것이다. 이때 그의 자아의 한 부분인 정신세계는 "우주정신"과 이어지는 유대 관계로서 이와 일맥상통하게 되는 보다 높은 단계의 "정신"[28]에 이르게 되어서, 자아로 하여금 직관적인 관조에서 주어지는 사고력으로 생각하게 되고 행동하게 되며, 다른 한 부분인 그의 자아는 양자택일 현실에서 감각본능의 생활을 영위하게 된다. 그런데 이 감각 본능 생활의 부분은 그의 자아내면의 음양 자아 일면을 형성함으로서 음양 두 극중 한 극으로 간주되어 이 부분은 단순한 감각 본능의 생활 영역을 넘어서서 보다 높은 단계의 음양 자아 내면을 이루게 된다. 이런 두 자아의 내면생활에서 할라는 필연적으로 이들 두 상반되는 세계로 향하는 충동을, 즉 이들 두 대립 세계를 동시적 동등의 입장에서 받아들이는 충동, "성자(聖者)와 야수자에게로 향하는 강한 충동"(7/236-7)을 가진다. 이 충동은 음양 두 극의 궁극적 조화로, 즉 보다 높은 단계의 양자 긍정의 현실로 그의 자아를 이끄는 자극적인 힘으로서 이 자아 두 세계를 대립으로서만의 상태에 머무르지 않고, 정신세계의 자아로 하여금 "우주정신"과 끊임없는 유대관계를 직시하게끔 한다. 이런 직시를 통하여 자아에게 주어지는 보다 높은 단계의 "정신"의 힘으로 "우주정신"과 자아와의 교량적 역할

28) "우주정신"은 헤세 작품 "유리알유희"의 주인공 크넷히트에게 참된 정신계의 존재를 위한 부름을 던져주게 되는 것이고, 이 부름으로부터 그는 그의 자아 내면속의 한 부분인 정신세계와 "우주정신" 사이를 연결하게 되는 교량적 역할을 하는, 보다 높은 단계의 "정신" 대두를 가능하게 한다.

을 담당하게 될 제3의 자아 설치는 가능케 된다. 이 제3의 자아는 어디까지나 추상적인 논리 추리에 의해서 산출된 것이나, 그러나 이 자아는 현실의 이성적 논리 사고에 의해서 분리된 할라 그의 두 자아에 대응하는 분리되지 않은 음양자아에 연결될 수 있는 보다 높은 단계의 자아이다. 이 제3의 자아는 주인공 할라의 대립된 두 세계를 통치하며 이들을 음양으로써 상호 긴밀 유대 관계를 맺게 한다. 이 관계로서 그의 두 자아는 비로소 함께 자리를 하게 되는 "늑대 인간(Wolfmensch)"(7/240)으로 불리게 된다.

이 같은 "늑대 인간"인 그는 그의 분리된 두 자아로서 양자택일의 현실에 피할 수 없이 주어졌지만, 이 분리는 분리될 수 없는 음양으로부터 전제되어지는, 즉 분리될 수 없는 그의 음양 자아에 대해서는 사실상 있을 수 없는 허위의 자아이다. 그래서 분리되기 전(前) 음양으로 주어진 자아를 '참된 자아(das wahre Ich)' 라고 하면, 현실에서 분리되는 그의 두 자아는 '거짓된 자아(das falsche Ich)' 이다.

이 두 상반된 자아에서 볼 때 그의 자아 내면의 음양 조화 완성의 길은 다름 아닌 '참된 자아' 의 찾음이 되고, 이로써 그는 두 자아로 분리됨으로써 상실된 그의 '참된 자아' 를 찾아야 하는 의무를 지닌다. '참된 자아' 를 찾는 이 길은 바꾸어 말하면 거짓 자아 탈피의 길이기도하다. 그러나 이 길은 음양 두 극이 그의 내면에서 그들에게 주어진 일정 방향으로 서로가 교체되는 단순하고도 평탄한 것만은 아니고, 그들 두 극의 대립으로 자아 내면에서 끊임없이 일고 있는 분쟁을 의미한다. 이 분쟁은 그가 현실세계로 들어옴으로서 이분(二分)된 자아로서 시작된다.

이들 두 극의 대립 세계를 한 장소로, 즉 자아 내면으로 끌어들임으로서 자아는 대립되는 두 세계의 그치지 않는 투쟁과 알력 속에 있게 된다. 이로서 그의 자아내면은 언제나 갈등상태에 있게 되며, 할라 그는 자아바깥의 시민 현실 사회 곧 양자택일의 현실에서 방황하며 상실된 그의 '참된 자아'를 찾아 헤매는 것이다. 그의 '참된 자아', 즉 분리되지 않은 음양자아는 할라, 그가 자신의 분리된 두 자아의 원인이 되는 현실로 들어감으로써 전제되어진다. 이 '참된 자아'는 사실상 보이지 않는 무형태의 자아로서, 시각적 감각 현실 세계에서 보이는 형성체로서의 인물은 아니다. 이 시각적 감각 현실 세계에서 필연적으로 따르게 되는 그의 두 자아인 '허위의 자아'는 참된 음양자아에서 볼 때, 단지 양자택일의 현실에서부터 주어지는 선택 판별의 논리적 사고방식으로 이분된 두 자아라고 할지라도, 그러나 이 두 자아는 음양 자아의 가상(假像)체로의 타당성은 보유하고 있다. 이 같은 가상체로서의 타당성은 그의 자아가 몸담고 있는 자아 존재를 뒷받침하는 것에서 수긍될 수 있고, 가상체로서의 그의 존재의의는 또한 그의 참된 음양 자아로의 길을 인도하는 교량적인 역할을 하는 것에 있다. 왜냐하면 그의 가상체로서의 분리된 두 자아가 없어지는 그곳에 참된 음양자아가 주어질 수 있기 때문이다. 이러한 의미에서 "슈테펜볼프 팜플렛

(Traktat von Steppenwolf)"에서 보여주고 있듯이 그에게 주어진 임무는 "가상체 즉 근본적인 오류에서 벗어나는 것이다."(7/239) 고로 '참된 자아'로의 길은 양자택일의 논리적 사고 방식으로부터 벗어나서, 두 극 음양을 동시동등 인정하에 이들의 조화를 관조 직시하는 것에 있다. 이 길은 양자택일의 현실을 넘어서는 그의 그릇된 자아상(das falsche Bild des Ich)에서 벗어나는 것이 되겠고, 또 양자긍정의 현실로 인도하는 것이다.

그런데 할라 그의 분리된 두 자아 존재는 비록 그에게만 해당되는 것이 아니겠고, 현실에 몸을 두게 되는 모든 개개인 자아에 어쩔 수 없이 주어지는 것으로서 그의 이분된 자아의 길은, 곧 모든 인간 자아에게 공동으로 주어지는 것이다.[29] 이처럼 각각의 자아에게 다같이 주어진 과제를 해결하는 과업의 길에 내맡겨진 그의 그릇된 자아는 이의 탈피를 위해서 주어지게 되는 일종의 "실험적 성격(das Experiment)"[30]을 띄고 있다. 이 실험적 성격 소유자인 그의 분리된 두 자아는 어떻게 그의 참된 음양자아 완성의 길에 있는가?

---

29) 이러한 의미에서 헤세는 그의 "슈테펜볼프"의 서곡을 장식하는 "Krisis (Ein Stück Tagebuch von Hermann Hesse)"에서 말하기를, 그의 자아 생활은 상반되는 두 개의 세계 즉 정신세계와 감각세계 속에서 우왕좌왕하면서 자아순화(Sublimierung)로서 형성 되어진다고 했다. 이것은 자기외에 모든 인간이 공동으로 가지게 된다고 말했다. (비교: Materialien zu 》Steppenwolf《, hrsg. v. V. Michels, a.a.O., S.161)

30) Vgl. Materialien zu 》Steppenwolf《, hrsg. v. V. Michels, a.a.O., S.59.

2.4.

실험적 성격을 띤 할라의 이분된 자아, 즉 음의 자아와 양의 자아 이들 두 자아로서 대변되는 두 다른 세계는 양자택일의 현실에서 그들 대립 관계에서 서로 화해되지 않는 적대 상태에 있는 것이다. 이 대립 양분된 상황에서 둘 중 어느 하나가 택해져야 될 때 하나가 선택되고 이 선택으로 다른 하나는 버려야만 된다는 추리적인 결론이 성립된다. 이것은 다름 아닌 현실에서 주어지는 취사 원리원칙인데, 그는 여기에 내포되고 있는 근본 원리 원칙을 알게 된다. 즉 "나에게 반대되지 않는 것은, 나에게 찬성을 의미한다."(7/236) 이 양자택일의 현실에서 지배되는 원리원칙은 예를 들어 말해보면 A는 A이고 A가 B로 될 수 없다는 논리적 사고 추리에서 취사 선택되어야만 한다는 것을 가리킨다.

그런데 이 원리원칙은 할라의 참된 자아가 들어가야 할 양자긍정의 현실에는 합당치 않는 것이다. 왜냐하면 후자의 현실에서 통하게 될 원리원칙은 전자의 기본 원리원칙과는 전연 다른 "나에게 찬성하는 것도, 그리고 나에게 반대되는 것도 구별 없이 꼭 같이 나에게 찬성하는 것이다"라고 되기 때문이다. 이처럼 전연 다른 원리원칙에 주어진 그는 비록 그의 몸이 양자택일의 현실세계인 시민사회에 두고 있지만 수용되지 않은 채 홀로 이리저리 이끌리고 다니면서 떠돌게 된다. 이들 두 세계의 원리원칙의 외면적인 불일치는 곧 그의 자아 내면의 딜레마이다.

그러나 다음 단계로 그는 이 딜레마에서 헤어나기 위해서 그에게 주어진 딜레마의 이면을 추구한다. 그는 이면 추적에서 그의 두 자아로서 대두시킨 "늑대 인간"의 그릇된 이분(二分)을 알게 된다. 즉 그의 그릇된 이분(二分)적 자아는 양자택일의 현실에서 논리적 사고 판단에 의해서 주어진 자아로서, 사실은 그릇된 가정에서 연유된 것이다. 왜냐하면 할라그는 분리될 수 없는 음양자아를 논리적 사고 인식으로 이분시켜서 이로부터 두 자아의 '원본질(die Urmaterie)'을 설정시켜 이 설정된 원본질에서 두 자아를 기교적으로 통합 조화시킴으로서 그의 그릇된 조화로서의 자아를 이끌어내었기 때문이다.

음양은 두 개의 별다른 극으로 존재할 수 없는 것이고, 그들의 궁극적 목적으로 내세운 그들 조화로의 "하나"에서부터 이끌어내어지는 음양은 아니다. 이 "하나"는 오로지 음양 운동의 최후적인 길로서 미리 전제된 것이지, 논리적 사고 인식에서 가설되는 원본질과는 다르다. 이 그릇된 논리적 사고의 이분적 자아의 인식에서부터 그는 모든 사람이 그릇되게 "자기 자아를 조화의 자아로서 내세우게 된다"(7/241)는 것을 깨닫게 된다. 이 깨달음으로부터 그는 그가 양자택일의 현실에 머무르게 되는 한에 있어서는 피할 수 없이 가져오게 되는 그의 그릇된 조화로서의 자아를 중시하게 됨으로써 그의 참된 음양자아로의 추구는 불가능하다는 것을 알게 된다.[31] 이와 같은 '참된 자아'의 추구 불가능으로부터 할라는 여태까지 가졌던 논리적 사고 인식으로부터 떠나게 된다. 그는 자신의 자아내면의 상반되는 두 세계를 음양의 세계로서 받아들이기 위해 굳건한 믿음으로, 상반 두 세계를 상호 긴밀한 유대 범위에서 이들을 두 극 음양으로, 또 이들을 음양 조화 운동으로 주어진 것으로서 관조 직감하게 된다.

이것을 좀 더 자세히 보면 즉 그는 한 사람의 관조자로서 음양운동과 함께 하는 음양 싹의 자람을 관조하는 것인데, 이때에 그는 오로지 직감으로 아무런 외부적인 힘을 가함이 없이 이들 자람을 바라보는 것이다. 외부적인 힘으로서 간주될 수 있는 경우는 관조자인 그가 능동적으로 이들 음양 싹의 됨을 그 자체로서 내맡겨 두지 않고 바깥에서부터 어떤 작용을 가해서 이들 자람에 영향을 끼치는 것이다. 이런 무위(無爲)의 직감적 관조로서 음양 싹의 자람, 즉 음양 조화 운동과 더불어 있는 이 싹의 됨을 직관한다. 여기서 그는 우선 자아 내면에서 양자택일의 현실에서 수반되는 그의 음양 자아의 상반되는 두 세계 분리와, 이로서 주어지는 이들 두 세계의 음양 대립 상호 관계를 직시한다. 이 직시로서 그는 그의 자아 내면으로 깊숙이 잠기면서 "우주정신"과 연결되는 제삼(第三)자아에서 주어지는 "정신"의 중개로 보다 높은 단계의 제삼 영역으로 접어들게 한다. 이러한 추상적 추리 과정에서부터 주어지는 "정신"의 힘으로 그는 그의 자아내면에서 가지게 되는 보다 높은 단계의 "절대자인 자의 부름"(7/237)을 받게 된다. 그러나 그는 현실에서 이 "절대적인

31) 이 같은 할라의 자아 중시의 과오를 장기놀이자 즉 동방의 현인은 경고한다. (비교: 7/385)

것"이 머물게 되는 "별들의 공간"(ebda.)으로의 진입이 허용되지 않는 좌절된 상태에 있게 되는 위기에 놓이게 된다. 왜냐하면 그가 비록 절대자의 부름을 받았지만 자아 생명체로서 감각적 본능에 지배되는 현실에 머물러야 하기 때문이다.[32] 이런 자아내면 위기에서 할라는 "정신"의 힘, 즉 보다 높은 단계의 제삼 자아의 중매 역할로서 현실에 도전하여 그의 자유 의지로서 마지막 생사의 결정권을 쥐고서 몰락을 의미하는 죽음으로 방향을 돌린다. 그러나 그가 택하게 되는 '죽음'은 음양에서 볼 때 단순한 죽음, 즉 생명의 중단을 뜻하는 것이 아니고 생과 더불어 생사(生死), 곧 음양으로서 두 극 음양중의 한 극으로서 음양 조화 완성의 길에 주어지는 한 과정으로 보아진다. 이러한 까닭으로 죽음으로 주어지게 되는 그의 길은 현실에서부터 던져지는 좌절 내지 종말을 의미하는 것은 결코 아니고, 이 길은 음양 조화로 나아가는 길이다.

2.5.

이 음양 자아 조화의 길로부터 주어지는 음양 인식의 길은 할라로 하여금 "유머(Humor)"(7/237)의 길, 즉 그의 자아 내면의 두 대립 세계를 동시에 꼭 같은 정도로 긍정하는 길로 이끌게 된다. 이 "유머"는 음양 조화와 음양 지혜의 길

32) 주인공 할라와 같이 헤세도 자기 자아의 두 대립 세계 속에서의 갈등을 보여주고 있다. (비교: Hermann Hesse im Spiegel der Kritik, hrsg. v. Adrian Hsia, a.a.O., S.264)

을 가리킨다. 음양 지혜로서의 유머는 유머의 근본 원칙에서 구체화시켜서 잘 나타내고 있다. 이 근본 원칙은 특히 "유머"의 요구 사항에서 잘 나타나고 있는데, 이에 의하면 자아가 "현실에 몸을 두고 있으면서도 마치 이 현실에 몸을 두고 있지 않는 것 같이 하는 것이며, 현실의 법칙을 지키면서도 이 법칙 위에 올라서서 있으며, 이 법칙을 소지하고 있으면서도 마치 소지하고 있지 않는 것 같이 하며, 이 법칙을 포기하면서도 마치 포기하지 않는 것"[33] 같이 하는 것이다. 이 근본 원칙은 겉으로 보기에는 앞말과 뒷말이 맞지 않아서 모순되는 것 같다. 그러나 실은 이들 전후의 말은 서로 상반되면서도 상호간에 보완하고 있다. 왜냐하면 "현실에 몸을 두고 있으면서 마치 이 현실에 몸을 두고 있지 않는 것 같이 한다"라는 말은 곧 자아가 몸을 담고 있는 현실이 긍정되면서도 그러나 역설적으로 이 현실세계는 자아내면에 자리 잡고 있는 보다 높은 단계의 정신세계에 주어진 "절대자적인 것"에서부터 내려다볼 때면 긍정적 부정으로 나타나기 때문이다. 이 말은 곧 긍정되는 현실세계가 보다 높은 단계에 있는 정신세계의 현실에서 볼 때 겉으로 부정되는 것 같이 되어서 마치 후자의 현실이 전자의 현실 부정 위에 존재하는 것 같이 된다는 것이다. 그러나 어느 쪽의 부정도 아닌 것이다. 이렇게 됨으로써 이 두 개의 현실 세계는 단지 '긍정'과 '부정'이라는 말에서 서로 상반되나 다같이 긍정되고 있다는 점에서 상호 긴

33) Vgl. 7/238.

밀 유대 관계에 있고 이들 두 현실세계는 똑같이 동시적으로 할라 그의 자아내면으로 받아들어지고 있다.

"유머"는 그를 보다 높은 단계의 절대자 세계로 이끌어 주는 매개체이다. 동시에 유머는 위에서 암시된 바와 같이 그로 하여금 그의 자아 존재의 근저가 되는 현실세계를 부정하지 않게 하며, 나아가서 그의 몸을 둔 현실, 즉 양자택일의 현실을 넘어서게 해서 그에게 절대자의 세계로 향한 문을 여는 것이다.[34)]

이와 같이 할라로 하여금 두 극 음양의 동시적 동등 인정의 길로 인도하는 "유머"는 양자택일의 현실에서 그릇되게 분리된 그의 두 자아의 탈을 벗기게 하는 길이 된다. 이 두 자아의 탈피는 그릇된 자아로서 현실에 주어진 가정 "인물(Persönlichkeit)"(7/369)의 탈피이다. 그의 자아에 주어진 이 가정 "인물"은 그의 참된 자아를 유치 감금한 일종의 "유치장"(ebda.)이다. 그는 "유머"의 힘을 빌려서 감금 구속된 자아 해방을 도모하는 하나의 방법으로 그는 "그 자신의 인물을 중요시하지 않게 된다."(ebda.) 이 말은 곧 현실에 주어진 그의 그릇된 자아 "인물"의 말소를 뜻한다. 이 자아 말소의 길을 장기놀이 하는 동방의 현인은 그의 장기놀이에서 그에게 보여준다. 그런데 이 장기놀이는 단순한 장기놀이가 아

34) 어느 한 헤세 평자가 옳게 본바와 같이 할라가 시민사회의 현실을 넘어서서 벗어난다는 말은 개개 인간의 천국 도달의 욕망 즉 축복의 나라에 도달하려는 영원불멸의 달성 욕망과는 달리 현실사회에 뿌리를 내리게 되는 자아 확립을 의미하는 것이다.(비교: Hermann Hesse im Spiegel der Kritik, hrsg. v. Adrian Hsia, a.a.O., S.289)

니라 헤아릴 수 없을 만큼 많은 영혼들로 된 장기 알로서 형성되는(비교: 7/243-4) 비유적인 장기놀이이다. 이 수많은 영혼들의 장기 알은 할라의 것으로(비교: 7/386) 그의 자아 내면의 두 극 음양으로 표현되는 생활의 무수한 계열들이다.[35] 이 계열들은 다름 아닌 음양운동과 함께 있는 음양 싹의 자람에서 보여주는 계열들이다. 이들 계열로서 이루어지는 그의 영혼들이 동방 현인의 장기놀이에서 장기판 위에 올려져서 그로 하여금 자아내면에서 관조 직시하게 된다.[36]

이 같은 보다 높은 단계의 비유적 영혼놀이에서부터 할라의 그릇된 자아 "인물"은 현실에서 벗어나는 과정, 즉 그릇 이분(二分)된 자아 탈피의 길에 있게 된다.[37] 이 자아 탈피의 길은 그에게 주어진 자아 운명의 길이다. 왜냐하면 위에서 언급된 바와 같이 그의 자아가 현실에 주어짐으로서 그의 이분된 자아가 필연코 대두되고, 이로써 또한 피할 수 없이 그의 본래의 참된 음양자아가 그에게 전제되기 때문이다. 이 참된 음양자아의 길, 할라의 음양자아 운명의 길은 그와 반대 극을 이루는(비교: 7/296,300) 헬미나와 "이성(理性) 결혼"(7/239)

35) 이것을 뒷받침하는 것으로서 작가 헤세는 "영혼(Seele)"을 생활의 형태로서, 나아가서는 생활 표현 가능성으로 나타냈다.(비교: Hermann Hesse, Mein Glaube, hrsg. v. S. Unseld, Frankfurt/M. 1971, S.12.

36) 음양 싹의 자람으로서 형성되는 계열놀이를 비유적 장기놀이로서 보여주고 있는데(비교:7/386), 여기에서 동방현인인 장기 놀이 자는 그의 음양의 놀이 즉 음양 지혜의 놀이에서 이 장기놀이를 음양 "지혜의 시작"(7/387)이라고 했다.

37) 그의 그릇된 자아 제거의 일환으로서 자아는 현실로부터 주어지는 이름으로 일컬어지지 않는다.

으로 구체화된다. 음양에서 볼 때 헬미나는 여자 음극이고, 반면에 할라는 남자로서 양극이다. 헬미나와 할라는 음양으로서 서로 상반되지만 서로 긴밀 유대 관계를 지닌 점에서 헬미나는 할라의 누이로서 일컬어진다.(비교: 7/313) 이들 두 사람의 "이성 결혼" 곧 음양의 결혼은 이상적인 동등 동시적 긍정의 상황에서 주어지는 음양의 궁극적 조화가 이룩되는 보다 높은 단계의 현실인 양자 긍정의 현실에서만 가능하다.[38] 이런 음양의 양자 긍정에서 성립되는 할라와 헬미나의 "이성 결혼"의 길은 "유머"의 길이고 이렇게 됨으로서 이 길은 다름 아닌 할라의 음양자아 내면의 완성 길이 된다. 이 음양자아의 완성이라는 범주에서 볼 때 헬미나는 할라의 내면 두 자아의 일부분에 해당된다. 즉 헬미나는 음양 두 자아 중 한극의 세계로 음극의 세계인 감각본능의 세계를 대표하는 표상으로서 보여준다. 이로서 그들 둘 사이에 있는 "이성 결혼"은 두 극 음양의 마지막 조화를 전제하게 되는 결산물이다. "이성 결혼"으로의 길은 "유머"의 길, 곧 자아 탈피의 길로 가기 위해서 그는 그의 참된 음양자아 완성의 길에 마지막으로 주어지는 정거장 "마술 극장"으로 발을 들여 놓는다.

38) 보다 높은 단계에서 성립되는 음양의 결혼 즉 "이성(理性) 결혼"이라는 의미에서 할라는 양자택일 현실에서 헬미나와 결혼할 것을 반대한다.(비교: 7/411) 왜냐하면 이 현실에서 이루어지는 결혼은 전연 다른 두 개인이 합쳐지는 것이고, 이 때에 양자택일 현실의 논리 관계가 없어지는, 즉 '너'와 '나'의 관계가 없어지는 진정한 조화 일치는 기대될 수 없기 때문이다.

2.6.

그러면 "마술 극장"은 할라의 자아 탈피 곧 자아의 음양 조화 완성의 길과 어떤 관계를 지니고 있는가?

"마술 극장"은 먼저 작품 『슈테펜볼프』에서 나타내고 있는 것에서 본다면 논리적 사고 판단의 현실과 동떨어져 반입되는 오로지 그림들(Bilder)로서만 이루어지는 장소이며(비교:7/370) 일종의 "그림들 카비넷(Bilderkabinett)"(7/368)이다. 이로서 마술 극장의 세계는 "그림들의 세계"(7/412)이다. 여기에는 양자택일의 현실세계는 배제되어있다. 왜냐하면 이 "그림들의 세계"를 보여주는 마술극장은 이 극장 주체자인 색소폰 부는 파블로에 의하면 "유머의 학교"(7/369)로서 표현되기 때문이다.

이 말은 "유머", 즉 두 대립 세계가 음양으로서 상호 유대관계 하에서 동시적 동등으로 긍정되는 길인 "유머"가 연마되는 학교라는 것이다. 고로 이곳에서는 보다 높은 단계의 음양 양자 긍정의 현실만이 있을 수 있다. 이러한 이유로서 그림들로 된 마술극장의 세계는 "가칭적 세계"(7/369)이며 이 세계에서는 양자택일의 현실이 있을 수 없다. 나아가서는 양자긍정의 현실이 가상되는 이 "마술극장"은 양자택일의 현실을 넘어서게 됨으로써 후자의 현실에서는 주어질 수 없는 것으로 된다. 이같이 양자택일의 현실에서 있을 수 없다는 사실에서 "마술극장"은 기교적으로 만들어진 것이다. 그러나 이 극장은 비록 기교적으로 된 곳이나 음양 양자긍정의 현실이 주어져 있다는 점에서 이들 두 극 조화완성의 실현 가능성이 부여되고 있다.

이 같은 실현가능성이 주어짐으로써 음양의 궁극적인 조화로 가는 할라 또한 그의 "마술 극장" 입장으로 그의 상실된 참된 음양자아의 길에 있게 된다. 이 길에 있게 되는 그는 그의 내면적 참된 음양자아를 목적으로 음양의 마지막 조화가 형성되는 보다 높은 단계의 양자긍정의 현실로 오르기 위해서 연인인 헬미나와 합의하고서 마술극장에서 헬미나를 죽인다. 그런데 할라가 행하는 살인은 그의 내면 음양자아의 완성 과정에서 보아졌던 헬미나와의 "이성(理性)결혼"과는 어떻게 설명되며 또 마술극장에서 그에게 주어질 그의 내면적 참된 음양자아에 대해서는 어떤 의미를 지니는가?

이미 할라와의 "이성결혼(理性結婚)"관계에서 언급된 헬미나는 하나의 극, 즉 음극으로 보아짐으로써 할라에게 부족한 "반대 부분"(7/296)극으로서 뿐만 아니라 나아가서는 그를 보충하는 하나의 극으로서 대두된다. 이렇게 됨으로써 헬미나는 그의 음양조화 즉 음양자아의 길을 인도하는 안내자이며 이 길을 가게끔 하는 조력자이고[39] 또한 그의 구제자이다. 안내자인 헬미나의 도움으로 그는 음양 조화의 길에 들어선다. 이 과정은 특히 상징적으로 잘 나타내 주고 있다.

---

39) Vgl. Rudolf Pannwitz, Neue Zürcher Zeitung Nr. 2616 vom 2.7. 1962.
In : Hermann Hesse im Spiegel der Kritik, hrsg. v. Adrian Hsia, a.a.O., S.298.

할라는 헬미나의 머리를 잡고서 "그 여자의 이마에 키스를 주고서 그 여자의 머리를 뺨과 뺨으로서 의지하게 해서" (7/344) 형제자매로서 그들 음양 두 사람은 잠시 동안이나마 상징적인 포즈를 가진다.(Vgl.ebda)

그러나 여기서 보여주는 할라의 길, 즉 그와 헬미나가 각각 한 극으로서 두 극이 모여져서 가게 되는 길의 제시는 근본적인 음양 조화의 길에 위배된다. 왜냐하면 그가 헬미나를 그의 반대부분으로서 그의 음양자아의 한 극으로 보아서 이 헬미나의 한 극과 합쳐서 조화를 형성하려는 양자택일현실의 논리적 사고 과정을 보여주고 있기 때문이다. 이 같은 논리적 사고에서부터 이루어지는 음양 조화의 길은 종국적으로 할라 그의 자아의 그릇된 이분(二分)과 상통된다. 이렇게 될 때 헬미나는 그릇된 그의 자아 이분상(二分像)의 일부분으로서 보여주는 또 하나의 다른 측면이 되겠는데, 이때에 헬미나는 그의 참된 음양자아에서 보여지는 그의 자아 바깥에 주어진 가상(假像)이다. 이 가상의 헬미나는 그의 분리될 수 없는 참된 음양자아를 형성하는 하나의 극으로서 간주될 수 없고, 그와 헬미나는 현실의 논리적 사고의 테두리에서 "너"와 "나"라는 뚜렷이 의식되는 경계선에 머물게 된다. 이런 경계선이 주어지는 의식 하에서는 그와 헬미나의 "이성(理性)결혼" 즉 "너"와 "나"가 있지 않는 진정한 의미의 음양결혼은 성립될 수 없다. 이 분리되는 상황에서는 그와 헬미나는 단지 서로 상반(相反)되는 짝이다. 그리고 그가 의식의 현실에 머무는 한에 있어서는 그들 둘의 갈라 놓임은 제거될 수 없다. 그들 사이에 놓인 분리 경계선 제거의 길, 곧 분리되지 않은 음양자아의 길을 위하여 그는 음양 조화의 극장 "마술극장"으로 들어가서 무언으로 주어진 약속에 따라서 그의 연인인 헬미나를 죽이는 것이다. 그러나 이 살인 행위는 보잘것없는 단순한 질투 등등의 정도 낮은 동기에서 감행되는 것이 아니고 보다 높은 단계에서 일어난다. 즉 그의 살인 행위는 그를 양자택일의 현실을 벗어나게 해서 양자긍정의 현실로 가게 한다. 이 과정은 다음과 같이 이야기한다.

할라 그가 발을 들여놓은 "마술극장"은 위에서 언급된 바와 같이 기교적으로 전제된 두 극 음양 조화로서 형성되어있다. 그런데 누군가가 현실에서 적용되는 양자택일의 길을 감행하려고 할 때는 그는 필연적으로 이 "마술극장"을 잘못 사용하게 된다. 왜냐하면 이 극장은 두 극 음양의 조화로써 이룩되는 양자긍정의 현실로서 구성되어 있기 때문이다, 이와 같은 두 상반되는 현실들, 즉 양자택일의 현실과 양자긍정의 현실을 앞에 두고, 후자의 현실로 전자의 현실이 적용되려고 할 때 "마술극장"에 지워진 본래 의미를 깨트리게 되고 또 이 극장을 그릇되게 한다. 이 같은 "마술극장"의 잘못된 사용은 할라의 그릇된 음양 인식에서 기인된다. 왜냐하면 그는 언제나 비(非) 분리된 상황에 있는 음양을 그의 양자택일적 현실에서 가지게 되는 논리적 사고 판단 하에서 그의 자아를 분리시켰고, 이로써 그는 그의 자아 내면에서 다른 한극을 이루는 헬미나를 자아 바깥으로부터 그의 음양자아의 분립된

한 극으로 보게 되기 때문이다. 이 말은 그가 음양의 근본 원리원칙, 즉 하나의 극은 자체 내에서 두 극을 동시에 가지고 있고 어느 극도 분리되어져서 나타나질 수 없다는 것을 몰랐다는 것이다. 이 같은 무(無)인식으로 그는 헬미나를 자아 바깥의 분립된 두 자아 중 하나로서 간주해서 죽이게 된다. 실로 헬미나는 "하나의 단순하고 아름다운 그림"(7/403)에 불과한 것이고 할라의 그릇된 그림 상(象)에 지나지 않는다. 고로 할라의 살인은 그가 양자택일의 현실에 사로잡힌 자아 응집에서 "마술극장"에 주어진 아름다운 헬미나의 단순한 그림을 파괴한 것이다. 이 파괴 내지 살인 행위는 그가 몸 두고 있는 양자택일의 현실의 과대평가에서 이루어진 것이다.[40] 그의 이 같은 과대평가에서, "아름다운 그림으로서 이루어져 있는 홀을 현실"(7/410)과 혼돈해서 바꾼 나머지[41] 그는 살인 행위를 범하게 된다. 이 범행으로 그는 마술극장의 양자긍정 현실세계, 즉 보다 높은 단계의 음양 조화로 형성된 예술 세계를 모독한 것이다.(비교:7/410)

그러나 할라는 그의 살인 행위 곧 헬미나의 아름다운 그림의 파기로 사실상 "영원"(7/343)의 상태[42] 현실의 "가상(假像)을 넘어서서 존재하게 되는 영역"(7/344)으로 들어가게

40) 이 사실은 검사가 할라의 처형 전 판단하는 것과 같이 할라 그의 자유의지에서 분별없이 행해진 과실이라는 점에서도 뒷받침되고 있다.

41) 이 사실은 또한 색소폰을 부는 파불로에 의해서 확인된다. (비교 : 7/412)

42) 여기 이야기되는 "영원성"은 빛을 가지게 되는 견고한 "수정의 영원"인데, 헤세의 말을 빌리면 이 영원에서는 우리들 인간이 서로 이해하고 평화롭게 살 수 있는 것이며 현실에서 주어지는 어떤 논리적인 시간의 세계가 아니다. 시간의 흐름이 사고되어지지 않는 세계이다. (비교 : 7/345)

된다. 이로서 그는 자아 내면에서 얽매였던 현실로부터 벗어나게 되는데, 이 자아내면의 해방은 현실에 주어진 그의 가상으로부터의 탈피를 의미하게 된다.

그는 자신의 그릇된 음양의 인식으로부터 현실에 주어진 두 자아로서 살인 행위와 이 살인 행위로서 뒤따르게 되는 "마술극장"의 파괴라는 범죄를 저지르게 된다. 이 이면에는 또한 음양에 대한 그의 무인식(無認識)이 내재해 있다. 즉 마술극장이 기교적인 음양조화로서 형성되어 있다는 결함을 그는 인식하지 못했다. 이와 같은 기교적 조화, 할라와 헬미나의 기교적인 융합을 제공하는 장소로서의 "마술극장"은 사실인즉 착각에 지나지 않는다. 왜냐하면 "마술극장"과 같은 음양조화의 세계는 양자택일현실에서는 있을 수 없기 때문이다. 이 기교적 조화로서 주어진 "마술극장"의 허구를 그는 자신의 살인 범행 후 즉 헬미나의 아름다운 그림을 망가뜨린 후 알게 된다. 그에게 주어지는 이 새로운 깨달음으로 인해서 마술극장은 자체에 덮어 씌워진 허구의 탈을 벗게 되고, 나아가서 양자택일적 현실과 마술극장의 조화된 양자긍정 현실은 음양에서 보아질 때 동등한 위치에 있게 된다. 이 말은 전자의 현실과 후자의 현실은 다같이 조화될 수 없는 음양이 분리 또는 조화시켜진 것이다.

그러나 이 그릇된 분리 또는 조화는 모두가 현실의 논리적 사고 하에서는 불가결한 것이어서, 이 피할 수 없는 사실에서 볼 때 양자택일 현실과 양자긍정 현실은 결코 부정적(否定的)인 것은 아니고 긍정적인 것이다. 이 긍정은 음양 두 극의 보다 높은 단계에서 주어지는 긍정으로의 방향을 제시한다. 왜냐하면 그의 분리된 두 자아와 마술극장은 진정한 비분리(非分離)의 음양에서는 있을 수 없는 즉 부정적(否定的)인 동등한 자리에 있게 되는 것이고, 이 부정성으로 긍정성을 음양으로서 전제하기 때문이다. 이 같은 동등한 자리에서는 두 대립현실은 더 이상 대립되지 않고 동일한 위치에서 같은 것으로 하나가 된다. 이들 두 현실의 동일시의 결과로 양자택일 현실의 지양(止揚)이 이야기되겠고, 이 현실의 소멸로서 현실에 근거를 두는 할라의 그릇된 두 자아 또한 사라지게 된다. 그의 그릇된 두 자아소멸은 곧 보다 높은 단계의 양자긍정 현실에 주어질 그의 참된 음양자아의 대두를 의미한다.

이 음양자아는 대립의 두 극이 동시적 동등의 긍정이라는 점에서 음양 두 극 긍정에서 형성되는 음양지혜의 자아로, 이는 곧 무위(無爲)의 음양자아이다. 이와 같은 동시동등 긍정이라는 보다 높은 단계의 현실에 주어진 자아에서 볼 때 마술극장은 "자아 접견 시간과 영원의 내면적인 접합 장소"[43]이다. "자아 접견" 내지 "내면적 접합"은 다름 아닌 할라의 두 자아 즉 그릇된 자아와 참된 음양자아의 상봉, 나아가서는 이들 두 자아합일 과정을 이야기하는 것이다. 이런 과정을 통하여 형성되는 보다 높은 단계의 자아에서부터 할라는 현

43) Anni Carlsson, Zur Geschichte des Steppenwolfsymbols. In : Materialien zu Hermann Hesses Der 〉Steppenwolf〈, hrsg. v. V. Michels, a.a.O., S.381.

실에서 주어진 두 자아인 "늑대 인간"의 허구를 벗게 되고, 이의 결과로 그는 "마지막 모습"(7/403)으로, "수많은 형태의 신화"(ebda.) 속에서 그의 참된 음양자아를 들어내며 헬미나와 함께 진실한 사랑의 완성으로 나아가게 되는 "유래없는 결혼식"(7/397)을 올리게 되는 것이다. 그들은 이 결혼식(式)으로써 보다 높은 단계의 조화된 '하나'로 도달한다. 이 조화된 '하나'의 길은 곧 할라 자아내면의 음양 조화완성의 길이며 자아내면 천성의 완성을 의미하는 길이 된다.

3.

여태까지의 주요 경과를 종합정리하면서 결론지어 보면 작품『슈테펜볼프』에서 어떻게 주인공 할라가 음양의 면에서 보아질 때 양자택일 현실에서 주어진 그릇된 두 자아로서 대두되고 있는가? 또 어떻게 이 두 자아로부터 이루어지는 그의 자아 일부분인 그릇된 헬미나의 그림을 마술극장에서 망가뜨림으로써 그의 거짓된 두 자아, 분리된 두 자아인 "늑대 인간"의 탈을 벗어나서 뚜렷이 규정되지 않고 형태를 보여주지 않는 그의 참된 비분리(非分離)된 음양자아에 이르게 되는 가가 살펴진 셈이다. 그의 음양자아의 길은 보이지 않는 자아상 완성의 길이며, 이 길은 위에서 거듭해서 이야기해온 바와 같이 결단코 이성(理性)으로 판단되는 인식의 길은 아니다. 여기에는 어떤 논리적 사고 판단이 주어짐이 없는 오로지 직감적 관조만이 가능하다.

그러나 이 길은 개개인이 몸을 담고 있는 자아존재 근거지인 현실과 동떨어져서 성립되는 가공적인 허무맹랑한 추상의 길은 아니다. 이것을 뒷받침하는 것으로서 그의 음양자아 완성 길은 현실을 긍정하는 밑바탕에서 출발된 그릇된 분리의 두 자아로부터 잃어버려진 참된 음양자아로 나아가는 길이다. 이 자아의 길은 작품 맨 마지막에 이르러서 똑똑히 역설(力說)하고 있다. 즉 그가 "마술극장"의 기교적인 음양조화의 현실, "유머"로서의 주어진 보다 높은 단계의 현실 세계를 망친 후 극장의 주체자인 파불로에 의해 다시 의식의 현실로 되돌아오게 되며(비교:7/412), 보다 나은 장래를 위해 재출발할 것을 다짐함으로써, 그는 그의 음양자아의 길을 현실에서 뚜렷이 보여주고 있다.[44] 나아가서 할라 자아의 길은 그의 개인에게 예외적으로 주어진 어떤 초현실적인 자아욕망 달성의 길은 결코 아니며, 어디까지나 현실에 근거를 두는, 모든 개개인에게 공통으로 부과되어질 수 있는 자아확립의[45] 길이다.

---

44) 할라는 그의 현실긍정에서 다음과 같이 말한다.
"Oh, ich(…)wußte alle hunderttausend Figuren des Lebensspiels in meiner Tasche, ahnte erschüttert den Sinn, war gewillt, das Spiel nochmal zu beginnen, seine Qualen nochmals zu kosten,. vor seinen Unsinn nochmals zu schaudern, die Hölle meines Innern nochmals und noch oft zu durchwandern.
Einmal würde ich Figurenspiel besser spielen. Einmal würde ich das Lachen lernen."(7/413)

45) Vgl. Rudolf Pannwitz, Neue Zürcher Zeitung Nr. 2616 vom 2.7. 1962.
In: Hermann Hesse im Spiegel der Kritik, hrsg. v. Adrian Hsia, a.a.O., S.289.

참고문헌

Hermann Hesse, *Gesammelte Werke* in 12 Bänden, Bd. 5, 7, Frankfurt/M. 1972.

Hermann Hesse im Spiegel der Kritik, hrsg. v. Adrian Hsia, Bern und München 1975.

Hermann Hesse, *Mein Glaube*, hrsg. v.S. Unseld, Frankfurt/M. 1971.

Chin Hwang, *Hermann Hesses Anthropologie und die Weisheit und das Gleichnis des Fernen Ostens*, Diss., Bern 1978.

I Ging, Das Buch der Wandlungen, Aus dem Chin. übertr. und erl. v. R. Wilhelm, Düsseldorf, Köln 1970.

Materialien zu Hermann Hesses 〉Der Steppenwolf〈, hrsg. v.V. Michels, Frankfurt/M. 1972

Wilhelm Schwinn, *Hermann Hesse Altersweisheit und das Christentum*, München 1949.

Über Hermann Hesse, hrsg v. V. Michels, Bd. 1, Frankfurt/M. 1976.

Richard Wilhlm, *Chinesische Lebensweisheit*, Tübingen 1950.

한장경, 역학원리총론, 서울 1971.

Ⅵ. 헤세의 『슈테펜볼프』와 막스 프릿쉬의 『슈틸러』에서의 자아문제

1.

"슈테펜볼프의 팜플렛(Tractat vom Steppenwolf)"에서 기술하고 있는 바에 의하면 『슈테판 볼프』의 주인공 하리 할라는 자신의 자아내면에 두 개의 서로 상반되는 요소를 지니고 있다는 것이다. 그에 의하면 현대 시민사회의 다른 모든 인간들도 그와 같이 이면(二面)성을 그들 자아내면에 지니고 있다. 즉 "하나의 인간적인 것과 늑대적인(eine menschliche und eine wölfische(Nature))[d.Vf.1)]" (7/223)[2)] 것이다.

"인간적인 것은" 아름다운 생각이나 감성 등 이성적인 행위들이고, 반면에 '늑대적인 것'은 짐승적이고 비이성적인 것들이다. 이 두 상반적인 요소로 된 이면성은 할라에 의하면 현대시민들에게 있어 교묘하게 잘 타협되고 조정되고 있다는 것이다. 그러나 그에게 있어서는 그들과는 다르게 그의 자아 내면의 두 상반적인 이면성은 적대적인 관계에서 서로가 경계하며 비방하는 평화롭지 못한 상태에 있다. 이 질투

1) d.Vf.는 der Verfasser의 약자로 논자라는 말인데, 논자가 원문에 없는 것을 의미에 맞게 첨부했음을 가리킨다.

2) 아라비아 첫 숫자는 헤르만 헤세 전집의 권수를 나타내고, 사선 다음의 숫자는 쪽을 가리킨다: Hermann Hess, Gesammelte Werke in 12 Bde., hrsg. v.V. Michels, Frankfurt/M., 1970.

반목의 두 상반성은 그에게 있어서는 그들과는 다르게 피할 수 없는 운명적인 것이 된다. "슈테판볼프는 두 개의 이면성을 지니고 있는데, 인간적인 것과 늑대적인 것으로 이는 그의 운명이다(Der Steppenwolf hatte also zwei Naturen, eine menschliche und eine wölfische, dies war sein Schicksal(…))." (ebda.)

이 같은 운명적인 두 상반성 속에 있게 되는 하리 할라의 자아는 그가 현대시민사회에 뿌리를 두고 있지만, 이 사회로부터 수용되지 않은 채 이방인으로서 고립된 상황에 있게 된다.[3]

그의 자아, 즉 한쪽은 인간적인 것이고 다른 한쪽은 짐승적인 그의 자아는 헤세에 의해 작성된 하나의 "허구(Fiktion)"(7/240)이고 "가상체(Erfindung)"(Vgl.7/243)이다. "가상체" 또는 "허구"로서의 그의 자아는 보다 높은 단계의 자아로부터 부정된다. 이에 관해서는 곧 이어지는 본론 2에서 보다 구체적으로 다루어지겠다.

그러면 『슈테펜볼프』(1927)의 주인공 하리 할라의 인간 늑대 자아가 하나의 "허구" 또는 "가상체"로서 현대 산업사

3) Vgl. Alfred Wolfenstein: Wölfischer Traktat, In : Materialien zu Hermann Hesses 〉Der Steppenwolf〈, hrsg. v.V. Michels, Frankfurt/M., 1972, S.274.

회의 시민사회에서 추구하는 궁극적인 것은 무엇인가 하는 궁극적인 물음을 내놓게 하고 있음으로써 그의 자아문제가 제시되고 있다.

헤세의 『슈테펜볼프』의 하리 할라가 몸 두고 있는 시민사회 속에서의 그의 자아문제를 대두시키고 있는 것과 유사하게 스위스의 현대 작가 막스 프릿쉬도 그의 작품 『슈틸러(Stiller)』(1954)에서 그의 주인공 자아문제를 우리들 앞에 내놓고 있다. 『슈틸러』에 등장하는 인물 미스터 화이트는 여행자로서 스위스 입국과 동시에 현대 산업사회의 매스컴과 스위스 시민사회의 시민 고발로 종적을 감춘 주인공 슈틸러로 간주된다. 이로서 그는 미스터 화이트로서의 그의 자아는 부정되고 경찰에 의해 연행되어 조사받고 감금된다. 그의 자아부정에 대한 미스터 화이트의 외침은 "나는 슈틸러가 아니다(Ich bin nicht Stiller)"(S.9)[4]이다. 그의 이 외침은 『슈틸러』의 시작과 함께 주어지고 있다.

그러나 다른 한편으로 그는 그의 이 같은 외침과는 다르게 주위세상 사람들로부터는 "너는 슈틸러 이다"라고 자백할 것을 강요받는 처지에 있게 된다. 이로서 그에게 주어진 과제는 그의 주장처럼 "그는 슈틸러가 아니다"라는 것을 증명해 보이는 것이다. 이의 작업을 위해 미스터 화이트는 외부

4) 앞으로 이렇게 표시되는 아라비아 숫자는 다음 책자의 쪽이다 : Max Frisch: Stiller, Suhrkamp taschenbuch(st 105), Frankfurt/M., 1974.

로부터 강요된 일기문의 기록자로서 자취를 감춰 없어진 슈틸러에 관심을 가지고 슈틸러의 자아에 접근하기를 시도한다. 여기서 미스터 화이트는 존재하는 그의 자아와 사라진 슈틸러 자아와의 대면으로 시작되는 그의 자아문제, 즉 프릿쉬적 자아 동일성 문제를 내놓고 있다.[5] 프릿쉬의 인물이 내놓고 있는 이 자아 동일성 문제는 보다 높은 단계에 있게 되는 "참된 자아(das wahre Ich)"[6] 로 나아가는 길인 것이다. 위의 약술과 문제제시로서 뚜렷한 바와 같이 이들 두 작가들의 작품들 『슈테펜볼프』와 『슈틸러』에서 내놓고 있는 보다 높은 단계의 "참된 자아"가 이들 작품에서 어떻게 전개되고 추구되고 있는가를 살펴보는 것이 본 논문이 추진하고자 하는 작업이다.

2.

2.1.

사실이지 헤르만 헤세와 막스 프릿쉬는 상당한 유사성을 띠고 있다. 이들 둘은 모두 다같이 "작가의 부름"을 받았다. 헤세는 아주 일찍이 즉 13세 때 이미 "작가의 부름"을 받았으며[7] 프릿쉬는 헤세보다 훨씬 늦지만 "작가의 부름"을 받는

---

5) Vgl. Friedrich Dürrenmatt:〉〉Stiller〈〈, Roman von Max Frisch, Fragment einer Kritik, In: Materialien zu Max Frisch 〉Stiller〈, Frankfurt a.M, 1978, 1.Bd., S.80f.

6) s. Peter Demetz: Das Schweizer Establishment und Anatol Ludwig Stiller, In: Materialien zu Max Frisch〉Stiller〈, a.a.O., S.272, 273.

다.[8] 차이점이 있다면 헤세는 "작가의 부름"을 받고 난 후 프릿쉬와 다르게 주위 세상으로부터 고립되고 멸시당한다.

이들 둘은 정도의 차이는 있다고 하겠지만 모두 다 세계대전을 체험한 세대이다. 또 작가 헤세와 프릿쉬는 간접적으로나마 교류가 있은 관계이다. 이를 잘 뒷받침하고 있는 자료로 헤세는 작품 『슈틸러』의 작품 평에서 인물 슈틸러에 관해 언급하고 있고, 프릿쉬도 헤세에게 편지를 낸 일 외에 그의 작품 『슈틸러』의 주인공 아틀리에 헤세의 작품을 찾아 볼 수 있게 하고 있다.(S.359) 이들 둘은 현대 산업사회의 외톨박이(Außenseiter)로 스위스 남쪽 지방에서 은둔 생활을 한 것을 들 수 있겠다.

뿐만 아니라 여기 다루어지는 헤세의 『슈테펜볼프』와 프릿쉬의 『슈틸러』에서는 이미 이야기 된 바와 같이 주인공들로 하여금 "참된 자아"의 길을 가게하고 있다. 다만 헤세에게 있어서 자아는 자아 내면화 과정을 뚜렷이 함으로써 자아의 주관화 경향을 띄고 있는 반면에, 프릿쉬에게는 자아를 관찰대상으로 함으로써 객관화하고 있다.[9]

그러나 이들 두 작품은 많은 유사점을 형태면과 내용면에서 나타내고 있는데, 구조적으로 볼 때 이들 작품들은 "단선적인 일인칭소설 또는 삼인칭소설이라고 규정지을 수 없고,

---

7) Hermann Hesse: Kurzgefaßter Lebenslauf, In: Materialien zu H,Hesses ⟩Der Steppenwolf⟨, a.a.O., S.11.

8) s. Volker Hage : Max Frisch, rororo bildmonographine, Reinbek bei Hamburg, 15-22, Tausend 1984, S.20.

9) Vgl. Friedrich Dürrenmatt : a.a.O., S.81.

다양한 부수 물들, 즉 머리말, 맺음말, 주해,"[10] 그리고 특히 『슈틸러』에서 뚜렷한 것으로 삽화적 구성 범주에서의 여러 이야기들로 이루어지고 있다는 점이다. 이 "이야기들의 특성은 여타의 기존 소설 형태들과 비교할 때 어느 정도 고백적이고 주관적인 요소를 지니고 있다고 하겠고, 또 작품 내에서 독자를 제2의 독자 상황과 대치시킴으로써 문체의 한 특이한 반대 감정의 양립을 형성하게 하고 있으며, 주인공들로 하여금 자신들에게 대한 보고를 읽게 하고 있다. (…) 그리고 또 이들 주인공들은 여러 다른 측면에서 비쳐지고 있는데, 자기 자신들로부터 친구들로부터, 외부에 자리하고 있는 동료시민들로부터 객관적으로 그려내고 있는"[11] 점을 들 수 있겠다.

뿐만 아니라 이들 두 소설에서는 우연의 일치인지는 모르나 이들 두 작품의 주인공들은 하나같이 지붕 밑 다락방에 세 들어 살고,[12] 현대 산업사회의 복잡한 생활 속에서 이방인(Outsider)로 생활하고 있다. 또 작품 맨 마지막에 주인공들이 이르게 되는 "참된 자아"의 길을 객관적인 사실로 증명해 내보이려는 의도에서 두 소설 모두에서 똑같이 제3자인 검

---

10) Hans Bänziger : Der 〉〉Steppenwolf〈〈 und 〉〉Stiller〈〈, In : Materialien zu Max Frisch 〉Stiller〈 a.a.O., S.351.

11) Ibid., S.351-352.

12) Vgl. "Er(=Steppenwolf) mietet die Mansarde oben im Dachstock und die kleine Schlafkammer daneben(…)" (7/183) 또한 슈틸러가 가진 아틀리에(Atelier)도 슈테펜볼프의 다락방 못지않은 상태이다.(z.B. S.363)

사로 하여금 판결하게 하고 있고 확인하게 하고 있다.

지금까지 기술된 자아문제 제시와 많은 유사점을 기조(基調)로 논자가 다루고자 하는 현대 산업사회의 자아문제는 이들 두 작품들의 단순한 비교범주에서 다루고자 하는 바는 결코 아니다, 그러나 논술과정에 있어 이들의 비교는 두 작가들의 자아문제를 보다 심도 있게 다루기 위해, 즉 이들 작품에서 나타나고 있는 자아문제의 본질에 접근하기 위한 방법의 하나이다.

그러면 먼저 이들 두 작가의 자아문제가 작품 테두리에서 구체적으로 어떻게 대두되고 있는가가 논술되고, 다음으로 이 자아문제는 두 작가들의 측면에서 어떤 의미를 지니고 있는가를 고찰한다. 그 다음으로 자아문제를 다룸에 있어 이들 두 작가 작품들에서 공통적으로 보여주고 있는 자아문제를 가지고 체계적인 작업의 전개를 위해 이미 앞서 시사되고 있듯이 먼저 헤세의 『슈테펜볼프』에서 나타나고 있는 자아문제를 기술하겠고, 이어서 프릿쉬의 『슈틸러』에 관해 살펴보겠다. 여기 이 자아문제의 고찰에서 핵심이 되는 이들 두 작품의 주인공들, 즉 『슈테펜볼프』의 하리 할라(또는 슈테펜볼프라고 불리워짐)와 『슈틸러』의 주인공 슈틸러, 그리고 슈틸러의 일기문 기록자가 된 미스터 화이트를 중심으로 자아문제를 다루고 있는 두 작가들의 작품들을 연계시키면서 관찰한다. 그리고 두 작품들에서 보여주고 있는 자아문제를 다루고 있는 전문 학술 연구자들의 논술도 함께 참고하겠다. 또 이미 본인에 의해 발표된 많은 논문들도[13] 필요시에는 반복 인용하면서 전개하겠다.

2.2.

헤세의『슈테펜볼프』의 주인공 하리 할라가 그의 자아내면 속에서 "인간늑대(Steppenwolf)"(Vgl,7/223)라는 두 개의 상반된 분립의 자아로 대두하게 되기까지에는 작가 헤세가 그의 작품을 통해 발전하는 과정을 가지게 됨으로써 가능한 것이다.

일찍이 그의 작품『데미안(Demian)』(1922)에서 주인공 싱클레아는 하리 할라의 두 상반된 세계를 도덕적인 측면에서 선악세계로 그의 자아내면을 통해 걸어갔다.[14] 즉 그는 선악 모두 다 동등하고 동시적으로 긍정되는 그의 "참된 자아"로 걸어갔던 것이다.『싯다르타 (Siddhartha)』(1922)의 주인

13) 황 진 : 헤르만 헤세의 작품 〈슈테펜볼프〉에 나타난 자아와 자아 완성의 길, In : 독일학지, 제2집, 계명대학교 독일학 연구소. 대구 1980, pp.35-60; "포괄적 학문"의 학문 연구와 독일 작가 헤르만 헤세(Hermann Hesse), In:동서문화, 제 24집 동서문화연구소, 대구 1992, pp.199-225; Max Frisch의 작품 "Stiller"에 나타난 자아추구의 동일성. In:동서문화, 제29집, 계명대학교, 동서문화 연구소, 대구 1987, pp.43-63; Max Frisch의 "Mein Name sei Gantenbein"에 나타난 자아추구연구, In:동서문화, 제20집, 계명대학교, 동서문화연구소, 대구 1988, pp.25-44; 막스 프릿쉬(Max Frisch)의 삼대 주요소설에서 보여주는 자아동일성 문제. In:동서 문화, 제21집, 계명대학교, 동서문화연구소, 대구 1989, p.169-193.

14) s.u.Vgl. Hwang Chin, Hermann Hesse Anthropologie und die Weisheit und das Gleichnis des Fernen Ostens, Diss., Bern 1978, S.123f.

공 싯다르타도 그의 자아내면의 두 상반된 세계, 즉 요가와 고행이 수반되는 우주 세계의 가장 본질인 브라만(Brahman)과 자아세계의 가장 본질인 아트만(Atman)[15]의 정신세계와 감각본능의 세계를 거쳐 이들의 두 상반된 세계가 하나 되는 보다 높은 단계의 불교적인 "천국(Nirwana)"[16]세계로 나아갔던 것이다.

『요양객(Kurgast)』(1925)에서 요양객 헤세도 그의 작품들의 주인공들처럼 자연으로부터 자연과 정신이라는 감각세계와 정신세계의 두 상반성을 지니게 된다. 어느 날 요양객 헤세는 그의 욕탕에 떨어져 있는 낙엽을 보고 이 낙엽은 그의 생과 비유되어 그의 생은 떨어진 낙엽으로 간주하면서 무상을 감지하게 된다. 무상함을 알려주고 있는 이 낙엽은 그로 하여금 자연에 뿌리하고 있는 생명체의 아름다운 죽음 등을 연상하게 하나, 그러나 다른 한편으로 그는 자연의 생명체가 지니는 무상함의 아름다움, 이와 동시에 자연의 아름다움을 기리 보존하게 하고 있는 불변성을 알리는 정신을 알게 한다. 이로서 아름다움은 그로 하여금 정신의 불변성을 보게 하고 영원토록 지니게 하는 감각적인 세계, 즉 자연과 정신의 상반성과 긴밀 유대 관계를 인지하게 한다, 이런 긴밀 유대관계에 있는 감각적인 생의 자연과 정신이 가지는 상반관계에서 신경통 환자의 요양객 헤세는 그의 한 다른 자아인 자아 관찰자로 하여금 그의 병을 자연생의 일환으로 수용하

15) Ibid, S.176.

16) Ibid., S.195f.

게 한다. 그는 이런 자연과 정신과의 상관관계에서 그가 가지게 된 그의 병은 자연생의 순환과정, 즉 생로병사(生老病死)의 하나로, 이는 마치 나무의 잎이 낙엽이 되어 떨어지는 것과 같은 자연생의 한 과정임을 고찰 인식하게 된다. 이와 같은 그의 인식은 그를 깨닫게 하고 있는데, 즉 그가 지닌 육체적 병의 고통은 너무 자아 중심으로 간주하고 있었던 데서 비롯된다는 것을 알게 한다. 이 깨달음으로 그는 그의 응집된 자아로부터 떠나게 된다. 요양객 헤세가 가지게 되는 이 인식은 그의 자아를 더 이상 개체적인 문제로 삼지 않게 하고 있으며, 그의 자아는 정신의 힘을 빌려 자연생의 총체로부터 떨어져 존재하는 개체가 아닌 총체의 부분으로 보아지게 한다. 이런 "총체와의 일치(die goße geistige Einheit des Ganzen)"[17]를 꿰뚫어 보게 하는 것은 "정신"으로 그는 이제 이 "정신"의 힘으로 여태까지의 자아를 넘어서 있게 되는 보다 높은 단계의 제3의 자아에 있게 된다. 이 보다 높은 단계의 제3의 자아로부터 요양객인 헤세는 그의 자아응집에서 벗어나고 또 자연과 정신으로 나타나는 상반성의 두 세계를 뛰어 넘어 존재하게 된다. 이렇게 그의 자아로 하여금 보다 높은 단계의 제3의 자아를 지니게 함으로써, 그는 여러 양상을 띤 두 상반 세계 속으로 그의 주인공들을 나아가게 하고 있다. 이는 곧 이들 두 상반성의 세계를 뛰어넘어 존재하게 되는, 보다 높은 단계에서의 그들 총체를 바라보게 하는 길

17) Hans Jürg Lüthi : Hermann Hesse, Natur und Geist, Stuttgart 1970, S.10.

로, 헤세는 그의 주인공들로 하여금 이 길을 가게하고 있다.

하리 할라의 두 상반된 세계의 "늑대 인간" 길도 이러한 보다 높은 단계에서의 그들 총체를 바라보게 하는 길 테두리에서 이해된다. 두 상반적인 세계, 즉 자연 본능적인 감성의 세계를 대변하는 '늑대'와 이성적인 정신세계를 대변하는 '인간'의 세계가 서로 적대적인 관계에 있는 "늑대 인간"으로서 "슈테펜볼프"의 주인공 하리는 이제 이들 두 상반적 세계가 함께 수긍되는 동시 동등의 긍정인 보다 높은 단계의 그의 '참된 자아'로의 길에 있게 된다. 하리의 이 길은 "참된 인간으로의 길(der zum wahren Menschen)"(7/246)로 이는 다름 아닌 "순수한 정신에 의해 추구되는 인간됨(jene echte, vom Geist gesuchte Menschwerdung)"(ebda.)의 길이다. 이 길에 주어진 하리의 두 자아는 "참된 인간" 자아의 길에 있다.

헤세가 『슈테펜볼프』의 주인공 하리 할라로 하여금 가게 하고 있는 두 개의 상반된 "늑대 인간"의 자아 길을 보다 높은 단계의 "참된 자아"에서 보아 부정하는 이 자아부정의 길은, 다른 한편으로 "참된 자아"로 나아가게 하는 교량적인 역할을 하고 있는 것이다. 하리 할라가 지니는 "인간늑대"의 내면성은 헤세에게 있어 정신세계와 감각세계를 대변하는 "정신과 자연(Geist und Natur)"(Vgl.7/243ff.)의 내면성이기도 하다.

헤세의 이 같은 자아인간 내면성의 문제는 그의 작품들의 주인공들이 지니게 되는 가장 본질적인 것이다. 헤세는 이미 언급된 바와 같이 이런 자아내면성을 일찍이 그의 작품 『데미안』과 『싯다르타』에서 보여주고 있다. 뿐만 아니라 그의 주인공들의 내면성, 즉 정신세계와 감각세계로 대변되는 양면성은 그의 후기 작품인 『나르치스와 골드문트(Narziß und Goldmund)』(1932)에서 매우 분명하게 나타나고 있는데, 작품 벽두부터 완전히 구분된 상황에서 잘 보여주고 있다. 즉, 나르치스와 골드문트는 두 주요한 인물로 골드문트는 감각본능적인 물질세계를, 나르치스는 정신세계를 대변하고 있다.(8/11ff.)[18]

헤세에 의하면 인간은 고대 희랍 로마시대의 이상(理想)처럼 고정되고 영원 불멸적인 것이 아니다.[19] "인간은 정말이지 어떤 고정되고 영속적인 형태는 아니다. (…) 인간은 하나의 시도이고 과도기적인 것으로 정신과 자연 사이에 놓여 있는 가느다랗고 위험한 다리에 지나지 않는 것이다. 정신 곧 신(神)으로 가장 깊숙이 자리하고 있는 사명은 인간을 내몰고 있고 – 자연으로, 모체로 가장 열렬히 진정으로 우러나오

18) 참고: 황진: 헤르만 헤세의 작품 "Narziß und Goldmund"에서 보여주는 자아완성 In:지역사회교육연구, 계명대학교 지역사회 교육연구소, 제6집, 대구 1980, p.171.

19) 황진: "포괄적 학문"의 학문연구와 독일 작가 헤르만 헤세(Hermann Hesse). In:동서문화, 제24집, 계명대학교 동서문화연구소, 대구 1992, p.219.

는 동경은 인간을 다시 끌어들이고 있으니, 이들 내면적인 틈바구니에서 인간의 생은 (…) 있다.(Der Mensch ist ja keine feste und dauernde Gestaltung (…) er ist vielmehr ein Versuch und Übergang, er ist nichts andres als die schmale, gafährliche Brücke zwischen Natur und Geist. Nach dem Geist hin, zu Gott hin treibt ihn die innerste Bestimmung – nach der Natur, zur Mutter zurück zieht ihn die innigste Sehnsucht: zwischen den beiden Mächten schwankt (…) sein Leben.)"(7/245)

이들 내면성, 즉 '정신과 자연'의 틈바구니에 있는 자아 인간은 헤세에 의하면 두 가지 가능성을 가진다는 것이다. "인간은 정신적인 것에 신적인 것에 접근하고자 하는 시도에 성자의 이상에 온전히 몸을 내 맡기게 되는 가능성을 가지고 있다. 또한 이와는 전연 반대로 인간은 본능적인 생활에 감각적인 욕구에 전적으로 내맡기는 것, 그리고 순간적인 쾌락 추구에 혼신하게 되는 가능성을 지니고 있다.(Der Mensch hat die Möglichkeit, sich ganz und gar dem Geistigen, dem Annährungsversuch aus Göttliche hinzugeben, dem Ideal Heilgen. Er hat umgekehrt auch die Möglichkeit, sich ganz und gar dem Triebleben, dem Verlangen seiner Sinne hinzugeben und sein ganzes Streben auf den Gewinn von augenblicklicher Lust zu richten)"(7/234)

이와 같은 상반된 내면성을 지닌 헤세 작품들의 자아 인물로서『슈테펜볼프』의 하리 할라는 그의 '허구' 적인 이분된 자아의 부정이 전제되는 보다 높은 단계의 '참된 자아' 로의 길에 있게 된다.

2.3.

하리 할라의 "참된 자아"로 가게 되는 미스터 화이트는 그의 거짓체로서의 '허구' 가 아닌 그의 '참된 자아' 로 돌려진다. 미스터 화이트의 "참된 자아"로의 길은 "(…) 막스 프릿쉬가 그의 일기문에서 말로 표현할 수 없는 생동적인 것, 인간 속의 신(神)으로 나타내고 있는 자기본능의 존재로 나아가는 ((…) zu jenem eigentilichen Wesen, das Max Frisch im Tagebuch als das mit Worten nicht faßbare Lebendige, als Gott im Menschen bezeichnet)"[20] 길인 것이다. 프릿쉬에게 있어 "신(神)"은 "(…) 인간의 가장 내적인 본질이고 법칙이며 생의 모든 형태와 변형, 정신적이고 영혼적이며 육체적인 변형들이 이룩되고 규정되는 엔텔레키(=원현(原顯))Gott in den Meschen, er ist(…) sein innerstes Wesen und Gesetz, sein Entelechie, aus der die Gestaltung und Umgestaltung seines Lebens,

20) Hans Jürg Lüthi : Max Frisch, 《Du sollst dir kein Bildnis machen》, München 1981, S.10.

seine geistigen, seelischen und leibichen Metamorphosen hervorgehen und bestimmt werden)”[21]이다.

이 자기 본연의 존재로의 “자아의 길은 지적인 자아의 엔텔레키적인 본질로의 길로, 지적(知的)인 자아가 체험적인 자아, 현상적인 자아와 자아의 표상이 동일시되는 그 어느 것도 아닌 바로 이것(Der Weg zum Ich, zum entelechischen Wesen des intelligiblen Ichs ist nichts anderes als das Identischwerden des empririschen mit dem intelligiben Ich, des erscheinenden Ichs mit der Idee des Ichs)”[22]인 것이다.

이 “참된 자아”로의 길에 있게 되는 미스터 화이트는 슈틸러라는 “허구”와는 다름을 외친다. 즉 “나는 슈틸러가 아니다”라는 외침이다. 미스터 화이트의 이 같은 자아 거짓체로서의 “허구”의 자아 부정 외침은 이미 앞에서 언급되었듯이, 주위 세상 사람들로부터 ‘그는 슈틸러이다’ 라고 고백할 것을 강요받는 처지에 있게 된다.[23] 이로서 미스터 화이트에

21) Ibid., S.7.

22) Ibid., S.10.

23) Vgl. Walter Schmitz는 말하기를, “미스터 화이트는 단순한 보상적인 허구이고, 슈틸러는 실제 존재 했으나 이들 중 어느 누구도 실존적 현실인물은 아니다.(〉〉White〈〈ist bloße kompensatorische Fiktion, 〉〉Stiller〈〈 ist real, 〉〉wirklich〈〈 weder der eine noch der andere.)” (Walter Schmitz: Die Wirklichkeit der Literatur: Über den Roman Stiller von Max Frisch. In: Materialien zu Max Frisch 〉Stiller〈, a.a.O., S.17.

게 주어진 과제는 그의 "참된 자아"와 동일시하는 길로서, 이는 그가 "슈틸러가 아니다"[24]라는 것을 증명해 보이는 길이 된다.

"화자-자아(Erzähler-Ich)"[25]인 화이트가 내놓은 "나는 슈틸러가 아니다"라는 이 말은 작가 프릿쉬가 일 년간 미국 체류를 마치고 자기나라 스위스로 귀국했을 때 내놓은 말이기도 하다.[26]

"화자-자아"인 미스터 화이트는 이제 슈틸러의 일기문 기록자로서 그는 "슈틸러가 아니다"라는 것을 나타내 보이기 위해 종적을 감춰 없어진 슈틸러가 누구인가에 관심을 가지고 자아에 접근하기를 시도한다. 여기서 그는 존재하는 그의 자아와 사라진 슈틸러 자아와의 관계를 모색한다.

---

24) Vgl. Hermann Böschenstein은 기술하기를 '화자-자아' 인 미스터 화이트를 통해 내놓고 있는 "나는 슈틸러가 아니다"라는 슈틸러 그의 자아 외침은 타당성을 지니고 있다. 왜냐하면 우리들 스스로를 아는 것 또는 우리들이 다른 사람에 의해서 인식되는 것이 불가능하다면 그는 슈틸러가 아니고, 그리고 또 그는 그의 친구들이 알고 있는 그런 사람이 아니다라는 슈틸러의 주장은 옳은 것이기 때문이다. 이와는 다른 일면에서 "나는 슈틸러가 아니다"라는 것과 관련지어 H.Böschenstein은 말하기를 "나는 슈틸러가 아니다"라는 이 외침은 슈틸러가 뉴욕에서의 그의 자살기도 실패후 다시금 그의 고향땅에서 생을 시도해 보려는 긍정적인 측면도 지니고 있다는 것이다.(Hermann Böschenstein: Stiller-ein neuer Menschentyp. In: Materialien zu Max Frisch 〉Stiller〈, Bd. 1, a.a.O., S.178)

25) H.Jürg Lüthi: Max Frisch《Du sollst dir kein Bildnis machen》, a.a.O., S.61.

26) Walter Schmitz, a.a.O., S.11.

그럼 먼저 일기문 기록자인 미스터 화이트가 "화자-자아"로서 내놓고 있는 주인공 인물 슈틸러에 관해 살펴보겠다. 그에 의하면 예술가인 조각가 슈틸러는 젊은 시절 제국주의에 대한 증오로서 스페인 시민전쟁에 참가한다. 전투에서 그는 무장된 제국주의자들을 보고서도 총을 못 쏘고 오히려 이들로부터 묶여 이틀 동안 생명의 위협을 받다가 구조된다. 어떠한 이유에서 그는 그가 가지고 있는 무기로서 적을 향해 쏘지 않았는가하는 데에 대해 두 가지 형태로 해석되고 있는데, 그 하나는 소련제 무기의 결함으로 총탄이 발사되지 않았다는 것과 다른 하나는 그가 인간을 쏠 수 없었기 때문이다.(s. S.14ff.) 이는 작품 속에서 기회 있을 때마다 언급되는 소련제 무기와 관련된 슈틸러의 인물에 관한 이야기이다. 이런 성품의 일면을 지닌 예술가 슈틸러는 대체적으로 그의 "자아-응집(Ich-Bezogenheit)"(Vgl.S.98)[27]속에 꽉 매여 있으면서 고집불통이고 완강해서, 어떻게 해 볼 수 없는 인물이다. 그는 "자아-응집"속에서, 한 예로 그는 "하나의 민감한 향수 초이고 병적인 자아-응집의 한 남자로 이에 상응하는 감성의 소지자로서 율리카(그의 부인)[d.Vf.]가 어느 남자에게도 내놓을 수 있는 말을 전적으로 자기 쪽으로 돌려 해석하고 되씹는 자이다.(Offenbar war Stiller nicht nur eine Mimose, ein Mann von krankhafter Ich-Bezogenheit und entsprechender Empfindlichkeit, so daß er Worte,

27) s. auch S.101, 104, 105, 108, 139.

die Julika möglicherweise jedem Mann hätte sagen können, ganz und gar auf sich bezog : er war obendrein auch noch ein Wiederkäuser.)"(S.108)

이와 같은 슈틸러 인물의 추구는 "화자-자아"인 미스터 화이트로 하여금 인물에 대해 보다 많은 관심을 쏟게 해서 슈틸러 상을 자기 스스로에게 만들기를 시도하게 하고 있는 권5의 마지막에 다음과 같이 적고 있다.

"나는(미스터 화이트)[d.Vf.] 이제 그들이 (찾고 있는)[d.Vf.] 실종된 슈틸러를 꽤 정확히 본다. 그는 정말이지 대단히 여성적이고, 그는 어떤 의욕도 지니지 않고 있다는 느낌을 지니고 있으면서 어떤 의미에서 이 같은 느낌을 너무 많이 소유하고 있고, 또 이와 같은 정도로 의욕도 대단하다. 그는 그 스스로이고자 하지 않으며 그의 개성은 뚜렷하지 못해서 과격주의적 경향을 띄우고 있다. 그의 지능은 보편적이고 결코 잘 훈련되어 있지 못하다. 그는 우연적인 착상에 더 의존하고 있다. 왜냐하면 보편적인 지능은 이것이냐 저것이냐를 결정하게 하고 있기 때문이다. 종종 그는 스스로에게 비겁자라는 비난을 가함으로써 뒤에 감당해낼 수 없는 결단을 내린다. 그는 스스로를 수용하지 않는 거의 대부분의 사람들처럼 도덕주의자이어서, 왕왕히 그는 그 자신을 불필요한 위험 속에, 아니면 생명을 거는 위험 가운데로 들어가게 해서 투쟁자의 한 사람임을 나타내 보인다. 그는 많은 환상을 지니고 있고, 또 그는 자기 자신에게 너무 많이 요구함으로써 지닐 수 있는 표본적인 열등의식의 불안으로 고뇌하고, 이로서 어떤 죄책감을 띠는 근본적 감정은 그의 심저를 이루고 있다. (…) 그는 적어도 그가 처한 장소와 때를 내면적으로 도피하고 있고 (…) 그는 자신이 존재하는 인간으로서 사랑받도록 하고 있지 않다. 또 준비도 되어 있지 않다. 이러한 까닭으로 그를 진정으로 사랑하는 어떤 여자도 본의 아니게 등한시된다. 만약 그가 진정으로 여자의 사랑을 받아 드린다면 그는 정말이지 자기 자신을 수용하도록 요구되겠지만 - 그는 그것과는 요원하다고 하겠다."(S.251-2)

슈틸러와의 이러한 접근 방법의 시도 속에서도 미스터 화이트는 의식적으로 자기 자신을 슈틸러와 구별해서 나타내고자 하고 있다, 이는 위의 인용문에서 분명히 하고 있는 바와 같이 기록되는 슈틸러는 삼인칭으로 되어있고, 기록자인 그는 일인칭으로 대별시키고 있다. 이와 같은 수법은 〈슈틸러〉의 전 과정에서 뚜렷이 하고 있다. 즉 권 1, 3, 5에서는 일인칭화자(Ich-Erzähler)로 권 2, 4, 6에서는 삼인칭화자(Er-Erzähler)로 진행시킴으로서이다.[28]

미스터 화이트의 이 같은 그의 자아로부터의 구별 즉 슈틸러와의 구별은 주위 세상의 현실에서 증명해져 보여야만 했다. 이는 슈틸러의 역속에서 그가 인간으로 몸담고 있는 당연성에서 오는 강압이기도 하다. 이러한 강압된 현실에서 그는 자신과 주위 세상 사람들에게 슈틸러가 아닌 존재하고 있는 그의 자아와의 동일성을 내놓아야 하는데, 이를 위해서는 이야기되어야 하고 언어로 표현되어야만 했다. 그러나 그는 그의 자아동일성을 이야기한다는 것, 언어로 표현한다는 작업은 용이하지 않음을 인식한다. 이런 어려움 속에서도 그는 슈틸러와의 접근을 시도하면서 현실에서 그의 자아동일성을 추구하기 위해 체험되어진 바를 이야기로 옮겨놓기 시작한다. 여기에는 슈틸러가 잠적했던 시기와 겪게 된 것들에 대한 기억들이 간수 노벨(Knobel)에게 이따금씩 위트와 꾸민 이야기들로 내놓아진다. 그러나 이들 꾸민 이야기들은 실제적으로 일어난 과거의 것으로 믿게끔 하는 데는 타당성이 결여 있었다. 왜냐하면 화자인 그는 그가 체류한 곳에서 구체적으로 어떻게 생활했던가에 대해서는 보고(報告)하지 않기 때문이다. 구체적인 생활보고의 결여는 이들 체험의 꾸민 이야기들을 가상들로 만들고, 이러한 가상들 속에서 이야기한다는 것은 변조하게 되는 편파성으로 흘러 들어가게 하고

28) 일기문 속에서 그의 자아동일성을 추구하는 임무를 띤 미스터 화이트는 슈틸러 역속에서 자기 자신과 거리를 가지게 하고 있다. 즉 그는 한편으로 슈틸러의 역을 해야만 되지마는, 다른 한편으로 슈틸러의 역을 하는 자기 자신과 거리를 지니게 해서 미스터 화이트는 그와 슈틸러 사이에 간격을 두게 됨으로써 우리들 독자들에게 검토 비판 할 수 있는 소이효과(참고: 김미란, B.Brecht의 변형속담의 소이(疏異)효과. In:독일문학, 제28집, 한국독어독문연구회, 서울 1982, S.1)의 가능성을 제시하고 있고, 이로서 그가 추구하는 "참된 자아"의 길인 자아동일성의 추구를 객관적으로 투시하고 있다.(s. 황진, Max Frisch의 작품 "Stiller"에 나타난 자아추구의 동일성, a.a.O., S.48; Vgl. H.J.Lüthi: Max Frisch 《Du sollst dir kein Bildnis machen》 a.a.O., S.61.

있다. 미스터 화이트가 추구하는 것, 즉 진실된 체험을 이야기한다는 것은 프릿쉬에 의하면 간단하지 않다. 즉 "사람은 모든 것을 이야기할 수 있으나, 그러나 다만 그가 진실로 체험한 바는 아니다.(Man kann alles erzählen, nur nicht sein wirkliches Leben.)"(S.64) 왜냐하면 프릿쉬에게 있어 진실된 체험은 시간과 공간 범주에서 주어지고 있는 현실에서 사실적인 근거로서 확증할 수 있는 것들이 아니고 형이상학적인 개념인 "신(神)", 즉 자아의 본질에 대한 체험인 것으로 이는 "슈틸러" 에서 보여주고 있는 보다 높은 단계의 진실된 체험인 것이기 때문이다. 프릿쉬적 이 진실된 체험은 그에 의하면 "인간이 대하게 되는 그때그때의 사고적인 체험을 생성하고 분명히 함으로써 인간의 본질을 알게 하고"[29] "신(神)"과 신비에 찬 조화된 일치를 알게 될 때 이룩되는 것이다. 이 체험은 직접적으로 이야기될 수 있는 것이 아니고, 또 언어로 표현되어질 수 없는 것이다.[30]

이와 같은 보다 높은 단계의 체험은 우리가 몸담고 있는 현실을 벗어난 다른 "자아-현실(Ich-Wirklichkeit)"[31]에서 가능한 것이다. 이 프릿쉬적 "현실"은 인간 자아에게 새롭게 대두되는 "현실"로 "전래적인 언어로 파악될 수 없는 현실(Wirklichkeiten, die von der überlieferten Sprache

---

29) 황진: Max Frisch의 작품 "Stiller"에 나타난 자아추구의 동일성, a.a.O., S.53.

30) s.u.Vgl.Max Frisch: Tagebuch 1946-1949, Frankfrut a.M.,46-49 Tausend 1964, S.22.

nicht zu fassen sind)"(V/328)[32]이다. 이 현실은 형이상학적인 범주의 "현실"로서 "사회 현실의 바깥에서 그리고 또 모든 자아 테두리 저 너머에서 경계를 이탈한"[33] 한 새로운 현실이다. 이러한 "현실" 속에서 미스터 화이트에게 강요되는 슈틸러 역은 그로 하여금 그의 다른 자아 재발견의 길인 것이다. 프릿쉬에 따르면 우리들의 자아는 현대 산업화된 기계문명의 소용돌이 속에서 라디오나 신문 텔레비전 등에 의해 일방적이고 편견된 오류에 휩싸여 자아자신의 주관 내지 자기자아의 사고(思考)를 잃어버림으로써 자기자아의 의지라든가 자기 사고 없이 오로지 맹목적인 자아생활을 이어 나가게 되는 자아상실에 있게 된다는 것이다. 이 인간 개개인의 자아 길은 프릿쉬에게 있어 가장 본질적인 것이다. 그에게 있어 "(…)모든 인간 각자는 바꾸어질 수 없는 개체 소유자로서 그 자체로서 정당한 것임으로 구현되어져야만 한다((…)daß jeider Mensch seine unverwechselbare Individualität besitzt, die in sich berechtigt ist und verwirklicht werden muß)"[34]는 것이다.

---

31) Karlheinz Braun: Die Tagebuchform in Max Frisch 〈〈Stiller〉〉. In: Materialien zu Max Frisch〈Stiller〉, a.a.O., S.117.

32) 이렇게 표시되는 이하의 첫 로마 숫자는 다음 책자의 권수이고, 다음 아라비아 숫자는 해당 권수의 쪽이다: Max Frisch : Gesammelte Werke in zeitlicher Folge, Bd. I -VII, Frankfrut a.M., 1986.

33) 황진: Max Frisch의 작품 "Stiller"에 나타난 자아추구성의 동일성, a.a.O., S.53.

그리고 "(…)오로지 개체적인 이 자아에서만 인간의 생이 완성되기도 하고 실패한다. 즉 어느 곳도 아닌 (…)vollzieht sich das menschliche Leben oder verfehlt sich am einzehlnen Ich, nirgends sonst"(V/68)것 이라고 함으로써 그에게 주어진 자아의 길을 뚜렷이 하고 있다.

이 "참된 자아"의 길에 있게 되는 미스터 화이트는, 그러나 그의 자아가 몸담고 있는 현실에서 자기 자신을 주위세상 사람들로부터 슈틸러가 아닌 사람으로 인정받고 증명하려고 하면 할수록 그는 일부 마지막에 토로하고 있듯이, 주위세상 사람들로부터 슈틸러로 간주된다.(Vgl.S.332)[35] 이러한 헤어날 수 없는 상황에서 보다 높은 단계의 "자아-현실" 속에서의 자아동일성 길, 즉 "참된 자아"의 길을 가는 미스터 화이트는 뒤에 그가 몸담고 있는 현실에서 그의 자아를 수용하는 길에 있게 된다.[36]

2.4.

"나는 슈틸러가 아니다"라는 자아부정으로 보다 높은 단계의 "자아-현실" 속에서의 자아동일성을 추구하는 슈틸러

---

34) H.J.Lüthi: Max Frisch《Du sollst dir kein Bildnis machen》 a.a.O., S.10.

35) s.auch S.49, 60, 69, 139, 241.

36) 참고: 황진: Max Frisch의 작품 "Stiller"에 나타난 자아추구의 동일성, a.a.O., S.54ff.

역의 미스터 화이트와 마찬가지로, 반은 인간이고 반은 짐승인 헤세의 『슈테펜볼프』의 주인공 하리 할라는 보다 높은 단계의 "참된 인간(der wahre Mensch)"(7/249)[37], 즉 "참된 자아"의 길로 주어진다. 하리 할라는 그러나 그의 자아의 상반 된 두 개의 나뉨, 즉 반은 인간이고 반은 짐승인 자아의 분리로 인해 그의 부정된 자아는 "참된 자아"로의 길에 주어져 있는 하나의 "가상체"이고 "허구"이다. 하리 할라가 "허구"로서 "가상체"로서의 자아 탈을 벗게 되는 그곳에는 그의 두 상반된 자아인 '늑대 인간' 이 어느 쪽도 부정됨이 없이 보다 높은 단계에서 동시동등하게 예시된다. 하리 할라는 "허구"의 탈을 벗게 되는 이 "참된 자아"로의 길을 작가 헤세처럼 "지그자그(Zickzack)"(7/250)[38]의 걸음으로 찾아 나선다. 이 길을 작품 주인공으로 하여금 찾아가게 하는 것은 작가 헤세의 사명이기도 하다. 헤세에 의하면 작가의 사명은 개개인의 자아완성 과정에 보탬이 되는 데에 있다는 것이다.[39]

이와 유사한 테두리에서 프릿쉬도 그의 일기문에서 밝히고 있듯이 그는 그의 저작 활동을 통해 그의 작품 주인공들로 하여금 그들 자아의 참된 길을 지그자그로 가게하고 있음을 간접적으로 시사하고 있다. 프릿쉬에 따르면 그가 그의

---

37) s.auch 7/246.

38) Vgl. Hans Jürg Lüthi: Hermann Hesse, Natur und Geist, a.a.O., S.186.

39) s.Über Hermann Hesse: hrsg.w. Volker Michels, Fankfurt a.M., 1976, S.186.

주인공들로 하여금 "참된 자아"의 길로 나아가게 하는 것, 즉 "저작 한다는 것은 곧 자기 자신을 읽는 것으로(…) 우리들은 그때그때 주어지는 사고로 지그자그를 형성하고 이를 분명히 함으로써 우리들의 본질을 알 수 있는 것이고, 이 본질의 혼란 또 이 본질의 경이적인 조화, 그리고 우리들이 어느 한 개체적인 순간으로부터 이끌어내어 직설적으로 말할 수 없는 이 본질의 당연성과 진실을 알 수 있게 한다(Schreiben heißt : sich selber lessen(…) Wir können nur, indem wir den Zichzack unserer jeweiligen Gedanken bezeugen und sichtbar machen, unser Wesen kennenlernen, seine Wirrnis oder seine heimlich Einheit, sein Unentrinnbares, seine Wahrheit, die wir unmittelbar nicht aussagen können, nicht von einem einzelnen Augenblick aus-)"[40]는데 있다는 것이다. 이 "지그자그"의 걸음으로 『슈테펜볼프』의 주인공 하리 할라는 그가 몸 두고 있는 시민사회에 낯선 사람으로 고립되어 생활하며 그의 '참된 자아'를 찾아 헤맨다.

헤세나 프릿쉬는 브렛히트(Bertholt Brecht)처럼 사회개혁이 인간 개선을 위해 선재되어야 한다고 생각하지 않았다. 이미 간략히 언급 되었지만 이들에게 있어서는 브렛히트와 전연 다른, 즉 개개인간의 자아개선이 먼저고, 다음이 사

40) Max Frisch, Tagebuch 1946-1949, a.a.O., S.22.

회 개선으로 인간자아의 개선은 사회 개선으로 이어진다는 것이다. 여기서 개개인간의 자아는 현실에 몸담고 있는 단순한 물체적인 자아는 아니고, 보다 높은 단계의 현실에 자리하게 되는 "참된 자아"인 것이다. "참된 자아"가 기조가 되는 인간사회는 헤세의 『슈테펜볼프』에서 보여주고 있는 것처럼 두 상반된 세계, 즉 늑대적인 것과 인간 이성적인 것이 자리를 같이 하면서 아무런 어려움 없이 교묘하게 타협되고 공존하는 소시민들이 이루는 시민사회(Vgl. 7/223)가 아니다. 이 사회는 프릿쉬의 『내 이름은 간텐바인(Mein Name sei Gantenbein)』(1964)에서 등장되는 인물 엔드린이 역사예술가로서 언급하고 있는 인간 자아의 능률만이 평가되는 사회도 아니다.[41] "참된 자아"가 근본이 되는 인간사회는 개개의 인간 자아가 인격적으로 인간총체의 일원으로 대접받는 사회인 것이다. 이 같은 주장을 헤세와 프릿쉬는 직 · 간접적으로 그들의 작품을 통해 잘 나타내고 있다. "참된 자아"의 길은 『슈테펜볼프』의 주인공 하리 할라에 의하면 "참된 인간으로 가는 길" (7/246)이며, 보다 높은 단계의 형이상학적인 차원에서 대두되는 "불멸로 나아가는 길(Weg zu den Unsterblichen)"(ebda.)인 것이다. 이 "참된 자아"의 길에 있는 하리 할라 자아의 두개 나뉨인 "늑대"와 "인간"은 "짐승적인 본능(Trieb)"(7/240)과 인간 "정신(Geist)"(ebda.)으로 대치된다. 이 같은 그의 자아의 두개 나뉨은 "한 커다란 단순화

---

41) 참고: 황진: Max Fisch "Mein Name sei Gantenbein"에 나타난 자아추구 연구, a.a.O., S.39.

(eine sehr grobe Verein fachung)"(ebda.)이고 또 논리적 인 "현실의 강압(eine Vergewaltigung des Wirklichen)" (ebda.)이다. "늑대" 부분인 짐승 "본능"의 자아는 앞서 기술되었듯이, 짐승이 가지는 단순한 본능 생활, 즉 배가 고프면 남을 잡아먹으려고 하고 피해 받으면 곧 공격하는 등등의 양육강식의 생활을 영위하는 것이고, 반면에 인간 "정신"부분의 자아는 본능생활로부터 주어진 상황에서 이성적인 방법으로 생각해서 이 상황으로부터 헤어날 것을 시도한다. 사람의 부분인 그의 "정신"자아는 보다 높은 단계의 영역을 향하는 정신적인 일면을 보여준다. 이로서 그의 자아는 "본능"과 "정신"으로 감각본능의 세계와 인간적 정신세계를 대변하는 두 자아로서 대두 된다. 이 두 자아의 하리 할라는 단순한 인물이 아니고 두 상반된 범주에서 이루어지는 특이한 자아이다. 그의 감각적 본능의 세계는 "본능, 야수, 잔혹 그리고 순환되지 못한 거칠은 성질의 한 어두운 세계(eine dunkle Welt von Treiben, von Wildheit, Grausamkeit, von nicht sublimierten, roher Natur)"(7/240)이고, 반면에 인간적 정신세계는 "사유, 감정, 문화와 길들어진 순화된 성격의 세계(eine Welt von Gedanken, Gefühlen, von Kultur, von gezähmter und sublimierter Natur)"(ebda.)이다. 이들 서로 상반되는 두 세계는 그의 자아내면 속에서 그의 자아를 형성하고 있어서, 이 두 세계 중 어느 한 세계가 부정될 때에는 그의 자아는 존재치 않게 된다. 이런 두 자아의 내면생활에서 하리 할라는 이들 두 세계 중 어느 것도 부정되지

않는, 즉 이들 두개의 상반된 세계가 서로 반목하는 갈등상태가 아닌 동시동등이라는 자아긍정의 강한 충동을 지닌다. 이는 곧 "성자와 야수 자에게로 향하는 강한 충동(nach dem Heiligen wie nach dem Wüstling hin starke Antrieb)" (7/236-7)이다. 두 상반된 세계의 소지자인 하리 할라는 외톨박이로 시민사회로부터 동떨어져 생활하나, 그가 태어났고 몸 두고 있는 시민사회를 배척함이 없이, 그렇다고 수용됨도 없이, "시민사회의 한 정신적인 원동력 소지자(die geistigen Motoren der Gesellschaft)"[42]로서 그의 두 상반된 자아를 이끌고 방황한다. 하리 할라 편에서 볼 때 시민들도 그와 마찬가지로 이들 두개의 상반된 세계를 그들 자아내면 속에 지니고 있지마는, 그러나 이들 시민들은 이들 상반된 세계를 고르게 분배하는 중간을 취하고 있으며 어느 한쪽으로 집중해서 추구하지 않는다.(Vgl. 7/234-235)이들 "(…) 시민들의 이상(理想)은 자아포기가 아닌 자아 고수이고, 이들이 추구하는 바는 성스러운 것도 아니고 이의 역도 아니며, 절대적인 것은 견딜 수 없는 것이며 이들은 신에 헌신하고자 하나 ,그러나 쾌락을 지니려고 하며 미덕을 갖추면서 어느 정도 넉넉히 그리고 안일하게 이 지상에 있고자 하는 데에 있다((…) sein (der Buerger)[d.Vf.] Ideal ist nicht Hingabe, sondern Erhaltung des Ichs, sein Streben gilt weder der Heiligkeit noch deren Gegenteil ist ihm

42) Colin Wilson: Outsider und Bürger. In: Materialine zu Hermann Hesse ›Der Steppenwolf‹, a.a.O., S.312.

unerträglich, er will zwar tugendhaft sein, es aber auch ein bißchen gut und bequem auf Erden haben.)" (7/235)는 것이다.

이와 같은 시민들의 무사안일주의에도 시민성이 긍정적인 면에서 존속하고 있고 기리고 있는 것은 하리 할라처럼 이들 시민사회에서 몸을 두고 있으면서, 그러나 다른 한편으로 이 무사안일주의로부터 떠나 고뇌하면서 그들의 자아 "생을 절대자에게로 부름을 받게 된(ein Leben im Unbedingten berufen)"(7/236) 이들 소수의 무리들에 의해서 이 시민사회가 이끌어 나가고 있기 때문이라는 것이다. 이 '절대자에게로 부름을 받은' 하리 할라는 같은 이들 소수의 무리들처럼 보다 높은 단계의 "참된 자아"로 가게 되는 가능성을 지니고 있다. '절대자로의 부름을 받은', 즉 보다 높은 단계의 "참된 자아"에게로 나아가는 가능성을 지닌 이들 소수의 무리들에게나 하리 할라에게 "제3의 영역(ein drittes Reich)"(7/237)인 "상상상의 절대적인 세계(ein imaginäre, aber souveräne Welt)"' (ebda.), 즉 "유머(Humor)"(ebda.)의 길이 열려져 있다는 것이다.

2.5.

"유머"는 하리 할라의 무리들 곧 "평온을 지니지 못한 슈테펜볼프(=하리 할라) 무리들, 끊임없이 심하게 고뇌하는(…)

이들은 절대자에게 부름을 받았다고 느끼고 있으나, 그러나 이 절대자와 같이 있지 못하는 이들에게 만약 이들의 정신이 고뇌 속에서도 굳건하고 탄력성을 지닌다면 유머로 유화적인 탈출구가 제공하게 된다(Die friedlosen Steppenwölfe, diese beständig und furchtbar Leidenden(…) die sich zum Unbedigten berufen fühlen und doch in ihn nicht zu leben vermögen : ihnen bietet sich, wenn ihr Geist im Leiden stark und elastisch geworden ist, der versöhnliche Ausweg in den Humor)"(7/237)는 것이다. 이 "유머의 상상의 영역에서는 성자와 무뢰한이 동시적으로 긍정되고, 이들 극들은 서로서로 수용되며 시민이 긍정된다는 것이다.(In seiner(=Humor)[d..Vf] imaginären Spöhre(…) hier ist es möglich, nicht nur gleichzeitig den Heiligen und den Wüstling zu bejahen, die Pole zueinander zu biegen, sondern auch noch den Bürger in die Bejahung einzubeziehen.)" (ebda.)

이 "유머"의 길로 "늑대 인간"인 2분된 자아의 "가상체"인 하리 할라는 그의 두 상반된 자아가 양(兩)극으로서 동시 동등으로 인정되는 그의 "참된 자아"의 길에 있게 된다. '유머'는 이 세상에 존재하고 있는 "인간성의 가장 고귀하고 가장 천재적인 성과물(die eigenste und genialste Leistung des Menschentums)"(7/238)이고, 이 "유머"의 근본원칙은 자아가 "(…)현실에 몸을 두고 있으면서도 마치 이 현실에 몸을 두고 있지 않는 것 같이 하는 것이며, 현실의 법칙을 지키면서도 이 법칙 위에 올라서 있으며, 이 법칙을 소지하고 있으면서도 마치 소지하고 있지 않은 것 같이 하며, 이 법칙을 포기하면서도 마치 포기 하지 않은 것((…) in der Welt zu leben, als sei es nicht die Welt, das Gesetz zu achten und doch über ihm zu stehen, zu besitzen 《 als besäße man nicht 》, zu verzichten, als sei es kein Verzicht)"(7/238) 같이 하는 것이다. "이 모든 이따금씩 즐거히 기술되고 있는 높은 삶의 지혜 요구만이 오로지 유머가 실현 될 수 있는 가능성을 지니고 있다.(alle diese beliebten und oft formulierten Forderungen einer hohen Lebensweisheit ist einzig der Humor zu verwirklichen fähig.)" (ebda.) '현실에 몸을 두고 있으면서도 마치 현실에 몸을 두고 있지 않은 것 같이 한다' 라는 말은 곧 자아가 몸을 담고 있는 감각세계의 현실이 긍정되면서도, 그러나 역설적으로 이 현실세계는 자아내면에 자리하고 있는 보다 높은 단계의 현실세계, 즉 정신세계에 주어진 "절대적인 것(zum Unbedingten)"(7/237)에서부터 내려다볼 때 긍정적 부정으로 나타난다. 다시 말해 긍정되는 현실세계가 보다 높은 단계에 있는 정신세계의 현실에서 볼 때 부정되는 것 같이 되어서 마치 후자의 현실이 전자의 현실 부정 위에 존재하고 있는 것 같이 보이기도 한다. 그러나 어느 쪽의 부정도 아닌 것이다. 이유인 즉 이 두개의 '긍정', '부정' 의 현실세계는 단지 "긍정"과 "부정"이라는 말로 서로 상반된다고 할 수 있으나,

하나의 현실은 자아의 다른 하나 현실의 일면으로써 상호 보완하는 긴밀 유대 관계에서 다같이 긍정되고 수용되고 있기 때문이다.[43] "유머"는 두 현실세계의 양자긍정으로 하리 할라를 보다 높은 "절대적인 것"으로 이끌어 주는 매개체이다. "유머"는 동시에 이미 시사되었듯이 그의 자아 존재의 근저가 되는 현실세계를 부정하지 않게 하며, 나아가서는 그가 몸을 둔 현실, 즉 논리적 사고로 양자택일하게 되는 현실을 넘어서게 해서 그에게 "절대적인 것"으로 향하는 문을 열게 하고 있다.[44] "절대적인 것"으로 문을 여는 "유머"의 교량적 역할을 통하여 하리 할라는 그의 자아내면의 두 상반된 세계를 뛰어넘어 보다 나은 "절대적인 것"으로 진입하게 된다. 하리 할라의 이 같은 진입은 그로 하여금 그의 자아내면에서 두개의 상반된 세계로 분리된 "가상체" 또는 "허구"로서의 "늑대 인간" 탈을 벗게 한다. "가상체" 또는 "허구"로서의 이 자아탈피는 그릇된 자아로서 현실에 주어진 가정 "인물(Persöenlichkeit)"(7/368)의 탈피이기도 하다. 그러나 "늑대인간"이라는 그의 자아 "가상체" 또는 "허구"는 이미 언급된 바와 같이 그의 자아를 보다 높은 단계의 "절대적인 것"으

43) 참고: 황진: 헤른만 헤세의 작품〈슈테펜볼프〉에 나타난 자아와 자아완성이 길. In: 독일학지, 제2집, 계명대학교 독일학 연구소, 대구 1980, S.50.

44) 논리적 사고의 양자택일이 지배되는 시민사회의 현실을 넘어서서 벗어난다는 말은, 즉 형이상학적인 범주에서 존재하게 되는 현실 저 넘어 보다 높은 단계로의 전향을 의미 하고, 이 전향은 개개인간의 천국도달의 욕망과는 달리 현실 사회에 뿌리를 내리게 되는 자아 확립을 의미하는 것이다. (s.Hermann Hesse im Spiegel der Kritik: hrsg. v, Adrian Hsia, Bern und Müchen 1975, S.289)

로 오르게 하는 "참된 자아"의 중간 단계이다. '참된 자아' 으로 주어진 "가상체" 또는 "허구"로서의 하리 할라가 나아가는 길은 보다 높은 단계의 "참된 인간"으로의 길이기도 하다.

헤세는 그의 「한편의 신학(Ein Stück Theologie)」(1932)에서 밝히고 있듯이 "참된 인간 됨의 길(Weg zum wahren Menschen)"(7/246)은 "영원 불변의 길(Weg zu den Unsterblichen)"(ebda.)의 최종단계인 "정신의 제3영역(zum dritten Reich des Geistes)" (10/75)으로 주어진 자아의 길이다. 이는 다름 아닌 자아가 "그의 자아의 가장 본질적인 것(Sein Ich ist ganz zum Selbst geworden)"(10/76)으로 주어진 자아의 길이다. "정신의 제3영역"은 그에게 있어 그 무엇인 가장 본질을 지닌 신의 영역이다. 헤세는 인간됨에 있어서 필수적으로 거쳐야 하는 3단계를 들고 있다. 그 첫 단계는 헤세 작품 『데미안』의 주인공 싱클레아가 보여주었던 것처럼 그가 그의 자아 이면성(二面性)인 선과 악을 동등하게 동시적으로 지니고 있다는 것을 알게 되는 자아 인식이고, 다음 단계로는 정화되지 않은 본능과 가식적이고 충동적인 세계의 순화를 통해 거짓 생으로부터 깨우치게 되는 과정이다. 그 다음으로 제 3단계에 속하는 최종단계는 보다 높은 단계의 형이상학적인 범주에서 보아지는 "정신의 제 3영역"에 있게 되는 단계로, 이 단계에서 그의 주인공 하리 할라는 그의 "참된 자아"에 있게 된다고 하겠다.

2.6.

헤세와 프릿쉬의 주인공들은 그들이 몸 두고 있는 시민사회에서 외톨이로 방황하며 찾게 되는 그들의 "참된 자아"로 주어지고 있다. 하리 할라와 슈틸러의 자아들은 "참된 자아"로 주어진, 사전(事前)에 정교하게 짜맞추어진 "가상체"이고 "허구"적인 인물들이다. 하리 할라의 두 자아가 그렇고, 슈틸러의 슈틸러자아가 부정되는 "슈틸러가 아닌 미스터 화이트(〉〉Nicht-Stiller〈〈 White)"[45]가 그러하다. 이들 "가상체"적이고 "허구"적인 인물의 자아들은, 그러나 부정적인 의미에서보다도 긍정적인 측면에서 이해되어져야만 하는 것으로, 이들 자아들은 형이상학적인 단계에서 체험하게 되는 진실 된 체험의 생성 가능성을 바탕으로 하는 "허상", 즉 인간자아 존재를 가르쳐 주는 수단을 통해 가상체적이고 허구적인 자아를 벗어나는 탈 자아 과정 내지 탈 "허구"의 과정에 있게 된다. "허구"는 프릿쉬가 그의 글 「독자에게 바치는 글」에서 적고 있는 바에 의하면 "인간 스스로가 지금 어디에 서 있는지 모르고 있는"(V/326) 인간자아를 알게 하는 수단인 것이다.

"허구"적이고 "가상체"적인 하리 할라가 걷게 되는 "참된 인간" 곧 "참된 자아"로의 길, 헤세가 그의 작품 주인공으로 나아가게 하는 3단계의 "참된 자아"의 길을 프릿쉬의 『슈틸러』의 주인공인 슈틸러도 꼭 같이 거치고 있다. 즉 "가상체" 또는 "허구"로서의 슈틸러는 거의 모든 사람들의 생활들이

45) Rolf Kieser: Das Tagebuch als äußere Stuktur. 〉〉Stiller〈〈. In: Materialien zu Max Frisch〉Stiller〈 Bd.1, a.a.O., S.126.

지적자아의 우위에 의해 "자아의 과대한 요구(Sellbst-überforderung)"(S.321)로 "자아응집(Ich-Bezogenheit)"(S.98)[46]의 "허상(Bildnis)"(S.150)을 지니게 된다. "우상(Bildnis)"(ebda.)이기도 한 "허상"은 "인간에 의해서 뿐만 아니라"[47] "이 세상과 이 세상의 여러 현상들 사건들과 일들 그리고 행위양상들"[48]에 의해 만들어지고 있고 활용되고 있다. 이들 "허상"들이 아무런 비평 없이 자아에게 뿐만 아니라 타인에게 완성된 상으로서 활용되어 질 때 프릿쉬가 그의 일기문에서 말하고 있는 바와 같이 카드 점의 횡포나 고대 희랍의 예언과 같은 역할을 지니고서[49] 인간에게 치명적인 것이 된다.

이런 "허상"들은 인간의 본성에 자리하고 있는 선입견(Vorurteil)에서도 비롯하고 있다.[50] 이의 대표적인 하나의 예로서 프릿쉬의 『안도라 (Andorra)』(1961)에서 주인공 안드리(Andri)는 안도라 사람들에 의해 수전노이고 비열한 유태인으로 지목되고 드디어는 죽게 된다. 그가 죽고 난 후 그는 안도라 사람임이 밝혀짐으로써, 그들의 선입견에 의해 희생물이 되었다는 진실이 드러나게 된다. "허상"은 프릿쉬에 따르면 감성을 잃어가고 있고 대신에 의식적인 인식으로써 모든 것을 바라보는 산업사회의 현대인에게 팽배하고 있는

46) s.S.101, 104, 105, 107, 139.

47) H.J.Lüthi: Max Frisch《Du sollst dir kein Bildnis machen》 a.a.O., S.126.

48) Ibid.

49) Vgl. Max Frisch: Tagebuch 1946-1949, a.a.O., S.32.

50) 참고: 봉원웅: 막스 프릿쉬의 희곡에 나타난 소외현상과 서사적 개요들, 성균관대학교 학위 논문, 서울 1985, S.19.

상(像) 바로 그것이다. 프릿쉬에 의하면 오늘날의 개개인간의 자아는 "인간의 언어"[51]가 아닌 "방송과 신문 등 매체의 언어"[52]로 전환된 단편적이고 일방적인 세상에서 자기 스스로의 사고와 자기 자신의 주관을 상실하고 있다고 보는 것이다.[53] 이의 결과 인간자아는 선입견에 의해 만들어진 "허상"을 통해 세상 모든 일을 판단하게 되며, 또 자기자아의 상실은 자아로 하여금 보다 높은 단계에 있는 자기 본질의 "참된 자아"로부터 멀어져 있게 되고, 이로서 "자아소외(Selbst-entfremdung)"[54]에 있게 된다. 이 같은 선입견이나 지적자아의 우위로부터 비롯되는 자아의 과대한 요구로 인해 형성되는 "허상"으로부터 멀리 할 것을 슈틸러는 그의 부인 율리카로부터 듣게 된다. 즉 그의 부인 율리카가 내놓고 있는 "너는 자신의 허상을 만들지 말라(Du sollst dir kein Bildnis machen)"(S.150)[55]라는 경고이다. 슈틸러가 지니게 되는 지적자아에 의한 자아의 과대한 요구는 그로 하여금 그의 "자아수용(Sellbstannahme)"(S.323)에 있지 못하게 한다. 이로서 그는 자아존재의 불일치, 즉 자아의 "정신적인 면과 감

51) Ibid., S.22.

52) Ibid.

53) Vgl. Lida T.Cordaro: Zum Problem der Entfremdung Max Frisch, Diss., New York 1979, S.161.

54) Enduard Stäuble: Anatol Stiller und Walter Faber. In: Max Frisch, Stiller, Homo Faber, Mein Name sei Gantenbein, hrgs. v. Dr.Edgar Neis, 8607 Hohlfeld/Ofr. 1980, S.59.

55) 이 경고는 출애굽기 20장 4절에 나오는 10계명 중의 하나인데, 이 말의 대상은 인간이 아니고 신(神)인데, 프릿쉬는 이 말을 인간에게 돌리고 있다.

성적인 면의 불일치"(S.321) 속에서 그의 자아로부터 이 세상으로부터 소외된다.[56] 이는 곧 그의 자아 내면적인 조화, 다름 아닌 "정신적인 자아와 경험적인 자아(das intelligble und das empirische Ich)"[57]의 조화적 결여이다. 슈틸러가 지니게 되는 지적 "자아의 과대한 요구"를 『호모파버 (Homo Faber)』(1957)에서 프릿쉬의 또 다른 주인공 발터 파버 (Walter Faber)도 지니게 된다. 지적 "자아의 과대한 요구"

---

56) 정신적인 면의 우위, 즉 지적인 면의 우위로 인한 자아의 소외를 "슈틸러"의 화자-자아는 슈틸러에 대한 검사와의 대화로부터 다음과 같이 보고하고 있다: "우리들 의식은 수세기를 거치는 동안 많이 변했다. 우리들의 감성적 생은 아주 적어지고 말았다. 고로 우리들의 지적인 면과 감성적인 면 사이에서 불화가 주어졌다. (…) 여기에 어떤 뚜렷한 결론에 이르지 못하는 두 개의 방책이 던져지고 있는데, 우리들이 우리들의 원시적이고 이로 인해 품위를 떨어뜨리는 감성을 없애는 것, 가능한 한 감성을 지워버림으로서 감성적 생을 아주 말살 하게 되는 위험을 감수 하더라도 말이다. 아니면 우리들의 품위 없는 감성에 한 다른 이름을 주는 것이다. 한번 바꾸어 보는 것이다. 우리들은 감성을 우리들 의식의 요구에 따라 명명하는 것이다. (…)그러나 우리들은 생에 이르지 못하게 되고, 이의결과는 어쩔 수 없이 자아 소외에 빠져들게 된다. (Unser Bewußtsein hat sich im Laufe einiger Jahrhunderte sehr verändert, unser Gefühlsleben viel weniger. Daher eine Diskrepanz zwischen unserem intellektuellen und unserem emotionellen Niveau (…) Es gibt zwei Auswege, die zu nichts führen; wir töten unsere primitiven und also unwürdigen Gefühle ab, soweit als möglich, auf die Gefahr hin, da dadurch das Gefühlsleben überhaupt abgetütet wird, oder wir geben unseren unwürdigen Gefühlen einfach einen anderen Namen. Wir lügenn sie um. Wir etikettieren sie nach dem Wunsch unseres Bewußtseins (…) nur kommt man damit nicht zum Leben, sondern unweiglich in die Selbstentfremdung.)" (Ⅲ/668)이로서 슈틸러가 이르게 되는 자아소외는 그의 자아 내면적인 조화의 결여 곧 지적자아의 우위로 인한 지적자아와 감성적 자아의 불화에 비롯되고 있음을 분명히하고 있다.

를 가지는 발터 파버는 그의 일면적인 합리적 세상관으로부터 다만 그의 사고만이 옳다는 편견적인 "허상(Bildnis)"(Ⅲ/499)을 스스로 덮어씌운다. 파버의 이 같은 절대적인 합리적 세상 이해와 자아 해석은 그로 하여금 세상 전망의 단축을 초래하게 되고, 이 세상의 깊이와 고유적인 특수성을 잃게 하고 있다.[58] 또 그의 합리적 세상관과 합리적 자아 수립으로 인해 그는 세상 깊이 도사리고 있는 위험과 불안으로부터 도외시되고 제외된다. 고로 "파버는 카프카적인 세상 위협을 느끼지 못한다."[59] 파버의 일면적인 자아는 합리적인 자아의 "허상"에 의해 지배되면서 그의 애인 한나가 일컬었듯이 기계공학적인 자질을 가진 인간 "호모 파버(Homo Faber)"(Ⅳ/47)가 된다. 정말이지 그는 지적자아의 과대한 요구에 따른 합리적 자아 이외에는 어떤 상대적 자아도 수용하지 않는 인간으로써 오로지 합리적 논리성만을 내세우는 사람이 된다. 이 같은 그의 지적자아의 우위로 인한 그의 편견된 기계공학자로의 호모 파버는 물질적이고도 절대적인 합리적 사고 하에 자칭 지식가로서 이면(二面)성, 즉 합리성과 비합리성으로 된 생을 부정함으로써 스스로 그의 오류 속

57) H.J.Lüthi: Max Frisch《Du sollst dir kein Bildnis machen》 a.a.O., S.11.

58) s.u.Vgl. Carol Petersen: Charakteristik der Hauptperson. In: Königs Erläuterung u. Materialine, Bd. 148, Max Frisch, Stiller, Homo Faber, Mein Name sei Gantenbein, hrgs. v. Dr.Peter Beyersdorf. 7. erw. v. Dr.Edgar Neis. C.Bange Verlag, Hohlfeld/ Ofr. 1980, S.44.

59) Ibid.

에 빠져들게 되는 것이다. 이 오류 속에서 그는 그와 생각을 전연 달리하는 옛 애인 한나와 결합을 이룰 수 없었을 뿐만 아니라 그 자신의 딸 에리자베트와 근친상간하게 되고, 이로서 자신의 생과 딸의 생도 망치게 된다. 한나에게 있어 생은 예측을 불허하고 합리적으로 사고 할 수 있는 대상도 아니고 또 통계학적으로 정리되고 설명될 수 있는 것이 아니다.

이와 같이 『호모 파버』의 발터 파버처럼 자아 내면적인 조화의 결여는 슈틸러로 하여금, 그러나 파버와는 다르게 그와 자아 이면성의 분립을 초래하게 만들고, 불안과 초조 그리고 불확실성으로 이끌게 하고 있다. 이의 결과는 그를 그의 자아로부터 그리고 모든 것에서 부부애, 친우 그리고 고향으로부터 달아나게 만든다. 이렇게 자기 자아의 소외에 의해 자기 자신으로부터 그리고 모든 것으로부터 떠나게 된 슈틸러는 자기 자아의 수용에 이르기까지 여러 단계를 밟게 된다. 슈틸러가 가지는 자아 소외는 소극적이고 부정적인 테두리에서 던질 수 있는, 즉 사회현실로부터 동떨어져 고립되는 자아를 뜻하고 있는 것은 결코 아니다. 자아소외는 오히려 긍적적인 측면에서 받아 들여져야만 한다. 즉 헤겔에 있어서는 자아소외는 자기 "자아의 보다 높은 계기의 의식(zu einem höheren Bewußtsein seiner selbst)"[60] 내지 "정신의 자기실현(Selbstverwirklichung des Geistes)"[61]을 위한 반드시 거쳐야만 하는 단계이다. 이 정신적 자기자아의 실현으로부터 자아는 그의 동일성이 추구되고, "참된 자아"의 본질 추구도 가능한 것이다. "참된 자아"로의 자기자아 수용에 있게 되는 첫 단계로 슈틸러는 그가 가지게 된 자아소외에 대한 "자아인식(Selbsterkenntnis)"(S.408)을 들겠다. 이 "자아 인식"은 곧 "참된 자아"로의 길에 대한 자아인식인 것이다. 그가 다다르게 되는 "자아인식"은 그로 하여금 서서히 그러나 갑작스럽게 여태까지의 생으로부터 낯설게 되었다는 것을 알게 한다. 뿐만 아니라 이 "자아인식"은 그로 하여금 그의 자아수용을 위한 "참된 자아 인식(die echte Selbsterkenntnis)"(S.323)으로 나아가게 하고 있다. 이 "참된 자아 인식"은 "말없이 그리고 본질적으로 행동 속에 표현되는(die eher stumm bleibt und sich wesentlich nur im Verhalten ausdrückt)"(ebda.) 인식으로, 주위 세상에 "인간적 설명을 뛰어 넘어 존재하게 도는 절대적인 심급(von einer absoluten Instanz außerhalb menschlicher Deutung)"(ebda.)에 대한 확신과 "절대적인 실재(absolute Realität)"(ebda.)에 대한 확신을 전제하고 있는 인식이다. 슈틸러가 가지게 되는 이런 자아인식은 또한 프릿쉬의 작품 『내 이름은 간텐바인』의 주인공인 간텐바인에게도 주어지고 있다. 간텐바인은 그가 지니게 되는 "자아 인식(Selbsterkenntnis)"[62]으로 그가 리라와 가지는 가식적인 부부생활에서 자신이 희구하고 갈망했던 "사랑의 포옹으로서 이룩되는 부부(das Paar,

60) Historisches Wörterbuch der Philosophie: hrsg.v.Joachim, Basel/Stuttgart 1972, Bd.2, S.514.

61) 봉원웅, 전게서, S.13.

das aus der Umarmung kommt)"[63]로서 서로서로가 피부로 이해하고 정신적으로 부부애를 나누는 사회구성으로서의 자아 발견은 어렵다는 것을 알게 된다. 간텐바인의 이 "자아인식"은 그로 하여금 위장된 그의 부부생활로부터 한계성을 인식하게 하고 있고, 자기 자신의 진실, 즉 자신의 거짓된 맹인역을 폭로하게끔 인도한다. 이로서 그에게는 여태까지와 다른 그의 "참된 자아"의 길이 제시되고 있음을 시사하고 있다. 프릿쉬는 자아수용의 다음 단계로 슈틸러의 자아가 거쳐야 되는 과정을 기술하고 있는데, 즉 희망의 좌절과정을 거쳐 실재로 있는 그대로 되고자 하는 것, 곧 "주위세상으로부터 가치 인정을 체념(Verzicht auf die Anerkennung durch die Umwelt)"(S.408)할 것이 요구되는 단계이다. 그러나 슈틸러는 과거의 그와 다른 인간이라고 느끼면서 이를 주위 다른 사람들에게 증명해 내보이려고 하는, 즉 자신을 인식의 주체자로서 내보이려고 함으로써 그에게 있어 "허상"은 형성된다. 이들 "허상"들은 이미 언급되었듯이 인간에 의해서 뿐만 아니라 이세상과 이세상의 여러 현상들, 사건과 일들 그리고 행위양식들에 의해 만들어지고 활용되고 있다. 슈틸러가 가지게 되는 이 자아 '허상'을 탈피하여 그로 하여금 그의 "참된 자아"의 길인 그의 자아수용에 있게 하기 위해 그에게 마지막 과정으로 "사랑"의 길이 제시된다.

---

62) Max Frisch: Mein Name sei Gantenbein, Frankfurt/M., 1968, S.11.
63) Ibid., S.125.

2.7.

프릿쉬의 『슈틸러』주인공 슈틸러가 그의 "자아수용"의 마지막 과정인 "사랑"의 길, 즉 "참된 자아"의 길에 있듯이, 헤세의 『슈테펜볼프』의 주인공 하리 할라도 그의 "참된 자아"의 길을, 이의 최종 단계인 "정신의 제 3영역"으로의 길, "절대적인 것"으로의 길에 있게 된다. 이 "절대적인 것"으로 나아가게 하는 중매체는 이미 언급된 바와 같이 "유머"인데, 하리 할라가 걷게 되는 "유머"의 길은 헤세 주인공 인물들, 그들 자아 내면의 두 상반된 세계가 동시동등으로 인정되는 길이다. 이 길은 논리적 사고의 현실에서 그릇되게 분리된 두 자아, 즉 감각적 본능의 자아와 정신적 세계의 두 자아 탈을 벗기는 길이 된다. 이 길, 곧 두 자아의 동시동등의 긍정이라는 "참된 자아"의 길에 오르기 위해 하리 할라는 "유머의 학교(Schule des Humors)"(7/369)인 "마술극장(magisches Theater)"(7/221)에 들어가게 된다.

"마술극장"은 먼저 작품 『슈테펜볼프』에서 나타나고 있는 것에서부터 본다면 논리적 사고 판단의 현실과 동떨어져 성립되는 오로지 그림들로서만 이루어지는 장소로 일종의 "그림들 카비넷(Bilderkabinet)"(7/368)이다. 이로서 "마술극장"의 세계는 "그림들의 세계(Bilderwelt)"(7/412)다. 여기에는 두 상반된 세계가 동시동등으로 긍정되는 곳이다. 왜냐하면 두 상반된 세계가 동시동등으로 긍정되는 "유머의 학교"이기 때문이다. 고로 이곳은 양자긍정의 현실만이 존재하는 가칭적 세계이다. 이 가칭적 세계, 즉 두 상반된 세계가 동시동등으로 긍정되는 이곳에서 하리 할라는 보다 높은 단계의 양자긍정의 현실로 오르기 위해 그의 연인인 헬미네와 합의하고서 "마술극장"에서 헬미네를 죽인다. 헬미네는 할라가 접하지 못한 감각세계의 대변자로 그에게 부족하는 "반대부분(Gegenteil)"(7/296)극으로서 뿐만 아니라, 나아가서는 그를 보충하는 하나의 극으로서 대두된다.[64] 헬미네는 할라가 나아가는 "참된 자아"로의 길 안내자이고 조력자이며 구제자이다. 헬미네는 "늑대 인간"으로 이분된 할라 자아의 두 상반세계, 즉 감각적 세계와 정신적 세계의 한 부분인 감각적 세계 대변자이다. 고로 헬미네는 할라 그의 자아내면의 한 부분으로 이들은 형제자매이다. 이를 상직적으로 잘 나타내고 있는데, 할라는 헬미네의 머리를 잡고서 "그 여자의 이마에 키스하고 그 여자의 머리를 뺨과 뺨으로서 의지하게 해서 형제자매로서((…) küßte sie auf die Stirn und lehnte ihn(=Herminens Kopf)[d.Vf.] Wange an Wange zu mir(=Haller) geschwisterlich(…))"(7/344) 두 사람은 포즈

64) s.u.Vgl. Hwang Chin : Hermann Hesse Anthropologie und die Weisheit und das Gleichnis des Fernen Ostens, Diss., Bern 1978, S.217f. (Vgl. Heinz Stolte: Hermann Hesse, Weltscheu und Lebensliebe, Hamburg 63, 1971, S.204. 하인쯔 슈톨테는 할라가 헬미네와 관계를 가지는 편은 그가 게을리했던 이 세상 사람들과 생을 나누는 것으로, 이는 마치 괴테의 "파우스트"에 파우스트가 메피스토펠레스에게 몸을 내맡기고 이 세상의 희노애락을 접하는 것과 유사함을 시사하고 있다.)

를 취한다. 그러나 할라는 논리적 사고로 하나를 택하게 되는 현실에서는 헬미네와 "너"와 "나"라는 뚜렷이 의식되는 경계선에 머물게 된다. 이런 의식하에서 할라는 헬미네를 자아바깥의 분립된 두 자아 중 하나로 간주해서 헬미네가 다른 남자와 나란히 누워 있을 때 질투에서 헬미네를 살해하게 되나. 할라의 이 같은 행위는 그가 몸담고 있는 논리적 사고의 현실, 즉 어느 한쪽만을 택하는 양자택일의 현실에 사로잡힌 자아응집에서 "마술극장"에 주어진 "하나의 단순하고 아름다운 그림(ein einfaches und schönes Bild)"(7/403)에 불과한 헬미네 그림을 파괴한 행위이다. 할라가 저지르게 되는 파괴, 곧 헬미네의 살인 행위는 또한 그가 몸담고 있는 양자택일 현실의 과대평가에서 이루어진 것이다.[65] 그의 이 같은 과대평가에서 "아름다운 그림으로서 이루어져 있는 홀을 현실(schönen Bildersaal mit der sogenannten Wirklichkeit)"(7/410)과 혼돈해서 바꾼 나머지[66] 그는 살인 행위를 범하게 된다는 것이다. 이 범행으로 그는 두 상반세계의 양자긍정인 "유머의 학교" 곧 "마술극장"을 잘못 사용하게 되고, 이로서 "마술극장"의 양자긍정세계인 보다 높은 단계의 예술세계를 모독한 것이다. 그러나 하리 할라는 다른 일면에서 이 살인행위로 현실에 주어진 그의 잘못 이분된 자아가 상(像)을 떨쳐 버림으로써 "가상을 넘어서서 존재하게

65) 이 사실은 검사가 할라의 처형 전 판결하는 것과 같이 할라 그의 자유의지에서 분별없이 행해진 과실이라는 점에서도 뒷받침되고 있다.

66) 이 사실은 또한 색소폰을 부는 파블로에 의해 확인된다.(Vgl. 7/412)

되는 영역(das Reich jenseits der Zeit und des Scheins)" (7/344)으로 진입하게 된다.[67] 하리 할라 자아의 두 상반된 세계가 동시동등으로 긍정되는 "유머의 학교"인 "마술극장"은, 양자택일의 현실이 아닌 보다 높은 단계의 현실에 주어진 자아에서 볼 때, "자아접견과 시간과 영원의 내면적인 접합 장소(Schauplatz der Selbstbegegnung, des inneren Zusammenstoßes von Zeit und Ewigkeit)"[68]이다. 이 "자아접견" 내지 "내면적인 접합"은 할라 그의 그릇된 가상의 두 자아와 보다 높은 단계의 "참된 자아"와의 상봉을 뜻하는 것이다. 이런 상봉 과정을 통하여 형성되는 보다 높은 단계의 자아에서부터 할라는 현실에 주어진 두 자아인 "늑대 인간"의 "허상"을 벗게 된다. 이로서 그는 "마지막 모습(als lezte Figur)"으로 "수많은 형태의 신화(in meiner(=Harry Haller)[d.Vf.] tausendgestaltigen Mythlogie)"(ebda.)속에서 그의 "참된 자아"를 들어내며, 그가 감각적 세계의 현실에서 생의 동반자로 사귀게 된 헬미네와 더불어 진실된 사랑의 완성으로 나아가게 되는 "유래 없는 결혼식(eine sonderbare Hochzeit)"(7/403)을 올리게 되는 것이고, 이 결혼식으로 그들은 보다 높은 단계의 현실에 있게 된다.

하리 할라가 가는 보다 높은 단계의 현실로 『슈틸러』의

67) 하인쯔 슈톨테에는 하리 할라가 헬미네를 살해하는 것은, 할라가 헬미네와 같이 그가 게을리 했던 이 세상 삶을 뛰어 넘어 자신을 "절대적인 것"으로 독립해서 나아가는 행위로 간주하고 있다.(s. Heinz Stolte, a.a.O.,S.205)

68) Anni Calsson: Zur Geschichte des Steppenwolfsymbols. In : Materialien zu Hermann Hesse 〉Der Steppenwolf〈, a.a.O., S.381.

프릿쉬 주인공 슈틸러도 가는데, 즉 그는 그의 참된 “자아-현실”에 있게 되는 “자아수용”의 마지막 단계로서 “사랑”의 길을 밟게 된다.

슈틸러가 밟게 되는 “사랑”의 길은 슈틸러가 그의 부인 율리카와 얻게되는 “사랑”의 체험으로 잘 보여주고 있다. 슈틸러가 율리카와 가지게 되는 “사랑”의 체험은 권 8에 해당하는 제2부에서 객관적으로 검사 롤프에 의해 단계적으로 가지는 대화에서 뚜렷하게 보여주고, 검사 롤프는 작품 마지막에 슈틸러가 체험하게 되는 “사랑”의 증인이 된다. 슈틸러는 검사 롤프에게 이렇게 말한다. “그래 사랑이란 무엇이란 말인가? 나는 율리카를 잊을 수 없었다. 이것이 전부다. 마치 인간이 패배를 잊을 수 없는 것처럼 왜 내가 다시 돌아 왔는지?(Was heißt da schon Liebe? Ich habe sie(=Julika)[d.Vf.] nicht vergessen können. Das ist alles. Wie man eine Niederlage nicht vergessen kann. Warum ich zurück-gegangen bin?)”(S.426) 이에 대해 롤프는 다음과 같이 이야기 한다. “너는 율리카를 사랑하고 있다. 이제 너는 율리카를 사랑하기 시작했다. 그리고 율리카는 죽지 않았으니 아직도 모든 것은 가능한 것이다.(Du liebst sie(=Julika)[d.Vf.]. Du hast angefangen, sie zu lieben, und Julika ist nicht gestorben, noch ist alles möglich.)”(S.431)라는 것이다.

이렇게 말하는 검사 롤프에게 슈틸러는 율리카가 폐렴으로 수술해 죽음을 앞에 두고 있게 되었을 때 율리카와 함께 얻게 되는 “사랑”의 체험을 이렇게 토로한다. “나는 율리카를 사랑하고 있다(Ich liebe sie(=Julika)[d.Vf.])"(S.435)라고 말이다. 슈틸러가 내놓은 "사랑"의 실토는 그가 그의 생에서 가지게 되는 보다 높은 단계의 체험으로부터의 "사랑" 진술이다. 이 "사랑"의 체험은 슈틸러로 하여금 진정된 의미에서 그의 "자아수용"과 그의 부인 율리카와의 재결합을 뜻한다. 이는 지벨레와 검사 롤프가 재융합으로, 즉 자기 스스로를 기만당한 남편으로 수용함으로써 이미 시사되었고 예시했던 것이다.[69] 슈틸러가 가지는 "사랑"체험의 결여는 프릿쉬의 『호모 파버』에서 찾아 볼 수 있는데 주인공 파버는 이미 언급되었듯이 그의 일면적인 자아로 인해 가지게 되는 "사랑"체험의 결여로 그의 애인 한나와의 결합을 이루지 못한다. 그러나 그는 연인 자바트와 가지는 "사랑"의 체험으로 논리적이고 합리적인 사랑의 관계가 아닌, 즉 "정을 주는 상대가 없는 나(Ich ohne Dich)"[70]의 관계가 아닌 "정을 주는 상대로의 전환(Wendung zum Du)"[71]으로 주어지는 "사랑"을 체험하게 된다. 이 "사랑"의 체험은 파버로 하여금 기계공학적인 측면과 전연 상반되는 "미와 생의 충만세계(Welt der Schönheit und der Lebensfülle)"[72]로 몸을 돌리게 한다. 그의 애인이자 딸인 자베트가 그에게 심어준 "사랑"의 체험은 그에게 참된 생에 몸을 둔 그의 다른 자아, 즉 감각 본능적 세계

69) Vgl. Hermann Böschenstein: Stiller-ein neuer Menschentyp. In: Materialien zu Max Frisch 〉Stiller〈, Bd.1, a.a.O., S.176.

70) H.J.Lüthi, Max Frisch, a.a.O., S.35.

71) Ibid.

72) Ibid.

의 자아를 수용하게 하고, 이로서 한나와의 재결합을 희구하게 한다. "사랑"은 프릿쉬가 그의 일기문에서 밝히고 있듯이 "무제한적이고 연속적인 것으로 모든 것, 마치 신의 무진장하고 광대함처럼 제한됨이 없고 모든 가능한 것들로 가득하고 모든 신비스러운 것들로 가득함(So wie das All, wie Gottes unerschöpfliche Geraumigkeit, schrankenlos, alles Möglichen voll, aller Geheimnis voll)"[73]인 것이다. "오직 사랑만이 인간 속에 깃들고 있는 모든 생동적인 것의 충만을 예감하게 하고 수용하게 하며 허상으로부터 벗어나게 하는(Nur die Liebe ist fähig, die Fülle des Leben digen im Menschen zu ahnen und anzunehmen, sie befreit vom Bildnis)"[74]것이다. 뿐만 아니라 "사랑"은 프릿쉬에게 있어서 "선입견의 극복 Überwindung des Vorurteils"[75]이다. "사랑"은 이웃의 타인과 자기 자신을 사랑하게 함으로써 있는 그대로의 "자아수용"을 가능하게 한다.[76] 이와 같은 "자아수용"을 가능하게 하는 "사랑"으로의 체험은 슈틸러로 하여금 주위세상으로부터의 자아인정을 체념하게 하고, 보다 높은 초인적 심급에 대한 확신으로 "자아수용"에 이르게 한다. 이를 검사 롤프는 증인으로 다음과 같이 진술한다. "물론 슈틸러는 과묵한 편은 결코 아니다, 그러나 자기

73) Max Frisch, Tagebuch 1946-1949, a.a.O., S.31.
74) Hans Jürg Lüthi, Max Frisch, a.a.O., S.7.
75) Max Frisch, Tagebuch 1946-194949, a.a.O., S.220.
76) Vgl. S.323.

자아로 돌아온 사람처럼 그의 자아테두리 밖에서 인간과 사물로 눈을 돌리고 있었다. 그의 주위를 둘러싼 것들은 이제 이 세상에서 더 이상 찾을 수 없고 숨길 수 없는 그의 자아의 투영들과는 무엇인가 다른 세상으로 펼치기 시작하고 있었다.(Natürlich war Stiller keineswegs wortkarge. Aber wie jedermann, der über sich selbst gekommen ist, blickte er auf Menschen und Dinge außerhalb seiner selbst, und was ihn umgab, fing an, Welt zu werden, etwas anderes als Projektionen seiner selbst, das er nicht länger in der Welt zu suchen oder zu verbergen hatte.)"(S.409)

이 초인적 심급의 "자아수용"은 말없이 본질적으로 나타나고 있는 절대적인 실재에 대한 확신에 슈틸러가 있게 됨을 암시하고 있다. 이는 인간의 인식을 초월하는, 즉 시간과 공간 저 넘어 초월성의 존재인 엔텔리키, 곧 신의 영역에 접근함을 의미하고 있다.

이 같은 보다 높은 단계에 있게 되는 그의 "자아수용"의 체험을 바탕으로 해서 슈틸러는 이 세상의 현실에 자신을 심어보려고 했다. 그래서 작품 마지막에 슈틸러 "그는 이제 스스로 이 세상에 존재하고자(Er selbst fing an, in der Welt zu sein)"(ebda.)한다고 했으며, 이로서 프릿쉬는 그로 하여금 그에게 주어진 "자아수용"의 길인[77] 그의 "참된 자아"의 길을 새롭게 다시금 내딛게 하고 있다.

3.

헤세의 『슈테펜볼프』의 주인공 하리 할라와 프릿쉬의 『슈틸러』에서 주인공 자아가 걸어가는 보다 높은 단계의 "참된 자아" 길은 이미 시사되었고 이야기되었듯이 논리적으로 판단되고 정리되는 단순한 길은 아니다.

그렇다고 이 길은 개개인간이 몸담고 있는 자아존재의 본원지인 현실과 동떨어져 형성되는 어떤 가공적인 허무맹랑한 추상적인 길도 아니다. 이를 잘 뒷받침하고 있는 것으로 앞서 본론 2의 초두에서 기술하고 있듯이 하리 할라의 "가상체"로서의 두 자아분립, 즉 "늑대 인간"도 현대 산업 시민사회의 현실에 뿌리를 두고 있음에서 잘 보여주고 있다. 뿐만 아니라 작품 마지막에 하리는 "유머의 학교"인 "마술극장"을 망가뜨린 후 극장의 주체자인 파블로에 의해 다시 의식의 현실로 되돌아오며, 이후 그는 앞으로 보다 나은 장래를 위해 재출발할 것을 다짐함으로써 어디까지나 현실을 그의 자아존재의 근원으로 하고 있음을 뚜렷이 보여주고 있다.

이 같은 긍정적인 현실 측면은 또한 프릿쉬에게도 뚜렷했다. 프릿쉬의 『슈틸러』에서 "화자-자아"인 미스터 화이트가 슈틸러로 "자아인식"과 "사랑"의 체험으로 보다 높은 단계의 "자아 수용"에 이르게 되고, 이로서 현실에서 이제 새롭게 시작하는 그의 자아 생이 긍정적인 것이 됨으로써 잘 나타나고

77) 참고: "자아수용은 슈틸러의 소설의 주된 테마이다.(Die Selbstannahme ist das große Thema des Stiller-Romans)"(Hermann Böschenstein, a.a.O., S.178)

있다. 그러나 이와는 상반되게 발터 슈밋츠(Walter Schmitz)는 슈틸러가 스위스 도자기공으로 작품 마지막에 그리온(Glion)에 혼자 남아 있게 되는 것을 혹평해서 이제 "자아추구자인 슈틸러는 쓸쓸히 그의 고독한 자리를 지키는 자가 되었다(der Ich-Sucher Stiller findet sich einsam auf verlorenen Posten)"[78]는 것이다. 심지어 그는 말하기를 슈틸러가 그리온에 혼자 남아 있는 것을 슈틸러의 좌절로 간주하고, 이는 또 그의 사회적인 좌절로 보고 있다.[79] 그러나 다른 한편으로 슈밋츠의 이 같은 부정적인 측면의 지적은 문학이 지니는 이론적 추상적인 면과 생의 현실 사이에 언제나 자리하게 되는 것의 지적이다. 이런 부정적인 면과는 다르게 슈틸러가 그리온에 외로이 홀로 남아 있으면서 새로 출발하게 되는 것은 세상 인간과 자아로부터의 편견 된 "허상"을 벗어나, 한 다른 새로운 자아인 자아본질의 "참된 자아"로 현실에서 새로이 내딛는 것을 뜻하는 것이다.

이로서 현실에서 하리 할라나 슈틸러가 다같이 추구하는 "참된 자아"의 길은 어디까지나 이들 두 작가들이 그들 인물을 통해 추구해나가는 현실에서의 자아존재 수립을 의미하는 것이다.

78) Walter Schmitz: Die Wirklichkeit der Literatur : Über den Roman Stiller. In: Materialien zu Max Frisch 〉Stiller〈, a.a.O., S.20.

79) s.u.Vgl. Ibid.

참고문헌

Hermann Hesse, Gesammelte Werke in 12 Bde. hrsg. v. V. Michels, Frankfurt/M. 1970.

Hermann Hesse, Kurzgefaßter Lebenslauf. In: Materialien zu Hermann Hesse 〉Der Steppenwolf〈, hrsg. v. V. Michels, Frankfurt/M. 1978.

Max Frisch, Stiller, Suhrkamp taschenbuch (st. 105), Frankfurt/M. 1974.

Max Frisch, Mein Name sei Gantenbei, Frankfurt a. M. 1968.

Max Frisch, Tagebuch 1946-1949, Frankfurt/M. 1964.

Max Frisch, Gesammelte Werke in zeitlicher Folge, Bd.I-VII, Frankfurt/M. 1986.

Hans Bonziger, Der ≫Steppenwolf≪ und ≫Stiller≪. In: Materialien zu Max Frisch 〉Stiller〈, Bd. 1, Frankfurt/M. 1978.

Karlheinz Braun, Die Tagebuchform in Max Frisch ≪Stiller≫. In: Materialien zu Max Frisch 〈Stiller〉, Bd. 1, Frankfurt/M. 1978.

Hermann Böschenstein, Stiller - ein neuer Menschentyp. In: Materialien zu Max Frisch 〉 Stiller〈, Bd. 1, Frankfurt/ M. 1978.

Lida T. Cardaro, Zum Problem der Entfremdung in der Romanen Max Frischs, Diss., New York 1979.

Anni Carlsson, Zur Geschichte des Steppen wolfsymbols. In: Materialien zu Hermann Hesses 〉Der Steppenwolf〈, hrsg. v. V. Michels, Frank furt/M. 1972.

Peter Demetz, Das Schwizer Establishment u. Anatol Ludwig Stiller. In: Materialien zu Max Frisch ›Stiller‹, Bd. 1, Frankfurt/M. 1978.
Friedrich Dürrenmatt, ≫Stiller≪, Roman von Max Frisch, Fragment einer Kritik. In: Materialien zui Max Frisch ›Stiller‹, Bd. 1, Frankfurt a.M. 1978.
Volker Hage, Max Frisch, rororo bildmonographien, 15-22. Tausend, Reinbek bei Hamburg 1984.
Hermann Hesse im Spiegel der Kritik, hrsg. v. Adrian Hsia, Bern u. München 1975.
Historisches Wörterbuch der Philosophie, hrsg. v. Joachim Ritter, Basel/Stuttgart 1972[3].
Chin Hwang, Hermann Hesses Anthropologie u. die Weisheit u. das Gelichnis des Fernen Ostens, Diss., Bern 1978.
Rolf Kieser, Das Tagebuch als äußere Struktur: ≫Stiller≪. In: Materialien zu Max Frisch ›Stiller‹, Bd. 1, Frankfurt/M. 1978.
Hans Jürg Lüthi, Hermann Hesse, Natur u. Geist, Stuttgart 1970.
____, Max Friswch ≪Du sollst dir kein Bildnis machen≫, München 1981.
Carol Petersen, Charakeristk der Hauptpersonm. In: Königs Erläuterung u. Materialien, Bd. 148, Max Frisch, Stiller, Homo Faber, Mein Name sei Gantenbein, hrsg. v. Dr. Peter Beyersdorf, 7. erw. v. Dr.Edgar Neis, C. Bange Verlag, Hollfeld/Ofr. 1980.
Eduard Stäuble, Anatol Stiller u. Walter Faber. In: Max

Frisch, Stiller, Homo Faber, Mein Name sei Gantenbein, a.a.O.
Heinz Stolte, Hermann Hesse, Weltscheu u. Lebensliebe, Hamburg 63, 1971.
Walter Schmitz, Die Wirklichkeit der Literatur: Über den Roman Stiller von Max Frisch. In: Materialien zu Max Frisch 〉Stiller〈, Bd. 1, Frankfurt/M. 1978.
Über Hermann Hesse, hrsg. v. Volker Michels, Frankfurt/M. 1976.
Alfred Wolfenstein, Wökfischer Traktat. In: Materialien zu Hermann Hesses 〉Das Steppenwolf〈, hrsg. v. V. Michels, Frankfurt/M. 1972.
Colin Wilson, Outsider u. Bürger. In: Materialien zu Hermenn Hesses 〉Der Steppenwolf〈, a.a.O.
김미란, B.Brecht의 변형속담의 소이(疏異)효과. In: 독일문학, 제28집, 한국독어독문학회, 서울 1982.
봉원웅, 막스 프릿쉬의 희곡(戲曲)에 나타난 소외현상(疏外現象)과 서사적(敍事的)개요들, 성균관대학교 학위논문, 서울 1985.
황진, 헤르만 헤세의 작품 "Narziß und Goldmund"에서 보여주는 자아 완성. In: 지역 사회교육 연구, 계명대학교 지역사회 교육연구소, 제6집, 대구 1992.
____, 헤르만 헤세의 작품 〈슈테펜볼프〉에 나타난 자아와 자아완성의 길. In:독일학지, 제2집, 계명대학교 독일학연구소, 대구 1980.
____, "포괄적 학문" 학문연구와 독일 자가 헤르만 헤세(Hermann Hesse). In:동서문화, 제24집, 계명대학교 동서문화 연구소, 대구 1992.

___, Max Frisch의 작품 "Stiller"에 나타난 자아추구의 동일성. In: 동서문화, 제19집, 계명대학교 동서문화 연구소, 대구 1987.

___, Max Frisch의 "Mein Name sei Gantenbein"에 나타난 자아추구 연구. In:동서문화, 제20집, 계명대학교 동서문화연구소, 대구 1988.

___, 막스 프릿쉬(Max Frisch)의 삼대 주요소설에서 보여주는 자아 동일성 문제. In: 동서문화, 제21집, 계명대학교 동서문화연구소, 대구 1989.

Ⅶ. 자아문제와 헤세의『나르치스와 골드문트』

1.

여기서 다루고자 하는 헤세 작품『나르치스와 골드문트(Narziß und Goldmund)』(1930)는 비록 서양유럽 생활권 수도원의 생활이라든가, 삼십년전쟁(1618~48)중 있었던 역사적 사건이 배후로 대두되지만 그러나 이것들은 어디까지나 주인공 골드문트에 주어지는 자아체험의 일면이고, 작품 전체에서 볼 때에 헤세적인 '자아 됨(die Werdung des Ichs)' 의 문제가 가장 근본적인 문제로서 제시되고 있다.

이 '자아 됨' 의 문제는 두 대립되는 세계, 즉 감각 본능적 물질세계와 이와 반대 입장에 있는 정신세계 속에 주어져 있고, 중요 두 인물 골드문트와 나르치스로서 각각 이들 대립되는 세계가 대변되고 있다. 즉 골드문트는 감각 본능적 물질세계를(Vgl. 8/34, 41)[1], 나르치스는 정신세계를(Vgl. 8/11, 12, usw.) 작품 벽두부터 서로 구분된 상황에서 보여주고 있다(Vgl. 8/22~3).

이처럼 작품 초반부터 두 대립세계를 두 대립되는 인물로써 뚜렷이 갈라놓으면서 독자로 하여금 뚜렷하고 분별하게끔 하는 일은 이후 헤세 작품들에서는 보이지 않는다. 헤세

1) 첫 아라비아 숫자는 Hermann Hesse, Gesammelte Werke in 12 Bde., Frankfurt/M. 1970의 권수이고 횡선 다음의 숫자는 페이지 수(數)이다. 다음에 이와 같이 주어지는 표시는 모두 여기에 준한다.

의 작가로서의 성숙과정에서 '자아 됨'의 문제가 이들 두 대립 세계 속에서 엮어지고 있는 것은 그의 초·중반기의 작품 『데미안(Demian)』(1919)과 『슈테펜볼프(Steppenwolf)』(1927)에서 볼 수 있다. 이들 두 대립에서 주어지고 있는 '자아 됨'의 문제를 좀 더 구체적으로 보고 이로써 본 논술의 문제제시로서, 또 서론으로 장식하기 위해서 위에서 예로 든 작품 중 『슈테펜볼프』의 주인공이 어떻게 이들 대립 세계 속에서 '자아 됨'의 길에 주어지고 있는가를 간략히 이야기하겠다. 그리고 또 다루고자 하는 작품 『나르치스와 골드문트』를 비교하면서 이 문제에 관해서 간단히 언급하겠다.

『슈테펜볼프』의 주인공 하리 할라(=슈테펜볼프)는 그의 자아를 시민사회에 두고 있다. 그런데 그의 자아는 이분(二分)으로 형성된 자아로서 자아의 반(半)은 모든 사물 내지 일들을 오성으로 판단하면서 이성적으로 행동하는 인간이고, 자아의 다른 반은 이성적인 인간 슈테펜과 반대 위치에 서게 되는 감각 본능적 동물이다.(Vgl. 7/240) 그는 이들 두 대립 세계를 자아내면이라는 한 동 우리 안에 가짐으로서 이들 두 대립 세계의 분쟁으로부터 주어지는 자아 내면적 갈등을 가진다. 이 갈등은 장소적으로 볼 때 자아라는 한곳에 모아둠으로서 빚어지는 결과이다. 그러나 이 갈등은 그의 자아존재의 필수요건이다. 왜냐하면 그의 자아가 시민사회를 형성하고 있는 일면적 취사(取捨)의 현실세계에 주어져 있음으로써, 이면(二面)적 대립의 상태가 야기된 것으로 이들 이면(二面) 중 어느 일면의 부정은 곧 현실세계에서의 그의 자아부정이 되기 때문이다. 일면(一面)적 부정으로 이끌어지는 것에서 자아긍정의 측면을 볼 때 이들 두 대립세계는 서로 떨어질 수 없는 상호 긴밀 유대 관계에 있다. 이와 같이 대립되면서도 상호 긴밀 유대 관계에 있게 되는 두 세계 가운데에 『나르치스와 골드문트』의 주인공 골드문트도 있게 된다. 여기에서는 『슈테판볼프』에서와는 다르게 골드문트와 그와의 상반 세계를 내세우고 있는 나르치스를 분리시켜 이들 두 세계가 주어지고 있다. 그러나 이들 두 세계는 전연 다른 별개의 독립된 객체로서 보아질 수 없고 『슈테판볼프』의 하리 할라 자아내면에 주어진 이면적 상반 상호 긴밀 관계에서 미루어서 알 수 있는 바와 같이 이들 두 대립세계를 걸머지고 있는 골드문트와 나르치스는 그 둘이서 하나의 자아내면을 형성하고 있다. 이러한 점에서 이들 둘 중 어느 한 사람의 편에서 보면 다른 한 사람은 그의 자아의 반으로서 이 자아의 일면이고 또 거꾸로도 같은 말이 된다. 이 말은 곧 이들 두 사람으로서 비로소 온전한 자아가 된다는 것이다. 이런 의미에서 헤세는 공개되지 않은 그의 한 편지에서 골드문트의 자아는 그의 상반자 나르치스가 주어짐으로써 온전한 자아로서 대두된다고 했다.[2)]

이 온전한 구실을 하게 되는 자아에서 볼 때 나르치스와 골드문트는 서로 상반되면서도 하리 할라 자아내면의 양면세계와 동등한 위치에 서게 됨으로서 하리 할라 자아는 나르

2) Vgl. Brief an Christoph Schrempf, April 1931. In:Hermann Hesse eine Werkgeschichte, hrsg. v.S.Unseld, Frankfurt/M., 1973. S.134.

치스와 연관관계에서 주어지는 골드문트의 자아와는 형제적 상황에 있다. 이들 자아의 상황은 단지 다른 꼴로서 자아내면 완성의 길에 주어지고 있을 뿐이다.[3] 이처럼 주어진 골드문트의 양(兩)면적 세계의 조화완성의 길은 동아시아의 음양학적인 입장에서 볼 때 다름 아닌 음양조화완성의 길이다.[4] 왜냐하면 음양측면에서 보면 인간 각 개인의 자아는 이들 음양의 끊임없이 진행되어지는 조화 과정 속에 있게 되는데, 이들 음양은 서로 상반되면서도 그들의 상호 밀접의 운동 관계로써, 즉 오므라들고 늘어나면서 그들 운동을 계속하는데 상호 필수적 상호 긴밀 관계에 있음으로서 헤세의 주인공 자아내면의 이면세계와 동등한 관계에 있기 때문이다. 이들 음양은 두 극으로서 동시동등 인정 하에 있다.[5] 이 두 극 음양은 서로 상반상호관계에 있는 자아 양면세계와 이런 동등한 관계에서 동등한 위치에 있기 때문에 헤세 주인공의 자아내면의 양면적 세계의 조화완성의 길은 곧 음양 자아 완성의 길이고, 이것은 곧 자아내면 '천성' 의 완성의 길이다.[6] 이 음

---

3) Vgl. Brief 》an einen Leser《, Juli 1930. In:Hermann Hesse eine Werkgeschichte hrsg.v.S.Unseld, a.a.O., S.132.

4) 이 비교 관점은 우연한 것이 아니고 당연한 것이다. 왜냐하면 작가 헤세는 이 음양이론의 근본책자인 역경(혹은 주역)을 잘 알고 있었을 뿐만 아니라 (Vgl.12/33ff.) 또한 자기 스스로 이 책자의 육십사괘를 그리기도 했다.(Vgl. Adrian Hsia, Hermann Hesse und China, Frankfurt/M. 1974, S.285-287)

5) 독일학지(제2호), 계명대학교 독일학연구소, 대구 1980, 1981에서 황진, 헬만 헷세의 작품 "슈테펜 볼프)에 나타난 자아와 자아완성의 길.

6) Vgl. Chin Hwang, Hermann Hesses Anthropologie und die Weishei und das Gleichnis des Fernen Ostens, Diss, Bern 1978, S.119.

양 자아의 길은 헤세의 주인공 자아 완성의 길을 필연적으로 자아내면의 완성 길로 이끌고 있다. 왜냐하면, 음양 두 극의 동시동등 긍정은 사고(思考)적 논리에 의해 지배되는 자아 바깥의 현실세계에서는 받아들여지지 않기 때문이다. 이 사고적 논리 현실 세계에서는 반드시 하나가 취해져야 하고 다른 하나는 버려져야만 되는 세계이다. 그러므로 여기에서는 음양 두 극의 동시동등은 있을 수 없고, 이로써 이 길은 자아 외부 현실세계로부터 이끌어지는 자아내면의 길이 된다.[7]

그러면 이와 같이 주어지는 음양자아완성의 길, 즉 골드문트의 자아 내면적인 완성의 길은 어떠한가?

2.

2.1.

골드문트의 음양자아내면양성의 길에 대한 본격적인 고찰에 들어가기 전 그의 자아내면의 양면적 상호상반의 조화완성에서 주어지게 되는 "자아완성의 길"이란 말이 내포하고 있는 내용을 논리적 측면에서 분석해 보면 주인공 골드문트는 아직 미완성 단계에 있음을 가리키고 있는 것이다. 그러나 그가 아직 성숙치 못한 상태에 있다는 것에서부터 그 출발점이 주어질 때 이것은 적극적이고 긍정적인 것으로 받아들여진다. 왜냐하면 비록 그의 자아가 완성된 단계에 있지

7) 황진, 헬만 헷세의 작품 "슈테판 볼프"에 나타난 자아와 자아완성의 길, a.a.O., S.24.

않으면서도 자아 완성이라는 방향제시 내지 그의 자아의 길에, 이 길이 전제되어 그의 장래 길에 목적으로써 제시되고 있기 때문이다.

이 자아완성의 길은, 사실인즉 헤세가 그의 어느 작품에서나 주인공들의 자아 길에 직접적으로나 간접적으로나 내세우고 있는 대전제 "인간됨(Menschwerdung)"(7/246)과 상통하고 있는 것이다. 이에 대한 구체적인 설명의 일예로서 이미 위에서 언급된 작품 『데미안(Deman)』을 보겠다. 익명으로 내 놓았던 이 작품 서언에서 저자를 대신하여 말하고 있듯이, 어느 개개의 인간도 완성된 상태에 있지 않고 단지 그들 자아에게 "인간됨"으로써 던져진 자아완성의 길에 있다고 했다.(Vgl. 5/8) 인간 각인은 단지 이 "인간됨"에 주어지고 있는 대자연 설계 초안에 지나지 않는다.(Vgl. 5/8) 그러나 헤세가 그의 작품 주인공들에게 내걸고 있는 자아완성의 길은 논리적인 어떤 방법론적인 길은 아니고, 또 그렇다고 어떤 철학적인 이념화에 해당되는 길도 아니다. 이 길은 헤세 스스로가 그의 작품 주인공들과 같은 입장에서, 스스로 말하고 있듯이 그도 또한 이들과 함께 이 자아완성으로 나아가는 한 사람의 "찾는 자(ein Suchender)"(Vgl. 5/8)로서 자아내면에 귀를 기울이고 그의 자아내면에서 생동하는 피가 말하는 교훈에 따라 주어지고 있다는 것이다.(Vgl.5/8) 이 자아내면 완성의 길을 『싯다르타(Siddhartha)』(1922)의 주인공 싯다르타, 『슈테판볼프』에서의 하리 할라, 그리고 『유리알 유희(Das Glasperlenspiel)』(1943)의 크넷히트(Knecht)

도 갔던 것이다.

이와 같이 자아완성으로 주어지는 헤세 주인공들의 자아의 길은 결코 평탄한 것은 아니다. 왜냐하면 위에서 잠시 언급한 그들 자아의 길이 음양자아의 길과 연관되는 입장에서 본 바와 같이 그들 음양의 자아가 논리적 사고의 취사(取捨)적인 현실에 부딪힐 때 음양 융합의 자아로서가 아니고, 버려지고 취하고 하는 법칙에 따라서 분리되는 음의 자아와 양의 자아로서 주어짐으로써, 이 현실에서 자아내면으로 방향이 돌려져서 이들 상반된 두 자아를 한 몸에 지니게 되어, 끊임없이 계속되어야 하는 분쟁 내지 자아내면의 갈등에 그들의 자아는 있어야 하기 때문이다. 이 자아내면의 갈등은 『데미안』의 주인공 싱클레아는 다음과 같이 보여주고 있다.

싱클레아는 하리 할라의 두 자아, 즉 논리적 인간과 감각 본능적 짐승이라는 두 상반세계에서 보여주고 있는 바와 같이 그의 자아내면에서 한편으로는 취사의 현실, 즉 양자택일(das Entweder-Oder)의 현실에 주어지고 있는 도덕적 가치의 상반된 두 개념 "선과 악(das Gute und Böse)"이 꼭 같이 용납될 수 없는 것을 알면서, 그러나 다른 한편으로는 그의 자아는 선의 면도 가지고 있고 또 악의 면도 가지고 있다는 것을 알게 된다. 왜냐하면 그는 일면으로 그의 선량하고 맑은 가정환경으로 보면 악이 깃들지 않는 자아임을 주지하게 되나, 그러나 다른 일면으로는 이와 반대로 그가 영웅심리에서 사실무근한 도둑이야기를 거짓으로 꾸며서 이야기하게 하는 진실하지 못한 악의 자아를 인식하게 되었기 때문이다. 이렇게 됨으로써 싱클레아는 그의 자아내면의 선악으로 상반되는 양면적 세계의 소유자임을 발견한다.(Vgl. 5/10 ff.) 그의 이 같은 양면적 자아내면의 인식에 대해서 말해보면, 선악으로 된 그의 자아일면의 부정은 곧 자아의 부정이 된다. 이들 도덕적 가치측면에서 보아지는 선악의 상반되는 두 개념의 긍정은 오로지 이들이 똑같이 동등으로 인정되는 양자긍정(das Sowohl-als auch)이라는 보다 높은 단계의 현실에서만 존재하게 된다.

이 양면적 자아가 양자택일의 현실세계에 대면되어질 때 이들 두 세계가 똑같이 동시적으로 받아들여질 수 없는 곳에서는 자아내면의 갈등은 당연히 주어진다. 이 도덕적 가치의 선악 양면 긍정은 헤세 주인공 싱클레아만이 가지는 주관적인 것이 아니다. 이것을 뒷받침하는 의미에서 좀 더 넓은 테두리에서, 객관적 입장에서 이야기 해 보면 선과 악의 상반개념에 대응되는 두 개념 "허가(erlaubt)"와 "금지(verboten)"(5/64)에서 일반적으로 "선(善)"이 "허가"로 될 수 있고, 반면에 "악(惡)"이 "금지"로 되는 것이 사실이지만, 어느 제한되고 한정된 시간과 공간을 초월한 범주에서는 이들 두 상반개념들이 반드시 일면적으로 "선"이어야 하고 "악"은 아니다 라는 고정된 상황에 있지 않고 유동적으로 어느 시기와 장소에 따라서 "선"이 "허가"로 될 수 있고, "악"이 "금지"되나, 그러나 "선"이 "악"으로 평가되어 금지되고, "악"이었던 것이 "선"으로 평가되어 허가될 수 있다는 현실세계에서는 상대적으로 평가될 수 있다는 것이다. 상대적이란 이 말은 이들 상반된 두 개념들이 동등한 위치에서 똑같이 같은 정도로 긍정될 수 있다는 상황에 놓여있음을 의미한다. 이 상대성은 달리 말해 "선"이 있음으로써 "악"이 있고, "악"이 있음으로써 "선"이 있게 된다는 논리로서도 뒷받침된다. 이와 같이 자아바깥 현실세계에 주어진 이들 상반된 두 개념들이 상대적으로 보여짐으로써 싱클레아 자아내면에 주어진 두 상반된 도덕적 가치의 선악도 이에 기준하여 상대적인 것이다. 이 상대적인 관계에서 두 대립되는 세계는 떨어져 나갈 수 없는 상호 긴밀 유대 관계에 있다는 것을 말한다. 이들 둘의 밀접관계는 싱클레아의 자아긍정문제와 연관된 상태에서 이미 말했다. 이런 상대적 상황에서 상반상호 긴밀의 두 세계 속에 주어지고 있는 싱클레아는 양자택일의 현실과의 대면에서 이들 상반된 세계들이 동시동등으로 부정됨으로써 그의 자아가 가지는 대결갈등을 가지는데, 이와 같은 상황에 있게 되는 『나르치스와 골드문트』의 자아도 이런 취사선택(取捨選擇) 현실에 부딪힐 때, 헤세의 모든 주인공들처럼 두 상반된 세계를 자아내면에서 꼭 같이 같은 정도로 받아들일 수 없는데서 자아갈등을 일으킨다.

그의 이 같은 자아갈등에서 골드문트는 다음과 같이 말한다.

"모든 현존재는 이원적인 것, 즉 여자이거나 아니면 남자 (…) 오성적이거나 감성적이거나 – 하는 대립적인 것들에 그 근원을 두고 있는 것 같이 보인다. 숨을 들이쉬는 것과 숨을 내쉬는 것, 남성적인 것과 여성적인 것, 자유분방함과 질서, 본능과 정신, 이들을 동시적으로 체험한다는 것은 어디에도 없다. 어느 하나는 다른 하나를 버림으로써 취해진다. 언제나 그 하나는 다른 하나처럼 중요하고 그만한 가치가 있다.(Es schien alles Dasein auf der Zweiheit, auf den Gegensätzen zu beruhen: man war entweder Frau oder Mann(…) entweder verständig oder gefühlig – nirgends war Einatmen und Ausatmen, Mannsein und Weibsein, Freiheit und Ordnung, Trieb und Geist gleichzeitig zu erleben, immer mußte man das eine mit dem Verlust des anderen bezahlen, und immer war des eine so wichtig und begehrenswert wie das andere!)"(8/253)

골드문트의 이 같은 자아갈등은 양자택일의 현실을 긍정함으로써 야기되는 갈등으로서, 이 갈등의 길은 상호 밀접 상반 세계의 양면 긍정으로서 자아내면의 양면적 세계조화를 전제하는 길이다. 이 길은 곧 자아의 두 세계를 동등 동시적 인정이라는 이들 두 세계의 조화완성을 모색하는 길이다. 이 자아내면 세계의 길을 골드문트 이전의 헤세 주인공 싯다르타가 갔으며, 이 양면긍정의 측면에서 싯다르타는 그의 자아완성 직전에 다음과 같이 말했다.

"(…) 그 어떤 다른 측면도 꼭 같이 진실하다.((…) von jeder Wahrheit ist das Gegenteil ebenso wahr!)"

(III/725)[8]

이처럼 양자택일 현실세계의 생을 기반으로 주어지는 자아 내면적 양면세계의 동등 동시적 양면긍정의 길, 자아내면의 상호상반의 길은 오로지 보다 높은 단계의 현실세계, 곧 이들 상호밀접상반세계가 모두 꼭 같이 같은 정도로 인정되는 양자긍정의 현실세계에서만 가능한 것이다. 이 보다 높은 단계에서 이루어질 골드문트의 자아 내면적 두 상반상호세계의 조화완성의 길은 어떻게 주어지고 있는가?에 대해서 좀 더 살펴보겠다.

2.2.

골드문트가 그의 자아내면에 주어지고 있는 두 상호 긴밀 상반세계의 조화완성의 길로 들게 되는 과정은 우선 작품 줄거리에서 표면적으로 이야기되는 바에 따르면 어린 골드문트가 작품 벽두부터 타의반 자의반 아버지의 설득에 의해서 그가 이전까지 생활해 나왔던 본능적 감각세계를 떠나서 이 세계와 상반되는 수도원의 정신세계로 발을 들여 놓음으로써 시작된다.(Vgl. 8/15f.) 본능적 감각세계라 함은 종교적 생활을 영위하는 수도원의 세계에서 볼 때 속세라는 테두리에서 이야기될 수 있다. 이 세계는 속세생활과 등진 상태에

8) 로마체의 숫자와 횡선 다음에 오는 아라비아 숫자는 책의 권수와 페이지 수를 나타낸다. 뒤이어 오게 되는 모든 이런 표기는 본 책자에서 이끌어진 자: Hermann Hesse, Gesammelte Schriften, Frankfurt/M., 1958.

서 금욕적이고 종교적인 일과를 영위하며 서적과 씨름하며 학문적인 일에 종사하는 정신적 활동생활과 상반되는 세계라는 점에서 정신과 상반되는 물질세계이다. 골드문트는 헤세의 다른 모든 주인공들처럼 이렇게 서로 상반되는 두 세계에 대면되어 진다.[9] 이 말은 골드문트가 비록 감각 본능적 세계의 생활을 떠나서 수도원의 정신세계에 발을 들여 놓지만, 그러나 그의 자아에서 볼 때 그에게 차례로 주어진 만남이라는 점에서 대면(對面)인 것이다. 그의 아버지가 그로 하여금 수도원의 정신세계에 발을 들여 놓게 설득하는 이유인즉, 그는 자식 된 도리로서 그의 어머니가 아버지에 대해서 저질은 죄과를 속죄해야만 된다는 것이며 나아가서는 죄지은 어머니의 아들로서 유전적으로 물려받을 수 있는 죄악을 억압해서 다시 고개를 들지 못하게끔 거의 몸을 신에게 받쳐서 속죄해야만 된다는 것이다.(Vgl. 8/20) 그의 어머니는 아버지 말에 의하면 방탕한 생활로써 그의 아버지에게 치욕을 남겼고, 드디어는 그의 아버지를 버리고 달아났다는 것이다.(Vgl. 8/54) 골드문트는 아버지의 설득과 권고에 따르면서 자식 된 도리로서 수도원의 정신생활에 몸을 두게 된다. 물론 그가 수도원에 발을 들여 놓기까지의 줄거리 내용은 어떠한 다른 작품에서도 주어질 수 있는 단순한 내용의 줄거리로서 간주될 수도 있다. 그러나 그의 자아 내면적 두 상반적 양면세계, 즉 두 음양세계의 조화완성이라는 그의 자아에 주어진 과제

9) 계명대학보(1980년 11월 18일 제405, 406)에서 황진, 헬만 헷세의 데미안.

에서 볼 때 이들 두 상반세계와의 대면은 그에게 중요하다. 왜냐하면 그가 수도원의 정신세계에 들어가기 전 그의 자아가 감각 본능적 세계에 있음으로써 그의 자아내면의 일면적 세계와 접하고 있었는데, 이유야 어떠하든 간에 그가 수도원에 발을 들여 놓음으로써 이 세계와 상반되는 정신세계와 접하게 되었고, 이로서 그의 자아내면의 다른 일면도 알게 되는 기회가 그에게 부여되어서 그의 자아 양면적 세계의 조화완성의 길로 나아가게 되는 계기가 되기 때문이다.

그러나 골드문트는 이 두 상반세계의 대면으로부터 이들 두 상반세계를 상호 긴밀 관계로서 동등동시의 균형 상태에 그의 자아를 두지 못한다. 이유인즉, 그는 그의 몸을 수도원의 정신세계에 전적으로 내 맡김으로서 그의 자아내면에 오로지 이 세계만을 간직한 채, 그가 수도원에 들어오기 전 가졌던 이 세계와 상반되는 원래의 세계, 즉 감각 본능적 세계의 "자연아(Naturkind)"(8/55)로서 본능적인 생활의 세계를 잃어버림으로써, 불균형의 일방적이고 편파적인 상황에 주어졌다는 것에 있다. 이같은 그의 감각 본능적 세계의 상실로서, 수도원의 정신세계를 대변하는 나르치스(Vgl. 8/11, 12, 23. usw)가 지적하고 있듯이 골드문트는 "그의 아동성을 잃어버렸는데, 특히 어머니 부분을 잃었다."(8/53, 54) 그의 어머니세계의 잃음은 그로 하여금 수도원의 정신세계를 수도원장으로 대표하는 다니엘(Daniel)과 그의 친구가 된 나르치스와 대면하여 생활할 때 그의 자아내면적인 방황으로 빠져들게 한다.(Vgl. 8/21f) 왜냐하면 그는 음양의 측면에서 볼 때 그의 자아내면에 주어지고 있는 한쪽의 극인 음극, 즉 어머니극(이 어머니극은 감각 본능적 세계를 가리키고, 이에 상반되는 양극의 세계는 다니엘과 나르치스가 대변하는 정신세계이고 또 이 어머니세계와 상반되는 범주에서 이 정신세계는 음양으로 보아질 때 아버지의 극이 된다)을 잃음으로써 그의 자아는 음양으로 볼 때 불균형상태에 있게 되기 때문이다. 이 자아 내면적 불균형은 또한 다른 면에서 그의 자아 원래의 감각 본능적 어머니세계에 주어지고 있는 다른 성의 세계에 대해서 역반응으로 적대하게 되고 멸시 하게 한다. 이의 원인은 음양에서 볼 때 음양자아내면에 주어질 이들 두 극 음양위에 군림하게 되는 "포괄적인 힘(überge ordnete Macht)" 아래에서 두 극 음양이 그들의 끊임없는 각자 독립된 오므라들었다가 늘어나면서 반복되는 규칙적인 운동에서, 그들 두 극이 가장 최고의 간격으로 멀리해서 형성하는 음양의 상반된 상태와 같은 것이기 때문이다.[10] 이 상반된 상태로 인하여 다니엘과 나르치스의 정신세계와 접하기를 골드문트는 두려워하게 되고, 또 그의 자아내면에 원래 주어지고 있었던 어머니의 세계, 즉 감각 본능적 세계를 적대시하게 된다. 골드문트 자아내면에서 주어지고 있는 이들 둘 상반된 세계의 상태에 대해서 그의 친구 나르치스는 어느 날 그들이 가지게 된 대화에서

10) 이 가장 원거리의 상반된 상태는 양극이 늘어나면서 최상의 팽창된 때와 음극이 오므라들어서 최고로 줄어 들은 결과로 주어진 가장 긴 거리의 간격이 형성되는 것을 말하는데 이때 골드문트 자아내면에서 이와 같은 현상을 이루게끔 하는 작용의 힘은 "마귀(Dämon)"(8/38)로서 표현되고 있다.

다음과 같이 잘 지적하고 있다.

"골드문트, 당신에게는 정신과 자연, 의식과 꿈의 세계는 제 각각 너무 떨어져 있네.(Bei dir, Goldmund, sind Geist und Natur, Bewußtsein und Traumwelt sehr weit auseinader.)"(8/48)

골드문트의 이와 같은 분리 상황에 주어진 이들 두 상반 세계는, 그러나 팽창 수축의 일정방향으로 반복되는 음양운동법칙에 의해서 또한 접근을 전제로 하고 있다. 이 전제되고 있는 음양 두 극의 접근은 주인공 골드문트로 하여금 그의 자아내면에서 가까이 하기를 꺼렸던 수도원의 정신세계에 접근해서 이 세계에 몸을 바치게 된다. 이처럼 주어지는 일면적인 그의 자아 내면적 정신세계로의 몰두는 그로 하여금 원래부터 접했던 자아내면세계의 다른 일면, 즉 감각 본능적 어머니세계의 상실을 의미한다. 그의 이와 같은 상실은 위에서 언급되었지만 자아 내면적 불균형상태의 초래는 물론이고 이 감각 본능적 세계의 잃음은 곧 그의 자아의 저버림이 된다. 이런 상황에서 그의 친구 나르치스는 그에게 말하기를 "온전한 골드문트 자신이 되는 것만을 나르치스는 바란다"(8/48)[11]고 했다. 나르치스가 말하는 "온전한 골드문트 자신이 되는 것"이 뜻하고 있는 바는 곧 그의 자아내면에 주

11) Vgl. "Ich(=Narziß) wünsche mir nichts anderes als du(=Goldmund) ganz und gar Goldmund würdest."(8/48)

어진 감각 본능적 어머니세계를 찾으라는 것이며, 다음으로 그것을 찾음으로써 그가 대면하는 두 상호밀접 상반세계의 조화완성, 곧 내면적 음양자아천성의 완성 길을 그에게 암시하는 것이 된다. 골드문트의 이 자아완성의 길은 음양입장에서 보아서 논리적으로 전개시켜질 때 그의 내면적 음양자아 위에 서서 있게 되고, 추상적인 의미의 제3자아가 있게 된다. 이 제3자아에 부여되는 보다 높은 단계의 "정신"은 "우주정신(kosmischer Geist)"과 연결되어져서 이 연결로부터 상하의 전달형식으로 이끌어내어지는 자아완성의 길로 이어진다.[12)]

이런 논리적이고 추상적인 음양테두리에서 성립되는 보다 높은 단계의 정신세계는 음양자아완성의 길로 가고 있는 골드문트의 자아로 하여금 보다 높은 단계에 있게 되는 두 상호상반 세계를 요구하게 된다. 이 요구에 호응되는 범주에서 정신세계는 골드문트로 하여금 본래부터 가졌던 감각 본능적 어머니세계를 보다 높은 단계의 어머니세계로 그를 끌어 올리게 되어서 그는 아버지가 말하는 죄악의 어머니상으로부터 떠나게 되며, 음양의 보다 높은 단계로부터 성립되는 정신세계에 맞서는 진정한 어머니세계를 갖게 된다.(Vgl. 8/59~61) 이 보다 높은 단계의 어머니세계에 있는 참된 어머니상을 그는 그의 자아내면에서 보게 됨으로써, 그의 원래 음양자아로서 가졌던 어머니세계를 찾아간다. 이처럼 골드

12) 황진, 헬만 헷세의 작품 "슈테판 볼프"에 나타난 자아와 자아완성의 길, a.a.O., S.29.

문트가 그의 본래의 어머니상을 찾게 됨으로써 본 작품 벽두부터 그와 상반되는 정신세계를 대변해서 보여주고 있는 나르치스와 대치된다. 이 상반된 위치에 있게 되는 그는 그의 상반자 나르치스와의 비교에서 그의 본질을 자아내면으로부터 가지게 된다. 그래서 그는 나르치스 자아본질과 다른 진정한 어머니세계, 감각본능세계를 가지게 됨으로써, 그의 자아는 그의 친구 나르치스와는 상반된 길로 있는 것을 이렇게 감지한다.

"골드문트는 의식과 말로서는 아니나, 내면의 깊숙한 곳으로부터 주어지는 앎으로써 그의 길은 관능과 죽음의 세계인 어머니에게로 향하고 있음을 알고 있었다. 정신이고 의지인 아버지편의 삶은 그의 근원이 아니었다. 이 아버지 편에는 나르치스가 있었다. 이제 골드문트는 비로서 그의 친구 말을 진정으로 이해하게 되었으며, 그리고 그에게서 그의 상반성을 보게 되었다.(Er (=Goldmund) wußte, nicht mit Worten und Bewußtsein, aber mit dem tieferen Wissen des Blutes, daß sein Weg zur Mutter führe, zur Wollust und zum Tode.

Die väterliche Seite des Lebens, der Geist, der Wille, war nicht seine Heimat. Dort war Narziß zu Hause, und jetzt erst durchdrang und verstand Goldmund seines Freundes Worte ganz und sah in him sein Gegenspiel.)"(8/174)

이처럼 자아내면으로부터 감지된 진정한 어머니상이 주어지는 감각세계는 골드문트를 이 어머니에게로 방향을 돌리게 함으로써 그는 참된 내면적 음양자아의 길로 들게 된다. 골드문트의 참된 음양자아의 길은 양자택일의 현실세계에서 논리 사고적으로 분리되는 음의 자아와 양의 자아로서 이루어지는 현실에서 주어지는 것이 아니고, 보다 높은 단계의 양자긍정의 현실에서만 존재하게 되는 길이다. 그의 이 참된 비논리사고적인 길은 그의 자아를 끊임없이 계속되는 음양조화 운동 속에 맡겨서 주어지는 길로, 이 길은 달리말해 양자택일의 현실세계를 벗어나게 하는 자아이탈의 길로, 이 길은 보다 높은 단계에서 그에게 주어지게 되는 상반성을 뛰어넘는 양자긍정의 "사랑(Liebe)"(8/33) 길로 연계된다. 이 "사랑"의 길을 골드문트는 다음과 같이 말 한다.

"(…)그의 친구인 나르치스를 상반자로 또는 상반 극으로 생각한다는 것은 골드문트로부터 멀어졌다. 오로지 그에게는 사랑, 다름 아닌 둘로부터 하나가 되고, 상이한 것을 없애며, 상반성을 뛰어넘도록 할 수 있는 진정한 헌신이 필요한 것처럼 여겨졌다.((…) ihm (=Goldmund) lag es ferne, sich einen Freund (=Narziß) als Widerspiel und Gegenpol zu denken. Ihm schien es bedürfe ja nur der Liebe, nur der richtige Hingabe, um aus Zweien eins zu machen, um Unterschiede auszulöschen und Gegen-sätze zu überbrücken.)"(8/33)

여기서 말하고 있는 바는 나르치스와 골드문트와의 사이에 있게 되는 상반성은 부정되는 것이 아니고 단지 그들의 상반성이 논리 사고적으로 두 상반된 세계로서 분리되어서 별개의 것으로 보아지는 사고적 상반성의 부정이다. 이 상반성은 음양에서 이야기될 때 이들 음양의 조화완성을 전제하고 있는 범주에서 보아지는 상반성이다. 이 조화완성을 내걸고 있는 음양의 상반성은 이들 조화완성을 전제하고 있는 궁극적인 목적 도달점에서 볼 때는 상호 떨어질 수 없는 관계에 있는 것이다. 이 목적도달의 대상으로서 수도원장 다니엘이 되고 있다. 왜냐하면 감각세계와 정신세계를 음양으로서 대변하고 있는 골드문트와 나르치스에게 있어서 원장 다니엘은 이들 음양세계의 도달자인 현자로서 음양지혜를 소지한 자로서 대두되고 있고(Vgl. 8/9), 그들의 선생으로서 언제나 이들 자아내면에서 이들 자아완성과정에 모델로서 주어지고 있기 때문이다.

그들의 자아완성과정의 모델인 선생 다니엘을 중심적으로 나타내지고 있는 골드문트의 자아내면완성과정을 고찰하겠는데, 이의 관찰 시발점으로 음양조화를 전제하는 이들 두 대립세계를 상반성의 테두리에서 보겠다. 이 말은 곧 보다 높은 단계의 어머니세계 감각세계로 주어지고 있는 골드문트 자아의 길이 (주인공인 만큼) 중심이 되면서 나르치스의 정신세계의 길이 별개의 것으로 취급되지 않고 함께 보아져야 한다는 것이다.

2.3.

음양자아의 내면완성 길로 주어지고 있는 일환인, 즉 감각세계적 어머니세계를 추구하는 골드문트는 그의 반대세계, 정신세계를 대변하고 있는 나르치스와 상반되는 개념들인 자연(Natur)과 정신(Geist), 달과 태양 등으로 서로들 맞서는 개념들로 나타나고 있다. 나아가서 이들 둘은 서로 대립되는 세계를 대변하는 인간으로서, 즉 골드문트는 감각세계를 걸머지고 있는 자연인간(Naturmensch)으로, 나르치스는 정신인간(Geistmensch)으로 말해진다.(Vgl. 8/49) 그러나 두 상반자 골드문트와 나르치스는 벌써 암시되고 언급된 바와 같이 이들에게 공동으로 던져주고 있는 대전제, 즉 자아내면의 양면적 상반세계의 조화완성이라는 기치와 과업 아래 이들 각각에게 맡겨진 피할 수 없는 숙명(Schicksal)을 가진다.(Vgl. 8/21) 이 숙명아래 이들의 상반성은 이들의 유사성과 교차되면서 상호 긴밀 유대 관계에 있게 된다. 공동적으로 주어지는 숙명 하에 형성되는 이들의 관계는 비유적으로 잘 나타내 주고 있다. 즉 이들 둘을 두 개의 거주지로 보면서 이 두 개의 거주지 사이를 하나의 도로로써 연결되고 있음을(Vgl. 8/44) 시사함으로써 잘 보여주고 있다. 이처럼 서로 상반되면서도 상호 긴밀 유대 관계에 있는 이들이 공동운명 하에 주어져 있지만 서로들 이 상반된 세계를 자아 앞에 두고 있음으로써 서로간의 이질적인 의미를 지니게 되는 "친교(Freundschaft)"(8/31. 32)의 길이 제시 된다.[13] 이 "친교"는 흔히 생략될 수 있는 두 사람의 접근을 의미하는 친교가 아니고 서로 상반된 세계를 둘러메고 있는 골드문트(Vgl. 8/34, 41, 44, 46, 47, 49, usw.)와 나르치스(Vgl. 8/11, 12, 22-23, 45, 70, 72, usw.)에게 주어져 있는 이질성을 일깨우게 하는 이들 두 사람의 특수 관계를 말하는 것(Vgl. 8/69)이므로, "친교"가 지니는 의미는 헤세 고유적인 것이다. "친교"는 이들 두 사람에게 대전제된 음양 내면적 자아의 조화완성을 위한 준비작업의 하나로서 음양의 성질인 그들 상반성을 알려주는 매개체로서 대두된다. 이들 두 상반자에게 맺어지는 "친교"는 음양자아의 길을 가는 이들에게 다음 단계로 음양의 상호 긴밀의 관계를 가리켜 주는 수단이 되어서 이들을 공동적 과업의 길, 음양조화 완성의 길로 이끌게 된다. 이 과업으로써 이들을 보다 "높은 단계의 운명(das hohe Schicksal)"(8/32)으로 보여 주고 있다.

이처럼 이들 둘 사이에 주어지는 매개체 내지 음양조화완성 길로의 길잡이로서의 "친교"는 한편으로 정신세계를 대변하는 나르치스로 하여금 수도원생활에서부터 부과되는 "수련기(Noviziat)"(8/61)를 끝내게 하는 일차적 과정을 마치게 해서 보다 높은 단계의 성직자 길에 들게 한다. 다른 한편으로 이 "친교"는 주인공 골드문트로 하여금 그가 발을 들여 놓았던 수도원을 떠나게 해서 그가 한번 학생으로서 외도를 해

13) Vgl. "Nein, Goldmund(…) Ich(=Narziß) sage dir:unsere Freundschaft hat überhaupt kein anderes Ziel und keinen anderen Sinn, als dir zu zeigen, wie vollkommen ungleioh du mir bist!"(8/38)

서 재미로 감각세계의 한 처녀와 키스한 후 싹이 트기 시작해 그의 자아내면에 깊숙이 간직하고 있었던 어머니세계로 발을 딛게 한다. 이 "친교"의 힘 작용으로 그의 자아내면에 잠자고 있었던 본질적인 것을 "오성과 의식으로써 자기 스스로를, 또 그의 가장 내면적인 비이성적인 힘 본능과 약점을 알아서 이것을 처리할 줄 알게"(8/48)되고 "일깨움(wach)"(ebda.)을 받게 된다. 골드문트는 그의 자아내면으로부터 이 "일깨움"의 힘을 받게 되어 자아의 깨닫지 못한 "둔탁한 강한 껍데기로 에워쌓인(von einer harten Schale umpanzert)"(8/34)상태, 또는 "반쯤 깨인(halbwach)"(8/48) 상태에서 벗어나서 감각적 어머니세계로 발을 들여 놓는다. 골드문트가 어머니의 감각세계로 발을 들여 놓는 과정은 작가 헤세에 의해서 치밀하게 계획되어서 단계적으로 잘 진행되고 있는 것을 볼 수 있다. 그가 이 세계로 진입하기 전 준비 작업으로 그의 친구 나르치스는 그에게 수도원 탈출을 지적하고 있다. 나르치스는 그에게 말하기를 그의 수도원생활은 일종의 "오류(Irrtum)"(8/67)로서 그의 "원천(Herkunft)"(8/68)은 "어머니적인 것(eine mütterliche)"(ebda.)으로 수도원을 벗어나야 한다는 것을 시사함과 동시에, 그는 결코 자기처럼 논리적 사고의 세계에서 "배우는 자(ein Lerner)"(ebda.)가 아님을 명백히 하고 있다. 그가 수도원에 발을 들여 놓음으로써 그의 본래의 어머니세계의 상실 속에서 그 자신 항상 낯선 사람으로 존재했고, 주위 사람들과의 갈등 속에 헤매던 중 어느 날 기절하여 수도원장 다니엘에 의해 발견되고 수도원의 의사(Heilkünstler) 안젤름(Anselm)에 의해서 치료된다. 완쾌 후 그는 안젤름에 의해서 약초를 캐러 들판으로 보내어짐으로써 그는 고향 없는 여자, 리제(Lise)와의 육체적 접촉을 가지게 된다. 이것이 그를 감각적 어머니세계로 이끄는 것이 되어서, 그가 외도 때 취한 동일한 길을 통하여 수도원을 떠나서 이 감각적 세계로 들어가게 된다. 이와 같은 치밀한 길을 제시함으로써 골드문트가 들게 되는 감각적 어머니세계로의 진입은 그의 자아의 타락을 의미하는 것은 결코 아니고, 보다 높은 단계의 어머니세계, 즉 이 단계에서 보여질 그의 음양자아의 일면으로 간주되는 어머니세계로의 들어감이다. 이런 의미에서 그가 수도원을 떠나기로 작정하고 있을 때 그는 그의 자아내면에서 이 어머니세계로부터 주어지는 어머니의 음성을 듣게 되고 그의 음양자아완성의 길을 시사하는 이 길의 구제자로서의 역할을 지닌 티벳 미래 석가상으로부터 주어지는 수천 개의 눈이[14] 그의 앞에 보여줌으로서 보다 높은 단계에서 역시 수천 개의 눈으로써 그의 자아구제의 앞길을 암시했다.[15]

골드문트는 이런 보다 높은 단계에 있게 되는 어머니세계로 유인하는, 고향 없는 리제와의 상봉으로 인하여 수도원의 바깥세상인 감각적 생의 세계로(Vgl. 8/81-83) 인도되는데, 사실이지 리제는 금발인 골드문트 어머니와는 다른 검은 머

14) Vgl. Detlef Ingo Lanf, Das Tibets, Wesen und Deutung der buddhistischen Kunst von Tibet, Bern 1972, S.76.

15) Vgl. Ⅲ/693.

리를 지닌 여자이지만 골드문트에게 키스와 육체적 접촉으로서 그의 자아내면에 원래부터 지녔던 어머니세계를 마력적 변화로써 불러 일으켰다. 이러한 점에서, 리제는 그에게 있어서 그의 자아내면으로부터 승화된 어머니의 부름이고 이 어머니로부터 보내진 사자이다.(Vgl. 8/81) 리제와의 만남은 그를 고향 없는 자로 만들어 그녀와의 이별 후 그는 한 농부의 여인과 잠자리를 같이 하면서 한편으로는 감각세계로부터 마지막에 언제나 그에게 던져지는 허무함과 무상함을 마음 구석에 지니게 되고, 다른 한편으로는 그는 긍정적인 면에서 이성적 생리본능의 생활에서 상호간에 육체적 만족을 '주고(Geben) 받음(Nehmen)' 으로써 『싯다르타』의 싯다르타 양자택일 현실세계에서 배우게 되는 '주고받음' 의 법칙을 알게 되며 깨닫게 된다.

이와 같이 몸소 터득하게 되는 법칙을 그는 보다 높은 단계에서 그가 뒤에 알게 되는 어느 성곽의 백작 딸 리디아(Lydia)와의 관계에서 실천에 옮기려 하나 상호간의 진정한 육체적 만족의 '주고받음' 이 없음으로서 결렬된다. 결렬 이전에 그들의 불일치상태에서 그는 진정한 어머니세계와 그의 친구 나르치스에 대한 꿈을 꾸게 된다.(Vgl. 8/125) 그는 이 꿈에서 보다 높은 단계의 세계로부터 부름을 받음으로써 리디아와의 작별은 예고된다. 골드문트가 감각적 어머니의 세계, 감각적 생의 세계에서 체험하게 되는 사실은 이 세계에서 그가 가지는 기쁨(Lust)과 고뇌(Leiden)가 서로 상반되면서도 상호유사점을 지니고 있다는 것이다. 이와 같은 자아

체험을 골드문트는 리디아와 헤어진 후 어느 산모 곁에 있게 됨으로써 가지게 되는데, 이때에 그는 산모의 고통에서 형성되는 얼굴모습과 그가 생리적 감각본능의 생활에서 부인들의 육체만족의 기쁨에서 나타난 얼굴모습과의 유사점을 발견함으로서였다. 기쁨과 고통은 비록 상반된 상태를 보이는 것이지만 이들로부터 던져주는 상태는 동일범주에 속하게 되는 마치 "자매(Geschwister)"(8/34)관계에 있다는 것이다.(Vgl. 8/134) 이 새로운 체험과 더불어 그는 감각적 세계에서 마지막으로, 이들 상반된 말들로 주어지는 상태는 상호 떨어질 수 없는 관계를 재확인하면서 몸소 부딪히게 되는데, 이것은 "생"과 "사"의 상반된 것들의 체험이다. 이 체험을 골드문트는 그가 고향 없는 자로서 유랑생활 중 떠돌이 동행자 빅토올(Viktor)을 만남으로써 가지게 된다. 이 자가 그의 돈을 탐하여 죽이려고 할 때 정당방위로 이 자를 죽인다. 살인 후 그는 이 살인행위가 물론 자아생명의 방위로서, 이때에 그의 자아내면의 강한 본능적 생의 애착으로서 감행한 것임을 안다. 이처럼 그가 갖게 된 본능적 생의 이면을 형성하고 있는 죽음도 그의 음양자아양면에서 볼 때 반드시 전제되는 것인데, 그는 "생"의 상반되는 "죽음"과의 대면 내지 체험을 유럽 삼십년전쟁 중 있었던 페스트 병[16]으로 펼쳐지는 "죽음의 나라(Todesland)"(8/230)와 접함으로써 더욱더 몸소 체험하게 된다. 즉 그는 이 "사(死)의 나라"를 방황하면서 헤아릴 수 없는 사람들, 어린 층에서부터 노년층에 이르기까지 수많은 인간들이 페스트의 희생물이 되어 마치 쓰레기처럼 구덩이에 던져지는 것을 봄으로써, 죽음 앞에 주어진 "생"의 허무하고 무상함을 알게 된다.

이 같은 "생"과 "사"의 체험으로 그는 이들 두 상반된 세계로부터 얻게 되는 상호 긴밀 관계를 알게 된다. 즉 "생"이 있음으로 "사"가 있다는 것을 그는 감지한다. 골드문트가 이처럼 자아내면의 일면인 감각세계에 뛰어 들어서 상반된 세계, 즉 기쁨과 고뇌의 세계, 생과 사의 세계를 헤매면서 이들 세계들의 상호 긴밀 관계를 몸소 터득하고 체험한다. 고향 없는 자로서 보여주는 자아 길의 과정은 사실인즉 그의 자아 본질의 원천적 본능 "이성과 부인에 대한 사랑, 독자적인 독립과 방랑(Geschlecht, Frauenliebe, Drang nach Unabhängigkeit, Wanderschaft)"(8/165)에 따르는 필연적인 과정이다. 나아가서 그가 수도원과 그의 친구 나르치스의 정신세계를 떠나서 보여주는 자아성숙의 길은 그의 자아완성의 길에 주어진 프로그램의 일환이다.(Vgl. 8/278) 그의 이 자아음양완성을 위한 길, 즉 나르치스로부터의 헤어짐은 다름 아닌 나르치스와 가지게 되었던 "친교"의 힘 작용으로 그들 각자의 이질적인 자아일면을 인식시켜 그들 자아에게 주어진 길을 인도한다. 이 자아의 길을 고수하기 위해서 골드문트는 그의 상반자 나르치스와 더불어 수도원 형제로서 일치되는 것을 거부했다.(Vgl. 8/238) 이 거부는 제각기 떨어져

---

16) Vgl. Söldner, dienern majestäten, hrsg. v. Charles Blitzen (Einführung von Prof. Dr. Richard Dietrich), Universität Berlin, Hamburg 3, 1973, S.37.

나가는 것이 아니고, 음양자아완성이라는 대전제에 합당하는 것이다. 왜냐하면 이의 준비단계로서 상반되는 두 극인 음극과 양극에 상응되는 그들의 자아가 확립되는 것이 선결되어야 하기 때문이다. 이로써 그들은 음양조화운동법칙에 따라서 상호 긴밀 유대관계에 있게 되고, 그들 자아 조화 완성의 길이 열려 있게 되는 것이다.

골드문트는 그의 자아에 주어진 계획서에 따라서, 즉 그가 친구로부터 독립되고 방랑생활을 영위함으로써 자아성숙과정 내지 자아완성에 이르게 되는 절차에 따라서, 그가 감각적 세계에서 체험한 것을 토대로 해서 "생"의 길에서 얻었던 것을 가지고 "죽음(Tod)"(8/174)의 길에 이르게 된다. 그가 마지막에 부딪히게 되는 "죽음"의 길은 무엇이며, 또 이 길은 그의 음양자아완성의 길과 어떤 관계에서 주어지고 있는가?

2.4.

골드문트의 음양자아완성의 길에 마지막으로 제시되는 "죽음"의 길은, 음양의 입장에서 볼 때 감각적 세계에 응집된 그의 자아를 이탈하여 보다 높은 단계에서 주어질 그의 자아완성으로 진입하는 것이 된다. 이 말은 곧 감각세계에 주어진 골드문트의 자아를 벗어 던지고, 하나의 극으로서 보다 높은 단계의 음양조화운동 내(內) 진입해서 이들의 조화완성으로 들어가게 됨을 가리킨다. 그래서 이 같은 보다 높은 단계의 "죽음"의 길로 골드문트는 들어가게 되는데, 이 길은 그를 "원어머니(Urmutter)"(8/184)에게로 이끈다. 그런데 이 "원(原)어머니(Eva-Mutter)"(8/168)는 그의 자아내면 깊숙한 가슴속에 "가장 오래되고 가장 성스러운 어머니상(ältestes und geliebtestes Heiligtum in seinem Herzen)"(ebda.)으로서 자리를 잡고 있을 뿐만 아니라, 이 "원어머니"는 "감각세계의 상(das Bild der Weltlichen)"(ebda.)이다. 이처럼 감각세계의 상(像)으로서 대두되는 원모(原母)는 또 크리스트적 의미에서 주어지는 에바-어머니였다. 이 원모는 감각세계의 상(像)으로서 드디어는 이 세계에 주어지고 있는 "생"과 "사"의 원천이 된다. "생"과 "사"의 원천인 원모는 감각세계의 모든 자아에게 생명을 줌으로써 한편으로는 생의 기쁨과 욕구를, 다른 한편으로는 당연히 귀착되는 허무와 무상을 일깨우게 하는 "사(死)"를 안겨준다. 상반되는 "생"과 "사"의 원천인 근본 상으로 원모는 골드문트에게 있어서 또한 이런 상반된 "생"과 "사"와 더불어 주어지고 있는 기쁨과 고뇌의 총체가 된다. 이런 의미에서 그는 원모를 이들 상반성의 총체로서 다음과 같이 나타낸다.

"어머니 에바는 행복과 죽음의 근원으로 끝없이 생성하고 죽게 한다. 그녀에게는 사랑과 잔혹함이 같이 자리해 있고, 그녀의 자태는 골드문트가 자기 내면 속에 오래토록 간직하면 할수록 그에게는 비유로서 또 성스러운 상징상이 되었다.(Die mutter war Eva, sie war die Quelle des Glücks und die Quelle des Todes, sie gebar ewig, in ihr waren Liebe und Grausamkeit eins, und ihre Gestalt wurde ihm zum Gleichnis und heiligen Sinnbild, je länger er (=Goldmund) sie in sich trug." (8/174)

이들 상반된 감각세계의 총체로서 원모는 골드문트가 이 세계에서 만나고 체험한 모든 여인들의 대변자로서 그에게 보여진다. 원모는 이들 여인들의 상(像) 내지 그가 감각세계에서 부딪히고 몸소 겪게 되는 모든 상의 비유로서 성스러운 상징적인 비유이다. 이처럼 그에게 총체로서 또 상징적인 비유로서 대두되는 원모는 감각세계의 상반성에 놓인 그의 음양자아에게 있어서 쉽사리 이해되어질 수 없고 모습을 드러내지 않는 일종의 "비밀(Geheimnis)"(8/189)로서 상반세계들의 조화 상으로 나타난다.

이 조화 상으로서의 원모의 "비밀"은 다음과 같이 이야기되고 있다.

"(…) 이 세상의 가장 커다란 상반 성들, 출생과 죽음, 선행과 잔혹성, 생과 사멸이 여느 때는 일치하지 않았으나, 그녀의 자태 속에서는 평화스럽게 공존하고 있는 것이니, 이는 숨은 비밀 이였다. ((…) es (=das Geheimnis) besteht darin, daß die größten Gegensätze der welt, die sonst unvereinbar sind, in dieser Gestalt Frieden geschlossen haben und beisammenwohnen: Geburt und

Tod, Güte und Grausamkrit, Leben und Vernichtung.)"(ebda.)

원모의 "비밀"이 이처럼 감각세계의 모든 상반된 것들이 자리를 함께해서 아무런 알력과 충돌 없이 균형된 평온사태를 유지하고 있는 것을 의미함으로써, 그의 음양자아완성의 길에 원모는 길잡이로 대두된다. 그가 고향 없는 자로서 이 감각세계에서 헤매일 때 이 에바 부인과의 만남이 어느 한 교회에서 우연히 주어지고 있지만 서도,(Vgl. 81/151f.) 그러나 이 만남은 음양자아의 길에 있는 그에게는 당연히 있어야 할 필연적 상봉이다. 이 원모의 상은 그가 수도원을 떠나서 감각세계로 들어갔을 때 수천 개의 눈을 가진 탈바꿈된 미래 석가로 시사되었었다.

2.5.

음양자아완성의 길에 작가 헤세에 의해서 필연적으로 대두시키게 되는 원모 상, 즉 감각세계에 주어지고 있는 상반되는 것들을 잘 통합 조화시켜서 나타내고 있는 이 상을 골드문트는 상반적인 것 "그렇게 많은 고통과 그렇게 많은 달콤함(Soviel Schmerz und so viel Süße)"(8/152))을 통하여 알게 된다.

그는 원모 상(像)으로부터 주어지고 있는 상반세계의 조화를 알고는 그의 음양자아완성의 길잡이가 되는 원어머니인 에바 부인상을 만드는 것을 자아 길에서 목적지로서 선정하고, 이 부인상을 만들게 되는 "예술가(Künstler)"(8/284)의 길로 접어든다. 부인 에바 상(像)을 만들게 되는 예술가의 길은 결코 우연한 것으로 간주될 수 없다. 이유인즉 그의 친구이며 그와 상반된 정신세계를 대변하는 나르치스에 의하면 그의 자아에 주어진 천성적 자질로서 보였기 때문이다.(Vgl. 8/40-41) 이 자아 '천성'의 길을 가는 그는 그의 상반자 나르치스의 협력 하에 원모인 에바 조화 상을 만드는 길에 들게 된다. "예술가"는 정신세계를 대변하고 있는 나르치스에 의하면 감각적 생의 세계를 오로지 "개념들(Begriffe)"(8/284)로서 파악하려고 하고, 또 "추상성(Abstraktion)"(ebda.)으로서 "세상본질(das Wesen der Welt)"(ebda.)을 인식하려는 "사고가(Denker)"(ebda.)와는 다르게 "상상력(Vorstellungen)"(ebda.)과 이 상상력으로 가지게 되는 "상(像)들(Bilder)"(ebda.)로써 그의 예술작품에 임하게 되는 자이다. 이처럼 상상력과 상들로서 예술가에 의해서 만들어지는 예술조각품의 "상(Figur)"(8/286)은 이것을 만드는 사람의 어떤 기교가 아닌, 경험과 체험을 통해서(Vgl. 8/185), 그리고 이 체험된 것들이 그의 자아 깊숙한 곳에 자리 잡고 있는 영혼으로 주어지게 될 때, 우연적인 것으로서가 아니고, 그의 자아내면으로부터 영혼에 부각되어 이것들이 영혼적인 체험으로써 통일되고 조화되어져 보다 높은 단계의 "순수 상(das reine Form)"(8/286)으로 대두된다는 것이다. 이런 순수예술품의 마무리에 이르게 될 때에 진정한

"예술가"의 의미가 그에게 주어지는 것이라고 나르치스는 그의 친구 골드문트에게 말한다. 이 같은 나르치스의 설명은 어디까지나 이론적이고 논리적인 측면에서 이끌어낼 수 있는 것이다. 그러나 이 나르치스의 설명은 음양자아의 길에 있는 골드문트의 "예술가"의 길을 이해하는데 도움이 된다.

골드문트가 가는 "예술가"의 길은 결코 논리적 이론적인 길이 아니다. 이 길은 무의식적인 상태에서 보다 높은 단계의 조화된 순수 상을 완성하는 길이며, 이 길은 곧 자아음양의 조화완성의 길이다. 이런 의미에서 나르치스는 골드문트에게 말하기를 그의 "예술가"의 길은 그의 자아천성적 자질인 예술가의 자질을 최대한으로 살려서 최상의 상태로 이끌어서 마무리하는 것이 곧 자기자아를 실현시키게 되는 자아내면 완성 길이라고 했다.(Vgl. 8/285) 이와 같이 골드문트 자아완성의 길로 연결되는 "예술가"의 길과 그의 자아완성과 직결되는 에바 부인 상을 자세히 보기 위하여 "예술가"가 추구하는 "예술(Kunst)"(8/275)에 대해서 좀 살펴보겠다.

"예술"은 나르치스에 의하면 감각계의 "생"으로부터 주어지는 허무와 무상을 벗어나게끔 하는 그 자체이고(Vgl. 8/276), 나아가서 "예술"은 이 세계에 주어진 한 인간인 예술가가 단순히 그의 작품에 형태와 색채를 가미하고 또 이 작품의 대상을 충실히 복사함으로써 존재된다고 할 수 없다는 것이다. 이는 단순하고 평범한 예술가가 보잘 것 없는 모방의 행위에서 주어질 수 있는 것이지 결코 순수한 의미에서의 "예술"에 합당되는 것은 아니다. 순수한 "예술"로부터 주어질 "예술품의 원상(das Urbild eines guten Kunstwerks)"(8/276)은 "정신적인(geistig)"(8/277)것으로서 "예술가의 영혼에 깃들고 있는 상(als Bild in der Seele des Künstlers)"(ebda.)으로서 보다 높은 단계에서 보아야 한다. 이처럼 보다 높은 단계에서 대두되는 "예술"로의 길은 감각세계에서 갖게 되는 "예술가"의 영혼적 체험과 순수한 의미에서 주어지는 보다 높은 단계의 "정신적인 것"이 함께 하게 되는 길이다. 이 말은 곧 순수한 의미에서 성립되는 "예술"의 길은 "예술가"가 몸담고 있는 감각계와 보다 높은 단계로서 가리켜지는 정신계를 함께 하여 모색되는 길임을 암시하고 있다. 이런 뜻에서 "예술"을 탄생하게 하는 "예술가"로서의 길을 추구하는 골드문트에게 이 "예술"의 길은 그의 자아의 상반된 세계 조화완성을 가리키는 자아음양의 조화완성을 시사하고 있다.[17] 이 시사로서 알 수 있는 바와 같이 예술은 골드문트 자아의 길을 열게 하는 매개체 내지 수단으로 대두된다. 매개체로서의 역할을 담당하고 있는 이 예술은 그의 자아내면에 주어지고 있는 두 극의 상호밀접상반관계에서 보여주고 있는 융합 조화의 길임을 골드문트는 감지한다.

"아무런 생각 없이, 감성적으로 그는 여러 류의 비유들에

---

17) Vgl. "In der Kunst und Künstlersein lag für Goldmund die Möglichkeit einer Versöhnung seiner tiefsten Gegensätze, oder doch eines herrlichen, immer neuen Gleichnisses für den Zwiespalt seiner Natur." (8/175)

서 예술은 아버지적인 세계와 어머니적인 세계, 정신과 육체의 일치임을 감지했다.(…) (Ohne Gedanken, gefühlhaft ahnte er in vielerei Gleichnissen: die Kunst war eine Vereinigung von väterlicher und mütterlicher Welt, von Geist und Blut (…))" (8/174)

여기서 언급되고 있는 어머니의 세계는 그의 자아내면에 자리 잡고 있는 감각세계의 일면을 말하는 것이고, 반면에 아버지의 세계는 그가 감각세계에서 경험하고 체험한 것을 "예술"의 길을 통하여 "예술가"로서 보다 높은 단계의 정신적인 요소가 가미되는 순수예술품으로 이끌어 나가게 되는 중추적인 역할의 임무를 띠고 있다. 아버지의 세계는 감각적인 어머니의 세계와 상반되는 의미에서 사용된 것이다. 아버지의 세계는 사고적 논리적 정신계를 대변하는 것으로 그의 친구 나르치스의 정신계이다. 이들 두 상호세계를 잘 융화 조화시키고 있는 "예술"의 길을 골드문트는 그의 스승 니클라우스(Niklaus)에서 보게 되며(Vgl. 8/157), 이 스승의 조각품 에바 부인 상을 그는 고향 없는 자로서 떠돌아다니던 중 어느 한 교회에서 보았던 것이다.

이 에바 상은 "예술가" 골드문트 자아 앞에 언제나 대두되어 그의 자아 길에 주어지고 있다.(Vgl. 8/168, 184, usw.) 그의 자아 길에 주어진 상반된 두 세계의 융화와 조화의 길을 열고 있는 "예술"과 이들 두 세계의 융화와 조화를 이루고 있는 부인 에바 상은 동떨어져 있는 것이 아니고 골드문트의 자아

완성이라는 입장에서 볼 때 동등한 위치에 있다. 이런 동등의 상황으로부터 "예술"은 곧 "정신적 여신(geistige Göttin)" (8/175)이라는 결론에 그는 도달한다. 이 "정신적 여신"을 보여주는 여신 부인 에바 상, 즉 스승 니클라우스에 의해 조각된 어머니 여신상은 그의 앞에 상반된 삼면(三面)적 세계의 얼굴자태를 나타내 주는데, 이로서 골드문트 자아내면의 양면적 조화의 길을 암시한다. 이 암시를 얻는 그는 자아완성의 길의 일환으로 어머니상 완성을 목표로 삼는다.[18]

2.6.

골드문트는 상반된 양면적 얼굴을 가진 어머니상을, 이의 조화 상을 완성하는 과정 곧 자아내면의 양면적 세계의 조화 완성에 도달하기 위한 과정의 일환으로, 즉 그의 자아 "예술가"의 수련기로서 그는 니클라우스와 함께 생활한다. 그와의 생활에서 그는 보다 높은 단계에 있는 어머니상을 조각하기 위해서 그의 스승의 손이 어떻게 상반된 상황인 "주고 받는 (Geben und Nehmen)"(8/157),또는 "사랑하고 사랑받는 (Liebenden mit der hingegebenen Geliebten)"(ebda.) 상황에서 조각품에 일하고 있는가를 감지한다. 나아가서 그는

18) Vgl. "(…) jene Mutter Gottes des Meisters, alle jene echten und unzweifelhaften Künstlerwerke hatten dies gefährliche, lächelnde Doppelgesicht, dies Mann-Weibliche, dies Beieinander von Triebhaftem und Geistigkeit. Am meisten aber würde die Eva-Mutter dieses Doppelgesicht einst zeigen, wenn es ihm (=Goldmund) einst gelänge, sie zu gestalten." (8/75)

스승의 지시에 따라서 하나의 “상(Bild)”(8/157-158)을 그리기도 한다. 이 상(像)은 다름 아닌 그의 친구이며 그의 상반자인 나르치스의 상(像)으로서 그가 이 상을 “제자 요한네스(Jünger Johannes)”(8/169)라고 이름 붙였으며, 후에 나르치스가 수도원장이 됨으로서 이 요한네스의 이름을 사실상 가지게 되는(Vgl. 8/266) 나르치스 상(像)인 정신계의 상을 그는 보게 된다. 또한 그는 이 상에 내배하고 있는 정신계의 “내면적 법칙(das innere Gesetz)”(5/158)을 본다. 이 법칙은 절대적 존재, 신적 존재로부터 주어지는 “이념(die Idee)”(8/277) 즉, 나르치스가 대변하는 정신계의 “이념”으로 그를 끌어들여서 “하나로의 조화 내지 총체(Einheit und Ganzheit)”(8/158)로 그를 이끄는 것이다. 이렇게 됨으로서 골드문트는 나르치스 정신계의 길, 즉 정신의 힘으로 불변적이고 지속적인 영원한 “완전한 본질적 존재(das vollkommene Sein)”(8/286)에 향하는 길에 접하게 되고, 그와 동등의 길 “자아의 완성(sich verwirklichen)”(ebda.)길에 있게 된다. 이들 둘은 서로 상반되면서도 별개로서 있는 것이 아니고 음양 면에서 말해보면, 음양으로서 “서로 마주보는 길에서(auf dem entgegengesetzten Weg)”(8/298) 서로 보완하는 길에 있다. 이런 서로 보완하는 의미에서 나르치스는 골드문트가 그의 자아의 반이라고 생각했고(Vgl. 8/34), 골드문트 또한 이런 의미에서 그의 생의 반은 나르치스를 얻는 것이라고 했다.(Vgl. 8/315) 이들 둘 나르치스와 골드문트는 서로서로 상대방의 한쪽으로서 상대방을 보완하면서, 작가 헤세가 그의 비공개 편지에서 이야기 했듯이 그들에게 공동으로 주어진 음양자아완성의 길로 나아간다. 나르치스와 골드문트가 대변하고 있는 이 두 상반세계의 조화 길은 이들의 수도원 스승이었던 다니엘의 조각상을 통하여 열려지는데(Vgl. 8/295,296), 이때에 이들을 서로 상반되면서 상호 협동 하에 항구적 신적 유일의 "완전한 존재"에 접근시켜서 골드문트로 하여금 감각계의 경험과 체험으로 그에게 주어지는 것들을 우연성으로부터 탈피시키고 배제하게 해서 변화적이고 허무적인 것으로부터 벗어나게 해서 신(神)적인 완전한 존재를 감지하게 한다. 이렇게 됨으로써 이들은 이미 가졌던 "친교"를 보다 높은 단계의 "친교"로 다시 맺게 된다. 이 새로운 "친교"는 골드문트가 그의 친구 나르치스에 의해서 구제되어 마리아부론(Mariabronn)수도원으로 다시 돌아와서 그가 그들의 스승 다니엘의 조각상과 부인 에바 상에 착수함으로써 시작된다. 이 "친교"의 길은 곧 그 둘이 그들 자아의 길에 대전제하고 있는 음양자아완성의 길이 된다. 이때에 이들 사이에 맺어지는 "친교"의 관계는 어느 한 사람이 다른 사람 아래에 종속상태에서 형성되는 것이 아니고, 서로가 구속되지 않는 동등위치에서, 음양 면에서 볼 때 상호 긴밀 상반에서 주어지는 음양의 관계이다. 이런 보다 높은 단계에서 형성되는 추상적인 "친교"의 공동체로부터 상호 교류 하에 이루어지는 어머니상은 골드문트의 의식적인 행동에 의해서 이루어지는 것이 아니고, 그의 상징적 음양조화의 길을 제공하는 장소(Vgl. 8/310, 8/160)인 자아내면으로부터 나타내어진 것이다. 이 말은 "예술가"인 골드문트의 자아가 그의 음양조화 목적으로 의식적으로 이 어머니상을 만들어 내는 것이 아니고, 이와 반대의 과정이다. 즉 보다 높은 단계에서 두 상반세계를 조화시키고 있는 어머니상은 보다 높은 단계의 "이념"을 통하여 정신적 소산물로서 예술가 골드문트 자아의 영혼적인 체험 소산물로서 단지 그의 손을 빌려서 나타내어진 것뿐이다.(Vgl. 8/319) 이런 과정을 거쳐서 소산되는 어머니상으로부터 그는 어머니의 음성을 듣게 되고 어머니의 모습을 꿈에 보게 된다. 그의 손을 통해 나타내어지는 조화된 어머니상은 곧 그의 자아완성을 의미한다. 이 자아완성의 단계에서 그 자신이 거울 앞에 섰을 때 그의 연로하고 완성된 자아 얼굴의 변화된 모습을 보게 된다.(Vgl. 8/310, 8/311f)

3.

매듭지으면서 좀 더 자세하게 기술해 보면 그의 자아완성의 길은, 앞서 언급되었듯이 실제로 그가 "죽음"에 이르게 되고 이 길로 진입함으로써 이루어진다. "죽음"으로 주어진 그의 자아 길은 다름 아닌 상반된 두 세계를 융화조화로써 포옹하고 있는 어머니의 길이다. 왜냐하면 어머니는 그에게 있어 이미 말한 바와 같이 "죽음의 원천"이었고, 이 어머니는 모든 상반된 개념들의 세계를 잘 조화시키고 있는 "사랑"의 길로서, 그를 이 "사랑"의 길, 곧 자아 탈피의 길로 인도하고 있기 때문이다.

골드문트의 자아 내면적 음양완성은 작가 헤세가 작품에서 구체적으로 그의 자아성숙을 세단계로 나누어서 설명함으로써 미리 예고하고 있는 것이다. 그리고 이 자아완성과정은 이미 지적한 바와 같이 상징적으로 잘 보여주고 있다. 즉 그의 깨이지 못한 상태를 처음에 "단단한 껍질에 쌓인 자연성"으로 나타낸 후 작품 마지막에 그가 그의 자아완성을 앞두고 그의 친구 나르치스와 다시 마리아부론 수도원에 돌아왔을 때 그의 앞에 껍질이 까여져서 알맹이를 내놓고 땅바닥에 굴러 떨어져 있음으로서(Vgl. 8/281) 그의 깨인 상태를 잘 보여주고 있고, 이로서 그의 자아성숙의 완성과정을 상징적으로 잘 나타내고 있다.

이와 같이 상징적 과정을 거쳐서 보여주고 있는 골드문트 자아완성의 길은 객관적인 입장에서 확실시하는 의미에서 그가 만들었던 수도원장이며 그들의 스승인 다니엘 조각상을 매개체로 그의 친구 나르치스에게 입증되게 하고 있다(Vgl. 8/296). 이 확인으로부터 나르치스는 그의 친구 골드문트에게 자아완성의 길 대전제로서 내걸었던 "자아가 되는 것"을 골드문트로부터 보게 되어서 자기 스스로 이것을 확신하면서 다음과 같이 말한다.

"나의 친구 골드문트여 당신은 나에게 이 모습으로 충분히 당신 스스로를 처음 활짝 열어 보였네. 이제 나는 당신이 누구인가를 알게 되었네. 이에 대해 더 이상 이야기 하지 말게나. 나에게는 이것이 허락되지 않구먼. 오 골드문트 우리들에게 이런 순간이 도래했다니!(Du(=Goldmund) hast mich(=Narziß) mit diesem Anblick reich beschenkt, mein Freund, du hast mir zum erstenmal, dich selbst ganz erschloßen. Ich weiß jetzt, wer du bist. Laß uns nicht mehr darüber reden, ich darf es nicht. O, Goldmund, daß uns diese Stunde gekommen ist!)" (8/296)

이로서 이들 둘의 공동작업인 자아완성이 이룩된다.(Vgl. 8/309, 314)

참고문헌

Hermann Hesse, Gesammelte Werke in 12 Bde., Frankfurt/M. 1970 Bd. 5,7,8,12.

Hermann Hesse, Gesammelte Schriften, Frankfurt/M. 1958 Bd. III, VI.

Hermann Hesse, eine Werkgeschichte, hsrg. v. S. Unseld, Frankfurt/M. 1973.

Chin Hwang, Hermann Hesse Anthropologie und die Weisheit und das Gleichnis des Fernen Ostens, Diss., Bern 1978.

Adrian Hsia, Hermann Hesse und China, Frankfurt/M. 1974.

Detlef Ingo Lauf, Das Erbe Tibets, Wesen und Deutung der buddhistischen Kunst von Tibet, Bern 1972.

Söldner, diener, majestäten, hrsg. v. Charles Blitzen (Einführung von Prof. Dr. Richard Dietrich), Universität Berlin. Hamburg 1973.

계명대학교 독일학연구소 "독일학지"(제2호)에서 황진, 헬만 헷세의 작품 "슈테판 볼프"에 나타난 자아와 자아완성의 길.

계명대학보(1980년 11월 18일 제405,406)에서 황진, 헬만 헷세의 "데미안".

한장경, 역학원리총론, 서울, 1971.

Ⅷ. 『싯타르타』, 『슈테펜볼프』, 『나르찌스와 골드문트』, 『유리알 유희』

1. "포괄적 학문"의 학문연구와 헤세

"포괄적 학문의(interdisziplinär)"[1] 학문연구와 작가 헤르만 헤세를 다루고자 하는 바는, 헤세를 "포괄적 학문"의 학문연구방법으로 논자 일인(一人)이 다루고자 하는 것은 절대 아니다. 이는 또한 "포괄적 학문"의 학문연구 성질상 용납될 수 없는 것이다. 이유인즉 "포괄적 학문"의 학문연구는 이미 논자가 "독일학"의 연구방법론에 대한 소고(Ⅰ)[2]에서와 "독일학"의 연구 방법론에 관한 소고(Ⅱ)[3]에서 밝힌 바 있듯이 "포괄적 학문"의 학문연구는 어느 전공분야에 국한되는 어느 한 연구자의 학문연구가 아니고, 오늘날 점점 더 세분화되고 있는 여러 전공영역을 초월해 주어지는 문제의 해결에 관해 여러 분야의 전공학자가 공동으로 참여하는 작업이 "포괄적 학문의" 학문연구이기 때문이다. 그럼에도 "포괄적 학문"의

1) 이 말은 영어의 "interdisciplinary"의 독일어 표기로, 그 뜻을 "종합적 접근법"(비교: 계명대학교 요람 1984-85, 계명대학교 교무처 편집, 대구 1984-85, p.287) 또는 일본어로부터 빌려온 "학제적" 연구(비교: 계명대학교 요람 1984-85, op. cit., p.268)라는 말로 옮겨 이야기되고 있으며 통용되고 있다. 그러나 논자는 독일어의 뜻에 충실하게 "포괄적 학문의"라는 말로 옮겼음. (참고 : 황진 "독일학"의 연구방법론에 대한 소고(Ⅰ). In : 동서문화 제 22집, 계명대학교 동서문화 연구소, 대구1990, pp.97.)

2) 동서문화, 제 22집, 계명대학교 동서문화연구소, 대구 1990, pp.97~118.

3) 동서문화, 제 23집, 계명대학교 동서문화연구소, 대구 1991, pp.67~86.

학문연구와 독일작가 헤세를 서로 묶어 놓게 하며 함께 생각하게 해서 객관적 자료를 기초로 기술하게 하는 바는 무엇인가가 물어져야겠다.

"포괄적 학문"의 학문연구와 헤세를 묶어 놓고 있는 바는 우선 그 첫째로 현실에서 파생된 어떤 사물이나 영역을 세분된 전문분야 테두리에 제한시켜 보지 않고, 이들 사물이나 영역의 이면에 자리하고 있는 총체, 즉 "전체"라는 측면에서 고찰하고 있다는 점이다. "전체"는 이들에게 있어 무엇을 의미하고 있는 가는 본론2에서 구체적으로 논술되겠다.

총체적 고찰을 지향하는 "포괄적 학문의" 학문연구는 이의 생성배경과 목적에서 뚜렷이 해 놓고 있다. 그 일 예로 슈나이드(Hans Julius Schneider)에 의하면 "우리들 지식의 행진은 개개인의 학문연구가 언제나 작게 좁혀지고 있는 대상 영역으로부터, 즉 그의 "영역" 혹은 그의 조그만 정원으로부터 기본골격을 이끌어 내고 있다. 그러나 이는 언제나 보다 세분된 부분만을 보여 줌으로써 나타내어지는 전체는 어느 누구에게도 함께 연계된 지도로 인지되어지지 않아서, 보는 사람으로 하여금 전체 윤곽을 파악할 수 없게 되는 지경으로 나아가고 있는 것이다.(Die Entwickung unseres Wissens schreitet auf eine Weise fort, die dazu führt, daß der einzelne Wissenschaftler von einem immer kleiner werdenden Gegenstandsbereich, seinem "Feld" (oder bald: seinem Gärtchen), eine Grundriß herstellt, der immer mehr Details verzeichnet, daß aber die Gesamtheit dieser Aufzeichnungen von niemandem mehr als eine zusammcnhängende Landkarte wahrgenommen werden kann, die dem Betrachter einen Überblick ermöglichen würde)"[4]

따라서 그는 이런 잘못된 점을 지양하는 것이 "포괄적 학문의" 학문연구가 나아가고자 하는 것을 바라며, "전체"라는 측면을 뚜렷이 하고 있다. 이를 위해 적어도 산더미 같은 부지도 혹은 평면도로부터 몇몇 쪼각을 떼어서 아교로 붙여 하나의 지도를 형성해서 전체를 내다보게 함으로써, 시 · 공간적으로 주어지는 세부적인 문제를 해결 할 수 있도록 하는 데에 그 목적이 있다고 했다.

"포괄적 학문의" 학문연구가 내놓고 있는 이 커다란 범주에서의 "전체"라는 측면을 또한 현대 독일 작가 헤세는 무엇보다도 중요시하고 있다. 즉 그가 주장하는 바에 의하면 이 세상에 존재하고 있는 각각의 자아는 결코 분리된 자아로서 존재할 수 없는 것이고, 이들 개개들의 자아는 인간 자아라

4) Hans Julius Schneider, Interdisziplinaritat : Floskel oder Notwendigkeit? In : Universitas. Sonderedition zum 500. Ausgabe der Zeitschrift für Wissenschaft, Kunst und Literatur, Wissenschaftliche Verlagsgesellschaft GbH., Stuttgart 1988, S.12.

는 전체에서 떨어져 나갈 수 없는 한 부분으로 인식해야만 된다는 것이다. 헤세의 이 같은 자아의식은 특히 그의 작품 『요양객(Kurgast)』(1925)에서 뚜렷이 기술되고 있다.[5] 헤세에 의하면 그의 자아가 몸담고 있는 이 세상에는 자연현상의 다양화가 주어지고 있는 반면에, 동시적으로 "전체"라는 "한 커다란 정신적인 하나(die größe geistige Einheit der Ganzen)"[6]가 주어지고 있다는 것이다.

이와 같은 "전체"라는 범주에서의 헤세 자아 인식은 그의 자아로부터 범위를 확대화하는 자아-인간 또는 인간-자아라는 인류학적인 관점에서 더욱 더 뚜렷이 하고 있다. 이에 대한 보다 구체적인 전개는 본론 2에서 다루어지겠다.

헤세의 인류학적인 이런 관점을 "포괄적 학문의" 학문연구에 이바지하고 있는 레르(Ursula M. Lehr) 역시 분명히 하고 있다. 즉 노령학(Gerontologie)을 전공 영역으로 하고 있는 레르는 의학적인 측면에서의 인류학적인 면을 "포괄적 학문의" 학문연구 테두리에서 기술하고 있는데, 레르에 의하면 "우리들은 오늘날 우리들이 인간적인 존재에 접하고 있는 과정들은 이젠 더 이상 일차원적으로 볼 수 없다. (…) 또한 모든 보충적이고 '용해' 된 의학적 전문지식도 환자 상태에

5) s. Hermann Hesse, Gesammelte Werke in 12 Bde., Frankdfurt a. Main 1970, Bd. 7, S.61.

6) Hans Jürg Lüthi, Hermann Hesse, Natur und Geist, Stuttgart, Berin, Köln, Mainz 1970, S.10.

오로지 제한적으로 타당성을 지닐 수 있을 것이라고 볼 수 있겠는데, 이는 만약 동시적으로 합리적이고 사회적이며, 생태사회학적인 광범위한 의견들이 함께 참고 되지 않을 때이다. 또한 많은 병들도 복합요소적인 것이어서, 이들 병은 사회적이고 생태적인 상황 여하에, 그리고 이들 상태의 심리학적인 대결 여하에 따라 차별적인 진행 과정과 차별적인 치유 기회를 보이고 있다는 것이다(Wir wissen heute, daß Prozesse, die die menschlcihe Existenz tangieren, nicht mehr eindimensional gesehen werden können. So dürfte (…) auch alles integrierte und "verschmolzene" medizinische Fachwissen der Situation des Kranken nur bedingt gerecht werden, wenn nicht gleichzeitig weitere psychologische, soziale und ökosoziale Aspekte mit einbezogen werden. Auch Krankheiten sind multifaktorell begründet-und zeigen je nach sozialen und ökologischen Gegebenheiten und je nach Formen der psychologischen Auseinandersetzung mit der Situation einen unterschiedlichen Verlauf und unterschiedliche Heilungschancen)"[7] 라고 함으로써, 인간을 단순한 육체적인 의학 대상으로서가 아니고, 헤세가 대변하고 있는 자아 인간의 내적인 복합 요소로서의 인류학적인 면을 인정하고

7) Ursula M. Lehr, Interdisziplinartät-Wunsch oder Wirklichkeit. In: Universitas, a.a.O., S. 26. (참고 : 황진 독일학의 연구 방법론에 관한 소고 (I). In: 동서문화, 제22집, a.a.O., pp. 114~115.)

있다는 것이다.

이런 "전체"적이고 인류학적적인 관점이 "포괄적 학문의" 학문연구와 헤세를 한데 묶어 고찰하게 되는 이유가 된다.

그러면 "포괄적 학문의" 학문연구가 내용상으로 내포하고 있는 총체 또는 "전체"라는 개관범주에서, 그리고 의학적이고 인류학적인 측면으로부터 우리 동아시아 독자들에게 너무나 잘 알려진 헤세에 접근해서 비교 관찰해 보겠다. 그러나 앞서 서두에서 분명히 했듯이, 논자 일인으로 불가능한 "포괄적 학문의" 학문연구 방법으로 헤세를 연구 고찰하겠다는 의도는 없고, 또 있을 수도 없다고 하겠다. 다만 위에서 언급되었듯이, "포괄적 학문의" 학문연구가 내포하고 있는 "전체"라는 개념과 "포괄적 학문의" 학문범주에서 추구되고 있는 인류학적인 면이 헤세와 그의 작품들, 특히 그의 『슈테펜볼프(Steppenwolf)』(1927)를 중심으로, 그리고 이 작품의 전후작품들에서 어떻게 대두되고 있는가가 연구 검토되겠다.

이 같은 작업을 위해 이미 「독일학의 연구 방법론(Ⅰ)」과 「독일학의 연구 방법론(II)」에서 기술되었지만서도 보다 객관적인 본 논문의 내용전개상 비록 부분적인 재언급과 인용이 불가피하더라도 먼저 "포괄적 학문의" 학문연구란 무엇이고, 또 이의 이해를 위해 "포괄적 학문의" 의미와 본질에 관해 얼마간 논술하겠다.

2.

2.1.

"포괄적 학문의" 학문연구란 「독일학의 연구방법론(Ⅰ)」에서 약술한 바와 같이 "많은 학문들을 포괄하는 것(mehrere Disziplinen umfassend)"[8]이고, 나아가서는 이들 "여러 학문들이 참여하는 공동의 작업 연구(Zusammenarbeit mehrer Disziplinen betreffende Forschung)"[9]이다. 그러나 여러 많은 학문들의 공동작업은 전공영역을 달리하고 많은 전공 영역의 학자들이 자리를 같이 하거나, 아니면 단순히 그들 각각의 지식이 가산 합동함으로써 이룩되는 것이 아니다. 이들 여러 학문들의 공동작업인 "포괄적 학문"의 학문연구는 레르에 의하면 "전공학문 분야를 초월하는 포괄적 학문의 작업은 용해를 필요로 하고 있는(Fachübergreifende interdisziplinäre Arbeit braucht Versch melzung)"[10] 학문인 것이다. 레르가 여기 개진하고 있는 "용해"는 여러 전공분야들의 합산은 결코 아닌 것이고, 이들 개개 학문들의 융합을 뜻하고 있다고 하겠으며, 이는 추상적인 의미에서의 총체 곧 "전체(das Ganze)"인 것이다.[11] "전체"는 "이들 개개

8) Duden Das große Wörterbuch der deutschen Sprache, Bd. 3, bearb. v. Dr. Rudolf Köster, Dr. Wolfgang Müller u.a.m., Bibliographischer Institut AG, Mannheim 1977, S.1353.

9) Ibid.

10) Ursnla M. Lehr, Interdisziplinanität-Wunsch oder Wirklichlkeit. In : Universitas, a.a.O., S.25.

부분들의 합 이상인 것이다.(Das Ganze ist mehr als die Summe seiner Teile)."[12)]

이 같은 간략한 설명의 추상화 된 "포괄적 학문의" 학문연구는 또한 일반적으로 광범위한 범주에서 이렇게 이해되고 있다. 즉 "포괄적 학문의" 학문연구는 어느 한 일정한 학문적 이해로(…), 특이한 정신태도, 즉 부분을 전체라는 범주에서 고찰하려고 시도하며, 또 전체로부터 지니게 되는 의미로서의 척도를 얻고자 힘을 기울이는(ein bestimmtes Wissenschaftsverständnis(…), eine besondere Geisteshaltung, die den Teil nur im Ganzen zu sehen ver-sucht und den tragenden Sinn Maßstab für das Ganze ständig sich bemüht)"[13)] 정신태도라는 것이다.

그러나 이 학문적 이해는 세분된 여러 전공영역들 또는 이들 전공분야 연구자들의 단순한 상호간의 연결로만 진정한 참된 이해 노력이 이룩되는 것이 아니다.[14)]

---

11) 참고 : 황진, "독일학"의 연구 방법론에 관한 소고(Ⅱ). In : 동서문화 제 23집, 전게서, p.72.

12) Ursnla M. Lehr, Interdisziplinanität-Wunsch oder Wirklichlkeit. In : Universitas, a.a.O., S.26.

13) Historisches Wörterbuch der Philosophie, hrsg. v. Joachim Ritter und Karlfried Gründer, Bd. 4, Schwabe & Co. Verlag, Basel/Stuttgart 1976, S.477.

"포괄적 학문의" 참된 학문적 이해 노력은 텐부르크에 의하면 오로지 "공동적인 지식의 기초와 토대 위에서(auf der Basis und dem Fundus gemeinsamen Wissens)"[15] 접하는 "이웃 전공분야들의 진정한 주장 의미 그리고 결실에 대한 자신의 고유한 지식에서 얻게 되는 이해(das aus eigener Kenntnis gewonnene Verständnis für Recht, Sinn und Ertrag der Nachbarfächer)"[16] 노력이다.

"포괄적 학문의" 학문연구에서 여러 많은 학문들, 또 연구자들 상호간에 이런 참된 이해 노력이 수반될 때 전공학문 영역을 초월해 나가는 작업이 가능한 것이겠다. 이와 같은 이론적 설명이 가미된 진정한 상호 이해 노력이 수반되는

14) 참고 : 황진, "독일학"의 연구 방법론에 관한 소고(Ⅱ). In : 동서문화, 제 23집, 전게서, p.75. 여러 전공 영역들의 단순한 상호간의 연결과 이해의 결과는 여러 경우들에서 다각적인 양상으로 나타나지고 있는데, 그 실 예의 하나로 이들 여러 분야들의 상호연결 이해가 존재하지 않을 시에는 "많은 포괄적 학문 연구 개최들에서 이의 참여자들은 근본적으로 서로서로가 비켜나가면서 연구 검토해 나가고 있어서 진지하게 공동연구 작업에 임하지 못하고 있다는 체험으로 끝맺고 있는 것이고, 문제들과 개념들의 격차는 이제 더 이상 상호간에 연결 지을 수 없는 상황에 있게(Es gibt eine sehr erhebliche Mißerfolgsquote, weil viele interdisziplinäre Veranstaltungen mit der Erfahrung enden, daß man im Grunde aneinander vorbei redet, jedenfalls nicht ernsthaft zu einer gemeinsamen Arbeit kommt. Die Distanz der Probleme und Begriffe ist bereits so groß geworden, daß sie in einzelne Veranstaltung nicht mehr überbrückt werden kann.)" (F.H. Tenbruck. In: Universitas, a.a.O., S.18)" 된다는 것이다.

15) F.H. Tenbruck. In : Universitas, a.a.O., S.18.

16) Ibid., S.19.

"포괄적 학문의" 학문연구 길은 실재적인 면에서 이의 달성 수단으로 "일반적인 것으로의 통달자(Experte fürs Allgemeine)"[17] 길이 제시되고 있다.[18]

레르에 의하면 "일반적인 것으로의 통달자"는 "전공분야를 초월해서 형성하는 연구그룹에서 어떤 한 문제에 대한 일반적 통달자들의 다른 의견들이 잘 고려되면서 각각의 모든 전공영역 학자들의 연구 결과에서 내놓고 있는 이념적인 뿌리들과 본체적인 가치내용들이 학문적 토의로 내놓아 지게 해야 한다. 또 각각의 모든 일반적 통달자들의 판단이 근거하고 있는 표면적이거나, 아니면 표면화되지 않은 내적 가정들이 확고부동하며 어떤 하자가 없는지가 철저하게 검토되어 지게끔"[19] 해야 한다는 것이다. 이로서 "포괄적 학문"의 길이 이룩하게 된다고 했다.

이렇게 함으로써 "전연 다른 학문영역으로부터의 학문연구자들이 가지게 되는 일반적 통달자들의 지식은 어느 한 문제에 참여되어져 전공학문 영역을 초월해 나가면서 새롭게 융합하는 일과 그리고 문제해결을 위해 작업하는 것(Das Expertenwissen der Wissenschaftler aus den ver-

17) Ursula M. Lehr. In : Universitas, a.a.O., S.25.

18) 알밧하(Horst Albach)는 1987년 10월 베를린 학자 학술원 설립을 계기로 행한 강연에서 "포괄적 학문성(Interdisziplinarität)"을 주제로 삼았다. 여기서 그는 "포괄적 학문성"이 주제가 되는 이 학술원의 미래지향적인 지표로 "일반적인 것에로(으로)의 통달자"가 되는 것이라고 했다.

19) Ursula M. Lehr. In : Universitas, a.a.O., S.25.

schiedensten Disziplinen gibt es, auf ein Problem bezogen fachübergreifend zu integrieran und "lösungs-orientiert zu arbeiten)"[20]에 힘이 기울려지게 된다는 것이다.

"일반적인 것으로의 통달자", 그리고 또 이들의 지식이 전문영역의 연구자들과 더불어 자리하게 되는 "포괄적 학문의" 학문연구는 어떤 국한된 전공분야의 연구가 아니다. "포괄적 학문의" 학문연구는 어느 한 개체적인 학문영역을 떠나서 이 학문연구가 궁극적으로 지향하는 여러 전공분야들이 "일반적인 것으로의 통달자"로서 진정한 상호이해를 토대로 전공분야를 초월해 나가면서, 현실에서 대두되는 문제를 공동으로 참여해서 연구 고찰해야 되는 학문연구이다. 이러한 "포괄적 학문의" 공동연구는 앞서 이야기되었지만, 일차원적이 아닌 현금(現今)의 세계에서는 절대적인 것이다. 그 하나의 예로 레르는 자신의 전공영역인 "노령학"에서 파생된 현대 인간문제를 어느 한 세분된 전공분야에서 다루어질 수 없는 것이라고 했고, "단순한 합 이상"인 "전체"라는 하나의 커다란 테두리에서 파생된 세부문제를 종합적으로 개괄해야 한다고 논술하고 있다. 레르는 이 같은 자신의 진술을 뒷받침하기 위해 전문의(專門醫)인 비나우(R. Winau)가 1983년 발표한 내용을 그 일례로 인용하고 있다. 즉 "의학적인 조직체에서의 육체개념은 병 개념과 언제나 가깝게 밀착되어 있다"는 말에서 병은 현대에 있어 종종 "가능한 대로 적절히 고

20) Ibid.

쳐져야 하는 어느 한 기능의 파손으로 간주되고 있다. 여기서 육체는(…) 기계 공학적으로 작용하는 개체부분들의 구성물로 환원되어져 있다. 이들 개체부분들의 기능은 복잡한 것이고, 이의 수선을 위해서는 언제나 보다 큰 지식이 요청되어 짐으로써, 이들 각각의 개체분야들의 수선을 위한 많은 이들 개체부분들의 전문가들이 요구되고 있다. 이들 최상의 전문가들은 그러나 전체적인 기계로 비교되는 인간에 대해서는 전혀 모르고 있는 것이다. 전체로서의 육체는 이미 의료 기술적인 의학으로부터 벗어나 있고, 이 육체는 기관들, 기관들의 부분으로서 또는 기능들로서 해체되어 있다.(Das Körperkonzept des medizinischen Systems ist immer aufs engste verbunden mit dem Krankheitskonzept, wobei Krankheit in der Neuzeit oft gesehen wird als Defekt einer Maschine, die möglichst adäquat repariert werden muß. Der Körper wird dabei (…) reduziert auf ein technisch funktionierendes Gebilde von Einzelteile kompliziert ist und zu ihrer Reparatur immer größeres Detailwissen gehört, gibt es für jedes Einzelteil einen Spezialisten, der die gesamte Maschine Mensch gar nicht mehr kennt. Der Körper als Ganzes ist der iatrotechnischen Medizin aus dem Blick geraten. Er hat sich aufgelöst in Organe, Organteile und Funktionen.)"[21]

위의 진술에서 뚜렷이 하고 있는 바는 어떤 전문분야의 문제해결을 위해서 다른 제 전문분야들의 협동적 작업의 노력 없이는 불가능함을 의학자로서 잘 나타내주고 있다. 즉 오늘날 인간 문제는 그 하나의 예가 되겠지만 다원화된 현실 사회에서 어떤 한 전문분야의 세분화되고 특수화된 지식으로서 해결될 수 없다는 점을 뚜렷이 하고 있다.

레르가 말하는 "전체"는 이미 이야기된 다름 아닌 동아시아의 도(道)학자인 장자가 말한 전체적인 "하나"인 여러 다른 것들의 공통적인 "하나(Einheit)"인 "도(道)"이고, 이 "하나"는 개개 부분들의 단순한 합 이상인 것이다.[22] 하나된 "전체", 곧 전체된 "하나"는 여러 개체들의 단순한 합 이상인 것이다.(die Einheit ist mehr als die blosse Summe der einzelnen Teile.)"[23] "단순한 합 이상인" 하나된 "전체"가 없이는, 역으로 어떤 개체들의 부분도 파악될 수 없는 것이다. 이를 장자는 비유로서 잘 나타내주고 있는데, 즉 "한 말(馬)은 헤아릴 수 없는 조각의 고기들로 나누어질 수 있다. 만약 고기로 나누어지기 전의 이 말이 보이지 않았을 때는 나누어진 고기 부분이 말고기라는 것은 어느 누구에게도 인지될 수

21) Ursula M. Lehr In: Universitas. a.a.O., S.26.

22) 참고 : 황진, "독일학"의 연구 방법론에 대한 소고(I). In : 동서문화, 제22집, 전게서, p.103.

23) Chin Hwang, Hermann Hesse, Anthropologie und die Weisheit und das Gleichnis des Fernen Ostens, Diss, Bern 1978, S.78. (s. Dschuang Dsi, Das wahre Buck vom südlichen Blütenland, verd. u. erl. v. Richard Wilhelm, Jena 1923, Buch XXII, 5.)

없는 것이다.(Ein Pferd kann in unzählige verscheidene Teile zerlegt werden, aber keiner dieser Teile ist zu erkennen, wenn man das Pferd nicht gesehen hat, bevor es zerlegt wurde)"[24]라는 장자의 이 비유는 여러 개체들의 문제는 "이들 개체들의 단순한 합 이상인", "전체" 없이는 해결될 수 없다는 것을 말하고 있는 그 실례이다.

2.2.

그러면 이제 "포괄적 학문의" 학문연구가 내포하고 있는 종합적이고 총체적인 "전체"라는 측면에서 레르처럼 인류학적인 문제에 접근해야 하는 것을 강조하고 있는 헤세는 그와 그의 작품들에서 이러한 그의 관점을 어떻게 나열하고 있고, 논술하고 있는 가를 고찰하겠다.

헤세는 그의 작품 『슈테펜볼프』에서 인간은 표면적으로 보여주는 단순한 육체적인 개체는 아니다. 일례로 그는 "자살자(Selbstmörder)"[25]를 두고 논함에 있어, 흔히들 말하고 있듯이 이들 자살자들은 나이 어린 사춘기 때부터 자살에 대한 소지를 지니고서 일생 동안 계속 이로부터 떠날 수 없는 생활력이 약한 사람들이라고 규정하고 있으나, 그러나 면밀히 살펴보면 이들은 의외로 인내력이 강하고 강직하며 대담

24) Chin Hwang, Hermann Hesse, Anthropologie und die Weisheit und das Gleichnis des Fernen Ostens, a.a.O., S.78.

한 성격을 지닌 소지자이라는 것이다. 이러한 이유로 헤세 그는 인간을 고찰함에 있어 인간을 기계적인 단순한 외부 생활면에서 나타나는 바를 기준으로 하지 않는 어떤 인류학적인 고찰이 주어져야 한다고 하고 있다. 즉 그는 말하기를 "만약 우리들이 인간을 단순히 생활 현상에서 보여주는 기계적인 요소들로서가 아니고, 용기와 책임력을 지니고서 다루게 되는 어떤 학문, 아니면 심리학 같은 것들인 인류학을 소유하게 된다면 이들 자살자들의 진실된 면이 우리 모두에게 명백해질 것(Hätten wir eine Wissenschaft, die den Mut und die Verantwortungskraft besäße, sich mit den Menschen zu beschäftigen, statt bloß mit den Mecha nismen der Lebenserscheinungen, hätten wir etwas wie eine Anthropologie, etwas wie eine Psycologie, so wären diese Tatsachen jedem bekannt)"[26]이라고 했다.

위의 기술에서 시사하고 있듯이 헤세 그에게 있어 인간은 복합적인 것이다. 고로 인간에 대한 관찰은 종합적인 것이어야 한다. 헤세에 의하면 자아 인간 개개인은 육체적인 면에서는 같은 것이나, 그러나 인간 내적인 면에서는 같은 것이 아닌 헤아릴 수 없는 무수한 생명들로 된 "전체"적인 것임을 분명히 하고 있다. 즉 그는 『슈테펜볼프』에서 인간의 "가슴,

25) Hermann Hesse, Gesammelte Werker in 12 Bde., Frankfurt an Main 1970, Bd. 7, S.230

26) Ibid.

몸통은 정말이지 하나이나, 그러나 이들 내부 속에 존재하고 있는 생명체들은 둘이나 다섯이 아니라 헤아릴 수 없는 것이다(Die Brust, der Leib, ist eben immer eines, der darin wonhnenden Seelen aber sind nicht zwei, oder fünf, sondern unzählige)"[27]라고 하고 있다.

이처럼 헤세에게 있어 인간 개체 자아는 외면적으로 보아지는 단순한 개체가 아닌 헤아릴 수 없는 복합적인 요소로 된 인간자아, 고로 인간자아가 어떤 딜레마에 빠지게 될 때 단순히 육체적인 면에서 보이는 자아인간 또는 인간자아로 고려되어서는 안 되는 것이다. 인간자아 내적인 여러 복합체의 종합이라는 총체적인 "전체"에서 인간자아가 다루어야 한다는 것이다. 헤세의 이 같은 복잡 다양한 인간자아는 『슈테펜볼프』의 주인공 하리 할라(Harry Haller)에서 역시 뚜렷이 하고 있다. 즉 "하리는 두 개의 본질로 되어 있는 것이 아니고, 수 천개의 본질로 구성되어 있다(Harry besteht nicht aus zwei Wesen, sondern aus hundert, aus tausend)"[28]는 것이다.

이런 복잡 다양한 자아 분립의 전(前)단계로 자아양면성의 분립, 그리고 이의 총체적인 개관을 그는 『슈테펜볼프』 이전인 그의 작가생활로 보아 전성기에 쓰여진 『싯다르타

27) Ibid., S.243~244.
28) Ibid., S.241.

(Siddhartha)』(1992)에서부터 잘 나타나고 있다. 『싯다르타』의 주인공 싯다르타는 그의 자아 분립을 한번은 자아내부인 자아내면세계에서, 또 다른 한번은 자아 외부인 자아 바깥세계에서 보여주고 있다. 처음의 경과(境過)에서 싯다르타는 그가 브라만의 아들로서 우주의 본질인 "브라만(Brahman)"[29]과 자아의 본질인 "아트만(atman)"[30]과의 일치를 추구하는 브라만의 생활에서 시도한다. 싯다르타는 말하기를, "나는 아트만을 찾았고 브라만을 찾았으며, 나는 나의 자아를 조각조각 내어 여기저기 껍질을 벗겨내어 알려지지 않은 가장 깊숙한 곳에 모든 껍질 속에 있는 알맹이인 아트만, 신(神)적 생명인 최후의 것을 발견하고자 했다(Atman suchte ich, Brahman suchte ich, ich war gewillt, mein Ich zu zerstücken und auseinanderzuschälen, um in seinem unbekannten Innersten den Kern aller Schalen zu finden, den Atman, das Leben, das Göttliche, das Letzte)"[31]는 것이다.

브라만 시절의 여행과정을 거친 싯다르타는 이제 그의 자아내면의 자아분립을 본격적으로 그의 고행생활에서 잘 나타내 주고 있다. 즉 "그는 감성을 소멸시켰고, 기억을 말살시

29) Hermann Hesse, Gesammelte Dichtungen in 7 Bde., Frankfurt a. Main 1958, Bd 3, 18.

30) Ibid. S.619.

31) Ibid. S.646.

켜 그의 자아로부터 수천의 낯선 형태들로 변신했었는데, 그는 짐승이고, 짐승은 썩은 시체로, 돌로, 나무로, 물로(…)(Er tötete seine Sinne, er tötete seine Erinnerung, er schlüpfte aus seinem Ich in tausend fremde Gestaltungen, war Tier, war Aas, war Stein, war Holz, war Wasser(…))"[32] 형태를 바꾸었다.

다음으로 『싯다르타』의 주인공 싯다르타는 그의 자아 내면세계를 떠나 자아 바깥세상으로, 그가 그의 자아 내면세계의 몰두로 인해 인식하지 못했던 다양성의 이 세상을 처음으로 보게 된다. "그는 처음으로 이 세상을 보는 것처럼 주위를 둘러본다. 이 세상은 아름답고 그리고 다채롭고(…) 여기 푸르고 누른색, 초록색, 하늘은 흐르고 있었고, 강(江) 숲은 빤히 보고 있었으며, 산맥 모두는 아름다웠고 수수께끼에 가득 찼으며, 마술적으로 이것들 가운데에서 각성자로서 자아의 길에(Er blickte um sich, als sähe er zum ersten Male die Welt. Schön war die Welt, bunt war die Welt(…) Hier war Blau, hier war Gellb, hier war Grün, Himmel floß und Fluß, Wald starrte und Gebirg, alles schön, alles rätselvoll und magisch, und inmitten er Siddhartha, der Erwachende, auf dem Weg zu sich selbst)"[33] 있게 된다.

32) Ibid., S.627.
33) Ibid., S.647.

이 세상의 다양성 가운데서 그는 많은 것을 체험하게 되고 성장하게 되나, 그러나 다양성의 이 세상에서 그가 본질적으로 추구했던 일치된 "하나(die Einheit)"[34]를 찾지 못하고, 불교에서 말하는 감각적 세계인 사바세상을 뛰쳐나온다. 그 후 싯타르타는 그의 생을 총체적으로 바라보게 하는 강(江)에 이른다. 총체로서의 강은 싯다르타와 그의 스승인 사공 바주데바(Vasudeva)와의 대화에서 잘 나타나지고 있다. 싯다르타는 다음과 같은 질의로 말 한다.

"그렇지 않아요, 보십시오. 강은 많은 소리들을 가지고 있지요. 대단히 많은 소리를 가지고 있는 것이지요? 강은 왕의 소리를, 전사(戰士)의 소리, 황소의 소리, 야조(夜鳥)의 소리 그리고 한 임산부의 소리와 탄식자의 소리를, 또 수천(數千)개(個)의 다른 소리들을 가지고 있는 것이 아닙니까?(Nicht wahr, Freund, der Fluß hat viele Stimmen, sehr viele Stimmen? Hat er nicht die Stimme eines Königs, und eines Kriegers, und eines Stieres, und eines Nachtvogels, und einer Gebärenden und eines Seufzenden, und noch tausend andere Stimmen?)"[35]

싯다르타의 이 물음에 대해 바주데바는 고개를 끄덕이면서 말하기를 "그래요(Es ist so)",[36] "피조물들의 모든 소리는

34) Ibid., S.647

35) Ibid., S.689.

강의 소리 속에 존재하고 있습니다.(alle Stimmen der Geschöpfe sind in seiner Stimmen?)"[37] 정말이지 강은 이들 두 사람에게 있어서 시간과 공간을 초월해 있는 모든 것인 총체 바로 그것이다. "종종 이들(바주데바와 싯다르타)은 자리를 같이 했고, 이들 둘은 강물에 귀를 기울였으며, 강물은 이들에게 있어 단순한 어떤 물(水)도 아니었으며, 생의 소리, 존재하고 있는 것의 소리, 영원히 생성되는 것의 소리였다."[38]

이처럼 시간과 공간을 초월해 존재하고 있는 "총체"로서의 강에서 싯다르타는 그의 어린시절부터 그가 지나오게 된 모든 생을 다시 한번 만나게 되고,[39] 이 강에서 평범한 뱃사공이 된 그는 총체로서 "일치된 하나"에 이르게 된다. 총체로서 "일치된 하나"에 이르게 된 싯다르타의 자아는 그의 어린 친구 고빈다(Govinda)와의 만남에서 증명해 보인다. "고빈다는 그의 친구 싯다르타의 얼굴을 더 이상 보지 못했고, 그 대신에 다른 많은 얼굴들을 보았다. 이 얼굴들은 한 기다란 줄의 흘러가고 있는 강을 이루고 있는 얼굴들 수백 수(數)천의 얼굴들 이들 얼굴은 모두 와서 지나가곤 했지만 모두가 동시적으로 존재하고 있는 것 같았고, 언제나 끊임없이 변하

36) Ibid., S.699.
37) Ibid.
38) Ibid.
39) Ibid., S.689; S.719-720.

면서 새로 형성되었지만 서도 모두는 싯타르타였다.(Er sah seines Freundes Siddhartha Gesicht nicht mehr, er sah statt dessen andere Gesichter, viele, eine lange Reihe, einen strömenden Fluß von Gesichtern, von Hunderten, von Tausenden, welche alle kamen und vergingen, und doch alle zugleich dazusein schienen, welche alle sich beständig veränderten und erneuerten, und welche doch alle Siddhartha waren.)"[40]

이렇게 "일치된 하나"인 총체를 보여주고 있는 장소인 싯다르타의 얼굴에서 그의 친구 고빈다는 이제 역으로 총체를 형성하고 있는 이들 개체들을 보게 된다. 즉 그는 싯다르타의 얼굴에서 그의 얼굴 대신에 "한 물고기의 얼굴, 한 잉어의 얼굴(…) 새로 태어난 아이의 얼굴(…) 살인자의 얼굴(…) (das Gesicht eines Fisches, eines Karpens(…) das Gesicht eines neugeborenen Kindes(…) das Gesicht eines Mörders (…))"[41]을 또한 확인하게 된다.

이 같은 이중적 재조명, 즉 "일치된 하나"로서의 총체 체험을 그의 작품 『요양객』에서의 한 요양객인 헤세는 한층 더 뚜렷이 하고 있다. "나는 이 세상에서 하나에 대한 표상이외에는 어떤 것에도 그렇게 깊은 믿음을 주지 않고 있다. 어떤 것도 이것처럼 거룩하지 못한 하나에 대한 이 표상은 다름

40) Ibid., S.731.

41) Ibid.

아닌 신(神)적인 하나로서 이세상의 총체인 것이다(…).(Ich glaube nämlich an nichts in der Welt so tief, keine andere Vorstellung ist mir so heilig wie die der Einheit, die Vorstellung, daß das Ganz der Welt eine göttliche Einheit ist(…).)"[42] 요양객 헤세가 가지는 "총체"로서의 이 일치된 "하나"에 대한 그의 믿음을, 헤세 그는 이의 전(前)단계로 그의 작품 주인공 싯다르타의 체험을 통해 얻게 되었음을 분명히 하고 있다.[43]

2.3.

이 일치된 "하나", 즉 "총체" 체험에서 관상하게 하는 길을 헤세는 그의 작품들 주인공으로 하여금 걸어가게 하고 있다. 본 논문 고찰의 주(主) 대상이 되는 작품 『슈테펜볼프』의 하리 할라는 물론이고, 그의 후기작품 『동방여행(Morgenlandfahrt)』(1932)과 『유리알의 유희(Das Glasperlenspiel)』(1943)에서도 잘 나타내주고 있는 것이다.

『슈테펜볼프』의 하리 할라는 싯타르타와 요양객 헤세처럼 그가 겪어온 생을 "하나"된 "전체"의 흐름으로부터 회상하게 된다. "이 아름답고 온화한 이 밤에 내 생은 많은 그림들로, 그렇게 오랫동안 텅비고 보잘 것 없이, 그리고 표상(表象)없이 지내온 내 앞에 솟아올랐는데(…) 마치 저 멀리 끝없이 푸르게 사라져간 한 산맥처럼 어린 시절과 어머니가 온화

42) Hermann Hesse, Gesammelte Werke in 12 Bd., a.a.O., Bd. 7, S.61.
43) s. Ibid., S.99ff.

하고도 거룩하게 이리로 넘겨다보고 있었고(…) 또한 오랜 세월동안 함께 살아 온 나의 부인도 모습을 드러내었으며 (…) 이들 그림들은 수백 개의 것으로 일컬을 수 있는 것도 또는 일컬을 수 없는 이들 모두는 이제 다시 자리하게 되었고(…)(Und so stiegen viele Bilder meines Lebens in dieser schönen, zärtlichen Nacht vor mir auf, der ich so lange leer und arm und bilderlos gelebt hatte(…) Es schaute Kindheit und Mutter zart und verklärt wie ein fernes, unendlich blau entrücktes Stück Gebirge herüber (…) Auch meine Frau erschien, mit der ich manche Jahre gelebt (…) Diese Bilder – es waren Hunderte, mit und ohne Namen – waren alle wieder da(…))"[44]라고 하면서 그의 생을 되돌아본다.

하리 할라의 이 같은 "하나"된 "총체", 즉 그가 겪어온 총체에서부터 그가 가지게 된 개체적인 일들을 살펴보게 됨은 헤세 사상의 근원을 이루고 있는 전일적 사상[45]인 일치된 "하나"에 대한 그의 확고부동한 믿음이다. "하나"에 대한 그의 믿음, 곧 신념은 보다 높은 단계에서 사고 될 수 있는 하나의 상위개념이다.[46] 이는 이미 "포괄적 학문의" 상위개념으로 레르가 표방했고, 또 동아시아의 장자가 그의 "하나" 사상에

44) Ibid., S.330-331.

45) 참고 : 홍순길, 헤르만 헤세의 전일적 인간상(全一的 人間像), 창학사. 서울 1984.

서 표방했던 모든 개체들의 단순한 합 이상인 상위개념으로서의 "하나"이다.

이런 보다 높은 단계의 "하나"인 총체로부터 헤세의 하리 할라는 시(時) · 공(空)을 초월해 존재하고 있는 "마술극장"에 들어간다. "마술극장"은 말 그대로 마술적으로 모든 것을 시 · 공간적으로 초월해 존재하게 한다. 여기서 그는 그의 어린 시절로 되돌아와, "이제 나는 다시 젊어졌다.(…) 나는 소년으로서 열다섯 또는 열여섯 살로서, 나의 머리 속에는 온통 라틴어와 희랍어, 아름다운 시인의 시(詩)귀(句)로 가득히 차고 있다(Jetzt war ich wieder jung(…) Ich war ein Knabe, fünfzehn oder sechzehn Jahre alt, mein Kopf war voll von Latein und Griechisch und schönen Dichterversen)"[47]라고 하고 있다.

"마술극장"에서의 이 시 · 공간의 초월을, 그러나 하리 할라가 마술극장에 들어가기 전 이미 이 극장의 내부에 장치된 커다란 벽거울 앞에 서게 됨으로써 보게 된다. 그는 거울 속에 비쳐진 여러 자아들, 즉 시 · 공을 초월해 존재하고 있는 그의 어린 시절의 자아로부터 노년에 이른 그의 자아를 동시적으로 대면케 함으로써 시 · 공을 초월 하게 된다.

"이 벽거울 속에서 나는 나를 보았다. 나는 아주 짧은 시

46) 참고 : 헤세가 이처럼 보다 높은 단계의 "하나"로부터 지나온 그의 모든 것을 그의 작품 주인공으로 하여금 내려다보게 하고 통찰하게 하고 있는 점은 릴케의 이상과 유사하다는 것.

47) Hermann Hesse, Gesammelte Werke in 12 Bde., Bd. 7, a.a.O., S.391.

간 동안 나에게 잘 알려진 하리, 여느 없이 기분이 좋은, 표정이 밝고 웃음을 짓고 있는 얼굴의 하리를 보았다. 그러나 내가 그를 알아보자마자 곧 그는 산산이 부서졌다. 그로부터 제 2의 형상이 떨어져 나왔고, 헤아릴 수 없는 하리들로 가득 찼다. 이들 각각 모두를 다만 아주 짧은 순간동안 바라보았으며, 그리고 알아보았다. 이들 많은 하리들 가운데 몇몇 개는 나처럼 나이가 들었으며, 몇몇은 나보다 나이가 많았고 또 몇몇은 고령이었고 또 다른 몇 명은 아주 어렸으며, 젊은 이들이고 소년들이고, 초등학생들이었고, 개구쟁이들이었으며 아이들이었다."[48]

하리 할라를 통한 이 같은 시 · 공간의 초월은 작가 헤세로 하여금 이제는 거꾸로 그의 작품 인물들을 자유자제로 시 · 공을 초월해서 넘나들게 하는 것을 가능하게 한다. 이런 시 · 공간의 넘나듦을 가능하게 하는 "마술극장"은 시 · 공간을 초월해 존재하게 되는 모든 것들의 만남의 장소가 되고, 이 만남의 장소로 등장 하게 되는 "마술극장"은 이들 존재 모든 것들의 총체를 형성하게 하고 있다.[49]

시 · 공간의 초월을 가능하게 하는 장소로서의 "마술극장"은 하리 할라로 하여금 그의 여러 자아와의 대면뿐만 아니라, 괴테라든가 모차르트와의 대면과 대화를 가능하게 하고 있다.[50] 이 같은 가능성은 하리 할라에게 "마술극장"이라

48) Ibid., S.370-371.

는 장소를 통해 얻어지게 되는 상(像)들의 "총체"로부터 여러 수많은 개체들과의 관찰을 가능하게 한다. 그러나 "총체"로부터의 개체 관찰은 종속 관계에서 성립되는 것이 아니다. 왜냐하면 개체들이 존속함으로써 총체가 있는 것이고, 이의 역도 마찬가지이기 때문이다. 그러므로 "총체"와 개체들은 상호 긴밀 유대(紐帶)관계에 있는 것이다. 이 긴밀 유대 상호관계에서 "마술극장"에서의 "총체"에 대한 개체체험들은 그 의미를 지니고 있다. 하리에게 제공되는 "마술극장"은 하리에게 그의 자아개체들의 여러 체험가능성을 "총체", 즉 "전체"된 "하나"와의 관계에서 제시한다. "마술극장의 문(門)들은 하나의 표제를 지니고 있는데, 표제는 체험들의 무한한 가능성들을 가리키고 있다(…).(Jede Tür in magischen The-

49) 참고 : '마술극장은 슈테펜볼프적인 의식의 수천개 상들과 단면들을 하나의 몽환 같은 총체적인 것으로 규합시키고 있다.(…)(Das magische Theater vereinigt die tausend Bilder und Facetten des steppenwölfischen Bewußtseins zu einer traumhaften Ganzheit.…)" (Beda Allemann, Tactat vom Steppenwolf. In : Materialien zu Hermann Hesse 〉Der Steppenwolf〈, a.a.O., S.323.)

50) 참고 : "자아 만남의 흥행 장소, 시간을 영원과의 내면적 충돌 이는 곧 마술극장이다. 마술극장의 인물 목록은 끊임없이 변화하고, 끊임없이 증가하면서 이 목록은 볼프에서 괴테와 모차르트에 이르기까지 언제나 새로운 연결과 변천으로 나아가게 하면서 이들 환상의 모든 유희형태를 망라하고 있다.(Schauplatz der Selbstbegegnung, des inneren Zusammenstoßes von Zeit und Ewigkeit wird das Magische Theater. Sein Personenregister verändert sich ständig, wächst ständig, es umfaßt alle Spielfiguren der Phantasie von Wolf bis Goethe und Mozart zu immer neuer Verbindung und Verwandlung.)" (Anni Carlsson, Zur Geschichte des Steppenwolfsymbols. In: Materialien zu Hermann Hesses 〉Der Steppenwolf〈, a.a.O., S.381.)

ater trägt eine Aufschrift, die auf endlose Möglichkeiten des Erlebnisses hinweist….)"[51]

그 하나의 예로 체험의 무한성을 고시(告示)하고 있는 "마술극장"의 한 문(門)은 다음 표제가 붙어 있다.

개체 축조의 입문
성과는 보증되어 있다.
(Anleitung zum Aufbau der Persönlichkeit
Erfolg garantiert)

이 문(門)으로 하리는 들어가게 되는데, 여기서 그는 현인(賢人)이라고 할 수 있는 한 장기사를 만나게 된다. 그는 하리에게 입문에 해당하는 인간학에 관해 그의 견해를 피력한다. 그에 의하면 한 전문화 된 인간학인 인류학이 내세우고 있는, 즉 인간을 "어느 한 고정된 하나 (eine dauernde Einheit)"[52]라는 틀에 박아 놓은 것은 잘못된 것임을 그는 역설(力說)한다. 인간은 "수많은 자아들(aus sehr vielen Ichs)[53]"로 형성되고 있어서 어떤 고정화 작업을 통해 인간에게 이에 상응하는 고정된 길을 제사하는 것은 그릇된 것이

51) Timothy Leary, Meisterführer zum psychedelischen Erelebnis. In : Materialien zu Hermann Hesses 〉Der Steppenwolf, 〈, a.a.O., S.347.
52) Hermann Hesse, Gesammelte Werke in 12 Bde. 7. Bd., a.a.O., S.385.
53) Ibid.

다. 이런 그릇됨에서 만약 이 길에 위배되었을 때는 현실에서 정신이상자로 간주되고, 위배되지 않았을 때는 정상적인 것으로 취급됨은 옳지 못한 것이다. 장기사의 이 같은 논증을 헤세는 일찍이 그의 작품 『데미안(Demian)』(1919)에서 일반 통상적인 종교적 해석과 번복되는 그의 카인(Kain)과 아벨(Abel) 해석에서 분명히 했다. 즉 카인은 아벨에 비해 실제에 있어 훨씬 뛰어났다. 카인은 또 보통사람들 보다 아주 뛰어난 성품의 소유자로서 남으로부터 부러움과 시기의 대상이 되어, 드디어는 이들 보통사람들로부터 그의 동생을 살해한 살해자로 그리고 또 악인으로 낙인 찍혔다는 것이다.[54)]

이런 고정된 틀에서 벗어나는 인류학적인 인간 해설과 더불어 헤세의 인물인 장기사는 하리에게 수많은 개체들로 구성되는 총체로부터 미래지향적인 이상적 개체 구성을 시도하게 되는 "축조기술(Aufbaukunst)"[55)]에 대해 언급하고 이를 시범해 보인다. 이의 입문으로 "축조기술"에서 장기사는 그의 자아가 산산조각으로 부서져 헤아릴 수 없이 많은 조각의 자아로 형성되는 것을 체험한 하리에게 "(…)그는 이들 조각들이 언제이든 임의적인 조화로 새로이 구성되는 것, 언제나 새로이 조립함으로써 조각들로 이루어지는 생활유희들의 무한한 다양성을 달성 할 수 있다고((…)daß er die Stücke jederzeit in beliebiger Ordung neu zusammenstellen und daß er damit eine unendliche Mannigfaltgkeit des

54) Vgl. Ibid., Bd. 5, S.31-32.
55) Ibid., Bd. 7, S.385-386.

Lebensspieles erzielen kann)"[56] 설명한다. 이이서 그는 하리에게 부언하기를 이 "축조기술"은 "마치 작가가 한주먹 가득한 형상들을 가지고서 희곡을 만드는 것과 같이 우리도 우리들의 부서진 자아들의 형상들로서 언제나 다시 새로운 그룹을 형성하는데, 언제나 새로운 유희와 긴장들로 끝없이 새로운 상황들과 같이 하면서(Wie der Dichter aus einer Handvoll Figuren ein Drama schafft, so bauen wir aus Figuren unsres zerlegten Ichs immerzu neue Gruppen, mit neuen Spielen und Spannungen, mit ewig neuen Situationen)"[57] 시도된다는 것이다.

이런 "축조기술" 설명으로 마술극장의 한 장기사는 하리에게 그의 부서진 헤아릴 수 없는 자아들의 형상들을 가지고 직접 시험해 보인다. "그의 침착하고 재치 있는 손가락으로 나의 형상들, 백발의 노인들, 젊은이들, 아이들, 부인들인, 이 모두들, 명쾌하고 그리고 슬픈, 강력하고도 온화한 재빠르고 둔중한 형상들의 모두를 그는 날쌔게 그의 장기판에서 어떤 한 유희로 정돈했다. 이 유희에서 이들 형상들은 그룹으로 가족으로 유희하는 것 그리고 전쟁하는 것으로, 친우(親友)적으로 그리고 적대(敵對)적으로 축조되면서 하나의 세계가 소규모로 이루어졌다. 나의 황홀해진 눈앞에서 그는 생동있게 잘 정돈된 이 조그만 세계를 얼마간 스스로 움직이

56) Ibid., S.385-386.

57) Ibid., S.386.

게 했으며, 서로가 서로를 찾아 연결되고 증가되어 가게끔 하고 있었다. 이는 정말이지 많은 형상들의 생동적이고 긴박감을 던져 주고 있는 하나의 희곡이었다."[58]

"마술극장"의 장기사가 펼쳐 보이는 장기 유희는 그의 첫 장기판이었고, 다음의 "두 번째 유희는 처음 유희와 흡사했는데 동일한 세계와 동일한 자료였고, 이로부터 그는 두 번째 유희를 축조하고 있었다. 그러나 악센트는 변화되었고 속도도 바뀌었으며 동기도 달랐고 그리고 상황들도 다르게 배치되어졌다.(Das zweite Spiel war dem ersten verwandt: es war dieselbe Welt, dasselbe Material, aus dem er es aufbaute, aber die Tonart war verändert, das Tempo gewechseit, die Motiv anders betont, die Situation anders gestellt)."[59]

"마술극장"의 장기사에 의한 장기 유희는 계속 시험되었다.[60]

이와 같은 여러 조각의 조화된 정돈과 총체와 개체의 상관관계에서 주어지는 "축조기술"의 유희는 "포괄적 학문의" 학문연구에서 시도되고 있는 단순한 합 이상인 여러 개체들의 "전체"인 총체에서 이들 개체들이 고찰되는 것과 방법 면에서 거의 동일하다.

58) Ibid.

59) Ibid.

2.4.

여러 개체들의 단순한 합 이상인 "총체", 즉 다름 아닌 이들 개체들의 전체에서 이들 여러 개체들이 연구 고찰되는 방법이, 위에서 살펴본 바와 같이, 헤세의 『슈테펜볼프』 작품의 "마술극장"에 등장되는 한 장기사에 의해 시도되었다. 이 때에 장기사는 주인공 하리 할라의 여러 많은 자아를 조화된 "총체"인 "하나"에서 고찰 연구하는 방법을 하리에게 설명했으며, 시범해 보였던 것이다. 뿐만 아니라 그는 하리에게 자기 스스로 이 같은 그의 "생활예술(Lebenskunst)"[61]을 장래(將來)에 자유자재로 실험하고 발전시켜 나갈 것을 권했다. 그리고 하리 할라는 그의 애인이었고 동반자인 헤르민네(Hermine)를 살해하고 난 후 미래에 보다 나은 유희를 진행할 것을 다짐하고 있는데, 즉 "언젠가 나는 형상들의 유희를 보다 훌륭하게 진행하련다(Einmal würde ich Figuren-spiel besser spielen)"[62]라고 맹세한다. 하리 할라가 "마술극장"의 "그림들 세계(Bilderwelt)"[63]에서 헤르민네가 나체로 다른 남자의 팔에 누워 있을 때 칼로 살해하게 된다. 하리의 이 행위는 마술사인 파블로(Pablo)가 판단내리 듯이 인간

60) 이런 장기 유희를 리어리(Timothy Leary)는 "조화된 우주의 정신 요법(Kosmische Psychotherapie)" (Timothy Leary. Meisterfüher zum psychedelischer Erlebinis. In : Materialien zu Hermann Hesses 〉Der Steppenwolf〈, a.a.O., S.347)이라고 하고 있다.

61) Hermann Hesse, Gesammelte Werke in 12 Bde., Bd. 7, a.a.O., S.386.

62) Ibid., S.423.

63) Ibid.

질투에서 내려진 행위로서, 이는 "아름다운 그림들의 세계를 얼룩진 현실(schöne Bilderwelt mit Wirklichkeits-flecken)"[64]로서 더럽힌 행위이다. 그러나 하리 할라의 행위 이면에는 치올코부스키(Theodor Ziolkowski)가 올바르게 지적하고 있듯이, 살해 후 하리는 "표면적 현실들의 기만적인 현상세계 이면에 자리하고 있는 영원 불변적인 표상(die ewige Idee hinter der täuschenden Erscheinungwelt der äußeren Realitäten)"[65]을 감지하게 된다.

『슈테펜볼프』의 주인공 하리의 이 같은 "영원불변적인 표상"의 감지 또는 체험은, 앞서 본 바와 같이 그의 탈자아적 과정을 통해 이룩된다. 이제 하리는 "마술극장"의 벽거울과 한 장기사에 의해 그의 자아가 부서지고 떨어져 나가는 여러 헤아릴 수 없는 자아들이 형성됨을 보게 된다. 이들 수많은 자아들이 시 · 공간을 초월해 조화적인 "하나"인 "총체"로 주어지고 있음을 그는 보게 되며, 드디어 그는 헤르민네를 살해하게 됨으로써, 시 · 공을 초월해 존재하는 "영원불변적인 표상"을 체험하게 된다.

헤세의 인물들, 즉 싯다르타, 요양객 헤세 그리고 하리가 인지하게 되고 체험하게 되는 탈자아적 과정, 다름 아닌 "개체로부터 벗어나게(Persönlichkeit ledig zu werden)"[66] 되

64) Ibid., S.412.

65) Theodor Ziolkowske, Hermann Hesse Der ≫Steppenwolf≪, Ein Sonate in Prosa, In : Materialien zu Hermann Hesse 〉Der Steppenwolf〈, a.a.O., S.374.

는 이 탈자아적 과정은 그의 후기 작품들인 『동방여행』, 『유리알 유희』에서 보다 심도 있게 추구된다.

조화된 "하나"인 "총체"로 나아가게 되는 예비단계가 되는 탈자아적 과정[67]은 『동방여행』에서 "초개체적인 공동체(transpersönliche Gemeinschaft)"[68]인 "동맹체(Bund)"[69]의 회원이 됨으로써 형성된다. "동맹체"에서 개체와 "하나"된 "총체"와의 관계는 마치 "마술극장"의 한 장기사가 여러 형태들의 유희를 "전체"와 개체의 공동상관관계에서 보여준 바와 같은 상호 유동적이며 협조적인 상관관계 하에 형성되고 있다. "동맹체"의 "(…)수많은 그룹들을 동시적으로 움직이고 있고, 각 개체는 그들의 인도자들과 별들을 따르면서, 이들 각자는 하나의 커다란 일치된 하나로 흡입되어 얼마간이 속에 머무를 준비가 언제나 되어 있다. 그러나 또한 이에 못지않게 언제나 다시 각자 개별적으로 행동하는 채비가 되어 있는((…)waren zahllose Gruppen gleichzeitig unter-wegs, jede ihren Führern und ihren Sternen folgend, jede stets bereit, sich in eine größere Einheit aufzu-lösen und eine Weile ihr anzugehören, aber nicht

66) Hermann Hesse, Gesammelte Werke in 12 Bde. Bd.7, a.a.O., S.368.

67) Vgl. Theodor Ziolkowski. In : Materialien zu Hermann Hesse 〉Der Steppenwolf〈, S.370ff.

68) Timothy Leary, Meisterführer zum psychedelischen Erelebnis In : Materialien zu Hermann Hesse 〉Der Steppenwolf〈, a.a.O., S.349.

69) Hermann Hesse, Gesammelte Dichtungen in 7 Bde., 6 Bd., a.a.O., S.13.

minder bereit, stets wieder vereinzelt weiterzuziehen)"[70] 것이다.

이 "동맹체"의 한 회원인 『동방여행』의 인물 H.H는 한 개체로서 "하나"된 "총체"와의 조화된 상관관계 모색의 길에 있게 된다. 『동방여행』의 H.H와 『슈테펜볼프』의 "마술극장"에 등장하는 한 장기사 『유리알 유희』의 대가인 크넷히트(Knecht)도 "유리알 유희"인 음양유희[71]사(師)로서 "마술극장"의 한 장기사처럼[72] 여러 수많은 개체 형상들로 "전체"와의 상호 긴밀 관계에서 조화된 "하나"로의 길에 있다고 하겠다. "하나"인 "총체"의 길은, 이미 언급되었듯이, 역(逆)으로 "총체"를 형성하고 있는 각 개체들의 상황을 조화된 "하나"인 "총체"로부터 보다 세밀하고 정확하게 관찰할 수 있게 한다. 각 개체들의 상황은 곧 현실에서 내던져지고 있는 개체적 사건으로 확대 이해될 수 있는 것이다. 이런 음양의 유희로 『유리알 유희』의 주인공인 크넷히트는 일례로 그의 임무수행을 떠날 것인지 아닌지에 대해 음양의 근본책자인 역경에게 묻게 된다. 그는 이때 음양유희로서 역경책자의 쉰여섯

70) Ibid., S.21.

71) 음양은 2개의 극인 음극과 양극으로, 음극은 모든 수동적인 것을, 양극은 모든 능동적인 것을 대변하고 있는 상반적인 양극성(예 : 여자와 남자 등)으로 이들 음양은 조화된 우주 세계를 이루고 있는 원동력이며, 이 우주세계를 설명하는 규범이기도 하다. (Vgl. Chin Hwang, Hermann Hesse Anthropologie und die Weisheit und das Gleichnis des Fernen Ostens, a.a.O., S.12-17.)

72) Vgl. Beda Allemann, Tractat vom Steppenwolf. In : Materialien zu Hermann Hesse 〉Der Steppenwolf〈, a.a.O., S.323.

번째의 괘인 "유랑자(der Wanderer)"[73]를 보게 되고, 이 괘에서 앞으로 있을 여행의 성공을 예언 받게 되어 그의 자아 형성의 길에 있게 되는 마리아펠스(Mariafels)로 발길을 딛게 된다.[74]

이는 다름 아닌 조화된 우주세계, 즉 음양의 총체라는 "하나"의 조화된 "총체"로부터 비록 동아시아책자의 예언으로부터 이끌어낸 판단에서이지만 현실에 주어진 개체적 상황을 음양의 조화된 우주세계인 조화된 음양의 총체, 곧 "총체"로부터 이 개체적인 상황을 판단하게 하고 있다는 점에서 "포괄적 학문의" 학문연구 방법, 즉 "총체"에서 개체적인 사건을 고찰 연구하는 방법과 상통하고 있다.

2.5.

헤세는 "포괄적 학문의" 학문연구를 그의 문학적인 테두리에서 구체화시키고 있다. 그에 의하면 대두되고 있는 문제점이 어느 특수적이고 전문적인 일면에서 고찰되어져서는 안 되는 것이고, "하나"인 "총체"로부터의 보다 높은 단계의 총체에서 보아야만 작가의 작품에 내재해 있는 생명체의 참된 본질에 다다르게 된다는 것이다.

이런 "하나"인 "총체"라는 "포괄적 학문"의 총체관점으로부터 헤세는 그 한 예로 "어느 사람이 파우스트를 이 같은

---

73) Hermann Hesse, Gesammelte Dichtungen in 7 Bde., 6 Bd., S.232.

74) s. Chin Hwang, Hermann Hesse Anthropologie und die Weisfeit u. das Gleichnis des Fernen Ostens, a.a.O., S.245-246.

방법으로 보다 높은 단계의 "전체"된 "하나"로부터 관찰하고자 할 때에는 이 사람에게 있어서 파우스트, 메피스토, 바그너, 그리고 모든 다른 인물로부터 '하나'인 초월적인 인물이 형성될 것이다. 이 초월적인 인물은 정해진 한 개체적인 인물에서가 아니고, 보다 높은 단계의 "하나"에서부터 비로소 그 생명체의 참된 본질의 무엇인가가 예시되는 것(Wer etwa den Faust auf diese Art betrachtet, für den wird aus Faust, Mephisto, Wagner und allen andern eine Einheit, eine Überperson, und erst in dieser höheren Einheit, nicht in den Einzelfiguren, ist etwas vom wahren Wesen der Seele angedeutet)"[75]이라고 헤세는 진술하고 있다.

위의 진술에서 헤세가 뚜렷이 하고 있는 바는 어떤 개체이든 그 개체는 "하나"인 전체라는 "총체"로 볼 때 참된 의미를 가지게 된다는 "포괄적 학문의" 학문연구범주와 같이 하고 있다는 것을 보여주고 있는 좋은 예이다.

"포괄적 학문의" 학문연구는 이미 기술된 바와 같이 어떤 개체적인 사건이나 문제를 어느 한 전문분야에서 세분화하고 또 전문화하면서 단면적인 것을 나타내는 작업이 아니고, 여러 분야나 여러 측면에서 고찰 연구되는 학문연구인 것이다. 한 작가로서 헤세 그가 말하는 "총체", 즉 "보다 높은 단계의 하나(eine höhere Einheit)"[76]로부터 제시되고 있는 파

75) Hermann Hesse, Gesammelte Werke in 12 Bde. Bd.7, a.a.O., S.243.
76) Ibid.

우스트적 고찰은 인류학적 작품들에서 예외 없이 주인공들의 자아가 지니고 있는 자아 양면성을 볼 수 있다. 그의 『데미안』, 『나르치스와 골드문트』라든가, 그의 최후 대작인 『유리알 유희』에서도 주인공들의 자아양면성 혹은 자아이면성은 언제나 자리하고 있다고 하겠는데, 이들 주인공들이 지니고 있는 자아양면은 정신세계와 감각세계를 대변하는 "정신과 자연(Geist und Natur)"[77]양면성으로, 이들의 총체인 전체된 "하나"의 측면에서 자아양면성이 관찰 연구되어야 한다는 것이다.

헤세의 이 같은 인류학적인 자아인간양면성 문제는 그의 작품들의 주인공들이 지니게 되는 가장 핵심적인 것이다. 헤세에 의하면 인간은 고대 희랍로마 시대의 이상(理想)처럼 고정되고 영원불멸적인 것이 아니다. 즉 "인간은 정말이지 어떤 고정되고 영속적인 형태는 아니다(…). 인간은 하나의 시도인 것이고 과도기적인 것으로 자연과 정신 사이에 놓여 있는 가느다랗고 위험한 다리에 지나지 않는 것이다. 정신, 곧 신(神)으로 가장 깊숙이 자리하고 있는 숙명은 인간을 내몰아 치고 있고 – 자연으로, 모체로 진정(眞情) 가장 열렬히 우러나오는 동경은 인간을 다시 끌어들이고 있으니, 이들 양면적인 틈바구니에서 인간의 생은 근심에 가득 차 떨면서 불안정해 하고 있다"[78]는 것이다.

이들 양면성 틈바구니에 있는 인간은 두 가지 가능성을

77) Ibid., S.243ff.

78) Ibid., S.245.

지니고 있다. 즉 "인간은 정신적인 것에, 신(神)적인 것에 접근하고자 하는 시도에, 성자(聖者)의 이상에 온전히 몸을 내맡기게 되는 가능성을 가지고 있다. 또한 이와는 전연 반대로 인간은 본능적인 생활에, 감각적인 욕구에 전적으로 내맡기는 것 그리고 순간적인 쾌락추구에 혼신 하게 되는 가능성을 지니고 있다."[79]

이런 인간 양면성을 헤세는 일찍이 그의 작품 주인공을 통해 잘 보여주고 있다. 즉 도덕적 가치 측면에서 『데미안』의 싱클레아는 그의 자아내면 속에 서로 상반되는 선악의 양면을 지니고 있는 것을 알게 된다.[80]

또한 『싯다르타』의 주인공 싯다르타도 도덕적인 면에서는 아니지만 이들 두 상반되는 세계를 체험한 후 강에 이르러 평범한 뱃사공으로 이들 두 세계의 총체인 "하나"의 길에 오르게 된다.[81] 즉 이들 두 상반된 세계 중 어느 한 일면적 세계의 존립을 부정함으로써, 역으로 이들 두 세계를 받아들여, 이로서 이들 두 세계가 "하나"가 되는 "총체"인 전체로 나아가게 된다. 이러한 의미에서 싯다르타는 그의 친구 고빈다(Govinda)에게 다음과 같이 말한다.

"모든 것, 사고(思考)나 말로서 표현되는 모두는 일면적

79) Ibid., S.234.

80) Hermann Hesse, Gesammelte Werke in 12 Bde., Bd.5, a.a.O., S.10ff.

81) Hermann Hesse, Gesammelte Dichtungen in 7 Bde., Bd.3, a.a.O. S.725.

인 것으로 이들 모든 것은 반 조각이고, 이들 모두는 총체인 꽉 찬 것, 하나를 지니지 못하고 있다(Einseitig ist alles, was mit Gedanken gedacht und mit Worten gesagt werden kann, alles einseitig, alles halb, alles entbehrt der Ganzheit, des Runden, der Einheit)"[82]는 것이다.

두 상반되는 이런 양면성의 세계, 즉 정신세계와 감각세계로 대변되고 있는 두 세계의 양면성은 헤세 후기 작품인 『나르치스와 골드문트』에서 매우 분명하게 나타나고 있다. 두 주요 인물은 나르치스와 골드문트이다. 골드문트는 감각 본능적인 물질세계를,[83] 나르치스는 정신세계를[84] 작품 벽두부터 완전히 구분된 상황에서 잘 나타내고 있다.[85] 나르치스와 골드문트가 대변하는 두 상반된 세계는 이들 두 세계의 총체라고 할 수 있는 "전체" 된 "하나"라는 범주에서 이끌어 내어지는 것이다. 이유는 이들 두 상반된 세계 중 어느 하나가 결여되고서는 어떤 다른 하나가 존립될 수 없는 것이고, 또 어떤 형상화된 유형은 아니지만 이들 두 세계가 전제하고 있는 "전체"는 "하나"가 없이는 어느 한 테두리에서 공존될

82) Ibid., S.725.

83) Hermann Hesse, Gesammelte Werke in 12 Bde., Bd. 8, a.a.O., S.34, 41 usw.

84) Ibid., S.11, 12 usw.

85) 참고 : 황진, 헤르만 헤세의 작품 "Narziß und Goldmund"에서 보여주는 자아완성. In : 지역사회 교육연구. 계명대학교 지역사회교육연구소 제6집, 대구 1980, p.171.

수 없다. 그리고 이의 역도 같다. 즉 "전체" 된 "하나"도 이들 두 상반된 세계가 전제됨으로써 존재한다. 즉 "모든 현존재는 양면성, 상반적인 것들에 기인하고 있다(Es schien alles Dasein auf der Zweiheit, auf den Gegensätzen zu beruhen)."[86)]

『나르치스와 골드문트』의 인물 골드문트가 진술하고 있는 이 정의는 이들 두 상반 성들의 "전체"가 된 "하나"를 또 역으로 시사하고 있다.

이들 두 상반된 세계와 "전체" 된 "하나"와의 관계는 동아시아의 음양의 관계와 상통하고 있다. 즉 "역경(易經)"에 근거하고 있는 우주세계의 근원인 음양, 두 극과 헤세 작품 주인공들이 보여주고 있는 이들 두 상반된 세계는 비교됨으로서 이다. 음극은 수동적이고 수용적이며, 반면에 양극은 능동적이며 창조적인 것으로 음양은 서로 상반된다. 그러나 조화된 "하나"로 나아가는 끊임없는 음양운동을 전개하고 있고, 이 운동의 필수요건으로 한 극의 운동은 다른 한 극의 운동을 전제하고 있다.[87)]

이러한 동아시아의 음양학적인 "전체"된 "하나"의 측면에서 좀 더 자세히 본다면, 이미 여러 차례 언급된 바와 같이

---

86) Hermann Hesse, Gesammelte Werke in 12 Bde.,Bd.8, a.a.O., S.253.

87) I Ging, Das Buch der Wandlungen, übertr. u. erl. v. R. Wilhelm, Düsseldorf. Köln, 1970 S.15. (Vgl. Chin Hwang, Hermann Hesse Anthropologie und die Weisheit und das Gleichnis des Fernen Ostens, a.a.O., S.12ff, 24ff.)

이는 다름 아닌 『슈테펜볼프』의 주인공 하리 할라가 지니는 양면성, 즉 정신세계를 대변하고 있는 이성적이고 오성(悟性)적인 인간의 면과 자연계를 대변하고 있는 비(非)이성적이고 비오성적인 동물적 본능의 면이다.[88] 양면성을 지닌 하리 할라는 한편으로는 동물적 늑대이고, 다른 한편으로 인간인 "늑대(Wolfmensch)"[89]이다. 하리 할라, 즉 슈테펜볼프(Steppenwolf)[90]가 지니는 양면성을 헤세에 의하면 우리 인간들이 공통적으로 지니고 있다는 것이다. 슈테펜볼프는 말하자면 두 개의 본성을, 그 하나는 인간적, 다른 하나는 늑대적인 본성을 지니고 있는데, 이는 곧 그의 운명적인 것으로 이 같은 그의 운명은 결코 어떤 특수적인 것도 아니고, 그리고 또 어떤 진기한 것도 아니다. 말할 것도 없이 많은 사람들은 개라든가 아니면 여우, 물고기 또는 뱀과 같은 성질을 지니고 있으면서도 이것으로 인해 어떤 어려운 점도 지니지 않는 것 같이 처신하고 있음을 그들은 응당 알고 있다고 하겠다.(Der Steppenwolf hatte also zwei Naturen, eine menschliche und eine wölfische, dies war sein Schicksal, und es mag wohl sein, daß dies Schicksal kein so besonderes und seltenes war. Es sollen schon viele Menschen gesehen worden sein, welche viel vom Hund oder vom Fuchs, vom Fisch oder von der Schlange in

88) Hermann Hesse, Gesammelte Werke in 12 Bde. Bd.7, S.246ff.

89) Vgl. Ibid., S.222f.

90) Vgl. Ibid.

sich hatten, ohne daß sie darum besondere Schwierigkeiten gehabt hätten.)"[91]

이런 인간 공유적인 슈테펜볼프, 즉 하리 할라의 인간 양면성을 우리들 인간 모두가 똑같이 지니고 있다는 것이다. 뿐만 아니라 헤세에 따르면 우리 개개인의 자아가 몸 두고 있는 인간은 하리 할라 처럼 단순한 양면성이 아니라, 내적으로 복잡다단(複雜多段)한 다원적인 것이다. 그는 이에 대한 그 일 예로 인간을 비유해서 말하기를, "(…) 인간은 수백개의 껍질로 구성되고 있는 한 개의 양파이고, 수많은 실들로 엉클어진 조직이다((…)der Mensch ist eine aus hundert Schalen bestehende Zwiebel, ein aus vielen Fäden bestehendes Gewebe)"[92]라는 것이다.

헤세의 이 같은 우리들 자아 인간에 관한 논술, 즉 '양파'라는 "총체"인 전체 된 "하나"에서 전개되는 『슈테펜볼프』의 주인공 하리 할라의 내면성에 대한 그의 논거는 총체적 고찰을 본질로 하고 있는 "포괄적 학문의" 학문연구에서 보아질 때 앞으로 검토될 수 있는 자료로써 충분하다.

---

91) Ibid., S.223.
92) Ibid., S.243-244.

3.

마무리 지우면서 다시 한번 뚜렷이 하고자 하는 바는 논자(論者)가 작가와 그의 작품을 "포괄적 학문"의 학문연구 측면에서 다룬 것은 분명 아니다. 다만 헤세나 그의 작품에서 제시하고 있는 바와 "포괄적 학문"의 학문연구가 내놓고 있는 바가 서로 맥을 같이 하고 있다는 공유점 때문에, 즉 어떤 문제에 "전체"가 된 "하나"라는 단순한 합 이상인 "총체" 측면에서 접근하는 것을 근본으로 하고 있기 때문에 이들의 논술을 근거로 고찰한 것에 불과한 것이다.

특히 이와 같은 "전체"가 된 "하나"라는 "총체"에서의 접근을, 이미 언급이 된 바와 같이 헤세는 그의 인류학적인 관점에서 더욱더 뚜렷이 하고 있다. 헤세의 이런 관점을 뤼퉈(Hans Jürg Lüthi)는 올바르게 보고 다음과 같이 말하고 있다. "헤세는 정밀한 학문들, 의학들 그리고 심리학의 시대에 인간에 대한 어떤 통일된 상도 존재하고 있지 않음을 종종 확인하게 되었다. 여러 많은 다양한 형태의 학문적인 노력의 결과, 인간본질은 조각조각 되고, 수 천개의 전문화로 분산되었다. 그러나 인간을 전체로 보는 학(學)은 없다(Hermann Hesse hat oft festgestellt, daß im Zeitalter der exakten Wissenschaften, der Medizin und der Psychologie kein einheitliches Bild vom Menschen mehr bestehe. Durch die vielen verschiedenartigen wissenschaftlichen Bemühungen sei das Menschenwesen zersplittert und in tausend Spezialitäten zerlegt worden, aber es fehle eine Kunde vom Menschen als Ganzen)"[93]고 함으로써, "포괄적 학문의" 학문연구와 같이 하는 헤세의 인류학적인 관점을 잘 나타내고 있다.

이런 전체적인 "총체"로부터 헤세적 인류학적인 접근은 총체적 학문의 학문연구인 "포괄적 학문의" 학문연구가 지향하는 접근방법과 보조를 같이 한다. "포괄적 학문"의 학문 연구가 나아가고 있는 바는 현실에서 대두된 어떤 문제를 단편적이고 일면적인 측면에서가 아니고, 전체적인 "총체" 면에서 고찰 연구하고, 나아가서는 이 학문연구가 중요시하고 있는 현실로부터 문제를 연구 검토하는 데에 그 목적을 두고 있다.

"포괄적 학문의" 학문연구는 현실이라는 관계에서 보았을 때 연구 참여자는 문제점의 해결을 찾아 수용하는 학문태도에서 떠나, 현실로부터 여러 각 분야의 참여자들이 연구비평하고 의견을 개진함으로써 종합적으로 연구 발전시켜 나가는 적극적이고 실질적인 학문이다.

이런 연구비평의 태도로 여러 전공영역의 참여연구자는 헤세와 그의 작품들과 연관시켜 말해 본다면, 일례로 헤세적 자아인간이 현실에서 지니게 되는 의미와 의의가 광범위하게 세미나나 심포지움 형태로 고찰되어야겠다. "포괄적 학문의"

93) Hans Jürg Lüthi : a.a.O., S.87.

학문연구 작업은 미래적인 학문 연구 방법으로 장차 여러 분야나 영역에서 검토 연구하고 발전시켜나가야만 하며, 이 학문연구 방법에 미비한 점이 있으면 앞으로 보완해야겠다.

참고문헌

Beda Allemann, Tractat vom Steppenwolf. In: Materialien zu Hermann Hesses 〉Der Steppenwolf〈, Frankfurt/M. 1972, S.317-324.

Dschuang Dsi, Das washre Buch vom südlichen Blütenland, verd. u. erl. v. Richard Wilhelm, Jena 1923.

Duden, Das große Wörterbuch der deutschen Sprache, Bd. 3, bearb. v. Dr. Rudolf Köster, Dr. Wolfgang Müller u.a.m., Bibliographisches Institut AG, Mannheim 1977.

Hermann Hesse, Gesammelte Dichtungen in 7 Bde., Bd. 3 u. Bd. 6, Frankfurt/M. 1958.

Hermann Hesse, Gesammelte Werke in 12 Bde., Bd. 5, 7 u. Bd. 8, Frankfurt/M. 1970.

Chin Hwang, Hermann Hesse, Anthropologie und die Weisheit u. das Gleichnis des Fernen Ostens, Diss., Bern 1978.

Historisches Wörterbuch der Philosophie, hrsg. v. Joachim Ritter und Karlfried Gründer, Bd. 4, Schwab & Co. Verlag, Basel/Stuttgart 1976.

I Ging, Das Buch der Wandlungen, übert. u. erl. v. Richard Wilhelm, Düsseldorf Köln, 1970.

Hans Jürg Lüthi, Hermann Hesse, Natur und Geist, Stuttgar,

Berlin, Köln, Mainz 1970.
Ursula M. Lehr, Interdisziplinarität- Wunsch oder Wirklichkeit. In: Universitas, Sonderedition zum 500. Ausgabe der Zeitschrift für Wissenschaft, Kunst und Literatur, Wissen-schaftliche Verlags gesellschaft GbH., Stuttgart 1988, S.25-31.
Timothey Leary, Meisterführer zum psychedelischen Erlebnis. In: Materialien zu Hermann Hesses 〉Der Steppenwolf〈, a.a.O., S.344-353.
Hans Julius Schneider, Interdisziplinarität: Floskel oder Notwendigkeit? In: Universitas, a.a.O., S.12-15.
F.H. Tennbruck, Sinn und Unsinn der Inter disziplinarität. In: Universita, a.a.O., S.16-20.
Colin Wilson, Outsider und Bürger. In: Materialien zu Hermann Hesses 〉Der Steppenwolf 〈, a.a.O., S.309-317.
Theodor Ziolkowski, Hermann Hesses ≫Der Step penwolf≪, Ein Sonate in Prosa. In: Materialien zu Hermann Hesses 〉Der Steppenwolf〈, a.a.O., S.353-377.
황진, 헤르만 헤세의 작품 "Narziß und Goldmund"에서 보여주는 자아완성. In : 지역사회 교육연구 계명대학교 지역사회교육연구소, 제 6집, 대구 1980, p.171-199.
___, 독일학 연구 방법론에 대한 소고(Ⅰ). In : 동서문화, 제22집, 계명대학교 동서문화연구소, 대구 1990, pp.97-118.
___, 독일학의 연구 방법론에 관한 소고(Ⅱ). In : 동서문화 제23집, 계명대학교 동서문화연구소, 대구 1991, pp.67-86.
홍순길, 헤르만 헤세의 전일적 인간상, 창학사, 서울 1984.

3부
작가 연대표

작가 연대표

1877 7월 2일에 헤세는 바덴 빌템베르크 주(州)의 나골드(Nagold)강을 낀 소(少)도시 칼브에서 태어났다. 아버지는 요한네스 헤세(Johannes Hesse)이고 그리고 어머니는 마리이(Marie), 태어날 때의 이름은 군데르트(Gundert)이고, 미망인이었을 때의 이름은 이젠베르그(Isenberg).

1881–1886 헤세가족은 바젤(Basel), 아버지는 바젤선교사 학교의 교사였음.

1886 칼브로 돌아옴.

1890–1891 (1891년 7월의) 지방시험 준비를 위해 괴핑겐(Göppingen)에 있는 라틴학교를 방문.

1891–1892 마울부론(Maulbronn) 신교신학세미나의 세미나생.

1892–1893 부름하르트(Ch.Blumhardt)가 경영하는 바드 볼(Bad Boll)에 있는 요양소에 입양. 슈투트가르트(Stuttgart) 근교의 바드 칸슈타트(Bad Cannstatt) 중고등학교에 입학.

1894–1895 칼브에 있는 하인릿히 페로트(Heinrich Perrot)의 시계 공장 도제(徒弟)로 들어감.

1895.10–1898.9 튀빙겐(Tübingen)에 있는 혯켄하우어(J.J. Heckenhauer)의 서점 견습공.

1898–1899 튀빙겐에 있는 혯켄하우어에서 분류계 조수.

1899 『낭만적인 노래들(Romantische Lieder)』, 드레스덴

(Dresden): 피에르손(Pierson).

1899『자정(子正)뒤의 한 시간(Eine Stunde hinter Mitternacht)』, 라이프칫히(Leipzig): 디이드릿스(Diederichs).

1899-1903 바젤에 있는 라잇히(Reich) 서점에서 처음에는 분류 부문에 일하다가, 다음에는 고서점에서 일함.

1901 첫 이태리여행.

1901『헤르만 라우쉬의 유고(遺稿)들(Hinterlassene Schriften und Gedichte von Hermann Lauscher)』, 바젤: 라잇히.

1902 어머니의 죽음.

1902『시(詩)들(Gedichte)』, 베를린(Berlin): 그로테(Grote).

1904『페터 카멘친트(Peter Camenzind』, 베를린: 핏숴(S.Fischer).

1904 마리아 베르누이(Maria Bernouli)와 결혼.

1904-1912 보덴호수에 있는 가이엔호펜에서 자유작가로서 활동.

1906『차륜밑에서(Unterm Rad)』, 베를린: 핏숴.

1907 가이엔호펜에서 자신의 집을 세움.

1907-1912 잡지 「3월(März)」에 동인 발행자.

1907『이 편에(Diesseits)』, 이야기들, 베를린: 핏숴.

1908『이웃들(Nachbarn)』, 단편 이야기들, 베를린: 핏숴.

1910『게르트루트(Gertrud)』, 뮌헨(München): 란겐(A.Langen).

1911『도중에서(Unterwegs)』, 시들, 뮌헨: 뮐러(G.Müller).

1911 슈투르첸에그(H.Sturzenegger)와 함께 인도여행.

1912『우회로에(Umwege)』,이야기들, 베를린: 핏숴.

1912-1919 베른. 베른근교의 메르헨뷜베크(Melchenbühlweg)

거리에 있는 죽은 화가 벨티(A.Welti) 집에 거주.

1913 『인도에서. 인도여행으로부터의 묘사들(Aus Indien. Aufzeichnungen von einer indischen Reise)』, 베를린: 핏쉬.

1914 『로스할데(Roßhalde)』, 베를린: 핏쉬

1914-1919 세계 1차대전 중 베른에서 전쟁포로를 돌보는 일에 종사했던 해. 1916-1919사이 "독일전쟁 포로자들을 위한 일요사자(日曜使者)(Sonntagsboten für die deutschen riegsgefangenen)"의 발행자. "독일 억류자들 신문(Deutsche Interniertenzeitung)"과 "독일 전쟁포로들을 위한 고문(Bücherei für deutsche Kriegsgefangene)"의 동인 발행자. 정치적이고 문학적인 글들을 발표.

1915 『크눌프(Knulp). 크눌프 생(生)의 세가지 이야기들(Drei Geschichten aus dem Leben Knulps)』, 베를린: 핏쉬. 『도중에(Am Weg)』, 이야기들, 라아스와 이타(Rauß & Itta) 『고독자의 음악(Musik des Einsamen)』, 시들, 하일부론(Heilobronn): 잘츠르(Salzer).

1916 아버지의 죽음, 부인과 셋째아들의 병. 루체른(Luzern)의 존마트(Sonnmatt) 병원에서 란그 박사에게서 심리분석 및 치료.

1919 『데미안(Demian). 에밀 싱클레아의 청춘에 대한 이야기(Die Geschichte von Emil Sinclairs Jugend)』, 베를린: 핏쉬.

1919 동화(Märchen)』, 베를린: 핏쉬. 『차라투스트라의 귀환(Zarathustras Wiederkehr)』, 『한 독일인으로부터 독일

청년들에게 던져지는 한 마디(Ein Wort an die deutsche Jugend von einem Deutschen』, 베를린: 스탬플리(Stämpfli).

1919–1923 잡지 「비보스 보코(Vivos voco)」의 동인발행자.

1919 베른에서 테신으로 옮김. 몬타놀라(Montagnola)의 카자 카무치(Casa Camuzzi)에 거소(居所)를 정함.

1920 『화가의 시들(Gedichte des Malers)』, 베른: 젤드빌라(Seldwyla).

『클링소의 마지막 여름(Klingsors letzter Sommer)』, 이야기들, 베를린: 핏숴.

『도보여행(Wanderung)』, 14개의 그림들로 된 묘사들, 베를린: 핏숴.

1921 『혼돈 속으로의 시선(Blick ins Chaos)』, 세 글들, 베른: 젤드빌라.

『추려진 시들(Ausgewählte Gedichte)』, 베를린: 핏숴.

1922 『싯다르타. 한 인도적인 작품(Siddhartha. Eine indische Dichtung)』, 베를린: 핏숴.

1923 『싱클레아의 노트(Sinclairs Notizbuch)』, 취릿히: 라숴(Rascher).

1923 헤세는 스위스 시민권을 얻다.

취릿히 근교의 바덴에서 첫 요양.

1924 루트 벵그(Ruth Wenger)와 결혼.

1925 『요양객. 바덴 요양에 대한 묘사들(Kurgast. Aufzeichnungen von einer Badner Kur)』, 베를린: 핏숴.

1926 『그림들의 책(Bilderbuch)』, 스켓치들, 베를린: 핏쉬.

1927 『뉘렌베르그 여행(Die Nürnberger Reise)』, 베를린: 핏쉬.

『슈테펜볼프(Steppenwolf)』, 베를린: 핏쉬.

1927 헤세 50회 생일에 후고 발에 의해서 쓰여 진 헤세 전기가 나왔음.

1928 『고찰들(Betrachtungen)』, 베를린: 핏쉬.

『위기. 한편의 일기(Krisis. Ein Stück Tagebuch)』, 베를린: 핏쉬.

1930 『나르치스와 골드문트(Narziß und Goldmund)』, 베를린: 핏쉬.

1931 니논 돌빌과 결혼. 보드머(H.C.Bodmer)가 헤세를 위해서 몬타뇰라 언저리에 한 집을 짓게 해서 평생토록 살게끔 했던 새 집에 옮김.

1931-1942 『유리알유희』 집필.

1932 『동방으로의 편력(Die Morgenlandfahrt)』, 베를린: 핏쉬.

1936 『정원에서의 시간들(Stunden im Garten)』, 한 전원시, 빈: 베르만 핏쉬(Bermann-Fischer)

1936 고트프리드 켈러-상(賞)(Gottfried Keller-Preis).

1937 『비망지들(Gedenkblätter)』, 베를린: 핏쉬.

1942 『시(詩)들(Die Gedichte)』, 취릿히(Zürich): 프렛츠와 바스무트(Fretz & Wasmuth).

1943 『유리알유희(Das Glasperlenspiel)』, 취릿히: 프렛츠와 바스무트.

1945 『꿈의 여행(Traumfährte)』, 새로운 이야기들과 동화, 취릿히: 프렛츠와 바스무트.

1946 괴테상(賞)(Goethe-Preis).

노벨상(賞)(Nobel-Preis).

1946 『전쟁과 평화(Krieg und Frieden)』, 1914년 이래로 주어진 전쟁과 정치에 대한 고찰들, 취릿히: 바스무트.

1950 라아베상(賞)(Raabe-Preis).

1951 『후기 산문(Späte Prosa)』, 1944-1950년으로부터 주어진 이야기들, 베를린. 프랑크푸르트(Frankfurt/M.): 수울캄프(Suhrkamp).

『편지들(Briefe)』, 베를린.프랑크푸르트: 수울캄프.

1952 『전집(全集)(Gesammelte Dichtungen)』, 1952년 7월 2일로 75회 생일을 맞이하는 헤세에 대한 축하선물로서 전 6권으로 발간. 베를린. 프랑크푸르트: 수울캄프.

1955 독일서점으로부터 평화상 수상.

1956 헤르만 헤세상(賞) 설립.

1957 『전집(Gesammelte Schriften)』, 전 7권, 베를린, 프랑크푸르트: 수울캄프.

1959 증보된 『편지들(Briefe)』.

1962 8월 9일 몬타놀라에서 타계.

헤르만 헤세 Hermann Hesse

독일의 소설가, 시인, 화가로 1946년에 노벨문학상과 괴테상을 받았으며, 우리의 사랑을 가장 많이 받은 작가 중의 한 사람이다. 그는 독일 낭만주의와 동아시아의 철학과 사상에 많은 관심을 가지고 있었으며, 특히 자신의 내면, 마음의 근원에 귀 기울이며, 서정적인 언어로 많은 작품 활동을 하였다. 주요 작품으로는 『크놀프』, 『데미안』, 『지와 사랑』, 『황야의 늑대』, 『유리알 유희』 등이 있다.

편저 황 진

성균관대학교와 동대학원에서 독어독문학 학사 및 석사학위를 받았으며, 독일 하이델베르그대학과 튀빙겐대학에서 독어독문학를 공부하였고, 스위스 베른대학교에서 독어독문학 석사 및 박사학위를 취득하였다. 현재는 계명대학교 국제학대학 독일학과 교수로 재직하고 있다. 주요 저서 및 역서로는 『헤르만 헤세. 생애, 작품 및 비평』, 『되브린, 생애와 작품』, 『헤르만 헤세의 슈테펜볼프』, 『안톤 라이제(Anton Reise)』등이 있으며, 논문으로는 '헤르만 헤세의 작품 『슈테펜볼프』에 나타난 자아와 자아완성의 길' 외 다수가 있다.